Zu diesem Buch

Nicolaas, alias Niccolo, ist entschlossen, sich die Herrschaft über die Seidenstraße nach Bagdad und dem Fernen Osten zu sichern. Unterwegs von Florenz zum sagenhaften Kaiserreich Trapezunt macht er eine schreckliche Entdeckung. Sein erbitterter Rivale, der Genuese Pagano Doria, hat Niccolos zwölfjährige Stieftochter Catherine entführt und in Sizilien heimlich geheiratet. Nach einer verwegenen Schiffsreise erreichen Niccolo und sein Widersacher Doria ihr Ziel und buhlen um die Gunst des Kaisers David. Indessen hat Sultan Mehmet Truppen aufgestellt – gegen die Küstenstadt Sinope am Schwarzen Meer oder gegen Trapezunt? Als die osmanischen Streitmächte Trapezunt bedrängen, spitzt sich die Gefahr für Niccolo und seine Gefährten und für die rebellische Catherine noch einmal dramatisch zu.

Dorothy Dunnett (auch Dorothy Halliday), geboren 1932 in Dunfermline / Schottland, war ursprünglich Malerin. Dann veröffentlichte sie zahlreiche international erfolgreiche historische Romane, so die Bestseller über das Handelshaus Niccolo «Die Farben des Reichtums» (rororo Nr. 12855), «Der Frühling des Widders» und «Das Spiel der Skorpione» (Wunderlich 1992), ein Buch über Macbeth «King Hereafter», sechs Kriminalromane der «Dolly»-Serie und die historischen Romane über die tollkühnen Abenteuer des Junkers und Frauenlieblings Francis Crawford von Lymond: «Das Königsspiel» (rororo Nr. 13019) und «Gefahr für die Königin» (rororo Nr. 13079). Der Rezensent der «Sunday Times» schrieb: «Ich bezweifle, ob es in der ganzen Romanliteratur einen besseren Helden gibt. Rhett Butler aus ‹Vom Winde verweht› kann ihm das Wasser nicht reichen.» Dorothy Dunnett ist mit dem Schriftsteller Alastair N. Dunnett verheiratet, hat zwei Söhne und lebt in Edinburgh.

DOROTHY DUNNETT

Der Frühling des Widders

DIE MACHTENTFALTUNG
DES HAUSES NICCOLO

Roman

Deutsch von Hermann Stiehl

ROWOHLT

Die Originalausgabe erschien 1987 unter dem Titel
«The House of Niccolò: The Spring of the Ram»
bei Michael Joseph Ltd, London
Umschlaggestaltung Walter Hellmann
(Ausschnitt aus dem Gemälde
«Blick auf einen Hafen mit dem Kapitol»
von Claude Lorrain, um 1636.
Paris, Musée du Louvre / Archiv für
Kunst und Geschichte, Berlin)

Veröffentlicht im Rowohlt Taschenbuch Verlag GmbH,
Reinbek bei Hamburg, April 1993
Copyright © 1990 by Rowohlt Verlag GmbH,
Reinbek bei Hamburg
«The House of Niccolò: The Spring of the Ram»
Copyright © Dorothy Dunnett, 1987
Alle deutschen Rechte vorbehalten
Gesamtherstellung Clausen & Bosse, Leck
Printed in Germany
1690-ISBN 3 499 13254 0

DIE MACHTENTFALTUNG DES HAUSES NICCOLO

VORREDE

DAS FRÜHLINGSZEICHEN DES WIDDERS ist natürlich das erste im Tierkreis, und Aries bezieht sich auf das erste Haus im Schicksalsrad. Was der große Ptolemäus dazu gesagt hat, ist dem Leser wohlbekannt. Für die Griechen stellte das Sternzeichen des Widders das Goldene Vlies dar, das der Held Jason errang; andere nannten es Widder des Ammon. Aber das alles mag der Leser jetzt vergessen. Es ist mein Geschäft, nicht das seine. Dem Leser (und mir) geht es um den Stern Niccolos, des Niccolo, den ich auf Jasons Fährte setzen soll.

Vielleicht gelingt es mir, ich bin mir noch nicht ganz sicher. Er ist neunzehn Jahre alt und klug. Es ist klug, sein Leben als Färberlehrling in Brügge zu beginnen und das Geschäft seiner Dienstherrin zu übernehmen, indem man sie heiratet. Ein Gewerbe in Flandern ist etwas wert. Flandern wird vom Herzog von Burgund regiert, einem der reichsten Fürsten der Welt und sogar vom König von Frankreich gefürchtet, obschon Karl eigentlich Herzog Philipps Lehnsherr ist, was seine Besitzungen auf französischem Boden angeht. Das flandrische Brügge ist ein Zentrum des Welthandels und steht über den Kanal hinweg im Austausch mit England und Schottland (obschon England mit seinem Krieg zwischen den Häusern York und Lancaster zu tun hat). Brügge beherbergt Kaufleute aus den Republiken Venedig und Genua und aus den Teilen Spaniens, die nicht unter sarazenischer Herrschaft stehen. Es ist Sitz einer Filiale des Hauses Medici, dessen Oberhaupt, Cosimo de' Medici, die Geschicke der Stadt meiner Vorfahren, Florenz, bestimmt. Es verkehrt mit Vertretern von Papst Pius in Rom, mit Abgesandten des von Kriegen gequälten Königreichs Neapel und des aufstrebenden Herzogtums Mailand, dessen Herzog Francesco Sforza den Franzosen so gern Genua entringen möchte. Es schickt Waren bis hin nach Konstantinopel und Kleinasien, weil es wiederum deren Luxusgüter liebt, und es benötigt außerdem asiatischen Alaun, den man beim Färben von Tuchen braucht. Aries ist natürlich das Zeichen des Wollkaufmanns.

Es ist ein Jammer, daß der aufgeweckte Niccolo in Brügge so viele Fehler begangen hat. Der schlimmste ist zu einer Gefahr für seine Ehefrau und ihr Geschäft geworden. Er hat sich einen mächtigen schottischen Adligen zum Feind gemacht und muß Brügge verlassen, bis sich die Wogen geglättet haben. Wäre ich nicht gewesen, hätte er sich der Söldnertruppe seiner Gattin irgendwo in Italien angeschlossen. Ich war es, der ihm ein anderes Ziel vor Augen stellte, das so verlockend wie das Vlies und ebenso sagenumwoben war.

Vor sieben Jahren erlag Konstantinopel dem Ansturm Sultan Mehmeds, und sein byzantinischer Kaiser starb. Die anderen europäischen Lande von Byzanz wurden alle nach und nach von diesen ottomanischen Türken überrannt, meine eigenen griechischen Besitzungen eingeschlossen. Von dieser erlesenen Kultur blieb nur ein einziges Schmuckstück übrig, das so lange am Treffpunkt von Okzident und Orient überlebt und das Beste von beiden bewahrt hatte. Dies war das Kaiserreich Trapezunt, ein Garten an der Südküste des Schwarzen Meeres, nicht mehr als vierzig Meilen tief und drei Tagesreisen von einem Ende zum anderen. Dort herrschte Kaiser David aus der byzantinischen Familie der Komnenen, einer Dynastie von legendärer Schönheit und sagenhaftem Reichtum, die sich zweihundert Jahre lang aller feindlichen Stämme an ihren Grenzen erwehrt hatte, mit Waffengewalt, mit Diplomatie oder durch Heirat.

Kaiser David von Trapezunt, so wurde berichtet, hatte einen Kaufmann in den Westen geschickt, der Florenz Handelsbeziehungen und die Einrichtung einer florentinischen Niederlassung anbieten sollte. Ich trug dies Niccolo vor, den die Flamen Nicolaas nennen: Was hatte er zu verlieren? Er mußte Brügge verlassen. Er mußte seine Talente gebrauchen, wenn seine Gemahlin und ihr Geschäft nicht Schaden nehmen sollten. Gab es eine bessere Gelegenheit als Trapezunt? Wenigstens sollte er mit einigen Gefährten nach Florenz reisen und mit dem Sendboten des Kaisers sprechen.

Er war einverstanden. Er hat, glaube ich, keine Ahnung, was wirklich geschehen wird. Vielleicht stellt er bei seiner Ankunft in Florenz fest, die längere Reise sei die Mühe nicht wert. Es könnte sich auch erweisen, daß er gar nicht so außergewöhnlich ist, wie ich ihn einschätze. Oder möglicherweise übertrifft er sogar meine Erwartungen und zeigt sich mir überlegen. Aber nein. Das ist unmöglich.

Beginnen wir also mit einem Geschehen, das scheinbar sehr wenig mit ihm zu tun hat. Ich werde mich jetzt nicht mehr an den Leser wenden, wenn ich auch stets gegenwärtig bin. Ich bin noch immer gegenwärtig: im Registrum Magni Sigilli Regum Scotorum, dem Register des Großsiegels von Schottland, wo ich Nicholai Georgei de Arcassoune heiße, Grecus cum pede ligneo. Mein richtiger Name ist Nicholai Giorgio de' Acciajuoli. Ich habe ein Holzbein. Niccolo hat es bei unserer ersten Begegnung zerbrochen. Er leistet jetzt Wiedergutmachung.

Kapitel 1

Catherine de Charetty, die sich kurz nach dem Fest der Kreuzeserhöhung (einem hohen Feiertag in Brügge) einen Liebhaber auserwählt hatte, war recht bestürzt, als sie erfuhr, daß sie mit fast dreizehn Jahren nicht alle geforderten Voraussetzungen mitbrachte. Sie begann sofort, um Geschlechtsreife zu beten. Sie betete, während sie schon Ausreißpläne schmiedete, und auch noch eine ganze lästige Weile danach. Die Macht des Gebets, so hatte man sie gelehrt, war unwiderstehlich. Bis sie und Messer Pagano Doria sich dem Zugriff ihrer Mutter entzogen hatten, würde sie gewiß eine Frau sein.

Messer Pagano Doria glaubte, sie sei schon eine. Das war in einem kritischen Stadium seines Werbens zutage getreten und war eines der vielen Dinge, die ihr an ihm gefielen. Sie mochte auch seine langen Wimpern. Und seine regelmäßigen Zähne und das teure Taschentuch, das er immer in seinem Wamsgürtel stecken hatte, ohne je hineinzuschneuzen. Sie mochte ihn wegen all dieser Dinge, noch bevor er im Haus ihrer Tante in Brüssel vorzusprechen begann und dann Tante, Onkel, Cousinen und auch sie zum Abendessen ausführte oder zum Fischen oder zu einer Vogeljagd einlud.

Manchmal brachte er seine eigenen Jagdhunde und eigenen Dienstboten mit, alle mit dem Familienwappen auf der Livree. Mal brachte er einen kleinen schwarzen Pagen in einem Turban mit, der seinen Falken trug. Dann wieder kam er allein. Anfangs schien er sie kaum an seiner Seite zu bemerken, wenn sie seine Zähne bewunderte und seine Geschichten von den maurischen Prinzen in Spanien, denen dreihundert Frauen willig waren, und von den vielbegehrten genuesischen Magnaten im Osten. Messer Pagano Doria war ein Schiffsherr aus der besten genuesischen Familie, die es je gegeben hatte, und so reich, daß er sich in Antwerpen eine Kogge kaufen konnte. Messer Pagano Doria war schon überall gewesen.

Ihre Tante und ihr Onkel fühlten sich durch die Aufmerksamkeiten eines Mannes mit solchen Verbindungen geschmeichelt. Sie waren keine richtigen Verwandten, nur Geschäftsfreunde, die ihrer Mutter am Anfang ihrer Witwenschaft beigestanden und sich erboten hatten, eine ihrer Töchter bei sich aufzunehmen, damit sie sich feine Lebensart aneigne. Catherine de Charetty war der Ansicht, daß man sich feine Lebensart genausogut in einem Färbergeschäft in Brügge aneignen konnte wie im Haus eines Wollkaufmanns in Brüssel, aber ihre Mutter dachte da anders. Ihre Mutter wäre sehr dagegen gewesen, daß Catherine sich einen Liebhaber nahm, aber ihre Mutter hatte auch einen Mann im Bett. Sie hatte jedenfalls einen gehabt, ehe Nicolaas fortgegangen war. Auf eine lange Reise. In Handelsangelegenheiten, wie alle sagten.

Ihre Mutter hätte Messer Pagano Doria nicht so oft kommen lassen, weil sie immer wußte, wann Catherine einen neuen Schwarm gefunden hatte. Catherine war sich der Macht der Liebe bewußt. Ihre Zuversicht war nicht unbegründet. Mit der Zeit belohnte sie Herr Pagano Doria mit entzückenden Aufmerksamkeiten. Er lächelte sie an, wenn er sprach, und berührte bisweilen ihre Wange, so daß sich ihre Augen begegneten, wenn sie auf seine Ringe blickte. Er trug teurere Ringe als der Brügger Repräsentant des Handelshauses Medici. Einmal faßte er an einer schwierigen Stelle in den Marschen ihre Hand, und einmal ließ er sie auf der Heimfahrt neben sich im Wagen sitzen, während er lachte und mit allen plauderte.

Sie kamen zum ersten Mal bei einem Turnier auf der Grand' Place einander näher, als die Vettern und Cousinen in ihrer Begleitung auf einmal verschwunden waren. Anstatt sich der Menge anzuschließen, schritten Messer Pagano Doria und sie durch die Straßen und über die Märkte, am Flußufer und an den Lagerhäusern entlang und redeten unablässig. Sie erfuhr alles über London und Lissabon, über Rom, Sardinien und Ragusa und über Chios, Damaskus und Konstantinopel, über all die herrlichen Länder, in denen er gewesen war. Er erzählte von Tieren, die vorn und hinten Schwänze hatten, von Rubinen größer als Rakettbälle und Blumen, von denen ein einziges Blütenblatt einen ganzen Palast mit Wohlgeruch erfüllte.

Seine sauberen, rosigen Fingerspitzen beschrieben die Dinge, von denen er redete, lenkten ganz leicht ihre Schulter oder erweckten ihre Aufmerksamkeit durch leichte Berührungen ihrer Handfläche. Sie aß würzige Pasteten, die er ihr kaufte, und trank unbekannte Getränke, wobei sie schwindelte, wenn sie ihr nicht schmeckten. Als er sie nach Hause brachte, wollte sie ihn vor Freude und Dankbarkeit umarmen, und er lächelte, als er das bemerkte, und streckte einladend die Arme aus. Seine warmen Arme und sein dicker, fester Kuß erinnerten sie an ihren Vater, nur daß Cornelis de Charetty schon alt war, als er starb, und keine Haut hatte wie ein rosenduftendes Kissen und nicht in plissiertem dunklem Atlastuch ging, das sich so wunderbar glatt anfühlte. Herrn Paganos Haar unter dem Federhut war auch dunkel und seidig, aber das wagte sie nicht zu berühren.

So fing es an. Es folgten vier Tage, an denen er sich ohne Erklärung fernhielt, Tage des Trauerns. Dann schickte er seinen schwarzen Pagen zu ihrer Tante. Alles war gut. Er mußte irgendeinen Verwandten gastlich bewirten: Würde die Familie ihm helfen? Catherine wurde überhaupt nicht erwähnt. Als der Abend kam, richtete er kaum das Wort an sie. Erst auf dem Heimweg, als sie in der Dunkelheit ein Stück zurückgeblieben war, nahm sie wahr, daß auch seine Schritte gezögert hatten. Dann sagte er: «Eine Träne, meine süße Caterinetta, aber, aber! Nein, das ertrage ich nicht!» Und sein Arm umfaßte warm ihre Taille, und er küßte die Träne fort und küßte dann ihren Mund. Da rief ihre Tante schon aus dem Haus heraus, und er lächelte und machte sich auf den Weg zu seinem Quartier.

Die nächste Begegnung richtete sie selbst ein und auch die beiden danach, allein mit ihm. Im Park, am Kanal oder unten am Flußufer, die Kapuzen ins Gesicht gezogen, da es Herbst war. Jedesmal schalt er sie aus und sagte, eigentlich müsse er sie zu ihrer Tante zurückbringen, aber er tat es nicht. Beim zweiten Mal küßte er sie schon, als sie sich begrüßten, nicht erst beim Abschied. Beim dritten Mal brachte er ihr ein Geschenk mit, einen kleinen Ring mit einem Karfunkel darin und einem Band zum Umhängen. Sie sollte ihn unter dem Gewand tragen, um nicht die Eifersucht ihrer Cousinen zu erregen. Er hatte seiner Mutter gehört, die Catherine als ihre kleine Tochter betrachtet hätte, wäre sie noch am Leben gewesen. Sie band sich den Ring selbst um, obwohl er ihr dabei helfen wollte. Sie wußte schon damals, daß er ihren Busen für hübscher hielt, als er war.

An jenem Tag war er müde. Er kam vom Kauf seines Schiffs zurück, und sie setzten sich unter einen Baum in den Obstgärten nicht weit von St. Gudula und blieben dort fast bis zum Einbruch der Dämmerung. Um sie vor Kälte zu schützen, nahm er sie mit unter seinen herrlichen Umhang und wärmte ihre Hände in seinen. Sie betrachtete ihn unverwandt, während er sprach, und bewunderte seine Knöpfe, und als sie den Pelz seines Kragens streicheln wollte, ließ er dies zu, wenn sie ihm entsprechende Vorrechte gewähre, wie er sagte.

Es war genauso aufregend, wie es in seinen Worten anklang: Er hielt sie mit der einen Hand an sich gepreßt und griff mit der anderen unter ihre Kapuze, um ihr langes, eifrig gebürstetes Haar hervorzuziehen. Dann strich er es mit den Fingern glatt und ordnete es über ihrer Brust bis hinunter zum Schoß. Sie hatte hübsches Haar: länger als das Tildes, obwohl diese älter war. Sie saß ganz still und ließ ihn so eine Weile gewähren. Nach einiger Zeit sagte er: «Caterinetta, Ihr seid eine reizende Frau. Ihr seid doch eine Frau, nicht wahr?»

Sie war überwältigt und überrascht gewesen. «Oh, natürlich!»

Er sah sie sehr ernst an.

Sie mußte vor Nervosität gelächelt haben, denn sein Gesicht veränderte sich plötzlich. Er seufzte, neigte den Kopf vor und drückte ihr durch den dünnen Tüll einen leichten Kuß auf den Hals. «Da bin ich froh, Caterinetta; denn ein Doria… ein Doria, wißt Ihr, könnte nie einem Kind seine Liebe erweisen. Das wäre gegen die Familienehre.»

Da war ihr aufgegangen, was er gemeint hatte. Sie hielt sich nicht damit auf. Sie hörte sich wiederholen: «*Liebe?*» Dann konnte sie nichts mehr sagen, denn er hob den Kopf von ihrer Brust und drückte seine Lippen ganz fest auf die ihren, während sein Arm ihre Schultern umfaßte.

Es raubte ihr den Atem, aber sie wußte, was es war. Genauso küßten sich auch Nicolaas und ihre Mutter. Sie wollte, daß er so verharrte, bis sie sich daran gewöhnt hatte. Statt dessen öffnete sich ihr Mund und verdarb alles. Sie wollte ihn wieder schließen, aber der Druck war zu stark. Sie spürte, wie ihre Zähne entblößt wurden. Sie hätte ihn sogar beißen können. Sie wich mit dem Kopf zurück, und er tat unwillkürlich dasselbe. Seine Hände ließen sie los. Er sagte: «Es ist natürlich noch zu früh. Es ist nicht recht und noch zu früh. Ich bringe Euch jetzt nach Hause.»

Sie war zu verblüfft, um auch nur zu weinen. Sie sagte: «Es war nicht meine Schuld. Nein, das war es nicht. Ihr könnt es noch einmal tun.»

«Glaubt Ihr, daß ich das nicht möchte?» sagte er. «Prinzessin, ich möchte noch viel mehr als das. Aber wenn die nächste Woche um ist, werdet Ihr mich nicht mehr sehen. Und bis ich zurückkomme, da sind vielleicht viele Jahre vergangen.»

Ihr Magen zog sich schmerzhaft zusammen. Sie sagte: «Ihr geht auf See.»

Er nickte. «Zuerst nach Italien, und dann – wer weiß, wohin. Mein größtes Abenteuer, glaube ich. Und ich muß es allein bestehen.»

«Nehmt mich mit», sagte sie.

Sie sah ihm den Schock und gleichzeitig ein köstliches Verlangen an. Dann sagte er: «Nein. Nein, wie könnte ich das? Es bleibt keine Zeit für ein Verlöbnis, geschweige denn für einen Ehekontrakt. Eure Tante hat keine Vollmacht, und Eure Mutter könnte ich nicht rechtzeitig benachrichtigen. Ich kann Euch nicht mitnehmen, mein liebstes Mädchen, obschon ich alles drum geben würde. Ich kann Euch nicht einmal wiedersehen. Ich darf es nicht. Ich würde zu weit gehen. Ich könnte mich nicht beherrschen. Und dann würdet Ihr mich hassen.»

Madonna Caterina de Charetty negli Doria.

«Ihr wollt mich *heiraten*?» Catherine mußte unter sich schauen, denn er kniete jetzt vor ihr, mit gezogenem Hut, den Kopf auf ihrem Knie.

«Ich will, daß Ihr meine Gemahlin werdet. Ich will Euch die Welt zeigen. Ich will das Christfest an Eurer Seite verbringen und Euch die Prinzen von Florenz zeigen», sagte Messer Pagano Doria mit Flüsterstimme. «Aber wie soll das geschehen?»

In einer Woche waren sie auf See.

Ihre Tante und ihr Onkel, in dem Glauben, er begleite sie heim nach Brügge, wünschten ihnen eine gute Reise. Tatsächlich aber fuhren sie nach Antwerpen. Dort zahlte er ihre Zofe aus, und sie ritten mit seinem Gefolge zum Hafen und gingen an Bord seines neuen Schiffes, seines großen und herrlichen Schiffes mit Namen *Doria*.

Recht bald schon mußte sie ihm sagen, daß sie noch keine Frau war, und sie glaubte, er werde ihr zürnen, weil er ihr Gemach verließ, ohne weiter darüber zu sprechen. Doch als er zurückkkam, sagte er nur, es mache ihm nichts aus, auf sie oder die Trauung zu warten, und die Papiere würden sie ohnehin erst in Genua bekommen.

Sie hatte nicht gewußt, daß man zu Trauungen Papiere braucht, aber offenbar war das so. Danach bekam sie köstliches Essen und noch mehr Präsente, obschon er nicht, wie erwartet, in ihrem Bett schlief. Er suchte sie aber oft auf und spielte Karten mit ihr und erzählte ihr noch mehr Geschichten und liebkoste und küßte sie, was ihr sehr wohl gefiel. Er hatte ihr ein schönes Kleid gekauft, und er lustwandelte mit ihr auf dem Schiff, damit sie sich zeigen konnte.

Es waren noch andere Frauen an Bord. Manchmal zwinkerten sie ihr zu, doch Catherine, in einer Hafenstadt aufgewachsen, hütete sich, darauf einzugehen. Sie waren natürlich da, um mit den Matrosen ins Bett zu gehen. Der Schiffsführer war freundlich, der schwarze Page höflich, nachdem Messer Pagano ihn auf ein paar Worte beiseite genommen hatte, den Worten zweifellos mit dem Rohrstock Nachdruck verleihend. Es war alles wie in einem sehr schönen Tagtraum, bis auf die alte flämische Zofe, die er ihr angeschafft hatte und die ihr ständig heiße Bäder und Purgiermittel bereitete, damit sie eine strahlende Haut bekam. Catherine nahm die Bäder und die Pülverchen. Sie wollte bei den Prinzen von Florenz neben ihm glänzen. Und sie hatte seine Zusicherung: Heirat, sobald es sich schickte. Sie würde eher als Tilde verheiratet sein. Sie würde einem Mann angetraut sein, der älter war als Nicolaas. Älter und reicher und höher geboren als der Mann, den ihre Mutter sich ins Bett genommen hatte.

Und so betete Catherine de Charetty, während das Schiff an Brügges Hafen vorbeisegelte, um Frankreich herum, an Portugal entlang und durch die Säulen des Herkules hindurch der Landung entgegen, ihr besonderes Gebet. Und erinnerte sich dabei mit Unbehagen der mit schriller Stimme vorgebrachten gleichartigen Gebete ihres Bruders Felix. Und der war an jenem Geburtstag sechzehn gewesen.

Zu Hause in Brügge nahm sich Marian de Charetty, Herrin des Färbereigeschäfts Charetty, vor, ihrer älteren Tochter Tilde und allen ihren Dienstboten und Getreuen ein schönes Christfest auszurichten; und inzwischen versuchte sie, weder um ihren einzigen Sohn Felix zu trauern, der sich in der Tat endlich des Mannestums erfreut hatte und daran gestorben war, noch um ihren jungen Ehegemahl Nicolaas, den die Umstände gezwungen hatten, sich nach Florenz zu empfehlen, noch um ihre jüngere Tochter Catherine, die, nach sporadischen Briefen vagen Inhalts zu schließen, in Brüssel recht zufrieden war und keine Eile hatte, ihre Schulung in gesellschaftlichem Umgang zu beenden.

War Catherine de Charetty glücklich, so war auch Herr Pagano Doria erstaunlich zufrieden. Die Reise war angenehm und einträglich gewesen. Das einzige Mißgeschick würde, so es Gott gefiel, bald behoben sein. Und er hatte kaum den Fuß auf italienischen Boden gesetzt, da war schon die Hälfte seiner noch verbliebenen Probleme gelöst. Er begegnete Pater Gottschalk.

Zuerst sah es gar nicht nach einem glücklichen Zufall aus. Es kam dazu in Porto Pisano, dem Hafen, über den Pisa und Florenz ihre Handelsgeschäfte abwickelten. Er hatte alle Hände voll zu tun mit den Hafengebühren, dem Zoll und der Ladung, ganz davon abgesehen, daß er Catherine davon abhalten mußte, sich an Land zu zeigen – das ging einfach noch nicht. Erst mußten sie verheiratet sein, dann würde niemand sie mehr trennen können.

Schließlich war es die alte flämische Hexe, die ihr die Verkleidung als Page schmackhaft machte: wenn er schon einen schwarzen hatte, warum dann nicht auch einen weißen? Dann mußte er den guten Noah trösten, dessen kleines schwarzes Herz er schon gebrochen hatte. Es war ein Wunder, daß sie dann doch alle so früh an Land und bereit waren, nach Florenz aufzubrechen. Ja, sie saßen gerade auf, als Catherine in ihrer hübschen Pagentracht auf ihrem kleinen Pferd zu ihm heranritt und sagte: «*Seht nur!*»

Einen Augenblick lang glaubte er, es sei ihre Tante oder ihre Mutter. Doch ihr Finger deutete über die Menge am Kai hinweg auf eine Gruppe von Rompilgern, die gerade an Land gingen. Unter ihnen war ein Priester: ein großer, breitschultriger, noch junger Mann in einem fleckigen Kapuzengewand aus gutem Tuch, der mit jemandem um den Mietpreis für ein Pferd feilschte. Zwei Diener standen stumm hinter ihm bei einer bescheidenen Ansammlung salzverkrusteten Gepäcks. Die Diener trugen eine Livree von einem eigenartigen Blau, aber kein Wappen.

Herr Pagano ergriff die Hand seiner Verlobten und zog sie lächelnd herunter. Ach, eines Priesters bedurften sie noch nicht. Und er wußte schon, welchen Priester er haben wollte. Er sagte: «Was ist, mein Liebes? Ist es jemand, den Ihr kennt?» Er nickte bei diesen Worten Crackbene, seinem Schiffsführer, zu und zog sie ein Stück beiseite, indes die anderen sich langsam auf den Weg machten. Während der ganzen Zeit, die sie sprach, achtete er darauf, daß sie der blauen Livree den Rücken zugekehrt hielt.

Offenbar schlechte Nachricht, aber es hätte schlimmer sein können. Der Mann war der Kaplan des Hauses Charetty. Der Bursche hatte eine Weile in Brügge sein Amt versehen, aber die meiste Zeit hatte er sich bei Marian de Charettys Reiterschwadron aufgehalten, die den Winter in Italien verbrachte. Er war jetzt, so glaubte sie, gewiß auf dem Weg nach Hause.

Da war Herr Pagano anderer Meinung, aber er hatte nicht die Absicht, ihr dies zu sagen. Der Priester durfte sie natürlich nicht zu Gesicht bekommen. Sie sah das ein. Man verabredete schließlich, daß sie mit dem Schiffsführer an Bord zurückkehren sollte, während er in ihr pisanisches Quartier vorausritt. Dort würde sie sich dann, wenn der Priester seines Weges gezogen war, zu ihm gesellen.

Wie er sah, kam ihr nicht der Gedanke, daß jemand, der sich zu Pferd nach Flandern begab, nach Norden reiten mußte und nicht nach Osten, wo Pisa und Florenz lagen. Es gab Zeiten, da liebte er Catherine einfach wegen ihrer Unwissenheit.

KAPITEL 2

ES DAUERTE EINE STUNDE, bis sich Catherine de Charetty wieder mit ihren Dienstboten auf dem Schiff eingerichtet, und noch ein wenig länger, bis Herr Pagano einige wichtige Auskünfte eingeholt hatte und sich abermals auf den Weg nach Pisa machen konnte. Der Priester war natürlich schon längst außer Sicht.

Herr Pagano Doria ritt schnell, zum Mißvergnügen seiner Maultiertreiber und Diener, wenn er auch ein- oder zweimal den schwarzen Pagen Noah zu sich in den Sattel hob. Übellaunigkeit lag jedoch nicht in seiner Natur, obschon der Treidelpfad staubig und recht belebt war. Bis zum Winterhochwasser war der Fußweg nach Pisa und Florenz die rascheste Verbindung von der Küste her, und es gab viele Reisende, mit denen man ein Wort wechselte.

Herr Pagano Doria trödelte zwar nicht, aber er hatte doch für die meisten Leute, denen er begegnete, einen Scherz oder eine kleine Neckerei übrig, und man drehte sich mit Vergnügen nach ihm um, denn er war ein wohlgestalter Mann, wenn auch nicht gerade groß. Sie kamen an einer Kolonne von Eseln vorbei, die mit Mehlsäcken bepackt waren. Ein Strumpfmacher mit seinen Scheren und Nadeln erwiderte freundlich Paganos Gruß, desgleichen zwei Kalfaterer, die in Pisas Schiffsbauhütten Arbeit suchen wollten. Dann versuchte ein Fuhrmann mit Krügen voller Öl aus der neuen Ernte, der mit seinem Wagen die ganze Breite des Wegs einnahm, an einem mürrisch dreinblickenden Faktor vorbeizugelangen, der gerade den Weinertrag geprüft hatte und zum Beweis zwei Weidenkrüge mit sich führte. Als der Faktor die Stirn runzelte, blickte Herr Doria den Fuhrmann an und zog die Brauen hoch, worauf der Fuhrmann lachte. Ja, er war ein Mann von Welt, Messer Pagano Doria, flink wie ein Windhund und ein heller Kopf.

Sie bewegten sich noch immer so dahin, eine ganze Karawane von Reisenden, als sie jäh durch eine Galeere aufgehalten wurden. Auf dem Treidelpfad begannen alle zu schimpfen. Messer Pagano Doria, auf einmal voller Optimismus, dachte lediglich daran, wie sehr seine kleine Catherine den Anblick dieser hundertachtunddreißig Fuß langen leeren florentinischen Galeere genossen hätte, die da an Bäumen flußaufwärts nach Pisa gewarpt wurde, wo sie wohl zwischen den zwei Brücken für die nächste Fahrt überholt werden sollte. Der Weg war ein einziger Matsch von welkem Laub und Schlamm. Ein Stück voraus, wo Weg und Fluß eine Biegung machten, stand wie immer die Gruppe von miteinander streitenden bartstoppeligen Männern in Leinenblusen und aufgeplatzten Strumpfhosen, die irgendein obskures Hebelkraftproblem zu lösen suchten und nicht in der Stimmung waren, wegen der Reisenden am Ufer zur Seite zu weichen. Um Pagano Doria herum schrien alle weiter (die Kalfaterer ausgenommen), während sie das letzte Stück Wegs bis zum Hindernis zurücklegten, wo ein, zwei Reisende bereits haltgemacht hatten. Unter ihnen war der im Dienst des Hauses Charetty stehende Kaplan namens Gottschalk.

Er stand am Ufer des Arno und blickte zu der gestrandeten Galeere hinunter. Vom Heck des hoch im Wasser liegenden und mit diskutierenden Leuten beladenen langen, herrlichen Schiffsbauchs führte ein Tau die Böschung hinauf zu einer Ulme, an der es mit einem Seemansknoten festgemacht war. Ein zweites Tau, vom Bug aus nach vorn geworfen, hielt das Schiff flußaufwärts an einer Eiche fest. Durch Einholen des vorderen Taus konnte die Mannschaft üblicherweise das Schiff gegen die Strömung weiterbugsieren.

Der Priester stand bei der Ulme. Ein ungewöhnlich großer Mann, wie man jetzt aus der Nähe sah. Sein breites, langnasiges Gesicht mit den buschigen schwarzen Brauen blickte ruhig. Er hatte die Kapuze zurückgeschlagen, und das unter den Rand des Käppchens gesteckte Haar war dicht und schwarz wie gefärbte Baumwolle. Er hatte einen Hals wie ein Elch, und an der in die Hüfte gestemmten

Faust war eine frische Narbe. Hinter ihm standen seine zwei Diener mit den Pferden. Er selbst beobachtete den Fluß, auf dem die florentinische Galeere noch immer in ihrer ganzen eleganten Länge ruhte, während das dicke, gelbe Wasser an ihr vorbeirauschte. Sie lag auf einer Sandbank fest.

Wenn man keine Eile hatte, war die Szene recht unterhaltsam. Unterhalb der steilen Böschung hatten sich barbeinige Männer, die in allen Dialekten von Savona bis Neapel fluchten, mit Stemmstangen und Schaufeln ans Werk gemacht, unter ihnen die Schiffsbesatzung. An Deck schritt ein breitschultriger, glattrasierter Mann, der die Arbeiten überwachte, auf und ab. Er trug einen flachen, roten Rundhut und ein schwarzes Gewand, an dem es golden aufglänzte. Im Heck versuchten zwei halbnackte Gestalten die Spill aufzuwinden: Die Eiche in der Ferne erzitterte. Andere Bäume, die mit abgescheuerter Rinde knöcheltief in ihrem letzten Laub standen, hatten schon Schaden genommen. Über ihnen zog ein Schwarm von Krähen dahin. Herr Pagano Doria saß ab, als gerade der Baum neben dem Priester erbebte. Ein Vogelnest flog in die Luft, fiel ins Wasser und trieb mit der Strömung davon.

Der Priester und Doria entdeckten, daß tief in die Rinde des Baumes noch immer die Schlinge des Haltetaus der Galeere eingegraben war. Es roch nach erhitztem Seil. Das Tau, gerade wie ein Lineal, surrte vernehmlich. Herr Pagano sagte in gesetztem Ton: «Sie scheinen an beiden Enden festgemacht zu sein.»

Der Priester neigte den Kopf und wandte sich um. «Ich fürchte, sie werden kaum weit kommen.» Er hatte eine melodische Stimme und sprach in einem Latinistenitalienisch, das er irgendwo in Deutschland gelernt hatte. Er setzte hinzu: «Wollt Ihr sie verständigen, Monsignore, oder soll ich es tun?»

Eine verwandte Seele. Herr Pagano Doria setzte sein charmantes, maliziöses Lächeln auf. «Erlaubt», sagte er, zog sein zweischneidiges Schwert mit dem Goldgriff und trat an dem Priester vorbei auf das Tau zu.

«Aber –» sagte der Kaplan rasch. Pagano lächelte nur, hob beide Arme und ließ die Klinge auf das Tau niederfahren.

Die losgetrennte Halterung schnickte wie eine Peitsche, so daß Blätter, Gras und Sand aufwirbelten. Auf dem Vorderdeck der

Galeere warf das plötzlich entspannte Spill die zwei Seeleute, die sich mit ihm abmühten, zu Boden. Die Galeere, von der einen Baumverankerung befreit, legte sich sofort quer zur Strömung und schob sich rückwärts wieder die Sandbank hinauf. Der Mann im schwarzen Gewand fiel hin. Das Geschrei, das folgte, glich dem, das man bei einer Stierhatz hört, und übertönte das gedämpfte, vorsichtige Lachen des Mannes mit den Eseln und des Ölhändlers. Der Weinbergfaktor, der mit Unterbrechungen sich an einem Holzstoß erleichterte, war die Verkörperung stummer Besorgnis, doch aus ganz anderen Gründen.

Die beiden Männer bei der Ulme sahen sich an: einer fünf Sechstel von der Größe des anderen. Herr Pagano Doria rief aus: «Jetzt beschütze mich der Allmächtige. Wer konnte dergleichen vorhersehen? Man wird mir die Schuld geben, und zu Recht.»

Der Priester blickte nachdenklich drein. «Vielleicht. Vielleicht auch dem, der das Tau nicht losgebunden hat.»

«Ah», sagte Pagano Doria. «Ihr tadelt mich, und zu Recht. Es schickt sich nicht, daß irgendein armer Schlucker die Schuld eines anderen auf sich nimmt. Wenn es natürlich auch in erster Linie seine Schuld war. Kommt Ihr mit, um Zeuge meiner Beichte zu sein?»

Der Priester lächelte. «Wenn Ihr es wünscht. Der Schiffsführer mag sich verletzt haben. Vielleicht könnt Ihr die Hilfe spezieller Riten gebrauchen, wenn er über Euch herfällt.»

«Ich?» sagte Pagano Doria. Vielleicht, weil er von eher kleiner Statur war, wußte er eine gewisse Schärfe in seine Stimme zu legen, eine gewisse Kühle in den Gesichtsausdruck, die er dann sogleich wieder mit einem Lachen verscheuchte. Er sagte: «Aber wir kennen uns noch gar nicht. Ich bin Pagano Doria, Kaufherr, Seemann und Schiffsherr einer Kogge, die gerade von Genua herübergekommen ist. Und Ihr?»

«Ein berühmter Name», sagte der Priester. «Was mich angeht, ich bin in Köln geboren, diene aber als Kaplan und Konsulent bei einer kleinen Söldnertruppe in Italien, die einem Färbergeschäft in Flandern gehört. Mein Name ist Gottschalk.»

«Und auch das ist kein unbekannter Name», sagte Herr Pagano großmütig. «Das trifft sich gut, und ich will Euch ein Geheimnis verraten. Der Mann an Bord hat mich noch nicht erkannt, aber er heißt Antonio di Niccolo Martelli, und ich kannte ihn schon lange, bevor er zum Seekonsul ernannt wurde. Er wird mir verzeihen. Ich werde ihn mit Neuigkeiten und Geplauder unterhalten, und sein Zorn wird verrauchen. Ihr werdet mir helfen. Ich werde ihm sogar sagen, Ihr hättet versucht, mich von meiner kleinen, dummen Posse abzuhalten. Kommt. Kommt mit und lernt ihn kennen. Wenn Euer Ziel Pisa ist, könnt Ihr gar nicht genug Freunde haben.»

«Freunde?» sagte der Priester mit einem zögernden Lächeln. Doch als Doria durch das Gras zum Fluß hinuntersprang, tat es ihm der schwarzhaarige Priester sogleich nach.

Ihr Empfang entsprach genau Herrn Dorias Erwartungen. Sie mußten zehn unangenehme Minuten überstehen, dann ließ sich der Seekonsul allmählich durch den Namen Doria und den Hinweis auf alte Freundschaft besänftigen und sogar eine gastfreundliche Haltung abringen. Es war Sesto, Zeit für die Besatzung, eine Pause zu machen und zu essen. Hatten Pater Gottschalk und Messer Pagano Lust, noch zu bleiben und das Mittagsmahl mit ihm zu teilen?

Inzwischen befanden sie sich an Bord – Pater Gottschalk war mit stoischer Gelassenheit, sein Gewand schürzend, durch das seichte Wasser gewatet, und Messer Pagano hatte die Strecke auf elegantere Weise zu Pferde zurückgelegt. In der Behaglichkeit seiner Kabine kredenzte ihnen der Seekonsul sodann einen guten Rheinwein, während sein Diener einen Korb auspackte.

Der Korb barg kalte Tortellini, Geflügelfleisch, einige hartgekochte Eier und eine Pastete – genug für drei. Herr Doria begann zu erzählen, wie er versprochen hatte, und wartete als Gegenleistung für das üppige Mahl mit so vielen wohlgewürzten Neuigkeiten auf, wie sie sich der Konsul nur wünschen konnte. Der Priester, der gerade aus Rom gekommen war, hielt sich eher zurück, steuerte aber auch ein paar eigene handfeste Anekdoten bei, die den Seekonsul wie Doria überraschten. Nach der Mahlzeit erbot sich Messer Martelli gar, den Priester persönlich auf der Galeere herumzuführen, da er das Schiff zu bewundern schien.

Doria dachte sich, daß Gottschalk in Wahrheit weniger daran interessiert war, die Galeere selbst zu erkunden als daran, nachzuprüfen, ob er mit seinem Streich Schaden angerichtet hatte. Als er den Seekonsul direkt darauf ansprach, begann dieser Messer Pagano sogleich abermals zu tadeln, aber in milderem Ton. Es hätte schlimm kommen können, aber nein, es habe keinen ernsthaften Schaden gegeben. Ein paar verzerrte Spanten vielleicht, ein wenig Abrieb. «Sie wird nachgesehen werden, aber es ist ihr weiter nichts geschehen. Sie ist schließlich schon eine alte Dame: sie hat der Republik treu gedient und wird jetzt überholt und vermietet. Wer ein zwölf Jahre altes Schiff am Ende der Handelsverkehrszeit mietet, muß wissen, was er tut. Und die Ausbesserungsarbeit schafft Lohn und Brot.»

Ein Pfiff ertönte. Die Essenszeit war vorüber. Der Priester und der Genuese schritten zusammen mit Martelli zum Bordrand der Galeere, um sich zu verabschieden. Und da ließ Messer Pagano Doria, der seinem Diener am Ufer etwas zugerufen hatte, die Geschenke auspacken und dem Seekonsul präsentieren: sechs feine Leinenhandtücher für ihn und ein Stück Spitze für seine verehrte Gemahlin, die Madonna. Als Zeichen seiner Zerknirschung und als Wiedergutmachung. Und um ihrer alten Freundschaft willen.

Er wußte, daß er da großzügig handelte, und er war nicht überrascht, als ihn der tief beeindruckte Seekonsul (warum hatte er nicht früher daran gedacht!) zum Abendessen in sein Haus einlud. Wo logierte er in Pisa?

Rasch einer Einladung zuvorkommend, auf die er keinen Wert legte, sagte Messer Pagano, für sein Quartier sei schon in einer Taverne gesorgt. Er reite jetzt direkt dorthin. Die Galeere mit Messer Martelli an Bord werde natürlich viel länger brauchen. Wann sollte er im Haus des Seekonsuls vorsprechen?

«Aber geht doch gleich hin!» sagte Messer Martelli. «Wartet auf mich und ruht Euch aus! Meine Gemahlin und die Haushälterin werden sich um Euch kümmern. Bringt ihr auch gleich die Geschenke mit. Und – reist Pater Gottschalk mit Euch?»

Pater Gottschalks Nein wurde von Pagano Dorias Stimme übertönt. Ja, sagte der reizende Mann lächelnd, natürlich, Pater Gottschalk müsse ihn weiter nach Pisa begleiten. Und durfte er vielleicht auch das Vergnügen, die Ehre haben, die Madonna, des Seekonsuls Gemahlin, kennenzulernen und zusammen mit Messer Martelli in dessen schönem Haus zu Abend zu speisen? Wunderbar! Er war sprachlos vor Freude. Er konnte es nicht erwarten, bis sie ihre herrliche Freundschaft am Abend erneuern würden.

Erst an Land drehte sich Herr Pagano zu seinem geistlichen Gefährten um und sagte scheinheilig: «Aber vielleicht habe ich falsch gehandelt? Ich habe Euch keine Gelegenheit gegeben, die Einladung abzulehnen. Aber die Frau Seekonsulin ist eine gute Köchin, und er ist ein guter Mann. Ist mir verziehen?»

«Dafür, daß Ihr einem armen Priester aus Deutschland zu zwei köstlichen Mahlzeiten verhelft? Mein lieber Sohn», sagte Pater Gottschalk, «selbst die Krähen würden Euch verzeihen.»

Und so geschah es. Priester und Schiffsherr legten gemeinsam das letzte Stück Wegs zurück, dieser anmutig plaudernd, jener höflich darauf eingehend. In Pisa angelangt, schickte der Priester seine kleine Begleitung und sein kleineres Gepäck in die bescheidene Herberge, die er gewählt hatte. Das Doriagefolge – Dienerschaft, Packpferde, Maultiere und afrikanischer Page – begab sich nicht ohne Aufsehen zu seinem vornehmeren Quartier.

Pagano Doria führte den Priester, lebhaft plaudernd, an den Flußmühlen vorbei zu den Hafenanlagen, wo die Galeeren der Republik müßig schaukelten oder starr auf ihren Böcken lagen, um abgeschabt und ausgebessert zu werden nach ihrer letzten Handelsreise, gleich neben der hoch aufragenden alten Zitadelle. Das Haus des Seekonsuls, für seine sechs Monate Dienstzeit gemietet, stand unmittelbar daneben: ein niedriges, zweigeschossiges Gebäude mit Kellern darunter und einer Treppe, die vom Hof hinaufführte.

Eine hübsche Frau stand oben an der Treppe und lächelte Pagano Doria an, der sie, nach städtischer Manier, auf die Lippen küßte und ihr dann behutsam seine Geschenke in die Arme legte. Dann trat er höflich zur Seite, um ihr Pater Gottschalk vorzustellen. Die Frau war natürlich die Gemahlin des Seekonsuls.

Als sie von der Anweisung ihres Ehegatten erfuhr, zeigte sie sich höchst entzückt und beeilte sich, ihre Gäste in die gute Stube zu geleiten und ihnen einen Becher aufwärmenden Weins vorzusetzen. Denn es werde, wie sie mit einem Lächeln sagte, drei Stunden dauern, bis die Galeere nach Pisa heraufgeschleppt worden sei, und sie würden dann um so herzhafter schmausen, wenn Messer Martelli, ihr Herr und Gebieter, wohlbehalten angelangt sei.

Bald darauf kam sie auf den Teppich zu sprechen, den Herr Pagano von seiner letzten Fahrt nach Chios mitgebracht hatte, und sie erbot sich, ihm zu zeigen, wo sie ihn aufgehängt hatte. Dem Priester, der sich schon halb erhoben hatte, wurde ein schönes Meßbuch aus Mantua in die Hand gedrückt, damit er beschäftigt war.

Gewiß, er schien darin vertieft zu sein, obschon er jedesmal aufblickte und lächelte, wenn der eifrige Diener seinen Becher nachfüllte, und manchmal konnte man beobachten, wie er sich bei einer Seite länger aufhielt, als eigentlich nötig gewesen wäre. Als er nach einer halben Stunde noch immer allein war, erhob er sich, vielleicht weil er steif geworden war, und trat an ein Fenster mit geöffneten Läden, von dem aus man die Kais überblicken konnte. Von dort ging er ohne offenkundige Eile, wieder die gute Stube durchquerend, zur Treppe und dann in den Hof hinunter, wo er unter einem Orangenbaum stehenblieb und bedächtig eine Seite umblätterte.

«Ah!» sagte der Seekonsul, der gerade, zwei Stunden zu früh, zusammen mit seinem Diener zum Tor hereinkam. «Ihr habt das Haus gefunden, Pater Gottschalk. Und wo ist Herr Pagano?»

Der große Priester mit dem Filzkäppchen klappte das Meßbuch zu und umfaßte es mit den Händen. «Ich habe mich oben in der Stube entschuldigt in der Hoffnung auf dieses Gespräch. Ich habe Euch etwas zu sagen.» Hinter ihm ging im Obergeschoß ein Fensterladen auf.

«Ach ja?» sagte der Seekonsul in unverbindlichem Ton. Er schritt voraus zu einer Steinbank, und sie nahmen beide Platz.

«Es handelt sich um die Galeere», sagte der Priester zu Martellis Erstaunen. «Ihr habt vielleicht mein Interesse an dem Schiff bemerkt?»

«Ihr seid ein aufgeschlossener Mensch, Pater Gottschalk», sagte der Seekonsul.

«Aber ich hätte Euch den Grund meines Interesses sagen sollen», fuhr der Priester fort. «Das Handelshaus, in dessen Diensten ich stehe, ist in Brügge ansässig. Aus bescheidenen Anfängen entstanden, betreibt es heute nicht nur die Tuchfärberei und Maklergeschäfte, sondern unterhält auch eine Söldnertruppe. Solche Männer bedürfen des juristischen Beistands und der geistlichen Tröstung, und ich habe ihnen beides geliefert. Ich komme gerade aus dem

Winterquartier der Kompanie in der Nähe von Rom. Ich bin auf dem Weg nach Florenz, wo die Vorsteher meines Hauses eine neue Möglichkeit zur Ausdehnung ihrer Geschäfte erkunden. Um weiter voranzukommen, würden sie eine große Galeere benötigen – vielleicht diese hier; sie ist ja gerade frei, und solche Schiffe sind nicht leicht zu beschaffen. Daher, wie Ihr wohl versteht, meine Sorge um ihren Zustand.»

Das Interesse des Seekonsuls war geweckt. «Ihr sprecht von einem eher kleinen Haus. Doch eines, welches das Kapital aufbringt, um eine Galeere zu bemannen und zu führen, und auf genügend Klienten zählen kann, um sie zu füllen, muß ein recht großes sein. Wem gehört es?»

«Einer Witwe, die vor kurzem wieder geheiratet hat», sagte der Priester. «Sie lebt in Brügge. Ihr Gemahl ist schon vor mir in Florenz. Soweit ich weiß, soll er dort mit der Republik über Geschäfte verhandeln. Mit dem ersten Bürger der Republik, Cosimo de' Medici.»

«So, so», sagte der Seekonsul. Seine Augen blickten schärfer. «Ihr kennt meinen Namen, Martelli? Ihr wißt, daß wir Galeerenführer sind, daß die Medici und die Martelli zusammenarbeiten? Wer ist dieser Mann, der zweite Ehegemahl Eurer Dienstherrin, der eine Galeere beanspruchen will?»

«Vielleicht hat er das gar nicht vor», sagte der Priester. «Vielleicht übersteigt das seine Möglichkeiten. Ich bin mir nicht sicher. Sein Name ist Niccolo. Er ist neunzehn Jahre alt.»

«*Neunzehn!*» sagte der Seekonsul und lächelte. «Das klingt mir, als käme es wenig darauf an, ob die Galeere, von der Ihr sprecht, seetüchtig sein wird oder nicht. Ihr seid wohl noch nicht lange in diesem Handelshaus? Der junge Mann hat die Dienstherrin geehelicht, und gewiß hatten ihr Aktuarius, ihr Advokat, ihr Kaplan und ihr Physikus allesamt Grund, ihren Abschied zu nehmen, und mußten ersetzt werden?»

Der Priester hielt den Blick seiner braunen Augen weiter fest auf ihn gerichtet. Er sagte: «Nein, sie haben sich entschlossen zu bleiben. Ich wurde eingestellt, weil sich das Geschäft unter dem jungen Herrn ausgeweitet hat. Er hat Gespür, heißt es. Die Zeit wird es weisen.»

«Ihr überrascht mich», sagte der Konsul. «Was immer die Zeit weist, wird gewiß interessant zu hören sein. Aber, versteht mich wohl, ich kann Eurem Haus bei den Medici nicht helfen. Allein Messer Cosimo und seine Söhne machen Angebote und entscheiden über neue Geschäfte.»

«Gewiß», sagte Gottschalk und erhob sich. «Ich wollte mich nur für mein anfängliches Schweigen entschuldigen. Ich möchte nicht, daß Ihr später denkt, ich hätte Euch getäuscht. Aber man spricht nicht gern allzuviel von einem jungen Herrn, der sich erst noch bewähren muß. Ah… Da kommt Eure Gemahlin, um mich dafür auszuschelten, daß ich Euch aufgehalten habe.»

Das Abendessen war gut, der Wein reichlich und ausgezeichnet. Nachdem sie zu später Stunde gemeinsam gegangen waren, standen der Priester und Pagano Doria schließlich vor der Taverne des Schiffsherrn, wo sich ihre Wege trennten. Der Priester sprach dem Stifter des gastlichen Abends seinen gebührenden Dank aus. Erst da blickte Pagano Doria zu dem ruhigen, kräftigen Gesicht auf und verlieh seinem Lächeln eine schalkhafte Note. Er sagte: «Ihr seid mir nichts schuldig. Im Gegenteil. Unsere Gastgeberin, die Madonna, hat mir ein Geschenk für Euch mitgegeben, doch da es parfümiert und seiden ist, erregt es vielleicht Anstoß. Oder habt Ihr eine Schwester, eine Mutter?»

«Wie sonst», sagte Gottschalk, «könnte ich einen Kuß gehörig deuten, wenn ich sein Zeuge werde? Ich nehme das Tuch natürlich an. Ich sollte Euch vielleicht auch raten, dort nicht zu oft vorzusprechen. Galeeren halten sich bekanntlich nicht immer an die Zeit; auch ihre Führer nicht.»

«Wie, keine Moralpredigt? Was seid Ihr für ein guter Geselle, und was habt Ihr mir gerade für einen Schrecken eingejagt. Worüber habt Ihr im Hof gesprochen? Gott oder Mammon?»

«Über meine zwei Herren», sagte Gottschalk. «Wir haben über den Kaufherrn Niccolo gesprochen, wie er im Italienischen heißt. Nicolaas van der Poele vom Handelshaus Charetty in Brügge, gegenwärtig zu Gast in Florenz.»

«Nie von ihm gehört», sagte Pagano Doria.

Oben in seiner Kammer fand er Catherine de Charetty vor.

Herr Pagano Doria hatte einen langen, wenn auch amüsanten Tag hinter sich, mit einem großartigen, wenn auch erschöpfenden Abschluß. Er fühlte sich ein wenig müde, aber angenehm befriedigt. Und nun war hier dieses liebe flandrische Geschöpf, das neun sichere Meilen weit fort an Bord der *Doria* hätte sein sollen und statt dessen in derselben Kammer war wie er, in ihrer zerknitterten Jungentracht, in derselben Stadt, in welcher der Kaplan des Hauses Charetty weilte. Ja, noch dazu in der Kammer, unter der…

«Nicolaas», sagte Catherine de Charetty. Ihre Stimme klang schrill wie eine Säge. Ihr Gesicht war schmutzig. Die Zofe, diese Hexe, war also nicht hier. «Nicolaas ist in Florenz. Der Mann hat gesagt, Nicolaas sei in Florenz.»

Sie hatte gelauscht. Pagano Doria schloß die Tür, nahm seinen Federhut ab und setzte sich zu dem Kind auf die Sitzbank. Er stülpte ihr seinen Hut über den Kopf und legte dann eine Hand auf die Rücklehne der Bank und faßte mit der anderen ihre beiden Hände. Ihre Handflächen waren auch schmutzig. «Ich weiß», sagte er. «Oder wenigstens weiß ich es jetzt. Aber Ihr seid doch nicht etwa besorgt?»

Sie sah ihn an, als wäre er verrückt geworden. Nicolaas, neunzehn Jahre alt, hatte jüngst Catherines Mutter geheiratet. Nicolaas stand jetzt dem Hause Charetty vor. Wenn Nicolaas erst von ihrer amourösen Flucht erführe, würde er der Geschichte ein schnelleres Ende bereiten, als sogar ihre Mutter es tun würde. Natürlich nur, um sich selbst Vorteile zu verschaffen. Herumhurende Lehrburschen, die zwanzig Jahre ältere Frauen heirateten, hielten sich nicht mit den Sehnsüchten junger Mädchen auf. Pagano Doria wußte alles über Nicolaas. Sie zitterte.

Er war versucht, sie in die Arme zu nehmen, doch das wäre unklug gewesen. Er gab ihr den Blick voller Zuneigung und sogar mit einer Spur von Belustigung zurück und sagte: «Mein Liebes, er wird nie auf den Gedanken kommen, daß Ihr hier seid. Pater Gottschalk hat auch keine Ahnung. Ich bin ihm auf dem Treidelpfad begegnet und habe mich sicherheitshalber mit ihm angefreundet. Er reist nach Florenz. Ihr werdet in Pisa bleiben, bis sie beide fort sind.»

Als ihr Gesicht rot anlief, merkte er, daß er einen Fehler gemacht hatte. Sie sagte: «Ihr habt gesagt, wir würden das Christfest in Florenz verbringen. Ihr habt gesagt, ich würde Ohrringe tragen und Prinzen kennenlernen und...»

«Aber das wird natürlich alles geschehen!» sagte er. «Sie werden nicht über das Christfest in Florenz bleiben! Wenn sie nach Hause wollen, werden sie bald die Alpen überqueren müssen. Und wenn sie zur See fahren, warum sollten sie dann länger verweilen. Ihr werdet Eure Ohrringe bekommen, mein Liebes, und alles andere auch. Jetzt gleich, wenn Ihr wollt. Nur kann ich mich erst mit Euch zeigen, wenn wir ein Paar sind. Das wißt Ihr doch? Erinnert Ihr Euch? Also hält uns Euer Stiefvater gar nicht wirklich auf, nicht wahr? Nur dieses kleine Geschenk von Gott, auf das wir beide warten, um es miteinander zu teilen. Und wenn es dann soweit ist...»

Sie hatte sich beruhigt. Ihr Blick suchte sein Gesicht, und das ihre hellte sich ein wenig auf. Sie sagte: «Gewiß. Wenn ich eine Frau und verheiratet bin, kann Nicolaas mich so oft sehen, wie er will. Nicht wahr? Weil er mich dann nicht heimschicken kann.»

«Es wird nicht dazu kommen. Er wird vor dem Christfest fort sein.»

«Ich hoffe, das ist er nicht», sagte das Kind träumerisch.

Obwohl sie so verschmutzt war, war sie doch erstaunlich hübsch, wie es ihre Mutter einst gewesen sein mochte. Das rötlich-braune Haar flammte im Schein des Kohlebeckens auf, und ihre Augen waren von leuchtendem Blau. Er verhielt sich ganz still, nur seine Finger streichelten ihre Hände.

Sie sagte: «Ich wäre gern eine Frau, solange Nicolaas noch in Florenz ist. Ich möchte in einen Palast hineingehen, in Ohrringen und Goldbrokat wie die Herzogin Bianca, und mit Nicolaas sprechen.»

Er schwieg.

Sie errötete und sagte: «Tilde hat kleine Brüste.»

Da zog er sie an sich, aber behutsam wie immer, zog ihr den Hut ab und legte einen Arm um ihre Schultern. «Eure, meine Venus, werden herrlicher sein als die Tildes oder irgendeiner anderen Frau auf Erden. Ich weiß es. Ich warte auf Euch, Caterinetta.»

Sie hatte sich entspannt. Ihre Wimpern senkten sich. Sie war müde: sie war einen langen Weg geritten – er fragte sich, wen sie wohl dazu gebracht hatte, sie zu begleiten. Sie war, das hatte er herausgefunden, eine gute Reiterin. Und sie besaß Mut, das kleine Ding. Sie sagte, die Augen leicht geschlossen: «Wen habt Ihr geküßt?»

Nur mit äußerster Beherrschung vermochte er seinen Schrecken zu verbergen. Was hatte Gottschalk gesagt? Schwestern, Mütter.

Pagano lächelte, seine Lippen berührten ihre Stirn. Er sagte: «Der Priester und ich haben bei dem Seekonsul zu Abend gegessen, und seine Gemahlin hat mir beim Abschied den Freundschaftskuß gegeben. Eine brave Frau, Caterinetta. Sehr meiner Mutter ähnlich. Meine Mutter hätte Euch geliebt. Ich liebe Euch.»

«Ohrringe», sagte sie und schlief mit einem Lächeln auf den Lippen ein.

KAPITEL 3

ZU DIESER ZEIT WEILTE NICOLAAS van der Poele, das jugendliche Oberhaupt des Handelshauses Charetty, seit zwei oder drei Tagen in Florenz. Bei ihm waren sein Aktuarius und der Hausphysikus. Weitere Amtsträger wurden erwartet, doch nicht seine Ehefrau, die natürlich zu Hause in Brügge bei ihrer älteren Tochter Tilde war. Die jüngere Tochter Catherine war nach Brüssel geschickt worden, noch bevor ihr Stiefvater das Haus verlassen hatte. Das hatte einiges Gerede ausgelöst.

Als weitere drei Tage vergangen waren, wußten alle Kaufherren in Florenz, daß die Charetty-Leute dort waren, weil sie glaubten, eine große Galeere ausrüsten und, welch närrisches Vorhaben, im Osten eine Niederlassung einrichten zu können. Zweifellos hofften sie dabei auf die Hilfe des Hauses Medici.

Da sie sich, wie jeder wußte, auf eine längere Wartezeit gefaßt machen mußten, hatten sie sich im Viertel «Roter Löwe» einlogiert. Daß sie nicht immer dort anzutreffen waren, hing zum einen mit ihren Besorgungen als Kaufleute, zum anderen mit dem Temperament ihrer Wirtin zusammen. Der 14. Dezember war jedoch eine Ausnahme. Magister Julius, der Aktuarius, und der Hausphysikus Tobias Beventini waren beide in der guten Stube und waren bemüht, ihr Äußeres herzurichten.

Weil bei Tobie da nicht viel zu machen war, konzentrierte sich ihre Aufmerksamkeit auf Julius, dem ein gewisses athletisches gutes Aussehen gegeben war. Tobie handhabe mit einiger Mühe die Schere. Und Julius beschwerte sich.

«Er hat ein neues Spielzeug», sagte Julius. «Heilige Jungfrau, das war mein Ohr!»

«Das dachte ich mir», sagte Tobie. «Wenn Ihr Euer Haar nicht gestutzt haben wollt, mache ich mit Freuden etwas anderes, und Ihr könnt Euch einen Barbier suchen, der sich um Euer Ohr kümmert. Wer hat ein neues Spielzeug?»

«Nicolaas – was dachtet Ihr?» sagte Julius. «Er ist mit Hobelspänen in den Schuhen und Sägemehl auf dem Wams und diesem lächerlichen Spielzeug zurückgekommen.»

«Spielzeug?» fragte Tobie. Seine Laune besserte sich.

«Spielzeug. Nicolaas hat es bei den Franziskanern gesehen, und sie haben ihn eines für sich nachmachen lassen. Er spielt damit. Er nimmt es mit in den Palazzo Medici, wenn wir ihn nicht daran hindern, und Herr Cosimo wird uns ein Almosen für unseren Schwachkopf geben und uns alle nach Brügge zurückschicken. Das war *schon wieder* mein Ohr.»

«Dann schert Euch selbst», sagte Tobie unwirsch. Er warf Kamm und Schere hin und ging zur Fensterbank, wo sein Becher mit angewärmtem Wein stand. Gleich würde er, das wußten sie beide, zurückkommen und seine Arbeit beenden. Tobias mußte feststellen, daß die Überquerung der Alpen einen vornehmen Mann von der rechten Körperpflege abhielt. Eingezwängt in das bescheidene Haus ihrer Wirtin – die Dienstboten mußten im Wagenschuppen schlafen –, hatten sie nicht damit gerechnet, so bald zum Allmächtigen bestellt zu werden. Die Vorsprache bei Herrn Cosimo de' Medici sollte an diesem Nachmittag stattfinden, und Nicolaas wußte nichts davon. Der nichtsahnende Nicolaas trieb sich wieder irgendwo herum. Gab sich vielleicht mit seinem Spielzeug ab.

«Also, was ist normal an Nicolaas?» sagte Tobie. «Er liebt es, wie ein Trottel auszusehen. Er ist ein Zahlengenie. Die Bank der Medici, wie erstaunlich, hat das herausbekommen. Man wird das dort nicht vergessen, nicht wahr? Weiter. Er gehörte offensichtlich zu der Art von Trotteln, die gern Färberlehrlinge sind. Er heiratet die Witwe, die ihn sogleich das Geschäft leiten läßt. Er leitet das Geschäft. Der Umstand, daß er dabei fünf Leute umbringt und einen sechsten zugrunde richtet, macht die Witwe etwas vorsichtig: man macht ihr keinen Vorwurf. Doch die Witwe setzt weiter auf Nicolaas, ihren jugendlichen Gemahl, und hofft, daß wir ihn schon zügeln werden, wenn er vom Weg des guten flandrischen Brauchs abweicht. Nicolaas ist wunderlich. Wäre er es nicht, wären wir beide nicht hier. Wir haben darüber schon gesprochen.»

«Bevor Nicolaas ein Spielzeug erwarb, ich weiß. Ich habe das Bedürfnis, noch einmal darüber zu diskutieren», sagte Julius.

Tobie war eigentlich recht zufrieden. Obschon ungefähr im gleichen Alter wie Julius, war er doch älter, als Julius je sein würde. In ihrer kurzen Bekanntschaft hatte sich das bestätigt. Er sagte: «Julius, jeder hat sein Spielzeug. Ich mag meines im Bett. Hauptmann Astorre mag seines auf dem Teller. Gottschalk hängt sich seines an die Gürtelschnur und zählt es ab. Die Witwe nimmt ihres lieber in der Ehe entgegen. Wenn Nicolaas aufhört zu spielen, mache ich mir Sorgen.»

Julius brütete vor sich hin. Tobie sah, daß er für die medizinische Fakultät von Pavia nicht viel übrig hatte. Er sagte: «Er hat seine Sache auf der Reise von Flandern hierher recht gut gemacht. Er hat auf Euch gehört, hat mit mir vorsichtige Späße gemacht, hat sich bei den Maultiertreibern beliebt gemacht. Und Ihr kennt den Grund seines Gangs zu den Franziskanern. Wenn die Sache gelänge, könnte er auf die Medici Druck ausüben.»

«Er hätte uns mitnehmen sollen, das wißt Ihr sehr wohl. Dazu sind wir da. Um darauf zu achten, daß er keine Dummheit macht.»

«Nun, soviel ich weiß, hat er bis jetzt keine gemacht», bemerkte Tobie. Er griff wieder zur Schere. «Jetzt zum anderen Ohr, sonst schickt Monna Alessandra Euch persönlich ihren Haarkünstler.»

Alessandra Strozzi, reich an Ansehen in der florentinischen Gesellschaft, doch eher arm an weltlichen Gütern, war die Besitzerin des Hauses, in dem sie Quartier genommen hatten. Julius setzte unwissentlich jenes Lächeln auf, das Leute auf der Straße bisweilen dazu brachte, ihm nachzublicken. Er sagte: «Habt Ihr sie Nicolaas anfunkeln sehen? Sie läßt sich nicht so leicht etwas vormachen wie ihr Sohn und ihre Tochter. Mutter Strozzi bedauert es schon, daß sie uns Herberge gewährt hat.» Er zupfte an dem Tuch um seine Schultern.

«Unsinn», sagte Tobie, während er weiter an Julius' Haar schnippelte. «Sie bekommt von mir freie ärztliche Versorgung, von Euch freie juristische Beratung, und wir sind gute Freunde ihres armen Sohnes Lorenzo in Brügge. Es geht ihr nur um Nicolaas. Einmal ein Bediensteter, immer ein Bediensteter. Haltet still, ja? Ich zitiere nur. Hat sie Euch schon gefragt, warum Ihr nicht verheiratet seid? Das wird sie. Florenz braucht Kinder.»

«Was hat das mit der Ehe zu tun?» warf Julius ein. «Mein Gott, sie sollte Nicolaas nicht verschmähen. Den Zuchthengst von Flandern. Sie müßten neue Stadtmauern bauen, wenn Nicolaas sich gehenließe. Nicht daß...»

«Gerede, Gerede», sagte Tobie in mißbilligendem Ton. «Aber ich weiß, was Ihr meint. Seit er die Herrin des Hauses geheiratet hat, führt er das Leben eines wahren Eunuchen. Aber schließlich ist sie auch sein Lebensunterhalt.»

«Bis er etwas Besseres findet», sagte Julius. Zwei Jahre lang hatte er, als Bediensteter des Hauses und Tutor des Sohnes der Familie Charetty, diesen sorglosen Tolpatsch von Nicolaas ermuntert, sich weiterzubilden. Tobie konnte gut verstehen, daß Nicolaas' Eheschließung ihn mehr als jeden anderen aus der Fassung gebracht hatte.

Tobie fragte: «Wen, zum Beispiel?»

Julius wandte den Kopf und machte prompt mit der Schere Bekanntschaft. Er sagte: «Oder etwas Schlimmeres. Konntet Ihr mit neunzehn ohne Mädchen auskommen?»

Tobie überlegte. Das war für sie beide ein neues Thema. Tobie kannte Julius jetzt seit einigen Monaten, aber er hatte ihn noch nie bei einer Tändelei ertappt. Er sagte: «Vielleicht betet er.»

Julius knurrte etwas, runzelte die Stirn und sagte: «Ich wünschte, Gottschalk käme bald.»

«Vielleicht kommt er nicht», entgegnete Tobie. «Vielleicht haben er und die Truppe einen Brief geschrieben und es abgelehnt, sich Nicolaas anzuschließen. Denn Alexander der Große ist unser Mann nicht. Er ist bis gestern noch vom Pferd gefallen.»

«Ich dachte –» begann Julius. Er schrie auf und fing noch einmal an. «Rechnen wir denn damit, daß Astorres Soldaten tatsächlich kämpfen müssen? Ich dachte, wir nähmen sie nur zu unserem Schutz mit.»

«Das hängt davon ab», antwortete Tobie, «was unser junger Herr und Meister bei den Franziskanern herausgefunden hat. Inzwischen dürfte er wissen, ob es sich lohnt, mit dem Unternehmen fortzufahren. Dann kommt alles darauf an, daß der große Cosimo de' Medici uns erlaubt, es durchzuführen. Das ist sicher Nicolaas.»

Julius sprang auf. Das Tuch fiel herunter, und die abgeschnittenen braunen Locken regneten auf Monna Alessandras gutes Parkett. Sein ordentlich gestutztes Haar umrahmte ein grobknochiges Gesicht mit leicht schrägen Augen und einem stumpfen Profil, das sich auf einer Münze gut gemacht hätte. Tobie, der fast keine Haare mehr hatte, sah ihn traurig an. Julius spähte durch die rosa, grün und gelb gefärbten Scheiben des Fensters und sagte: «Oh, Jesus Christus – ja. Und er hat das Spielzeug dabei. Und seine Strumpfhosen sind schmutzig bis zum Knie, und sein Kopf muß geschoren werden. Das ist der Sprecher des Hauses Charetty.»

«Nun, holt die Truhe», sagte Tobie ungerührt. «Da findet Ihr seine sauberen Kleider, und ich schneide ihm um die Mütze herum das Haar ab und wasche seine Ohren. Wenn wir dann im Palazzo Medici sind, ahmt Ihr seine Stimme nach, und ich setze ihn mir auf die Knie und bewege seine Arme. Wo ist das Problem?»

«Direkt vor Euch», entgegnete Julius. «Und ich weiß nicht, ob ich es lösen möchte. Ich möchte ein ruhiges Leben führen, möchte Testamente beglaubigen und Mitgiftvereinbarungen aufsetzen und die bei Toten gefundenen Ringe zählen. Ich glaube, ich gehe jetzt.»

«Wartet, bis Gottschalk kommt», sagte Tobie. «Dann können wir alle miteinander gehen, und Nicolaas kann Florenz neu bevölkern. Ich weiß nicht, vielleicht bleibe ich und helfe ihm dabei.»

«Tut das», sagte Julius. «Wißt Ihr, was Monna Alessandra tun wird? Sie wird Euch beide kastrieren.»

«Persönlich?» sagte Tobie.

«Nein, sie ist ja keine Närrin. Sie wird Euch dazu anstellen und Euch dann das Honorar kürzen, weil Ihr zu krank sein werdet, um die Nachbehandlung zu übernehmen. Oh, mein Gott.»

Die Tür ging auf. «Ihr flucht schon wieder?» sagte die Wirtin Alessandra Macinghi negli Strozzi. Ihre haarlose Stirn, so hoch wie die Tobies, war zart vom Alter gezeichnet. «Es wird Zeit, daß Euer Priester kommt. Morgen geht Ihr beichten, oder Ihr verlaßt mein Haus. Ist das Euer Bursche, dieser Niccolo?»

Julius, Bediensteter von Witwen, war mit der Antwort schneller zur Hand als Tobie. Er sagte: «Wir warten hier auf ihn, Monna Alessandra. Seine Herrlichkeit, Messer Cosimo, hat nach uns geschickt.»

«Daher das Haareschneiden. Gut, daß Ihr durch diesen Umstand die Notwendigkeit erkannt habt. Habt Ihr vor, Euch mit Eurem Niccolo in seiner gegenwärtigen Verfassung im Palazzo Medici zu präsentieren?»

Sie sprach den Satz zu Ende, obschon Nicolaas inzwischen die Stube betreten hatte. Tobie musterte ihn unbefangen. Das Oberhaupt des Handelshauses Charetty in Brügge war ein sehr kräftig gebauter junger Mann. Er hatte einen stämmigen Hals und ein breites Gesicht, in dem die großen, irreführend unschuldig blickenden Augen auffielen. Es blickte jedoch selten ruhig, da es zu gern und mit Erfolg die Gesichter anderer nachahmte. Eine Narbe, noch kein Jahr alt, zog sich auf der einen Wange vom Auge zum Kinn hinunter. Nicolaas schwieg sich über ihre Herkunft aus. Das Gerücht schrieb sie seit langem dem Zorneshieb des Vaters oder Gebieters einer gewesenen Jungfrau zu, und war Nicolaas auch bereit, diese Mutmaßung gelten zu lassen, so gab es doch einige wenige, die es besser wußten. Sein schmutzfarbenes, jetzt regennasses Haar war gekräuselt wie das Fell auf den Hinterbacken eines Spaniels. In der einen Hand hielt er eine lässig über die Schulter geworfene fleckige Jacke, in der anderen einen kleinen Gegenstand. Monna Alessandra sagte: «Ha! Und was ist das?»

Nicolaas sah sie freundlich an. Er wandte den gleichen lächelnden

Blick Julius und Tobie zu, ließ ihn kurz auf dem Blutstropfen an Julius' Ohr ruhen. Julius runzelte verärgert die Stirn. Dann sah Nicolaas wieder zu seiner Wirtin hin und hielt den fraglichen Gegenstand in die Höhe. Er war klein, kaum zwei Zoll dick, und geformt wie zwei aneinanderhängende Pilzköpfe. «Das?» sagte er. «Das ist ein Spielzeug. Ich habe es selbst gemacht. Wenn Herr Cosimo es gesehen hat, zeige ich es Euch.»

Tobie und Julius blickten sich an. Nur Monna Alessandra rührte sich. «Ihr seid ein Dummkopf», sagte sie, trat auf ihn zu, nahm ihm das Ding aus der Hand, schritt durchs Zimmer und warf das Spielzeug ins Kohlebecken. Es fing Feuer. «Spielsachen sind für Kinder», sagte sie. «Ihr seid kein kleines Kind mehr. Ihr tragt Verantwortung. Für Eure Ehefrau, Euer Handelshaus und Eure Gefährten. Wenn sie es Euch nicht sagen, dann tue ich es. Ihr werdet jetzt Euch und Eure Kleider säubern und den Rat der Älteren annehmen, oder Ihr macht uns allen im Palazzo Schande. Die Republik muß schließlich nicht erfahren, daß ich Schwachköpfe bei mir aufgenommen habe.»

Julius starrte die Frau wie gebannt an. Tobie zog es vor, Nicolaas zu beobachten. Er sah nur das kurze Aufzucken einer Bewegung, dann kam nichts mehr. Nicolaas stand da, den Blick dorthin gerichtet, wo das kleine Spielzeug brannte. Seine Herstellung hatte, so war anzunehmen, einiger Mühe bedurft. Er hatte es angefertigt, das Holz geschält, geformt und poliert, während er als ihr Vertreter im Bergkloster der Franziskaner jene Reihe von Gesprächen führte. Die Fratres hatten ihn nicht getadelt. Daß er das Ding den Medici zeigen wollte, hatte er natürlich im Spaß gesagt.

Julius fragte: «Wo wart Ihr? Herr Cosimo hat nach uns geschickt. Ihr seht gräßlich aus.»

«Ich weiß», sagte Nicolaas. «Aber ich habe gerade entdeckt, daß ich ein Vermögen machen werde. Sagt, ich bin schön.»

Monna Alessandra starrte ihn stirnrunzelnd an.

«Ihr seid schön», sagte Tobie rasch.

«Hinreißend», bestätigte Julius, ebenfalls verblüfft. «Und wie?»

«Indem ich Herrn Cosimo de' Medici mit unserer Aufrichtigkeit, unserem Ansehen und unserer Tüchtigkeit beeindrucke, die uns zuzugestehen er schon allein deshalb geneigt sein wird, weil wir bei

Monna Alessandra logieren. Madonna, Ihr habt vollkommen recht. Ich werde mich ordentlich kleiden. Ich werde Verantwortung tragen. Ich werde auf die klugen Köpfe hier hören. Hat jemand Tobie das Haar geschnitten?»

«Wenn Ihr welches findet, schneide ich es sofort», sagte Julius. «Diese außergewöhnliche Frau sagte, wir könnten ein Vermögen machen. Also glaubt Ihr jetzt ihren Worten?»

«Welche außergewöhnliche Frau?» fragte Monna Alessandra mit einiger Schärfe.

Julius, jäh gezügelt, besaß soviel Verstand, mit Bedacht zu antworten. «Eine Frau aus der Levante. Nicolaas und seine Gemahlin sind ihr in Brügge begegnet. Sie haben ihr Interesse natürlich gewürdigt, aber wir rechnen nicht damit, sie wiederzusehen.»

Tobie hatte die Frau von Brügge vergessen. Optimismus hatte ihn erfaßt. Spielsachen. Spielsachen fürs Bett. Er kehrte seiner Wirtin den Rücken und warf Julius einen lüsternen Blick zu. «Nein?» sagte er. «Wirklich nicht?»

Begleitet von zwei Dienern, in Jacken aus dem blauen Tuch des Hauses Charetty, begaben sich Julius und Tobie mit Nicolaas in ihrer Mitte zum Palast der Medici.

Sie gingen zu Fuß. Florenz war eine Stadt, die man in zwanzig Minuten von einem Ende zum anderen durchschreiten konnte, wenn man die Brücke der Metzger über den Arno benutzte. Tobie, gebürtiger Norditaliener, war an florentinischen Putz gewöhnt und bewegte sich zwischen Stein und Marmor, Bronze und Eisenverzierung dahin wie ein Hund, der zum Abendessen nach Hause eilt. Seine Aufmerksamkeit galt, wie in jeder Stadt, allein der Haut, den Gliedmaßen, dem Zahnfleisch und den Augenlidern der Menschen, an denen er vorüberkam. Manche, denen sein forschender Blick mißfiel, spien hinter ihm aus, worauf es durchaus sein konnte, daß er kehrtmachte, um sich den Auswurf genauer anzusehen, was die Leute noch mehr ärgerte.

Julius, in Bologna ausgebildet, ließ sehnsuchtsvoll die Blicke schweifen. Während der Zeit seines aufrührerischen Exils hatte er zu vergessen versucht, was italienisches Geld ausrichten, welche

Fertigkeiten man sich mit ihm kaufen konnte. Doch in nur fünf Jahren hatte sich Florenz verändert; es war reicher geworden. Die über die Hügel ansteigenden Mauern umschlossen Kirchen, Türme und Piazzas, Gärten, Loggien und Galerien, Türen gleich Teppichen und ganze Bänder von arkadengeschmückten Fenstern. Da waren Statuen und Schreine, Brunnen und Kreuzgänge. Die Marktstände und ihre Planen schienen ausgelegt wie Farbe auf Pergament. Und durch die Stadt strömte der schnelle, gelbe Fluß. Und darum erstreckten sich die Weiden und die sanften Hügelhänge.

Florenz war kleiner als Venedig, wenn auch größer als London. Venedig (Julius war nie dort gewesen) hatte längst seine Kanäle mit den Palais der Kaufherren gesäumt, die durch den Osthandel reich geworden waren.

Florenz war auch reich, aber durch die Herstellung und den Verkauf von speziellen eigenen Gütern wie Seide, feines Wolltuch und vergoldete Lederwaren. Und natürlich waren da noch die Einkünfte aus dem Bankgeschäft. Auf dem Alten Markt konnte man, so hieß es, im Sommer zweiundsiebzig Bankiers und Wechselmakler hinter ihren mit grünem Stoff bezogenen Tischen zählen.

In Florenz war das Bankhaus der Medici, das auch Niederlassungen in Brügge, Mailand und Venedig unterhielt, in Genf, London und Rom. Sie standen unter der Leitung von Familien, die sich Vertrauen erworben hatten und deren Söhne und Neffen einander im Amt nachfolgten, ausgewählt von Cosimo de' Medici, dem Oberhaupt des Hauses. Cosimos Wohnsitz in der Via Larga, auf den sie zuhielten, war nicht irgendeine Niederlassung: Er war der Mittelpunkt von Florenz, wo die eigentlichen Geschäfte der Medici abgewickelt wurden. In dem großen Haus lebte Cosimo mit seiner Ehefrau, seinen Kindern und Enkeln. Pierfrancesco, sein Neffe, wohnte nebenan. Und außer seinem Haushaltsgesinde beherbergte Cosimo alle berühmten Persönlichkeiten, die Florenz besuchten: Die Vertreter des Papstes und des Herzogs von Mailand hatten dort ihr festes Quartier; und er selbst führte dort seine Bücher und diktierte den Kanzleischreibern seine Briefe. Denn bezeichnete er sich auch als privaten Bürger der Republik, so war Cosimo de' Medici doch der Inbegriff von Florenz.

Der Palazzo Medici grenzte direkt an die Straße, war wuchtig rechteckig und hatte Dachgesimse, die weit vorkragten und den Streifen am Fuß der Mauern überdachten, wo die Dienstbotenbänke standen. Die zwei Geschosse waren mit roh behauenen, rot, weiß und grün gestrichenen Steinblöcken verkleidet, und in die Privatgemächer im Obergeschoß fiel Licht durch zehn mit schmalen Säulen verzierte Fenster. Julius blickte zur Fassade auf und sagte: «Fünftausend Gulden. Soviel soll es wert sein. Fünftausend Gulden für ein einziges Haus.»

«Skandalös», sagte ein Mann, der auf einer der Bänke saß. Julius sah ihn an. Er trug einen feinen, aber fleckigen Umhang über der Kappe und dem Gewand eines Priesters, und das für seinen Stand zu füllige Haar fiel ihm über den Nacken wie schwarze Baumwolle. Als er aufstand, sah man, daß er ebenso hochgewachsen und kräftig gebaut war wie Nicolaas, an den er sich jetzt wandte. «Das Haus Charetty hat mir zweieinhalb Gulden im Monat geboten dafür, daß ich Eure Seelen rette, ganz gleich, mit welchem Wucherzins sie schon belastet wären; und Pfund für Pfund kostet das mehr Anstrengung als das Bankgeschäft. Ich verlange verbesserte Lohnbedingungen. Und ein Haus wie dieses obendrein.»

Als Magister Tobie die Stimme hörte, drehte er sich um und schrie auf. Der junge Nicolaas wandte sich auch um und machte ein erfreutes Gesicht. «Pater Gottschalk! Aber das steht doch schon in Eurem Kontrakt. In dem Haus Eures Herrn sind viele Wohnungen, und an einer steht Euer Name, wenn Ihr herausfinden könnt, in welcher Sprache er geschrieben ist. Wie kommt es, daß Ihr uns hier trefft?»

«Das erzähle ich später», sagte der Kaplan mit Namen Gottschalk. «Ich komme gerade aus Pisa. Ich habe Neuigkeiten für Euch.»

«Ist der Turm eingestürzt?» sagte Tobie.

«Ist der Papst gestürzt?» fragte Nicolaas.

«Gefällt der Kompanie das Winterquartier vielleicht so gut, daß sie nicht unter Nicolaas in den Osten fahren will?» mutmaßte Julius.

«Oh, Ihr kriegt alle Soldaten, die Ihr braucht», sagte der Priester beruhigend. «Habt Ihr schon von einem Pagano Doria gehört?»

«Messer Niccolo!» sagte jemand in scharfem Ton.

«Von Dorias, ja, Paganos noch nie. Warum?» fragte Nicolaas.

«Messer Niccolo!» wiederholte dieselbe Stimme, die jetzt näher kam.

«Seine Farben sind Braunrot und Bleigrau», sagte Gottschalk. «Keiner von den Ärmsten. Ihr kennt den Mann nicht?»

Er wurde zur Seite gestoßen. Eine barsche Stimme sagte: «Messer Niccolo, Ihr werdet erwartet. Seine Herrlichkeit beginnt, die Geduld zu verlieren.»

Der Sprecher, der aus dem nächstgelegenen großen Torbogen des Palazzo Medici auftauchte, war kein Pförtner, sondern ein glattrasierter Mann im Gewand eines Sekretärs und mit einer Kappe mit Zipfeln, wie auch Julius sie trug. Er blickte Nicolaas stirnrunzelnd an. Nicolaas sagte: «Das ist mein Kaplan, Pater Gottschalk. Er hat Neuigkeiten für mich.»

«Die kann er Euch drinnen mitteilen», sagte der Sekretär. «Habt die Güte, mir sofort zu folgen.»

Julius wagte nicht, mit ihm zu streiten, und Nicolaas tat es nicht. Einer hinter dem anderen schritten die vier durch das Tor in den Hof. Julius zögerte.

«Judith, mit dem abgetrennten Kopf des Holofernes», sagte Nicolaas erklärend. Sie befanden sich vor einem Brunnen mit einer Skulptur. «*Er* war ein Freund von Donatello, und *ihr* hat es nicht gefallen. Der Sarkophag da drüben barg den Vetter von Messer Cosimos Ururururgroßvater.»

«Liegt er noch darin?» fragte Julius.

«Sie liegen möglicherweise alle noch darin», sagte Nicolaas. «Römer, Römer, Römer, Römer, Medici. Wie eine Pastete.»

«Wenn Ihr aufhört zu reden», sagte Tobie, «wird Euch auffallen, daß wir eingeladen werden, in den Audienzsaal hinaufzugehen.»

Im Audienzsaal waren ein kostbarer Teppich, eine Anzahl geschnitzter und vergoldeter Truhen, mehrere Hocker, Kästen mit Kissen darauf, und Seine Herrlichkeit Cosimo de' Medici saß auf einem Stuhl mit Tragstangen gleich dem des Papstes. Julius, der zusammen mit seinen drei Gefährten in der Doppeltür stehenblieb, musterte den reichsten Mann von Florenz, während ihr Begleiter vortrat und mit ihm sprach.

Mit seinen zweiundsiebzig Jahren und seiner von der Gicht gekrümmten Gestalt beherrschte Cosimo de' Medici den Raum wie eine zweite Judith einen zweiten Holofernes. Sein Gesicht war fahl, langnasig und eingefallen; den fast kahlen Kopf schützte ein umwikkelter Filzhut, und dunkler, glänzender Pelz säumte die Robe, die er über dem Wams trug. Er hielt den Kopf geneigt, um besser hören zu können, was sein Beamter sagte. Dann schlug er mit einer Hand auf die Armlehne und rief: «So tretet näher!»

Julius warf Nicolaas einen Blick zu, um zu sehen, ob er erbleicht war oder zitterte. Männer mit Angst im Leib konnten Schande über sich und die Gefährten bringen. Männer übergaben sich im Angesicht von Fürsten, beschmutzten sich und verloren das Dunkel ihrer Stimme.

Ein Kind, das bis dahin niemand bemerkt hatte, erhob sich vom Boden neben dem Stuhl, deutete auf die maßgebliche Person in der Charetty-Gruppe und sagte: «Das ist er! Er hat's gemacht!»

Das Kind war ein Junge, zwischen vier und fünf Jahre alt und von recht anziehendem Äußeren, mit einer Kappe, unter der blondes Haar hervorlockte, und einem Kittel aus sehr feinem Stoff über dem Kleid. Der Junge blickte Nicolaas an.

Nicolaas sagte: «Du hast Knoten hineinbekommen.» Die Worte ergaben keinen Sinn, noch klang in ihnen Respekt, Ehrerbietung oder Schmeichelei mit.

«Hab ich nicht», protestierte das Kind.

Julius stand ganz still da, desgleichen Tobie an seiner Seite. Der Herr von Florenz rührte sich in seinem Papststuhl. Er sagte: «Mein Enkel lügt, Messer Niccolo. Er hat welche hineinbekommen. Ihr könnt es ihm noch einmal zeigen.»

«Nun, das ist schnell geschehen», sagte Nicolaas fröhlich. «Gib's mir.»

Julius konnte neben sich Tobies Füße sehen, in ihren besten Stiefeln, unbeweglich. Er wagte nicht, in sein Gesicht zu blicken. Er stand ganz still da, während Nicolaas auf das Kind zuschritt, in die Hocke ging und leicht wippend neben ihm verharrte. Die Hände hingen ihm über die Knie, und sein rundes Gesicht mit den großen Augen blickte freundlich. Das Kind streckte die eine Hand aus. Darin lag ein Gegenstück des hölzernen Spielzeugs, das Monna Alessandra verbrannt hatte.

Tobie machte ein knurrendes Geräusch. Ohne sich umzudrehen, sagte Nicolaas: «Ich hatte zwei gemacht. Wo ist die Schnur?»

Von oben kam die Stimme Cosimos: «Der Hauslehrer des Kindes, ein kleingläubiger Mensch, hat sie entfernt.»

Nicolaas hatte in seinen Beutel gegriffen und schon eine andere herausgeholt. Zweifellos die Schnur des verbrannten Spielzeugs. Julius musterte das Ding, das wie das erste aus feinem Holz geschnitzt war und die Form von zwei aneinanderhängenden Pilzen hatte. Nicolaas nahm es dem Kind aus der Hand und knotete und schlang die Schnur um die Einkerbung zwischen den Pilzen, bis nur noch ein Fuß Länge mit einer Schlaufe übrig war. Er steckte einen Finger durch die Schlaufe und ließ das Ding in seiner Hand liegen. «Was habe ich gesagt?» fragte er das Kind.

Unerwarteterweise lächelte der Junge zurück. Er sagte: «Mach es mit Gefühl.»

«Ah, du weißt es noch», sagte Nicolaas. «Jeder verwurstelt es beim ersten Mal. Soll ich's dir zeigen?»

«Zeigt es ihm ruhig», sagte die Stimme aus dem Stuhl, «und zeigt es mir auch. Man hat mir gesagt, Euklid würden vor Neid die Tränen kommen.»

«Ich könnte Euklid auch eines machen», erwiderte Nicolaas.

Julius schloß die Augen.

Nicolaas sagte: «Aber jetzt gibt es für Tränen keinen Anlaß mehr, vorausgesetzt, wir passen alle gut auf. Zum Beispiel...»

Julius schlug die Augen auf. Nicolaas erhob sich, und das Gesicht des Jungen strahlte. Nicolaas stand ruhig da, wickelte das Ding mit dramatischer Langsamkeit auf und hielt es in Schulterhöhe. Dann plötzlich streckte er den Arm und warf das Ding davon. Die Schnur spulte sich mit leisem Zischen ab. Das Ding beschrieb einen wundersamen Bogen und kam zu ihm zurück. Er fing es ein. Während er noch immer das Kind anlächelte, öffnete er die Hand zum Boden hin. Das Ding spulte sich ab, stieg dann zu seiner Hand hinauf und sank wieder hinunter. Er ließ es fallen und aufsteigen. Dann warf er es wieder fort und schnickte, anstatt es einzufangen, mit dem Handgelenk, so daß es zuerst eine Schleife und dann eine ganze Reihe von Schleifen beschrieb. Er fing es wieder ein. Das Kind rief: «Laß es laufen!»

Julius wagte einen Blick zu Tobie hin. Der machte ein Gesicht voller Verachtung, was beruhigend war. Cosimo de' Medici sagte: «Ja, laßt es laufen, Messer Niccolo. Es kann nicht auch sprechen?»

Nicolaas, eine plötzliche scharfe Bewegung abbrechend, lächelte, ohne aufzublicken. Das Ding drehte sich am Ende der Schnur. Er ließ es ganz langsam auf den Boden hinunter, wo es von allein von ihm fortzulaufen begann. Er folgte ihm ein Stück, und kurz vor dem Tragstuhl ließ er das Ding die Schnur hinauf zu seiner Hand laufen. Er sagte: «Man nennt das Ding einen Farmuk, Monsignore; und natürlich spricht es auch.»

«Das tut es nicht.»

Der alte Mann blickte das Kind an. «Ah, Cosimino, doch, das tut es. Es spricht zu erwachsenen Männern. Eines Tages wird es dir etwas erzählen. Aber zuerst mußt du es richtig beherrschen können. Kannst du es mit Gefühl laufen lassen?»

«Ja, ja, das kann ich!» sagte das Kind.

«Dann nimm es jetzt mit und übe den Umgang damit. Und wenn dein Freund hier gegangen ist, kommst du wieder und führst es mir vor. Dank ihm für seine Mühe. Ja, schön. Und jetzt geh.»

Das Kind ging hüpfend hinaus, das Ding in den Händen. Sein Großvater wandte sich um und sah Nicolaas und dann die zwei Männer an, die noch in der Tür standen. «Es spricht in der Tat!» sagte er trocken. «Und zwar Persisch, wenn ich mich nicht täusche?»

«Es ist ein persisches Spielzeug, Monsignore», sagte Nicolaas. «Erlaubt, daß ich Euch Messer Julius vorstelle, den Aktuarius des Hauses Charetty. Und Messer Tobias Beventini da Grado, unseren Arzt. Und Pater Gottschalk, unseren Kaplan.»

«Ich erinnere mich nicht, sie geladen zu haben», sagte Cosimo de' Medici. «Aber da sie einmal hier sind – es sind Stühle für sie da. Was wollen sie?»

Das hagere, faltige Gesicht musterte sie alle voller Zynismus. Wenn die Gicht ihn hart anfaßte, so wie jetzt, ließ er sich durchs Haus tragen und schrie jedesmal vor Schmerzen auf, sobald er sich einer Tür näherte. Wie es hieß, hatte er auf Vorhaltungen Contessinas, seiner Gemahlin, erklärt, ein Warnschrei *nach* der Schmerzempfindung sei sinnlos. Man erzählte sich endlose Geschichten von Cosimo und seiner Ehefrau. Julius hatte sie einmal gesehen. Sie war dick und behäbig und ganz zufrieden damit, von seinem Amt und seinen Verhandlungen ausgeschlossen zu sein, während sie den großen Haushalt so mühelos handhabte wie Nicolaas' Spielzeug.

Hintergründig, wie Nicolaas, der diese heikle Frage jetzt wie selbstverständlich und ohne eine Spur von Verlegenheit beantwortete: «Meine Genossen sind mitgekommen, damit wir Zeit sparen. Ihr kennt unser Handelshaus. Wir sind Makler, Färber, Kommissionäre. Wir haben eine Kavallerietruppe und dehnen uns bereits über Flandern hinaus aus. Eurem Bevollmächtigten haben wir schon als Kuriere gedient. Unser Plan besteht darin, am Schwarzen Meer, im noch verbleibenden griechischen Kaiserreich von Trapezunt, eine Niederlassung einzurichten. Jetzt sind wir gekommen, um Euch vorzuschlagen, daß das Haus Charetty die Kaufherren von Florenz in diesem Land vertreten könnte. Der Kaiser von Trapezunt wird dem zustimmen. Wir können ihm bessere Bedingungen bieten, als die Medici dies vermöchten.»

«Dann habt Ihr meinen Glückwunsch», sagte Cosimo de' Medici. «Wahrhaftig. Wenn ein Mann in Euren Jahren genügend Mittel angehäuft hat, um die Medici unterbieten zu können, mein lieber Herr, dann zählt Ihr zu den Weltwundern.»

«Oh, unsere finanzielle Vereinbarung mag sehr wohl die gleiche sein wie die Eure», sagte Nicolaas ganz ruhig. «Nur würden wir ihnen natürlich Söldner schicken.»

Ein kurzes Schweigen. Dann sagte Herr Cosimo de' Medici: «Da haben wir vielleicht etwas zu erörtern. Bleibt. Ich werde Wein kommen lassen und nach meinem Sohn und meinem Sekretär schicken. Dann werden wir reden.» Er hielt inne. «Wie Euer Spielzeug. Es stammt wohl von der Gesandtschaft aus Persien und Trapezunt, die jetzt im Franziskanerkloster von Fiesole weilt? Bei der Ihr natürlich diese Sache zur Sprache gebracht habt.»

«Gewiß», sagte Nicolaas bescheiden.

Julius fing Tobies Blick auf und wandte vorsichtig den Kopf, um zu sehen, wie Gottschalk den großartigen Plan aufgenommen hatte. Julius fühlte sich dem Erfolg nahe und unbeschwert – bald konnte er ein reicher Mann sein. Der Name Pagano Doria kam ihm kein einziges Mal in den Sinn.

KAPITEL 4

FÜR NICOLAAS BEDEUTETE DIE FRÜHE Einladung zu Cosimo de'
Medici einen unerwarteten Vorteil. Er war in gefährlicher Hochstimmung, als er sich vorstellte, und verspürte keine Furcht vor dem
Treffen selbst. Er steckte voller Pläne, war aber bereit, mit sich reden zu lassen. Seit ihrer Ankunft in Florenz hatte er sein Vorhaben
schon einmal geändert, was mit dem Eintreffen der Briefe aus Flandern zusammenhing. Aber davon hatte er noch keinem etwas
gesagt.

Ihm war wohler zumute geworden, seit er die kleine Gesandtschaft getroffen hatte, die in Fiesole bei den Franziskanern weilte.
Die Boten kamen, wie Messer Cosimo gesagt hatte, aus Persien, aus
Trapezunt, aus Georgien – den christlichen und muslimischen Ländern, die sich von den Türken bedroht fühlten. Ihr Wortführer war
ein Missionar vom Orden der Franziskaner, und sie sollten den Westen zur Entsendung eines Kreuzzugheeres aufrütteln. Sie waren
soeben aus Venedig gekommen und wollten das Christfest in Rom
verbringen. Sie waren gerade im Begriff, bei Cosimo de' Medici vorzusprechen. Und unter ihnen war ein Abgesandter des Kaiserreichs
Trapezunt, dem es weit weniger um den Glauben ging als um den
Abschluß eines Handelsgeschäfts zwischen Florenz und Trapezunt.

Nicolaas hatte sich angeregt mit ihm unterhalten und dabei die
ganze Zeit an seinem kleinen Spielzeug geschnitzt. Da der Mann
Italiener war, ging das ohne Mühe. Sie waren zu einem sehr guten
Einverständnis gelangt, er und der Kaufherr Michael Alighieri aus
Trapezunt.

Es war nachher nicht recht von ihm gewesen, Julius und Tobie
wegen des Spielzeugs zu necken, aber manchmal konnte er eben
nicht an sich halten. Sie waren zehn Jahre älter als er – der eine
Pädagoge und Aktuarius, der andere ein höchst erfahrener Arzt. Bis
zur Abreise von Brügge war er nie ganz sicher gewesen, ob sie ihn
auf einer so persönlichen Mission begleiten würden. Das Geld, das
hinter ihm stand, war das des Handelshauses Charetty, aber er hatte
es selbst erworben. Verlor er es, würde das Haus nicht schlechter
dastehen als zu der Zeit, da er noch Lehrling war. Vermehrte er es,

war der Zugewinn sein. Machte er Schulden, würde er dafür die Verantwortung tragen. Er besaß ein eigenes Kapital, das in Venedig verwahrt war. Kam es nicht zu einer völligen Katastrophe, konnte ihm eigentlich nichts geschehen.

Die Abenteuerlust hatte Julius, wie Nicolaas glaubte, nach Italien zurückgebracht, Abenteuerlust mit einem Funken Großmut und auch Stolz, denn Nicolaas war in gewisser Weise sein Schüler gewesen. Und natürlich spielte auch der Traum von persönlichem Reichtum eine Rolle. Er konnte sich vorstellen, wie Julius darüber dachte. Nicolaas ging das Risiko ein, aber er hatte seine Berater zur Seite. Scheiterte er, so sagte sich Julius wohl, würde seine Ehefrau ihre große Tasche leeren, um ihn zu retten. Ging alles gut, mochte für alle mehr Gold als genug herausspringen.

Und Tobie? Was hatte diesen Zyniker aus dem behaglichen Dasein eines Hausphysikus in Flandern herausgelockt? Wahrscheinlich Neugierde. Neugierde des Intellekts, die ihn dazu getrieben hatte, die Wunden aller Heerhaufen Europas zu verbinden, anstatt eine sichere akademische Laufbahn einzuschlagen wie sein Onkel, der berühmte Arzt. Und Neugierde auch auf ihn, Nicolaas. Des Doktors analytisches Auge, das bisweilen mehr sah, als einem lieb war. Seine, Nicolaas', Gedanken galten Trapezunt, und Tobias' Neugierde galt ihm.

Manchmal, wenn er allein in seiner Stube saß und Pläne schmiedete, ahmte er die Mimik von Julius, Tobie und Hauptmann Astorre nach oder von Gottschalk und Gregorio, dem Advokat des Hauses. Verstohlen bildete er zu seiner Belustigung ihre Attitüden, ihre speziellen Redewendungen nach, den aufgeregten Tonfall ihrer Stimmen. Er mochte sie alle gut leiden und dachte sich nichts Böses dabei. Als Junge hatte er das ständig getan, in aller Öffentlichkeit. Jetzt, seit seiner Heirat, tat er es nicht mehr. Noch machte er sich über Leute lustig, die ihm nahestanden, jetzt, da er ordentlicher Bürger war. Und vor allem nicht über Marian, die ihn aufgezogen und die er geheiratet hatte.

Er hatte seit seiner Ankunft in Florenz von ihr gehört. Ihr Advokat schrieb jeden Tag, hielt ihn über Wechselkurse und Warennachfrage auf dem laufenden; die Briefe trafen oft zu zweien oder dreien auf einmal ein, überbracht von ihren eigenen Mailänder Kurieren.

Die meisten zeigte er den anderen, manche las nur er allein. Natürlich war keiner später als im Oktober geschrieben. Marian fügte Zeilen von eigener Hand bei: zumeist praktische Anpassungen der Listen, die er bei sich trug, oder kleine Neuigkeiten, die den Markt beeinflussen mochten, wie beispielsweise Spekulationen über den Ausgang der Rosenkriege in England. Solange da nichts entschieden war, würden Frankreich, Flandern oder England kaum Krieger zum Streit für den Herrn in den Osten schicken. Blieb nur das Handelshaus Charetty.

Solche Dinge schrieb sie, über die er lächeln mußte, und manchmal erwähnte sie Freunde. Er sollte für die Ehefrau von Anselm Adorne einen schönen Rosenkranz kaufen. Lorenzo ließ seiner Mutter Alessandra schöne Grüße bestellen und ausrichten, es bestehe Hoffnung, daß es mit dem Vetter seines Vaters endlich zu Ende gehe. Herr Simon, der die ganzen Umstände verursacht hatte, war mit seiner Gemahlin wieder nach Schottland gereist. Tilde ging es gut, und Catherine schrieb, sie wolle noch in Brüssel bleiben.

Marian unterschrieb alle ihre Briefe mit «Deine Dich liebende Ehefrau». Einer persönlicheren Botschaft bedurfte er nicht. Wenn er die Kuriere mit Antwortbriefen zurückschickte, fügte er stets einige eigene Zeilen bei. Da war dann vielleicht von Geschäftlichem die Rede, öfter aber von lustigen Begebenheiten, von denen sie Tilde und Gregorio oder ihren Bekannten erzählen konnte. Von Liebe sprach auch er nicht, aber unter jedem seiner Briefe stand «der Deine – Nicolaas». Er wußte nur zu gut, wie man mit Siegeln verfahren konnte. Was privat war, blieb privat, weil es nicht dem Papier anvertraut wurde. Ihre beherrschte Zurückhaltung beim Abschied war ihm Bürde genug gewesen.

Während Herr Cosimo nach seinem Sohn und dem Sekretär schickte, war sich Nicolaas sicher, daß man ihnen die florentinische Handelsfaktorei in Trapezunt übertragen würde. Er hatte alle Privilegien parat, die den Medici zu gewähren der Kaiser bereit gewesen war, was Zoll, Steuern und Lagerhaus betraf, Grundstück, Kirche und Quartier, Essen und Wein und Öl und Arbeitskräfte. Er hatte von Messer Alighieri, dem Generalbevollmächtigten, erfahren, mit welchen zusätzlichen Privilegien das Haus Charetty als Gegenleistung für hundert ausgebildete Söldner rechnen konnte. Würden diese in Maßen weitergegeben, standen sich die Medici weit besser, wenn sie mit ihm, Nicolaas, nicht in Wettbewerb traten, sondern ihn zu ihrem Vertreter einsetzten. Er hegte nicht die Befürchtung, daß sie selbst bewaffnete Unterstützung anbieten würden. Mailand hatte schon versucht, Truppen in den Osten zu schicken, und das hatte mit einer Katastrophe geendet.

Er wurde nicht enttäuscht. Als Giovanni de' Medici erschien, ein kräftig gebauter, lebhafter Mann von vierzig Jahren, gefolgt von den Leuten aus der Kanzlei mit ihren Federkielen und Hauptbüchern, ergab sich zwar eine ernste Diskussion, die jedoch seinen Standpunkt nicht beeinträchtigte. Zur Frage der Söldner wandte sich Cosimo selbst an ihn. Der alte Cosimo, das urbane Oberhaupt eines festgefügten Bankimperiums, der Plato las und sein Haus mit Künstlern bevölkerte; der einmal eine Sitzung unterbrochen hatte, um dem hereinplatzenden Cosimino zu zeigen, wie man eine Rohrpfeife anfertigt – «und hätte er mich darum gebeten, hätte ich auch noch darauf gepfiffen». Jedem, der dies hörte, mußte klar sein, daß der Farmuk seinen Zweck nicht verfehlen konnte.

Jetzt sagte der Großvater: «Da hängen die Sonderbedingungen also von der Bereitstellung einer Truppe ab. Und was betrachtet der Kaiser als eine Truppe? Zehn Leute? Tausend?»

«Er wäre mit hundert zufrieden, wenn es Bogenschützen sind.»

«Und Ihr könntet hundert Bewaffnete um den Stiefelabsatz Italiens herum die Ägäis hinaufbringen, durch die Meerenge von Konstantinopel hindurch und ins Schwarze Meer, ohne daß Euch die Türken daran hindern?»

«Es läßt sich machen», sagte Nicolaas. «Messer Alighieri ist da ganz zuversichtlich.» Er erwiderte fest den Blick der heiteren, klugen Augen des alten Mannes. Die Hände Giovannis waren wie die seines Vaters von der Gicht verkrümmt. Gott, Reichtum gegenüber mißgünstig, hatte Cosimo und seine beiden Söhne mit dieser Krankheit geschlagen. Der ausgefallenste Anblick, den man sich denken konnte, so wurde gesagt, sei das Schauspiel der drei reichsten Männer der Welt, wie sie, nebeneinander in demselben Bett liegend, von der Gicht heimgesucht, vor Schmerzen kreischten.

Herr Cosimo lächelte, und sein sanft-ironischer Blick richtete sich auf Julius. «Jugend und Optimismus. Wie glücklich könnt Ihr Euch schätzen mit Eurem jungen Dienstherrn. Aber betrachten wir Älteren einmal die weniger angenehme Seite. Ein Handelshaus lebt ebenso von seinem Ruf wie von seinem tatsächlichen Gewinn. Vielleicht gelingt es Euch nicht, Eure Männer nach Trapezunt zu schmuggeln. Der Türke mag Trapezunt angreifen und Euch zugrunde richten oder töten. Der Türke mag Euren Handel in einen solchen Würgegriff nehmen, daß Euch bei den Zollgebühren auf dem Schwarzen Meer die Luft ausgeht. Wenn dies Unternehmen scheitert, wird das Euer Haus zum Einsturz bringen?»

Damit hatte er, so dachte Nicolaas, mit wenigen Worten sämtliche Befürchtungen angesprochen, die Julius hegte. Doch auch Julius verstand sein Geschäft. «Keineswegs, Monsignore», entgegnete Julius. «Wir sind ein altes, wohlfundiertes Haus. Wir sind Eigentümer unserer Ländereien und Anwesen. Unsere Dienstherrin ist eine überaus erfahrene Frau und hat einen guten Advokaten und hervorragende Beamte. Die jetzige Unternehmung gründet sich auf Überschußkapital und kann im Notfall verloren gegeben werden.»

Das entsprach der Wahrheit. Er verschwieg jedoch, was sie alle wußten, nämlich, daß nur die Anfangskosten des Hauses Charetty aus seinem Überschuß getragen wurden und alles weitere Nicolaas' persönliches Risiko war. Hatte er Erfolg, fiel der Gesamtgewinn an ihn. Mißlang das Unternehmen, verlor er alles, was er besaß und in Venedig hinterlegt hatte. Falls er stürbe, würde alles, was er in Venedig oder sonstwo besaß, an Marian fallen. Ebenso alle seine Schulden. Er hatte nicht vor zu sterben.

Cosimo de' Medici musterte Julius, der seinen Blick mit aufrichtiger Ehrerbietung erwiderte. Der alte Mann wandte sich an Tobie. «Und Ihr, Herr Physikus? Ihr habt keine Bedenken angesichts dieser beträchtlichen Auslagen?»

«Das Haus steht auf festem Boden», sagte Tobie. «Wir wären nicht hier, wenn wir die Geschäftserweiterung nicht für möglich hielten. Nicolaas wäre nicht hier ohne das Vertrauen seiner Ehefrau. Was bedeutet für Euch der Ruf eines Hauses?»

Das war eine Frage, die auch nur Tobie stellen konnte. Messer Cosimo de' Medici lächelte und sagte: «Ich messe ihm das gleiche Gewicht bei wie Ihr. Ihr habt meine Frage präzise beantwortet.» Er wandte den Kopf und musterte wieder Nicolaas. «Nun denn. Ausgehend von einer Einfuhrsteuer von vier und einer Ausfuhrsteuer von zwei vom Hundert wollt Ihr eigene Ware verkaufen und kaufen und für eine Provision mit den Waren anderer Häuser Handel treiben. Das tun in Trapezunt schon die Genuesen. Und die Venezianer. Ihr werdet nicht beliebt sein.»

«Mit hundert Söldnern?» erwiderte Nicolaas. «Wir werden jedesmal beliebt sein, wenn sich der Sultan von seiner Gebetsmatte erhebt. Beim Kaiser werden wir immer beliebt sein. Er ist es leid, von Venedig und Genua ausgebeutet zu werden. So sagte Messer Alighieri.»

«Ich frage mich manchmal», sagte Herr Cosimo, «ob sich Genua an seinen entlegenen Stützpunkten deshalb so schlecht aufführt, weil es zu Hause von anderen arg bedrängt wird. Eine bei Kolonisten häufig anzutreffende Eigenart. Aber sehen wir weiter. Sagt, wie wollt Ihr den Transport von und nach Trapezunt bewältigen?»

Nicolaas verlieh seiner Stimme jetzt eine vertrauliche Note. Sie war niemandem nachempfunden, den Messer Cosimo kannte. «Ich dachte zunächst an einen Handelssegler, eine Kogge», sagte er. «Aber mich dünkt, das beste wäre eine große Galeere. Schnell, küstennah, sicherer. Sie wäre natürlich kleiner als eine Kogge, aber sie würde anderthalb Tonnen teurer Waren zu höheren Frachtraten befördern, als Massengüter einbringen könnten. Für den Anfang dann eine Fahrt hin und her, einmal im Jahr; später zweimal. Dazwischen würden wir verladen, wann immer sich Frachtraum anbietet. Auf den florentinischen Staatsgaleeren, zu Euren Bedingungen. Wenn Ihr das ganze Jahr über kaspische Seide und Farben bekämt, könntet Ihr Eure Produktion festigen und steigern.»

Er hielt inne, damit der Sekretär mitkam. Der blickte im Schreiben auf und fragte: «Und Eure Frachtraten?»

«Für Tuch einen Gulden pro Ballen oder zwei vom Hundert seines Wertes. Das ist angemessen. Das macht rund fünftausend Gulden je gelöschte Ladung, die Waren des Hauses ausgenommen. Damit kämen wir aus.»

«Ihr habt wirklich an alles gedacht», sagte Cosimo de' Medici. «Und wo würdet Ihr eine solche Galeere erwerben? Würdet Ihr eine kaufen?»

«Ich hoffe, Ihr werdet mir eine verkaufen, Monsignore», sagte Nicolaas. «Wenn die Medici-Bank mir das Geld dafür leiht.»

Der Sekretär hielt im Schreiben inne und blickte auf. Giovanni de' Medici lächelte. «Du liebe Güte», sagte Herr Cosimo. Auf seinem Gesicht zeigte sich eine Spur von Mitleid, ein ganz schwacher Hauch von Ungeduld. Er sagte: «Ihr könnt kein Schiff kaufen? Ihr könnt nicht einmal in Betracht ziehen, eines zu pachten?»

«Ich habe daran gedacht», sagte Nicolaas, «aber es ist billiger, es zu kaufen, und zwar mit geliehenem Geld. Ich könnte wohl auch an anderer Stelle ein Darlehen bekommen, wenn es nicht genehm ist.»

«Du liebe Güte», sagte Herr Cosimo noch einmal. Er sah seinen Sohn an, der sichtlich betrübt den Kopf schüttelte. «So ein Jammer», sagte Messer Cosimo. «Ein mutiges Unternehmen, ein junges Handelshaus. Aber die geringste unserer Galeeren kann fünfhundert Gulden kosten.»

Nicolaas wandte den Kopf, als Gottschalk sich zu Wort meldete. «Wir verlangen keine Staatsgaleere in allerbestem Zustand, Monsignore. Wir wären mit der alten Galeere zufrieden, die jetzt in Pisa liegt und die bei der Fahrt flußaufwärts den Unfall hatte. Messer Martelli schätzt sie auf dreihundert Gulden.»

Nicolaas sah seinen Kaplan mit unbeweglichem Gesicht an. Im Stuhl saß der alte Mann ganz still, offenkundig überrascht. Nicolaas fügte, einer stummen Anweisung gehorchend, hinzu: «Und natürlich zu einem vernünftigen Zinssatz, in Anbetracht der kurzen Nutzungszeit des Schiffes. Dann können wir es mit unserem Gewinn durch ein besseres ersetzen, wenn wir bei Euch nicht mehr in der Kreide stehen.»

«Nun?» sagte Cosimo in scharfem Ton. Er hatte sich seinem Sohn Giovanni zugewandt, der sich rekelte.

«Es ist zu machen», sagte er zu seinem Vater.

Nicolaas gab sich weiter freundlich und sachlich: «Voraussetzung ist natürlich, daß das Schiff zur Zufriedenheit Eures Werftaufsehers und meines Kapitäns auf seinen guten Zustand überprüft und voll ausgerüstet wird. Und natürlich zur Zufriedenheit Messer Martellis, wenn er bereit wäre, es in Augenschein zu nehmen.»

Er hielt eine beträchtliche Weile dem Blick des alten Mannes stand. Dieser lauschte seinen Worten, dann denen des Sekretärs, der sich, ein Blatt Papier in der Hand, einen Augenblick lang über ihn beugte. Nicolaas betrachtete sie interessiert, Julius scharrte mit den Füßen, und Tobie hatte eine Maske der Gleichgültigkeit aufgesetzt, als ließe er einen langweiligen Vortrag über sich ergehen. Gottschalk lächelte ein wenig, aber auf eine nachdenklichere Weise, als Nicolaas lieb war. Pagano Doria? Er hatte nie von ihm gehört. Dann bewegte sich etwas: Der Sekretär zog sich zurück, Giovanni richtete sich auf. Der alte Mann begann zu sprechen.

«Ihr habt mich davon überzeugt, daß Ihr eine kurzfristige Anlage wert seid. Wenn der kaiserliche Gesandte Messer Alighieri zustimmt, bin ich bereit, Eure Einsetzung als Vertreter der Republik Florenz in Trapezunt für eine Probezeit von einem Jahr, gerechnet von Eurer Ankunft an, zu billigen. Ich bin mit Euren Bedingungen einverstanden – natürlich müssen sie schriftlich festgelegt und durch Messer Alighieri bestätigt werden. Der Preis für das Schiff ist allerdings niedrig angesetzt. Ihr könnt ein Darlehen für seinen käuflichen Erwerb zum Preis von dreihundertfünfzig Gulden erhalten, rückzahlbar innerhalb von zwölf Monaten zu einem Zinssatz von zwanzig Gulden vom Hundert. Als Sicherheit dienen Euer Eigentum und die Gelder Eures Stammhauses. Wir müßten zuvor eine Bestätigung von dessen Kreditwürdigkeit und eine unterzeichnete Schuldverpflichtung fordern.»

«Ich besitze Unterschriftsvollmacht», sagte Nicolaas. «Und ich kann mit allen Zahlen aufwarten.»

«Dann seid Ihr einverstanden?»

«Ja, Monsignore. Ich danke Euch. Danke.» Er konnte die Beklommenheit in den Gesichtern seiner kleinmütigen Genossen lesen. Es tat weh, ein ernstes Gesicht zu bewahren, während der alte Herr zum Schluß kam.

«Dann laden wir Messer Alighieri zur Vorsprache ein, und die Vereinbarung wird in allen Parteien genehmer Form ausgefertigt und dann zur Unterschrift vorgelegt werden. Man wird eine Kopie in griechischer Sprache benötigen. Euer Aktuarius bleibt vielleicht gleich hier. Er kann sich meines Dolmetschers bedienen.»

«Des bedarf es nicht», sagte Nicolaas. «Magister Julius hat in Bologna Griechisch studiert. Er war Sekretär von Kardinal Bessarion, der aus Trapezunt stammt.»

Herr Cosimo wirkte eher erschöpft als vom Donner gerührt. «Tatsächlich! Ich finde die zahlreichen Fähigkeiten Eures Hauses fast ein wenig beunruhigend, Messer Niccolo. So laßt uns denn auf den erfolgreichen Ausgang eines neuen Kontrakts trinken. Wein, Giovanni.»

«Gesindel!» sagte jemand.

Die Stimme kam von der Tür her. Obschon nicht besonders laut, war die Bemerkung doch mit einer gewissen knurrenden Klangfülle vorgebracht, die nichts neben sich duldete. Der Sekretär und zwei Schreiber eilten schon, die Arme abwehrend ausgebreitet, zur Tür. Sie taumelten zurück, als der Mann, der gesprochen hatte, sich an ihnen vorbeischob und den Raum betrat. Er blieb vor Julius stehen.

Ein Mönch: ein Mann von mittlerer Größe und untersetzter Statur im grauen Habit und der Tonsur eines Franziskanerpredigers – ein Minoritenbruder von der strengen Observanz. Ein eigenartig unsauber wirkender Mann, bei aller Schlichtheit der Tracht, mit einem hochroten Gesicht, das ein einziger Ausbruch von pockennarbiger Haut und schwarzem Haar zu sein schien. Haar wuchs ihm aus den Höhlen der grobknochigen Nase, büschelte sich in den Ohren unter den dichten Locken und lag geglättet in Schichten von drohendem Indigo unter den Rundungen seiner Wangen. Nackt in all diesem Gestrüpp waren nur seine bleichen, wie der Rand eines Trinkglases geschwungenen Unterlider.

Er deutete mit dem Finger auf Julius und sagte: «Cosimo de' Medici, Ihr wißt nicht, mit wem Ihr es zu tun habt. Brecht die Zusammenkunft ab. Löst Euer Abkommen auf. Jagt diesen Mann und dieses Handelshaus davon. Dieser Mann ist der Satan.»

«Julius?» sagte Nicolaas. Ihm gelang ein belustigter Tonfall.

Niemand lächelte. Julius war kreidebleich geworden, als müßte er sich sofort übergeben. Tobie warf Julius und Nicolaas einen kurzen Blick zu und starrte den Mönch funkelnd an. Herrn Cosimos fahles Gesicht war ausdruckslos; sein Sohn blickte zornig. Pater Gottschalk erhob sich und sprach zu aller Erstaunen den Eindringling an. Er sagte: «Fra Ludovico, Herr Cosimo führt hier eine private Unterredung. Er wird Euch sicher später anhören.» Nicolaas meinte, den Namen Fra Ludovico schon einmal gehört zu haben – in Fiesole. Die Gesandtschaft aus Georgien, Persien und Trapezunt stand unter der Führung eines Mönchs: eines Ludovico da Severi, der für die Franziskaner die Welt bereiste. Er war bei Nicolaas' Besuch nicht zugegen gewesen. Bekannte Holzhändler, die da Severi, hatte Alighieri gesagt. Ein Sohn aus diesem Stall würde nichts gegen eine Vermischung von Kreuzzug und Geschäft einzuwenden haben: Eine Charetty-Streitmacht in Trapezunt war genau das, was ihrem Wortführer gefallen mußte.

Nun, wenn dies derselbe Mann war, hatte er seine Meinung über das Haus Charetty und seine Amtsträger geändert. Julius, Julius, warum weicht Ihr meinem Blick aus?

Pater Gottschalk, der das Geschütz des Feindes auf sich gelenkt hatte, erduldete nun sein Feuer.

«Ihr wollt dem Diener des Herrn den Mund verbieten?» fuhr ihn der Mönch an. «Ihr, ein Mann der Kirche? Ich werde Eure Sünden so hinausschreien wie die ihren. Ihr macht Euch mit Dieben und Hurenböcken gemein: Ihre Qualen werden die Euren sein.» Er wandte sich an das Oberhaupt der Medici-Bank. «Werft sie hinaus! Dieser Mann ist Schmutz!» Abermals deutete er auf Julius.

Alle außer Cosimo waren jetzt aufgestanden, aber niemand bewegte sich. Sie sahen alle den großen alten Mann im Stuhl an.

Cosimo de' Medici wandte sich an den Mönch. Seine Stimme klang ausdruckslos. «Dieser Mann heißt Julius, ist ein Aktuarius aus Bologna und steht jetzt im Dienst des Hauses Charetty in Brügge. Ihr habt eine Klage gegen ihn vorzubringen?»

«Ich weiß, wer er ist», sagte der Mönch. «Der im Kloster erzogene Sohn eines angehenden Priesters und einer unverheirateten Frau. Von der Kirche hat er sein Wissen gelernt, von der Rechtsakademie das Geldverdienen. Vielleicht gibt es ehrliche Aktuari: Ich bin noch keinem begegnet. Dieser war jedenfalls keiner. Er hat ihm anvertrautes Geld gestohlen und verspielt – Geld der Kirche, verpraßt in Sünde und Lasterhaftigkeit. Als seine Tat ruchbar wurde, wandte er sich an unseren frommen Bessarion von Nikaia, der den Schaden aus eigener Tasche wiedergutmachte. Ich glaubte ihn an sicherem Ort beschäftigt, einem Haus in Genf. Nun treffe ich ihn hier an, wie er Eure Herrlichkeit hinters Licht führt!»

Julius schoß das Blut ins Gesicht. Er setzte zum Sprechen an. Cosimo de' Medici sagte: «Ihr verhaltet Euch still, Magister Julius.

Ich möchte zunächst Eure Genossen befragen. Ist Euch dies bekannt, Messer Tobias? Pater Gottschalk? Kaufherr Niccolo, ist das Handelshaus Charetty davon unterrichtet?»

Schneller als alle anderen bekam Julius seine Antwort heraus: «Sie wissen nichts davon.»

Messer Cosimo schien ihm zu glauben. Pater Gottschalk, noch nicht lange in Diensten des Hauses, widersprach ihm gewiß nicht. Tobie, die Lippen vorgestülpt, blickte zu Boden und schwieg. Es war an Nicolaas, behutsam vorzutreten, bis er neben Julius stand. Er kratzte sich die Nase und sagte: «Nun ja, wir wußten davon. Das heißt, die Demoiselle de Charetty wußte es. Wir anderen sollten es nicht wissen. Aber –» er warf Julius ein Entschuldigungslächeln zu – «wir hatten alle bemerkt, daß Magister Julius sich keine neue Jacke und keine neue Strumpfhose kaufen konnte, bis er bei der Witwe – so wurde sie damals genannt – seine Schulden abbezahlt hatte. Später hat sie es mir dann gesagt. Die Hälfte seines Lohns ging nach Rom, an Kardinal Bessarion. Also was er auch getan hat – und ich weiß nicht, was es war –, er hat es wiedergutgemacht. Und das Haus Charetty wußte davon und hat ihn trotzdem behalten. Und seit ich einen Blick in die Hauptbücher geworfen habe, war da nichts, woran ein Richter Anstoß nehmen könnte. Sonst wäre ich nicht hier. Und er auch nicht.»

Fra Ludovico wartete kaum seine letzten Worte ab. «Er hat den Diebstahl zugegeben. Wir haben keinen Beweis, daß er das Geld zurückgezahlt hat: Der Kardinal von Nikaia ist in Deutschland. Aber ob er es zurückgezahlt hat oder nicht, er ist ein überführter und unbestrafter Schurke.» Er wandte sich um. «Soll das, Herr Cosimo, Euer Gesandter sein?»

«Er soll selbst reden», sagte der alte Mann.

Wenn sich Julius zu etwas bekannte, stand er immer sehr gerade aufgerichtet da. So hatte er zu Hause in Brügge dagestanden, wenn man ihn bei einer Eskapade ertappt hatte, an der eher Nicolaas die Schuld trug oder die eigentlich der Narretei von Marians inzwischen verstorbenem einzigem Sohn Felix zuzuschreiben war.

Julius hatte noch nie zuvor ein solches Eingeständnis machen müssen. Er sagte: «Um meine Geburt ist es so bestellt, wie Ihr gehört habt. Meine Eltern sind schon lange tot. Mein Vater hinterließ

Mittel, die für meine Erziehung verwendet werden sollten, aber es war nie die Rede davon, daß ich in der Kirche bleiben würde. Ich glaube, wenn ich das Kind einer gewöhnlichen Ehe gewesen wäre, wäre ich Krieger geworden. Es ist nicht von Bedeutung.»

«Fahrt fort», sagte Cosimo.

«Wir waren eine wilde Gesellschaft in Bologna. Wir spielten und trieben noch anderes. Doch wenn man seine Prüfung abgelegt hat, muß sich das ändern. Kardinal Bessarion war zu der Zeit päpstlicher Legat in Bologna. Er lenkte sozusagen die Geschicke der Stadt. Ich arbeitete in seiner Kanzlei. Er zeigte mir, daß man am schnellsten vorankam, wenn man Sekretär eines Kardinals wurde. So ist der derzeitige Papst aufgestiegen.»

«Ihr wagt es, den Papst zum Zeugen anzurufen!» sagte der Minorit. «Wie könnt Ihr Euch dergleichen anhören?»

«Wir lassen ihm Gerechtigkeit widerfahren», entgegnete Herr Cosimo. «Setzt Eure Rede fort.»

«Natürlich war ich töricht», sagte Julius. «Er war freundlich zu mir. Er sagte, er halte mich für den Klügsten in seinem Sekretariat, aber ich besäße noch nicht die Erfahrung, die ich in Rom brauchen würde. Der Kardinal war in Bologna beliebt, er hätte bis an sein Lebensende in der Stadt bleiben können. Er versicherte mir, ich würde in einem halben Jahr sein Erster Sekretär sein, mit dem entsprechenden Lohn, den dieser Posten mit sich brächte. Ich hatte bis dahin nicht schlecht gelebt, aber doch sehr sparsam. Jetzt glaubte ich endlich so leben zu können, wie es mir zustand; ich würde mir alle Freuden gönnen können, auf die ich bisher hatte verzichten müssen. Ich zog in ein besseres Quartier, kaufte die Kleider, die ich brauchte, und stellte Dienstboten ein... Ich trank guten Wein und gab Feste für meine Freunde. Als mich Leute, die ich bewunderte, zum Würfelspiel einluden, zögerte ich nicht lange. Und als mir das vorhandene Geld ausging, griff ich die Annaten an, die ich eingesammelt hatte, denn ich konnte sie ja von meinem ersten Lohn wieder auffüllen.» Er hielt inne.

«Und dann?» fragte Cosimo.

«Dann starb der Papst», fuhr Julius fort. «Und Herr Bessarion eilte zur Papstwahl nach Rom. Wenn sie ihn zum Oberhirten gemacht hätten, wären wohl alle meine Nöte zu Ende gewesen. Aber sie entschieden sich für Kalixtus, einen Borgia. Und der neue Papst schickte seinen Neffen anstelle von Bessarion nach Bologna.»

Er zwang sich zu einem Lächeln, das Bitterkeit verriet. «Ich kannte ihn nicht, und er kannte mich nicht. Er brachte seinen eigenen Schreiber mit. Alle meine Rechnungen wurden fällig, einschließlich der Kirchengelder, der Annaten, und ich war ruiniert. Bruder Ludovico weiß davon, denn seine Familie kam aus Bologna, und er und die anderen Franziskaner verkehrten damals häufig beim Papst. Konstantinopel war zwei Jahre zuvor gefallen.» Er hielt inne. «Ich wußte natürlich von dieser Gesandtschaft. Ich hätte mir denken können, daß der gleiche Mann sie anführt.»

«Und dann hättet Ihr Euch Eurem Dienstherrn offenbaren können», sagte Cosimo de' Medici. «Habt Ihr das Geld zurückgezahlt, wie Messer Niccolo angibt?»

«Mit der Zeit, ja», sagte Julius. «Der Kardinal übernahm zunächst alle meine Schulden. Ich habe ihm das Geld dann zurückgezahlt, wann immer ich konnte.»

«Und wer außer dem Kardinal kann das bestätigen? Ihr habt gehört, er hält sich in Deutschland auf.»

«Marian de Charetty. Die Nicolaas geheiratet hat», sagte Julius. «Ihr habt es ja gehört. Sie betraute mich mit allen ihren Geschäften.»

«Aber sie ist in Brügge. Bei wem wart Ihr noch in Dienst?»

«Bei einem Mann in Genf», sagte Julius. Er hielt das Gesicht starr von Nicolaas abgewandt. «Ich habe nie genug gespart, um mehr als nur ein wenig zurückzahlen zu können. Und außerdem lebt er nicht mehr.»

«Fra Ludovico?» sagte der alte Mann.

Der Mönch blickte zu dem Stuhl hinauf und sagte: «Muß ich noch mehr sagen? Der Mann ist unaufrichtig, sein Handelshaus im besten Falle leichtsinnig, im schlimmsten so unredlich wie er selbst. Schickt einen Eurer Männer nach Trapezunt. Versucht nicht, Gott mit einem zweitrangigen Vertreter zufriedenzustellen. Wo die Kirche sich schrecklicher Gefahr erwehren muß, werden die Unheiligen niemals die Ungläubigen für sich gewinnen.»

Pater Gottschalk räusperte sich. «Euer persischer Gesandter», sagte er, «ist, glaube ich, muslimischen Glaubens?»

«Und wenn schon», erwiderte der andere scharf. Seine Kopfhaut war unter dem Haargestrüpp rot angelaufen. «Ich habe mein Leben in der Fremde unter den Ungläubigen verbracht. Glaubt Ihr, ich kann nicht unterscheiden zwischen dem unschuldigen Heiden und dem zum Kreuz geborenen Mann, der dieses verachtet, verabscheut und behandelt, wie das ein Spitzbube täte? Der Fürst Uzun Hasan hat noch nicht den Weg zu Gott gefunden, aber er hat eine christliche Ehefrau, eine im Glauben erzogene Mutter. Der Beichtvater seiner Ehefrau ringt ohne Unterlaß um seine Seele. Der Abgesandte dieses Fürsten ist der lebendige Beweis dafür, daß Uzun Hasan nach Besserem strebt. Schaut diesen Julius an mit seinem glatten Gesicht, seinen üppigen Kleidern, seinen einnehmenden Manieren. Er wurde von der Kirche erzogen, und er hat das Gut der Kirche in sündigem Lebenswandel verschwendet. Was ist schlimmer?»

«Er hat auch nicht den Farmuk erfunden», sagte Nicolaas. «Monsignore, seine Torheit wird von niemandem bestritten. Aber das war vor fünf Jahren, und die Wiedergutmachung ist erfolgt. Und die Ehrbarkeit dieses Hauses steht außer Zweifel. Eure Vertreter in Brügge wissen, wie sehr wir den Medici zu Diensten waren.»

«Das bedenke ich wohl», sagte Cosimo mit einem gewissen Nachdruck, den Nicolaas gern heraushörte. «Aber mein Vertrauen ist wenig wert, wenn Ihr das Vertrauen der Kirche und des Kaisers verliert. Fra Ludovico: Wenn man den Aktuarius Messer Julius entließe, würde sich das Haus dann empfehlen?»

«Er wird nicht entlassen», sagte Nicolaas, ohne jemanden nachzuahmen. Er sah, wie Tobie sich umblickte.

«Dann kehrt Ihr am besten nach Brügge zurück», sagte der Minorit mit starrem Blick. «Dort wartet Arbeit auf Euren Kaplan.»

Diese Worte, der wuchtigen Gestalt Pater Gottschalks entgegengeschleudert, entlockten dem Priester einen Seufzer. Er sagte: «Nun, Bruder, es steht außer Zweifel, daß die Welt besser wäre, wenn wir alle Euren Gotteseifer besäßen. Ich habe eine Frage, wenn Messer Cosimo gestattet. Habe ich Euch draußen mit einem Bekannten von mir zusammen gesehen?»

Der Mönch musterte den Priester über die verschränkten Arme hinweg. «Das bezweifle ich», sagte er.

«Aber ich kann mich schwerlich geirrt haben. War es vielleicht

Pagano Doria, der kürzlich in Porto Pisano an Land gegangen ist? Seine Aufmerksamkeit mir gegenüber schien sich bald auf die Pläne des Hauses Charetty auszudehnen. Ich frage mich, ob wir diesen Euren Besuch hier vielleicht einem Vorschlag oder einer Andeutung seinerseits zu verdanken haben?»

Schweigen.

Cosimo de' Medici sagte: «Nun?»

Der Mönch sagte: «Der Mann ist schwerlich ein Freund von mir. Ein Bekannter. Ja, von ihm erfuhr ich, daß der Reichtum von Florenz den Händen dieses Elenden anvertraut werden sollte. Ich beschloß, Euch zu warnen. Es ging mir nicht um Dank.»

«Giovanni?» sagte der alte Mann. «Wir haben doch von diesem Pagano Doria gehört, nicht wahr?»

Giovanni de' Medici lächelte herzlich. «Gewiß, mein Vater», sagte er. «Er sprach erst heute morgen hier vor, um den Mailänder Gesandten aufzusuchen. Auch er bricht bald nach Trapezunt auf.»

Von fern hörte Nicolaas den alten Mann sagen: «In der Tat?» Einen Augenblick lang verlor er die Stimmen im Raum aus dem Ohr. Er dachte an Marian und an alles, was in Brügge geschehen mochte. Ihm war kalt. Das Blut, vor fünf Minuten noch warm und lebendig, kroch ihm träge und frostig durch die Adern. Als er wieder ganz der Unterredung folgte, erklärte Giovanni de' Medici gerade etwas.

«Aber ja», sagte er, «Messer Dorias Schiff liegt in Porto Pisano, samt Besatzung, und die Fracht stapelt sich allmählich im Lagerhaus. Wie ich gehört habe, setzt er nach dem Christfest die Segel. Das Schiff ist eine Kogge.»

«Aha», sagte der alte Mann und seufzte. «Die menschliche Natur ist, was sie ist. Man ist sich eben nie sicher, Fra Ludovico. Da hat Euch jemand, scheinbar uneigennützig, eine Mitteilung gemacht, die Euch dazu veranlaßte, Zweifel an der Redlichkeit des Hauses Charetty zu erwecken – in bester Absicht, freilich. Eure Zweifel mögen berechtigt sein. Wir konnten uns nicht befriedigend vergewissern. Aber offensichtlich handelte dieser Pagano Doria doch keineswegs uneigennützig. Er hoffte, Eure Warnungen würden uns derart verunsichern, daß wir die Vertreter des Hauses Charetty nach Brügge zurückschicken und dann ihn selbst zum florentinischen Konsul bei Kaiser David ernennen würden.»

«Ist das möglich?» sagte Tobie unvermittelt.

«Es klingt recht wahrscheinlich», entgegnete Nicolaas.

«Das ist es nicht», warf Cosimos Sohn Giovanni ein. «Das ist es keineswegs. Ich habe gesagt, Messer Pagano Doria reist nach Trapezunt. Das ist wahr. Er will sich dort niederlassen und Handel treiben. Aber er kann Florenz nicht vertreten, weil er sich schon anderweitig gebunden hat. Vater, Pagano Doria geht ans Schwarze Meer als Konsul von Genua.»

«Von Genua!» rief Gottschalk aus.

Nicolaas stand gedankenversunken da. Dann sagte er, was er dachte: «Die Sache ist nicht so ernst zu nehmen. Wir wußten, daß mit bösem Willen zu rechnen war, von seiten der Genuesen noch mehr als von seiten Venedigs. Sind wir erst in Trapezunt, wird uns die gemeinsame Gefahr einander näherbringen. Bis dahin müssen wir nur sehr vorsichtig sein.» An Gottschalk gewandt, fuhr er fort: «Habt Ihr das gewußt? Oder vermutet?»

«Vermutet», sagte der Kaplan. «Wir sind uns in Pisa begegnet, Doria und ich, vielleicht nicht ganz zufällig. Von einer Reise nach Trapezunt war nicht die Rede. Nachher zog ich einige Erkundigungen ein. Fra Ludovico, ich fürchte, man hat Euch mißbraucht. Das ändert alles. Monsignore mag sich jetzt sagen, daß man in das Handelshaus Charetty wenigstens so lange Vertrauen setzen könnte, wie es dauern würde, nach Kardinal Bessarion in Deutschland zu schicken und sein Urteil über Magister Julius zu erfahren.»

Der Minorit wollte etwas sagen, doch der alte Mann gebot ihm mit der Hand Schweigen. «Nein», sagte er, «die Entscheidung liegt bei mir.»

Während Nicolaas wartete, blickte er sich in der stummen Runde um und war erstaunt über die Macht eines einzelnen klugen Mannes. Schließlich rekelte sich Cosimo de' Medici in seinem Stuhl und sagte: «Dies ist mein Entschluß: Das Handelshaus Charetty wird Florenz vertreten, und entsprechende Schriftstücke werden aufgesetzt. Anfragen ergehen an den Herrn Kardinal von Nikaia. Im Falle einer ungünstigen Antwort entzieht Florenz dem Haus Charetty seine Unterstützung. Der Kaiser wird davon in Kenntnis gesetzt werden. Auch wird man dann den florentinischen Kaufleuten sagen, daß sie ihre Verträge nicht länger mehr zu erfüllen brauchen.

Falls Ihr schon aufgebrochen seid, könntet Ihr bei der Ankunft in Trapezunt feststellen, daß sich Eure Reise nicht gelohnt hat. Das Risiko liegt bei Euch. Seid Ihr bereit, es einzugehen?»

«Ja, Monsignore», sagte Nicolaas.

Der alte Mann hielt seine Augen, wie ihm schien, sehr lange fest. Dann wandte er sich um. «Fra Ludovico, was sagt Ihr dazu?»

Das Gesicht des Mönchs war erblaßt. «Es gibt in Genua gute wie schlechte Christen, Monsignore», sagte er. «Ich hoffe zu erfahren, was der Kardinal Euch mitteilt. Ich beuge mich natürlich Eurem Urteil. Aber ich würde kein Gold leihen oder wertvolle Waren versenden. Ihr und Eure Genossen würdet sie verlieren.»

Nicolaas ergriff rasch das Wort. «Wir verlangen kein Gold, nur ein Schiff bei Zahlungsaufschub. Beschlagnahmt das Schiff, wenn Ihr das Geld nicht bekommt. Haltet Euch an mein Handelshaus, wenn Ihr weder das eine noch das andere an Euch bringen könnt.»

«Und die Ladung?» gab Cosimo de' Medici zu bedenken. «Da hat der gute Mönch nicht ganz unrecht.»

Nicolaas sagte: «Ich, nicht der Kaufherr, würde die Versicherungskosten zahlen. Ich würde erwarten, daß er sie mir zurückerstattet, wenn alles zu seiner Zufriedenheit erledigt ist.»

Julius sagte: «Nicolaas, das wäre nicht angemessen. Das würde unsere Mittel übersteigen.»

Herr Cosimo sagte: «In der Tat, das scheint ein wenig übertrieben. Wir sehen uns ja hier nicht einer Gruppe von Schurken gegenüber, sondern nur dem Vergehen eines einzelnen, das jetzt seinen Dienstherren bekannt ist.» Er wandte sich an Nicolaas. «Ich stehe für die Versicherung ein. Ich verlange, daß Ihr und Euer Aktuarius die Papiere unterzeichnet. Das genügt mir und, wie ich denke, auch Fra Ludovico.»

«Ich danke Euch, Monsignore», sagte Nicolaas. Er sah den Mönch an. Und dann neigte auch der Mönch das Haupt. Er machte keine unterwürfige Miene, aber er hatte sich einverstanden erklärt.

«Und *jetzt*», sagte eine Stimme.

Langsam drehte Nicolaas sich um. Die wohlgenährte Gestalt Giovanni de' Medicis stand vor ihm. Giovanni de' Medici sagte: «Ich habe mit Euch zu schaffen.» Er machte die Hand auf. «Cosimino liegt seinem Kindermädchen und seiner Mutter in den Ohren, weil dieses Ding sich verwickelt hat. Dieses Spielzeug. Dieses Ding, das läuft. Wer kann es richten?»

Nicolaas runzelte die Stirn. «Ich glaube, ich kann es», sagte er. «Aber natürlich als Gegenleistung für gewisse geschäftliche Zugeständnisse.»

Er und Cosimos Sohn steckten über dem Spielzeug die Köpfe zusammen, während Julius sein Federkästchen aus dem Gürtel zog und auf den Sekretär zutrat. Seine Hand zitterte sichtlich. Wogegen Nicolaas, ganz er selbst, den Farmuk umdrehte in Händen, die so kräftig und ruhig und warm waren wie die eines Maurers. Die Prüfung war vorüber und der Plan für den Kampf abgesteckt.

Kapitel 5

Nachdem die Männer vom Hause Charetty aus dem Palazzo Medici in den Spätnachmittagsregen hinausgetreten waren, geschahen merkwürdige Dinge.

Zunächst schickte Nicolaas die beiden Diener fort. Dann ging er, ohne auf Fragen einzugehen, zum Arno hinunter, schloß die Tür eines Lagerhauses auf, von dem niemand wußte, daß er es gemietet hatte, und winkte seine drei Gefährten herein. Dann schloß er die Tür und stellte sich ihnen gegenüber auf.

Julius, der weiterhin aufbegehrte, nachdem der Kaplan und Tobie schon längst verstummt waren, wiederholte noch immer: «...möchte wirklich wissen, was Ihr da vorhabt!» Er hielt inne. Sein Auge zuckte.

«Euch einen großen Narren zu nennen», sagte Nicolaas. «Warum, im Namen der ewig jungfräulichen Mutter Gottes, habt Ihr mir nicht gesagt, was in Bologna war?»

Schweigen. Schließlich meinte Tobie: «Ihr sagtet doch, alle hätten es gewußt.» Er sprach mit der Stimme, der Julius am meisten mißtraute.

«Wie hätte ich es wissen sollen?» sagte Nicolaas. «Ich war Lehrling.» Sein Ausdruck war sehr unfreundlich.

Julius blickte ihn verwirrt an. Seit Nicolaas achtzehn war, hatten Streitereien und Auseinandersetzungen zu den Alltäglichkeiten ihres Verhältnisses gehört. Inzwischen, nachdem Nicolaas die Demoiselle de Charetty geheiratet hatte, mußten sie alle zu ihrer wiederholten Verärgerung ihr Verhalten in der Öffentlichkeit ändern. Nicolaas *war* das Haus Charetty, und deshalb ging man behutsam mit ihm um. Hatte er gute Ideen, war Julius wie jeder andere durchaus bereit, sie aufzugreifen. Aber er war nicht bereit – nein, weiß Gott nicht –, sich vor seinen älteren Genossen von ihm zurechtweisen zu lassen. Er sagte: «Dummer junger –»

Er wurde von Pater Gottschalk unterbrochen, der sich in ganz ruhigem Ton an Nicolaas wandte. «Wenn Ihr es nicht gewußt habt, dann habt Ihr höchst überzeugend gesprochen. Über die Rückzahlungen, zum Beispiel. Aber wenn – ehem…»

«Wenn Nicolaas nicht richtig vermutet und Julius das Geld nicht zurückgezahlt hat», sagte Tobie mit der gleichen Stimme wie zuvor, «dann wird Kardinal Bessarion das Handelshaus Charetty zugrunde richten. Hm, hm.»

«Natürlich habe ich es zurückgezahlt!» sagte Julius. «Haltet Ihr mich für einen Dieb? Glaubt Ihr, es hat mir Spaß gemacht, dort zu stehen und die ganze Geschichte zu erzählen? Glaubt Ihr», wollte er fortfahren, «ich würde mir die Mühe machen, dem untauglichsten Lehrling von ganz Flandern das zu erzählen?» Aber er sagte es nicht, da es offenkundig war.

Nicolaas sagte: «Habt Ihr *niemandem* davon erzählt?»

Bis zu diesem Augenblick hatte der Aktuarius, sich seiner Schuld wohl bewußt, seine Empörung gezügelt, doch die Grenze war überschritten. «Mein Gott!» erwiderte Julius barsch. «Wem hätte ich es denn erzählen sollen? Dem Sicherheitsrat? Dem Stadtfoltermeister?»

«Irgendeinem von uns, der Euch zugehört hätte», gab Nicolaas ebenso barsch zurück. «Wir versuchen hier mit unserem guten Namen Geldmittel zu beschaffen. Wer soll uns vertrauen, wenn wir einander Wichtiges verschweigen? Dieses Spiel wäre uns erspart geblieben, wenn nur ein anderer – Tobie, Gregorio – verständigt worden wäre.»

«Und Euch davon berichtet hätte», sagte Julius. «Es scheint, Ihr begreift es noch immer nicht. Wen kümmert es, wenn ein Dienstbote unehelich geboren ist? Euch hat es nie gekümmert. Obwohl Ihr Euch nie dazu aufraffen konntet, uns alles über Euren Streit mit Eurem berühmten schottischen Herrn Simon zu erzählen, bis sich die Sache nicht mehr verheimlichen ließ und Ihr Brügge verlassen mußtet. Ein Bastard zu sein, wird niemandem vorgeworfen, aber ein studierter Mann wird nach seinem Ruf beurteilt. Glaubt Ihr, Cornelis de Charetty hätte mich eingestellt, wenn er gewußt hätte, daß ich Schwierigkeiten mit der Kirche hatte? Gebraucht Euren Verstand.»

«Ja, das muß ich wohl», sagte Nicolaas, «wenn Ihr den Euren nicht gebraucht. Wie wollt Ihr Euch denn über Wasser halten, wenn Ihr das Gewerbe Eurer Dienstherrin zugrunde richtet? Es war auch nicht recht Gottschalk und Tobie und Gregorio gegenüber. Sie haben auch einen Ruf zu verlieren. Wenn Ihr Unheil kommen seht, so sagt es ihnen. Ich versichere Euch, sie werden es nicht weitersagen; sie halten mich nicht für zuverlässig. Aber sie werden Euch Bescheid sagen, wenn sie glauben, daß Ihr den Verstand verloren habt. Was sagt Ihr dazu?»

«Geht», sagte Julius nur. Er gebrauchte andere Worte, aus seinen Bologneser Tagen.

«Ich gehe, ja», sagte Nicolaas, «um in Trapezunt florentinischer Handelskonsul zu werden. Die Frage ist, wohin Euer Weg führt.»

«Ihr wollt also, daß ich gehe. Dann werde ich eben gehen», sagte Julius. «Ihr könntet mich nicht halten.»

«Julius», sagte Tobie. Er sprach mit seiner sanftesten Stimme. «Sprecht nicht unüberlegt, Julius. Nicolaas hat vorhin den Medici gesagt, sie sollten den Vertrag zerreißen, weil er Euch nicht fortschicken wollte. Klingt das so, als wollte er, daß Ihr geht?»

Julius spürte, wie er errötete; er atmete heftig. «Ich schade doch dem Haus, nicht wahr? Das tut auch Nicolaas, aber wir haben immer gesagt, wir könnten auf ihn aufpassen. Oder wir würden gehen, wenn wir das nicht könnten. Ich glaube, er eignet sich mehr Befugnisse an, als mir lieb ist. Ich glaube, ich nehme meinen Abschied.»

Der Kaplan meldete sich zu Wort. Auch wenn er unangenehme Dinge sagte, blieb seine Stimme doch wohltönend. «Das würde, glaube ich, in der Tat das Ende des Hauses bedeuten, gerade im jetzigen Augenblick. Nicolaas wird das wohl nicht zur Sprache bringen, also tue ich es. Wir müssen als eine geschlossene Gruppe auftreten. Könntet Ihr Euch nicht dazu durchringen, Euren Aufbruch um... um eine Woche oder so zu verschieben?»

«Bis wir auf See sind», sagte Tobie. Seine Stimme klang eigenartig. «Weit draußen auf See. Wenn Ihr dann gehen wollt, werden wir alle Euch helfen.»

Julius bemerkte, daß Nicolaas ein Lachen zu unterdrücken versuchte. Er blickte Pater Gottschalk an und sah, daß dieser sich auf die Lippen beißen mußte. Tobie konnte plötzlich nicht mehr an sich halten. Wenn es aus ihm herausplatzte, hörte sich das immer so an wie das Gluckern in einem seiner Kolben. «Wer war sie denn, mein Junge?» sagte er. «Wir haben das feierliche Eingeständnis genossen. *Ein besseres Quartier, ein Diener, guter Wein... die Todsünde des Würfelspiels.* Mein Lieber, Ihr habt gesündigt. Schert Euch zur Hölle und eßt zusammen mit den Teufeln schwarzes Brot und das Gehackte von gestern. Aber was haben wir *nicht* vernommen? Erzählt weiter. Ihr seid uns allen etwas schuldig geblieben. Wofür habt Ihr all dieses Geld ausgegeben?»

Ein ernster, gesetzter Mann hätte seinen Zorn nicht so leicht verrauchen lassen, aber Julius, der eigentlich noch ein halber Student war, sah seine Gefährten an, und seine geballten Fäuste entkrampften sich. «Nun, Ihr könnt es Euch wohl vorstellen», sagte er. «Da war dieses Wirtshaus, wo der Koch ein paar Würfel hatte. Ich habe Euch davon erzählt, ohne allerdings zu sagen, daß ich es war. Es war unglaublich, einfach unglaublich. Wir trafen uns gewöhnlich...»

Zum Schluß saßen sie recht betrunken in einer Taverne. In leicht weinerlich-rührseliger Verfassung ließ sich Julius zu Monna Alessandras unwirtlichem Haus zurückgeleiten und dann von Tobie und dem Kaplan zu Bett bringen. Auf dem Rückweg zur Wohnstube und zu Nicolaas verlangsamte Gottschalk den Schritt und hielt Tobie an. «Ehe wir hineingehen – wer ist Simon?»

«Wer?» sagte Tobie.

Gottschalk, der nur leicht angeheitert war, wiederholte die Frage. «Ein Verwandter von Nicolaas?»

«Ach, der!» sagte Tobie. «Simon de St. Pol. Landadel. Ein wohlhabender Kaufmann. Ist mal in Schottland, mal in Brügge. Nicolaas hielt ihn lange Zeit für seinen Vater. Es stellte sich aber heraus, daß der nur der Liebhaber der Frau war. Herr Simon haßt Nicolaas und drohte damit, sein Geschäft zu ruinieren. Deshalb ist Nicolaas hier und kann nicht in Brügge seine Ehe genießen. Ein Jammer, daß der Moralapostel Ludo das nicht herausgefunden hat. Es hätte niemanden gestört.»

«Außer Nicolaas?» sagte Gottschalk.

Aber der Doktor gab keine Antwort, sondern zog seine Mütze an einem Zipfel vom Kopf und hielt sie, während er die Wohnstube betrat, Nicolaas entgegen. Das schüttere, helle Haar um die erhitzte Glatze herum war naß wie das einer Katze. Er sagte: «Und welche meiner Schwächen, mein lieber Bastard und Lehrling, gedenkt Ihr für Eure Zwecke auszunutzen? Ich fürchte, Pater Gottschalk hat keine.»

Nicolaas verzog die Lippen zu einem höflichen Lächeln. «Ich werde schon eine finden», sagte er. Er zog Merkzettel aus seinem Beutel und breitete sie auf dem Tisch aus. Sein Gesicht war gerötet.

«Die Zerknirschung wird nicht lange anhalten, wißt Ihr», sagte Tobie. «Und Julius läßt sich nicht gern von Jüngeren ausschelten. Auch nicht von vorgesetzten Jüngeren.» Er setzte sich auf die Bank am Fenster.

«Deshalb werdet Ihr es in Zukunft tun», sagte Nicolaas. «Ihr oder der, zu dem er geht. Habt Ihr vorhin nicht zugehört?»

«Bin ich Euer Werktscheug?» sagte Tobie.

«Gewisch», sagte Nicolaas. Er fand, wonach er gesucht hatte, entfaltete das Blatt, strich es glatt und hielt es dann dem Arzt hin. «Und das ist Eure Belohnung im voraus. Zweite Kolonne zur...»

«...Linken; dritte von unten», sagte Tobie, für keinen verständlich. «Ihr Teufelskerl. Mir wollte niemand so etwas verkaufen.»

«Was ist es?» fragte Gottschalk erwartungsvoll. Für einen hochgewachsenen Mann nahm er erstaunlich behende Platz.

«Anweisungen zur Verwendung von Annaten», sagte Nicolaas. «Pater Gottschalk, heute nachmittag habt Ihr Euch durch besondere geistliche Schläue ausgezeichnet. Ich hoffe, das hatte für Euch seine eigene Befriedigung, denn ich weiß nicht, wie ich Euch anders danken soll.»

«Gottschalk und ich finden Euch aufregend», sagte Tobie. «Dann glaubt Ihr also, es kommt zum Kampf?»

«Deshalb erlaubt man uns ja, in den Osten zu reisen», sagte Nicolaas. «Wenn wir davonkommen, um so besser. Wenn nicht, wird es heißen, die Medici hätten so etwas wie einen Kreuzzug unternommen. Der Papst wird ihnen nichts mehr vorwerfen können.»

«Soweit hatte ich mir das auch schon ausgerechnet», sagte Tobie. «Welche Aussichten habe ich, zurückzukommen?»

«Die gleichen wie ich», sagte Nicolaas. «Eher bessere.»

«Vermutlich, ja», sagte Tobie. «Ihr seid florentinischer Konsul und Oberhaupt des ersten zarten Ablegers des Handelshauses Charetty. Seid Ihr ausgefallen, weiß jeder Mißgünstige, daß wir anderen unsere Sachen packen und nach Hause gehen. Ich werde das jedenfalls tun. Julius könnte sich etwas eigensinnig zeigen.»

«Und Ihr, Pater Gottschalk?» fragte Nicolaas.

Gottschalk überlegte. «Ich müßte wahrscheinlich bleiben, damit Julius sich mir anvertrauen könnte. Will niemand etwas über Pagano Doria erfahren?»

«Nein», sagte Tobie. «Die Welt ist voller Dorias.»

«Dieser hier gehört einer Nebenlinie der Familie an», bemerkte Gottschalk.

«Wie seid Ihr ihm begegnet?» fragte Nicolaas.

Gottschalk sah, wie Tobies Augen sich schlossen. «Mir fiel sein Schiff in Porto Pisano auf», sagte er. «Es hatte eine neue Takelung, was ich bemerkenswert fand; desgleichen die Ladung: Häute, französischer Wein und spanische Wolle. Es kam gerade aus Genua und sollte nach Mariä Lichtmeß mit östlichem Kurs auslaufen. Der Name des Schiffes war *Doria*.»

«Und Ihr habt Euch daran erinnert», sagte Nicolaas, «daß ein Doria vor langer Zeit Konsul in Trapezunt war. Ein anderer Doria lehnte den Posten vor kurzem ab.»

«Ich wußte, daß sie in der gesamten Levante ihre Beziehungen hatten. Ich war neugierig, schlenderte im Hafen umher und entdeckte noch etwas anderes. Ich schnappte ein Gespräch auf, in dem von einer alten Galeere die Rede war, die auf Geheiß der Medici nach Pisa geschleppt und dort neu ausgerüstet werden sollte. Man fragte sich, welche Narren von Kaufherren sie wohl kaufen würden.»

«Wir», sagte Nicolaas.

«Natürlich. Herrn Cosimos kunstvolle Rede war nur eine Schaustellung. Das heißt, der Farmuk war brillant, aber Ihr hättet seiner nicht bedurft. Die Bank hielt die Galeere schon bereit. Sie wollten von Anfang an, daß wir nach Trapezunt gehen. Der einzige, der ein Hindernis hätte darstellen können, war Fra Ludovico.»

«Mit Unterstützung des einfallsreichen Messer Pagano», sagte Nicolaas. «Wollte er unsere Pläne vereiteln oder uns aufhalten, oder uns nur an unseren niederen Stand erinnern? Habt Ihr mit ihm gesprochen?»

«In Pisa», sagte der Priester. «Er war es, der den Unfall mit dem Schiff verursachte. Es entstand nur geringer Schaden, aber es hätte schlimmer kommen können, und letztlich haben wir das Schiff deshalb billiger bekommen. Ich bin mir nicht sicher, aber ich hatte das Gefühl, er wußte, für wen die Galeere bestimmt war. Vielleicht waren ihm in Porto Pisano Gerüchte zu Ohren gekommen. Ich hatte sogar das Gefühl, er wußte, in wessen Diensten ich stehe, wenn ich auch nicht weiß, wie er das erfahren haben kann. Aber seine Haltung war nicht... bedrohlich.»

«Was dann?» fragte Nicolaas. Der aufmerksame Blick der großen Augen war verwirrend.

«Er ist ein leichtfertiger Mensch», sagte Gottschalk. «Schwer zu sagen, was darunter liegt. Vielleicht gar nichts – was ihn um so gefährlicher machen würde.»

«Er ist genuesischer Konsul», sagte Nicolaas. «Mir wäre es lieber, er wäre nur leichtfertig als ein Mann, der das ganze Gewicht der genuesischen Staatspolitik hinter sich hat. Oder die Unterstützung ihrer Kaufleute in Brügge.»

«Der genuesischen Kaufleute in Brügge? Ich dachte, Anselm Adorne sei Euer Freund.»

Nicolaas sagte: «Er ist auch ein Freund der Dorias. Ich wünschte, ich wüßte mehr. Aber bald werde ich mehr erfahren.»

«Wie?» fragte Gottschalk. Tobie hatte ein Auge aufgeschlagen.

«Indem ich Pagano Doria frage. Er ist in Florenz. Ihr kennt ihn. Ich werde ihn morgen aufsuchen.»

Pater Gottschalk, der mit Vorliebe die Menschheit in ungeschminktem Zustand studierte, war nur zu gern bereit, seinen frühreifen Dienstherrn am nächsten Morgen zu seinem Besuch bei dem liebenswürdigen und liebeserfahrenen Schiffsherrn, den er auf dem Weg nach Pisa kennengelernt hatte, zu begleiten. Sie ließen Julius im Bett zurück. Tobie, der sich unerwarteterweise sehr beflissen zeigte, hatten sie vom Mitkommen abhalten können. Tobies maßlose Begeisterung für Nicolaas zerrte Gottschalk bisweilen an den Nerven.

Auf dem Weg durch die Stadt erzählte Gottschalk, was er über die Dorias wußte, die es seit zwei Jahrhunderten fertigbrachten, in jedem Kriegsstreit ein Kontingent von zweihundertfünfzig Mann aus ihrer Großfamilie zu stellen. Sie verfügten über großen Besitz, waren an Banken beteiligt und hatten große Seefahrer, Admirale und Heerführer hervorgebracht.

Gottschalk sagte: «Dieser Doria hier, den wir aufsuchen, ist keinem der bekannten Doria-Zweige verantwortlich. Er war in der Levante und auf Sardinien und hatte mit vielen Geschäften zu tun, die nicht alle erfolgreich waren. Aber zur Zeit scheint er über reichliche Mittel zu verfügen. Er trägt teure Kleidung und hat genügend Dienstboten. Mit seinen Manieren wäre er in höchsten Kreisen genehm. Und wenn dieses dickbauchige Schiff sein eigen ist, muß er gute Einkünfte beziehen oder das Vertrauen eines vermögenden Bankiers besitzen.»

«Ist er dann ein Abenteurer?» sagte Nicolaas. Gottschalk sah, daß seine Blicke, während er sprach, ständig hin- und hergingen, von einem Gesicht zum anderen. Bisweilen wurde er mit einer leichten Verbeugung gegrüßt. Zweimal rief ein Kind ihm fröhlich etwas zu. In diesen beiden Tagen schien er viele Leute kennengelernt zu haben. Gottschalk und Nicolaas waren jetzt im Viertel Orsanmichele und kamen an den Kontoren der Seidenhändler vorüber. Bald würden sie zur Via Por Santa Maria gelangen, wo sich die Seidenlager der Bianchi befanden. In ihren geräumigen Schuppen und Kellern lagerten die Fabrikanten die klebrige Rohseide und schickten ihre eilenden Boten aus in niedrige, dunkle Häuser in der ganzen Stadt, wo dann jeder von den Spinnern, Webern, Zwirnern, Kettelern und Färbern seine Arbeit tat, bis die Ballen zur Ausfuhr bereitlagen: die schweren, glänzenden Seidenstoffe und der weiche, leuchtende Samt, für die Florenz bekannt war.

Bald würden Nicolaas oder Tobie oder Julius bei allen diesen Leuten vorsprechen – bei den Bianchi, den Parenti, dem Leiter der Seidenwerkstätten der Medici – und sich erbieten, für sie Seide in Trapezunt zu verkaufen und dort wiederum seltene Farben und Rohseide für die Rückfahrt an Bord zu nehmen. Pagano Doria würde nach dem Christfest aufbrechen. Frühestens im Februar konnte ein dickbauchiger Handelssegler in See stechen, und zu diesem Termin würde auch Nicolaas mit einiger Sicherheit die Meere überqueren können. Die beiden Schiffe mochten sehr wohl gleichzeitig mit Kurs auf das Schwarze Meer auslaufen – der Segler würde auf den Wind, die Galeere auf ihre Ruder angewiesen sein.

Normalerweise konnte es keinen Wettbewerb geben, denn verschiedenartige Schiffe hatten auch verschiedenartige Fracht geladen. Dennoch, so dachte Pater Gottschalk, würde es sich lohnen herauszufinden, was Genua nach Trapezunt schickte. Aber das mußten sie erst einmal herausbekommen. Die Begegnung mit Pagano Doria hatte ihn gelehrt, daß der Genuese eine weltgewandte, elegante Art hatte, die sich kein noch so begabter Lehrling aneignen konnte. Er wünschte dem jungen Mann, der jetzt an seiner Seite ging, nichts Böses, aber er hatte wie Tobie das Gefühl, in eine eher eigenmächtige Entscheidung verwickelt worden zu sein, und da ihm Tobies kühle Distanz abging, vermochte er sie nicht zu billigen, wie gut er sie auch verstand. Da Nicolaas nur von älteren, erfahrenen Personen umgeben war, mußte er bei seinem ersten größeren Vorhaben jede Gelegenheit ausnutzen, um an Führungskraft zu gewinnen. Aber er war von obskurer Herkunft und erst neunzehn Jahre alt. Und Pagano Doria war nicht Julius.

Das Haus des Genuesen erwies sich als zwar nicht groß, aber äußerst vornehm. Die Laternen, der Hof und das Laubwerk ließen einen weiblichen Hausgeist erahnen, und es überraschte den Kaplan nicht, daß sein erster Eindruck, als man sie die breiten Stufen zum Empfangszimmer hinaufgeleitete, der eines schweren, an Weihrauch erinnernden Zitrusduftes war. Er hatte keinen offensichtlichen Ursprung, er haftete den Teppichen, dem dicken, fransenverzierten Tuch der Tischdecke, dem durchbohrten Behälter an, aus dem Wärme in den Raum strömte. Er schien zu sagen, daß der Besitzer des Hauses nicht Pagano Doria war, sondern eine Frau, und daß sie sich ganz in der Nähe aufhielt. Er sah Nicolaas an. «Au revoir», meinte Nicolaas im Weiterschreiten. «Wie die Füchse beim Kürschner sagen.» Gottschalk lachte leise.

Doria trat ein, kaum daß sein Diener gegangen war, um sie anzumelden. Er kam auf Zehenspitzen herein, gleich einem Fechter oder Tanzmeister, wie um sich über die zwei großen Männer, die da vor ihm standen, lustig zu machen. Aber sein Gesicht hatte nichts Boshaftes – freilich auch nichts Zerknirschtes. Er sagte: «Mein lieber Freund Pater Gottschalk, wie freue ich mich, Euch wiederzusehen, auch wenn Ihr gekommen seid, mich zu tadeln. Und das ist Euer Genie, der begabte Jüngling, von dem ganz Florenz redet. Messer Niccolo van der Poele, nicht wahr?»

Nicolaas trat einen Schritt vor. Neben dem lohfarbenen Samt seines Begleiters sah er in seinem Tuchwams und der Jacke zweifellos eher wie ein Handwerker aus. Die Grübchen in seinem Gesicht mit der Narbe auf der einen Wange ließen ihn schüchtern erscheinen: Die offenen Augen blickten klar wie die eines Kindes. Wiederum fiel Gottschalk der schöne Kopf des Genuesen auf, seine kräftigen Schultern. Auch seine Beine waren wohlgeformt und verjüngten sich zu den mit Absätzen versehenen Pantoffelschuhen hinunter, so daß seine geringe Körpergröße kaum ins Auge fiel, wenn man nicht, wie jetzt Nicolaas, dicht vor ihm stand. Nicolaas sagte, zu ihm hinunterlächelnd: «Es bedarf eines Genies, um das andere zu erkennen, Monsignore. Warum sollte Pater Gottschalk Euch tadeln?»

«Setzt Euch!» sagte Pagano Doria. «Und macht es Euch bequem. Malvasier und Ingwer? Der Wein kommt frisch vom Faß; der Ingwer ist ganz rein. Ihr habt ja Euren berühmten Doktor – was habt Ihr zu befürchten? Denn Ihr kennt mich natürlich nicht: Ihr fragt Euch, ob ich boshaft sei – habe ich recht?»

Rasch hatten sie alle Platz genommen und so den Unterschied in der Körpergröße vergessen gemacht. Wein wurde eingeschenkt, dargeboten und höflich getrunken. Gottschalk fand ihn nicht außergewöhnlich. «Ich habe von Eurer Ernennung erfahren», sagte er.

Doria lächelte. «Und ich von der Messer Niccolos. Meinen Glückwunsch.»

Nicolaas lächelte abermals. «Meinen Dank, Monsignore. Das erklärt wohl die beschädigte Galeere und die gegen Magister Julius vorgebrachte Anklage. Der Mailänder Gesandte will mich jedenfalls heute nachmittag empfangen, und er wird zweifellos einen Boten nach Norden schicken, um zu erfahren, ob diese zerstörerischen Handlungen durch die offizielle Politik Genuas gestützt werden. Florenz würde das natürlich nur ungern annehmen. Und mit der Behinderung einer christlichen Streitmacht empfiehlt sich kein Königreich oder Staat beim Papst.»

Gottschalk blinzelte. Auch der Genuese zögerte einen Augenblick. Dann sprang er auf, stellte seinen Becher behutsam ab und legte Nicolaas ganz leicht eine Hand auf die Schulter. Er kniete nieder, ohne die Hand fortzunehmen. Gottschalk mußte unwillkürlich an Tobie denken, wie er einen Schwachkopf ins Gebet nahm. Der Genuese sagte: «Aber was redet Ihr da? Meine Ernennung wurde erst bestätigt, als ich in Florenz war – ich hatte keinen Grund, Euer Schiff zu beschädigen; ich habe mit Eurem braven Priester Scherze darüber gemacht. Wie konnte ich wissen, daß es das Eure war? Es gehörte der Republik. Und was Euren Aktuarius betrifft...» Er nahm die Hand von Nicolaas' Schulter, erhob sich wieder, zog einen Hocker herbei und griff nach seinem Wein, während er sich setzte. Er hielt den Becher mit den Händen umfaßt und schüttelte leise lächelnd den Kopf.

«Hat das Euren Argwohn erregt? Ich bin Fra Ludovico lediglich auf der Straße begegnet und habe seine Fragen nach meinem Treiben beantwortet. Was mir über Euch und Euer Handelshaus zu Ohren gekommen war, hatte mich erstaunt. Ihr glaubt nicht, wie beeindruckt diese Florentiner sind. Und er wollte unbedingt wissen, wer nach Trapezunt geht, und fragte nach den Namen dieser wichtigen Leute. Es war nicht meine Schuld, daß er den von Magister Julius kannte. Er war ihm zuvor in weniger glücklichen Zeiten begegnet.

Als ich mir dessen bewußt wurde, tat es mir leid, aber ich konnte nichts tun. Entweder würde sich der Mann rechtfertigen können, oder Euer großes Haus würde sich von einem schwachen Glied trennen. Ich konnte darin nichts Schädliches erblicken.»

«Aber unser Besuch hat Euch nicht überrascht», sagte Nicolaas.

«Nein», sagte Pagano Doria. «Der Kluge zieht Erkundigungen ein, ehe er eine Entscheidung trifft. Ich habe mit Eurem Kommen gerechnet. Aber ich kannte Pater Gottschalk als einen braven Mann, der Großmut übt gegenüber seinen irdischen Brüdern. Ihr solltet übrigens wissen, daß Ihr meinetwegen keine Geheimnisse zu bewahren braucht, Pater Gottschalk. Ich habe meinen Abschied genommen von der Dame, die sich ihrem Ehegemahl offenbart hat. Erzählt Messer Niccolo, was Ihr wollt. Ein Mann wie Messer Niccolo kennt wohl das charmante Dilemma, das entsteht, wenn Schönheit schwört, sie müsse sterben, wo man ihr nicht seine Gunst erweise.»

Der Wein war rein, aber sehr stark. Durch einen schwachen Schleier hindurch sah Pater Gottschalk, wie Pagano Doria den jüngeren Mann anlächelte, und er hörte Nicolaas sagen: «Ich darf unter Eurem Dach Euren Worten natürlich nicht widersprechen. Als glücklich verheiratetem Mann obliegt es mir jedoch, vor allem an das gegenwärtige und zukünftige Wohlergehen meiner Ehefrau zu denken. Wird der Gesandte Euch hier antreffen, falls er Euch zu befragen wünscht?»

Wiederum die versteckte Drohung. Und jetzt, dessen war sich der Priester sicher, zeigte sich der Genuese beunruhigt. Aber warum? Der Vertreter Mailands wohnte bei den Medici, doch das war nur ein Zeichen der unausgesprochenen Allianz zwischen dem alten Cosimo und dem Herzog von Mailand. Und Mailand selbst war das benachbarte Genua nicht gleichgültig, dessen aufrührerische Bürger so unruhig waren wie die Stürme des Meeres und einen Dogen nach dem anderen absetzten.

Und das war natürlich der springende Punkt. Mailand hatte etwas gegen die Einmischung der Franzosen in genuesische Angelegenheiten. Mailand mochte die Franzosen nicht und war ebenso wie Florenz und Neapel entschlossen, sie in Italien von der Macht fernzuhalten. Also würde es Mailand nicht gern sehen, daß eine Marionette der Franzosen (als die sie Pagano betrachten mochten) ein von den Medici gestütztes Handelshaus Charetty aus dem Feld schlug. Mailand mochte ganz einfach dafür sorgen, daß der Segler des Genuesen Porto Pisano nicht verließ.

Pagano Doria ergriff schwungvoll seinen Becher und trank. «Ah, mein teurer Messer Niccolo, laßt Euch beruhigen», sagte er. «Ich habe keine Anweisungen von Genua erhalten. Ich werde natürlich versuchen, ihnen nach besten Kräften als Konsul zu dienen, aber das ist auch ihre einzige Sorge. Es gibt hier keine Ränke, die gegen Florenz geschmiedet wären. Ich habe nur das Bestreben, mir meinen Lebensunterhalt zu verdienen. Und ein gewisses Talent, mich zu amüsieren – und bisweilen auch andere. Kluge und ernsthafte Männer müssen mich verachten. Aber ich glaube nicht, daß Ihr Euch vor mir zu fürchten braucht. Ihr mit Euren Bewaffneten, mit Männern wie dem Arzt, dem Advokaten und dem Kaplan hier in Eurer Begleitung. Wenn ich versuchte, Euch zu behindern, würde ich damit jämmerlich scheitern. Ihr seid florentinischer Konsul, und Ihr brecht zu gegebener Zeit nach Trapezunt auf. Was könnte ich tun, um Euch zu schaden, und warum?»

«Mein Schiff versenken. Meine Märkte stehlen. Doppelt starken Wein kredenzen», sagte Nicolaas.

«Soll ich ihn mit Wasser verdünnen?» fragte Doria. Seine Augen, hell wie die eines Fasans, leuchteten eine Sekunde lang spöttisch auf.

«Nur wenn er Euch Unannehmlichkeiten bereitet», entgegnete Nicolaas. «Schließlich werden wir bald etwas zu feiern haben. Was verlangt Ihr für Euer Schiff und seine Ladung?»

Dorias Haltung straffte sich. Seine wohlgeformten roten Lippen öffneten sich zu einem entzückten Lächeln. «Eine großzügige Geste!» rief er aus. «Mein teurer Messer Niccolo! Ihr werdet die Medici zugrunde richten! Ihr bringt mich in arge Versuchung.»

«Dann nehmt unser Angebot an», sagte Nicolaas. «Keine unbequeme Reise im Februar, kein drohender Krieg mit den Türken oder mit mir.» Seine Stimme klang ausgesprochen freundlich, doch Gottschalk sah, daß die beiden Männer sich einander fest im Auge behielten. Dann blickte der Genuese mit einem leisen Seufzer zur Seite und sagte: «Ach ja! Selbst wenn Ihr Euch eine so große Summe leisten könntet –»

«Ich kann», sagte Nicolaas.

Pagano Doria sah ihn an. «Ich glaube, ich traue es Euch zu», sagte er. «Aber selbst dann – das Vermögen, das ich in Trapezunt verdienen werde, Messer Niccolo, wird viel größer sein. Ohne natürlich dabei das Eure zu schmälern. Es ist genug für alle da. Das Land des Goldenen Vlieses. Das Land Kolchis, in das der fliegende Widder gelangte, das Geschenk des Hermes. Wohin Jason geschickt wurde mit seinem unmöglichen Auftrag; wohin er fuhr an Bord der *Argo*; beraten von seinem hölzernen Orakel; wo er den Acker voller Krieger erntete; wo er mit Medeas Hilfe den Drachen betäubte.»

Er lachte. «In Burgund haben sie einen nach ihm benannten Orden gegründet, nicht wahr? Um Kämpfer zusammenzubringen für die Befreiung Konstantinopels. Um die christliche Welt wachzurütteln, wie das dieser Narr von Fra Ludovico zu tun glaubt. Aber man kann einen Staat nicht mit Vaterunsern regieren – wer hat das gesagt? Und der große Orden vom Goldenen Vlies wurde, so wird erzählt, in Wahrheit von Herzog Philipp erfunden zu Ehren des Vlieses an den Schenkeln seiner Geliebten. Habt Ihr davon gehört?»

«Jeder hat davon gehört», sagte Nicolaas. «Was wollt Ihr sein – Jason, der Widder oder der Drache?»

«Ich bin ganz zufrieden als Pagano Doria», sagte der Genuese, «so bescheiden das scheinen mag. Ich beabsichtige, nach Trapezunt zu gehen. Wir werden in manchen Dingen miteinander in Wettbewerb treten. Ich kann Euch nicht versprechen, ein leichter Gegner zu sein, aber es steht Euch frei, mit mir genauso zu verfahren. Wenn Ihr Angst habt oder mir nicht glaubt, so unterrichtet Mailand und laßt mich festhalten. Aber Ihr findet Gefallen an Wagnis und Abenteuer, und ich kenne Euren Mut, der sich nicht zu den Ratsamkeiten alter Männer hinabläßt. Aber das müßt Ihr entscheiden.»

Gottschalk warf Nicolaas einen Blick zu. Er wirkte noch nüchtern, nur daß sein Gesicht ein wenig gerötet war und seine Augen glänzten. Er sah den anderen fest an. Eine ganze Weile verstrich. Dann sagte er: «Ja. Wenn es sein muß.»

Reines Entzücken breitete sich auf dem Gesicht des Genuesen aus. Es war, wie man jetzt sah, ein selbstsüchtiges, ein verschlagenes Gesicht. Doch sein Ausdruck war nicht allein der des Triumphs nach einem Gespräch, das sehr wohl seinen Verderb hätte bedeuten können. Es war ein Ausdruck unverhohlenen Glücksgefühls, des Glücksgefühls eines Mannes, der eine Arena betritt in dem sicheren Bewußtsein, am Ende einer Kette von Fährnissen und Betrügereien zu unerhörten Reichtümern zu gelangen.

Nicolaas erhob sich, die Augen auf den anderen gerichtet, und Gottschalk vermochte sein Gesicht nicht zu deuten. Dann stellte er seinen Becher hin, drehte sich ohne Dank, ohne Abschied, ohne Gruß um und schritt zur Tür hinaus.

Auf dem Weg über den Hof fiel sein Blick ganz flüchtig auf die Gestalt einer kleinen, gutgekleideten Frau, die einen Gesichtsschleier und bunte Ohrringe trug. Pater Gottschalk, der ihm nacheilte, bemerkte sie überhaupt nicht.

KAPITEL 6

WEIL SIE AN JENEM TAG seinem Verbot zum Trotz auf dem Hof war, hatte Catherine de Charetty einen ersten kleinen Streit mit ihrem Verlobten. Sie genoß ihn, denn sie war es zwar nicht leid, von ihm verhätschelt zu werden, doch war es einmal eine Abwechslung, daß er sie schalt. Sie erinnerte sich daran, wie ihr Vater sie ausgescholten und ihr nachher immer wunderschöne Geschenke gebracht hatte.

Sie war auch seinem Verbot zum Trotz nach Florenz gekommen. Das heißt, sie hatte angekündigt, sie werde Pisa verlassen, und da war er gezwungen gewesen, sie abzuholen. Sie war sich seiner Enttäuschung darüber bewußt geworden, daß sie zum Heiraten noch immer zu jung war, und manchmal war er so rastlos, daß er ohne sie ausging, um sich zu vergnügen. Sie wußte von den Freundinnen ihrer Mutter, daß Männer im Gegensatz zu Frauen in Schwierigkeiten gerieten, wenn sie das Haus verließen. Sie tranken zuviel und verspielten ihr Geld. Sie mußte ab und zu weinen, wenn sie daran dachte. Pagano bemerkte das und blieb danach öfter zu Hause. Am

Anfang, wenn sie und ihre flämische Zofe einkaufen gingen, arg-wöhnte sie, daß Pagano Besuch empfing. Doch als sie einmal eine Bemerkung über den Parfümduft hatte fallenlassen, hatte er sofort mit einer plausiblen Erklärung aufwarten können, und sie war ebenso beschämt wie beglückt gewesen. Das Parfüm war eigens für sie zusammengestellt worden, und der Apotheker war gerade an die-sem Tag gekommen und hatte es gebracht. Niemand auf der Welt kam Pagano gleich, auch wenn er sie noch immer nicht ohne ihren dichten Schleier ausführte; und wenn es in Florenz Prinzen gab, so hatte sie noch keinen von ihnen zu Gesicht bekommen.

Natürlich war sie auch ihrem Stiefvater Nicolaas nicht begegnet, obwohl er Florenz nicht gleich wieder verließ, wie Pagano geglaubt hatte. Durch wiederholte Fragen erfuhr sie, daß nicht nur Gott-schalk, sondern auch der Arzt und der Aktuarius ihrer Mutter zu-sammen mit ihm in Florenz waren. Sie sah natürlich ein, daß man sie sofort nach Hause zurückschicken würde, wenn einer von ihnen sie sah, ehe sie verheiratet war. Aber es schmerzte sie, daß Pagano ihr nicht einmal sagen wollte, wo sie abgestiegen waren. Dann hatte sie, als sie gerade von einem Ausgang zurückkam, Nicolaas die Treppe herunter durch ihren Hof gehen sehen, eilenden Schritts ge-folgt von dem Priester Gottschalk.

Nicolaas sah erschreckend anders aus. Sie hatte vergessen, wie einfach und schäbig andere Männer sich, verglichen mit Pagano, kleideten. Die Narbe hob sich deutlicher ab als in ihrer Erinnerung, und er wirkte gedankenverloren und ernst und gebieterisch auf eine Weise, die ihr nicht gefiel. Sie schluckte eine Träne und mußte die Nase hochziehen – er war Teil ihres Zuhauses, und sie war lange nicht dort gewesen. Aber Pagano hatte recht: Er sah aus wie je-mand, der sie in härenem Hemd und Keuschheitsgürtel zurück-schicken würde. Das klang gar nicht angenehm. Der alte, lustige Nicolaas mit den Grübchen hätte mitgeholfen, ihre Mutter hinters Licht zu führen. Aber dieser Nicolaas hier war der Ehemann ihrer Mutter. Und schlief in ihrem Bett.

Sie hatte ihn mit dem Priester davongehen sehen und war in ge-reizter Stimmung die Stufen zum Haus hinaufgestiegen. Als Pagano sich dann verärgert gezeigt hatte, war es ihr eine Lust gewesen, ihn wiederum zu reizen. Denn was hatte er mit Nicolaas zu reden?

Die Antwort war reichlich töricht. Nicolaas hatte unerwartet vorgesprochen und einen Teil von Paganos Fracht kaufen wollen. Nicolaas würde, wie sich herausstellte, vielleicht noch über das Christfest hinaus in Florenz bleiben, doch das brauche sie nicht zu kümmern, versicherte Pagano. Sie würden ihr eigenes Fest feiern, zusammen mit Paganos Freunden. Und solange sie ihren Schleier trug, würde er sie zu Besuchen ausführen. Er hatte noch andere Freunde, die sie gern kennenlernen würden. Es werde Musik, Possenspiele und Bälle geben, sagte er. Solange sie nur an seiner Seite ging und sich nicht an Orte begab, wo sie Nicolaas begegnen könnte.

Am Abend brachte er ihr ein Armband, Marzipan, einen Hund und ein Kleid, das sie nur für ihn tragen sollte, wenn sie erst hübsche kleine Brüste hätte. Sie hatte nichts dagegen, daß er ihr jetzt schon zeigte, wie er sie liebkosen würde. Vor dem Zubettgehen nahm sie noch ein heißes Bad und die neuen Arzneien, die sie zusammen mit dem Parfüm bekommen hatte. Sie ahnte inzwischen, was sie bewirken sollten, und sträubte sich nicht dagegen. Manchmal, wenn die flämische Zofe gegangen war, stand sie in der Nacht auf und nahm noch mehr davon.

Inzwischen hatte Nicolaas von der Anwesenheit einer verschleierten kleinen Person (mit Hund) in Pagano Dorias Haus erfahren, und zwar aus dem einfachen Grund, weil er das Haus beobachten ließ. Die Frau kümmerte ihn nicht im geringsten, sehr wohl dagegen die Pläne, die Pagano Doria gegen das Haus Charetty schmieden mochte. Auch in anderer Hinsicht hielt er die Augen offen. Die Kogge war schon bemannt und ihre Fracht eine ganz andere als die seine. Da konnte es keine Rivalität geben. Doch bei der Suche nach seinem zukünftigen Schiffsführer und der Mannschaft bis hinunter zu den Kalfaterern und Zimmerleuten achtete er darauf, daß sie nichts mit Doria zu tun hatten, und holte dazu den Rat der besten Leute ein – der Martelli, der Neroni und der Corbinelli.

Die Drohung eines Unheils, wie geringfügig, wie launisch es auch sein mochte, half ihm ein wenig beim Zusammenbringen seiner Gefolgschaft. Sie verschleierte auch die wirklichen Probleme. Eines davon hatte Julius natürlich schon genannt. Nicolaas' Stellung als Führer war bis jetzt rein formaler Natur. Er hatte die nominelle Machtbefugnis. Er war mit Marian verheiratet, und er hatte Ideen, die respektiert und begrüßt wurden. In den Augen der anderen war er unglaublich geschickt im Ausklügeln von Plänen und im Umgang mit Zahlen. Diese Fähigkeiten hatten ihn schon in verzwickte Lagen gebracht, und nicht einmal Marian glaubte, daß er sie vollkommen in der Gewalt hatte. Er wußte sehr wohl, daß Tobie und Julius aus eben diesem Grunde jeden seiner Schritte beobachteten. Was er auch mit seiner besonderen Begabung anfing, er sollte sie nicht dazu gebrauchen, Leute zu töten, die er kannte. Ein gerechter Handel.

Und so mußte er zeigen, was er sowohl mit seinen Maßnahmen gegen Pagano Doria als auch bei dem Riesenproblem der Ausrüstung und Eröffnung einer Handelsreise zur See bewerkstelligen konnte: einer Angelegenheit, von der er so gut wie nichts verstand. Das Wundersame war, daß er, als die Sache ihn erst einmal gepackt hatte, gar nicht mehr daran dachte, andere zu beeindrucken. Und er wußte nicht, daß er gerade mit seinem Schwung die anderen mitriß.

Er fragte Fachleute um Rat, versuchte aber auch, aus eigener Erfahrung zu lernen. Den anderen war es eine Freude, ihm etwas beizubringen. Er nahm jeden guten Rat gern an. Einen Tag verbrachte er im Trockendock von Pisa und sprach dort mit Zimmerleuten. Er nahm die Vorräte ausgereiften Holzes in der Zitadelle in Augenschein und beobachtete das frisch gefällte Holz, das von den Stürmen, die nun endlich eingesetzt hatten, den Arno hinuntergetrieben wurde. Er versuchte sich an den Hobeln und Sägen und machte sich mit Segeltuch vertraut.

Er spähte in Öfen hinein und unterhielt sich lange mit Bäckern und Seifensiedern. Er führte Gespräche mit Maurern und ließ sich von alten Männern mit verkrümmten Händen erklären, wie man eine Ladung verstaut. Er suchte die Tavernen auf, in denen die Matrosen verkehrten, setzte sich zu ihnen und trank Wein und aß Leberwurst und redete mit ihnen über Wetter und Strömungen, über Anlegeplätze, Spielhöllen und Freudenhäuser. Er erfuhr, wer in welchem Hafen zu bestechen war. Er erfuhr von den allgemeinen Rivalitäten zwischen Matrosen und Ruderern und lernte Nützliches über nützliche Unfälle, zum Beispiel, wie man in der Nacht einen Mann über Bord wirft.

Er ließ sich zum Abendessen einladen von Leuten, die auf dem Land einen Hof bewirtschafteten, und half beim Weinkeltern mit.

Er kostete lange in freundschaftlicher Runde, ehe er die Fässer auswählte, die er verkaufen wollte, die Fässer für seine Mannschaft und die besonderen Fässer, die als Geschenke oder Bestechungsgelder dienen sollten, und bestellte die Schweine, Hühner, Rinder und Schafe, die er für die ersten Tage der Reise benötigen würde. Er fand einen Koch bei einer Feier nach einem Hahnenkampf und einen Trompeter bei einer Hochzeit. Er sprach mit Monna Alessandra über Seide.

Natürlich begann er das Gespräch mit anderen Dingen. Er erfuhr, daß Monna Alessandra noch keine dreißig gewesen war, als ihr Mann in der Fremde starb und sie mit ihren fünf kleinen Kindern zurückließ, von denen die beiden noch lebenden Söhne weiterhin in der Verbannung weilten. Um das Vorwärtskommen ihrer Söhne zu fördern, hatte sie nacheinander Matteos Höfe, Häuser und Weinberge verkauft, so daß ihr nur noch dieses armselige Haus mit noch nicht einmal zehn kleinen Stuben und Kammern übrigblieb. Ihr ältester Sohn, ein wahres Genie, stand bei dem Vetter seines Vaters in Neapel in Dienst. Lorenzo, der arme Junge, lebte unglücklich in Brügge. Die Demoiselle de Charetty, das wußte sie, war gut zu ihm gewesen.

Nicolaas sprach mit gedämpfter Stimme. Er kenne den armen Lorenzo, sagte er, und er erinnere sich, daß ihre Tochter Caterina den Seidenhändler Marco di Giovanni da Parenti geheiratet hatte.

Monna Alessandra nickte bestätigend. Parenti. Ein Latinist; ein sogenannter Philosoph und natürlich ein reicher Mann. Sein Großvater hatte mit Rüstungen ein Vermögen verdient. Aber gente nuova, nur von mittlerem Stand. Mit einer größeren Aussteuer hätte Caterina einen Adligen heiraten können. Aber wo war das Geld? Wenn sie nur an den Gutshof, den wahren Palast dachte, den sie dem Bauern Niccolini verkauft hatte. Die Erträge des Bodens, die man damals für selbstverständlich hielt. Das Öl, der Wein, der Mais. Ein wenig Gerste, ein paar Walnüsse, ein Pfund gutes Schweinefleisch oder auch zwei. Manchmal, wenn er daran dachte, schickte der Bauer Otto eine Eselslast solcher Dinge, und von ihr erwartete man dann, daß sie den Gefallen auch recht würdigte. Otto, der nichts getan hatte, um zu helfen, ihre Söhne aus der Verbannung zu erlösen. Jeden Tag pflegte sie eigenhändig in Puzzola-

tico die Maulbeerbüsche und kaufte im Frühling die Seidenraupen-
eier.

«Erzählt mir von den Maulbeerbüschen», sagte Nicolaas dann
in behutsamem Ton. Er erfuhr viel über Seide, ehe er sich
daranmachte, seine Ladung zusammenzustellen. Und Monna Alessandra, die auch wußte, um was es ging, konnte sich einiges über
den Burschen Nicolaas zusammenreimen und beschloß, noch etli-
ches mehr über ihn in Erfahrung zu bringen.

Einer der sechs Brüder Martelli sprach mit Nicolaas darüber, wer
als Schiffsführer in Frage käme. Haltet Ausschau nach dem Deutschen Johannes le Grant, bekam er gesagt. Nach dem Roten
Johannes. Der ist Euer Mann, wenn Ihr in die Gegend von Konstantinopel wollt. Er hielt Ausschau, doch wenn Johannes le Grant überhaupt in Florenz weilte, so machte er sich jedenfalls nicht bemerkbar. In der Zwischenzeit fand Nicolaas mit Martellis Hilfe schon
seinen Steuermann, und bald darauf stellten sie vor dem Palais des
Seekonsuls ihre Tische auf, um die Seeleute anzuheuern, die sie
brauchten. Julius half mit.

Tobie, Julius und Gottschalk waren allesamt von einer gewissen
Hochstimmung ergriffen. Sie stürzten hinter Nicolaas her, die Arme
ausgestreckt, um die reichen Geschenke aufzufangen, die auf sie herabregneten, und saßen nächtelang bei Lampenlicht über Schreibpergament gebeugt, um Ordnung in das alles zu bringen. Die for-
mellen Vorsprachen, die Kontrakte, die gewichtigen Beratungen
mit den Bankiers, die von der Münze gelieferten schweren Truhen,
die Listen, Register und Hauptbücher – alles versuchte, mit seinem
Schwung Schritt zu halten. Das Christfest kam, und der Antrieb ließ
nicht nach, da Nicolaas inzwischen ein untergeordneter, aber akzep-
tabler Platz in der Hierarchie der Medici zugeteilt worden war. Er
lernte mit der Zeit fast die ganze Familie kennen. Cosimos Söhne
Giovanni und Piero sprachen einzeln mit ihm, und er verkehrte
auch im Haus von Cosimos Neffen Pierfrancesco und dessen Ehefrau Laudomia Acciajuoli. Monna Laudomia besorgte ihm einen
Griechischlehrer, als er sich sagte, daß er mehr wissen mußte, als
Julius ihn lehren konnte. Julius erklärte sich bereit, dem Unterricht
beizuwohnen für den Fall, daß der Mann Fehler machte. Insgeheim
war er erleichtert. Seit seiner Studienzeit in Bologna waren fünf

Jahre vergangen, und während der darauffolgenden Tätigkeit als Felix' Tutor in Löwen hatte er sein Gedächtnis kaum aufgefrischt. Nicolaas hatte als Felix' Diener sogar mehr gelernt als er selbst.

Bologna. Das schien jetzt alles in Vergessenheit geraten zu sein. Der leidige Fra Ludovico war bekanntlich nach Rom gegangen, um dem Papst einen Vorschlag zu machen. Seine gemischte Gruppe von Vertretern des Ostens würde, so versicherte er, ein Heer von 120 000 Mann gegen den Sultan aufbieten, wenn der Westen ein Gleiches tat. Der Papst empfahl der Gruppe sogleich, sie solle über die Alpen ziehen und die Angelegenheit Frankreich und Burgund unterbreiten, ohne die ein Kreuzzug von vornherein zum Scheitern verurteilt wäre. Die Abgesandten waren einverstanden und warteten nur noch auf die Mittel für ihre Reise. Als sie diese bekamen, stellte sich heraus, daß Fra Ludovico eigentlich lieber Lateinischer Patriarch von Antiochia werden wollte. Der Papst schien einverstanden zu sein, wollte aber die Ernennung erst aussprechen, wenn der Mönch von seiner Mission zurückgekehrt war. Julius wünschte ihm in Gedanken viel Erfolg – Antiochia brauchte Männer wie ihn.

Unterdessen ging ihre Arbeit zwar weiter, ließ ihnen aber doch mehr Zeit zur Muße. Sie hatten sich inzwischen an ihr Quartier gewöhnt. Die Wiederbevölkerung von Florenz war für Monna Alessandra kein Gesprächsthema mehr. Tobie, der auf diesem Feld seine eigene kleine Rolle spielte, kam in seiner freien Zeit kaum nach Hause. Monna Alessandra hatte ihre zahlenden Gäste auf die sittenlosen Frauen von Florenz hingewiesen, die Handschuhe, hochhackige Pantoffelschuhe und Schellen tragen mußten, damit Auge und Ohr des Sittenstrengen gewarnt waren.

Tobie nahm sich die Lektion zu Herzen. Julius, der mit ihm ein Bett teilte, behauptete steif und fest, wenn ein Vogel nur mit dem Schnabel an eine Schelle stoße, stecke Tobie schon halb in seinem Käfig. Julius bevorzugte kämpferische Spiele wie *calcio* und *palloni*. Oft begegnete er dabei Pagano Doria. Die kleine Ratte war gewöhnlich von zwei oder drei Leuten begleitet, einmal auch von der kleinen verschleierten Frau. Das aufrichtige Lächeln strahlte überall auf, blitzte unter breitkrempigen, verwegenen Hüten hervor, die mit auffälligen Juwelen besetzt waren. Julius bemerkte, daß er regelmäßige, makellose Zähne hatte. Er blieb stehen und sprach bisweilen mit Nicolaas, empfahl einen Schneider, eine Taverne, einen Händler, der anständige Matratzen oder praktisches Tafelzeug oder stabile Reisetruhen feilbot. Das Blitzen in seinen Augen sollte, wie Julius in seiner Voreingenommenheit dachte, jedem zeigen, daß Pagano Doria sich jederzeit zwischen Mittagsmahl und Abendessen das Handelshaus Charetty einverleiben konnte, es aber vorzog, damit bis zu seiner Abreise zu warten. Nicolaas kümmerte sich offenbar nicht darum, aber Julius beunruhigte es. Er sprach mit den anderen darüber. Man schrieb schon Januar, und sie hatten, obwohl nicht einmal mehr fünf Wochen zur Verfügung standen, noch immer keinen Schiffsführer.

Epiphanias nahte, ein den Medici teures Fest, an dem stets die berühmte Gesellschaft der Magi ein Spiel aufführte und eine prunkvolle Prozession die Via Larga entlangzog, um an der Krippe im Mönchskloster von San Marco zu enden. Freunde, Klienten, Anhänger, Angehörige der Medici kamen der Aufforderung des Vorstehers nach, bei solchen Gelegenheiten im Zug mitzuziehen oder sogar irgendwie aufzutreten. Wenn Cosimo de' Medici der Vorsteher war, verweigerte sich niemand – ganz gewiß niemand vom Hause Charetty. Schon war ihre Stube bei Monna Alessandra vollgepackt mit Kostümen, in denen sie sich zeigen sollten, und über dem Fenster hatte ein Spaßvogel zwei Kronen und eine einzelne zerzauste Schwinge angebracht. Nicolaas saß allein in dem Durcheinander und addierte Zahlen, als Gottschalk zur Tür hereinkam.

«Nein», sagte Nicolaas.

«Gemach», sagte Pater Gottschalk. «Ich wollte weder Eure Tugend noch Eure Laster angreifen. Ich hatte lediglich eine Erkundigung im Sinn.» Er redete in völlig gelassenem Ton. Als Kaplan, Apotheker und akribischer Mann der Feder hatte er seit Pisa, wie alle anderen, hart gearbeitet und, da er nun einmal in den Strudel der Geschäfte seines Handelshauses hineingezogen war, weiter versucht, dessen Mitglieder einzuschätzen. Julius und den abwesenden Astorre hatte er schon längst als schlichte Gemüter erkannt. Tobie mit seinem bissigen Doktorverstand und seiner Wißbegier leistete seinem forschenden Blick schon eher Widerstand: Aus ihm war er noch nicht ganz klug geworden. Nicolaas, der schließlich seine Ernennung empfohlen hatte, schien seinen pastoralen Bemühungen auszuweichen, hatte sich aber ansonsten ihm gegenüber von Anfang an freimütig und offen gezeigt.

Gottschalk bemerkte, daß dieser Freimut seine Grenzen hatte, sowohl bei Nicolaas wie bei den anderen, wenn sie über ihn sprachen. Wenn sie auch geborene Schwätzer waren, sprachen Tobie und Julius doch nie mit ihm über Nicolaas, was merkwürdig war bei zwei erwachsenen Männern, die einem viel jüngeren Mann unterstellt waren. Gottschalk hatte mit dann und wann aufblitzender Verstimmung und Gereiztheit gerechnet, doch selbst solche Momente verdeckten etwas anderes, das er noch nicht recht ausmachen konnte. Sie rissen nie Witze über seine seltsame Ehe, nicht einmal untereinander. Ihm war deutlich, daß sie Marian de Charetty hochschätzten. Sie hatten, wie er sah, auch Respekt vor seinem besonderen Talent und wollten vielleicht dieses Talent schützen. Hätte der Wein nicht Tobies Zunge gelöst, hätte er, Gottschalk, wohl nie von der unstatthaften Verbindung zwischen Nicolaas und dem Haus St. Pol erfahren. Und doch waren beide, Tobie wie Julius, beunruhigte Hüter, da sie über jemanden wachten, dessen Eigenschaften und Fähigkeiten sie nicht einschätzen konnten. Gottschalk hatte das Gefühl, daß sich die Männer, die mit Nicolaas zusammenarbeiteten, vor ihm fürchteten, ob sie sich dessen bewußt waren oder nicht. Und da sie Menschen waren, machte diese Furcht sie unberechenbar.

Jetzt war, wie es seiner Pflicht entsprach, Gottschalk gekommen, um einen kleinen Auftrag zu erledigen. Nicolaas saß ganz ruhig da, die Feder in der Hand, ohne sich zu beeilen, das Schweigen abzukürzen, und wartete darauf, daß er fortfuhr. Gottschalk räumte einige Sachen zur Seite, setzte sich etwas schwerfällig auf eine Truhe und sagte: «Ihr habt noch immer keinen Schiffsführer.»

Nicolaas warf den Kopf zurück und strahlte. Er legte behutsam die Feder aus der Hand und sagte: «Ihr wollt also deutsch reden. Jetzt habt Ihr deutsch geredet. Habt Ihr Johannes le Grant gefunden?»

Ohne mit der Wimper zu zucken, ging Gottschalk über fünf Minuten vorsichtiger Präliminarien hinweg. Er sagte: «Ja. Er ist tüchtig. Er ist sich noch nicht schlüssig, ob er den Posten annimmt, und bittet sich Bedenkzeit aus. Ich soll Euch nicht sagen, wo er anzutreffen ist.»

Es trat ein vielsagendes Schweigen ein, das er über sich ergehen ließ.

Nicolaas sagte: «Sehr verwirrend. Tobie und Julius halten sich so oft nicht an ein Versprechen. Er muß ein sehr guter Mann sein.»

«Das ist er», bestätigte Gottschalk.

«Aber ich muß auf ihn warten. Und Ihr werdet mir nicht sagen, was ihn reizen könnte. Er ist Deutscher, er ist Geschützmeister – und wählerisch.»

«Er ist Geschützmeister», sagte Gottschalk. «Und auch Pionier. Er hat in Konstantinopel Konterminen gegraben. Er hat die Minen der Türken unter Wasser gesetzt und ihr Gerät angezündet und abscheuliche Gerüche in die Stollen getrieben. Sehr abscheuliche Gerüche. Damit hätte er die Türken beinahe verjagt. Das ist alles, was ich Euch sagen kann. Von den Sachen da trage ich nichts.»

Nicolaas hob mit Daumen und Zeigefinger ein Epiphaniaskostüm aus rosaroter Seide in die Höhe. «Nein. Das ist für Tobie», sagte er. «Auf seinem Wagen werdet Ihr nicht mitfahren wollen, Ihr würdet geblendet werden. Und zu dem davor gehört ein Leopard. Euer Gewand ist das da drüben.»

«Wo?» fragte Gottschalk. Er erblickte einen Lendenschurz, ein Büschel Wolle und zwei Sandalen. Das Wollbüschel sollte einen Bart darstellen.

Die Tür ging auf. «Habt Ihr's ihm gesagt?» Julius kam herein. «Man will Euch als frommen Eremiten sehen, Pater Gottschalk. Der drittbeste Festwagen in der ganzen Prozession. Palmen, Höhlen, eine Säule zum Draufsitzen. Hochrufe werden Euch durch die Stadt begleiten. Ich habe gebettelt und gefleht, aber es hieß, es müsse ein Geistlicher sein. Man will versuchen, irgendwo ein Kohlebecken zu verstecken, wenn das die Pferde nicht scheu macht. Nicolaas wird Euch begleiten.»

«Voll angekleidet?» sagte Gottschalk.

«Ihr habt Euren Glauben, der wird Euch wärmen», sagte Nicolaas. Er traf haarscharf den Tonfall eines Priesters, den sie beide kannten.

«Dann seid Ihr gewiß mehr als voll angekleidet. Als was geht Ihr?»

«Ich bin der Löwe», sagte Nicolaas. «Cosimo wollte einen richtigen haben, aber der könnte sich mit dem Leoparden ins Fell geraten.»

«Und die Pferde hätten gewiß auch etwas dagegen», sagte Gottschalk trocken.

Am Tag der Prozession war Gottschalk frei von Bedenken, als die vier Männer des Handelshauses Charetty sich durch die dichte Menge zur Piazza della Signoria begaben, wo am Abend zuvor die geschmückten Schauwagen aufgestellt worden waren. Die Zugpferde und die Ochsen hatten schon vor ihnen diesen Weg genommen: seine Sandalen tappten durch frischen Mist. Seine Gefährten hatten nicht gelogen, wenn sie es mit der Wahrheit auch nicht ganz so genau genommen hatten. Er sollte in frommer Tracht auf einem der Wagen posieren, doch ein langer, dicker Umhang gehörte glücklicherweise auch zu seinem Gewand. Julius schritt als prächtiger Römer neben ihm her. Seine Rüstung war bedeckt von Blütenblättern: Einige Mädchen hatten vergeblich versucht, seine Aufmerksamkeit zu erwecken, indem sie Blumen aus Fenstern, die mit Epiphaniaspuppen gesäumt waren, auf ihn herabgeworfen hatten. Nicolaas, seinen Kopf unterm Arm, stapfte hinter ihnen her und unterhielt sich mit einem rotgekleideten Tobie.

Und das wirkte natürlich vollkommen grotesk. Rings um sie her, in Seide und Pelz, Juwelen und Federn, eilten andere Medici-Leute hin zu vergoldeten Wagen, auf denen sie sich als Gefolge der glanzstrahlenden Könige zeigen würden. Tobie, in kirschroter Seide und Straußenfedern, war dieser Gruppe zugedacht. Es konnte einfach nicht sein, daß die Medici, die im Protokoll erfahren waren, beabsichtigt hatten, Tobies Dienstherrn als Löwen auftreten zu lassen.

Monna Alessandra hatte Nicolaas an ihrer Haustür gemustert und einen Seufzer ausgestoßen, der einen kleinen Baum hätte fällen können. Bevor er das Haus verließ, hatte Gottschalk sich den Löwen vorgenommen und versucht, ihn zur Vernunft zu bringen. Nicolaas hatte höflich zugehört, während er sich das Fell bis zum Hals hinaufzog und den Schweif vorsichtig über den Arm legte wie ein Palium, ehe er den Kopf vom Tisch aufhob. Er rieb sich mit dem Ärmel über die Augen. «Ihr glaubt, ich könnte die Medici beleidigen?»

Gottschalk sagte: «Sie müssen Euch doch ein Kostüm geschickt haben.»

«Ich hab's zurückgebracht», erwiderte Nicolaas. «Mein Gebieter ist Cosimino, müßt Ihr wissen, nicht sein Großvater.»

Gottschalk hatte nichts mehr gesagt. Wirklich gerissen war dieser Mann – wie der klügste Kaufherr unter ihnen. So scharf von Verstand, daß er sich selbst noch daran schneiden würde.

Als sie die Piazza della Signoria erreichten, waren die Pferde noch nicht angespannt, und von den Wagen, die die ganze Nacht dort gestanden hatten, waren kaum die Planen heruntergezogen. Es begann zu regnen. Über den Lärm der Menge und die hohen toskanischen Stimmen der Teilnehmer erhoben sich die rauhen und gereizt klingenden Ordnungsrufe und Anweisungen der Zugmeister. Tobie verschwand, von einem Mann in Medicitracht davongeführt. Julius folgte ihm. Nicolaas sagte: «Das muß unserer sein.»

Der Wagen stand, als letzter von vieren, zwischen dem gewaltigen gelben Palazzo der Republik und den Bogen der Loggia, mit denen er einen rechten Winkel bildete. Gefängnis, Festung, Rathaus in einem, erfüllte der Palazzo den grauen Himmel. Seine Zinnen überragten die Szenerie, und der Turm darüber verschwand in den Wolken, aus denen heraus nun eine Glocke zu läuten begonnen hatte. Gottschalk gelangte an seinen Wagen, der mit viel Sand, einer gemalten Höhle und einer Palme ausstaffiert war, entdeckte zwei Tritte und kletterte hinein. Er sagte: «Ich bitte um Entschuldigung.» Es war trocken in der Höhle, und er fand bereits zwei andere Eremiten vor. Jemand fragte: «Wo ist der Löwe?» Er kletterte wieder hinaus.

Der Löwe stand gegen den nächsten Festwagen gelehnt, den Schweif lässig über den Arm gehängt. Der Wagen trug einen großen, mit einem Laken verhüllten Gegenstand und mehrere erregte Handwerker, mit denen Nicolaas zu sprechen schien. Regentropfen rannen ihm das Gesicht hinunter. Während er noch sprach, setzte er sich den Löwenkopf auf. Seine Stimme klang hohl aus dem Maul heraus. Auf dem Wagen ließ ein Mann mit einer alten schwarzen Mütze die Arme herunterfallen und trat an die Kante vor. Zwei andere Männer zogen sogleich das Laken herunter und enthüllten eine große Terrakottafigur der heiligen Anna auf einem Felsen, mit Sitzgelegenheiten für Zugteilnehmer. Ein vierter Mann beugte sich über ihren Schoß und versuchte das Laken wieder hochzuziehen. Der Mann mit der schwarzen Mütze funkelte Nicolaas an, der zu ihm hinaufblickte und ihn freundlich musterte. Der Mann rief zornig: «Mein Marzocco!»

Er sprach zu Nicolaas, der höflich den Kopf abnahm. Die Augen des Mannes auf dem Wagen folgten der Bewegung von nassem Fell und Barthaaren, und die Augen des Löwen blickten vom Arm seines Besitzers zurück. Der Mann, das sah man jetzt, war so alt wie seine Mütze und hatte ein vertrocknetes, gelbes Gesicht, so rauh wie die Steine des Palazzo, und einen grauen, an den Enden braun versengten Bart. «Monsignore?» sagte Nicolaas.

«Wer hat Euren Kopf gemacht?» fragte der Mann. «Ihr habt kein Recht darauf.»

«Warum nicht?»

«Er gehört mir», sagte der Mann.

Nicolaas hob den Kopf mit beiden Händen hoch und hielt ihn zu dem Mann auf dem Wagen hinauf. «Erlaubt, daß ich ihn zurückgebe», sagte er. Der alte Mann machte keine Anstalten, ihn entgegenzunehmen. Der Mann auf dem Schoß der heiligen Anna gab den Kampf mit dem Laken auf, sprang behende hinunter und trat näher. Die anderen zwei nahmen die Planen vom Wagen herunter und gingen zufrieden davon.

Auf der anderen Seite des Platzes waren die ersten Wagen inzwischen zum Anspannen bereit, und man führte die Pferde zu ihnen hin. Ein Negerjunge, der einen Leoparden führte, blieb neben Gottschalks Wagen stehen, und der Leopard kauerte sich hin und wakkelte mit den Hinterbacken. Eine Pfütze bildete sich neben dem Rad und rann zwischen den Pflastersteinen weiter. Der Junge zerrte und zog den Leoparden mit sich fort. Der erste der vier Wagen war mit hochgestellten Personen besetzt; unter ihnen befand sich ein Orientale, dessen Rücken vertraut schien. Der Leopard sprang hinein, und sie lehnten sich alle zurück.

Nicolaas blickte mit verdrehtem Hals zu Gottschalks naß aufglänzendem Rad hinüber. «So ein Jammer. Das wird andere Leoparden anlocken.» Mit der Geduld Salomes, die dem Tetrarchen von Galiläa die Schale darreicht, hielt er noch immer seinen Löwenkopf in die Höhe. Niemand wollte ihn nehmen, aber der jüngere

Handwerker, der sich zu dem ersten gesellt hatte, beugte sich vor und blickte zu dem Löwen und zu Nicolaas hinunter. Sein schmutziges Gesicht war von einer Helmmütze mit einem wollenen Augenschirm eingefaßt, und seine regennassen Arme waren straff und hart wie die Beine eines Windhundes. Er sagte: «Nein, nein, nein. Behaltet den Kopf. Er ist seinem Marzocco nachgebildet, das meint er. Der Marzocco; der Löwe: das Stadtsymbol von Florenz in der Santa Maria Novella. Das ist von ihm. Das ist sein Bildwerk.»

Der alte Mann sagte: «Ich hab's ihm gesagt. Es ist mein Entwurf. Meiner. Ich verlange Vergütung.»

Nicolaas ließ die Arme sinken. «Monsignore ist Bildhauer!» rief er aus.

Der jüngere Mann sagte: «Maestro, die Prozession muß sich in Bewegung setzen. Wir können sie nicht länger trocken halten.» Er und der ältere Mann wandten sich beide der heiligen Anna zu und sahen den Regen über ihren vergoldeten Busen strömen.

«Maestro! Der Marzocco-Löwe! Das hätte ich wissen müssen!» rief Nicolaas.

«Macht nichts», sagte der Bildhauer über die Schulter hinweg. Er blickte die heilige Anna stirnrunzelnd an.

«Eure Türen», sagte Nicolaas versonnen. «Die Türen zum Paradies, hat einer gesagt.»

«Das war Ghiberti», sagte der jüngere Mann mißbilligend.

«Eure Domkuppel!» sagte Nicolaas rasch. «Ein ohne Stützen errichtetes Wunder einer wunderbaren Baukunst!»

«Ihr sprecht von Brunelleschi», sagte der jüngere Mann. Er sah den Rücken des Bildhauers wie um Verzeihung bittend an.

Nicolaas betrachtete die Statue. «Aber diese vielleicht?» fragte er mit gedämpfter Stimme.

«Die ist vom Meister», antwortete der Mann mit der Helmmütze.

«Aber –», begann Nicolaas.

Der Bärtige drehte sich um. «Aber was?»

«Der Kopf», sagte Nicolaas sanftmütig. «Der Kopf? Der Rumpf? Und die Länge vom Knie bis zur Ferse…»

«Und?» sagte der Bildhauer. «Damianus. Vitruvius. Wohl noch nie von ihnen gehört.»

«Aber seht Euch die Geometrie an», sagte Nicolaas. «Wenn Ihr allein nach Damianus und der Optiklehre vorginget, brauchtet Ihr eine einen Fuß und zehn Zoll kürzere Grundfläche.»

Gottschalk hob den Kopf, den er in die Hände gestützt hatte, und sah hinüber zu dem unschuldigen, freundlichen Profil seines Freundes Nicolaas. Niemand sprach ein Wort. Dann sagte der jüngere Mann mit der grauen Mütze leise: «Zu den Ausmaßen der Via Larga vielleicht. Aber nicht auf der Piazza San Marco.»

«Verzeiht», sagte Nicolaas, «aber die Medici sind Eure Schutzherren. Sie werden daneben vorbeiziehen.»

«Auf großen Pferden.» Der Bildhauer sah Nicolaas an.

«Nein. Auf Zeltern, wegen der Gicht. Ein Winkel von zwanzig bis fünfundzwanzig Grad, würde ich sagen, wogegen Ihr einen von sechzig vorgesehen habt. Wenn Ihr einen Brunnen macht –»

«Judith und Holofernes», sagte der alte Mann, während er Nicolaas noch immer ansah.

«– bei dem habt Ihr gar keine Verzerrung berücksichtigt, weil das Sprühwasser den Betrachter in der nötigen Entfernung hält. Wenn man nun aber die Öffnung der Röhren verengte? Ihr könnt nicht an alles denken. Ihr könnt als optische Korrekturen keine alternativen Winkel einberechnen. Zumindest –» Er hielt inne und ließ den Blick in die Ferne schweifen.

«Was?» Der Mann hob die eine Hand an den Kopf und zog langsam die Mütze ab. Darunter kam karottenrotes Haar hervor.

«Alternative Winkel. Natürlich, Ihr *könnt* alternative Winkel einberechnen. Und Ihr könntet es mit Farbe tun», sagte Nicolaas. Er schob sich den Kopf unter den Arm und hob den Schweif hoch, der nachschleifte. «Ich glaube, mit Farbe könntet Ihr es bewerkstelligen», sagte er. «Ich freue mich, Eure Bekanntschaft gemacht zu haben.»

«Gottverdammt», sagte der Rothaarige. Nicolaas lächelte. Der Platz leerte sich allmählich, und auch die Reihen der wartenden Pferde waren kürzer geworden. Der Wagen mit den Edelmännern und dem Leoparden war schon losgefahren, gefolgt von dem Wagen, von dem Tobies mißmutiges Gesicht herabspähte. Unter dem Geleit einer Nonne hielt eine Gruppe sehr ernsthaft aussehender junger Frauen auf sie zu. Der Rothaarige sagte: «Das ist der Chor. Wir müssen vom Wagen runter. Maestro?»

Die schwarze Mütze ging herum. Der Bildhauer in seinem trief-
nassen Kittel musterte Nicolaas mit erfahrenem Künstlerblick: das
Gesicht mit den großen Augen, die breiten Schultern, schmalen
Hüften, langen Beine. «Bringt ihn mit», sagte er. «Er weiß, wovon
er redet.»

Der Rothaarige wandte sich an Nicolaas. «Ihr würdet die Prozession versäumen. Wir gehen jetzt in die Werkstatt des Maestro zurück.»

«Ich bin nicht wegen der Prozession hier», sagte Nicolaas. «Ich
dachte, Ihr wärt Deutscher.»

Die Nonne stand inzwischen unten an dem Wagentreppchen und
stieß erstaunte Rufe aus. Sie war entzückt von der heiligen Anna und
dem Bildhauer, der vorsichtig vom Wagen herunterstieg, sich verneigte und mit einiger Mühe durch eine große Zahl von Bürgern
hindurch davonschritt, die ihm Bewunderung zollten. Nicolaas legte
den Löwenkopf zu Boden und half einigen errötenden jungen Damen
über die Stufen auf den Wagen hinauf, wo sie sich recht hübsch
aufstellten. Der Rothaarige sprang herunter, und ein Mann näherte
sich mit den Zugpferden. «Nein, ich bin kein Deutscher», sagte der
Rothaarige. «Ich habe eine Zeitlang in Deutschland gearbeitet. John
le Grant ist mein Name. Und wenn ich einen Landesherrn habe, dann
ist es der junge König Jakob.» Er hielt inne, als er sah, daß er allein
war, und drehte sich um. «Ihr mögt Schotten nicht?»

«Löwen sind nicht wählerisch», sagte Nicolaas. «Ich mag sie,
könnte man sagen, aber sie mögen mich nicht. Mein Name ist Nicolaas. Ich habe einen höchst verschwiegenen Eremiten bei mir. Habt
Ihr das untereinander ausgeheckt?»

Gottschalk erhob sich und stieg, nicht ohne einige Würde, von
seinem Wagen herunter. «Nein, das haben wir nicht», sagte er. «Ich
nahm an, zwei Mathematiker würden einander schon riechen können. Und der Maestro hat natürlich an der Martelli-Kapelle in San
Lorenzo gearbeitet. Nicolaas, das war Dorias Page, der Negerjunge
mit dem Leoparden.»

«Doria?» sagte John le Grant.

«Pagano Doria», sagte Nicolaas. «Er hat heute nacht einen Mann
geschickt, der den Achsnagel von Gottschalks Wagen lockern sollte.
Der Page kam, um nachzusehen, ob er noch gelockert war, was nicht

der Fall war. Ihr könnt ganz unbesorgt sein, Pater Gottschalk, wenn Ihr wieder in Eure Höhle zurückkehren wollt.»

«Wozu?» fragte der Rothaarige. «Ich habe Euch eingeladen, also lade ich auch ihn ein. Die Werkstatt ist keine vornehme Herberge, aber zu einem Glühwein schwingen wir uns schon auf.»

«Ich brauche einen Schiffsführer», sagte Nicolaas.

«Nur mit der Ruhe», sagte John le Grant. «Ihr habt den Fuß in der Tür zu einem guten Glühwein. Bei einem Mann aus Aberdeen ist das fürs erste schon etwas.»

KAPITEL 7

DIE BEHAUSUNG MIT GARTEN und Werkstatt, zu der Nicolaas und Gottschalk geführt wurden, gehörte zum Dom und lag an einer Ecke hinter dem Kirchenbereich. Auch zu Fuß waren sie in wenigen Minuten dort. Der Maestro faßte Nicolaas' Arm und führte ihn am Haus vorbei, an dem noch immer gebaut zu werden schien, über einen ausgetretenen Pfad geradewegs zu seiner Werkstatt. John und Gottschalk folgten ihnen und unterhielten sich in englischer Sprache. In der Werkstatt angelangt, setzte sich der Bildhauer auf eine Kiste mit einem aufgeplatzten, fleckigen Seidenkissen. Gottschalk entledigte sich seines nassen Umhangs und nahm auf einer Bank Platz, während John le Grant in einem Ofen stocherte und sich anschickte, den Wein zu erhitzen. Nicolaas schlüpfte aus seinem Löwenfell und hängte es zu zwei Nachtmützen, einem Hut und einem Handtuch an einen Kleiderständer. Dann wanderte er im Raum auf und ab und sah sich aufmerksam um.

Der Glühwein, der schließlich kredenzt wurde, war äußerst stark. Nachher erinnerte sich Gottschalk an Einzelheiten in dieser Künstlerwerkstatt: an den Geruch von Farbstoffen, die aus Öl, Erde, Mineralien und Insekten gewonnen wurden; an das Glitzern von Marmorstaub, der die Hocker und die Bank bedeckte, und der weißlich auf dem Tuch voller Raspeln, Feilen und Meißeln gleich neben der Tür lag. Er erinnerte sich an die zugedeckten Bottiche, von denen kalte Gerüche nach rohem Wachs und Leim ausgingen. Er erinnerte sich an Nicolaas, wie er neben der offenen Kiste mit exotischem Tuch stehenblieb; wie er das verschnürte Bündel von Zeichnungen betrachtete, den Topf mit Federn, den mit Pinseln, die Wand, an der große Scheren, Kugelhämmer und Sägen hingen, die andere Wand, an der Leitern, Staffeleien, Gerüstmaterial und grundierte Holztafeln lehnten. Da waren Regale voller Marmorbüsten und Tonmodelle, Bronzestatuetten und halb ausgeführte Gliedmaßen, und in der Tiefe des Raums verdoppelte ein Spiegel das Licht. Im übrigen war die Werkstatt leer, wegen des Feiertags, aber jemand hatte auf einem Tisch einen Pergamentblock mit einem Lineal und einem Stück Blei darauf liegen lassen. Ein anderer hatte einen Korb mit Kohlestiften umgestoßen, und das zarte, schwarze Weidenholz wurde unter le Grants Füßen zu Staub, bis Nicolaas in seinen Hemdsärmeln niederkniete, um es behutsam aufzusammeln. Der Bildhauer sagte: «Bleibt so.» Nicolaas hielt inne und blickte auf.

«Die Gebühr des Maestro für seinen Kopf», sagte John le Grant. «Er will Euch zeichnen. Aber dabei können wir reden. Kann er trinken?»

«Nein!» sagte der Bildhauer. «Auf einem Knie, die Hand in die Höhe. Ja, so. John, die Kreide. Ghiberti! Brunelleschi! Nein. Er darf sich nicht bewegen, und er darf auch nicht trinken, bis ich fertig bin. Und zieht ihm das Hemd aus. Habe ich etwas Lustiges gesagt?»

«Ja», sagte Pater Gottschalk. «Wir hatten neulich eine Meinungsverschiedenheit, wegen des Kostüms.»

Er zog dem neuen Modell das Hemd aus und hängte es über das Löwenfell. Nicolaas blickte resigniert, aber nicht sonderlich peinlich berührt. Schon seine vorehelichen Heldentaten in Brügge hatten ja gezeigt, daß er sich seiner körperlichen Ausstrahlung wohl bewußt war.

Gottschalk setzte sich wieder und nahm den dampfenden Becher entgegen, den le Grant ihm reichte. Le Grant sagte: «Achtet nicht auf den Maestro. Er und Brunelleschi und Ghiberti haben zusammen an den Plänen für die Belagerung von Lucca mitgearbeitet. Sie haben sich verstanden. Auch Michelozzo. Sie wollten einen Fluß umleiten und die Stadt überfluten. Natürlich vom ganz falschen Winkel aus.»

«Was!» rief der Bildhauer. Er hörte auf zu zeichnen. «Hering! Dumme Wühlmaus!»

«Zeichnet weiter. Sagt mir, wo der Plan ist. Ich breite ihn auf dem Boden aus – vielleicht entdeckt Nicolaas, wo der Fehler steckt.»

An der nun folgenden Diskussion nahm Gottschalk nicht teil. Es ging um Belagerungsanlagen, um Geschütztechnik und schließlich um Schiffe. John le Grant schenkte Wein nach, während der Meister noch immer zeichnete. Sie sprachen von den Schwächen des Lateinrudersystems und der Ausrüstung von Triremen. Währenddessen hörte es auf zu regnen und fing bald darauf wieder an. Der Bildhauer hielt seinen Zeichenblock auf Armeslänge von sich und sagte: «Ist gut.»

«Ihr könnt Euch wieder bewegen», sagte John le Grant.

«Nein, das kann ich nicht», sagte Nicolaas. «Wenn Ihr einen Haken an der Wand hättet, könntet Ihr mich so daran aufhängen. Wann habt Ihr Aberdeen verlassen?»

«Schon vor langer Zeit», sagte der Geschützmeister. Er holte einen Becher und füllte ihn, während Nicolaas sich den Rücken rieb. «Ich habe Salz eingeführt und Fisch nach Sluys gebracht, und eins führte zum anderen. Ihr wollt also nach Trapezunt. Warum?»

Nicolaas nahm den Becher, setzte sich und leerte ihn Zug um Zug. «Es scheint mir ein guter Gedanke. Eine Niederlassung zu gründen –»

«Das weiß ich», sagte John le Grant. «Aber persönlich, warum?»

«Persönlich, um eine Niederlassung zu gründen», sagte Nicolaas.

Der Bildhauer schnaubte. «Bei John müßt Ihr Euch schon mehr einfallen lassen. Schotten wissen gern, woran sie sind.»

Gottschalk sah, daß Nicolaas überlegte, und versuchte zu erraten, was er tun würde. Seit von le Grant die Rede gewesen war, hatte Nicolaas wohl nach dem Mann Ausschau gehalten. Auf dem Festwagen mußte er den Bildhauer sofort erkannt und, da er sich der Verbindung mit Martelli erinnerte, vermutet haben, daß le Grant dort war. Und mit großer Raffinesse hatte er ihn dazu gebracht, sein Inkognito zu lüften, und sich darangemacht, ihn anzulocken.

Und das war ihm gelungen. Er würde seinen Schiffsführer bekommen, daran war kaum noch zu zweifeln. Es sei denn, er gab jetzt die falsche Antwort. John le Grant hielt Nicolaas mit seinem Blick fest. Er hatte helle Augen, rote Brauen, Sommersprossen und eine trockene, noch recht junge, ein wenig zerfurchte Haut. Er sagte: «Wenn ich es mit einem Jüngling zu tun habe, will ich wissen, wie es um seine Zielstrebigkeit bestellt ist. Und ich will wissen, was er tut, wenn er scheitert. Seid Ihr für Brügge zu groß geworden?»

«Nein», entgegnete Nicolaas. «Ich gedenke, dorthin zurückzukehren.»

«Was verlockt Euch also? Wollt Ihr Euch einen Namen machen? Wollt Ihr für Christus gegen die Türken kämpfen? Wollt Ihr Reichtum? Wollt Ihr Macht? Wollt Ihr Freiheit und zügelloses Leben? Wollt Ihr Gefahr und Abenteuer? Oder wollt Ihr gar nichts und führt nur die Befehle anderer aus? Welches ist der Grund?»

«Alle billigen Gründe», sagte Nicolaas. «Und noch einer dazu. Gleich Euch löse ich gern Rätsel. Jemand begehrt Einlaß.»

Das Hämmern an der Tür hatte begonnen, während er sprach. Der Bildhauer erhob sich murrend und riß die Tür auf. Draußen stand ein römischer Soldat. Er erblickte Gottschalk und Nicolaas und sagte: «Ah, hier seid Ihr.»

Es war Julius. Nicolaas sagte: «Verzeiht, Maestro. Er ist einer von unserer Gruppe. Ist etwas geschehen?»

«Ihr habt etwas versäumt!» sagte Julius. Er verneigte sich vor dem Bildhauer, blickte zu le Grant hinüber und sah dann wieder Nicolaas an. «Mitten auf der Via Larga, vor dem Palazzo Medici! Dieser große Wagen mit dem Leoparden darauf und dem Neger und Pagano Doria – Doria! – und seinen Freunden, alle herausgeputzt in gelbem Samt. Und da bleibt der Wagen plötzlich stehen, und der Wagen dahinter stößt in ihn hinein, und die Pferde brechen aus dem Geschirr aus und rennen in den Hof und fangen an, die besten Bildwerke der Medici zu zertrampeln, und Doria schreit, und die Leute kreischen, und der Leopard...»

«Ist er auf jemanden losgegangen?» fragte Gottschalk und erhob sich.

«Nein. Er hat nur gepinkelt», antwortete Julius. «Ganze Kübel. Die Leute sind trotzdem gerannt.»

«Dieser Wagen ist von den besten Handwerkern des Hauses gezimmert worden. Wie kann das passiert sein?» fragte der Bildhauer. «Es hätte unserer gewesen sein können!»

«Es hätte unserer gewesen sein können», sagte Nicolaas. «Wer weiß? Vielleicht hat sich in der Nacht jemand am Achsnagel zu schaffen gemacht.»

«Nicolaas», sagte Gottschalk nur.

«Und da wir gerade von Trapezunt sprechen», fuhr Nicolaas fort, «das ist noch ein Grund, fällt mir gerade ein. Ich möchte ganz gern dorthin, um Pagano Doria eins auszuwischen.»

«Ihr habt mich überzeugt», sagte John le Grant. «Ich suche Euch in Eurem Quartier auf. Nehmt Euer Fell und bringt Euren Freund zur Tür hinaus, sonst behält ihn der Maestro hier. Und dankt Gott, daß Ihr einen Kaplan habt. Ihr könnt einen gebrauchen.»

Gottschalk schwieg. Er hatte sie zusammengebracht. Es war jetzt zu spät, sich zu fragen, ob das klug gewesen war.

Vier Wochen vor Auslaufen des Schiffes logierte sich John le Grant mit seinem Diener bei Monna Alessandra ein, und die ohnehin schon beträchtliche Betriebsamkeit nahm noch zu, und mit ihr stiegen die Ausgaben. Als Astorre, der bärtige Befehlshaber der Söldnertruppe des Hauses Charetty, kurz darauf mit hundert ausgesuchten Leuten in aller Stille in Livorno eintraf, musterte er verblüfft ihre trockenen, wohlversehenen Quartiere, die hervorragenden Ställe und seine eigenen schönen Gemächer und rief verärgert: «Der Bursche scheint herausgefunden zu haben, wie man sein eigenes Geld münzt, und ich habe gerade meinen Kontrakt zu den üblichen Bedingungen unterschrieben. Was zahlt er Euch denn?»

«Er *bezahlt* Euch?» gab Julius zurück. «Pater Gottschalk hier versieht seinen Dienst natürlich um der Liebe willen, und ich habe freie Wahl unter den byzantinischen Damen. Ihr könnt unbesorgt sein. Er hat sich des besten Kochs von Florenz versichert.» Er empfand für Astorre fast so etwas wie Zuneigung. Julius hatte bei der Truppe in Italien gedient. Es hatte ihn einige Zeit und Mühe gekostet, diese von neugierigen Blicken abgeschirmten Quartiere zu finden.

Astorres Miene hatte sich aufgehellt, doch dann sagte er: «Ihr seht so schlapp aus wie ein Sack Pferdefutter. Nimmt er Euch gehörig ran?»

«Das tut er», sagte Pater Gottschalk. «Und ich fühle mich auch nicht gerade taufrisch. Deshalb hoffe ich, die Gesellschaft, um die ich mich heute abend kümmern soll, trägt keine allzu schwere Sündenlast. Etwas Gutes steht uns immerhin bevor. Wenn wir erst auf dem Schiff sind, wird selbst Nicolaas ruhiger werden müssen.»

«Wir werden alle ruhiger werden», sagte Astorre mit einem Blick zu seinen Kriegern hin.

«Nun, sie nicht», entgegnete Julius. «Sie werden uns rudern.»

Der aufgeregte Astorre ließ sich später von Nicolaas besänftigen, der ihn mit John le Grant bekannt machte und dann buchstäblich zu ihren Füßen saß, während die beiden sich von ihren bestandenen Schlachten erzählten. Astorre mit seinem einen halben Ohr und seinem Krummschwertschnauzbart hatte in Albanien unter Skanderbeg gekämpft. Le Grant hatte den Fall von Konstantinopel erlebt. Das Gespräch ging bis zum Abendessen, dem sich immer mehr von Astorres Leuten gern anschlossen. Nicolaas lauschte mit beflissener Anteilnahme, während der Koch mit gewürztem Kalbfleisch, Schweinesülze und großen Weinkrügen aufwartete. Dann gingen die drei Männer zusammen hinaus, um Rüstung und Waffen in Augenschein zu nehmen. Die Geschütze für das Schiff – eine große Bombarde und vier kleinere Kanonen – waren schon bereit.

Sie blieben einen Tag lang bei Astorres Truppe. Vor der Rückkehr nach Florenz versuchte Nicolaas noch einige Erkundigungen über Dorias Kogge und ihre Ladung einzuziehen.

Der neue Schiffsführer war gern bereit, Auskunft zu geben. Das Schiff war neu und von der Biskaya-Bauart, mit zusätzlichen Segeln und bündiger Verplankung, was nur Freunden von Doria eine Freude war, denn das hieß, daß es manövrieren konnte. Und als Schiffsführer hatte Doria Michael Crackbene angeheuert, einen Hexenmeister der See, dessen legendäre Familie in der ganzen Nordsee bekannt war. Doch als Nicolaas hoffnungsvoll wiederholte: «In der Nordsee?», schüttelte John le Grant entschieden den roten Kopf und sagte: «Und im Mittelmeer. Er hat öfter Chios angelaufen, als Ihr in einen Farbbottich gepinkelt habt.» John le Grant erstarrte nicht gerade in Ehrfurcht vor seinem neuen Dienstherrn.

Was Doria bereits in sein neues Schiff lud, war nicht schwer auszumachen. Im Gegensatz zu der Galeere würde sein Schiff unterwegs Handel treiben. Kisten mit Kapern und Käse, die für Sizilien bestimmt waren, tauchten auf. Er hatte eine Menge Olivenöl gekauft, Seife, Fässer mit Talg und Kalbsleder.

Einen Teil der Fracht, die er nach Italien mitgebracht hatte, hatte er schon in Pisa und Florenz abgesetzt. Man erzählte sich, er besitze Zinn und Blei. Mit dem Rest der ursprünglichen Ladung hielt er es wie das Haus Charetty: Sie war für den Verkauf weiter im Osten bestimmt und blieb im Lagerhaus. Und so verschwiegen wie dort war man auch hier. Dorias Lagerhaus wurde sehr streng bewacht, und selbst der findige Nicolaas vermochte sich keinen Zugang zu verschaffen. Gegen ausdrückliche Anweisungen versuchte Loppe, der frühere Sklave aus Guinea, das Vertrauen von Dorias hübschem Pagen Noah zu gewinnen. Die einzigen Freundschaftsbeweise jedoch, die er mit zurückbrachte, waren ein aufgeschundenes Schienbein und einige Bißwunden. Nicolaas heuchelte Mitgefühl, was Loppe, wie er wohl wußte, verdiente. Vielleicht wegen seiner eigenen jüngsten Vergangenheit behandelte Nicolaas Bedienstete nie als Bedienstete.

Inzwischen war er nach Florenz zurückgekehrt und hatte wie Pagano begonnen, seine Fracht zusammenzustellen. Unterstützt von zwei Sekretären, verbrachte Julius ganze Tage im Lagerhaus, wo sich schon Charetty-Tuch stapelte, das sie mitgebracht hatten. Indes die Tage verrannen, hielt es auch Monna Alessandra für an der Zeit, eine Erkundigung anzustellen. Sie lud Nicolaas ein, mit ihr zu Abend zu essen.

In dem mit Strozzi-Halbmonden bemalten Gemach seiner Wirtin saß Nicolaas, jünger als ihr jüngstes Kind, am Tisch und sagte: «Ja, ich habe Nachricht aus Brügge. Von meiner Gemahlin und von ihrem Advokaten, Magister Gregorio. Lorenzo kann nichts widerfahren sein, sonst hätten sie davon geschrieben.»

Ein ungeduldiger Zug huschte über ihr Gesicht. «An Neuigkeiten von Lorenzo fehlt es mir nicht. Er schreibt, wenn er Geld braucht. Aber Eure Briefe – ist darin vom englischen Krieg die Rede?»

«Er geht vielleicht bald zu Ende», sagte Nicolaas. «Der Lancasterkönig Heinrich soll regieren, vorausgesetzt, er schließt seinen

Erben zugunsten des Prätendenten aus dem Haus York von der Thronfolge aus.»

«König Heinrich hat eine französische Frau. Sie wird damit nicht einverstanden sein», sagte Monna Alessandra. «Sie wird in Schottland Hilfe suchen, und die Lachsausfuhr wird leiden. Das richtet den Handel zugrunde! Wer kann in London seiner Zukunft sicher sein, wenn seine Schiffe jederzeit von dem einen oder anderen König beschlagnahmt werden können und seine Anleihen nicht zurückgezahlt werden? Der Papst und der Herzog von Mailand versuchen, zwischen diesen Thronbewerbern Frieden zu stiften, und wißt Ihr, warum? Damit England, wenn dort erst Ruhe herrscht, sich bereit erklärt, König Karl von Frankreich anzugreifen. Und werden sie dann endlich Frieden halten? Nein! Dann schickt sie der Papst zu diesem Kreuzzug zur Befreiung der Levante von den Türken. Ein Jammer!»

«Vielleicht», sagte Nicolaas. «Bruder Ludovico von Bologna wird den Herzog von Burgund zu einem Kreuzzug bewegen wollen, ob man in Frankreich einfällt oder nicht. Er scheint über große Überzeugungskraft zu verfügen.»

«Dieser Mensch?» sagte Monna Alessandra. «Der Sohn eines Holzhändlers! Er hat seine Jugend damit verbracht, im Wald Knoten zu binden und für die Schiffsbauer junge Bäume zu biegen. Aber der Herzog von Burgund gehört nicht zu denen, die sich anderen beugen.»

Nicolaas schob die Lippen vor. «Gregorio meint, er beruft im Frühjahr eine Kapitelversammlung des Goldenen Vlieses ein.»

«Wo die burgundischen Hochwohlgeborenen in teurem Samt festlich paradieren, aber nichts tun werden. Eine Versammlung von Männern, die Kinder geblieben sind, wie alle Gesellschaften. Warum sprecht Ihr davon? Ihr glaubt doch nicht, ein burgundisches Heer folge Euch gleich hinterdrein? Vor zwanzig Jahren hat der inzwischen verstorbene Kaiser von Konstantinopel Florenz besucht. Er bat um Hilfe; er war Gast Eures Freundes Cosimo de' Medici persönlich; aber Konstantinopel ist trotzdem gefallen. Hat Herr Cosimo Euch gegenüber jemals Gott erwähnt?»

«Manchmal», gab Nicolaas zur Antwort.

«Ihr lächelt. Der Form halber, wollt Ihr damit sagen. Aber bei all seinen anderen Reden ging es gewiß nur um Handel und Geld.»

«Deshalb bin ich hier», sagte Nicolaas.

«Ja», sagte sie. «Ja, natürlich. Er redet von dem, was Ihr versteht. Was weiß ein Bauer von Aristoteles, von Plato, von den großen Denkern, deren Schriften die Köpfe von Männern wie Matteo beschäftigen? Natürlich hat er nur von belanglosen Dingen geredet.»

«Vom Handel», sagte Nicolaas. «Und der Handel ermöglicht es Denkern, zu essen, zu schreiben und Bücher zu verkaufen. Ich kann Euch nichts Neues von erhabenen Diskussionen, von Politik oder von den Zukunftsaussichten von Lorenzo und Filippo berichten. In meiner Stellung Bildung vorzutäuschen wäre töricht.»

«Da würden Euch viele widersprechen», sagte Monna Alessandra. «Wenn Ihr es beispielsweise Streben nennen würdet. Aber Ihr habt wahrscheinlich recht. Das Opfer in solchen Fällen ist oft die Ehe. Ihr plant also eine lange Abwesenheit, aber Ihr habt offensichtlich keine Mission. Ihr seid kein zweiter Jason. Euer Sinn ist nur auf Gold, Macht und Fleischeslust gerichtet. Diese Sorte kenne ich. Habt Ihr mehr als dreimal die Messe besucht, seit Ihr hier seid?»

«Ich glaube, auch Jason ist nicht zur Messe gegangen», sagte Nicolaas. «Aber ja – zu Eurer Frage. Es ist nicht meine Mission, die orthodoxe Kirche oder den Sultan zu schröpfen. Meine Gemahlin hat ein Geschäft, und ich möchte, daß es gedeiht. Das ist alles.»

«Um ihretwillen?» fragte Lorenzos Mutter.

Nicolaas hielt inne. Dann sagte er: «Ihr kennt meine Sorte: Ihr müßt selbst urteilen. Vielleicht hat Lorenzo eine Meinung.»

«Die haben viele. Ich kenne das Gerede», sagte Monna Alessandra. «Anstelle der Medici würde ich lieber die Tatsachen kennen. Eine gute Ehe ist fünf von Hundert vom Pfund wert auf den Geldmärkten. Eine schlechte kann wertloser sein als Blechgeld.»

«Die Tatsachen?» sagte Nicolaas. «Es ist eine ordentlich geschlossene Ehe, aber nur aus Geschäftsgründen. Ich erbe nichts als einen vereinbarten Lohn. Die Erben der Demoiselle sind ihre Töchter.»

«Nur aus Geschäftsgründen?» sagte Monna Alessandra. «Ihr seid ein kräftiger Mann. Ich habe anderes gehört.»

Nicolaas blieb ruhig. «Ich will gern über das reden, was Geldmärkte beeinflußt.»

Sie hob die nachgezogenen Brauen mit der gleichen florentinischen Ironie, die ihm an Cosimo aufgefallen war. «Eine dumme Frau mag Geldmärkte beeinflussen», sagte sie. «Eure Ehefrau ist alt. Sie brauchte einen Mann und einen Geschäftsführer. Das mußte nicht unbedingt ein und dieselbe Person sein. Also hatte sie ihre Gründe. Vielleicht fürchtete sie, Ihr würdet sie verlassen oder eine ihrer Töchter verführen und heiraten. Vielleicht fürchtete sie, Ihr würdet ihren Sohn aus dem Weg räumen... der ja in der Tat in der Fremde in Euren Armen starb, wie ich hörte. Oder sie hatte einfach als ältere Frau einen Narren an einem Jungen gefressen. Mai und September. Das ist eine zwingende Frage. Ohne eine Antwort kann der Markt weder Eure oder ihre Absichten erkennen, noch die Zukunft des Hauses Charetty voraussehen.»

«Warum schlagt Ihr nicht ein Buch auf?» sagte Nicolaas. «Ich wußte nicht, wie glücklich wir uns schätzen konnten, daß Monsignore Cosimo uns ohne weitere Fragen die Ernennung erteilt hat. Ich bin Gast an Eurem Tisch und würde gern hören, wie Ihr über etwas anderes denkt.»

«Gut gemacht», sagte Monna Alessandra. «Aber wenn Ihr nicht über sie sprecht, verteidigt Ihr sie auch nicht. Ich persönlich würde fragen: Ist es recht, von einem gesunden Mann in der Blüte seiner Jugend zu verlangen, verheiratet und dabei keusch zu sein? Die Natur wird sich am Ende zu Wort melden, und sie wird davon hören.»

«Nein», sagte Nicolaas. Jahrelang hatte er nie recht gewußt, gar nicht wissen wollen, was Zorn ist. Jetzt spürte er immer deutlicher, daß er dagegen ankämpfen mußte. Er saß ganz ruhig da.

«Nein?» Sie zeigte sich belustigt. «Habe ich nicht neulich von einer Frau gehört? Die *außergewöhnliche Frau*, hieß es. Die außergewöhnliche Frau, die durch Brügge kam und die sagte, Ihr würdet ein Vermögen machen. Ist sie in Florenz?»

Nicolaas verneinte. Er überlegte einen Augenblick, während er den Blick auf den Teller gerichtet hielt. Dann sagte er lakonisch: «Es gibt alle möglichen Verpflichtungen. Das Versprechen, das ein Lehrling leistet, wenn er seine Dienstherrin heiratet, ist recht bindend.»

«In seinem eigenen Interesse», erwiderte Monna Alessandra. «Aber wenn eine reichere, jüngere Geliebte auf den Plan tritt?»

Als ihm bewußt wurde, daß er das Messer in der Hand hielt, legte er es mit einem Ruck hin und sagte: «Ich kenne die Frau, von der meine Gefährten sprachen, Madonna. Sie heißt Violante von Naxos. Meine Gemahlin und ich sind ihr in Brügge begegnet. Sie ist verheiratet und hält sich gegenwärtig in Venedig auf. Und ich kümmere sie so wenig, wie sie mich kümmert. Können wir jetzt von etwas anderem sprechen, Monna Alessandra? Sonst muß ich leider gehen.»

Sie wechselte das Thema, nachdem sie zweifellos vieles von dem erfahren hatte, was sie wissen wollte. Er sprach irgendwie unbewußt, während sein Denken ihn auf all das verwies, was gesagt worden war. Er fühlte sich innerlich gerädert. Andererseits war alles wahr, was er gesagt hatte – oder war inzwischen Wahrheit geworden. Der Parfümduft in Pagano Dorias Florentiner Haus war gewiß seit langem nur noch eine Erinnerung.

Kurz bevor sie sich einschifften, bestellte Cosimo de' Medici Nicolaas und seine Gefährten zu sich. Es war einer seiner besseren Tage. Er erhob sich, als er sie mit seinem spöttischen Blick empfing, das lebendige Abbild des langnasigen St. Cosmas mit dem drahtigen Haar und den faltigen Wangen aus der Werkstatt des alten Maestro. Tobie fragte sich bei seinem Anblick, ob dem ersten Bürger von Florenz an den Vertretern des Hauses Charetty eine Veränderung auffiel: eine zuversichtliche Stimmung, die im Dezember gefehlt hatte. Seitdem war Nicolaas, einer neuen Galeere gleich, die ein Schiffsmeister auf Ruder und Spanten untersucht, auf einem für ihn neuen und äußerst vielgestaltigen Gebiet öffentlich auf die Probe gestellt worden. Jetzt hatte er den Lehrgang beendet, und nur wenige konnten sich über das Ergebnis beklagen. Gewiß, er hatte seiner Genossen bedurft und hatte von ihnen Gebrauch gemacht. Sie wußten, wo er ohne ihre Hilfe eine unbedachte Entscheidung getroffen oder einen Mangel, eine neue Entwicklung oder eine Gefahr übersehen hätte. Doch mußte auch jeder – selbst Julius – zugeben, daß niemand die körperliche und geistige Energie hätte beisteuern können, mit der Nicolaas ihr Unternehmen beseelt hatte. Wegen seiner großen Gaben zeigten sich Julius und Tobie, Gottschalk und Astorre bereit, ihn als nominelles Oberhaupt anzunehmen. John le Grant war zu seiner eigenen Einschätzung gelangt und hatte ihn akzeptiert. Gewiß, sie würden wohl immer ein kritisches Auge auf ihn haben, aber er hatte sich abermals als befähigt erwiesen, und seine Jugend, seine Kraft und sein frohes Gemüt hatten ihnen die Pille zusätzlich versüßt. Sie bildeten fürs erste eine Einheit.

Cosimo de' Medici sagte: «Ihr fahrt aus, um Handel zu treiben. Ihr vertretet die Republik Florenz, und ich weiß, ich kann mich darauf verlassen, daß Ihr stets daran denken werdet, welch großes Vertrauen wir in Euch setzen. Ihr vertretet noch etwas Größeres. Seit die Heiden über Rom hereinbrachen, leiden die griechische und die lateinische Welt unter der Kluft, die sich zwischen ihnen aufgetan hat, unter der Geringschätzung, mit der die Unwissenden beider Seiten die jeweils andere Seite betrachten. Nie war es notwendiger, diese Bresche zu schließen, als heute, da Konstantinopel in türkischer Hand ist und die Ungläubigen begehrliche Blicke auf die christlichen Länder an ihren Grenzen werfen.

Im Gegensatz zu Venedig und Genua hat Florenz keine Kolonien im Osten. Wir waren nie bestrebt, dort Land zu erwerben; wir haben uns nicht unbeliebt gemacht. Wir haben den Wunsch, mit diesen Städten dort Handel zu treiben, doch der Verlust, täten wir dies nicht, würde uns weniger hart treffen als sie. Wir schicken Euch also nicht aus zu dem Zweck, auf eigene Faust die Horden zurückzuhalten. Wir schicken Euch aus in der Hoffnung, daß Ihr florentinischen Kaufleuten, wo Ihr solche antrefft, Hilfe und Schutz gewährt, und daß Ihr, indem Ihr dem großen Komnenen von Trapezunt, Kaiser David, dient, gleichzeitig Gottes Werk tut, indem Ihr unsere beiden Kirchen und unsere beiden Ziele vereint. Möge der Herr Euch beschützen und wohlbehalten zurückbringen.»

Draußen fragte Julius: «Was meint Ihr, wovon hat er gesprochen?»

Astorre war verschwunden, um in einer Kirche, die es ihm angetan hatte, eine fünfte Reihe Kerzen anzuzünden. Pater Gottschalk war ihm nach einigem Zögern gefolgt.

«Nun, das war doch recht eindeutig», antwortete Tobie. «Laßt Euch nicht für Venedig oder Genua umbringen, aber haltet den Kaiser bei Laune.»

Julius sagte: «Ihr hättet mit Kapitän Vettori von den florentinischen Galeeren sprechen sollen. Zäher Bursche. Ist im Mai nach

Konstantinopel gefahren und hat auf seinem Schiff für den Sultan ein Festessen gegeben. Ich bin froh, daß wir die Horden nicht auf eigene Faust zurückhalten sollen. Ich würde sie viel lieber zu Banketten laden.»

«Daran hättet Ihr wenig Freude», entgegnete Tobie. «Starke Getränke sind ihnen verboten, und sie ziehen stattliche junge Advokaten den Frauen vor. Dann müßtet Ihr doch die Horden zurückhalten.» Er hielt kurz inne. «Begreift das doch, um Gottes willen. Der Sultan herrscht über Konstantinopel, aber in Pera sind noch viele florentinische Kaufleute. Und Venezianer und Genuesen. Der Handel muß weitergehen, ob das dem Papst gefällt oder nicht. Herr Cosimo verdient ein Vermögen mit Bankgeschäften, baut aber Altäre und Kirchen, um im Himmel das Gleichgewicht wiederherzustellen. Er gibt Festmähler für den Sultan der Türkei und schickt uns und unsere Streitmacht nach Trapezunt. Wir sind der Appendix; die spezielle Ablösungsklausel. Aber wo wollt Ihr denn hin?»

«In die Kirche, hinter Astorre her», sagte Julius. «Sehen, ob er genug Kerzen angezündet hat. Und was ist mit dem neuen genuesischen Konsul, möge Gott ihm Feuer aufs Haupt schicken? Er ist jetzt auf dem Weg nach Trapezunt.»

«Was?» rief Tobie. «Woher wißt Ihr das?»

«Von dem Mann, der sein Haus beobachtet. Die Dienstboten gingen wie üblich ihren Geschäften nach, aber er hat gerade herausbekommen, daß Dorias ganze Gesellschaft letzte Woche nach Porto Pisano aufgebrochen ist. Die Kogge sollte bis zu ihrem Eintreffen auslaufbereit sein.»

Tobie stieß einen langen, nachdenklichen Fluch aus. Dann fragte er: «Und der Wind?»

«Günstig», sagte Julius. «Er läuft mit der Flut aus. Konstantinopel und Pera im März. Trapezunt vielleicht im April.»

Tobie setzte sich in Bewegung. «Vielleicht kommt er nie hin», sagte er. Er ging wieder ein paar Schritte langsamer. «Andererseits – vielleicht schafft er's. Wenn das die Kirche ist, komme ich mit Euch.»

KAPITEL 8

DER DICKBAUCHIGE HANDELSSEGLER *Doria* war in der Tat ausgelaufen, und dies im Triumph. Denn das kleine Gottesgeschenk, auf das Pagano Doria und seine junge Verlobte so sehnsüchtig gewartet hatten, war endlich eingetroffen.

Seit dem Christfest hatte Pagano Doria den Wind beobachtet. Die Charetty-Galeere würde im Februar in See stechen. Im Gegensatz zu seinem Schiff würde sie der Küste folgen. Sie hatte jedoch eine starke Besatzung und war bei veränderlichen Winden schneller. Um Trapezunt als erster oder auch nur gleichauf mit dem florentinischen Schiff zu erreichen, mußte er bald die Segel setzen. Es würde ihm gelegen kommen, als erster in Sizilien, Modon und Pera zu sein, um seinem benachteiligten Freund dort möglichst viele unangenehme kleine Überraschungen zu hinterlassen. Vor allem aber wollte er der erste sein, damit ihm der Jüngling nicht den besten Ankerplatz, die besten Lagerräume und die Gunst des Kaisers wegnahm. Die genuesische Niederlassung hatte keine Ahnung, daß sie demnächst einen neuen Konsul bekommen würde. Er wußte nicht einmal, ob sie noch über ihr traditionelles Vorstadtviertel, ihre Kirche und ihr Castello verfügte. Deshalb sollte er sich ja dorthin begeben: um Genuas Ansehen in den Augen des Kaisers zu stärken und notfalls wiederherzustellen. Er hatte vor, dies zu tun, und zwar mit Glanz und Gloria.

Er glaubte schon im Januar die Segel setzen zu können. Das einzige Problem war seine kleine Catherine, die nur noch die Eheschließung im Kopf hatte und durch eine weitere Reise ohne Trauung vielleicht in Unruhe gestürzt würde. Daß die genuesische Signoria große Stücke auf ihn hielt, wußte sie natürlich: Sie hatte nichts anderes erwartet. Von Trapezunt wußte sie hingegen nichts. Daß er in den Osten zu segeln und dort auch zu bleiben gedachte, hatte er ihr erst nach der Hochzeit eröffnen wollen.

Er würde es schon jetzt tun müssen. Eine kleine Ablenkung war wirklich vonnöten. Er hatte sich vorgestellt, daß sich das Kind, in seinen Armen geborgen, kaum darum kümmern würde, wo sie waren. In der Tat erregte romantische Liebe zwar ihr Entzücken, aber er wußte, daß sie allmählich des Wenigen von Florenz, das sie kannte, und der beschränkten Gesellschaft, in der sie sich bewegte, müde wurde. Sie ärgerte sich über die Schleier, wollte ihre neuen Reize und Besitztümer zur Schau stellen. Kam es zu Verstimmungen, weil er wieder einmal abwesend war oder weil sie zuviel Süßigkeiten genascht hatte, bedurfte es seines ganzen Charmes, um sie wieder zu dem reizenden Kind zu machen, das sie sein konnte, und all seine Geduld war gefordert, als er sie eine Woche nach Epiphanias weinend im Bett antraf und sich anhören mußte, daß sie nach Hause zurückgebracht werden wollte.

Es war nicht so schlimm, wie es klang. Sie wollte ihn heiraten. Aber wenn sie sich nicht wohl fühlte, wenn sie Magenschmerzen hatte und ihre Haut sich entzündete und wund und empfindlich wurde, verlangte sie nach ihrer Mutter. Natürlich war er ihr auserwählter Liebhaber. Er war der wunderbarste Mann auf der Welt, aber jetzt war es an der Zeit, zu heiraten und nach Hause zurückzukehren.

Er hatte ihr schon in Brüssel zu erklären versucht, auf welch lange Reise er sich begab. Der Gedanke, ihn so viele Monate entbehren zu müssen, hatte sie bewogen, mit ihm zu kommen. Jetzt, da sie unzufrieden war, sagte sie sich, daß schon viele Monate vergangen seien. Er hatte doch gewiß seine Geschäfte abgeschlossen. Er konnte sie auf dem Schiff heimbringen und ihr ein Haus kaufen, und sie würde dann eine verheiratete Dame in Brügge sein, mit einem Armband und Ohrringen und einem Terrier. Auch das Gerede von Ehre überzeugte sie diesmal nicht. Wer erfuhr schon, ob sie eine Frau war oder nicht? Und er hatte die Papiere und seine Freunde, die als Trauzeugen mitwirken konnten, und, so hatte er doch gesagt, einen freundlichen Priester. Wollte er sie nicht heiraten? Das Weinen war in ein wildes Schluchzen übergegangen.

Er war mit solchen Gefühlsausbrüchen schon früher fertig geworden, war aber jetzt so klug, es der flämischen Zofe zu überlassen, sie wieder zur Vernunft zu bringen. Als er zurückkehrte, lag Catherine in Decken eingehüllt da, einen heißen umwickelten Ziegelstein in den Armen und dampfenden Flanell auf dem Leib. Er trat behutsam näher und setzte sich zu ihr aufs Bett. Der Terrier quiekte, und er erhob sich und setzte sich erneut. Er sagte: «Caterina, hättet Ihr gern Rubine und mehr seidene Kleider als die Herzogin?»

Sie blickte ihn über den Ziegelstein hinweg an. Sie hatte Ringe unter den Augen. Er berührte ihre Wange.

«Wißt Ihr, was geschehen ist? Der Kaiser hat nach Euch geschickt.»

Sie zeigte sich ungerührt. «In *Deutschland*?»

«Das wäre doch nicht aufregend, nach Deutschland zu reisen. Nein, mein Süßes. Ein anderer Kaiser. Der reichste, edelste Mann der Welt, der hat Euren Pagano eingeladen und wünscht seine Caterinetta zu sehen.»

Sie hatte ihm bisher noch immer alles geglaubt, doch jetzt sah er, daß ihre Phantasie sie in der Sache mit diesen Kaisern im Stich ließ. Sie sagte: «Wer?» Ihre Stimme bekam einen quengeligen Ton.

Er fragte sich, wie es um ihre Bildung stand. Er bezweifelte, daß ihre Vorstellung von der Welt, wenn man von den Geschichten absah, die er ihr erzählt hatte, wesentlich über Brügge und Florenz hinausging. Er sagte: «Wir sind an den Hof des byzantinischen Kaisers eingeladen worden. Des Kaisers David von Trapezunt. Er hat Rubine und seidene Kleider für Euch und Truhen voller Silber für mich. Aber wenn Ihr nicht mitkommt, reise ich nicht hin. Ihr bedeutet mir mehr als jeder Kaiser.»

Sie blickte ihn an. «Es tut weh», sagte sie.

Er zögerte, dann beugte er sich langsam vor und küßte sie. «Es wird schon besser werden. Denkt jetzt nicht daran. Aber wenn Ihr Euch wohler fühlt, dann kommt und fragt mich danach. Trapezunt, Caterinetta. Wo sie aus hübschen Mädchen Prinzessinnen machen.»

Danach überließ er das Kind wieder der Zofe. Das Unwohlsein hielt auch am nächsten Tag an, doch anstatt mit ihm zu sprechen, kauerte Catherine sich wimmernd im Bett zusammen, und als der Hund ihre Hand zu lecken versuchte, schlug sie nach ihm. Pagano Doria sah zum Himmel auf und prüfte den Wind und ging dann zu der Zofe, um sie zu befragen.

Die Frau war zu nichts nütze. Alles, was getan werden konnte, wurde getan. Wer wußte, was das Mädchen gegessen hatte? Vielleicht etwas vom Teller des Hundes, durchaus möglich. Reisen konnte sie in diesem Zustand nicht. Messer Pagano würde Geduld haben oder, wenn er an ihren Worten zweifelte, den Arzt rufen müssen.

Pagano Doria zog es vor, keinen Arzt zu rufen. Andererseits würde sich das nicht vermeiden lassen, falls die Krankheit fortschritt. Er beratschlagte mit seinem Schiffsmeister Crackbene, saß über seinen Papieren, sprach mit mehreren Leuten und kümmerte sich um letzte Einzelheiten vor der Abreise. Hin und wieder hörte er ein klägliches Stöhnen des Mädchens. Hatte er zunächst versucht, sie mit Worten aufzumuntern, so ließ er ihr jetzt kleine Geschenke bringen: einen Kräutertiegel, ein Gesichtswasser, eine Phiole mit Lippenrot. Am Abend legte er sich mit dem Gedanken schlafen, daß er das Spiel wider das Schicksal verloren hatte. Er würde nicht rechtzeitig abreisen können; das Mädchen lag im Sterben oder war im besten Fall eine Invalide.

Er wachte auf von einem Schrei, vom Knallen einer Tür, von eilenden Schritten. Als er noch nach Zunder und Kerze suchte, hörte er eine zweite Tür aufgehen. Die Bedienerin sagte etwas, und die Stimme des Mädchens, schrill und bebend, antwortete ihr.

Als er zur Tür gelangte, war sie wieder geschlossen. Er klopfte, doch nichts geschah. Dann hörte er wieder die Schritte der Flämin. Die Tür ging auf, und sie erschien, das Gesicht unförmig und rot im Schein der Kerze. Sie hielt die Tür zur Kammer des Mädchens hinter sich zu. «Habt Ihr's gehört?» sagte sie. «So eine Aufregung. Aber Ihr braucht Euch keine Sorgen zu machen, Herr. Kommt am Morgen wieder, dann wird die kleine Dame Euch empfangen, so stolz wie eine Königin.»

«Was?» sagte er.

«Was habt Ihr denn gedacht?» sagte die Zofe. «Nur die Heilige Mutter Gottes weiß, wie schwer ich daran gearbeitet habe. Ich stelle nie Vermutungen an, das bringt Unglück, aber diesmal dachte ich mir, jetzt ist's soweit. Sie bekommen immer Angst. Ihr werdet sie schreien hören, aber seid unbesorgt. Legt Euch ruhig wieder schlafen, Herr Pagano. Schlaft Euch richtig aus. Denn wie ich die kleine Dame kenne, wird sie Euch in mehr als einer Weise beschäftigt halten. Je größer der Schmerz, desto größer der Hunger. So ist das mit Jungfrauen, Messer Pagano.»

Er ließ sie wieder in die Kammer hineingehen und blieb am Fenster seiner Stube stehen und genoß die Nacht. Dann legte er sich erneut ins Bett und schlief fest, bis die Sonne aufging.

Am Morgen empfing ihn Catherine. Wie sie so im Bett saß, das rostbraune Haar gekämmt und einen Seidenschal um die Schultern, war sie ein völlig anderes Mädchen als am Vortag, obschon ihre Wangen noch bleich waren und ihre Augen umrändert und glänzender als gewöhnlich. In ihnen gewahrte er eine scheue und recht reizvolle Verlockung. Zu den Spuren von Anspannung und Angst gesellte sich, wie die Bedienstete prophezeit hatte, Stolz und eine Andeutung zitternden Glücksgefühls.

Er verscheuchte alle Zweifel, indem er sich auf die Kante ihres Bettes warf und sie mit ganz zarten Küssen bedeckte. Dann gab er ihr den Ring, den er für diesen Augenblick aufbewahrt hatte. Tränen traten ihr in die Augen. Doch als er seine Lippen fest auf die ihren drückte, umschlangen ihre Arme seinen Hals, als wollte sie ihn in sich hineinziehen.

Sie wurden eines Abends in Florenz getraut, kurz bevor sie ihr Quartier verstohlen verließen. Sie hatte unbedingt eine öffentliche Zeremonie haben wollen, eine richtige Messe, um Nicolaas ihren neuen Stand zu zeigen, und er hatte ihr die Gründe für die Heimlichkeit erklären müssen. Wußte Nicolaas erst, wohin die Kogge fuhr, würde seine Eifersucht keine Grenzen kennen. Er würde Pagano um seine schöne Braut und sie beide um ihre goldene Zukunft in Trapezunt beneiden. Er könnte ihnen sogar, sagte Pagano, zu Schiff nachsetzen, um sie aufzuhalten.

«Er würde uns doch nicht *folgen*?» hatte sie gefragt. Sie war noch immer blaß und bewegte sich sehr behutsam, zufrieden damit, vorerst nur dem Namen nach verheiratet zu sein. Wenn sie dazu bereit war, mußte er sie zur nächsten Hürde führen. Er hatte ihr eine Hochzeitsmesse in Messina versprochen. Und danach, so hatte er ihr liebevoll zu verstehen gegeben, würde er sie wirklich zu seiner Frau machen.

Ihm schien, sie hörte kaum zu; es geschahen so viele andere Dinge. Und nun, da sie eine Frau war, dachte sie gar nicht mehr an eine Rückkehr nach Flandern. Er hatte sich erboten, ihrer Mutter einen langen Brief zu schreiben und ihr alles zu erklären, und sie sah, wie er abgesandt wurde, mit seinem Siegel darauf. Sonst würde ihre Mutter es nie glauben. Sie reiste nach Trapezunt, um zu sehen, wie Prinzessinnen lebten, und um seidene Kleider und Armbänder und Rubine zu tragen.

Und vielleicht bekam sie all diese Dinge sogar, dachte er, wenn sie Glück hatten.

Nicolaas brach zwei Wochen später auf. Es war ein Jammer und bedeutete vielleicht sogar eine Gefahr, daß Doria ihm zuvorgekommen war, aber ein Segler war etwas anderes als eine Galeere, und es wäre Narretei gewesen, wenn er sich mit seinem Schiff früher hinausgewagt hätte.

Der letzte Brief von seiner Ehefrau Marian traf ein, kurz bevor die *Ciaretti* auslief. In ihm stand ein wenig mehr, als er zu hören gewohnt war, weil er um das Christfest geschrieben worden war, dem ersten, seit sie Mann und Frau waren; und sie konnten es nicht gemeinsam begehen. Als Junge und Dienstherrin hatten sie nie das Christfest getrennt verbracht, seit er mit zehn Jahren zu ihr in die Färberei gekommen war, obwohl ihr damaliges Verhältnis vom scheltenden Ton ihrer Stimme und vom häufigen Schwingen des Färbermeisterstocks geprägt gewesen war.

Erinnerte er sich auch daran, so lächelte er doch beim Lesen nicht. Tilde entwickelte sich zu einem hübschen Mädchen, wenngleich Marian sich darüber sorgte, daß sie sich, statt mit ihren Freundinnen auszugehen, fast ständig im Kontor oder in der Färberei aufhielt. Nun, da die junge Catherine in Brüssel weilte, konnte ihre Mutter tun, was sie wollte; alles war irgendwie einfacher geworden. Aber eigentlich war das nicht richtig, denn Catherine gehörte schließlich zur Familie, und es war nicht gut, daß sie vielleicht eines Tages ihren Onkel und ihre Tante als ihre Eltern und Brüssel als ihre Heimat ansehen würde. Marian dachte daran, Gregorio in Kürze nach Brüssel zu schicken. Der ruhige und vernünftige Gregorio würde sich an Ort und Stelle ein Bild machen und ihr einen verläßlichen Bericht geben. Sie betete für Nicolaas. Sie hatte ihm einen Schal gestrickt. Er war nicht in den Charetty-Farben; er war für ihn, für ihn persönlich. Sie habe ihre Gedanken hineingestrickt, schrieb sie.

Als er ihn auseinanderfaltete, sah er, wie schön er war, und er

keine Vorbehalte und erkannte sofort, was seiner Natur entsprach. Sie gefiel sich darin, es zu begünstigen. Und wurde zur hingebungsvollsten Zuhörerin, wenn er davon sprach, welche Knüppel er Nicolaas zwischen die Beine werfen wollte.

Als die florentinische Galeere in Modon eintraf, lag die *Doria* schon seit einigen Tagen im Hafen, und ihr Befehlshaber, der schließlich aus Genua stammte, war im Hause des venezianischen Statthalters ein recht willkommener Gast geworden.

In Modon wimmelte es in diesen Tagen von Menschen. Die Stadt war von jeher ein gern angelaufener Stützpunkt im Seeverkehr, denn hier fertigte man venezianische Schiffe ab, die aus Konstantinopel, Zypern und Syrien kamen, hier lagerte man Rosinen, Eschenholz, Baumwolle und Seide für die nächste Flotte, hier versorgte man die Reisenden, die ständig durch die Tore hereinströmten, mit Proviant und Herberge. Jetzt war Modon eine der wenigen venezianischen Kolonien auf der türkisch besetzten Halbinsel und voller Flüchtlinge. Es war auch eine Festung. Über all das übte der Statthalter Giovanni Bembo die Amtsgewalt aus, ein Patrizier und sehr fähiger Mann, der Könige auf ihrer Reise nach Jerusalem ebenso gastfreundlich behandelte wie Spione, die Neues von den Türken zu berichten wußten. Ihm bedeutete Pagano Doria eher eine Abwechslung. Und außerdem war für die Seefahrt gerade eine ruhige Zeit, und dies aus mehreren Gründen. Pagano Doria erzählte ihm alles, was er wissen wollte; manches davon war fast wahr. Er tauschte einen Teil seiner Ladung aus, machte Besuche, bewirtete und wurde bewirtet. Zu keiner Zeit wurde er von einer Frau begleitet.

Als die *Ciaretti* unter Trompetenfanfaren und zwei donnernden Schüssen aus ihrer Kanone in die Bucht von Sapienza hineinrauschte, hatte der Statthalter schon viel über die Galeere erfahren. Sie sah besser aus als erwartet, als sie mit Ruderkraft zu ihrem Liegeplatz glitt. Sie und die Kogge wechselten artige Grüße. Sobald das Schiff festgemacht hatte, empfing er seinen Abgesandten mit den von den Medici beglaubigten Empfehlungsbriefen. Er wiederum schickte seinen Haushofmeister an Bord mit starkem Würzwein als Gastgeschenk und einer Einladung für den nächsten Tag zum

Abendessen in seinem Haus. Das war natürlich unvermeidlich. Vielleicht konnte er Doria dazu bringen, ihm bei dieser Verpflichtung zur Seite zu stehen. Man fragte sich, was die Medici sich dabei dachten, einem ungebildeten Mann ein Konsulat zu übertragen, selbst wenn er über großen Geschäftssinn verfügte. Kanonenfutter, der arme Kerl. War wohl darauf aus, sich einen Namen und sein Glück zu machen.

An Bord der *Ciaretti* hatten Julius' scharfe Augen den Segler aufmerksam gemustert, als sie an ihm vorüberfuhren. Da stand der kleine Teufel Doria. Julius sah den federgeschmückten Hut über einem auffällig mit Gold verzierten Umhang, sah sein vor Vergnügen strahlendes Gesicht. Doria verneigte sich, doch Nicolaas rührte sich nicht. «Hoffentlich fliegt der Bursche in die Luft», sagte er.

«Nun, wir haben ihn eingeholt», bemerkte Julius. «Und le Grant meint, wir könnten ihn überholen, wenn wir schnell hier fortkommen. Ich weiß nicht. Ich hätte ihn mir gern an Land einmal vorgeknöpft wegen dieser Sache mit dem Proviant in Messina.» Die ängstliche Haltung seiner Gefährten hatte Julius' Groll in Florenz noch verstärkt. Weil Doria genuesischer Konsul war, wäre es undiplomatisch gewesen, ihn auf der Straße niederzuschlagen. Julius hatte gekocht. Doria war daran schuld, daß ihn dieser ekelhafte Priester vor den Medici beschämt hatte.

Jetzt sagte Nicolaas: «Wenn wir ihm an Land begegnen, erwarten wir von Euch, daß Ihr ihn mit Eurer Höflichkeit beschämt. Laßt Euch auf keine Handgreiflichkeiten ein, das käme ihm nur zupasse. Ich möchte wissen, welche kleine Überraschung er hier für uns vorbereitet hat. Ich möchte gern wissen, weshalb er hier gewartet hat. Ha, dort liegt eine Galeere aus Rhodos. Gleich hören wir Neuigkeiten.»

«Die werden wir von Acciajuoli bekommen», sagte Julius, «dem Fahrgast mit dem Holzbein, den Ihr uns verschwiegen hattet. Euer Orakel, sozusagen. Holz, wißt Ihr. Führt doch ein Logbuch von dieser Fahrt für das Goldene Vlies. Vielleicht schlägt man Euch zum Ordensritter. Nein, das wäre eher etwas für mich. Ihr seid der Widder, und ich bin Jason. Wir brauchen eine Medea.»

«Tobie», sagte Nicolaas. «Wir setzen ihm eine Perücke auf, und er wird Gift zusammenbrauen. Das schicken wir dann zur *Doria* hinüber.» Julius war beruhigt.

Es war ihr achter Aufenthalt in einem Hafen. Sie waren inzwischen mit den Bräuchen vertraut. Sie nahmen die Einladung des Statthalters entgegen, ließen sich seinen Würzwein schmecken und erfuhren, daß ihr holzbeiniges Orakel Acciajuoli noch in Patras zu tun hatte, sich aber rechtzeitig vor dem Auslaufen einfinden werde. Nur Nicolaas schien sich darüber zu ärgern. Rasch ging man den üblichen Tätigkeiten nach, es wurde ausgebessert, für frischen Proviant gesorgt – und man griff zu einer zusätzlichen Vorsichtsmaßnahme: Die *Ciaretti* wurde, seit sie festgemacht hatte, unentwegt bewacht. Und von der Mannschaft durften nur die Offiziere an Land gehen.

Diese Vorsicht war zwar klug, schien aber nicht vonnöten zu sein. Wenn Doria einen bösen Streich plante, so hatte er bis jetzt noch nichts davon erkennen lassen, obwohl die Stadt voll von seinen Leuten war. Im Verlauf des Tagesgeschäfts erspähte Julius Crackbene, den Kapitän der *Doria*, und nickte ihm grüßend zu. Der Mann gab den Gruß ohne Groll zurück. Später bekam Nicolaas Doria selbst zu Gesicht, als er gerade sein Beiboot bestieg.

Er hatte damit gerechnet, trotzdem erfüllte ihn jäh eine böse Vorahnung. Es war dumm, Doria ernst zu nehmen. Was auch immer in Trapezunt daraus werden mochte, bis jetzt war ihre Rivalität nicht mehr als ein Wettstreit zwischen Jungen. Früher einmal hätte ihm dergleichen Spaß gemacht, und er hätte seinen ganzen Einfallsreichtum darein gesetzt. Jetzt war er sich dessen nicht mehr so sicher. Er hatte darauf gezählt, daß Acciajuoli dem Statthalter alles sagen würde, was dieser über das Handelshaus Charetty wissen mußte. Aber Acciajuoli war nicht gekommen, und was der Statthalter wußte, hatte er von Pagano Doria. Der Zufall hatte Doria eine neue Waffe in die Hand gegeben, er brauchte keine andere. Und er hatte auch Zeit gehabt, sich gegen alles, was die Leute von der *Ciaretti* unternehmen mochten, zu schützen. Le Grant, von Julius gedrängt, hatte sich einige Schliche einfallen lassen, wie der *Doria* zu schaden wäre, so das Hinauflocken von Ratten über die Ankerkette. Nicolaas hatte dem ein Ende gemacht. Julius war in seine niedergedrückte Stimmung zurückgefallen. Nun, er würde warten müssen.

Jetzt blickte Doria aus seinem Beiboot auf und sagte: «Der Windhund der Meere, mein Lieber. Wäre ich auf Korfu nicht aufgehalten worden, hättet Ihr mich vor dem Schwarzen Meer nicht mehr zu Gesicht bekommen. Aber das macht nichts. Wie ich höre, speisen wir heute abend zusammen?»

Das war Nicolaas neu, aber er ließ es sich nicht anmerken. «Wenn wir nicht vorher in See gehen», entgegnete er. «Wie seid Ihr mit Käse versorgt? Wir haben mehr, als wir brauchen. Ich werde Euch eine Kiste hinüberschicken.»

«Wie liebenswürdig!» sagte Doria. «Was hättet Ihr gern dafür?»

«Mir wird noch etwas einfallen.»

Nicolaas sah, daß Gottschalk ihn beobachtete. Gottschalk fragte: «Bereitet Euch diese Abendgesellschaft Sorgen?»

Diese Frage hatte noch gefehlt. Das war alles Unsinn; er sah es jetzt und lachte. «Nicht eigentlich. Mit Tobies Latein, Julius' Griechisch, Johns Kanonen und Eurem Gott setzen wir einen kleinen Statthalter außer Gefecht.»

«Euer wacher Verstand hat Euch bisher gut geleitet», sagte Gottschalk in seinem melodischen, deutsch gefärbten Flämisch. «Ihr habt keinen Grund, an ihm zu zweifeln.»

«Das tue ich auch nicht», sagte Nicolaas. «Ein Päckchen Spielkarten, und ein Lied, und er wird mich nicht im Stich lassen.» Um Mißverständnissen vorzubeugen, fügte er hinzu: «Es ist schon gut. Aber ich wüßte, was ich tun würde, wenn ich Pagano Doria wäre.»

Wie sich der Abend dann entwickelte, konnte er sich in seiner Einschätzung bestätigt sehen. Die Matrosen des Statthalters holten sie ab und gaben ihnen bis zum Tor des Palais das Geleit. Es war ein eindrucksvolles Bauwerk, altmodischer als beispielsweise das neue Haus der Medici in Mailand, ähnelte diesem aber durch seine vielen Marmorböden, das Goldwerk, die bemalten Decken und Wände. Der Saal, in dem sie bewirtet wurden, war groß und angenehm beheizt und stellte das Familiensilber des Statthalters zur Schau. Vornehme Leuchter, feinste Tischwäsche; von den Tellern und Schalen waren einige sehr alt und recht kostbar, wenn man auch offensichtlich nicht das beste Tafelzeug aufgedeckt hatte. Auch die Tafelrunde war eher bescheiden: nur die fünf vom Hause Charetty, der Statthalter, sein Kaplan, sein Sekretär, der Galeerenkapitän und Pagano

Doria. Sie setzten sich, und Wein wurde eingeschenkt und wohlgewürzte Speise aufgetragen. Auf Anweisung nahm Tobie neben Julius Platz, um ihn im Zaum zu halten.

Es lag auch in der Absicht des Statthalters, daß der Abend so ruhig wie möglich verlief. Als erfahrener Gastgeber zog er beim Essen das unverbindliche Gespräch vor, denn der reichlich fließende Wein würde später schon die Zungen lösen. Und er würde den Mitteilungen, die er noch zu machen hatte, etwas von ihrer Härte nehmen. Vorerst unterließ er es um der Schicklichkeit willen, die Gründe zu erforschen, die hinter dem augenscheinlichen Entschluß der Medici standen, ihren Geschäftsbereich nach Osten auszudehnen, oder sich zu erkundigen, ob es dem Oberhaupt von St. Andreas gelingen würde, den Papst dazu zu bewegen, eine Flotte zur Rettung der Morea zu entsenden. Überdies hatte er diese Dinge schon in seinen zahlreichen Gesprächen mit Herrn Pagano Doria erörtert.

Es gab natürlich Dinge, über die er mit einem Genuesen ohnehin nicht sprechen würde. Wenn von Trapezunt die Rede war, vermied man es, den Streit zwischen der Genueser Bank von St. Georg und dem Kaiser zu erwähnen. Natürlich war dabei keine Seite ganz schuldlos. Der Kaiser forderte unerlaubte Gebühren ein und gewährte genuesischen Aufrührern Schutz. Einmal hatten die Genuesen, nach einer Ohrfeige beim Schachspiel, in seinem Reich auf Gefangene Jagd gemacht und ihm dann einen Topf mit gepökelten Ohren und Nasen geschickt. Daraufhin war die genuesische Kolonie wegen ihrer Überheblichkeit niedergemacht und von ihren Genossen wiederum durch Feuer gerächt worden. Und natürlich hatten darunter seine Landsleute zu leiden. Venezianische Galeeren waren gezwungen worden, genuesische Schiffe in Trapezunt in Brand zu stecken. Als die Genuesen sich die besten Standorte nahmen, hatten die Venezianer Grund zur Klage. Das hatten sie auch, als der Kaiser nicht, wie versprochen, bauen oder ausbessern lassen wollte.

Kaiser David von Trapezunt trennte sich äußerst ungern von seinem Geld. Wie der Statthalter gehört hatte, schuldete er der Bank von St. Georg Tausende von Lire. Einmal hatte die Mutterrepublik alle ihre Kaufleute angewiesen, das Land zu verlassen. Aber sie brauchten den Handel, und der Kaiser brauchte sie, und Genua bedurfte der Unterstützung für seine anderen größeren Niederlassungen, und so war die Kolonie noch immer da, obwohl Konsuln schwer zu finden waren. Bis jetzt. Der Statthalter hatte gegen Doria, einen gebildeten Mann, nichts einzuwenden. Und er hegte auch keinerlei Befürchtungen für seinen eigenen, sehr tüchtigen Amtsbruder in der Stadt Trapezunt.

Nachdem er bedacht hatte, worüber er nicht sprechen konnte und worüber schon gesprochen worden war, nahm der Statthalter, ein langgedienter Diplomat, bei höflichen Belanglosigkeiten Zuflucht. Er begann mit der See und dem Wetter, erkundigte sich nach dem bisherigen Verlauf der Reise und widmete sich dann seinen einzelnen Gästen. Er unterhielt sich gerade mit dem Aktuarius Julius über Verladeangelegenheiten, als das Wort Bologna fiel. Er wurde sofort an Bessarion erinnert, den großen Kirchenmann aus Trapezunt, dessen Mutter noch in jener Stadt lebte und dessen Bibliothek hier in Modon zurückgeblieben war. Er sprach, wie er glaubte, über recht harmlose Dinge, als Messer Pagano klappernd sein Besteck fallen ließ und lebhaft über völlig Belangloses zu reden begann, bis der Statthalter den Wink verstand und das Thema wechselte.

Er versuchte den ganz jungen Mann mit der Narbe ins Gespräch zu ziehen. Er hatte Mühe, ihn sich als Konsul vorzustellen. Er hatte kaum begonnen, als Messer Pagano ihm beisprang und den Jüngling höflich fragte, ob er schon Kinder habe. Der Antwort des jungen Mannes war nicht viel zu entnehmen, doch aus dem, was Doria zu verstehen gab, schien hervorzugehen, daß die Ehefrau des Jünglings vierzig Jahre alt war und er seit seinem zehnten Lebensjahr mit ihr zusammengelebt hatte. Daraufhin wechselte der Statthalter abermals das Thema.

Doria kam ihm schließlich zu Hilfe. Er plauderte von Personen, die er und der Venezianer kannten, und von Ränkespielen, lustigen Fehden und Skandalen. Er erzählte von der Herzogin von Athen, von dem gelehrten Filelfo und seiner Schwiegermutter. Vom Familienleben dieser verrückten Byzantiner und von Kaiser Davids verstorbenem Bruder, der versucht hatte, seine beiden Eltern umzubringen. Von seiner Mutter, die mit ihrem Kämmerer schlief, und von seiner Schwester, der Kaiserin, die beim Verkehr mit ihrem Bruder erwischt worden war. Mit einem anderen Bruder natürlich. Und davon, was ihm die Prinzessin erzählt hatte…

Seiner schwierigen Pflichten entbunden, konnte der Statthalter sich dem Genuesen widmen. Nicolaas konnte damit herzlich wenig anfangen, wie Gottschalk bemerkte. Das Gespräch war bei Gesellschaftsklatsch angelangt, und Nicolaas besaß keine gesellschaftliche Erfahrung.

Die unteren Offiziere konnten miteinander plaudern, und die Männer von der *Doria* unterhielten sich bald mit denen vom anderen Schiff. Gottschalk sah dem zu und fragte sich, ob Nicolaas es aufgeben und sich ihnen zuwenden würde. Doria sagte gerade: «Wie es heißt, zieht der Sultan sein eigenes Geschlecht vor, was ein taktischer Vorteil sein könnte. Ist der Kaiser sich dessen bewußt? Sind seine Abgesandten zu häßlich?» Er hielt kurz inne. «Oh, ich glaube, wir haben Messer Niccolo einen Schrecken eingejagt! Wäre es klug, umzukehren? Mein lieber Freund, wenn Mehmed Eures hübschen Aktuarius ansichtig wird, gerät er außer sich.»

Julius setzte zum Sprechen an. «Deshalb habe ich ihn ja mitgenommen», sagte Nicolaas. «Mein Herr Statthalter, ich bitte um Vergebung. Ihr und Messer Pagano müßt es müde sein, vom Sultan zu sprechen. Aber ich sehe ein Schiff aus Rhodos im Hafen. Habt Ihr uns vielleicht Neuigkeiten mitzuteilen?»

Aus der angenehmen Abwechslung herausgerissen, sagte sich der Statthalter, daß es wohl das beste sei, die Neuigkeit zu verkünden. Wenn dann der Abend vorzeitig zu Ende ging, hatte sein Gast sich das selbst zuzuschreiben. Er sagte: «Ja, das habe ich. Ich hatte die ernsten Dinge für später aufheben wollen, aber... meinetwegen, soll es jetzt gleich sein, wenn Ihr das wünscht. Das Schiff, das Ihr gesehen habt, hat tatsächlich Neuigkeiten mitgebracht. Sie scheinen wahr zu sein. Sie gehen uns alle an. Für mich sind sie wohl günstiger als für Euch. Herr Pagano, das ist jetzt auch für Euch neu.»

Doria wandte jäh den Kopf herum.

«Geht es um den Türken?» fragte Nicolaas.

Der Statthalter sah ihn an. Er war kein gefühlloser Mensch. In behutsamem Ton sagte er: «Ihr habt von diesem jungen Sultan gehört. Er baut sich ein Reich auf. Heute läßt er es sich angelegen sein, die Griechen und die Serben aus seinen nördlichen Landesteilen zu vertreiben. Morgen wird er sich nach Süden wenden, nach Kleinasien, wo sein Gebiet von anderen Ländern umschlossen ist. Einen

Teil nimmt das Kaiserreich Trapezunt ein, das ihm schon Tribut zahlt. An den übrigen Grenzen leisten ihm mächtige Stämme Widerstand: die rivalisierenden Turkmenen von der Schwarzen und Weißen Horde und ihre Fürsten, der Sultan von Karaman, der Emir von Sinope und die christlichen Fürsten von Georgien und Mingrelien. Eine große Zahl von ihnen tut sich gegen ihn zusammen. Viele sind durch Heiraten miteinander verbunden. Einige haben Abgesandte nach Europa geschickt, mit Fra Ludovico da Bologna. Ihr seid ihm begegnet.»

Pagano Doria sagte: «Glaubt Ihr, Monsignore, der Türke ist dabei, nach Asien vorzurücken?»

«Ich müßte mich freuen», sagte der Statthalter. «Was vorgefallen ist, lenkt seine Aufmerksamkeit von der Morea ab. Aber es ist dennoch eine Tragödie, bewirkt allein durch Trägheit, Eitelkeit, Dummheit.»

«Was ist denn geschehen?» fragte Nicolaas.

Der Statthalter legte die Finger aneinander. Er sagte: «Vielleicht hat der Kaiser von Trapezunt zuviel von seinen Bündnissen erwartet, von seinen Hilferufen an den Westen. Er hat Sendboten zum Papst geschickt. Er hat Sendboten zu Philipp von Burgund geschickt, hat versprochen, ihn zum König von Jerusalem zu machen. Für eine Antwort war natürlich keine Zeit. Aber der Kaiser scheint seine Aussichten recht günstig eingeschätzt zu haben und hat seinen jährlichen Tribut an den Sultan verweigert. Anstatt seine dreitausend Goldstücke zu zahlen, hat er Boten nach Konstantinopel geschickt und Tributerlaß gefordert. Unklugerweise hat er diese Botschaft Männern aufgetragen, die schon eine eigene Forderung vorbrachten. Keine Forderung: eine bewußte Beleidigung. Er hat sich der Sendboten des Gemahls seiner Nichte bedient, des persischen Fürsten Uzun Hasan.»

«Ein mächtiger Mann», sagte Nicolaas. Der Priester sah ihn an.

«Seine Sendboten sind dieser Ansicht», sagte der Statthalter. «Sie sind nach Konstantinopel gegangen und haben dort die Tollkühnen gespielt. Sie verkündeten, der Kaiser von Trapezunt wolle nicht mehr zahlen. Ich bezweifle, daß sie das besonders taktvoll taten. Und dann teilten sie Sultan Mehmed mit, ihr eigener Fürst Uzun Hasan wünsche, daß eine alte Rechnung beglichen werde. Der

Großvater des Sultans hatte seinerzeit Uzun Hasans Großvater ein jährliches Geschenk versprochen. Das war seit sechzig Jahren nicht gezahlt worden.»

Dorias Augen glänzten. «Sie haben alle Rückstände eingeklagt?»

«Sie haben alle Rückstände eingeklagt», bestätigte der Statthalter. «Ausrüstung für tausend Reiter, tausend Gebetsteppiche, tausend Maß Getreide. Und das alles mal sechzig.»

«Narren», sagte Tobie.

«Und der König der Könige hat nicht gezahlt?» fragte Doria.

Der Statthalter sagte: «Er hat die Boten weder festgehalten noch töten lassen. Er sagte, sie sollten in Frieden ziehen, denn er werde bald all diese Dinge mitbringen und bezahlen, was er schuldig sei. Sultan Mehmed hält sein Wort. Er sinnt auf Krieg, gegen Uzun Hasan, wie man annimmt. Wahrscheinlich aber nicht nur gegen Uzun Hasan. Es heißt, er rüste in Konstantinopel eine Flotte aus, wie sie die Welt noch nicht gesehen hat.»

Der Statthalter hielt kurz inne und fuhr dann fort: «Ihr, Herr Konsul von Florenz, und Ihr, Herr Konsul von Genua, kanntet die Gefahr, bevor Ihr Italien verlassen habt. Mit Eurer Fahrt in den Osten habt Ihr Euch schon auf mehr als nur auf Handelsgeschäfte eingelassen. Ihr seid wackere Männer. Ich frage Euch nicht, was Ihr mit Euch führt oder zu tun gedenkt: wir hier in Modon treiben nur geduldeterweise Handel. Aber ich wünsche Euch viel Glück.»

«Hauptsächlich Kapern», sagte Nicolaas fröhlich. Die gute Stimmung war echt, wie Gottschalk bemerkte. Er sollte das eigentlich beruhigend finden. Dennoch war er erleichtert, als der Besuch bald darauf zu Ende ging. Nach solchen Neuigkeiten gab es nicht mehr viel zu sagen. Und er hörte auch kaum noch zu.

Wichtiger als die Kapern waren die hundert ausgerüsteten Krieger, die die *Ciaretti* mitbrachte und die Trapezunt den Rücken stärken sollten. Wenn der Türke davon erfuhr, würden sie nie durch den Bosporus gelangen. Genauso verderblich wäre es, wenn der zu Streichen aufgelegte Pagano Doria es herausbekäme. Im übrigen hatten sie nur die Namen und näheren Umstände der Gefahren, die sie ohnehin schon kannten, erfahren. Vorher hatte die Möglichkeit bestanden, daß das von den Medici verfügte Probejahr verstrich und der Türke in Asien nichts unternahm. Jetzt mochte es schon im

Sommer einen Angriff geben. Aber nicht unbedingt auf Trapezunt, auf das entlegene, von Gebirgen geschützte Trapezunt, das der Sultan schon durch sein Tributverlangen schröpfte. *Dieses abgeschiedene Paradies*, hatte Bessarion geschrieben, *reich an allen Schätzen der Erde.*

Der Arzt Tobie, der eine andere Sprache sprach als Bessarion, hatte es einmal auf eine Formel gebracht: «Wollt Ihr wissen, wie es um unser Handelsvorhaben in Trapezunt steht? Wenn der Türke nicht angreift oder wenn er einen anderen angreift, geht es uns gut. Wenn der Türke angreift und wir gewinnen, geht es uns sehr gut. Wenn der Türke angreift und wir verlieren, bekommen wir, Ihr und ich, einen Pfahl durch den Hintern gesteckt, Julius wird zu einem Eunuchen verschnitten, und Nicolaas wird ein Färbergeschäft und einen Farmuk aufspulen müssen. Da werden seine Hauptbücher ganz schön durcheinanderpurzeln.»

«Er wird sich anpassen», hatte Gottschalk gesagt. Halb hatte er es auch so gemeint. So schätzte er Nicolaas zu dieser Zeit ein.

War es beim Verabschieden noch lebhaft zugegangen, so bildeten die Gäste des Statthalters auf dem Weg zum Hafen hinunter eine eher stille Gruppe. Julius sann über Armbrustpfeile nach. Tobie und Gottschalk waren in Gedanken versunken. John le Grant, der nur wenig gesagt hatte, schwieg schon seit langem. Nur Messer Pagano, der sich von seinen Offizieren getrennt und sich bei Nicolaas untergehakt hatte, redete darauflos. Links und rechts von ihnen schritten die Wachen des Statthalters mit ihren Fackeln, und hinter ihnen folgten die Diener. Unter ihnen war auch Loppe, der dem schwarzen Pagen Noah nicht zu nahe zu kommen versuchte.

Doria schien guter Stimmung zu sein und keines geselligeren Gefährten zu bedürfen. Er gab eine Anzahl lustiger Geschichten zum besten – einige, die sich auf ihren freundlichen Gastgeber bezogen, brachte er nur im Flüsterton vor. Julius lag Paganos Sinn für Humor nicht. Nicolaas ging es offenbar genauso. Er lächelte ab und zu, doch seine Grübchen waren dabei kaum im Spiel. Es war das erste Mal, daß Julius dieses Phänomen beobachtete.

Pagano Doria kannte Modon. Anstatt den kürzesten Weg zum Hafen einzuschlagen, lenkte er die Gruppe ein Stück durch die

Randbezirke der Stadt, wo die festen Häuser seltener wurden und statt dessen Hütten mit Binsendächern standen, die Behausungen der Schmiede. Dies war nicht das Arsenal, dies war das Viertel der einheimischen Handwerker. Hier arbeiteten sie im Freien, auf der Straße, rotäugige Harnischmacher hockten kreuzbeinig im Lichtschein ihrer Fenster. Bei jedem Feuer kniete ein Junge oder eine Frau, die Blasebälge bedienten. Durch das Hämmern der Ambosse hindurch erinnerte ihr Keuchen an Jagd und Töten. Doch nichts hätte ruhiger oder friedlicher sein können.

Bis Dorias Gruppe sich näherte. Da gingen Köpfe herum, sprangen Kinder auf, und die Akkorde folgten einander in größeren Abständen, wurden unregelmäßig, wurden abgelöst vom Tappen nackter Füße und dem Geräusch rauher Stimmen. Schlanke Gestalten versperrten das Licht, und Hände stießen vor, die Gegenstände aus Leder und Metall emporhielten. «Kauft! Kauft!» riefen sie.

Die Eskorte des Statthalters schloß sich schützend um sie. Aber Julius faßte mit der einen Hand an den Geldbeutel und mit der anderen an den Dolchgriff und fragte sich, wozu sie hier waren.

Pagano war schon bereit, es ihnen zu erzählen. Seine gerade Nase, die ebenmäßigen Wangen und das glatte Kinn waren vom Feuerschein rötlich erhellt. «Messer Niccolo! Wir vertreten die westliche Welt; der Statthalter hat es gerade gesagt. Wir sind Reisegenossen, Gefährten auf dieser Argonautenfahrt. Wider den Drachen, den Türken, stehe ich Euch bei, so wie Ihr mir gewiß beistehen werdet. Aber im Handel, was das Heimbringen von Gold angeht, sind wir Rivalen.»

«Ist nicht genug für uns alle da?» fragte Nicolaas mit veränderter Stimme.

Pagano Doria lachte, und der Feuerschein ließ das Halbrund seiner Zähne aufblitzen. «Nicht für mich. Ich werde mich nur mit dem ganzen Vlies zufriedengeben. Aber im ritterlichen Kampf ist es üblich, daß Ritter einander mit den gleichen Waffen gegenübertreten.»

«Ritter?» sagte Nicolaas.

Doria blickte sich in der Runde um und lächelte. «Gut, dann Ehrenmänner», verbesserte er sich.

«Ehrenmänner?» sagte Nicolaas.

Das Lächeln wurde schwächer, verschwand aber nicht ganz.

«Aber gewiß», sagte der Genuese. «Ein Konsul kann nichts Geringeres sein.»

«Ganz gleich, was er tut?»

Pagano Doria, vier Männer und seine Diener hinter sich, blickte über den dunklen Raum zwischen sich und Nicolaas hinweg, der alle bis auf den Kaplan überragte. Die Stimmen der Verkäufer um sie her schnatterten und riefen noch, aber die Eskorte verhielt sich still. Loppe war ein Stück näher an Julius herangetreten. Neben dem schwarzen Pagen war bei der Gruppe der Genuesen ein weißer aufgetaucht. «Aber gewiß», sagte Doria. «Ihr seid Florenz; ich bin Genua. Wir machen uns unsere eigenen Gesetze.»

«Aber Ihr glaubt, wir sollten bewaffnet sein», sagte Nicolaas.

Der Schein der Feuer, der durch die Menge flackerte, schlug Sternfarben von Dorias breitem Hut mit seinen Edelsteinen und Bändern und zwei Funken aus seinen Augenhöhlen. Er streckte seine behandschuhte Rechte aus. «Seht dort, an diesem Stand. Ich habe zwei Dolche schmieden lassen. Sie sind genau gleich, nur trägt der eine Euren Namen, der andere den meinen. Der Preis ist angemessen. Wenn Ihr nichts dagegen habt, schlage ich vor, daß wir sie einander schenken. Als Symbol, gewissermaßen. Was auch geschieht, wir beginnen als zwei gleiche.»

Die Waffen lagen auf einem Tisch neben einem der Ambosse. Männer wichen zurück, und Doria schritt an ihnen vorbei und befühlte die Dolche. Er sagte: «Aber vielleicht ist Euch der Preis zu hoch. Laßt mich Euch einen schenken.»

Nicolaas hatte aufgehört, mit der Stimme eines anderen zu sprechen. Das Lachen, das er ausstieß, war das Lachen von Claes, das alte Lachen des Jungen von Brügge. «Keineswegs. Ich nehme sie beide», sagte er, «und mache Euch dann einen zum Geschenk.»

Die Pause, bevor auch Doria lachte, war sehr kurz. «Ihr mögt meinen Einfall nicht. Laßt es. Dem Schmied wird es gleich sein.»

Doch während er noch sprach, öffnete Nicolaas seinen Beutel und legte Münzen auf den Tisch. Julius sah, daß es mehr war, als die Waffen wert waren, obwohl es sich um recht gute handelte. Dann ergriff er einen der Dolche. Ehe er den anderen aufheben konnte, legte Doria eine Münze hin und nahm die andere Klinge an sich. Er sagte: «Ich zahle lieber jetzt.»

«Wie ein Ehrenmann», sagte Nicolaas. Er überlegte und steckte dann seine übrige Münze wieder ein. Die Hand des Schmieds schob sich vor und griff nach dem Kaufpreis der zwei Dolche. Pagano Doria hielt seine Klinge in den Feuerschein, so daß die Inschrift aufleuchtete. Dann streckte er die Hand aus.

«Messer Niccolo: ein Irrtum. Ihr habt die Waffe mit meinem Namen.»

«Und Ihr habt die mit meinem. Wieso Irrtum?» sagte Nicolaas.

Diesmal war das Schweigen länger. Das rote Licht fiel auf die stählernen Klingen und blendete ihre Augen. Die sich drängenden Körper und Köpfe schienen in Rot getaucht. Der Edelstein an Paganos Hut blinkte immer wieder auf.

Er wurde, wie Julius sah, nicht vom Feuer oder vom Rückglanz der Klinge erhellt. Er fing einen Schein vom Hafen ein, gewiß den des Korblichts auf dem Pfosten an der Mole.

Er warf kein Licht von der Mole zurück. Er warf Feuerschein von einem Feuer auf dem Wasser zurück. Von einem Schiff auf dem Wasser. Von einer großen, dort vor Anker liegenden Galeere. Von der *Ciaretti*, die in rötlichen Rauch eingehüllt war.

Ihr Schiff stand in Flammen.

KAPITEL 10

ALS JULIUS NOCH LUFT HOLTE, hatten andere schon geschrien, und Männer drehten sich bestürzt um zu dem Lichtschein im Hafen. Zuerst schien sich niemand zu bewegen. Julius hämmerte mit den Fäusten gegen die Schultern anderer, bis er endlich freikam, als die Männer losstürzten. Die übrige Stadt war schon alarmiert. Feuer war eine ernste Sache. Modon hatte mehr als einen Brand erlebt. Trompeten erschallten über den Mauern. Männer und Frauen kamen aus ihren Häusern hervor. Eine immer dichtere Menschenmasse drängte sich auf den Wegen zum Hafen hinunter. Nur Nicolaas rannte nicht. Er stand da, ein Fels in der Brandung, und blickte über das Gewoge der Köpfe hinweg zu einer kleinen Gestalt am jenseitigen Rand der Menge hinüber.

Julius sah ihn. Nicolaas blickte zu Dorias Pagen hin. Zu dem schwarzen Diener Noah. Oder vielleicht auch zu dem weißen, der, wie Julius sah, sich gerade grinsend abwandte. Im nächsten Augenblick hatten sich die beiden Pagen umgedreht und waren, von der Menge fortrennend, verschwunden. Da stürzte Nicolaas los, aber nicht zum Hafen hinunter. Mit gesenktem Kopf, stumpfnackig wie ein Widder, stieß er durch das Gemenge hindurch, in die Richtung, die die Pagen eingeschlagen hatten. Das war natürlich sinnlos: ein Anstürmen gegen das dichte Gedränge der strömenden Menschen, bei dem er kaum vorwärtskam. Julius nutzte den freien Raum aus, den Nicolaas hinter sich geschaffen hatte, und holte ihn ein. Er packte ihn am Ellenbogen und brüllte: «Seht Euch um! Die *Ciaretti* brennt!»

Nicolaas beachtete ihn nicht. Seine Augen waren starr über die Menge hinweg auf die andere Seite gerichtet. Julius schlug ihn, und Nicolaas wirbelte herum. Julius ließ die Arme sinken. Dann drehte sich Nicolaas ohne ein Wort wieder um und setzte seinen eigensinnigen Sturm durch das Gedränge fort. Julius blieb im Fackelschein stehen und blickte ihm nach. Tobie wühlte sich zu ihm hindurch, packte ihn und sagte: «Ich habe es gesehen.»

Julius sagte: «Gesehen, wie er mich am liebsten umgebracht hätte?»

Tobie hob die Hand und riß sich zur Kriegserklärung die Mütze vom Kopf. Sein kahler Schädel glänzte auf. «Geht», sagte er. «Überlaßt ihn dem Hausphysikus.»

Eine Sekunde verging, dann willigte Julius ein und ging davon. Über die Schulter hinweg sah er, wie Tobie sich seinerseits zu Nicolaas durchzuzwängen begann, der den Verstand verloren hatte oder unter einem Anfall litt. Julius, der wenig zu Phantasien neigte, wollte nicht gefallen, was er in Nicolaas' Augen gelesen hatte.

Als Tobie ihn einholte, hatte Nicolaas endlich den letzten Menschenstrom hinter sich gelassen und stürmte im flackernden Dunkel durch enge Gassen. Der Feuerschein von der brennenden *Ciaretti* verzerrte alles.

Von einem Schattendunkel zum anderen sprangen Ziegen, die Menschen, hüpften Katzen, die Kinder sein mochten; Männer und Frauen ließen sich ihre Angst und Verärgerung anmerken, als plötzlich ein fremder Hüne zwischen ihnen hindurchstürzte und stumm weiterrannte, gefolgt von einem kleineren Mann ohne Kopfbedeckung. Als Nicolaas sich langsamer bewegte, tat Tobie es ihm nach – vielleicht kam er wieder zur Vernunft. Doch dagegen sprach, daß Nicolaas sich kein einziges Mal zum fernen Kai und zu der roten Säule aus Rauch und Feuer umblickte, die den Himmel dahinter entstellte.

Nicolaas blieb stehen. Tobie trat schwer atmend auf ihn zu. «Was habt Ihr gesehen?» fragte er.

Ein durch Anstrengung außer Atem gebrachter Mensch keucht, Nicolaas aber sog die Luft in unregelmäßigen, angstverkrampften Zügen ein, als renne er nicht auf etwas zu, sondern flüchte eher davor. Er zitterte auch.

Tobie ging um ihn herum und stellte sich vor ihn hin. Er musterte sein Gesicht und fragte: «Ist es wichtiger als das Schiff?» Er sah, was Julius erschreckt hatte.

Nicolaas blickte ihn an. In Türen standen Leute und beobachteten sie. Frauen und Alte, vornehmlich. Alle jüngeren Leute waren unten am Hafen. Alle bis auf den Besitzer von hundertachtunddreißig Fuß schwimmender Schulden, die jetzt zu Asche wurden.

Nicolaas sagte: «Ihr werdet Euch nicht an sie erinnern.»

«An wen?» Er glaubte es zu wissen.

«Catherine», sagte Nicolaas zu Tobies Erstaunen. «Die Kleine. Marians jüngere Tochter. Er wird sie an Bord zurückholen. Ein Boot. Ich brauche ein Boot.»

Catherine. *«Catherine de Charetty?»* fragte Tobie. Er schien es zu glauben. «Wie? Wo?»

«Bei Doria», antwortete Nicolaas. «Der weiße Page. Zusammen mit dem schwarzen.» Er sah Tobie an, und das rote Licht warf einen Streifen auf seine Wange, über der Narbe. Er sagte: «Erinnert Ihr Euch nicht? Er hat in Sizilien geheiratet. Sie war an Bord. Verschleiert. Zwölf oder dreizehn Jahre alt, hieß es. Sie war sogar in Florenz. Sie war in Florenz, und ich habe nichts unternommen.» Er blickte Tobie an und schien sich fast wieder beruhigt zu haben. «Geht zur

Ciaretti hinunter», sagte er, «und tut, was Ihr könnt. Ich muß auf Dorias Schiff.»

«Wozu?» fragte Tobie. Er hatte Zeit gehabt, um kurz nachzudenken. «Um ihn zu töten? Um sie ihm wegzunehmen? Sie ist seit Sizilien seine Ehefrau. Heute nacht hat er fünfzig Leute auf diesem Schiff, und er wird Euch ins Gesicht lachen. Eure Galeere brennt. Über die wird er auch lachen. Zuerst müßt Ihr Euch um das Schiff kümmern, sonst brockt Ihr der Familie eine weitere Katastrophe ein. Was das Mädchen betrifft – ein paar Stunden ändern auch nichts mehr an dem, was geschehen ist.»

Er zeigte lebhafte Ungeduld. Er hatte keine Ahnung, ob Nicolaas einen Alptraum gehabt hatte oder ob in dem, was er gesagt hatte, auch nur ein Körnchen Wahrheit steckte, noch kam es darauf an. Er glaubte ihn zum Schiff zurückbringen zu können. Die Frage war, ob er noch genug Energie hatte, um irgend etwas auszurichten. Aber auch darauf kam es erst an, wenn er ihn im Hafen hatte.

Tobie sagte: «Ihr könnt Eure Mannschaft nicht einfach im Stich lassen. Vielleicht können wir morgen etwas tun.»

Nach einer quälend langen Pause stimmte Nicolaas zu.

Auf dem Weg hinunter zum Hafen schritt Tobie schneller aus und begann dann zu rennen. Nicolaas folgte ihm. Am Ufer schlugen die Wellen in scharlachroten Kämmen und schwarzen Schatten an die Kaimauern. An den Kaimauern standen willige Helfer ratlos herum, unter ihnen auch Julius und die anderen. Die Liegeplätze der Beiboote an den Pfosten waren jetzt leer. Nach einem raschen Blick den Strand entlang hatte jemand eine Schaluppe gefunden, aber die war leck. Als endlich ein Schuppen aufgeschlossen und ein Boot zu Wasser gebracht war, ergoß sich der Rauch bimssteingrau auf sie zu und verwandelte das Wasser in Lava.

Gottschalk, Julius und le Grant kletterten in das Boot, als Tobie gerade auf sie zugerannt kam, gefolgt von Nicolaas. Tobie sprang hinein, und seine Finger gruben sich in die Schultern des Aktuarius. Julius, der schon den Mund geöffnet hatte, schloß ihn langsam wieder. Nicolaas stieg in das Boot, als wäre es leer, setzte sich und ergriff seine Ruder. Als le Grant das Kommando gab, beugte er sich vor und legte sich wie die anderen in die Riemen. Sie waren schon ein Stück im Hafen draußen, als Tobie sah, wie seine Augen etwas gewahr wurden und seine Lippen sich öffneten. Er atmete ein: ein mächtiger Atemzug, der alle Luft der Morea einzusaugen schien. Dann drehte er sichtbar entschlossen den Kopf und nahm das Feuer auf seiner Galeere in Augenschein.

Vor allem waren Astorre und die Mannschaft noch an Bord und eifrig tätig. Soviel ließ sich ausmachen, indes der Rauch waberte und sich verdichtete. Auch konnte man durch wechselnde Lücken im Rauch sehen, daß die vor Anker liegenden Schiffe ebenfalls Hilfe leisteten, Boote ausschickten oder vorsichtig heranfuhren. Zwei Boote von der *Doria* waren unter ihnen zu erkennen. Als sich die Ruderer heftig hustend durch die Schwaden vorarbeiteten und endlich näher an den Flammenherd herankamen, hörten sie die Rufe von der anderen Seite der Galeere und das Platschen und Zischen von Wasser. Waren ihre Offiziere auch abwesend, so wurde die *Ciaretti* doch nicht aufgegeben.

Sie legten die Ruder ein, als sie fast unter der Bordwand waren und die Hitze zu ihnen hinunterstrahlte. Keuchend wandten sie die Köpfe und sahen sich ihr Schiff an. Der Rumpf war auf dieser Seite in ganzer Länge unbeschädigt, wenn auch über ihren Köpfen der Auslegerrahmen stellenweise unterbrochen und geschwärzt war und qualmte. Die Backbordaussetzer des Beiboots waren leer – sie hatten das Boot entweder brennend losgeschnitten oder zu Wasser gelassen. Die *Ciaretti* hatte Schießpulver an Bord gehabt. Wenn noch Zeit gewesen war, hatte Astorre es wohl herausgeschafft und auf See in Sicherheit gebracht.

Das Feuer schien hauptsächlich in der Mitte oder auf der anderen Seite zu wüten, denn von den zu Hilfe kommenden Booten war jetzt keines zu sehen. Nicht daß man jeweils für Sekunden viel hätte sehen können. Hoch vor dem schwarzen Rauch glühte die Takelage rot wie das Gerüst eines Feuerwerks und zerschmolz schon zu nichts. Der Besanmast war nicht mehr da; sie sahen die Narben seines Sturzes. Zweifellos schwamm er irgendwo neben ihnen, samt seiner Rah und seinem Gewirr von Tauwerk. Das Segel war zum Glück gerettet worden. Der Rauch wurde dichter und wirbelte kleine brennende Holzstücke durch die Luft. Über ihnen glühte eine Stütze durch und klatschte zischend neben ihnen ins Meer. Sie ruderten im Windschatten durch das von Trümmern übersäte Wasser.

Jemand sagte: «Richtig. Die andere Seite.»

Nicolaas und le Grant arbeiteten jetzt zusammen. Sie ruderten ums Heck herum und sahen nach oben. Der Rudersteven war unbeschädigt. Das Heckkastell hatte Leinwand und Verkleidung verloren, und das Holzwerk war schwarz angekohlt, hielt aber insgesamt noch stand. Während sie noch hinaufsahen, spürten sie, daß ihre Ruder gegen Holz schlugen. Sie waren auf die ersten der zu Hilfe geeilten Boote gestoßen und mußten halbblind zwischen ihnen hindurchsteuern. Rufe ertönten, von denen einige zu verstehen waren, während andere in dem Stöhnen und Knacken von Holz, im Brausen des Feuers und im Zischen und Klatschen der aufgewühlten See untergingen. Auch innerhalb des Schiffes erklangen unablässig erregte Stimmen, aber eigenartig verschwommen, wie Streitgespräche in einem Dampfbad. Als sie an anderen Booten vorüberkamen, hob der Feuerschein einzelne Gesichter und Arme und einmal eine Ladung Sandsäcke aus dem Dunkel hervor. Die *Ciaretti* führte, wie Tobie sich erinnerte, auch Sand als Ballast mit. Wenn sie an den herankamen, würde auch das eine Hilfe sein. Sie gelangten endlich um das hohe Heck herum, und der Rauch zerstob und ließ sie erkennen, was die anderen ihnen sagten.

Es war nicht das nur noch halbe Schiff, mit dem sie schon gerechnet hatten. Die Kajütstreppe war nicht nur unbeschädigt, sondern heruntergelassen, und eine Eimerkette bewegte sich hinauf und hinunter. Oben leuchtete für einen Augenblick das irre Gesicht des bärtigen Astorre auf, rot wie die Axt in seiner Hand. Er krächzte: «Trottel! Habt Ihr geschlafen?»

Nicolaas richtete sich im Boot auf: «Wie schlimm?»

«Vom Laderaum aufwärts. Wir kommen nicht durch den Rauch. Es dringt noch kein Wasser ein, und ich glaube, dabei wird es auch bleiben. Wir schaffen es.»

Seine heisere Stimme rief weiter, während sie an Bord kletterten. «Zwei Leute vermißt; zwei verletzt, als wir den Mast umgelegt haben. Ist unser Medicus nüchtern?»

Er hatte, wie Tobie feststellte, seine Arzttasche schon durch jemanden in Sicherheit bringen lassen. Wer eine Söldnertruppe befehligen konnte, wurde auch mit einer Notlage fertig. Aber daß Nicolaas jetzt kam, war ihm, wie Tobie vermutete, eine größere Erleichterung, als er hätte zugeben mögen. Nicolaas nahm ihm eine Last von den Schultern, würde selbst der Besitzerin, seiner Ehefrau, Bericht erstatten. Und Nicolaas hatte zweifellos seine Pflicht übernommen. Zuerst kam das Schiff, dann, ob Halluzination oder nicht, die andere Angelegenheit.

Wenn man an ein Schlachtfeld oder ein Hospital gewöhnt war, wußte man, was es hieß, sich durch das Schlimmste einer Krise hindurchzukämpfen. Nach einer Stunde des Einsatzes aller Gedanken und Muskeln hatten sie eine Ausbreitung des Feuers verhindert. Nach einer weiteren hatten sie den Brand so gut wie erstickt. Eines nach dem anderen erstatteten die Hilfsboote ihren Bericht und fuhren davon, jede Besatzung zum Dank mit einem Krug starken Weins versehen.

Einmal von See aus und einmal durch den Sprechtrichter vom Deck seines Schiffes aus hatte Pagano Doria sein Bedauern ausgedrückt und sich erkundigt, ob noch mehr Hilfe gebraucht werde. Der Statthalter hatte eine ähnliche Botschaft geschickt und Schiffszimmerleute und Holz versprochen. Zu dieser Zeit war gerade der letzte Ansturm gegen das Feuer auf seinem Höhepunkt, und es war John le Grant, der jedesmal die Botschaften und Grüße entgegennahm. Nicolaas, unten im Laderaum, hatte, seit er eingetroffen war, den Ansturm gegen das Feuer weniger geleitet als verkörpert. Auf seinem Gesicht glänzte es rot auf, und ihm haftete der Geruch versengten Haars an. Gottschalk, der ihn zur Vorsicht mahnte, war beiseite geschoben worden. Julius zeigte Verständnis. «Nicolaas glaubt, er hat Erfahrung. Letztes Jahr ist die Färberei abgebrannt.»

«Und da ist er auch mitten ins Feuer hineingerannt?» fragte Gottschalk.

Tobie, der gerade einen Wassereimer hochhob, hatte die Frage auch gehört. Sein Kahlkopf glänzte. «Für die Färberei ist bezahlt worden», sagte er.

«Ach ja», bemerkte Gottschalk. «Nun, ich mag mich täuschen, aber ich glaube, gerade eben wird für etwas anderes bezahlt. Vielleicht solltet Ihr ihn zurückhalten.»

«Noch einmal?» fragte Tobie, ehe ihm bewußt wurde, daß Gottschalk von der anderen Sache keine Ahnung hatte. Er versuchte es auch nicht zu erklären, dafür war später Zeit.

Die zweite Stunde verging. Als die oberen Brände erloschen waren, tauchte der Hafen wieder ins Dunkel der Nacht. An Bord arbeitete man sich jetzt bei Laternenlicht durch eine düstere Landschaft von Bruchstücken und verkohltem Holz. Man räumte Trümmer beiseite, hieb ab oder zurrte fest, was gefährlich war, und begann zum ersten Mal den wirklichen Schaden aufzunehmen. Indessen wurde ein vermißter Mann gefunden: ein Klumpen Kleiderfetzen, Fleisch, Haar und Knochen zwischen einem Haufen Charetty-Tuch, daneben der verzogene Rahmen einer Lampe. Süßlicher Rauch hing darüber wie ein Nebel.

Bald danach ließ Nicolaas zu einer Ruhepause pfeifen. Im Schein von Talglichtern hätten die Männer, die sich da nach schwerer Arbeit aufrichteten, aus schwarzem Papier und Dunstschleier ausgeschnitten gewesen sein können: ihre Augen waren gerötet, ihre Kehlen rauh vom Gestank verkohlten Holzes. Brühe wurde heiß gemacht und in Becher geschöpft. Brandwunden wurden verbunden und ein Schlafturnus vereinbart. Man ersetzte die zerfetzten Verdecke durch alte Leinwand und suchte Decken und anderes Zeug zusammen, damit die, die sich ausruhten, in der nächtlichen Kälte nicht froren.

Das Edelholz in der Schiffsherrnkajüte war fleckig und geschwärzt, hatte aber nicht Feuer gefangen, obwohl die Flammen durch die Tür gelangt waren und den Teppich, den Tisch und den Vorhang erfaßt hatten. Ihre Überreste hatte man nach draußen aufs Deck geschafft. Die Kürasse und Waffen hingen noch an ihren Haken an der Wand; sie waren rußig und fühlten sich warm an. Die herbeigerufenen Amtsträger des Hauses Charetty folgten Nicolaas in die Kajüte, ließen sich auf dem erstarrten Teer der Dielen nieder und schlürften die Suppe, aßen das Brot und tranken den rauchtrüb gewordenen Wein, den Loppe hatte auftreiben können.

Tobie, der als letzter hereinkam mit seiner Tasche, seinen sauberen Händen und seinem fleckigen Hemd, blickte sich in einem Kreis trauriger Gesichter um und stieß ein Knurren hervor. Verschmutzt, versengt und hohläugig waren sie wohl, doch von den Brandwunden abgesehen, die alle davongetragen hatten, war niemand verletzt. Die Verluste an Menschen entsprachen den Angaben Astorres. Zwei von dem umstürzenden Mast erschlagene Krieger, für die er nichts mehr tun konnte. Ein Seemann wurde vermißt – wahrscheinlich war er über Bord gestoßen worden. Und ein Seemann war, wie es schien, von der Trunksucht getrieben mit einer brennenden Lampe in den wärmsten Winkel des Laderaums gegangen, wo er sich einen Rausch angetrunken und dann das Feuer verursacht hatte.

Natürlich war es schlimm, aber nicht so schlimm, wie es hätte sein können. Denn das Schiff hatte Sand als Ballast mitgeführt, und die Wolltuche fangen nicht so leicht Feuer. Deswegen und dank einer Reihe ungewöhnlicherer Umstände war der größere Teil des Schiffes nicht in Mitleidenschaft gezogen worden. Es schwamm noch und leckte nicht. Wie es um die Fracht stand und was an Ausrüstung verlorengegangen war, mußte noch festgestellt werden. Auch wußte man noch nicht, was ausgebessert oder ersetzt werden mußte. Bei Morgengrauen war noch viel Arbeit zu tun.

Da sie sich dessen alle bewußt waren, machte niemand viele Worte. Die Lampe flackerte. Nicolaas hockte in der trüben Helle da, in der einen Hand einen Becher mit Brühe, in der anderen einen Stift, mit dem er sich von Zeit zu Zeit auf einer Schreibtafel, die er auf das eine Knie stützte, Notizen machte. Tobie fragte sich, wo die Schreibtafel herkam und ob die Geschäftsbücher den Brand überstanden hatten. Er sah, daß auch Julius Nicolaas beobachtete, mochte aber Julius nicht ansprechen. Da streckte und rekelte sich le Grant und sagte laut, was sie alle dachten: «Nun, es hätte schlimmer kommen können. In einer Woche könnten wir wieder auf See sein.»

Astorre knurrte. Ohne Augenbrauen sah sein Gesicht nackt aus. Er sagte: «Sagt einem Krieger, er soll an Bord bleiben, und er bleibt. Sagt einem Seemann, er kann nicht an Land gehen, und er ersäuft seinen Kummer und stößt seine Lampe um. Kommt billiger, wenn man ihn an Land gehen läßt.»

Keiner antwortete darauf. Tobie sah zu Nicolaas hinüber. Der blickte auf, als hätte er gerade le Grants Worte gehört. «In einer Woche? Wir müssen in einem Tag soweit sein.»

Tobie sah, wie die anderen Blicke tauschten. «Das geht nicht», sagte le Grant kategorisch.

Nicolaas hielt den Kopf erhoben. «Warum nicht? Wir haben unbegrenzte Hilfe. Wir können im Arsenal kaufen, was wir brauchen. Wir bessern aus, was wir können. Wir kaufen fertig, was wir können. Und am Ende des Tages sammeln wir ein, was wir nicht fertigbekommen haben, nehmen es samt den Handwerkern an Bord und fahren damit los. Dies hier ist kein Rundschiff, dies ist eine Galeere. Alles, was wir brauchen, ist ein seetüchtiger Rumpf, die ausreichende Anzahl von Riemen und genügend Bänke. Wenn Ihr das nicht rechtzeitig zusammenbekommt, dann mache ich es.»

John le Grant sah ihn an. «Gewiß», sagte er, «für ein Floß braucht Ihr noch weniger. Wie wär's damit?»

John le Grant und Nicolaas maßen einander ohne erkennbare Feindseligkeit mit Blicken. Nicolaas sagte: «Schön, ich habe ein wenig zu knapp gerechnet. Aber nicht viel.»

«Das ist Eure Meinung», entgegnete der rothaarige Schotte. «Als Seemann, natürlich. Laßt Euch einen Rat geben. Ich kann dieses Schiff in vierundzwanzig Stunden seetüchtig machen zum Rudern hier in diesem Hafen, und es wird kein Tropfen Wasser eindringen. Aber die Agäis im März? Das täten nur Dummköpfe.»

«Ich hab's eilig», sagte Nicolaas und warf die Schreibtafel über das Deck. «Vierundzwanzig Stunden.»

«Warum?» fragte le Grant. Er griff nach der Tafel, blickte aber nicht darauf.

Tobias Beventini blickte auch nicht darauf, weil das Licht ihm Nicolaas' Gesicht gezeigt hatte. Er fragte sich, ob die anderen sahen, was jetzt dort an fest verankerter Entschlossenheit wohnte, unter dem Schmutz und den Verbrennungen. Er hatte sich geirrt, und gleich zweimal; und Gottschalk hatte recht gehabt, allein von Vermutungen ausgehend. Trotz der Verwirrtheit an Land hatte Nicolaas schließlich doch die Kraft besessen, mit dem Feuer fertig zu werden. Solche Dinge hatten gewöhnlich ihr eigenes Gutes. Jetzt blickte Tobias Beventini Nicolaas an und sah, daß er die Sache keinen Augenblick lang vergessen hatte. Sie beschäftigte ihn noch immer, und im Grunde ging es ihm nur darum. Als er sich dessen bewußt wurde, hörte er Nicolaas die Frage le Grants wiederholen. «Warum die Eile? Ich habe mit Pagano Doria etwas zu bereden. Es mag ihm nicht gefallen. Es mag ihm so wenig gefallen, daß er den Anker lichtet. Und wenn er abzureisen versucht, will ich ihn überholen.»

«Ich.» Nicht das «wir» der Gruppe. Auch nicht der entwaffnende Ton, der ihnen vertraut war. Le Grants Gesicht ließ erkennen, daß er sich keinen Vers darauf machen konnte. Tobie, der schon damit rechnete, zum Bundesgenossen angerufen zu werden, fragte sich, ob Nicolaas sich auch nur seiner Existenz erinnerte. Da unterbrach Loppes Stimme ihre Gedanken.

«Messer Niccolo?» Von ihnen allen redete nur er Nicolaas mit seinem Titel und seinem italienischen Namen an. Nicolaas erhob sich.

Loppe sagte: «Der Rauch hat sich verzogen. Die *Doria* ist nicht im Hafen.»

Die nächtliche Kälte wirbelte zur verhangenen Tür herein, als Nicolaas hinausging. Die anderen folgten ihm nach. Julius, an Tobies Seite, fragte: «Diese Sache an Land?»

«Ja», sagte Tobie. Er trat mit den anderen zur Seite.

Es stimmte. Wo das rundbauchige Schiff gelegen hatte, glänzte stilles Wasser, welches das Licht auf der Mole widerspiegelte und die Buglaternen der kleinen vor Anker liegenden Schiffe, über die der letzte davontreibende Rauch einen Schleier zog. Der Rauch des Feuers, bei dessen Bekämpfung die *Doria* mitgeholfen hatte. Und dann hatte sie ihre Beiboote still abgezogen, hatte sich segelfertig gemacht, war im Rauch und im nächtlichen Dunkel verschwunden.

Gottschalk trat näher. «Sie muß schon bevorratet gewesen sein. Er hatte die Abreise geplant.»

«Ich hätte es wissen müssen. Natürlich hatte er die Abreise geplant», sagte Nicolaas. «Er hat das Feuer gelegt.»

«Unsinn», meinte Astorre nach einer kurzen Pause.

«Glaubt Ihr?» sagte Nicolaas. Als er sich plötzlich umdrehte, mußte Astorre zu ihm aufblicken. Leute von der Mannschaft, die aufmerksam wurden, hörten zu. Nicolaas sah sie nicht an, aber seine Stimme klang lauter als gewöhnlich. «Es war keine Unachtsamkeit. Ich habe den Kopf des Mannes, der verbrannte, aufgehoben. Der Schädel war eingeschlagen. Wenn Tobie ihn sich ansieht, wird er es Euch bestätigen. Er lag auf den Charetty-Tuchballen – dem einzigen nicht versicherten Teil der Ladung. Die Seide ist davongekommen. Der Rumpf des Schiffes ist davongekommen – die Boote der *Doria* haben sich selbst an den Löscharbeiten beteiligt. Er wollte das Schiff nicht zerstören. Er wollte uns aufhalten. Er wollte seine Leute an Bord bekommen, um herauszufinden, was wir geladen hatten;

was wir geheimzuhalten versuchten. Ich nehme an, Pagano Doria weiß jetzt, daß wir Krieger an Bord haben, und wie viele. Hauptmann Astorre?»

In dem halbnackten Gesicht blitzte das gesunde Auge auf, und das zernarbte zog sich zusammen. Astorre sagte: «Glaubt Ihr, wir hätten ihm eine Inventar-Liste ausgehändigt?»

«Nein. Aber ihm wird aufgefallen sein, daß manche von Euch in eingeübten Gruppen zusammengearbeitet haben, er wird Eure Sprache gehört haben, und er wird natürlich erfahren haben, daß Ihr ihr Befehlshaber wart. Nicht nur Dorias Leute, sondern alle Bootsbesatzungen, die an Bord kamen, werden das gesehen haben. Wie hättet Ihr das verhindern können? Eure Aufgabe war es, das Schiff zu retten, und das habt Ihr getan. Aber Doria hat nur einen Nutzen davon, wenn er es den Türken verrät.»

Julius' Gesicht bot den Ausdruck verwirrter Verwunderung. «Aber Doria kann das Feuer nicht gelegt haben. Er war mit uns zusammen.» Er stockte, und sein Gesicht veränderte sich abermals. «Die Dolche? Hatte der Umweg durch das Viertel der Schmiede den Sinn, uns aufzuhalten?»

«Ich glaube schon», sagte Nicolaas. «Er brauchte Zeit für seine Handlanger. Und er liebt seinen Spaß. Ihn hat der Gedanke einer Herausforderung gereizt.» Er hielt inne, und Tobie sah, wie flach er atmete. Dann fuhr er mit derselben, sehr hellen Stimme fort: «Und wer das Feuer gelegt hat... es wird noch immer ein Mann vermißt. Ein Seemann, den keiner sehr gut kannte. Vielleicht finden wir seine Leiche. Aber ich glaube eher, er befindet sich jetzt gesund und munter an Bord der *Doria*.»

Jetzt hörte ihm die halbe Mannschaft zu, und kehliges Gemurmel antwortete ihm. «Ich kann mir das nicht denken», warf Julius ein. «Ihr glaubt, er könnte Astorre und die anderen an die Türken verraten und zum Lohn selbst die Galeere bekommen? Aber Ihr habt ihn doch gehört. Ihr mögt im Handel Rivalen sein, aber Eure Krieger werden alle Handelsniederlassungen in Trapezunt sichern. Es ist auch zu seinem Nutzen, daß Eure Männer durch den Bosporus gelangen.»

«Man sollte es meinen», sagte Nicolaas nachdenklich. «Man sollte es wirklich meinen. Aber worum es ihm wirklich geht, wissen wir eigentlich nicht. Auch darüber wollte ich mit ihm sprechen. Und das muß uns ein Ansporn sein, jetzt aufzuhören zu jammern und diese Galeere wieder seetüchtig zu machen, damit wir seinem Schiff folgen können. Denn daß Pagano Doria mein Schiff betritt und meine Leute tötet und meine Fracht verbrennt und auch noch vor mir in Konstantinopel eintrifft, das paßt mir gar nicht.»

Er wandte sich um, ein Jüngling mit zernarbtem, verschmutztem Gesicht, und blickte die Mannschaft an, die ihn dicht gedrängt umringte.

«Können wir sein Schiff einholen?»

«Ja!» brüllten sie.

John le Grant zeigte sich ungerührt: «Ihr wollt, daß wir uns zu einer Wettfahrt mit einer Kogge rüsten? Und was kommt danach? Euer Wolltuch ist vernichtet. Ihr habt hohe Ausbesserungskosten zu tragen. Und selbst wenn Ihr Konstantinopel vor ihm erreicht, mag das Gerücht von Astorre und seinen Leuten schon bis dorthin vorgedrungen sein. Schreibt lieber Eure Verluste ab und kehrt um.»

«Damit ich Messer Pagano einen Triumph liefere?» sagte Nicolaas. Die Männer schrien noch immer. «*Sie* wollen das *nicht*. Und ich kann auch nicht glauben, daß *Ihr* das wollt. Und außerdem – außerdem habe ich noch immer seine Klinge mit seinem Namen darauf.»

KAPITEL 11

WAS NICOLAAS VOLLBRACHT HATTE, war eine schauspielerische Leistung. Nun, darin hatte er Übung. Die Berichte von seinen Nachahmungskünsten, von den Possen, die er in jugendlichem Alter getrieben hatte, waren Tobie stets zuwider gewesen. Andererseits hatte er selten eine so vollendet dargebotene Schaustellung erlebt.

Er hatte fürs erste nichts gesagt, sondern die Anweisungen entgegengenommen, die auf ihn herabregneten, und sich mit niemandem auf eine Diskussion eingelassen. Er untersuchte die Leiche im Laderaum und konnte kraft seines Amtes bestätigen, daß der Mann, bevor er verbrannte, gewaltsam zu Tode gekommen war. Danach tat er einige Stunden lang, was man ihm auftrug, bis er sich, dem vereinbarten Turnus gemäß, hätte schlafen legen sollen. Doch anstatt nach seinen Decken zu suchen, hielt er nach Nicolaas Ausschau.

Er fand ihn, als er gerade durch die Hauptluke heraufkam, grau und schwarz im Gesicht, im kalten Morgengrauen. Er stellte sich ihm in den Weg. Körperliche Strapazen, sagte Julius, machten Nicolaas nie etwas aus. Von einer einzigen Ausnahme abgesehen konnte Tobies Erfahrung dies bestätigen. Von ausgeglichenem Gemüt, stark wie ein Ochse, nahm er hin, was das Leben ihm zu bescheren beliebte, und fügte sich oder war's zufrieden. Jetzt war er wohl müde, aber nicht richtig erschöpft, und alle Not und Sorge waren gebändigt wie das Feuer. Er sagte: «Ich dachte mir, daß Ihr kommen würdet.»

Die große Heckkajüte war von schlafenden Männern übersät. Tobie nahm seine Sachen und begleitete Nicolaas zum Bug, wo die kleinere Kammer für Taue und Segelzeug unberührt und vorläufig frei von Schläfern war. Tobie trat ein. Ein Berg von Segeltuch winkte einladend, und einen Augenblick später kam Nicolaas, der draußen einen Mann noch etwas zu fragen hatte, auch herein und ließ sich neben ihm niedersinken. Jemand hatte ein kleines behelfsmäßiges Kohlebecken zurückgelassen: der Boden war getrocknet und die Luft angenehm warm. Nicolaas setzte sich, schlang die Arme um die Knie und schien zu warten.

«Catherine de Charetty», sagte Tobie und richtete sich auf.

«Und?» fragte Nicolaas.

«Ihr habt sie nicht erwähnt. Die Mannschaft braucht nichts davon zu wissen, aber die anderen müssen unbedingt davon erfahren. Was treibt Ihr für ein Spiel?»

«Ihr habt Julius und Gottschalk nichts gesagt», entgegnete Nicolaas. «Nein. Sonst hätten sie davon gesprochen.»

«Vielleicht wart Ihr von Sinnen», sagte Tobie. «Vielleicht lag nur eine gewisse Ähnlichkeit vor. Oder Ihr habt recht, und sie ist Dorias Ehefrau, und Ihr setzt Euer Schiff und Eure Leute aufs Spiel um einer Zwölfjährigen willen. Ich sage nicht, daß Ihr das nicht tun solltet. Aber wir anderen haben doch zumindest Anspruch darauf, es zu erfahren und eine Entscheidung zu treffen.»

«Ihr glaubt – daran hatte ich nicht gedacht», sagte Nicolaas. Er hörte sich überrascht an. Nach einer Weile setzte er hinzu: «Ihr habt den Schädel des Mannes gesehen. Glaubt Ihr, ich hätte Dorias Anteil an dem Feuer erfunden?»

«Habt Ihr das nicht?» sagte Tobie. Gewöhnlich genoß er es, Nicolaas auf die Probe stellen zu können.

«Nein. Wenn wir ihn erwischen, werde ich es bweisen.»

«Hört mich an», sagte Tobie. «Ich weiß, Ihr glaubt, Ihr habt Catherine gesehen. Ich weiß, was das bedeutet. Welche Gefahren damit auch verbunden sein mögen, Julius und Gottschalk und Astorre und ich, wir würden sie gewiß auf uns nehmen, um das Kind zu finden und zu sehen, was geschehen ist. Die Hälfte von Astorres Männern kennt sie auch. Wenn Ihr Euch also so sicher seid, warum habt Ihr es ihnen heute nacht nicht gesagt?»

Nach langem Schweigen sagte Nicolaas: «Da glaubte ich, die *Doria* liegt noch im Hafen. Es bestand die Möglichkeit, das Mädchen zu sehen und die Sache in aller Stille und rein privat zu regeln.»

«Und später? Euch ist es lieber, wenn die Mannschaft nichts davon weiß, das sehe ich.»

«Es hat kein großes Später gegeben. Aber der andere Grund ist ungefähr so, wie Ihr sagt. Pagano Doria hat etwas für Späße übrig. Ich habe sie in Pagenkleidung gesehen, im Dunkeln, ganz kurz. Er muß gewollt haben, daß ich sie sehe. Wenn er nun beabsichtigte, mich irrezuführen? Ein Mädchen mit den gleichen Augen... dem gleichen Haar... Ich würde dem richtigen Mädchen schwer schaden, wenn ich ihm durch den ganzen Osten mit falschen Anklagen nachjagte. Das käme ihm sehr gelegen.»

«Dann seid Ihr Euch also nicht sicher?» fragte Tobie. «Das alles jetzt ist nur für... für den Fall eines Falles?»

«Er ist an dem Feuer schuld», sagte Nicolaas. «Und als Ihr zu mir kamt, war ich meiner Sache sicher. Und ob Ihr alle mitkommt oder nicht, ich werde ihm keine Ruhe lassen, bis ich alles herausgefunden habe, und wenn ich zu Fuß gehen oder schwimmen oder kriechen muß, um die *Doria* einzuholen.»

Tobie sah ihn an. «Erzählt mir von ihr», sagte er. «Von dem Mädchen. Sie war nach Brüssel geschickt worden?»

«In Brügge glaubt man, sie ist noch immer dort», sagte Nicolaas. «Sie hat mehrmals geschrieben, sie wolle noch bleiben. Über das Christfest sogar. Marian... Die Demoiselle machte sich Sorgen. In ihrem letzten Brief schrieb sie... Gregorio werde sich nach Brüssel begeben, um mit ihr zu sprechen. Wenn er das getan hat, werden sie es inzwischen erfahren haben.» Er blickte auf seine Hände. Sie waren oben aufgeschunden, ohne Flaumhaar. Wie seine Handflächen aussahen, wußte Tobie: die seinen sahen nicht anders aus.

Tobie sagte: «Was für ein Kind war sie? Hübsch, wahrscheinlich. Ein wenig albern. Aber ich habe sie kaum gesehen.»

Nicolaas blickte auf. «Ich war auch mit zwölf noch recht albern. Ihr nicht?» Er wollte die Hände verschränken, tat es dann aber nicht und ließ den Blick wieder sinken. «Die Mädchen sind einige Jahre nach Felix geboren. Er war neun, als ich bei ihnen zu arbeiten anfing, und recht grausam zu Tilde, aus Eifersucht. Catherine war die Kleine, drei Jahre alt. Sie war immer langsam, wenn sie eine Treppe hinuntersteigen mußte. Ich habe sie oft getragen.»

Tobie lehnte sich zurück und stellte sich Claes, den früheren Lehrling, vor. Damals zehn Jahre alt, schätzte er, und gerade aus der wenig pfleglichen Obhut seines Onkels Jaak in Gent ins Haus gekommen, aber dennoch immer lächelnd, immer hilfsbereit, immer fröhlich. Mit einer Dreijährigen auf den Schultern.

Nicolaas rekelte sich. «Danach ist sie wohl so aufgewachsen, wie zu erwarten war. Sie wollte nicht so wie Tilde behandelt werden. Felix hat Tilde immer geschnitten oder gequält. Und Cornelis... Ihr Vater hatte ein gutes Herz, aber er war streng und ein wenig gedankenlos. Catherine lernte es, sich einzuschmeicheln und Ärger zu vermeiden, so daß alle sie liebten. Sie brauchte es, daß sie geliebt wurde.»

«Wer nicht?» sagte Tobie und wurde auf einen Gedanken gebracht. Spielsachen fürs Bett. Aber der erwachsene Claes hatte sich dem Farmuk und den Rätselspielen zugewandt. Und sich vorher bei Mädchen ausgetobt. «Aber Ihr wolltet damit sagen, daß sie bereit war, sich hinzugeben, wenn ein zielstrebiger Mann ihr den Hof machte?»

«Ich hatte ihre Mutter geheiratet», sagte Nicolaas schlicht. «Auch...» Sein Ton war plötzlich der eines Vaters, der sich rechtfertigt. «Auch hatten wir ihr einen Schoßhund verweigert. Das war unmöglich. Marian hat es ihr gesagt.»

Das war angesichts ihrer derzeitigen Lage vielleicht das Absurdeste, was er hätte vorbringen können – aber auch das Überzeugendste, wie sich Tobie später sagte. Im Augenblick bewog es ihn zu einer Schlußfolgerung. «Nun, wie dem auch sei», sagte er, «ich glaube, uns bleibt nichts anderes übrig, als diesem Schiff zu folgen. Ich werde Euren Leuten sagen, warum. Auf die Mannschaft werdet Ihr Euch verlassen können – sie will sich für die Brandstiftung rächen. Und von uns anderen werden keine Klagen kommen.» Er hielt inne. «Ihr werdet doch gewiß mit Julius und Astorre darüber sprechen?»

«Ja», sagte Nicolaas und setzte nach einer Weile hinzu: «Ich habe sie in Florenz *gesehen*. Vor Dorias Haus.»

«Dann muß sie auch Euch gesehen haben», entgegnete Tobie sofort. «Und dann kann sie nicht unglücklich sein, sonst hätte sie sich an Euch gewandt. Ich weiß, es klingt schrecklich, aber vielleicht ist er ein Mann, der Frauen glücklich macht. Und er hat sie geheiratet, das wissen wir schließlich.»

«In gewissem Sinn», sagte Nicolaas, «ist das das Schlimmste, was wir wissen.» In diesem Augenblick glaubte Tobie die Schlüssigkeit dieses Gedankens zu erkennen. Später war er sich nicht mehr so sicher.

Sie verfielen bald in Schweigen, und Tobie schloß die Augen. Als er sie wieder aufschlug, erhob sich Nicolaas gerade leise und ging hinaus: entweder hatte er sich schon ausgeruht oder er brauchte wenig Schlaf. So lag Tobie in der warmen Kammer, und während er noch über das Problem nachsann, war er schon eingeschlafen. Es war bereits hell, als er aufwachte. Er krabbelte hinaus, traf den Koch und le Grant zusammen an und nahm, noch während er aß und sich aus Gewohnheit beschwerte, seine herkulischen Aufträge für den Tag entgegen.

Als methodischer Mensch mit gewissen eigenen Regeln scheute Tobias Beventini nie vor seinen Pflichten zurück. Gleichzeitig machte er es sich zur ersten Aufgabe, Gottschalk, Astorre und Julius aufzusuchen und ihnen nacheinander mitzuteilen, was er schon John le Grant gesagt hatte, der noch nie etwas von Catherine de Charetty gehört hatte, der aber schließlich auch wissen mußte, wofür er wahrscheinlich seinen Kopf hinhielt.

Zu guter Letzt fragte er sich, ob er es auch Loppe sagen sollte, doch als er es tun wollte, stellte er fest, daß Loppe es schon wußte.

Unter dem gleichen kalten und unfreundlichen Februarhimmel erreichte die Nachricht von Catherines Verschwinden ihre Mutter in Brügge.

Noch nie in seiner nüchternen und arbeitsreichen Laufbahn war dem Advokaten Gregorio von Asti so beklommen zumute gewesen wie in dem Augenblick, als er, von seiner Besorgung in Brüssel zurückgekehrt, die Stufen zum Kontor seiner Dienstherrin hinaufschritt und Einlaß begehrte. Er glaubte aus ihrer Stimme, die ihn zum Eintreten aufforderte, herauszuhören, daß sie schon halb auf das vorbereitet war, was er ihr zu sagen hatte. Er öffnete die Tür.

Obschon der Ehe eher abgeneigt, war Messer Gregorio seit langem der Gefährte einer schönen und klugen Frau und hatte einen Blick für gutes Aussehen und mutigen Charakter, selbst bei einer Frau, die zehn Jahre älter war als er und ein Gewerbe besaß und leitete. Er war erst seit einem Jahr in ihrem Dienst. Er selbst war Lombarde und hatte, frisch von der Universität von Padua, seine erste Stelle als Sekretär beim Senat von Venedig angetreten: eine hervorragende Schule für einen Mann mit Ehrgeiz. Als er auf die Dreißig zuging, hatte er es für nützlich gehalten, sich nach etwas anderem umzusehen, und was ihm vom Haus Charetty zu Ohren gekommen war, hatte ihn angelockt. Er hatte zuvor schon von den Charettys gehört – sein Vater, jetzt als Makler in Gent ansässig, hatte den Mann gekannt, dessen verwitwete Tochter die derzeitige Besitzerin des Handelshauses war. Ein Geschäft mit einer Frau von vierzig Jahren an der Spitze schien günstige Gelegenheiten zu bieten. Sie mochte es eines Tages, vielleicht schon bald, für ratsam halten, sich zurückzuziehen oder es zu verkaufen.

Als er einen Lehrling im Jünglingsalter als rechte Hand der Witwe vorgefunden hatte, den diese zu ehelichen gedachte, war er zuerst geneigt gewesen, auf der Stelle kehrtzumachen. Er war geblieben. Mit wachsendem Erstaunen hatte er entdeckt, daß seine erste Einschätzung der Lage falsch gewesen war. Nicolaas war wie kein anderer Mensch, dem er je begegnet war. Die Witwe, die keineswegs Verachtung verdiente, gewann sein menschliches Mitgefühl. Obwohl sie den Spott herausforderte, hatte sie auf der ungleichen Verbindung bestanden. Früher als die meisten anderen hatte Gregorio begriffen, warum.

Er wäre lieber zusammen mit Nicolaas in die Levante gezogen, aber das wäre nicht klug gewesen. Das Geschäft brauchte, was er ihm an Geschick und Fleiß widmen konnte. Er blieb, um es zu hegen, nicht mehr im Gedanken an das eigene Vorwärtskommen, sondern um der Demoiselle willen und aus persönlicher Anteilnahme und der Hoffnung auf eine aussichtsreiche Zukunft, wenn Nicolaas weiter heranwuchs und sich so entwickelte, wie er es für möglich hielt. Von Nicolaas' dunkler Seite, über die Tobie einmal mit ihm gesprochen hatte, war ihm nichts mehr vor Augen gekommen. Nicolaas hatte seine Fehler gemacht, und es waren tödliche gewesen. Nun, da er Tobie und Julius zur Seite hatte, konnte er bestimmt kein Unheil mehr anrichten.

Doch jetzt waren alle seine Gedanken bei der Frau, die Nicolaas geheiratet und zurückgelassen hatte. Seit Nicolaas' Abreise nach Italien hatte Gregorio Marian de Charetty beobachtet, wie sie sich nach Ehe, Witwenschaft und neuer Ehe eine vierte Rolle in ihrem erwachsenen Leben schuf: die der Ehefrau und Dienstherrin, die die Tür geöffnet und einem jungen Ehemann erlaubt hatte, von Fesseln befreit die Annehmlichkeiten der Welt zu schmecken.

Die fünf Monate ohne Nicolaas waren weniger schwierig gewesen als viele andere, die sie erlebt haben mußte. Sie brauchte sich neben dem Geschäft nicht mehr auch noch um junge Kinder zu kümmern. Das Geschäft selbst, gut geführt von ihr selbst und anderen, die Nicolaas bestimmt hatte, gedieh in der vorgesehenen Weise. Der Tod ihres Sohnes Felix rückte langsam in den Hintergrund; die Abwesenheit Catherines, ihrer jüngsten Tochter, bedeutete in mancher Hinsicht eine Erleichterung. Sie hatte mehr Zeit zur Muße, für Freunde und zur Selbstbesinnung.

Der echte Verlust, das wurde offenkundig, war der von Claes gewesen. Von Nicolaas, dem Kind, das sie bei sich aufgenommen und dem sie einen Platz an ihrer Seite und schließlich in einer Ehegemeinschaft gegeben hatte. Bis eines Tages die Partnerschaft nicht mehr nur eine geschäftliche war.

Mit Bewunderung und Mitgefühl hatte er sie dann aufblühen sehen: sie hatte die schwere Witwenhaube durch einen Kopfputz ersetzt, der ihrem dichten rotbraunen Haar schmeichelte, hatte Geschmeide und Gewänder entdeckt, die ihrer gesunden Gesichtsfarbe, den blauen Augen und der hübschen, drallen Gestalt gerecht wurden.

Sie zeigte sich auch noch so, als Nicolaas abgereist war. Während die Wochen verstrichen, hatte Gregorio sogar den Eindruck, daß die Kleider, die Chemisen, die Überkleider, die langen Ärmel noch heller und jugendlicher wurden, als nutze sie die Zeit des Wartens auf Nicolaas, um sich zu einer besser zu ihm passenden Braut zu entwikkeln. Oder als müsse sie sich und ihrem Kreis vor Augen führen, wieviel sich verändert hatte.

Sie und Nicolaas hatten beide gewußt, daß die Trennung eine lange sein würde. Sein Zögern bei der Abreise war echt gewesen, das glaubte Gregorio zumindest. Die Gründe für die Entscheidung waren so verwickelt gewesen wie die, welche die Demoiselle bewogen hatten, sie ihm aufzudrängen. Nach außen hin war es darum gegangen, ihn in Sicherheit zu bringen: ihn vor dem Herrn aus Schottland und dessen Vater zu schützen, deren Feindschaft er sich zugezogen hatte – ganz bewußt sogar, wie es manchmal schien. Gregorio glaubte jedoch, daß eher die großmütige Handlungsweise einer Frau vorlag, die einem geliebten Gefährten, anstatt ihm den freien Himmel zu verweigern, lieber die Käfigtür geöffnet hatte, die aber Stunde um Stunde die Zeit herbeisehnte, da der Gefährte zurückkehren würde.

In mancher Hinsicht klüger als Marian de Charetty, hütete sich ihr Advokat Gregorio, ihren Seelenfrieden, soweit sie überhaupt dazu fand, zu stören. Als er ihrer Bitte entsprach, ihr aus Brüssel Nachricht von Catherine zu bringen, hatte er sich lediglich auf ein Gespräch mit einem lieben, aber verwöhnten Kind und die Mühe gefaßt gemacht, das Mädchen zu einer baldigen Rückkehr zu bewegen. Was er jedoch entdeckte, hatte ihn zunächst beunruhigt und dann zutiefst bekümmert. Man mußte es der Demoiselle sagen.

Aber was er ihr zu sagen hatte, würde nur ein Teil dessen sein, was er wußte. Advokaten schwatzten untereinander. Advokaten hatten mit Hafenbeamten zu tun. Im Laufe der Wochen hatte er vieles erfahren, das er ihr verschwieg. Bis jetzt hatte sich das aber nicht auf Catherine bezogen.

So sah er seine Dienstherrin, als er ihr Kontor betrat, wie immer an dem großen Schreibtisch sitzen, mit seiner Waage und dem Tintenfaß, mit seinen Hauptbüchern, mit der Musterkarte und den kleinen quastenverzierten, in den Farben des Ostens leuchtenden Tuchstücken. Und jetzt stand noch eine kleine Silberdose mit ihrem an der Seite eingravierten Namen darauf, die eine holzgeschnitzte Tuchrolle und Hämmerchen in Gestalt von kleinen Karden enthielt.

Sie trug eine Perlenkette und ein juwelenbesetztes Samtmieder, das ihrer Brust schmeichelte. Ihre Augen waren gerötet. Sie hatte geweint. Er sagte: «Demoiselle – was habt Ihr gehört?»

Ihre Augen waren halb geschlossen. Sie sagte: «Ihr seht müde aus, Goro. Ihr wißt, wo der Wein steht. Schenkt mir auch einen Becher ein. Ich glaube, wir haben ihn beide nötig.»

Als er den Wein eingeschenkt, sich gesetzt und die Frage wiederholt hatte, sagte sie: «Wohl das gleiche wie Ihr. Aber berichtet mir zuerst.»

Er erzählte die erbärmliche Geschichte. Alle Briefe, die beruhigenden, schmuddeligen Briefe, die so dann und wann seit dem frühen Herbst von ihrer kleinen Tochter gekommen waren, erwiesen sich als Irreführung – sie waren allesamt an einem einzigen Tag von derselben kleinen Tochter geschrieben und einem Mittelsmann übergeben worden, der sie dann nach und nach abgeschickt hatte. Catherine war nur ein paar Wochen in Brüssel geblieben und dann von Antwerpen aus zu Schiff abgereist, während sie ihren Gastgebern vortäuschte, sie begebe sich nach Hause. Sie war mit einem Genuesen zusammen aufgebrochen, einem Mann, der sich Pagano Doria nannte. Und Ziel der Reise war Florenz gewesen.

Er legte die im Ton verwirrter und besorgter Klage und Entschuldigung gehaltenen Briefe auf den Tisch, die ihm der törichte Kaufherr und seine Frau aufgedrängt hatten, die das Kind hätten beherbergen und weiterbilden sollen. Sie hatten nicht verhindern können, daß Catherine einen vertrauenerweckenden Mann von angenehmem Äußeren traf, dem es ein leichtes gewesen war, sie fortzulocken.

Die Briefe sagten zur Selbstrechtfertigung etwas von Catherines unbeständigem Wesen, was besser ungesagt geblieben wäre. Der eine Brief schloß mit dem ein wenig steif vorgebrachten Angebot, sich an der Bezahlung irgendwelcher Geldforderungen zu beteiligen, die der Schurke jetzt stellen mochte. Obwohl, wie die Demoiselle de Charetty wußte, die Mittel der Brüsseler Familie nicht unbegrenzt waren; sonst hätten sie nicht die Sorge für ein Kind mit noch ungefestigtem Charakter übernommen.

Er sah ihr zu, wie sie den Brief zu Ende las. Er sagte: «Ich habe ihnen erzählt, es seien keine Lösegeldforderungen eingegangen.»

«Nein», sagte sie. Sie legte das letzte Blatt aus der Hand. «Nein. Er hat sie geheiratet.»

Eine ganz kurze Pause. «Wer?» fragte er.

Sie sah ihn an, und ihr Blick blieb auf ihm ruhen. «Pagano Doria», sagte sie. «Er hat von Florenz aus geschrieben. Die Trauung wurde unter Zeugen in der Stadt vollzogen. Er verlangt nichts. Er will mich nur wissen lassen, daß die Trauung stattgefunden hat.»

Er hatte einen trockenen Mund bekommen. «Ohne Euch kann das nicht geschehen», sagte er.

Sie blickte ihn weiter an. «Er schreibt, er habe Rat eingeholt, und es sei rechtlich möglich. Er hat die Papiere zuvor ihrem Paten Thibault de Fleury in Dijon geschickt. Er ist der Gemahl meiner verstorbenen Schwester. Einer von den vielen... denen Nicolaas geschadet hat. Thibault oder einer, der hinter ihm steht, würde sie nur zu gern unterschreiben.»

Er hatte den Wein vergessen und starrte sie an. «Es verstößt doch aber gegen das Gesetz», wandte er ein. «Sie ist noch ein Kind.»

Auch der Brief aus Florenz lag auf dem Tisch. Sie nahm ihn auf und hielt ihn ein Stück von sich, bis sie die gesuchte Stelle gefunden hatte. Sie las sie laut vor:

*Ihr könnt Euch meinen und ihren Kummer bei dem Gedanken vorstellen,
auf den Segen einer Mutter zu verzichten. Ich wollte, daß sie als Kind zu
Euch zurückkehre, bis sie als Frau zu mir kommen konnte. Ihr braucht
mir nichts von Catherines ungestümer Natur zu sagen. Wo ich eine vor-
übergehende Trennung vorgezogen hätte, bestand sie darauf, daß wir
zusammenblieben. Ich brauche Euch hoffentlich nicht zu versichern, daß
Eure Tochter, solange sie noch ein Kind war, im Stande der Unschuld
blieb, behütet vor allem, was sie hätte verderben können. In Florenz
wurde meine Geduld belohnt. Sie ist eine Frau und wünschte das Vorrecht einer Frau zu genießen, den Mann zu ehelichen, den sie liebte.
Deswegen vertraue ich darauf, daß Ihr ihr und mir vergebt und daß Ihr,
wenn ich eines Tages das Glück habe, sie nach Hause zu bringen, sie als
Eure geliebte Tochter und mich als Euren Euch liebenden Sohn emp-
fangt.*

An dieser Stelle sagte Gregorio: «Demoiselle, verzeiht.» Und er eilte
hinaus, um sich nicht in ihrer Gegenwart übergeben zu müssen.

Er wußte, daß er ihr keinen Gefallen tat, wenn er zurückkam,
bevor er soweit war. Als er dann zurückkehrte, wußte er, was er
sagen und tun mußte, und er sah ihr an, daß sie das, was offenkundig
geschehen war, erstaunt hatte, und daß sie ihn deshalb jetzt anders
einschätzte. Er sagte: «Nach dem, was Ihr heute morgen hinter
Euch habt, war ein solcher Lapsus eine Ungehörigkeit. Ich bitte um
Vergebung. Aber ich kann Euch eines versprechen: dies ist die letzte
Schwäche, die ich in dieser Sache zeigen werde.» Er hielt kurz inne.
«Er ist wohl auf Catherines halbes Erbteil aus?»

«Ich nehme es an», sagte sie. «Nicolaas erbt ja nichts, wie Ihr
wißt.»

Er runzelte die Stirn. «Aber selbst Catherines Anteil wird erst an
ihn fallen, wenn Ihr nicht mehr seid. Und Nicolaas mag noch immer
da sein, um es zu verwalten.» Er blickte auf. «Nicolaas war den
Winter über in Florenz. Wenn Doria das nicht wußte oder leichtsinnig war... Euer nächster Brief könnte von Nicolaas kommen und
Euch mitteilen, daß sie bei ihm in Sicherheit ist.»

Sie schüttelte müde den Kopf. «Nein. Lest den Brief selbst. Es ist
das Werk eines törichten, grausamen Mannes. Er wußte, daß Nicolaas in Florenz sein würde. Er hat Catherine vor ihm versteckt. Als

er mir diesen Brief schrieb, waren sie schon verheiratet und aus Florenz abgereist. Er hat ihr, wie er schreibt, eine messa del congiunto in Sizilien versprochen.»

Gregorio nahm den Brief in die Hand. «Was macht er in Sizilien?»

«Oh, lest nur den Brief», sagte Marian de Charetty. «Sizilien läuft er nur an, um Handel zu treiben. Sein wirkliches Ziel ist Trapezunt. Man hat ihn zum genuesischen Konsul gemacht. Er will vor Nicolaas dort sein, um den Stiefvater seiner Frau in die Arme schließen zu können, wie er schreibt.»

Sie blickten einander an, und diesmal herrschte eine Weile Schweigen. Dann sagte Gregorio: «Ich werde hinreisen.»

Sie rekelte sich auf ihrem hohen Stuhl. «Vielleicht», sagte sie. «Später. Jetzt brauche ich Euch hier, wo Ihr Euch um das Geschäft kümmern müßt. Ich habe eine Nachricht an Nicolaas abgesandt, damit er weiß, was geschehen ist. Vielleicht erreicht sie ihn nie. Im besten Fall wird sie Monate brauchen. Ihr wärt auch nicht schneller. Inzwischen ist der Schaden angerichtet; die Hochzeit hat stattgefunden, sie haben die Ehe vollzogen. Und in Trapezunt zumindest kann er sie nicht verstecken wie in Florenz. Früher oder später wird Nicolaas herausfinden, was vorgefallen ist, und tun, was er kann.»

«Aber Ihr geht fort?» fragte der Advokat.

«Ziemlich weit. Ich muß dieser Trauung nachgehen», sagte sie. «Sie hat in Florenz stattgefunden. Ich werde nach Florenz gehen. Und Thibault de Fleury hat die Dokumente unterschrieben. Ich werde über Dijon reisen und mit ihm sprechen und von möglichst vielen Papieren Kopien anfertigen lassen. Haltet Ihr das nicht für ratsam?»

«Doch», sagte er. Es war wahrscheinlich ratsam. Wenn sie der Welt beweisen konnte, daß Dorias Ehe ungültig war, würde er wahrscheinlich Catherine verlassen. Ganz gewiß würde er die Hoffnung auf ihr Vermögen aufgeben. Aber das alles würde Catherine vorläufig nicht helfen. Es mochte sogar das Gegenteil bewirken.

Dann sah Gregorio, weshalb Marian de Charetty die Reise unternehmen wollte – und vielleicht war dies der einzige Grund.

Wenn die Ehe ungültig und Catherine frei war, würde Pagano Doria keinen Grund haben, sich mit Catherines Beschützer anzulegen. Ja, sie fürchtete um Catherine – aber sie fürchtete genauso, weil sie ihn kannte, um Nicolaas.

«Ich reise, sobald ich kann», sagte sie, «und ich werde Euch von Florenz aus schreiben. Wartet eine angemessene Zeit. Ihr habt gute Mitarbeiter, aber sie bedürfen der Anleitung. Wenn Ihr jedoch nichts von mir hört oder glaubt, Ihr müßt dort sein, wo Ihr gebraucht werdet, habt Ihr freie Hand und könnt Euch an jeden beliebigen Ort begeben. In Venedig haben wir Vermögen, und dort werden Euch Nachrichten schnell erreichen. Richtet Euch ein Quartier, ein Kontor ein. Das hatte er ohnehin vor. Und wenn Ihr nach Trapezunt gehen müßt, dann geht.»

«Das Kontor hier kommt auch ohne mich aus», sagte Gregorio. «Nehmt mich mit nach Dijon.»

Sie lächelte und sagte: «Ich bin so glücklich, daß ich Euch alle habe. Aber Ihr sagtet ja selbst: heute war das letzte Mal, daß wir es uns leisten konnten, Schwäche zu zeigen. Wenn ich das je vergessen sollte, brauche ich nur diesen Brief anzusehen.»

Später sagte sie: «Anselm Adorne – ich halte wenig vor dieser Familie geheim, aber sie sind Freunde der Dorias.»

«Ich werde ihnen nichts berichten», versicherte er.

Sie runzelte die Stirn. «Und Lorenzo Strozzi? Nicolaas hat in Florenz bei seiner Mutter logiert.»

«Aber Nicolaas wußte nichts von Catherine. Die Strozzi können auch nichts wissen.»

Alles, was er ihr gesagt hatte, war wahr; aber er fühlte sich trotzdem wie ein Verräter. Er ging, sobald er konnte, und versank in langes Nachsinnen. Dann griff er zu Papier und Feder und fertigte, wie üblich, für vier verschiedene Kuriere vier Kopien eines verschlüsselten Briefes an Nicolaas an.

Am Morgen nach dem Brand kehrte Messer Nicholai de' Acciajuoli, der Grieche mit dem Holzbein, von Patras nach Modon zurück und entging damit der Pest um einen Tag. Er warf nur einen Blick auf den Schiffsrumpf im Hafen und ließ, nach eingehender Befragung des Statthalters, dem jungen Niccolo van der Poele, Schiffsherrn der Galeere *Ciaretti*, höflich ausrichten, er sehe sich nicht mehr in der Lage, mit ihm zu fahren. Er werde sich jedoch freuen, wenn besagter junger Mann ihn in seinem Quartier in der Nähe des Hafens aufsuchen könnte.

Die Botschaft erreichte Nicolaas wohl, doch antwortete er darauf erst am Abend. Er hatte inzwischen vierundzwanzig Stunden gearbeitet und wußte, daß John le Grant recht gehabt hatte. Sie konnten morgen zu einer Spazierfahrt hinausrudern, ja, aber bis wirklich alles Notwendige getan war, würden Tage vergehen. Er konnte die *Doria* nicht einholen. Es schien ihm jedoch äußerst wahrscheinlich, daß die *Doria* sich die Mühe machte, zu warten, und wäre es nur, um Zeuge seines Untergangs zu sein.

In einer Hinsicht war der neue Zeitplan unbeliebt. Am Morgen nach seinen quälenden Gesprächen mit Tobie stellte er an der fanatischen Arbeit der anderen fest, daß ihnen die Sache mit dem Mädchen jetzt bekannt war.

Der Neuankömmling le Grant sagte vernünftigerweise nichts dazu. Der Priester aber steuerte eine Neuigkeit bei, als er einmal in seiner Nähe war. «Ich muß sagen, es tut mir leid. Ich habe das Kind, glaube ich, in Porto Pisano gesehen. Ein hübsches Ding mit braunem Haar, in Pagentracht. Lebhaft; nicht unglücklich, nicht unter Druck oder Zwang.»

Und er hatte nicht gewußt, was er antworten sollte, und nur gesagt: «Danke.»

Worauf der Priester hinzugefügt hatte: «Nicht daß dies eine Entschuldigung für ein solches Verhalten wäre.»

Soviel zu Gottschalk. Astorre – wahrscheinlich hatte er gerade davon gehört – störte ihn in einer Unterredung mit einem Taljenmacher, krallte die Faust in seine Bluse und sagte: «Ich bringe ihn um. Führt mich zu ihm. Ich schneide ihm die Lenden auf und hetze ihm einen Hund in den Bauch. Ich…»

Um des Taljenmachers willen hatte er sich des Hauptmanns irgendwie entledigt. Seine eigene Sprache war auch recht bildhaft gewesen.

Die heftigste Auseinandersetzung hatte es natürlich mit Julius gegeben, der empört darüber war, daß Nicolaas die Entdeckung geheimgehalten hatte. In gewisser Hinsicht zu Recht. Julius hatte gelegentlich bei Marians zwei kleinen Töchtern den Bärenführer gespielt, geradeso wie er Marians Sohn unterrichtet und Marians Lehrling bisweilen geschlagen hatte. Es war Julius, der nach einigen zornigen Fragen die Arbeiten so plötzlich beschleunigen wollte, daß sie nicht erst in vierundzwanzig Stunden, sondern schon nach dem Mittagessen auslaufen konnten. Le Grant und Tobie hatten ihn beruhigen und ihm die Unmöglichkeit dieses Vorhabens vor Augen führen müssen. Auch die Mannschaft bedrückte die Änderung ihrer Pläne. Aber nur am Anfang.

Den Kopf voller Gedanken klopfte Nicolaas schließlich an die Tür des Griechen und wurde in die Stube geführt. Nicolaas war die ganze Zeit unterwegs gewesen, zum Pechmacher, zum Schmied und zum Küfer; er hatte seit Mittag nichts gegessen und auch so gut wie nichts für seine Kleidung tun können. Der einbeinige Athener, der in Wirklichkeit florentinischer Abstammung war, erhob sich in seinem makellosen Gewand und begrüßte ihn freundlich.

«Das sind die neuen Charetty-Farben», sagte Nicolaas. «Schiff und Wams zerzaust, zueinander passend. Ich bitte um Vergebung, Monsignore. Ich hatte noch keine Zeit, mich herauszuputzen. Auch tut es mir leid, daß wir in Konstantinopel auf Eure Gesellschaft verzichten müssen.»

«Stambul», sagte der Grieche. «Es heißt anders, nun da der Türke es in Besitz hat. Und Pera, über dem Wasser drüben. Ihr werdet dort meinen Bruder treffen, bei dessen Loskauf Euer schottischer König mitgeholfen hat. Aber nein, es war nicht *Euer* schottischer König, sondern der des Herrn Simon. Ihr habt Eure erste Seefahrt genossen? Bis zu diesem traurigen Vorfall, natürlich.»

«Ich genieße das meiste», sagte Nicolaas. «Wir sind an Tolfa vorübergefahren. Der römische Alaun liegt dort noch immer unentdeckt, wie ich höre.»

Der Athener lächelte. Sein Gesicht, dunkel und bärtig, war nicht jung, war aber noch so schön und sanft wie an dem Tag, als Nicolaas es zum ersten Mal vor achtzehn Monaten am Kai bei Damme gesehen hatte. Und das letzte Mal im September an Bord einer venezianischen Galeere in Sluys, als er Violante von Naxos begegnet und die Fahrt nach Trapezunt erörtert worden war.

Es gab Nicolaas gehörendes Gold, das in Venedig hinterlegt war. Dort lagerte auch eine beträchtliche Summe auf den Namen des Hauses Charetty. Davon redeten sie nicht, denn ein großer Teil davon stammte aus den privaten und fortlaufenden Gebühren, die sie dafür bezogen, daß sie bei Rom Alaun entdeckt hatten und diese Entdeckung geheimhielten. Venedig war sein türkisches Alaun-Monopol viel Geld wert. Jetzt sagte Nicholai de' Acciajuoli: «Natürlich wird eines Tages jemand auf Tolfa stoßen, so wie Ihr und Euer Arzt durch Überlegung und Schlußfolgerung darauf gestoßen seid. Des Papstes Patensohn da Castro sucht danach. Sollte er ihn finden, wird der Papst den Alaun ausbeuten. Aber jeder Tag, der bis dahin verstreicht, macht meinen Bruder glücklich und gewiß auch das Haus Charetty. Dann fahrt Ihr also trotz Eures kleinen Mißgeschicks nach Trapezunt?»

«Das haben wir vor», sagte Nicolaas.

«Und werdet Ihr Euren großzügigen Standesgenossen freundlich zugetan sein, den Euren und den meinen, den Venezianern?»

«Soweit mir das möglich ist», sagte Nicolaas. «Der genuesische Konsul Doria wird Unruhe stiften. Wir haben ihn in Verdacht, an dem Feuer schuld zu sein.»

«Tatsächlich!» sagte der Grieche. «Dann teile ich Eure Sorge. Er fährt Euch voraus?»

«Nach Konstantinopel. Stambul. Wir wissen nicht, über welchen Einfluß er dort verfügt.»

«Er kennt die Griechen», sagte der Athener ruhig. «Das gilt für die ganze Familie Doria. Er wird Freunde unter den Familien haben, die der Sultan ermuntert hat, sich wieder dort niederzulassen. Was die ausländische Kolonie jenseits des Wassers betrifft... mein Bruder wird Euch sagen, wie es in Pera steht. Die Genuesen sind dort im allgemeinen nicht beliebt, und der venezianische Statthalter ist der Sprecher, den die Türken vorziehen. Hat die Seide überlebt?»

«Ja», sagte Nicolaas. «Das Feuer war recht wählerisch. Ihr wolltet mir von Alaun erzählen.»

Der andere blickte erstaunt. «Ich dachte, das hätte ich schon getan.»

«Wir sprachen davon in Flandern, auf der Galeere. Ihr sagtet etwas von Alaun bei Kerasous.»

«Oh, tatsächlich?» sagte der Grieche. «Aber das ist am Schwarzen Meer, ein ganzes Stück von Trapezunt entfernt. Und die Mine liegt nicht an der Küste, sondern weiter südlich in den Bergen. Und Frachten, die man nach Kerasous schaffen kann, werden einer sehr hohen Besteuerung unterworfen, wenn sie die Meerengen der Türken passieren. Es ist schwierig.»

«Ja, das sehe ich ein», sagte Nicolaas.

«Lohnt sich derzeit kaum, das weiter zu betreiben», sagte der Athener.

«Auch das sehe ich ein», sagte Nicolaas. «Aber Euer Bruder, Herr Bartolomeo, könnte mir sicher einen Rat geben. Wird er mit mir nach Trapezunt kommen?»

«Mit Euch?» sagte der Grieche. «Nein, nein. Sein Geschäft ist in Pera. Alaun, Seide. Dem Euren sehr ähnlich. Aber vielleicht hätte er ein, zwei Fahrgäste für Euch. Der Kaiser schickt Händler aus, Höflinge. Der Kaiser kauft gern Seide, holt Nachrichten ein. Vielleicht bekommt Ihr so jemanden an Bord.»

«Mit Staatsgeschirr für Pferde?» sagte Nicolaas.

Der Athener sah ihn an und lachte. «Ihr habt davon gehört. Die Perser züchten hübsche Pferde, aber ihre Abgesandten haben den Verstand in ihren Hufen. Wenn es stimmt, daß der Sultan eine Flotte versammelt, werdet Ihr das bestätigen können. Was er an Schiffen auftreiben kann, wird jetzt vor Gallipoli liegen, und daran kommt Ihr vorüber. Ihr werdet Gerüchte darüber hören, wen er damit angreifen will. Manche sagen, das geschehe nur zur Verteidigung für den Fall, daß unser närrischer Fra Ludovico irgendein verrücktes Herzogtum gegen ihn aufstachelt.»

«Dann ratet Ihr mir also nicht von Trapezunt ab?»

Der Athener sah ihn prüfend an. «Nein. Und, mein zynischer Freund, ich sage das nicht nur zu Eurem Besten, sondern auch, falls es etwas nützt, zu dem von Venedig und Florenz. Ich habe Euch in Flandern nicht getäuscht.»

«Nein», sagte Nicolaas. «Warum solltet Ihr, wo es so viele andere gibt?»

Es wurden Getränke gereicht, und sie plauderten eine Weile. Dann ging er, um sich zu seinen nächsten sechs Verabredungen zu begeben.

Als fünf Tage verstrichen waren, konnte er aus Modon auslaufen. Nicht Glücksgefühl kennzeichnete seine Stimmung, sondern eher eine dunkle Entschlossenheit.

Er war sich des Umstands bewußt, daß zwischen ihm und dem Vlies jetzt nur noch ein Schritt lag. Und daß im Gegensatz zu dem Jasons *sein* hölzernes Orakel es vorzog, der Fahrt fernzubleiben.

KAPITEL 12

MESSER PAGANO DORIAS GEDULD mit seiner jungen Angetrauten auf der Fahrt von Modon nach Konstantinopel, Stadt der Dreimal Gebenedeiten Jungfrau, einst irdischer Wohnsitz der Braut des Herrn, war für alle an Bord der *Doria*, vom Kapitän Michael Crackbene bis hinunter zum schwarzen Pagen Noah, etwas Erstaunliches. Einige sprachen von restloser Vernarrtheit, andere meinten, zu Recht, Herr Pagano sei eben ein ungewöhnlich ausgeglichener Mensch. Und wieder anderen fiel noch etwas dazu ein.

Als Mann mit Erfahrung wußte Doria, daß die Ereignisse von Modon rasch ihren Ablenkungswert verloren hatten und er sich auf das Ehebett verlassen mußte. Dies war ihm keine Strafe – er fühlte sich stark von ihr angezogen. Sie war eine seiner vielversprechendsten Schülerinnen, und er widmete sich ihr, wann immer er konnte, und verzieh ihr die kleinen Halsstarrigkeiten. Die konnte ihr einmal ein anderer abgewöhnen. So zielstrebig ging er vor, daß er, nachdem er (mit Catherines bereitwilligem Einverständnis) die schreckliche Bedienerin während der letzten Tage in Modon entlassen hatte, die Hexe selbstlos durch zwei der unansehnlichsten Mädchen ersetzte, die er finden konnte. Das hatte Catherine ein wenig mißfallen. Unvergleichliche Frauen hatten hübsche Zofen: nur die häßlichen umgaben sich mit ihresgleichen. Er hatte sich auf seine reizende Art entschuldigt.

Catherine fiel es manchmal schwer, sich ihm zu verweigern, aber sie hatte das Gefühl, daß dies gut für ihn war. Sie hatte ihren Bruder Felix gezähmt, indem sie ihm keine Beachtung schenkte, und Felix hatte sie lieber gemocht als Tilde. Die Eskapade in Modon hatte sich als unbeabsichtigte Erprobung ihrer Macht über Pagano erwiesen. Am Anfang war das nur als ein Spaß gedacht gewesen. Sie zog heimlich ihr Pagengewand an und wollte sich an sein Gefolge heften und, unbemerkt in der Dunkelheit, den Ehemann ihrer Mutter beobachten. Sie verstand jetzt die Versuchung, in die eine ältere Frau geraten konnte. Schwer fiel es ihr, Nicolaas zu verstehen, der wahrscheinlich gar nicht wußte, was er versäumte.

Angetan mit ihrem hübschen Kostüm, fragte sie sich, was Nicolaas sagen würde, wenn er sie sah. Sie war noch immer überzeugt, daß man sie so verkleidet und in dieser Umgebung nicht erkennen konnte. Und dann hatte sie gesehen, wie sich sein Gesicht veränderte. Wie es ganz anders, ganz fremd wurde, und das nur ihretwegen! Sie wußte, sie hätte um Paganos willen gleich davonlaufen sollen, aber sie lachte vor Aufregung so sehr, daß sie den Schluckauf bekam und jemand sie mit sich fortzerren mußte – Noah, der kleine schwarze Bastard, wie ihn ihre jetzt entlassene Bedienerin oft genannt hatte, der gleich zu Pagano ging und ihm alles erzählte, sobald sie wieder auf dem Schiff waren.

Inzwischen stand sie, von Ruß bedeckt, an der Schiffsbrüstung, ganz in den Anblick der brennenden florentinischen Galeere versunken, und als Pagano, der seine Erregung nicht verbergen konnte, vorbeikam, dachte sie an nichts anderes. Sie war auf ihn zugeeilt und hatte gefragt: «Hast du das getan? Du warst es, nicht wahr?» Das sagte sie voller Entzücken, weil sie zwar von Arten und Weisen gesprochen hatten, wie Nicolaas mit seinem Schiff im Hafen festgehalten werden könnte, von einem Feuer aber nie die Rede gewesen war.

Sogleich hatte er weniger streng dreingeblickt. Er hatte gesagt: «Wie sollte ich etwas damit zu tun gehabt haben? Ich war den ganzen Abend an Land.»

«Ist es schlimm?» hatte sie gefragt.

Und er hatte den Arm um sie gelegt und gesagt: «Es ist nicht so schlimm, wie es aussieht. Nicolaas ist nichts geschehen, aber natürlich wird ihn das jetzt eine Weile aufhalten. Dieser Rauch ist schlimm:

du solltest hinuntergehen und dafür sorgen, daß die Mädchen deine Truhen gut abdecken. Wenn ich kann, setze ich noch heute nacht die Segel. Dann muß der arme Nicolaas alle Hoffnung aufgeben, vor uns im Schwarzen Meer zu sein.»

Sie war so erfreut, daß sie nachgab. Sie umarmte ihn, hüstelte ein wenig und sagte: «Ich wollte dich nicht ärgern. Ich habe nicht geglaubt, daß er mich sehen würde. Und du warst den ganzen Abend fort.»

«Nun», sagte er lächelnd, «ich werde noch eine Weile zu tun haben, bis wir auslaufen können. Aber danach werden wir die ganze Nacht für uns haben und noch viele Tage und Nächte zum Ausgleich dafür. Und dann zeige ich dir Konstantinopel, die Königin unter den Städten.»

Sie lächelten beide. Später gesellte er sich unter Deck zu ihr, und sie verbrachten die Nacht in enger Geborgenheit. Er schlief ein, die Hand noch halb nach ihr ausgestreckt. Sie verübelte es ihm nicht, sondern lag da und streichelte sein Haar.

Sie sah Nicolaas vor sich – sein Gesicht, als sie ihn in der Stadt überrascht hatte. Pagano war es, wie sie den Eindruck hatte, jetzt nicht mehr so unangenehm, daß Nicolaas ihnen folgte. Sie war froh. Sie wollte, daß Nicolaas sah, wie sie, fein gekleidet, am byzantinischen Kaiserhof von Trapezunt empfangen wurde. Sie wünschte, er hätte sie jetzt sehen können, wie sie zärtlich zu Pagano war. Dann hätte er heimfahren und darüber nachdenken können, in Brügge, bei ihrer Mutter.

Doch diese Nacht war nicht der Beginn einer längeren Idylle, sondern sollte für einige Zeit die letzte sein, die sie und Pagano miteinander teilten, denn sie hatten stürmische Wetterregionen zu durchqueren.

Als sie an Deck kam, sagte Pagano, sie seien im Ägäischen Meer, und wenn sich die Wolken verzögen, könnten sie hinter sich den Berg Athos sehen. Er erwähnte oft Namen von Orten, als wäre sie schon dort gewesen und müßte sie kennen. Der Berg Olympus. Er hatte sie mit dem Berg Olympus gelangweilt, und gelangweilt hatte sie auch seine Geschichte von Jason und dem Goldenen Vlies. Als sie ihm das sagte, sprach er von der schönen Helena von Troja, was ihr schon besser gefiel.

Bei den Charettys zu Hause war für Geschichten nicht viel Zeit gewesen, und Felix' Tutor hatte sich nie bemüht, gleichzeitig noch Geographie zu lehren. Sie hatte im übrigen auch in Brügge schon genug Seemöwen und Fische gesehen. Das Meer war voller Inseln und Felsen, und die Küste bestand auch nur aus Klippen und Felsen, mit ganz kleinen Fischerhütten dazwischen. Am Tage waren viele Schiffe unterwegs, die von Insel zu Insel fuhren, und Pagano glaubte, sie könnte nach ihren Flaggen Ausschau halten wollen, aber dazu hatte sie keine Lust. Keines war so groß wie das ihre, wenn sie auch voraus zwei kleinere Koggen erblickte, die den gleichen Kurs segelten wie sie. Allmählich kamen sie an Schwärmen von Fischerbooten vorüber, mit ihren flackernden Fackeln und den Männern mit dem Dreizack im Bug. Wenn man die Boote bei Tageslicht sah, waren sie beladen mit krabbelndem Getier. Pagano fragte, welche sie vorziehe, Kraken oder Kalmare. Natürlich sagte er das zum Spaß.

Die *Doria* hielt erst in Gallipoli wieder an, und auch dies nur aus Rücksicht auf den türkischen Provinzstatthalter. Im Hafen und auf den Werften drängten sich die Schiffe, und sie durften nicht an Land gehen. Als Catherine sich beklagte, sagte Pagano, sie seien in Eile, weil im März die Nordwinde einsetzten. Sie konnte sich nicht vorstellen, daß die Winde noch stürmischer werden sollten als jetzt schon. Ein Rundschiff galt als ruhig, verglichen mit einer flachen Galeere, über die ständig die Meereswellen klatschten. Doch der Zug von den Segeln her ging einem durch die Knochen, und Kälte und Feuchtigkeit drangen überall ein. Auf ihrem neuen Samtkleid hatte sich Schimmel gebildet.

Auch der Lärm war gräßlich. Das Holz quietschte und knarrte, und die Schutzleinen ratterten und wimmerten, und alles klopfte und pochte die ganze Nacht hindurch. Und dazu redete die Mannschaft noch die ganze Zeit, brüllte gegen den Wind an oder sang oder bellte sich Befehle und Antworten zu. Sie riefen zu anderen Schiffen hinüber, tauschten Neuigkeiten aus oder redeten über das Wetter. Beim kleinsten Segelmanöver glich das Fußgetrampel einem Erdrutsch. Und wie alle anderen stanken sie schlimmer als das Vieh unter Deck. Mit Rücksicht auf Pagano riefen sie ihr nicht zu, aber ihre Blicke belästigten sie, und bei manchen ihrer Lieder wurde ihr unbehaglich. So blieb sie meistens unten und konnte das Essen kaum genießen, zumal wenn das Schiff rüttelte. Pagano erklärte ihr, das liege daran, daß sie jetzt im Hellespont waren, das sei so, wie wenn man gegen die Strömung einen breiten Fluß hinauffahre. Der Fluß führe zum Marmarameer, das die Griechen Propontis nannten und wo es ruhiger sein werde, wenn kein Sturm herrsche. Danach verenge sich der Schiffahrtsweg wieder, bis sie nach Konstantinopel kämen, ihrem letzten Halt vor dem Schwarzen Meer.

Catherine zog sich ins Bett zurück und bat, man möge sie rufen, wenn sie dort einträfen.

Ein Flachsfeld, heißt es, gibt eine mühsame Ernte; aber eine Jungmädchenzeit kann schlimmer sein, bei geringerem Ertrag. Pagano Doria weckte seine Braut schließlich doch nicht, als sie in den Bosporus einfuhren, den Strom, der zugleich Europa und Asien umspülte. Zu seiner Linken tauchte die Grundlinie des Dreiecks auf, das Konstantinopel ausmachte. Sie war gekennzeichnet durch eine Mauer: eine lange, turmbewehrte Mauer, errichtet auf Meeresfelsen und unterbrochen von wappengekrönten Toren und den Hellingen und Molen alter Paläste. Dahinter, auf ansteigendem, hügeligem Gelände erhoben sich auf den Trümmern von zwei Jahrtausenden die verstreuten Häuser, die Säulen, die Zisternen, Amphitheater und Basiliken der halbleeren Stadt, die einmal die Hauptstadt der Welt gewesen war und sich jetzt die Hohe Pforte der Ottomanen nannte.

Doria ließ den Blick über sie schweifen. Die Geschichten, die er Catherine erzählt hatte, waren nur Zeitvertreib gewesen: er verstand es, alte Geschichten zu erzählen, fand sie aber selbst nur wenig interessant. Die Stadt jenseits der Mauer hatte sich sehr verändert, löste in ihm aber weder Mitleid noch Beklemmung, noch Wehmut aus. Er war vor langer Zeit hier gewesen und hatte es zu einigem Reichtum gebracht – wie, wußte er nicht mehr; und er hatte eine neue Form des Wohllebens kennengelernt – unter Umständen, an die er sich sehr wohl erinnerte. Mit solchen Gedanken beschäftigt, lächelte er dem jungen Noah zu, der, mit einem neuen Turban und funkelnden Goldknöpfen, fröhlich zurücklächelte.

Verfeinerte Sinnenfreuden hatten viele in Byzanz, dieser einst kleinen griechischen Handelsniederlassung, gesucht und gefunden. Tausend Jahre danach, als Teil der römischen Provinz Asia, war es zu dem Konstantinopel geworden, dessen Tempel der Gottesverehrung und des Vergnügens dort hinter den Mauern in Trümmern lagen. Dann waren aus dem Westen die Kreuzfahrer gekommen; die Byzantiner mußten fliehen, waren zurückgekehrt, erlagen den Türken. Und während dieser ganzen Zeit hatten die Hedonisten natürlich rühriger Kaufleute bedurft, die sie versorgten. Seine eigenen Landsleute, die Genuesen, hatten in Pera, jenseits des Goldenen Horns, ihre Handelsniederlassung eingerichtet, um dieses Bedürfnis zu befriedigen.

Natürlich hatten sie sich selbst ihr Grab geschaufelt. Sie waren überheblich gewesen und dann sehr voreilig – vor, während und nach der Eroberung Konstantinopels durch die Türken. Als sich der Rauch verzogen hatte, gestattete man den Venezianern, wieder einen Statthalter nach Pera zu schicken. Venedig erhielt das Recht, die phokäischen Alaunvorkommen auszubeuten, während man den Genuesen zur Überwachung und Leitung ihres verminderten Handelsverkehrs nur einen niederrangigen Ältesten zugestand. Ebenso wie der Kaiser hatte nun der Sultan mit Genua die Geduld verloren.

Es würde deshalb nicht ohne Reiz sein, zu beobachten, was Doria mit seinem einnehmenden Wesen und seinem Witz unter diesen ungünstigen Umständen für seine Zwecke ausrichten konnte. Sein Schiff umfuhr die Dreiecksspitze mit geblähten Segeln, hinein ins Goldene Horn, und ging an der Reede vor Anker. Die Kanonen schossen einen Salut, und die Trompeten ertönten. Gobelins schmückten den Schiffsrumpf, er selbst trug eine pelzbesetzte Robe über einem Wams, und wer vom Ufer, von den Mauern oder vom Wasser aus zuschaute, konnte sehen, daß er mit Ketten und Edelsteinen geschmückt war. Er hatte absichtlich die Konsularflagge der Bank von St. Georg nicht gehißt. Welch hohen Status er auch in Trapezunt besaß, hier war er nur Pagano Doria, ein einfacher Genueser Handelsherr, der hoffte, der Eroberer Mehmed werde es ihm erlauben, in Pera Waren zu verkaufen und andere an Bord zu nehmen, sich mit Vorräten zu versehen und dann ungehindert die zehn

Seemeilen zurückzulegen, die ihn noch vom Schwarzen Meer trennten. Als Gegenleistung für diese Gefälligkeiten konnte er mit Neuigkeiten dienen und hatte ein Geschenk von einigem Wert anzubieten.

Er wartete voller Zuversicht auf das Eintreffen der Beamten des
Sultans und hoffte, daß das hübsche Kind, seine Schöpfung, erzogen
einzig zur Liebe und auch zu sonst nichts fähig (außer zum Unruhe-
stiften), lange schlafen und dann auch gut aussehen würde.

In Gallipoli hatten Pater Gottschalk und Nicolaas eine Meinungs-
verschiedenheit. Natürlich war das schon öfter vorgekommen, seit
Nicolaas sich bei wichtigen Entscheidungen immer entschlossener
zu Wort meldete, und nicht nur Gottschalk konnte das bestätigen.
Bis vor kurzem hatte er, wenn sie sich berieten, ein zurückhaltendes
Wesen gezeigt, jedoch auch, wie Gottschalk auffiel, einen klaren
Verstand. Gewöhnlich setzte er sich durch.

Er setzte sich auch jetzt durch, hatte aber dabei die zurückhaltende Art abgelegt. Das war so seit seiner Erfahrung von Modon:
seit dem Abendessen beim Statthalter, der Sache mit dem Mädchen
und der Feuersbrunst auf dem Schiff. *Denn daß Pagano Doria mein
Schiff betritt und meine Leute tötet und meine Fracht verbrennt und auch noch
vor mir in Konstantinopel eintrifft, das paßt mir gar nicht.* Das hatte er
damals so gemeint, wenn die Ereignisse ihn auch dazu brachten,
seine Pläne zu ändern. Tobie und Julius glaubten, daß seine Sorge
um Catherine echt gewesen war. Er hatte sich bei der Bekämpfung
des Feuers nicht geschont, und er hatte sich als Mann mit Überblick
erwiesen. Seine bis dahin eher abwartende Mannschaft war durch
diese Reden in Bann geschlagen worden. Nicolaas konnte seine
Leute zum Lachen bringen, wann er wollte – und zum Arbeiten.

Vor den Gefährten hatte er deutlich seinen Zorn über die Entführung seiner Stieftochter ausgedrückt – und seine Entschlossenheit.
Und so hatten sie auch die härtere Gangart in seinem Umgang mit
ihnen hingenommen. Vielleicht wäre es als Folge seiner Fehlschläge
in Modon ohnehin dazu gekommen. Mißgeschick war, wie Pater
Gottschalk aus Erfahrung wußte, ein guter Lehrmeister. Nicolaas'
größtes Problem war seine Jugend. Zwei Probleme. Nicolaas war
jetzt in seinem einundzwanzigsten Lebensjahr, einem Alter, in

dem andere Männer nicht nur Heere anführen, sondern einen Harem befriedigen konnten. Waren die Tätigkeiten voneinander abhängig? Als Mann, der das Keuschheitsgelübde abgelegt hatte, stellte sich Pater Gottschalk bisweilen solche Fragen.

Als sie nach Gallipoli kamen, war die Spannung an Bord der *Ciaretti* spürbar. Sie hatten in der Ägäis einen Tag verloren, weil die *Doria* mehr Segelfläche hatte und auf offener See im Vorteil war. Das würde sich ändern im Hellespont und in den anderen noch zu passierenden Meerengen, wo die Ruder das florentinische Schiff dicht am Wind halten und die Süd-Nord-Strömung ausnutzen würden. Le Grant rechnete, daß sie dabei zwei Tage gutmachen konnten, aber sie würden dennoch erst vier Tage nach Doria an der Hohen Pforte eintreffen. Wenn sein Schiff nicht wartete, würden sie es verpassen.

Ihre groteske Lage brauchte nicht erst betont zu werden. Mit dem Wissen, über das er jetzt verfügte, konnte Doria sie in Konstantinopel festhalten lassen. Und doch bemühten sie sich, dem eigenen Vorteil zuwiderhandelnd, ihn einzuholen, weil man glaubte, daß sich Catherine de Charetty auf seinem Schiff befand. Pater Gottschalk dachte über das Problem nach und kam zu einem Schluß. In Gallipoli sagte er zu Nicolaas: «Laßt mich aussteigen und versuchen, vor Euch die Hohe Pforte zu erreichen. Vielleicht erwische ich Doria gerade noch. Oder ich erwische sogar das Mädchen allein. Wenn ich sie zurückbrächte, brauchtet Ihr nicht...»

«Konstantinopel anzulaufen? Das sollte ich aber. Im besten Fall habe ich dort etwas zu tun. Im schlimmsten würden sie mir eine Kanonenkugel in den Rumpf schießen, wenn ich es nicht anlaufe. Und wie könntet Ihr sie an Bord bringen? Doria würde einfach die Türken unser Schiff durchsuchen lassen.»

Gottschalk blieb ruhig. «Schön. Vielleicht könnte ich sie nicht mitbringen. Aber ich könnte mich versichern, ob sie wirklich Catherine de Charetty ist. Ich könnte sogar mit ihr sprechen.»

«Nein, das ist zu gewagt», entgegnete Nicolaas.

«Gewagter, als an Bord zu bleiben?» gab der Priester zu bedenken.

«Wir wollen, daß Doria festgehalten wird», sagte Nicolaas, «nicht die lateinische Kirche. Ihr würdet nie aus dem Hafen herauskommen. Jedenfalls – wenn einer an Bord der *Doria* geht, dann bin ich das. Ich glaube, das Schiff wird noch da sein, wenn wir eintreffen.»

«Weil er dem Sultan von Astorres Söldnern berichtet haben wird?»

«Vielleicht hat er das getan», sagte Nicolaas. «Ihm stehen drei Möglichkeiten offen. Er verhält sich still und läßt uns nach Trapezunt fahren, weil er auf Astorres Schutz fast ebensosehr angewiesen ist wie wir. Oder er verhält sich still und droht uns mit der Aufdeckung der Sache, wenn wir uns wegen des Mädchens rühren. Oder er verrät uns und Astorre und wird uns los, ohne mehr zu unternehmen.»

«Oder er fährt einfach weiter», sagte Gottschalk.

«Nein. Er wird warten.»

«Weil er bei dem Gemetzel anwesend sein will?» Angesichts solch unerschütterlicher Ruhe hörte Gottschalk, wie seine Stimme einen rauhen Klang bekam. Er blickte Nicolaas stirnrunzelnd an.

Ein Grübchen erschien auf Nicolaas' Wange und verschwand wieder. Es war ein Zeichen von Ungeduld. «Weil ich von Modon aus ein Dutzend schnelle Boote ausgeschickt habe mit der Botschaft, daß Herr Pagano Doria, genuesischer Bevollmächtigter der Bank von St. Georg, Konstantinopel einen Staatsbesuch abstatten wird. Wenn sie ihn nicht in Grund und Boden schießen, bringen sie ihn mit Empfängen um, während sie in aller Stille seine Diener weichklopfen, um Geheimnisse aus ihnen herauszuholen. Ich habe auch an den venezianischen Statthalter geschrieben.»

«Wegen des Mädchens?» fragte Gottschalk nach einer Weile. Er begann den Blick zu verstehen, den er manchmal auf Tobies Gesicht sah.

Nicolaas ließ sich noch immer die Ungeduld anmerken. «Ja, natürlich. Ich habe dem Statthalter geschrieben, ich glaubte, bei Dorias Ehefrau handele es sich um eine Verwandte, und ich würde es begrüßen, wenn er bei ihr vorspreche und sie bitte, auf mich zu warten. Doria kann ihm natürlich ein Gespräch mit ihr verweigern, aber das allein wäre uns schon ein Hinweis.»

Gottschalk wußte nicht, ob es echte Selbstsicherheit war oder ob sich Nicolaas seit Modon so sehr verändert hatte. «Ihr glaubt wirklich, die *Doria* wird noch da sein?»

«Ja», sagte Nicolaas. «Ich habe ein Orakel befragt.»

«Nun, jetzt hört bitte auf meinen Rat», sagte Gottschalk. «In Konstantinopel könnt Ihr Euch nirgendwo bewegen, ohne gesehen zu werden. Aber jemand könnte vorher an Land gehen. Die Franziskaner haben ein Haus gleich hinter der Marmaramauer. Wir kommen daran vorüber.»

Nicolaas sah ihn an. «Würde es ihnen schaden, wenn sie uns helfen?»

«Das glaube ich nicht», erwiderte Gottschalk. «Ich steige dort aus, während Ihr weiter um die Stadt herumfahrt und Euch mit dem Eintreffen Zeit nehmt. Die Franziskaner bringen mich auf dem raschen Fußweg durch die Stadt und dann mit dem Boot hinüber zu Dorias Quartier in Pera. Dann schließe ich mich Euch wieder an. Und bringe sogar das Mädchen mit, wenn ich kann.»

«Gut», sagte Nicolaas. «Aber ich begleite Euch dabei.»

Der ständigen Klagen der Catherine de Charetty überdrüssig, verfügte der Schöpfer des Himmels und der Erden, daß die alte Hauptstadt der Welt ihr einen Willkomm bereitete, der endlich alle ihre Erwartungen übertreffen sollte.

Zuerst erklangen Trompeten und Becken, dann näherte sich eine Flotte von Kaiken, die mit Wimpeln und Seidentüchern geschmückt und mit ausgesuchten Ruderern in Livree bemannt war. Leute kamen an Bord und polterten die Kajütstreppe hinauf in Pelzen und Edelsteinen und mit parfümierten Handschuhen in den Händen, gefolgt von Dienern mit Kisten und Vasen und Ballen, die allesamt Geschenke für Pagano enthielten.

Sie schienen ihn für einen Vertreter der Bank von St. Georg und der Republik zu halten. Auch als dies richtiggestellt war, schienen sie ihn darum nicht minder zu achten. Denn er war in der Tat genuesischer Gesandter beim Kaiserreich Trapezunt und verdiente es, festlich begrüßt zu werden. Das machte vor allem der Abgesandte des venezianischen Statthalters deutlich.

Zuerst war Pagano, so schien ihr, ein wenig verwirrt angesichts dieses Treibens. Am Anfang war er mitten in einer der vielen Ansprachen geistig abwesend, das merkte man ihm an. Doch bald faßte er sich und antwortete auf jedes wortreiche Kompliment mit lebhaftem Witz und bot fürstlich und großzügig Wein und Süßigkeiten an. Und zum ersten Mal nahm sie unverschleiert ihren Platz an seiner Seite ein und empfing die unverhohlene Bewunderung wohlgekleideter Männer, die nicht Paganos Spieltischfreunde waren, sondern Leute von der Art, wie sie sie in Florenz durch den Schleier hindurch beobachtet hatte. Dann wurden sie von dem genuesischen Ältesten, einem hageren, aufgeregt tuenden Mann, eingeladen. Sie sollten von Bord kommen, wann sie konnten, und für die Dauer ihres Aufenthaltes in seinem bescheidenen Haus Quartier nehmen.

Pagano hatte natürlich zu erklären versucht, daß sie gleich weiterreisen wollten, war aber überstimmt worden. Er hatte zunächst aufbegehren wollen, aber der Älteste flüsterte ihm etwas ins Ohr, und Pagano nickte und wechselte dann das Thema.

Auf ihre Frage sagte er anschließend, sie würden vielleicht ein, zwei Tage bleiben müssen, da die Kaufherren sich, wie es schien, große Mühe mit der Vorbereitung von Banketten und anderen Festlichkeiten für sie beide gemacht hatten. Auch sollte er – eine Sache der Höflichkeit – zu einem Besuch der Hohen Pforte selbst geladen werden: Konstantinopel, das die Türken jetzt Stambul nannten.

Catherine war es gleich, wie sie es nannten, sie fragte sich nur, welches Kleid sie für den Sultan anlegen sollte. Als Pagano sagte, der Sultan sei nicht in der Stadt und empfange ohnehin keine Frauen, argwöhnte sie, er wolle sie täuschen. Doch diesen Gedanken vergaß sie wieder, zu groß war die Aufregung, als sie an Land gingen und zu dem kleinen Haus des Ältesten fuhren mit seinem Hof und seiner Galerie, und dann das abendliche Festmahl beim Statthalter folgte.

Sie trug ihr perlenbesticktes Samtkleid und führte ihren Hund an der Hand, von dem der Statthalter ganz besonders angetan war, selbst als er am Saum seiner Robe zerrte. Der Statthalter, ein blaßgesichtiger Venezianer von umgänglichem Gebaren, sprach mit Pagano, als liege ihm der gute Verlauf ihrer Fahrt wirklich am Herzen, obschon Venedig und Genua doch Rivalen waren. Dann erkundigte er sich nach dem florentinischen Schiff, der *Ciaretti*. «Schiffsherr ist, wie ich höre, ein Verwandter von Madonna, dieser Messer Niccolo. Ich freue mich schon, wie Ihr gewiß auch, auf seine Ankunft. Ein reizender Mensch, dessen bin ich sicher. Ihr werdet uns erlauben, ihm einen Empfang zu geben.»

Sie war sprachlos. Einen Augenblick lang schien Pagano aus der Fassung gebracht. Dann glättete sich sein Gesicht langsam, hellte sich auf und wurde von einer ansprechenden Röte überzogen. Es war ein Blick der Erleichterung und des Erfolgs, den sie schon früher beobachtet hatte, wenn er in Eile und auf ihre Bereitschaft angewiesen war. Sie konnte keinen Zusammenhang mit Nicolaas sehen.

Nun sagte Pagano fröhlich: «Ihr habt Nachricht von Niccolo? Monsignore, das freut mich. Er hatte in Modon einiges Mißgeschick, und wir mußten ihn zurücklassen, wie es wohl auch hier wieder geschehen wird. Aber wir rechnen fest damit, daß wir uns in Trapezunt treffen.»

Der Statthalter wandte sich, den Tadel sehr höflich vorbringend, an sie. «Er hoffte sehr, Ihr würdet auf ihn warten, Madonna. Was machen schon ein, zwei Tage aus? Ja, Ihr werdet Euch treffen, dessen bin ich sicher. Keiner von uns wird es zulassen, daß ein so reizendes Paar Pera so schnell wieder verläßt.»

Später in ihrer Kammer zeigte sich Pagano zwar sehr aufmerksam, aber nicht geneigt, viele Worte zu verlieren. Wie er sagte, nahm er an, daß ein Fischerboot die Nachricht von Nicolaas' bevorstehender Ankunft mitgebracht hatte. Was machte es aus? Sie hatten wenigstens eine Woche Vorsprung. Vielleicht sahen sie ihn, vielleicht auch nicht. Das hing ebenso von den Wesiren des Sultans wie von seinen Freunden in Pera ab. Er wollte den Statthalter nicht kränken. Er durfte den Sultan nicht beleidigen. Das würde sie sicherlich verstehen.

Sie verstand das, mehr oder weniger. Sie verbrachten den ganzen nächsten Tag mit Besuchen, ließen sich Wein anbieten, wurden bewirtet. Sie bekam viel Lob zu hören, wenn die Männer auch meistens in Ecken herumstanden und leise untereinander sprachen. Eine Frau meinte, es sei sehr mutig von ihr, nach Trapezunt zu reisen, doch ehe sie noch etwas erwidern konnte, trat eine andere Frau dazwischen und fragte, was denn dies eine jungvermählte Braut zu kümmern brauche. Es könne in Bosnien, in Belgrad, in Albanien Krieg geben. Wenn man jedesmal bei einem solchen Gerücht zögere, komme man nie irgendwohin.

Sie wußte, man sprach von den Türken, aber sie hatte keine Angst. Pagano hatte gesagt, es bestehe keine Gefahr, und selbst wenn – er würde sie gewiß beschützen. Inzwischen würde sie in vollen Zügen alles genießen, was der Hof ihr zu bieten hatte.

Ihre einzige Sorge war ihre Garderobe. Doch die nahm ihr der venezianische Statthalter, der ihr, unermüdlich dienstbereit, Samt und Seide als Präsent schickte und Händler ersuchte, bei ihr mit kostbaren Dingen vorzusprechen, die ihr gefallen mochten. Ihre Kammer sah bald wie ein Warenlager aus. Wenn Pagano einverstanden war, würde sie vielleicht einen Teil des Samts in Trapezunt verkaufen und das Geld für etwas verwenden, das ihr ins Auge stach. Nun, da sie andere Dinge gesehen hatte, hatte ihr Karfunkel ein wenig von seinem Reiz verloren. Den konnte sie auch verkaufen, eintauschen gegen einen richtigen Ring. Pagano brauchte sein Geld jetzt für das Handelsgeschäft. Natürlich hatte er recht.

Am nächsten Tag hatten sie ihrerseits Gäste bei sich. Pagano ließ auf seinem Schiff ein Bankett ausrichten, und die gesamte Niederlassung kam. Besonders liebenswürdig war er zu einem alten Mann von fünfzig Jahren, den er mit Georg Amiroutzes anredete und der ein schreckliches Italienisch mit starkem griechischem Akzent sprach. Er hatte helle Augen, eine große Nase, einen beweglich-gesprächigen Mund, einen melierten Bart und braune Ringellocken. Catherine machte er den Eindruck einer Lehrperson, und sie war wenig beeindruckt von seinem langen, einfachen Gewand und seiner angeblichen Vertrautheit mit Florenz. Er behauptete, auch Genua zu kennen, was Pagano, die Höflichkeit in Person, natürlich unwidersprochen ließ. Er und Pagano sprachen griechisch miteinander, und der Mann stieg wieder ein wenig in ihrer Achtung, als er ihr beim Abschied die Hand küßte und sie mit der schönen Helena verglich, die sie natürlich kannte. Pagano hatte ihn zur Tür geleitet und ihr, als er zurückkam, liebevoll die Wange gestreichelt. «Welch entzückende Gastgeberin du bist! Wer sonst hätte den Großkanzler von Trapezunt, den Pfalzgrafen Amiroutzes, so beeindrucken können!»

Er hätte sie natürlich darauf vorbereiten müssen. In Trapezunt trugen die Männer eine Art Kittel oder eine juwelenbesetzte lange Robe und einen prächtigen Umhang und asiatische Stiefel mit langen Spitzen. Jetzt, als sie sich beklagte, nahm ihr Gemahl sie in die Arme. «Warum – was hättest du mehr zu ihm gesagt, wenn du es gewußt hättest? Er ist nebenbei auch Philosoph. Er hat die Welt bereist. Aber er ist ein Mann, der auch von gewöhnlichen Dingen zu reden weiß. Du wirst ihn noch besser kennenlernen. Ich habe ihn gefragt, ob er mit uns nach Trapezunt fahren möchte.»

«Mich hast du nicht gefragt!» sagte Catherine und war befriedigt, als sie ihn verlegen sah.

«Nein, das habe ich nicht, meine Prinzessin. Wenn du es also nicht wünschst, fährt er natürlich nicht mit uns.» Sie war zufriedengestellt.

Am nächsten Tag schlief sie noch, als Herr Mahmud Pascha Pagano auffordern ließ, sich bei ihm vorzustellen. Der Großwesir hatte seinen griechischen Sekretär geschickt. Catherine wurde von ihrer Zofe geweckt, als Pagano schon für den Besuch gerüstet war. Er kam zu ihr in die Kammer und war beim Abschied so lustig und verspielt wie immer, aber eine Spur oberflächlich. Der Großwesir war natürlich des Sultans rechte Hand, doch Pagano konnte sich der Bewunderung aller sicher sein.

Sie winkte ihm den letzten Abschiedsgruß vom Balkon aus zu. Als sie hinunterblickte, sah sie, daß es eine richtige Kavalkade war, mit einer Eskorte, und alle Diener Paganos gingen in kirschfarbenem Samt und Silber, und zwei von ihnen zogen den Wagen mit den Geschenken. Noah trug eine Rubinspange an seinem Turban und hatte jenen bewundernden Blick auf dem Gesicht, den er immer zeigte, wenn er in Paganos Nähe war. Pagano trug ein silberdurchwirktes Gewand und saß auf einem Araber, den ihr Wirt für diesen Tag bereitgehalten hatte. Ihr Gemahl, der sie abgöttisch liebte.

Der Sekretär, der ebenfalls beritten war, hatte ein hellolivfarbenes Gesicht und ein gestutztes Bärtchen. Er trug einen Kittelrock und hohe Gamaschen, und sein Hut hatte vorn eine juwelenbesetzte Kokarde. Er lächelte und neigte den Kopf, als sie Pagano zuwinkte. Er war wirklich noch recht jung. Sie ging wieder ins Bett.

Als sie zum zweiten Mal aufwachte, glaubte sie zuerst, sie sei in ihrem Bett auf der *Doria* und Pagano schlafe auf ihrer Brust. Sein Körpergewicht gefiel ihr.

Jemand sagte freundlich: «Ist sie es?»

Jemand erwiderte mit einer Stimme, die sie noch nie gehört hatte: «Ja.»

Da schlug Catherine die Augen auf. Nicolaas hatte sich auf ihrer Bettdecke niedergelassen und sah sie an.

Kapitel 13

Nicolaas, der Lehrling ihrer Mutter, war in ihrer Kammer. Der Ehemann ihrer Mutter.

Sein Gesicht lag im Schatten, aber sie wußte sofort, wer es war. Und selbst im Erschrecken besaß sie die Einbildungskraft, sich mit seinen Augen zu sehen. Wie das rotbraune Haar auf dem Kissen genauso aussehen mußte wie das ihrer Mutter. Wie ihre Augen von dem gleichen Blau waren. Und wie ihr Gesicht jung und frisch und glatt war – anders als bei ihrer Mutter. Erst dann griff sie wild um sich, um ihre Blößen zu verdecken. Aber ihr Schamgefühl war nicht verletzt worden. Das Tuch ging ihr bis zum Kinn, und darüber lag noch ihr Umhang. Der Umhang lag auf ihrer Brust, nicht Pagano.

«Catherine?» sagte Nicolaas. Er saß still da wie eine Katze vor dem Mauseloch. «Du brauchst keine Angst zu haben. Deine Bedienerin ist hier und auch Pater Gottschalk. Ich hätte warten sollen, aber ich muß bald gehen, und ich mußte mit dir sprechen. Sag mir, was geschehen ist.»

Eines ihrer beiden Mädchen war tatsächlich da. *Gottschalk?* Das war der Kaplan, den ihre Mutter eingestellt hatte, für die Söldnertruppe irgendwo in Italien. Sie sah einen großen Mann mit einer Tonsur und unordentlichem, schwarzem Haar, aber sie erinnerte sich kaum an ihn. Sie setzte sich auf, das Bettuch bis zum Hals gezogen. Sie hörte ihre eigenen kurzen, heftigen Atemzüge. Sie starrte Nicolaas empört an.

Ein Mann von Welt hätte, nach vorheriger Anmeldung, mit

Brautgeschenken vorgesprochen. Oder hätte sich ihr (von ihrer Erscheinung geblendet) bei einem gesellschaftlichen Anlaß genähert. Oder hätte Pagano zum Kampf herausgefordert. Oder wäre an einem Seil hinaufgeklettert und hätte sie zu entführen versucht. Nicolaas saß da ganz einfach auf ihrem Bett in seinen alten Kleidern, wie ein gehetzter Koch, der eine Küchenmagd aufgespürt hatte. Und er hatte den Hauspriester mitgebracht.

Catherine sagte: «Ich erinnere mich an Pater Gottschalk. Er war in Italien, als du meinen Bruder Felix getötet hast.»

Nicolaas saß mit dem Rücken zum Licht und rührte sich nicht. «Wir haben gehört, du hast geheiratet.»

«Ach ja?» entgegnete sie. «Nun, da habt ihr richtig gehört. Du kannst nichts dagegen tun. Pagano hat alle Papiere. Zweimal. Wir haben in Florenz und dann in Messina geheiratet. Keine heimliche Angelegenheit in einer versteckten Kapelle.»

«Aber auch nicht mit dem Segen Eurer Familie.» Das war die Stimme des Priesters. Er war nicht einmal ein Flame. Er hatte nichts damit zu tun. Sie blickte ihn starr an. Sie sagte: «Die Familie hat die Papiere unterzeichnet. Ihr kennt sie nicht.»

«Wer?» fragte Nicolaas.

«Mein Pate. Mein Onkel. Thibault de Fleury. Du hast auch für den Tod seines Bruders gesorgt», sagte Catherine.

Das Mädchen wimmerte plötzlich, und Catherine wandte sich an sie. «Glaubst du, er bringt dich um? Da brauchst du keine Angst zu haben. Das läßt er durch andere machen. Er könnte dir nicht einmal Gewalt antun – nur wenn du alt wärst.» Sie wandte sich wieder an Nicolaas und Gottschalk. «Ich erwarte jeden Augenblick meinen Ehemann. Er zieht den Degen gegen Männer, die seine Frau beleidigen.»

Nicolaas schwieg zu alledem. Er sagte: «Weiß es deine Mutter?»

Natürlich, das war alles, woran er dachte. Sie sagte: «Jetzt wird sie es wissen. Pagano hat ihr von Florenz aus geschrieben.»

«Das hat Pagano getan?» fragte er, erblickte aber keinen Sinn darin, sich zu wiederholen. «Hast du deiner Mutter vor Florenz keine Zeile zukommen lassen?»

Sie schlug einen anmaßenden Ton an. «Nein. Sie hätte mich doch nur zurückgehalten, nicht wahr?»

«So ist es», sagte Nicolaas. Der Fluß der Fragen war ins Stocken geraten. Er saß gebeugt da wie jemand mit Leibweh, die Arme verschränkt, den Blick auf den Boden gerichtet. Dann holte er tief Atem und blickte sie ohne ein Anzeichen der Verärgerung oder des Zorns erneut an. «Nun, das ist jetzt alles nicht wichtig. Wir sind nur hier, um uns zu vergewissern, daß du auf eigenen Wunsch und aus freien Stücken bei Doria bist und daß du glücklich bist. Kannst du uns das bestätigen, Catherine?»

Sie erkannte mit Vergnügen die Gelegenheit, die er ihr gegeben hatte. Sie ließ die eine Hand in den Schoß fallen und schenkte ihm ein verächtliches Lächeln. Das Bettlaken, anmutig an der Brust hochgehalten, gab eine nackte Schulter und eine Locke rostbraunen Haars frei. Sie sagte: «Wie könntest du dir mein Glück vorstellen! Meine Ehe ist vollkommen. Mein Gemahl ist von höherer Geburt als irgendwer, dem du je begegnet bist. Und glaube nicht, du könntest mein Glück zerstören. Er hat gewartet, bis ich eine Frau war. Er hat mir einen Hund geschenkt.»

Nicolaas sah sie an. Sein Blick war benommen wie nach einer Schlägerei auf dem Färbereigelände. «Ich wußte, das war der Fehler», murmelte er.

«Tragt es mit Fassung», ermunterte ihn der Priester.

Nicolaas antwortete darauf allenfalls mit einem langsamen Senken der Augenlider. Dann begann er wieder mit seiner ganz alltäglichen Stimme: «Ich möchte mit deinem Mann sprechen. Ich werde so lange warten wie möglich. Doch ob ich mit ihm spreche oder nicht – ich werde nach Hause schreiben, Catherine. Was soll ich deiner Mutter sagen?»

«Frag sie, ob ich ihr etwas aus Trapezunt schicken soll. Pagano wird sich darum kümmern.»

«Wann wirst du nach Brügge zurückkommen?» fragte Nicolaas.

«Ich weiß es noch nicht. Mir ist der Gedanke an Brügge jetzt ein wenig zuwider. Tilde macht es wohl nichts aus, aber mein Gemahl ist in seiner Familie an solche Dinge nicht gewöhnt. Vielleicht kaufen wir ein Stadthaus in Brüssel.»

«Nicht in Genua?» fragte Nicolaas.

Sie schien diesen Gedanken seltsam zu finden, zog aber die Brauen in die Höhe. «Oder in Genua», sagte sie.

«Wann, Catherine?»

Es begann ihr lästig zu werden. «Wenn er in Trapezunt fertig ist. Ich weiß nicht, wann. Frag meinen Gemahl», sagte sie.

Da erhob er sich von der Decke und blieb wie ratlos am Bettpfosten stehen. Gottschalk wollte etwas sagen, doch Nicolaas kam ihm zuvor: «Nein. Was hätte das für einen Zweck?»

«Schon gut», sagte Gottschalk. «Aber es bleibt kaum noch Zeit. Ihr könnt sie auf dem Schiff jetzt nicht allein lassen.» Er zögerte, dann setzte er hinzu: «Wenn Ihr wollt, bleibe ich noch.»

«Nein, das dürft Ihr nicht», sagte Nicolaas.

Zorn stieg in ihr hoch. Sie unterhielten sich über ihren Kopf hinweg. Sie diskutierten offenbar darüber, wie lange sie sie noch bedrängen wollten. Catherine holte tief Luft und stieß einen einzigen schrillen Schrei aus, dem sie die Namen ihres Pagen und ihres Dieners folgen ließ.

Der Diener eilte sofort herbei, aber Gottschalk beruhigte ihn: «Es ist schon gut, wir gehen gleich. Die Madonna ist nur sehr erregt. Bleibt bei ihr.» Während er sprach, hatte er sich die ganze Zeit nach jemandem umgeblickt, der zur Tür gekommen war.

Es war ein Mann in Umhang und Kapuze, den Catherine nicht kannte, obschon sie den Geruch von Weihrauch wahrzunehmen glaubte. Nicolaas kannte ihn. Er trat auf ihn zu, sprach leise mit ihm und drehte sich dann zu ihnen allen um. Er blickte zuerst Catherine und dann Gottschalk an. «Was?» sagte Gottschalk und öffnete, ohne auf eine Antwort zu warten, einen Fensterladen. «Sie ist da und vor Anker gegangen. Gehen wir.» «Zu spät», sagte Nicolaas, «sie werden schon an Bord gekommen sein.»

«Und?» sagte Gottschalk. Er hatte ein breites Gesicht, wie ein Pudding.

«Jemand hat dem Großwesir berichtet, daß wir Julius und le Grant an Bord haben. Ein Trupp Janitscharen hat den Auftrag, sie zu ergreifen», erläuterte Nicolaas.

Sie hatte das mit angehört. «Meester Julius?» sagte Catherine de Charetty mit der ganzen Autorität ihrer Mutter. «Meester Julius? Warum?»

Nicolaas wandte sich zu ihr um. «Er kennt die falschen Leute», sagte er. «Er war ein Günstling von Kardinal Bessarion. Hierzulande gilt Bessarion als Verräter an der griechischen Kirche und Feind der Türken.»

«Und John? Warum John?» wollte Gottschalk wissen; und Nicolaas stellte ein gequältes Lächeln zur Schau.

«Wußtet Ihr das nicht? Er hätte beinahe Konstantinopel vor dem Fall gerettet. Mit seinen Konterminen hat er den türkischen Wühlmäusen immer wieder einen Streich gespielt. Er hat unter Giustiniani Longo gedient. Longo, der genuesische Heerführer. Ein Mann der Dorias.»

«Ein Freund der Dorias?» fragte Gottschalk.

«Mit ihnen verwandt, so wie Catherines Ehemann. Also ist John den Türken doppelt verhaßt, als Minierer und als Freund der Genuesen, und wird dem Zorn des Sultans kaum entgehen. Herr Pagano aber hat nichts zu befürchten. Nicht nach seinem willkommenen Besuch beim Wesir heute morgen.»

Meester Julius. Der Aktuarius ihrer Mutter. Nun, er hätte sich ja nicht Nicolaas auf dieser Fahrt anzuschließen brauchen. Catherine sagte: «Mein Gemahl hat Geschenke mitgenommen. Das muß jeder.» Sie sagte es in scharfem Ton.

«Ich weiß», sagte Nicolaas. «Ich hatte befürchtet, daß er ihnen ein Geschenk besonderer Art anbieten würde. Aber er hat den schwarzen Pagen mitgenommen, nicht den weißen.»

«*Nicolaas*», sagte Gottschalk. Doch diesmal achtete Nicolaas überhaupt nicht auf ihn.

Catherine de Charetty sagte nichts, als der Ehemann ihrer Mutter ins Licht trat, zögerte und dann neben ihr niederkniete. Er sagte: «Solange du glücklich bist, wird sich keiner von uns einmischen. Aber wenn etwas geschehen sollte, brauchst du uns nur zu rufen. Ich werde in Trapezunt sein. Dort ist ein Schiff, und du hast viele Freunde und Menschen, die dir noch näher stehen als Freunde. Wir sind immer für dich da.»

«Ich brauche dich nicht», sagte sie.

Sie redeten wenig auf dem Weg zu dem Fährkahn, der sie über das Goldene Horn bringen sollte zu der Stelle vor der Landspitze, an der die *Ciaretti* lag. Sie war umgeben von Booten, auf denen man es selbst auf diese Entfernung stählern aufblitzen sehen konnte. Die Nachricht, die der Franziskanermönch überbracht hatte, war zutreffend gewesen. Die Türken hatten eine Abteilung Bewaffneter geschickt, um die Galeere festzuhalten und an Bord zu gehen. Offenbar unter dem Vorwand, John und Julius zu ergreifen. Auf der *Ciaretti* war man natürlich auf das Eintreffen von Zollbeamten, von Abgesandten der Hohen Pforte vorbereitet gewesen. Alle wußten genau, was sie zu tun und zu sagen hatten. Aber von einem Trupp feindlicher Krieger überfallen zu werden, das war etwas anderes. Natürlich hatte Nicolaas auch diese Möglichkeit erwogen: er dachte an alles. Nur daß jetzt das Leben von zweien seiner Leute verspielt sein mochte oder daß man sie zumindest als Geiseln nehmen würde. Aber man konnte noch nicht wissen, was das alles bedeutete.

Es ist zu spät, hatte Nicolaas vorhin in Pera gesagt, und einen beklommenen Augenblick lang hatte Gottschalk geglaubt, er wolle das Schiff seinem Schicksal überlassen, wie dies in Modon beinahe geschehen wäre. Doch diesmal war Nicolaas sofort zum Ufer hinuntergeeilt, obwohl das, was vor ihm lag, so wie Gottschalk die Dinge sah, eine schlimme Wiederholung der Ereignisse von Modon in anderer Gestalt zu werden versprach. Bei all seiner Sorge um das Mädchen mußte Nicolaas es seinem Schicksal überlassen um seiner Leute und seiner Galeere willen, die sich jetzt in einer eher noch gefährdeteren Lage befanden als bei dem Brand, und dies wiederum dank Pagano Doria. Nur er konnte den Türken hinterbracht haben, daß Julius und le Grant an Bord waren; nur er konnte sie an le Grants Anteil an der Verteidigung Konstantinopels erinnert und ihnen die Verbindung zwischen Julius und Bessarion entdeckt haben. Keinem war bewußt gewesen – auch ihm selbst und dem jungen, noch unreifen Nicolaas nicht –, daß das Schicksal dieser beiden Männer die ganze Zeit in Dorias Händen gelegen hatte. Das von Julius, der zumindest einen Teil von Nicolaas' Jugendzeit miterlebt hatte. Das le Grants, der sich ihnen nach dem einfallsreichen Maskenspiel in Florenz so bereitwillig angeschlossen hatte. Und der, wie es schien, einmal unter einem genuesischen Heerführer gekämpft hatte. Nun, jetzt schien festzustehen, wofür man den armen le Grant haftbar machen wollte.

Am Ufer hielt Nicolaas, als er schon ins Boot springen wollte, inne. «Wartet. Ihr solltet bleiben», sagte er. «Falls etwas geschieht, muß jemand da sein, der sich um das Mädchen kümmert.»

Gottschalk blickte ihn an und sagte: «Ich muß mich um eine Schiffsladung von Seelen kümmern. Sie hat ja Pagano Doria.» Nicolaas sagte nichts mehr.

Es war kalt auf dem Wasser. Sobald die Ruderer sich in die Riemen legten, zog Nicolaas eine Taschenflasche aus seinem Beutel, trank einen großen Schluck, wischte sich den Mund und hielt die Flasche Gottschalk hin. Der zögerte zuerst, griff aber dann zu und trank auch. Er war auf das starke Zeug nicht gefaßt und mußte husten. Er reichte die Flasche zurück, aber obwohl Nicolaas noch zweimal in kurzen, heftigen Schlucken daraus trank, bot er sie ihm nicht mehr an. Er schien auch kein Auge für sein Schiff zu haben, sondern hatte den Blick die ganze Zeit auf die näherkommenden Mauern von Stambul gerichtet. Dahinter erhob sich die Kuppel der Heiligen Weisheit, einst die großartigste Kirche der Welt. Nicolaas fragte: «Was sagt Euch dieser Ort?»

Gottschalk sah ihn an. Die ein wenig schräg gehaltene Flasche hatte einen Fleck auf dem dunklen Filzumhang gemacht, der sich ausbreitete. Gottschalk sagte: «Wollt Ihr eine Predigt über Schwäche, Habgier und Tapferkeit des Menschen hören? Eine Lektion in Geschichte? Der Ort sagt mir, was alle Städte zu sagen haben.»

«Alle Städte?» erwiderte Nicolaas. «Ich dachte, dies sei das neue Rom, das neue Jerusalem; das zweite Mekka?» Er hob wiederum die Flasche, hielt aber inne, als sein Blick Gottschalks braunen Augen begegnete.

Sie kamen dem Ziel immer näher. Gottschalk sagte: «Muß es sein? Nun denn, ja, Ihr habt recht, es ist ein besonderer Fall. Zeus und Jupiter. Der lateinische Gott, der griechische Gott, der muslimische Gott. Ein spiritueller Eintopf. Der Geruch ist einer, an den ich gewöhnt bin; ich brauche einen Geruch, um eine Krankheit bestimmen zu können, genau wie Tobie. Warum, bereitet es Euch Sorge?» Es war unter den Umständen ein höchst ungewöhnliches Gespräch.

Nicolaas wandte sich um. «Ich weiß nicht», sagte er. «Ich spüre nur eine Schändlichkeit irgendwo in der Luft.»

Sie bewegten sich jetzt zwischen den türkischen Schiffen, und Männer in Turbanen schrien ihnen zu. Gottschalk sagte: «Wegen der Türken? Doria?» Er sah Nicolaas mit dem ganzen Gebaren eine krampfhafte und gereizte Verneinung ausdrücken. Es schien ihm Klarheit zu verschaffen, wie ein Niesen. Ein Geruch nicht nach spiritueller Dekadenz, sondern nach Alkohol ging von seiner Person aus. Sie wurden auf die Beine hochgerissen und mit Keulen zu ihrer eigenen Kajütstreppe gestoßen.

Gottschalk ging voran. Hinter ihm sagte Nicolaas mit schleppender, aber völlig klarer Stimme: «Nach seinem Sieg hat der Sultan den Herrschern von Ägypten, Tunis und Granada vierhundert griechische Kinder zum Geschenk gemacht. Mir war, als hätte ich ein totes Kind gesehen. Mir war, als warte eine Woge des Verderbens darauf, sich auf mich herabzustürzen.»

«Nun, das tut sie auch», sagte Gottschalk. «Aber wir rechnen alle damit, daß Ihr mit ihr fertig werdet. Also geht an Bord dieser Galeere und handelt.»

Julius lag gefesselt und blutend in der Kombüse der *Ciaretti* und hörte durch das türkische Gebrabbel draußen von den Booten her Gottschalks Stimme. Er sprach flämisch, und Julius hoffte mit aller ihm zu Gebote stehenden Bösartigkeit, daß der Mann, mit dem er sprach, Nicolaas war.

Alle Gedanken, zu denen er im Augenblick noch fähig war, verteilten sich gleichmäßig auf seinen Haß auf Pagano Doria, seinen Peiniger, und auf Nicolaas, den Hanswurst, der dies hatte geschehen lassen.

Wie vorgesehen, hatte die *Ciaretti* die letzten Meilen bis zum Horn ganz gemächlich zurückgelegt. Es war nicht schwierig gewesen. Wie vorgesehen, hatten sie sich nicht widersetzt, als man sie anrief und an Bord kam, wenn es auch geschehen war, noch ehe sie die Anker geworfen hatten. Statt der Zollinspektoren und Hafenbeamten waren Janitscharen an Bord gestiegen: stumme muskulöse Männer mit weißen Filzhüten und einem Arsenal von Waffen, scharfen und stumpfen, die sie auch gebrauchten. Bei ihnen war ein freundlich tuender Mann namens Tursun Beg, der über einer langen zugeknöpften Robe einen Pelzumhang trug.

Die grobe Behandlung hatte sogleich eingesetzt, als sie feststellten, daß der Priester und der Schiffsherr nicht an Bord waren. Sie kannten den Namen Niccolo. John le Grant war bewußtlos geschlagen worden, weil er dem verrenkten Italienisch des Dragomans nicht zu folgen vermochte, und war noch immer nicht zu sich gekommen. Julius hatte, obschon er sich beeilte zu antworten, zwei Schläge ins Gesicht bekommen und war, als er sich widersetzte, mit Füßen traktiert worden, bis man ihn schließlich, an Armen und Beinen gebunden, hier zu Boden geworfen hatte. Hinter ihm, er spürte die sengende Hitze, war der Herd. Und im Feuer lag schon eine Zange. Sie waren es gewöhnt, rasch Auskünfte zu erhalten.

Über ihm auf dem Achterdeck hatten die Türken alle Offiziere und Reisenden zusammengetrieben, Männer mit Beilen, Keulen, Dolchen und Piken umstellten sie. Unter ihnen auch Tobie. Andere Bewaffnete hielten den Mittelgang besetzt, Rücken an Rücken, mit den Gesichtern zu den beklommen dreinschauenden Ruderern, die noch immer, ein oder zwei Mann auf einer Bank, so dasaßen, wie sie hereingerudert waren. Ein oder zwei Mann statt dreien. Dies war eine Trireme. Von unten drang das dumpfe Geräusch von Stimmen und Schritten herauf: die übrige Entermannschaft arbeitete sich durch den Laderaum vor.

Tursun Beg sah nicht aus wie ein Dummkopf. Von der einen Seite geröstet, von der anderen kalt angeweht, spähte Julius zu den Türken und seinem Dragoman auf und antwortete auf alle ihre Fragen. Er sagte ihnen, Messer Niccolo, der Schiffsherr, und sein heiliger Mann würden zurückkommen. Sie hätten nur ein Boot zur Fahrt hinüber nach Pera gemietet, wo sich eine verheiratete Verwandte des Schiffsherrn aufhalte. Er sagte auch, wer der Ehemann der Verwandten war, doch der Name des Genuesen Pagano Doria bewirkte keine Veränderung auf dem dunklen, undurchdringlichen Gesicht mit dem gepflegten schwarzen Schnurrbart.

Die nächste Frage hätte der Anzahl und der Herkunft der Ruderer gelten müssen. Statt dessen kam der Befehl, Tursun Beg den Aktuarius Julius und den Geschützmeister und Kapitän John le Grant vorzuführen.

Verblüfft blickte er mit geschwollenen Augen zu seinem Inquisitor auf. Die Keule war ihm schon in die Rippen gefahren, als er

Loppe gewichtig vortreten sah und hörte, wie seine Stimme in voll-tönendem Arabisch statt seiner zu einer Antwort ansetzte.

Von unten gesehen war Loppe so groß und breit wie der Haupt-mast. Er wandte sich um und deutete, noch immer redend, mit dem Finger zuerst auf Julius und dann auf den bewußtlosen le Grant.

Das Atmen schmerzte, aber Unkenntnis war viel schlimmer. Julius holte Luft und krächzte: «Was ist los?»

Loppe blickte den Türken in der Robe an, und dieser nickte. Loppe sagte auf italienisch: «Sie haben mir die Freiheit geschenkt, Messer Julius. Stellt Euch vor!»

Nicolaas hatte Loppe schon im vergangenen Jahr die Freiheit ge-schenkt. Loppe sprach die Sprachen aller seiner früheren Herren und ging wahrscheinlich gerade energisch das Ungarische an. Julius fragte: «Was wollen sie denn?»

Loppe lächelte. «Euch in den Kerker werfen, Messer Julius. Und Messer le Grant. Er wird hingerichtet werden, weil er gegen den Sultan gekämpft hat.»

«Ich habe nicht gegen den Sultan gekämpft», sagte Julius.

Loppe sagte: «Vielleicht nicht. Aber da ist dieser Brief von Kardi-nal Bessarion gekommen, an Euch gerichtet zu Händen von Messer Nicolaas. Die Türken haben ihn an sich genommen.»

Bessarion. In den hintersten Winkeln seines dröhnenden Kopfes erinnerte sich Julius an seine Missetaten von Bologna und die Not-wendigkeit, daß Bessarion sich für ihn verbürgte. Er fragte: «Was stand darin?»

Loppe sagte: «Es war ein freundlicher Brief, Messer Julius, des-halb nehme ich an, es war die gute Nachricht, auf die Ihr gewartet habt. Es hieß darin, man solle Herrn Cosimo de Medici bestellen, was für ein feiner Mensch Ihr seid und daß sie sich auf Euch verlas-sen könnten. Ihr würdet wo auch immer im Osten danach trachten, daß alle Menschen ermuntert werden, in den Schoß der katholi-schen und allumfassenden Kirche zurückzukehren und sich von den östlichen Irrtümern in der Gottesverehrung abzuwenden. Sie halten Euch für einen lateinischen Spion, der die Griechen aufwiegeln und dazu bringen soll, sich einem päpstlichen Kreuzzug anzuschließen. Sie werden auch Euch hinrichten, Messer Julius.»

Das konnte Loppe nicht alles in dem kurzen Gespräch erfahren haben, das er gerade geführt hatte. Er teilte ihm, wie Julius klar wurde, mit, was er schon von anderen gehört hatte. Vielleicht wußte er noch mehr.

«Wie sind sie an den Brief gekommen?» fragte Julius.

«Er wurde beim griechischen Patriarchat abgegeben», sagte Loppe. «Wie Ihr wißt, ist man dort vom Wohlwollen des Sultans abhängig. Und der Großwesir hatte schon von Euch und Kardinal Bessarion gehört. Tursun Beg ist sein Sekretär. Er sagt, Pagano Doria sei heute morgen von seinem Herrn zu einer Audienz empfangen worden.»

Pagano Doria. Und er konnte nicht einmal einen anständigen Atemzug tun, um seinen Haß auszudrücken. Über ihm blitzte es in Tobies runden, hellen Augen warnend auf. Julius schloß die Augen, womit er Loppe aus einem vielleicht gefährlichen Gespräch entließ, und leistete den Janitscharen keinen Widerstand. Nicolaas, du Bastard. Und es hatte keinen Zweck, sich zu wehren, selbst wenn es möglich gewesen wäre. Er würde nur die gesamte Mannschaft mit hineinziehen.

In diesem Moment hörte er vom Wasser her Gottschalks Stimme und schlug die Augen auf. Tobie, der eine bessere Sicht hatte, bemühte sich, über die Bordbrüstung zu blicken. Dann sagte er auf flämisch: «Sie sind beide da. Ohne das Mädchen.»

Dann hatten sie nicht einmal Catherine holen können. Es wäre seine, Julius', Aufgabe gewesen, das Mädchen zu seiner Mutter zurückzubringen. Aber Nicolaas war trotzdem gegangen und hatte sie in diese Bedrängnis gebracht und in Pera nicht einmal etwas erreicht. Nicolaas hatte zu wissen geglaubt, was Doria vorhatte. Aber das war ein Irrtum gewesen. Über ihm trat Tobie ein Stück zur Seite.

Der türkische Beamte, ebenfalls auf das Geräusch aufmerksam geworden, hatte sich von seinen Gefangenen abgewandt. Die Janitscharen, die sich schon gebückt hatten, um sie hochzuheben, richteten sich auf. Dann ging Tursun Beg selbst zum oberen Ende der Kajütstreppe und winkte Loppe ungeduldig heran. Neben Julius schlug le Grant die Augen auf, verzerrte das Gesicht und fragte: «Was?»

Julius sagte auf flämisch: «Es ist alles schiefgegangen. Sie wissen, wer Ihr seid. Mich halten sie für einen gefährlichen Schüler von Bessarion. Das Schiff haben sie sich kaum angesehen. Wahrscheinlich werden sie es beschlagnahmen, nachdem sie uns hingerichtet haben.»

Le Grant sah ihn mit einem verschwommenen Blick an und sagte: «Ich hab' mich vollgepißt, verdammt noch mal. Wo ist Nicolaas?»

«Kommt gerade an Bord», sagte Julius mit schmerzlicher Bitterkeit. «Was kann er schon tun?»

«Jesus, Sohn Davids», sagte Tobie plötzlich von oben. Er hielt den Blick auf die Kajütstreppe gerichtet. Julius versuchte sich aufzurichten, um zu sehen, was geschah. Gottschalk betrat das Deck, sein Umhang war zerknittert, und seine zurückgefallene Kapuze gab die borstige schwarze Tonsur frei, die die Kirche auf See erlaubte. Er schien in seiner Aufmerksamkeit hin und her gerissen zu sein zwischen Tursun Beg, dem Loppe ihn vorzustellen versuchte, und Vorgängen hinter ihm auf der Treppe. Julius sah zuerst Loppe und dann auch Tursun Beg zur Seite treten. Ein Platschen und Stimmengebrüll. Julius blickte hinauf zu Tobie.

«Nicolaas», sagte Tobie mit gepreßter Stimme.

«Entwischt?» fragte John le Grant. Es klang überrascht. Unten ging das Schreien weiter. Sie sahen, wie das obere Ende der Kajütstreppe schwankte. Nicolaas' Kopf kam in Sicht, das Haar von der Feuchtigkeit gekräuselt wie ein Knäuel brauner Wolle. Er trug keinen Hut mehr, und sein Umhang war heruntergefallen. Vom Gürtel bis zu den Stiefeln war er durchnäßt von schmutzigem Meerwasser. Sein Gesicht glühte vor Vergnügen, und er redete munter in unverständlichem Flämisch und gestikulierte wild.

In Tavernen in Brügge und Löwen hatte Julius sie beide, Felix und Nicolaas, immer an dieser fröhlichen Stimme und dem hemmungslosen Lachen ausfindig gemacht. Und ihre Rechnungen beglichen, sie hinausgeführt, sie festgehalten, während sie sich übergaben. «Entwischt», sagte er.

KAPITEL 14

WENN NICOLAAS ENTWISCHT WAR, so natürlich nur im übertragenen Sinn. Wie alle anderen war er noch immer umgeben von Janitscharen an Bord der festgehaltenen *Ciaretti*, deren Schiffsführer und Aktuarius man zusammengeschlagen und gefesselt hatte, um sie zur Hinrichtung fortzuschaffen, während der übrige Teil der Besatzung (ihr nüchterner Teil) niedergedrückt auf das wartete, was das Schicksal für sie bereithalten mochte.

Tobie, mit den übrigen im Bug zusammengetrieben, versuchte düsteren Sinnes zu ergründen, warum Nicolaas gerade zu diesem Zeitpunkt zum Wein gegriffen hatte, und kam zu dem Schluß, daß es wegen des Mädchens war. Wahrscheinlich wäre es dazu schon in Modon gekommen, hätte nicht das Feuer seine ganze Tatkraft erfordert. Er versuchte in Gottschalks Gesicht zu lesen, doch der starrte ausdruckslos vor sich hin. Julius, der große Schmerzen leiden mußte, glühte vor Zorn. Le Grant, auf den auch der Tod wartete, lag nur da und blickte verwirrt drein. Loppe, der beunruhigter hätte sein sollen als jeder andere, machte lediglich ein andeutungsweise zufriedenes Gesicht. Zögernd keimte wieder Hoffnung in Tobie auf. Er musterte Nicolaas aufmerksam.

Ebenso wie Loppe wirkte auch Nicolaas eher zufrieden. Er troff noch immer von Wasser nach seinem Mißgeschick auf den Treppenstufen. Seine Ellenbogen, von den Armen zweier Janitscharen umschlungen, waren knorrig wie die Flügel eines Hühnchens, und man hätte ihm genausogut eine Raupe wie ein Stück Brot zwischen die lächelnden, vollen Lippen stecken können. Sie wollten ihn vor dem Bey festhalten, aber seine Beine knickten ein wenig ein, und seine unverhofft wegrutschenden Füße entzógen ihn dem überraschten Griff seiner Bändiger, so daß er zur Seite stürzte. Ehe sie sich's versahen, langte er vor dem durch ein Seil abgetrennten Küchengeviert an und stand dann da und blickte zu seiner rothaarigen Neuerwerbung aus Aberdeen hinunter. Er zog mißbilligend den Atem ein. «Ihr habt Euch vollgepißt», sagte Nicolaas. Er sprach toskanischen Dialekt.

Der Rotkopf ging in die Höhe. «Ha, Ihr habt Euch die Stiefel und die Hosen vollgemacht – und Euch haben sie nicht mit dem stumpfen Ende eines Beils auf den Kopf geschlagen. Sie werden uns aufknüpfen», sagte John le Grant in demselben Dialekt. Tobie hörte seine Worte.

«Nein, das werden sie nicht», antwortete Nicolaas voller Überzeugung. Sein wandernder Blick entdeckte den gefesselten Julius, und sein Lächeln wurde breiter. «Pfählen könnten sie Euch. Bis zum Hals eingraben. In einen Sack binden, zusammen mit einem Hund, und dann draufprügeln. Mit einer Kanone abfeuern. Kanonisches Gesetz, Julius. John könnten sie nicht abfeuern, er ist ja naß.»

«Sie wissen...», begann Julius. Er sprach Flämisch.

«Und Ihr seid sehr gut gerudert», sagte Nicolaas, noch immer auf italienisch. «Habt Eure Wette gewonnen.» Er wandte sich dem neben ihm stehenden Loppe und dem Bey zu. Er sagte zu Loppe: «Sag deinem neuen Herrn, er schuldet Julius drei Mädchen und einen Krug Bier. Ehrenschuld. Nein, kein Bier; das halten die Burschen für böse.»

Die Männer im Bug, die bis jetzt wie erstarrt dagestanden hatten, warfen sich beunruhigte Blicke zu. Tobie sah Loppe fest an. Die Janitscharen bei der Küche hielten die Augen auf Tursun Beg gerichtet, der ihnen noch keine Zeichen gegeben hatte. Der Türke sprach in barschem Ton Loppe an, der etwas erwiderte. Nicolaas, der das offenbar bemerkte, beugte sich vor und stieß Loppe in die Seite. Der Neger wandte sich um.

Wasser aus seinem Umhang rann Nicolaas über die Stiefel und bildete eine Pfütze, die sich bis dorthin ausbreitete, wo Julius lag. Ziegenkot bewegte sich, hob sich und schwamm ihm in die Ohren. Le Grant würgte plötzlich, und Tobie, der alles beobachtete, fluchte vor sich hin. Nicolaas sagte in neckischem Italienisch zu Loppe: «Du bist ein Eunuch.»

Loppe warf ihm einen unruhigen Blick zu und sah dann wieder Tursun Beg an, der eine Frage stellte. Nicolaas stieß den Neger abermals an. «Oder bist du keiner? Wie heißt *großer schwarzer Eunuch* auf türkisch? Hilfst du mit, uns nach Trapezunt zu rudern? Schenke dir drei Knaben.»

«Messer Niccolo», sagte Loppe und drehte sich ganz um. Was

Tobie von seinem Gesicht sehen konnte, wirkte eher verzweifelt. Er sagte: «Herr Tursun Beg fragt, wo die Ruderer sind. Die Bänke sind halb leer.»

Nicolaas starrte ihn an. Er hielt es offenbar nicht mehr für notwendig, sein Körpergewicht auf beiden Beinen zu halten, und er setzte sich, dabei durch den Umhang behindert, in das Wasser, das zu le Grant hin rann und seinem Würgen ein Ende machte. «Nun, sag's ihm schon! Alle Offiziere mußten rudern, und wir hatten eine Wette abgeschlossen.»

Er sang vor sich hin, während Loppe dolmetschte und Fragen beantwortete, und der feuchte kalte Wind spielte mit seinen Haaren und Kleidern, so daß Tobie, der zusah, plötzlich erschauerte. Dann trat Schweigen ein.

Tursun Beg hatte sich von dem Neger abgewandt. Seine schwarzen Augen musterten Nicolaas. Dann gab er einen Befehl. Zwei Männer rissen Nicolaas hoch und hielten ihn so fest, daß es ihm weh tat. Nicolaas hörte auf zu singen. Dann sprach Tursun, und diesmal übersetzte der Dragoman. Der Dragoman sagte: «Ihr habt zu antworten. Die Hälfte Eurer Ruderer fehlt.»

«Das stimmt», sagte Nicolaas. «Drei Mädchen und ein... Ihr habt nicht gerudert.» Er blickte ungehalten.

«Wo sind die Ruderer?» fragte der Dragoman.

Nicolaas machte ein überraschtes Gesicht. «Nun, über die ganze Ägäis und das Marmarameer verstreut. Samt ihren Familien. Im Paradies. Wir haben andere angeheuert, aber sie haben uns immer wieder verlassen.»

«Paradies?» sagte der Dragoman.

«Wir nehmen es zu ihren Gunsten an», sagte Nicolaas großmütig.

«Der ehrenwerte Tursun Beg meint, Messer Padrone, wollt Ihr damit sagen, daß einige Ruderer gestorben sind? Wie sind sie gestorben?»

«Sie sind einen guten Tod gestorben», sagte Nicolaas. «Fragt den Kaplan da drüben. Haben vorher ihre Sünden bereut, allesamt. Wir haben sie über Bord geworfen. Ach, bin ganz naß.»

«Woran sind sie gestorben?» fragte der Dragoman. Seine Stimme war in ihrem drängenden Ton fast so gebieterisch wie die Tursun Begs.

«Ich weiß es nicht», sagte Nicolaas. «Ich muß mich umkleiden.

Habt Ihr nicht im Ballast nachgesehen? Wir haben zwei im Sand vergraben, damit sie bis Trapezunt halten. Da kamen sie her, und da wollten sie bestattet werden. Türken hatten wir keine. Ich weiß, wie man einen Türken bestattet. Ich hab's gesehen. Unter einem Hut auf einem Grabstein. Maestro Cappello, Madonna Cappello, Bambino Cappellino. Trauermusica di cappella. Trauerbüschel von capello. Cap – cap – caprone mio, macht das mal besser», sagte Nicolaas. Tobie hörte auf zu zittern und stand plötzlich ganz still da. Er spürte, wie er errötete.

Tursun Beg dagegen erbleichte eher. Er machte einen Ruck mit dem Kopf, und Nicolaas wurde noch im Reden zu seiner Kajüte hin geschoben. Zwei der Begleiter des Türken hoben die Ladeluke hoch und stiegen zum zweiten Mal hinunter. Sie kamen sehr schnell wieder herauf: so schnell, daß ihre Gesichter weiß waren. Und sie riefen, was sie zu vermelden hatten, auf türkisch noch von der Luke herüber. Eine Nachricht, die alle, die sie hörten, wie ein Blitzschlag traf. Eine Nachricht, die das ganze Schiff verwandelte.

Wie von einem Magnet angezogene Nagelstifte fand das lebende Muster der Menschen auf den Enddecks, auf dem Mittelgang und bei den Bänken zu einer neuen Anordnung. Die zum Schiff gehörten, blieben stehen, wo sie waren, und blickten sich um. Die nicht zum Schiff gehörten, begannen sich bei den ersten Worten der beiden, die unten gewesen waren, zu bewegen, sprangen von den Gefangenen und den Ruderern fort, rückten von den Gruppen von Schiffsoffizieren und Kaufleuten im Heck und im Bug ab. Nicolaas war, nun mit einem trockenen Wams, aus dem Heckkastell herausgekommen, in den Händen zwei Strümpfe, die er anzog, während er dabei auf einem Bein zu stehen versuchte. Tursun sah ihn und drehte sich um. Er rief etwas.

Der Dragoman schluckte. Er übersetzte: «Mein Herr sagt, wißt Ihr nicht, daß Ihr die Pest an Bord habt?» Entsetzte Stimmen wurden laut.

«Die Pest?» sagte Nicolaas. «Das sind die Ziegen. Na ja, jetzt auch Messer Julius. Vom Ballast kommt kein Geruch. Zwei gute, trockene Leichen, fertig für die Heimfahrt.»

«Sie hatten die Pest», sagte der Dragoman. «Der Bader meines Herrn kennt die Anzeichen genau. Ihr könnt nicht hier bleiben.»

«Kann ich nicht?» sagte Nicolaas. Er hopste herum und zog den einen Strumpf mit verknoteten Schnüren über die Knöchel. «Nun gut. Aber dann müßt Ihr mir für ein Quartier sorgen. Ich glaube, ich rede lieber mit dem Großwesir wegen dieser Angelegenheit mit le Grant und meinem Aktuarius. In welchen Kerker... Meine Stiefel. Wartet, bis ich meine Stiefel angezogen habe. In welchen Kerker bringt Ihr sie?» Seine Rede, obschon ein wenig undeutlich gesprochen, war leicht zu verstehen.

«Sie bleiben an Bord», sagte der Dragoman rasch. «Ihr bleibt alle an Bord. Ihr fahrt weiter, ohne daß einer an Land geht. Wasser und Proviant wird man euch bringen, aber niemand setzt auch nur noch einen Fuß auf dieses Schiff.»

Nicolaas stützte den Fuß auf. «Wir erwarten den Statthalter!» sagte er. Das klang eher überrascht als bekümmert. «Und den florentinischen Konsul. Und Messer Bartolomeo Zorzi und seinen Teilhaber.»

«Niemand darf an Bord», sagte der Dragoman.

Nicolaas schaute ein wenig verwirrt drein. «Nun ja, gewiß. Wenn Ihr es sagt. Aber hinfahren kann ich doch, wohin ich will?»

«Wo wolltet Ihr denn hinfahren?» fragte Tursun Beg in sanftem Ton. Der Dragoman dolmetschte.

«Nach Trapezunt», sagte Nicolaas. «Ich dachte, das wüßtet Ihr. Wir fahren nach Trapezuut, um dort Florenz zu vertreten.»

«Dann, Messer Niccolo», sagte Tursun Beg, «solltet Ihr dieses ausgezeichnete Vorhaben ausführen. Ihr nehmt am besten an Bord, was Ihr braucht, und fahrt auf kürzestem Weg nach Trapezunt.»

Das war seine letzte Anweisung. Er verlor noch einige Worte, eine Pfeife schrillte, und Stimmen riefen vom einen Ende des Schiffes zum anderen. Es gab ein hastiges Fußgetrampel. Würdevoll wandten sich Tursun Beg und seine Begleiter um und stiegen die Kajütstreppe hinunter. Voll ängstlichen Eifers folgte ihnen das kleine Heer von Janitscharen, deren Beilklingen blitzten und mit deren Federbüschen der Wind spielte. Als ihre Ruderboote abstießen, rannte Tobie die Stufen vom Bugaufbau herunter zu Nicolaas, der den allgemeinen Aufbruch sehr freundlich beobachtete und immer wieder winkte. Als die Boote in weiter Ferne verschwanden, blickte er sich um. Alle, die noch an Bord waren, schienen sich um ihn versammelt zu haben. «Ein dreifaches Hoch», sagte Tobie mit vorsichtigem Spott. Sie brachten die Hochrufe aus, allerdings im Flüsterton.

Nicolaas wirkte keineswegs verlegen. «Nun, das will ich auch meinen», sagte er. «Aber jetzt geht um Gottes willen hinunter und fangt an, unsere Holzkunstwerke aufzusägen. Astorre und die anderen müssen halbtot sein. Loppe, ich habe dich beleidigt. Aber das habe ich natürlich nicht so gemeint. Du giltst für geleistete Dienste von heute an als besonders tapferer Mann. Tobie...?»

Bis auf einen ganz leisen Nachklang war die schleppende Sprechweise verschwunden. Nicolaas war nüchtern. Er war immer nüchtern gewesen. «John ist glimpflich davongekommen», sagte Tobie, «aber Ihr habt einen übel zugerichteten Aktuarius.» In einem Gewirr zerschnittener Stricke setzte sich John le Grant auf, rieb sich die Arme und tastete vorsichtig nach der Beule, die die Keule des Türken hinterlassen hatte. Jemand hatte um Julius herum Stroh aufgeschüttet, und Tobie hatte ihm das Hemd aufgeschlitzt und legte ihm einen ersten Verband an, ehe er fortgeschafft werden konnte. Julius keuchte, immer wieder von stoischen Augenblicken unterbrochen, und stieß unterdrückte Flüche aus, die sich hauptsächlich gegen Nicolaas richteten.

«Mal langsam», sagte Tobie. Ein Hochgefühl machte ihn fast trunken. «Wir hatten damit gerechnet, daß Doria unsere hundert Bewaffneten, die wir an Bord haben, meldet, und entsprechende Vorkehrungen getroffen. All diese schönen Einbauten, die sie in Modon gezimmert haben, und die Kisten und Fässer. Sie werden noch wochenlang Krämpfe und Gelenkschmerzen haben, aber das hat sie gerettet. Von meiner sehr überzeugenden Pestmalerei ganz zu schweigen.»

«Ihr meint, es war ein Glück, daß wir die zwei Toten hatten», sagte John le Grant. «Ich glaube, ich weiß, weswegen Julius sich beklagt. Aber Doria hat uns alle ausgespielt. Das war geschickt gemacht.» Er hielt inne. «Was war das mit einem Brief von Bessarion?»

Tobie sagte: «Die Medici-Bank hat uns ihre Unterstützung versprochen unter der Voraussetzung, daß der Kardinal die Tilgung gewisser Schulden bestätigt. Diese Bestätigung scheint eingetroffen zu sein, wenn auch in einem ungünstigen Augenblick. Florenz wird uns Kopien schicken. So, jetzt hebt ihn hoch.»

Nicolaas und zwei der Seeleute trugen Julius in die Kajüte. Der dienstälteste Rudergänger flüsterte Nicolaas zu: «Herrgott, Messer Niccolo, das war lustig. Ich konnte kaum an mich halten.»

Nicolaas grinste. Hinter ihnen kam da und dort leises Gelächter auf. Das Küchenfeuer flackerte auf. Männer versammelten sich in Gruppen um die Hauptluke herum. «Ja, jetzt können wir wohl alle aufatmen, aber wir dürfen nicht den Eindruck erwecken, als wären wir in bester Stimmung», sagte Nicolaas. «Vor allem dürfen sich Hauptmann Astorre und seine Leute nicht an Deck zeigen, bis es dunkel ist. Spannt doch das Sonnensegel auf und stecht ein Fäßchen Wein an. Belästigt le Grant nicht damit, macht das unter euch. Aber ruhig verhalten, ja?»

Er blieb bei Tobie und Gottschalk, bis Julius richtig verbunden war. Tobie sagte, er habe bei einem Sturz vom Pferd schon Schlimmeres gesehen, aber Julius habe immerhin einige gebrochene Rippen und ein gebrochenes Schlüsselbein und dazu Schnitte und starke Quetschungen. Gottschalk ging hinaus und kam mit einem heißen Becher zurück und mit etwas Pulver. Julius trank davon und erinnerte sich zum ersten Mal wieder benommen seiner anderen Kümmernisse. «Die arme Kleine. Was ist schiefgegangen?» fragte er. «Sie wollte nicht mitkommen», sagte Gottschalk. «Sie ist tatsächlich verheiratet, und er ist ihr ein guter Ehemann. Sie ist glücklich und betet ihn offenkundig an. Sie sagt, er habe ihrer Mutter geschrieben.»

«Ihr habt ihr geglaubt?» fragte Julius.

Gottschalk sagte: «Sie hatte keinen Grund, zu lügen. Doria war nicht dabei.» Tobie, der sorgsam seine Sachen wieder in die Tasche packte, fragte sich, warum Nicolaas nicht das Wort führen durfte. Auf dem Lager daneben hatte der florentinische Konsul einen Becher von dem sehr guten Wein ergriffen, den jemand gebracht hatte, und trank ihn in einem Zug leer. Dann schenkte er sich noch einmal ein.

Julius sagte: «Aber Trapezunt – wenn es Krieg gibt? Sie sollte da nicht hingehen. Und er wird kein guter Ehemann bleiben. Er hat es

nur auf ihr Geld abgesehen. Ich sage, wir sollten sie trotzdem entführen.»

Tobie sagte nachdenklich: «Das könnten wir schon. Wir müssen
in Pera noch Fahrgäste aufnehmen.»

«Ach ja?» bemerkte Gottschalk. «Das wußte ich nicht.»

«Leute, die nach Trapezunt wollen», erläuterte Nicolaas. «Zorzi,
der Bruder des Griechen, hat es Tobie ausrichten lassen. Es muß bei
Dunkelheit geschehen, auf der Bosporusseite, denn wir gelten ja als
ein Schiff mit der Pest an Bord. Julius, wir können sie nicht mit
Gewalt mitnehmen, sie würde einfach ausreißen und zu ihm zurückkehren. Und außerdem, wo sollten wir sie hinbringen? Wir fahren
selbst nach Trapezunt.» Er hielt inne und setzte dann hinzu: «Ich
würde umkehren, wenn es Catherine etwas nützte.»

«Es würde nichts nützen», sagte Gottschalk. «Wenn Ihr dabeigewesen wärt, würdet Ihr genauso denken.»

Julius blickte ihn eine Weile verwirrt an, bis ihn das Betäubungs-
mittel plötzlich in Schlaf fallen ließ.

Während er ihn beobachtete, fragte Tobie leise: «Wird der Krieg
auch Trapezunt erfassen? Was haben die Franziskaner gesagt?»

Gottschalk sagte: «Ihr habt die Flotte in Gallipoli gesehen. Es
heißt, dort versammelten sich dreihundert türkische Schiffe. Der
Sultan ist nicht in Adrianopel, aber er hat seinen zweiten Wesir dort
eingesetzt, was für eine längere Abwesenheit spricht. Inzwischen ist
Mahmud Pascha, der Großwesir, hier in Stambul, mit seinem ganzen Haushalt. Er ist ein erfolgreicher Heerführer. Vor drei Jahren
hat er Serbien unterworfen, wo sein Vater herkam. Wenn der Sultan
einen Krieg führt, stellt er wahrscheinlich Mahmud an die Spitze
seiner Truppen.»

Wie Tobie bemerkte, beobachtete Nicolaas sie alle, ohne jedoch
richtig zuzuhören. Ihm war das schon bekannt. Der Kaplan sagte:
«Das hartnäckigste Gerücht stimmt mit dem überein, was uns der
Statthalter in Modon gesagt hat. Der Sultan hat sein Auge natürlich
auf alle Häfen am Schwarzen Meer gerichtet, Trapezunt eingeschlossen. Aber seinen ersten Streit ficht er mit Uzun Beg aus, der
ihn beleidigt hat. Und er mag zu raschem Handeln entschlossen sein
für den Fall, daß der Westen auf Fra Ludovico da Bologna hört und
in diesem Sommer eine Hilfsflotte ausschickt.»

«Zuerst Uzun Beg und dann Trapezunt?» sagte Tobie.

Zum ersten Mal meldete sich Nicolaas zu Wort. «Man kann das nur vermuten. Aber bedenkt, das Kaiserreich Trapezunt ist nur ein zweihundert Meilen breiter Streifen an der Küste des Schwarzen Meeres, und ungefähr vierzig Meilen tief. Zwischen ihm und dem übrigen Kleinasien liegen diese Gebirge. Sie haben Trapezunt lange Zeit Schutz geboten und tun es vielleicht auch noch weiter. Die Zeit für einen Feldzug ist kurz. Nach einem langen Kriegszug gegen Uzun Beg wird sich der Sultan kaum an die Pontische Gebirgskette wagen.»

«Aber wenn er Uzun Hasan schnell besiegt?» fragte Tobie.

«Dann mag Trapezunt eine kurze Belagerung drohen, die es aber sehr wohl überstehen kann, wie Astorre glaubt. Andererseits ist es auch möglich, daß der Sultan verliert. Uzun Hasan kann auf viel Unterstützung zählen. Wozu erst diese lächerliche Einforderung von Pferdegeschirr?»

«Ihr glaubt, der Papst und der Herzog von Burgund schicken ein Kreuzzugsheer?» fragte Tobie.

«Ich denke mir, Uzun Hasan und der Kaiser von Trapezunt hoffen, daß der Sultan glaubt, der Westen werde eine Flotte gegen ihn aufbieten», sagte Nicolaas.

«Wir brauchten tatsächlich einen Astrologen», erwiderte Tobie. «Was ist aus Eurem seltsamen Griechen geworden? Ich dachte, er wolle für Euch aus den Eingeweiden lesen.»

Nicolaas sagte: «Ich weiß nicht, ob ich ihm glauben würde, wenn er es täte. Es weiß einfach niemand, was geschehen wird, oder doch erst in einem Monat, denn vorher kann ein Feldzug zu Lande nicht beginnen. Bis dahin werden wir beim Kaiser in Trapezunt sein und damit Partei ergriffen haben. Ich bin bereit, auch auf diese Gefahr hin weiterzumachen, aber wenn einer das nicht ist, soll er es sagen. Jetzt ist die letzte Gelegenheit dazu. Wir können nicht in Pera bleiben. Wir können nur umkehren oder weiterfahren und auf uns nehmen, was kommt.»

Tobie sagte: «Euer Angebot kommt ein wenig spät. Julius schläft, und le Grant macht das Schiff zum Auslaufen bereit.»

«Le Grant kennt die Lage, und die Offiziere auch», sagte Nicolaas. «Und Ihr habt Julius ja gehört. Er will das Mädchen nicht im

Stich lassen. Er weiß, daß es Krieg geben kann. Wir alle haben das schon immer gewußt.»

«Nun, das stimmt», sagte Tobie. «Mich beunruhigt das auch nur, wenn es in Zeiten und Zahlen und langen türkischen Titeln ausgedrückt wird. Dann heißt es also Trapezunt, komme, was da mag, mit unseren jetzt gelenksteifen hundert Mann?»

«Warum nicht?» sagte Nicolaas. «Jason hat es geschafft, und wenn es auch Pagano Doria gelingt, dann sehe ich nicht ein, weshalb ich mit Angst im Leib arm sein soll statt mit Angst im Leib reich. Also, fahren wir?»

«Nun ja, natürlich», sagte Gottschalk mit sanfter Stimme. «Wozu das alles? Glaubt Ihr, wir wollten nach Brügge zurückschwimmen?»

Nicolaas lächelte ihn an. «Es geht nur darum, daß Tobie immer gern alles auslotet. Wie Ihr. Ich habe nichts dagegen. Also, auf Trapezunt, und möge Pagano die Pocken kriegen. Wobei mir einfällt –»

«Ja», sagte Gottschalk, «ich habe daran gedacht. Und Ihr natürlich auch, als Ihr dieses Haus betratet. Die *Doria* und ihr Schiffsherr werden Pera ebenfalls verlassen müssen.»

So schnell wie die ottomanischen Heerscharen abgerückt waren, so schnell war das Proviantboot zur Stelle, erkundigte sich, was sie benötigten, und kam mit dem Trinkwasser und den angeforderten Vorräten wieder zurück. Von den Türken betrat dabei keiner das Schiff. Die Fässer und Kisten wurden mit einer Winde an Bord gehievt und unter Deck gebracht, wo abgeschraubte Holzverkleidungen und aufgestemmte und aufgesägte Tonnen und Verschläge davon kündeten, wie die Handwerker von Modon achtundneunzig Kriegsleute und Astorre versteckt hatten.

Den Wachschiffen mochte, indes sich die Dämmerung herabsenkte, die florentinische Galeere als eine dunkel im Wasser liegende Form erscheinen, nüchtern jetzt und ihres Schicksals bewußt. Doch hinter zugezogenen Vorhängen und schweren Läden wurde im Überschwang gefeiert, wenn auch leise. Als der Schlaf schließlich kam, überfiel er nur zufriedene Männer.

Und die ganze Zeit sprühte und lachte Nicolaas, selten ohne einen Becher in der Hand. Gottschalk ließ ihn gewähren, auch dann, als er sich zur nur noch kurzen Nachtruhe neben ihm niederlegte. Als er sich von den Knien erhob, schaute er noch einmal zu ihm hinüber, ehe er sich auf seinem Lager ausstreckte, aber Nicolaas war ganz still.

Einige Zeit danach fragte Gottschalk mit leiser Stimme: «Schlaft Ihr noch nicht?» Er hatte ein kurzes Schnauben vernommen, vielleicht hatte er an etwas Lustiges gedacht.

Nicolaas sagte: «Bei allem, was ich getrunken habe?»

Es war noch zu dunkel, um Umrisse zu erkennen. Die Kajüte war erfüllt von den Atemgeräuschen anderer Männer. Gottschalk stützte sich auf den Ellenbogen: «Da war kein gebrochenes Kind. Da ist nur ein vollkommen glückliches lebendes Kind, das vielleicht nie Hilfe braucht. Aber wenn sie welche braucht, könnte sie sich keinen besseren Menschen an ihrer Seite wünschen. Was geschehen ist, ist nicht Eure Schuld. Ihr hättet nichts anderes tun können.»

«Ihr wißt es nicht. Es ist meine Schuld», sagte Nicolaas.

Tobie, der auch noch lange wach lag, hörte das kurze Gespräch, das mit diesen Worten endete. Auch er war versucht gewesen, etwas zu sagen, hatte sich aber klugerweise zurückgehalten. Seine Stimme war nicht die, die Nicolaas brauchte, auch die Gottschalks nicht. Die Stimme, die Nicolaas brauchte, das hatte er schon vor langer Zeit erkannt, gab es nicht.

Lang vor diesem Zeitpunkt kehrte der Seekaufherr Pagano Doria zu seiner jungen Liebe in Pera zurück, nach einer längeren, aber recht befriedigenden Audienz beim Großwesir Mahmud im Neuen Palast und einem kürzeren, weniger anspruchsvollen Gespräch im ausgemalten Paraklesion der Kirche des Pammakaristos, dem Sitz des Oberhaupts der griechisch-orthodoxen Kirche im ottomanischen Reich.

Das ottomanische Reich bedurfte offensichtlich der Künste und Kenntnisse der Griechen, und die Griechen bedurften eines örtlichen Aufsehers. Daher hatte Mehmed der Eroberer in seiner gewohnten Milde die nötige Anzahl von Kirchen in Stambul verschont und zum Patriarchen Georg Scholarius ernannt, von allen griechischen Theologen den, der am wenigsten geneigt war, eine Vereinigung mit der Kirche des Westens zu unterstützen oder zu fördern. Einmal, auf dem berühmten Papstkonzil in Florenz, hatten

Scholarius wie Amiroutzes und Bessarion für die Vereinigung gestimmt. Doch keiner vertritt hartnäckiger seinen Standpunkt als der, der ihn geändert hat. Der Sultan gab dem Patriarchen ein neues, juwelenbesetztes Kreuz und erlaubte ihm, ihn im christlichen Glauben zu belehren. Erkenne den Feind.

Bei der Fahrt über das Goldene Horn sah Doria, daß die *Ciaretti* nicht mehr so ergötzlich von Wachbooten umdrängt war – le Grant und dieser arme Julius mußten schon in Ketten abgeführt worden sein, wahrscheinlich gefolgt von einem verzweifelt die Hände ringenden Messer Niccolo. Wegen der Beziehungen zu Florenz würde Mahmud wohl gegen das Schiff und den jungen Mann nichts unternehmen. Doria vermutete, daß auch die Venezianer ein Auge auf das Handelshaus Charetty hatten. Was mit den beiden angeklagten Männern tatsächlich geschah, berührte ihn kaum. Die Galeere würde jedenfalls längere Zeit hier liegenbleiben müssen. Nur darauf kam es ihm an. Und darauf, daß er diesem armen unreifen Jüngling, der geglaubt hatte, es mit einem Doria aufnehmen zu können, einen weiteren Hieb gegen das Kinn versetzte. Blieb natürlich abzuwarten, ob es nur ein Hieb und kein tödlicher Schlag gewesen war. Er hoffte es nicht. Man sollte solche Dinge mit feinfühliger Kunstfertigkeit ausführen.

Er ritt mit seinem prächtigen Gefolge in den Hof des Hauses des Ältesten ein, saß ab, und da trat auch schon sein Kapitän an ihn heran, der offenbar auf ihn gewartet hatte. Hinter Crackbene kam der Diener die Treppe heruntergerannt, den er bei Catherine zurückgelassen hatte. Und oben an der Treppe, mit aufgelöstem Haar, stand seine Gemahlin Catherine selbst – sie schien aufgeregt.

«Macht schnell», sagte Pagano Doria zu Crackbene.

Der Mann war ein erfahrener Kapitän, der das Schiff gut im Griff hatte und tat, wofür er bezahlt wurde, gewöhnlich ohne ein Wort zu verlieren. Er sagte: «Sie sind an Bord der *Ciaretti* gegangen, aber sie haben die Gefangenen nicht mitgenommen. Es heißt, sie haben die Pest an Bord.»

«Unsinn», sagte Doria.

«Möglich ist es», entgegnete Crackbene. «In Patras ist sie ausgebrochen.»

Jetzt war Catherines Diener bei ihm angelangt, «Herr! Er ist gekommen. Wie Ihr vermutet hattet. Messer Niccolo von Charetty. Er wollte mit der Madonna reden. Ich habe ihm erlaubt –»

«Sei still, du Narr», sagte Doria. Dann, zu Crackbene: «Ihr seht – keine Pest.»

«Sie haben ihnen Leichen gezeigt.»

«Dann haben sie das Schiff durchsucht? Was haben sie gefunden?»

«Nur zwei Tote», sagte Crackbene. «Die Hälfte der Besatzung hat gefehlt, von Bord gegangen oder gestorben. Sie hatten unterwegs einige Fischer angeheuert, die ihnen durch die Meerengen helfen sollten. Im übrigen waren da nur einige der alten Seeleute und die Offziere.»

«Dann haben sie aufgegeben», sagte Doria. «Sie haben die Bewaffneten entlassen, als sie noch auf venezianischem Boden waren. Es sei denn, er hätte sie irgendwo an Bord versteckt. Ist das möglich?»

«Kaum», sagte Crackbene. «Ich habe jedenfalls nach der Wasserladelinie gesehen. Sie hatten seit Modon keine Ladung mehr gelöscht, aber das Schiff lag viel höher im Wasser.»

Doria sah ihn an. «Dann haben wir ihm also einen Schrecken eingejagt. Er hat die Krieger entlassen, und er fährt ohne irgend etwas nach Trapezunt.» Er fluchte vor sich hin und gleich noch einmal, als sein Blick zu Catherine hinaufging. Doria sagte: «Selbst jetzt fährt er noch nach Trapezunt. Wartet hier.»

«Ich warte gern, Monseigneur», sagte der Kapitän höflich. «Aber ich werde mich bald um das Schiff kümmern müssen. Da der Herr des Pestschiffes die Madonna aufgesucht hat, sind auch wir angewiesen worden, Pera zu verlassen. Bis morgen müssen wir ausgelaufen sein.»

Das war natürlich das, was Pagano Doria ursprünglich herbeigewünscht hatte: Pera möglichst rasch wieder verlassen zu können. Doch nun hätte er gern noch mehr Zeit gehabt, um neue Verbindungen zu pflegen, die er in Stambul angeknüpft hatte. Um herauszufinden, was aus diesen verschwundenen Charetty-Kriegern geworden war. Und um vielleicht den Großwesir und seine Beamten davon zu überzeugen, daß die *Ciaretti* keineswegs die Pest an Bord hatte.

Doch während er noch darüber nachsann, wurde ihm klar, daß

niemand, der sich vor der Pest fürchtete, auf das Wort eines Genuesen hin sein Leben in Gefahr bringen würde; selbst eines Genuesen, der sich durch die Feinsinnigkeit seiner Geschenke empfohlen hatte. Und die Geschenke waren, wie sich jetzt herausstellte, sogar nutzlos gewesen. In dem köstlichen Spiel, das er und dieser junge Mann sich lieferten, schien er das Scharmützel von Konstantinopel verloren zu haben. Er ging auf die Treppe zu und hoffte nur, daß das törichte Kind nicht das Endspiel verdorben hatte.

Für Catherine, die vor Kälte, Angst und Aufregung zitternd oben an der Treppe stand, war diese letzte Verzögerung unentschuldbar. Pagano hatte sie gesehen und hielt sich doch unten noch mit Reden auf. Sie sah, daß ihr Diener ihm schon alles erzählte. Sogar falsch erzählte. Sie rief seinen Namen, hell und schrill wie ein Pfeifton, bis sie sah, daß er schon zu sprechen aufgehört hatte und schnell auf sie zukam. Er sah besorgt aus, und ihr Zorn ließ nach. Als sie die Besorgnis auch aus seiner Umarmung herausspürte, verzieh sie ihm sogar. Er hielt sie von sich und blickte sie an. «Nicht hier, sag's mir drinnen. Ist dir auch nichts geschehen? Wenn ich nur dagewesen wäre! Und diese Narren haben ihn eingelassen!»

Sie erzählte ihm alles in ihrer Kammer, während er ihr sanft übers Haar strich. Zum Schluß sagte er: «Was bin ich für ein Ehemann, daß ich dich solchen Belästigungen aussetze! Wenn er nun versucht hatte, dich zu entführen? Das könnte er noch immer tun!» Er schloß sie in die Arme.

«Jetzt nicht mehr», sagte Catherine. «Er war beschämt, als ich ihm sagte, wie unsere Ehe ist. Er hat gesagt, er hoffe, ich sei glücklich, und ist gegangen.»

«Diese Unverschämtheit!» sagte Pagano. «Als ob ihn das etwas anginge! Und in deine Schlafkammer einzudringen, als dein Ehemann abwesend war! Er hatte Angst, mir zu begegnen.»

Catherine blickte nachdenklich. «Er hat gesagt, er kann nicht lange bleiben, weil das Schiff gerade eingelaufen ist. Er hat gesagt, er wollte mit dir sprechen; aber dann hat jemand eine Nachricht gebracht, und da sind sie beide gegangen. Pagano?»

«Ja, Schatz», sagte er. Er roch nach Salz und dem Parfüm, das er für wichtige Audienzen benutzte. Sie hatte vergessen, ihn nach dem Großwesir zu fragen. Sie sagte: «Stimmt es, daß sie Meester Julius töten werden? Es heißt, du hättest etwas damit zu tun, aber natürlich habe ich gesagt, das hättest du nicht.»

Pagano lächelte in ihr Haar hinein. «Der Aktuarius deiner Mutter? Glaubst du, Liebling? Nein, natürlich werden sie keinen an Bord der *Ciaretti* töten. Das war nur so ein Streich. Ein ganz bemerkenswerter junger Mann, der Gemahl deiner Mutter, wenn er meine Catherine nicht gerade erschreckt. Aber vielleicht gibt er sich mit deinem Wort jetzt zufrieden. Du bist glücklich und in guter Obhut, und er kann nach Brügge zurückkehren.»

Bis sie es von Nicolaas anders gehört hatte, war auch sie des Glaubens gewesen, sie werde ihn verlieren. Ihr hätte das mißfallen. Sie hatte jetzt nichts mehr von Nicolaas zu befürchten. Sie wollte unbedingt hören, was ihr Gemahl zu Nicolaas sagte, wenn sie sich das nächste Mal begegneten. Sie sagte: «Oh, er fährt trotzdem nach Trapezunt. Er will Handel treiben und Geld verdienen, weißt du. Er versteht es nicht besser.» Sie ergriff mit beiden Händen die Hand ihres Ehemannes. «Ich bin dir eine Last, Pagano. Ich ziehe Nicolaas hinter mir her. Und jetzt hat er uns eingeholt, und du wirst nicht mehr lange vor ihm das Schwarze Meer erreichen.»

«Warten wir's ab», sagte Pagano und gab ihr einen Kuß. Als er sich wenig später entschuldigte, ließ sie ihn gehen – sie sah ein, daß sie bald die Segel setzen mußten –, und sie und ihre Bedienerinnen mußten an das verhaßte Packen gehen.

Er kam spät und müde ins Bett. Sie würden am nächsten Tag nach der Mittagsstunde auslaufen. Sie lag noch lange wach, als er schon eingeschlafen war, und dachte über alles nach, was geschehen war. Dann fiel auch sie in Schlaf, und sie schlief ganz fest und wurde schließlich geweckt durch das Morgenlicht und ein kurzes, leises Geräusch, das sie nur selten hörte: Pagano fluchte.

Er stand, schön und nackt, in der Kälte am offenen Fenster. Sie lag in noch halb vom Schlaf umfangenem Glücksgefühl da und sah ihn an. Damit er sich umdrehte, fragte sie leise: «Was ist?»

Im schwachen Licht konnte sie seinen Gesichtausdruck nicht erkennen. Dann sagte er: «Nichts. Die *Ciaretti* ist fort. Wir werden sie ganz bald eingeholt haben. Schlaf ruhig weiter.»

Aber sie war noch immer wach, als er sich vom Fenster abwandte, jedoch nicht zu ihr zurückkehrte, sondern sich ankleidete. Seine Sachen lagen nicht wie üblich ordentlich da, und da fiel ihr etwas ein. Sie sagte: «Pagano – gestern mußte ich Willequin allein im Regen ausführen.»

Er suchte seine Kleider zusammen in einer Stimmung, die man bei jedem anderen als mühsam unterdrückten Ärger bezeichnet hätte. Doch der Ton, in dem er zu ihr sprach, klang unverändert. «Meine kleine Dame, du solltest jemanden bitten, deinen Hund für dich auszuführen.»

«Nun, Noah tut das ja», sagte sie. «Aber er war nicht da.»

Er griff nach seinem Umhang und kam herüber, um ihr einen Kuß zu geben. «Nein. Er hat in Konstantinopel einen Verwandten getroffen und wollte bei ihm bleiben. Ich gehe jetzt zum Kai hinunter. Ich schicke die Wagen für das Gepäck.»

«Einen Verwandten von *Noah*!» sagte sie. «In *Konstantinopel*!»

Er blickte zu ihr zurück, die Hand schon an der Türklinke. «Du weißt doch, das Schwarze Meer ist der größte bekannte Umschlagplatz für Sklaven. Und andere werden auf See zusammen mit ihren Besitzern gefangen. Noah war gar nicht sonderlich überrascht, einen Vetter zu treffen, den er gut kannte, und er bleibt gern hier. Du wirst ihn doch nicht vermissen?»

Wie selbstlos er war. Nein, sie würde Noah bestimmt nicht vermissen; außer wenn sie jemanden brauchte, der den Hund ausführte.

Im letzten Dunkel kurz vor Morgengrauen ließ Nicolaas sein Schiff aus dem Hafen rudern, einem Lotsenboot hinterdrein, das sie bis Tophane geleitete. Für die Reststrecke durch die Meerenge hatten sie eine sehr gute Seekarte und John le Grant und den Ragusaner, der jeden Felsen kannte.

Kurz hinter Tophane wartete ein Fischerboot. Körbe mit Sprotten und eine ganze Anzahl unhandlicher Packen und Kisten wurden hinaufgereicht, und dann stiegen mehrere Leute über. Darauf stieß das Boot ab und wartete.

Auf der Galeere hatte der Umzug von Astorres Männern aus dem Laderaum zurück auf die Ruderbänke begonnen, und Nicolaas hielt sich unter Deck auf. Julius hieß die neuen Mitreisenden willkommen und wies ihnen samt ihrem Gepäck die untere Kajüte zu. Dann ging er mit den vier Männern, die sowohl ihre Bücher wie die Fahrgäste mitgebracht hatten, in die Schiffsherrenkajüte, während die Ballen, die sie mit sich führten, in den Laderaum hinuntergeschafft wurden. In der großen Kajüte gesellten sich schließlich auch Nicolaas, Tobie und Gottschalk zu ihnen.

Die vier waren allesamt Seidenhändler, und zwei von ihnen waren auch im Alaunhandel tätig. Julius, in förmlichem Schwarz, stellte sie vor. Messer Bartolomeo Giorgio oder Zorzi, Bruder des einbeinigen Griechen. Girolamo Michiel von Venedig, Messer Bartolomeos Teilhaber. Messer Dietifeci von Florenz, florentinischer Vertreter in Pera, und sein Amtsgenosse Messer Bastiano da Foligno. Julius rasselte das alles herunter mit seinem schönen Bologneser Akzent, ein Mann voller Selbstvertrauen bei allen Schmerzen in der Brust – sein Name war reingewaschen, sein Verhalten vergeben, und wenn jemand eine geschäftliche Besprechung mit dem erforderlichen Dekorum leiten konnte, dann war es ein erfahrener Mann der Rechte, den die Universität von Bologna ausgebildet hatte.

Nicolaas begann Fragen zu stellen, und alle Handelsangelegenheiten, über die man sich in Pera hatte einigen wollen, wurden zur Sprache gebracht und geprüft und in den Reiseplan eingepaßt, eine nach der anderen, so wie man Bohnen in eine Saatfurche drückt.

Zum Schluß sagte Bartolomeo: «Ihr verschwendet nicht viel Zeit, mein Freund Niccolo.»

Wie Nicolai Giorgio de' Acciajuoli hatte auch sein Bruder dunkles Haar und einen Bart, aber er war von kleiner, stämmiger Statur, mit einer an der Wurzel breiten Nase und sehr kräftigen Händen. Nicolaas sagte: «Es ist gut, wenn man so etwas vorher festlegt. Der Markt ist groß genug. Warum sollte Bursa mehr als seinen Anteil haben? Auf jeden Fall freue ich mich, daß ich Euch begegnet bin, wenn die Begegnung auch nur eine kurze ist.»

Zorzi lächelte. «Statt meiner teile ich Euch Euren neuen Fahrgast zu. Der Fahrpreis wird sich für Euch lohnen. Es reisen noch zwei Diener und ein Priester mit, für deren Überfahrt, Quartier und Verköstigung ebenfalls gezahlt wird. Man hat ihnen, das brauche ich kaum zu erwähnen, natürlich versichert, daß Ihr nicht die Pest an Bord habt. Ich muß Euch zu dieser List beglückwünschen.»

«Ich hatte in Modon Hilfe, wie Ihr wohl wißt», sagte Nicolaas. «Ich habe Euch auch zu danken für das, was Ihr mitgebracht habt. Aber wir dürfen Euch nicht länger aufhalten. Es wird bald hell werden.»

Sie erhoben sich. Bartolomeo sagte: «Erwähntet Ihr nicht Briefe für Brügge? Die venezianischen Galeeren sollten in zwei Wochen auslaufen, und wenn Ihr sie an Messer Martelli in Venedig richtet, wird er sie weiterleiten. Dietifeci?»

Der florentinische Vertreter nickte. «Ja. Ich habe selbst Eilbotschaften für die Medici. Da Castro fährt und wird sie mitnehmen.»

«Da Castro?» sagte Nicolaas. Er sah Tobie an.

«Der Patensohn des Papstes. Er hatte einmal in Konstantinopel eine Färberei. Jetzt ist er für die Apostolische Kammer tätig, aber seine ganze freie Zeit verbringt er mit der Suche nach Mineralien. Kennt Ihr ihn?»

«Ja, gewiß», sagte Nicolaas. «Ich bin ihm im Hause Eures Vetters in Mailand begegnet. Messer Tobias auch. Und er fährt nach Hause? Ich bedaure es, daß ich ihn nicht treffen werde.»

«Ich nicht», sagte Tobie, als sie an der Bordbrüstung standen und den vier Männern nachsahen. «Nicht, wenn ich daran denke, welches Mineral dieser Giovanni da Castro mit Hilfe der Mittel suchen will, die er angefordert hat.»

Nicolaas lächelte. «Er wird es nicht finden. Außerdem könnt Ihr Tolfa von hier aus nicht beschützen. Mein Gott, Tobie: kaum fällt das Wort Alaun, da tut Ihr, als wolle euch jemand vergewaltigen. Was ist so heilig an einem Monopol?»

Tobie runzelte die Stirn. Da kam Julius und sagte: «Nun, wollt Ihr nicht Euren Reisegästen unten Eure Aufwartung machen? Ihr nehmt ihr Geld an, da könnt Ihr auch ein wenig Höflichkeit zeigen.»

Gewöhnlich sprach Julius mit Tobie nicht in diesem Ton, aber seit den Janitscharen waren seine Stimmungen sehr wechselhaft. Tobie sagte: «Ich komme mit, wenn Ihr wollt.» Seine Stimme hatte den üblichen wißbegierigen Klang.

Julius sagte: «Laßt es ihn allein versuchen. Einmal muß der Dummkopf es ja lernen.»

Nicolaas strahlte Julius an, was diesen immer ärgerte, und

schritt zum Heck hin davon. Tobie, vielleicht von Julius zurückgehalten, folgte ihm dann doch nicht.

Er glaubte zu wissen, wen Bartolomeo Zorzi, der Bruder des Griechen mit dem Holzbein, seiner Obhut anvertraut hatte, samt einem
Priester und zwei Dienern, zur Rückfahrt nach Trapezunt. Geist-
liches Durcheinander. Er fragte sich, wie Gottschalk es aufnehmen
würde. Anstelle von Nicolai de'Acciajuoli sollte er also doch eine Art
Orakel bekommen.

Diese Gedanken beschäftigten ihn auf dem Weg die Stufen hinunter und bis zu dem Vorhang vor der Tür und auch noch, als er anklopfte und der Stoff beiseite gezogen wurde von einem Mann in
griechischen Gewändern, mit dem gegabelten weißen Bart und dem
schwarzen Hut eines Beichtvaters.

Dann roch er das Parfüm – herb, teuer, verwirrend – und wußte,
was ihm da beschert worden war; und von wem; und warum.

KAPITEL 15

«DIE PRINZESSINNEN VON TRAPEZUNT sind bekannt für ihre
Schönheit.» Das hatte sein einbeiniger Dämon im letzten Herbst in
Brügge zu ihm gesagt, als er diese Frau vorstellte. «Wir brauchen
eine Medea», hatte Julius erst neulich erklärt. Nun, dachte Nicolaas, während er die vor ihm thronende Person ansah, jetzt hatten
sie wahrscheinlich eine.

Violante von Naxos, Prinzessin von Trapezunt, stand jetzt in der
Blüte ihrer Schönheit und sollte sich ihrer noch lange erfreuen. In
Brügge war sie nach der üppigen und eleganten venezianischen
Mode gekleidet gewesen, wie es sich für eine Frau schickte, deren
Gemahl das Schweigen des Handelshauses Charetty über den Ort
Tolfa erkauft hatte. In Brügge hatte ihr Gemahl von Alaun gespro-
chen, und sie hatte geschwiegen. Doch Nicolaas erinnerte sich des

langen Blicks, mit dem Marian de Charetty, seine Ehefrau, sie angesehen hatte.

Ein Blick nicht des Neids auf ihre großen byzantinischen Augen, in denen Belustigung aufblinkte; oder auf die streng geschnittene Nase und die sinnlichen Lippen. Nicht einmal des Neids auf ihren geschmeidigen Körper. Nicolaas, der seine Ehefrau seit langem genau kannte, sah ihren Schmerz und wußte, daß er nichts mit schlichter Eifersucht zu tun hatte. Vielleicht entsprang er der Angst, und vielleicht gab es einen Grund dafür.

Daran dachte er jetzt, als er im Eingang zur Gästekajüte stand, deren brandgeschädigtes Holzwerk schon zur Hälfte mit Damast verkleidet war. Hinter einer Trennwand aus Seidentapisserien wurde ein Bett aufgeschlagen: er konnte zwei Dienstboten ausmachen: einen kräftigen glattrasierten Mann und eine ältere Frau. Hinter seinem Rücken war der griechische Archimandrit stehengeblieben, schwarz von seinem steifen verschleierten Hut bis zum weitärmeligen schwarzen Kaftan. Um den Hals hatte er ein altes kupfernes Brustkreuz mit einer verschwommenen Inschrift in weißem Email hängen. Er sagte auf griechisch: «Herrin: der Flame.»

Der Stuhl, den man als Sitzgelegenheit für sie mitgebracht hatte, war schwer und golden wie ein Thron. Über ihr schwang eine Lampe aus grünlichem, mit Silber verziertem Glas. Das darin brennende Öl war mit Duftessenzen versehen, und ihr Licht fiel hauptsächlich auf ihn. Heute trug sie ein hochgeschlossenes, eng anliegendes Gewand, das sowohl venezianisch wie trapezuntisch sein mochte. Die Ärmelaufschläge aus dickem Pelz bedeckten zur Hälfte die gefalteten, üppig beringten Hände. War ihr Haar verhüllt gewesen, so trug sie es jetzt offen unter einem kleinen, an einem schmalen juwelenbesetzten Stirnband befestigten Kronenschleier. Darunter blitzten Ohrringe mit roten Steinen, berührt von ihrem Haar, das ihr lose wie Golddraht in Spirallocken von den Schläfen herabfiel. Das Haar sah auch leuchtend wie Goldfolie einen Zollbreit unter dem Stirnband hervor. Zwischen ihren Schenkeln, dachte er, mußte es genauso sein. Herzog Philipp, ich grüße Euch und Euren Orden.

Es war geraume Zeit her, und einen Augenblick lang blieb ihm die Luft weg.

Sie sagte auf italienisch: «Wir sind uns begegnet. Wißt Ihr, wer ich bin?»

«In der Tat, Madonna», sagte Nicolaas.

«Hoheit», verbesserte ihn die Stimme des Mönchs. Draußen erreichte der Lärm – Fußgetrampel, laute Rufe – einen Höhepunkt. Nicolaas stemmte sich gegen den Ruck, den das Schiff machte, als die Segel sich entfalteten. Der schwere Stuhl vor ihm bewegte sich nicht, aber er nahm eher schadenfroh wahr, daß der Mönch einen Schritt zur Seite tun mußte, um das Gleichgewicht nicht zu verlieren. Nimm zur Kenntnis, daß ich mich nicht gönnerhaft behandeln lasse.

Nicolaas sagte: «Hoheit, Euer Name ist Prinzessin Violante. Euer Vater herrscht über Naxos. Eure Mutter ist eine Nichte des Kaisers David von Trapezunt, und Ihr und Eure Schwestern seid mit hohen Herren von der Republik Venedig verheiratet. Ich bin gekommen, Euch an Bord der *Ciaretti* willkommen zu heißen. Und Euren Kammerherrn.»

«Diadochos», sagte sie. Der Mönch neigte sein Haupt. Sie fuhr fort: «Wir nehmen Eure Grüße an und sagen Euch Dank. Ihr werdet mit Diadochos die Reise betreffende Angelegenheiten besprechen. Zuvor möchte ich über eine kurze Weile Eurer Zeit gebieten. Ist das möglich?»

Sie sprach, wie Marian bei einer geschäftlichen Begegnung gesprochen haben würde. Doch nein. Ohne den leisesten Zweifel daran, daß ihrem Wunsch entsprochen wurde. Ehe er noch seine Bereitschaft erklärt hatte, hob der große Diener den Vorhang zur Seite und stellte ihm und dem Mönch einen Hocker hin. Sie stammten nicht aus seinem Bestand. Er fragte sich, wieviel Gepäck sie an Bord gebracht hatte und wie sich das auf seine Ladelinie auswirken würde. Als er sich gesetzt hatte, sagte sie: «Ihr habt also die Krieger mitgebracht?»

Er warf dem Bedienten einen Blick zu.

Sie sagte: «Sie sind verschwiegen. Ihr habt die Krieger mitgebracht, und Ihr gedenkt nach wie vor, in Trapezunt zu bleiben?»

«Der Kaiser will die Bewaffneten haben», sagte er. «Und meine Fahrt macht sich, wie Ihr wißt, nur bezahlt, wenn ich während der Handelsmonate bleibe.»

«Dann habt Ihr also nicht Zorzi gebeten, mit Euch ins Geschäft zu kommen», sagte sie. «Gewiß bringt Euch der Handel mit Trapezunt ein Vielfaches ein.»

Er sagte: «Man hat mich nach Trapezunt geschickt. Wenn ich auch hoffe, daß Messer Zorzi und ich einander zu Geschäften verhelfen können. Vieles hängt von einem möglichen Krieg zwischen dem Sultan und Uzun Hasan ab. Es wäre gut, wenn wir die Absichten des Herrn von Persien kennten.»

Die schwerlidrigen Augen wandten sich dem Mönch zu. Sie sagte: «Fragt Diadochos. Er dient der Gemahlin Uzun Hasans und bisweilen seiner Mutter.»

«Seiner Mutter?» sagte Nicolaas.

«Sie ist eine Syrerin», sagte der Mönch. «Sie teilt den Frauenhaushalt mit Hasan Beys Gemahlin und ihren Kindern. Den *christlichen* Frauenhaushalt.»

Nicolaas blickte sich um. Die Frau auf dem Thronstuhl sah ihn ruhig an. Sie sagte: «Meine Tante ist Hasan Beys Hauptgemahlin. Es ist in einem Harem ungewöhnlich, daß eine Christin diese Stellung einnimmt. Er hat natürlich noch mehrere andere Frauen.»

«Aha», sagte Nicolaas. «Und bereitet er sich auf einen Krieg vor?» Er wandte sich zu dem Mönch um.

Das bärtige Gesicht blieb so ausdruckslos wie das der Frau. Er sagte: «Herr Uzun Hasan hat viele Schlachten geschlagen. Er hofft gewiß auf Frieden. Doch wenn der Sultan seine Lande bedroht, seine Pässe, seine Sicherheit, hat er starke Verbündete, die ihm zu Hilfe kommen werden. Georgien. Sinope. Ihr seid ihren Abgesandten in Europa begegnet.»

«Und hat er deshalb den Sultan herausgefordert?» fragte Nicolaas. «Er und der Kaiser?»

«Herausgefordert?» sagte die Frau. Unter ihren Augen zeigten sich Fältchen der Belustigung. «Ah, die Sache mit dem nicht gezahlten Tribut. Ich weiß es nicht, und Diadochos auch nicht. Aber ich denke, es ist eine Geste. Herr Hasan Bey fühlt sich sehr stark. Und Kaiser David auch. Beide haben in der Vergangenheit Kränkungen erfahren und möchten sie zurückzahlen. Ihr Volk pflichtet ihnen bei. Und der Sultan, der seine eigenen Sorgen hat, wird es bei der Drohung belassen.»

«So hoffen sie», sagte Nicolaas.

«Das tun wir alle», sagte Violante von Naxos. «Gehen wir also davon aus, daß Trapezunt keine Kriegsgefahr droht. Ihr werdet mit Eurer Fracht sicher eintreffen. Ihr werdet Euch dem Kaiser mit dem größten Geschenk empfehlen, das er sich vorstellen kann: hundert kampferfahrene Bewaffnete, die sein Ansehen und sein Sicherheitsgefühl stärken werden.»

«Achtundneunzig», sagte Nicolaas. «Wir haben zwei Mann verloren.»

Sie wartete, bis er ausgesprochen hatte, aber auch nicht länger. Dann fuhr sie fort: «Für Euer Handelshaus spricht vieles. Es hat aber auch seine Schwächen. Und die größte seid Ihr selbst.»

In dem Spiel, das sie zu spielen schienen, war das immer einer ihrer möglichen Angriffszüge gewesen. Nicolaas sagte: «Es ist ein Jammer. Aber unvermeidlich, fürchte ich. Das Handelshaus gehört meiner Gemahlin.»

«Aber Ihr müßt nicht notwendigerweise als sein Oberhaupt auftreten», sagte sie.

«Nein», sagte er. «Ich werde es aber tun.»

Sie sagte: «Ist das der Wunsch Eurer Gemahlin? Sie hält zu Euch, dessen bin ich sicher, und Ihr seid glücklich verheiratet, das sehe ich. Aber andere könnten meinen, der Wortführer vor einem Kaiser sollte ein Aktuarius sein oder ein Sekretär vielleicht im geistlichen Stand…»

«Magister Beventini ist auch ein sehr fähiger Mann», sagte Nicolaas. «Es ist ihrer aller Wille, daß ich das Wort führe. So werden sie mehr Geld verdienen.» Sie sah ihn fragend an, und er mußte plötzlich lächeln. «Ich besitze wenige Gaben, Hoheit, aber die, über die ich verfüge, wende ich zu gutem Nutzen an. Ich habe vor, das Haus Charetty zu einem der reichsten in der Levante zu machen.»

Der Mönch machte eine Bewegung, aber Violante von Naxos rührte sich nicht. Sie sagte: «Ich habe von Euch gehört.»

«Dann habt Ihr das gewußt», sagte er.

«Ja.» Sie hob die Hand und schnipste mit den Fingern, ohne sich umzudrehen. «Wenn er schon ausgepackt ist, können wir Euch einen besonderen Wein anbieten. Ihr seid nicht beleidigt?»

«Doch», sagte Nicolaas. «Ich lasse es mir selten anmerken. Wir handeln und wirken als Gruppe, und meine Männer vertrauen mir – wenn es das ist, was Ihr wissen wolltet.»

«Und Ihr seid ehrgeizig. Und ihr seid bereit zu kämpfen, um Euren Handel zu schützen. Aber so angenehm Eure natürlichen Gaben sind, Ihr werdet sie natürlich alle zunichte machen, wenn Ihr Euch nicht die Aufmerksamkeit des Kaisers zu erhalten wißt.»

Ihr Italienisch hatte einen starken griechischen Akzent, aber von einem anderen Griechisch als dem, das er beispielsweise Acciajuoli hatte sprechen hören. Er fragte sich, ob man in Trapezunt ein besonderes Griechisch sprach. Er hatte vergessen, sich danach zu erkundigen. Wenn ja, würde er es lernen müssen. Da sie ganz offenkundig darauf hinauswollte, fragte er: «Aber wo, Hoheit, könnte ich mir diese Kunst aneignen? Es sei denn, Ihr wärt bereit, Eure Zeit zu opfern und mich zu unterrichten?» Er erinnerte sich an drei Dinge, die er vergessen hatte, le Grant zu sagen, und fragte sich, wieviel Fahrt sie machten und was die anderen taten. Er erkannte, daß er wußte, was die anderen taten. Er wünschte, daß sie recht hatten.

«Ich?» sagte sie. Ihre Brauen hoben sich unter nur ganz schwach angedeuteter Verärgerung. «Ich kann mir kaum denken, wer sonst es Euch lehren sollte. Trinkt Euren Wein. Ihr könnt natürlich vieles durch Beobachten lernen. Aber wir reden hier nicht von gemäßer Kleidung oder Zeremoniell, obwohl die auch wichtig sind. Am Hof des Kaisers ist man hochgebildet und schätzt gelehrte Vergnügungen. Was habe ich gesagt?»

Was weiß ein Bauer von Aristoteles, von Plato? Er hörte auf zu lächeln und sagte: «Verzeiht, aber mein Mangel an Bildung scheint in der letzten Zeit mehreren Leuten aufzufallen.»

«Aber Ihr könnt lesen?» sagte sie. «Wenn man Euch etwas zeigt, könnt Ihr seinen Inhalt ahnen. Was das übrige angeht, will ich nicht behaupten, daß Diadoschus oder ich Euch in drei Wochen zu einem zweiten Ficino machen können. Aber wir können Euch lehren, Namen zu erkennen, und über die Stoffe zeitgenössischer Werke sprechen, die die Aufmerksamkeit des Kaisers beschäftigen mögen. Es ist leider wahr, daß Gelehrsamkeit in manchen Kreisen nicht schwer vorzutäuschen ist. In Trapezunt können wir Euch vielleicht ein, zwei Manuskripte bieten, mit denen Ihr Euch dann vertraut macht. An denen fehlt es im Palast nicht.»

«Nein», sagte Nicolaas.

«Ihr habt Angst? Habt Vertrauen zu Euren Fähigkeiten, Messer Niccolo. Geldverdienen erfordert Kenntnisse. Die besitzt Ihr. Ich hätte gedacht, Ihr solltet Euch eher davor fürchten, für einen Dummkopf zu gelten.»

«Darin hatte ich Übung», sagte Nicolaas. «Und es hat mich weit gebracht. Weisheit zu heucheln, die ich nicht besitze, ist etwas anderes. Von feinen Sitten und höfischer Art will ich gern mehr erfahren.»

Sie sah ihn verwundert an. «Ihr seid nicht bestrebt, mehr zu wissen? In die Welt der Ideen einzutreten, die Früchte des Denkens anderer Menschen zu ermessen, Euch weiterzubilden? Was habt Ihr dann dem Kaiser zu bieten?»

«Handel, Geld, Söldner», sagte Nicolaas.

«Und gewiß noch etwas mehr», sagte sie nachdenklich. «Ihr seid nicht ohne Reize, Ihr seid unterhaltsam, habe ich gehört. Was könntet Ihr für einen Kaiser tun, was ihm nicht schon sein Kreis von geistreichen Köpfen, Philosophen und Predigern bietet?»

Nicolaas dachte nach. «Ich könnte ihm eine Uhr machen.»

Der Klang ihres Lachens sagte ihm, daß sie mehr von ihm wußte, als er geglaubt hatte, und ganz sicher war er sich, als sie es sich von ihm erklären ließ. Es war ihm eine Freude.

Sie verzichtete darauf, ihm ein Pensum an höherer Unterweisung aufzuzwingen. Immerhin setzte sie mit seiner Zustimmung Zeit und Ort für eine Anzahl von Lektionen über den Hof von Trapezunt und seine Erfordernisse fest. Ihr gehe es darum, sagte sie, daß er sowohl Venedig wie Florenz würdig vertrat. Und daß er vor allem dem Kaiser angenehm war.

Es wunderte ihn, daß sie während der ganzen Zeit nicht die Universität von Löwen erwähnt hatte, und wurde sich dann bewußt, daß sie ihr nichts bedeutete. Sie hatte auch Julius nichts bedeutet, der immer getobt hatte, weil Felix, Sohn eines Färbers und Maklers, gezwungen worden war, nach Löwen zu gehen. Nicolaas wußte, warum. Schließlich hatte er, von Lehrling zu Herrin, Marian dazu zu bringen versucht, Felix zu erlauben, das Studium aufzugeben. Sie war schwer zu überzeugen gewesen. *Ich hatte das Gefühl, Löwen ist wichtig,* hatte sie gesagt. Er wußte auch noch, was er geantwortet hatte. *Die Demoiselle würde, glaube ich, feststellen, daß Löwen seinen Zweck erfüllt hat.*

Hatte es das? Vielleicht. Es hatte ihn wahre Demut gelehrt, nicht die Demut des Benachteiligten. Es hatte ihn genug gelehrt, um nicht demütig zu sein, wenn nötig. Als Violante von Naxos zum Beispiel sagte: «Um Seide zu verkaufen, muß man sie tragen.»

«Das kommt auf den Preis an», hatte er erwidert.

Gegen Ende des Gesprächs hatte Violante von Naxos die Stirn gerunzelt. Sie sagte: «Ihr habt verstanden, was ich gesagt habe? Ihr seid einverstanden?»

«Habe ich etwas zu verlieren, Hoheit?» sagte Nicolaas. «Wenn ich nur den Kopf nicht verliere. Eine neue Lebensart könnte ihn mir verdrehen.»

«Dann beginnen wir morgen», sagte sie knapp.

Er mochte das Gespräch noch nicht so rasch beenden wie sie. Durch vorsichtiges Hinauszögern gelang es ihm, noch ein, zwei wirkliche Fragen zu stellen und darauf zu seiner Befriedigung auch ein, zwei wirkliche Antworten zu erhalten. Doch er stellte ihre Geduld nicht durch zu langes Reden auf die Probe und brachte die Unterhaltung, als es angezeigt war, zu einem schicklichen Abschluß. Es gelang ihm sogar, der Dame beim Abschied die Hand zu küssen wie jemand, der das seit eh und je getan hat. Er war eben im Nachahmen sehr gut.

Oben sah er sich all seinen Genossen in der Schiffsherrenkajüte gegenüber. «Nun?» fragte Julius. Gerötet von Fieber und Lüsternheit setzte er sich auf wie ein verwundeter Apoll. Julius hatte Violante nicht ohne Umhang gesehen, während sie zweifellos ihn gesehen hatte. Durch diesen Gedanken ließ sich Nicolaas zögernd zu dem Kurs bestimmen, den er jetzt einschlagen mußte. Er blickte sich im Kreise aller um, die sich hier zum Abendessen gelagert hatten, und schenkte ihnen ein unergründliches, freundliches Lächeln.

«Alles gut», sagte Nicolaas. «Sie wünscht Unterricht in Flämisch.»

«Ich bin frei», sagte Julius.

«Euer Arm ist noch zu wund», sagte Nicolaas. «Außerdem will sie auch im Umgang mit dem Farmuk unterwiesen werden.»

«Das könnt Ihr keinem erzählen», sagte John le Grant. «Wer eine mit Uzun Hasan verheiratete Tante hat, der weiß, wie man mit einem Farmuk spielt. Und mit noch mehr.»

«Ich weiß», sagte Nicolaas. «Ich habe die Schnur um den Leib herum und spule mich ab. Ich habe sie dazu gebracht, von Alaun zu reden.»

«Das klingt nicht sehr wahrscheinlich», sagte Tobie. «Andererseits, wenn ich Euch so ansehe, vielleicht doch. Was ist damit? Zorzi sagte, ein Schiff werde bald nach Flandern auslaufen. Ich erinnere mich daran, weil ich ausgerechnet habe, daß der Gewinn recht beträchtlich wäre.»

Der Gewinn, wenn das Schiff abging und wohlbehalten eintraf, würde den Kaufpreis für die *Ciaretti* ausmachen. Er versuchte, nicht damit zu rechnen. Nicolaas sagte: «Das war phokäischer Alaun und vorläufig der letzte, bis sie wieder neuen abgebaut haben. Aber die Prinzessin sagt, es gebe noch einen Vorrat in Sebinkarahisar.»

«Wo?» fragte Astorre zornig. Das Geschäft ging ihn nichts an, wohl aber die Topographie.

«Sein alter Name ist Koloneia. Südwestlich von Trapezunt und dicht jenseits der Grenzen des Kaiserreichs, wird aber von Griechen ausgebeutet. Dann wird es mit dem Packpferd nach Giresun gebracht, wo es mit Zoll belegt und nach Europa verschifft wird.»

John le Grant sagte: «Giresun ist sein muslimischer Name, Nicolaas. Die Griechen der klassischen Zeit nannten den Hafen Cerasus. Kerasous. Cérasante. Kirschen und Amazonen.»

«Was?» sagte Astorre.

«Lukullus der Epikuräer», sagte Tobie. «Alle Kirschen, die Ihr je gegessen habt, mein Freund, haben ihren Namen und Ursprung von Kerasous. Lukullus hat sie in römischer Zeit dort entdeckt und nach Italien geschickt. Vor achtzehnhundert Jahren kamen Xenophons Zehntausend durch Kerasous, in Zank und Streit. Gruben und Galgen. Und jetzt kommen Nicolaas' Alaunschürfer und wir. Liegt gleich neben Trapezunt.»

Julius sagte: «Und weiter? Amazonen?»

Tobies unförmiges rosiges Gesicht mit den glatt gerundeten Nasenlöchern und dem haarlosen Schädel leuchtete im Lampenschein auf. «Ihr nennt Euch Argonauten? Das ist die ursprüngliche Heimat der Amazonen. Weibliche Krieger, wie Prinzessin Violante und Alessandra Termagant Strozzi. Titten und Galgen. Zwei von ihnen haben dem Mars in Kerasous einen Tempel errichtet, und auf der Insel vor Kerasous finden noch immer seltsame Zeremonien statt.»

«Dort ist ein Kloster», sagte Nicolaas. Das wußte er von Violante. Sie hatte auch von Kirschen und Europa erzählt, die Augen fest auf sein Gesicht gerichtet. Da fiel ihm noch etwas anderes ein. «John, wie ist Konstantinopel schließlich gefallen?»

Le Grant sagte: «Aus mehreren Gründen. Die Türken haben ihre Flotte über den Hügel geschleppt und sind ins Horn gelangt. Das war das Ende. Warum? Sie könnten nicht einmal Geschütze über die Berge hier in der Gegend bekommen.»

«Nein?» sagte Nicolaas. «Wer Kanonen gegen Trapezunt ins Feld führen will, müßte das also von See aus tun?»

Astorres Auge blitzte auf. «Wie oft muß man Euch das noch sagen? Jeder kann landen und die Vororte niederbrennen, aber die Festung ist uneinnehmbar. Das gleiche gilt für Kerasous und für Sinope. Und keine dieser Städte kann eingeschlossen werden, es sei denn, jemand brächte ein Heer dazu, Anatolien zu durchqueren und die Bergkette in ihrem Rücken zu überklettern. Dann laufen wir also Kerasous an?»

«Nicht auf dieser Fahrt», sagte Nicolaas.

«Er hat eine private Reise vor», sagte Tobie.

So wie jetzt vergaßen sie bisweilen, daß er verheiratet war. Er erinnerte sie nicht daran.

«Gut», sagte Julius. «Ihr nehmt die Amazonen und überlaßt uns Violante. Wie ist sie, Nicolaas?»

«Das weiß er nicht», sagte John le Grant. «War zu sehr damit beschäftigt, über Alaun zu reden.»

Nicolaas sagte: «Stellt Euch die Frau Eurer Träume vor und verdoppelt dann deren Reiz. Ich muß Euch noch etwas über sie sagen.» Er dämpfte die Stimme und sah, daß sie alle aufmerksam lauschten. «Was?» fragte le Grant. Unter den roten Brauen waren seine Augen scharf wie Nadeln.

Nicolaas sagte: «Sie ist eine Freundin von Pagano Doria. Sie hat ihn in Florenz besucht. Ich weiß es, weil ich das Haus beobachten ließ, aber davon weiß sie nichts. Also seid vorsichtig.»

Julius sagte: «Das habt Ihr uns verschwiegen. Heißt das, sie weiß von Catherine?»

«Vielleicht. Aber Catherine weiß bestimmt nichts von Pagano und ihr. Die Idylle bleibt ungetrübt.»

«Aber Ihr habt uns nichts davon gesagt», erregte sich Julius.

«Ich hatte nicht damit gerechnet, ihr noch einmal zu begegnen. Ich sag's Euch jetzt.»

Tobie sagte: «Nun, das ist nicht wichtig. Aber was steckt dahinter? Ein Verhältnis? Dem müßten Grenzen gesetzt sein, wo Catherine ständig da ist. Was liegt also vor? Er ist genuesischer Konsul, und sie ist die Ehefrau eines venezianischen Kaufherrn. Es könnte ein Bündnis gegen uns sein. Es könnte sein, daß sie hinter seinen Geheimnissen her ist.»

«Oder umgekehrt», sagte Julius. Er war sehr blaß geworden. «Der Alaun, Nicolaas. Sie könnte ihm sagen, daß bei Tolfa Alaun zu finden ist. Ich weiß, den Genuesen ist auch daran gelegen, daß die Entdeckung geheim bleibt, aber das würde Doria nicht kümmern, wenn er Euch eins auswischen kann... Und mein Gott, Ihr habt mit ihr über dieses andere Vorkommen in Asien gesprochen?»

«Sebinkarahisar? Das ist allgemein bekannt», sagte Nicolaas. «Und was Tolfa angeht, dürft Ihr nicht vergessen, daß Violante von Naxos mit dem reichen und adeligen Caterino Zeno von Venedig verheiratet ist, der unser Schweigen erkauft hat, damit das venezianische Alaunmonopol nicht gefährdet wird. Würde sie Doria von dem geheimen Vorkommen erzählen und damit sowohl ihren Ehemann wie die Serenissima herausfordern? Ganz gewiß nicht. Ein Liebesabenteuer würde Zeno wohl verzeihen können, aber wenn er erführe, daß sie einem genuesischen Konsul ein venezianisches Staatsgeheimnis verraten hat... Sie ist zu klug, um sich in diese Gefahr zu bringen. Nicht wegen eines Pagano Doria.»

«Er hat Catherine de Charetty betört», sagte Julius.

«Catherine ist dreizehn Jahre alt», sagte Nicolaas. «Diese Frau ist zwischen fünfundzwanzig und zweitausend. Sie weiß übrigens auch von Astorres Männern, aber ich wüßte nicht, wie uns das jetzt schaden sollte. Jedenfalls – ich dachte, wir lassen sie weiter in dem Glauben, daß wir nichts von ihrer Verbindung mit Doria wissen. Wenn man sie zur Rede stellen muß, tue ich das.»

«Das will ich meinen», sagte Tobie. «Und Ihr erzählt uns dann natürlich alles, was vorgegangen ist. Wir möchten nicht, daß es Eurem wirren Kopf wieder aus dem Gedächtnis schwindet.»

Er versuchte, nicht in Zorn zu geraten. Aus verschiedenen Gründen war es sehr schwer. Natürlich hatten sie das Recht, ihn zu befragen. Nicht zuletzt zu diesem Zweck waren sie ja hier. Julius beschwerte sich aus Eitelkeit und Gottschalk – so mußte man annehmen – wegen seines geistlichen Gewands. Nur Tobie gebrauchte bei seinen Angriffen das lässige Geschick eines, der eine Leiche seziert. Doch von ihnen allen kam Tobie bisweilen dem Knochen recht nahe. Von ihnen allen hatte er auch an Mädchen die größte Freude, mit einer natürlichen und wohlwollenden Freizügigkeit, die er einmal mit Nicolaas geteilt hatte. Aber in dieser Hinsicht hatten sich ihre Wege getrennt. Doch jetzt blieb Nicolaas nichts übrig, als den Arzt mit einer nicht ganz angemessenen Heftigkeit anzusprechen: «Hört mich an. Mir hat ständig Monna Alessandra im Nacken gesessen. Ich wollte kein Gerücht in die Welt setzen, das vielleicht nach Brügge drang, von einer Violante von Naxos, die sich heimlich in Florenz mit Liebhabern trifft. Habt Erbarmen. Wie Ihr Euch erinnern werdet, habe ich in Brügge genaue Anweisungen bekommen. Ich soll Euch alles sagen. Was ich esse, wohin ich gehe, wann ich meine Notdurft verrichte...»

«Ich hoffe, Ihr tut das – sagt uns alles.» Tobie sah ihn unfreundlich an. Nicht drohend, aber unfreundlich und sogar verärgert.

«Natürlich», sagte Nicolaas, dem im Augenblick auch unfreundlich zumute war.» «Beim heiligen Nicolaas, Schutzpatron der Seeleute, Pfandleiher...»

«...Jungfrauen und Kinder», sagte Tobie.

Man konnte sich stets darauf verlassen, daß Tobie einen Gedanken für einen zu Ende dachte.

KAPITEL 16

NOCH IM GLEICHEN MONAT MÄRZ stürzte in Brügge über dem Advokaten Gregorio von Asti der Himmel ein. Er hätte darauf vorbereitet gewesen sein sollen. Seit dem Eintreffen des Briefs von Pagano Doria aus Florenz hatte das Haus in der Spanjaardstraat den Eindruck eines erstickten Vulkans erweckt.

Seinem Rat zuwider hatte Marian de Charetty weder ihren Freunden noch denen im Haus gesagt, daß ihre Tochter Catherine ausgerissen war und geheiratet hatte. Während ihrer Vorbereitungen in den letzten Februarwochen und Anfang März ließ sie sich nicht von ihrem Entschluß abbringen. Bis sie mit endgültiger Gewißheit von der Reise zurückkehrte, sollte niemand etwas davon erfahren – auch Tilde nicht. Catherine de Charetty, so sollte alle Welt glauben, war von Brüssel nach Florenz geschickt worden, um ihre Erziehung abzuschließen. Und dort würde ihre Mutter sie jetzt besuchen.

Sie hatte diesen Fehler schon einmal gemacht und versäumt, einen Sohn ins Vertrauen zu ziehen. Da er nur ihr Advokat war, konnte Gregorio sie nicht von der Notwendigkeit überzeugen, es wenigstens ihrer Tochter Tilde zu sagen. Sie war in ihrer Hartnäckigkeit so unerschütterlich wie in allem anderen: als würde alles andere einstürzen, wenn sie nur in einem nachgab. Und sie schien kaum die Peinlichkeiten zu sehen, die sie heraufbeschwor. Die ganz natürlichen Fragen von Lorenzo di Matteo Strozzi, dessen Mutter in Florenz wohnte. Die Verwunderung der anderen Makler und Färber darüber, daß es der Demoiselle einfiel, zu ihrem Vergnügen zu reisen, zumal die Hälfte ihrer Leute bereits abwesend war. Und, womit man doch vor allem rechen mußte: die Überraschung und Verärgerung Tildes, der man, obschon sie doch die ältere war, nie ein solches Reiseabenteuer angeboten hatte. Und die natürlich glaubte, ihre Mutter reise zu Nicolaas.

Von dieser irrtümlichen Vorstellung wenigstens glaubte Gregorio sie abgebracht zu haben. Lange bevor ihre Mutter Florenz erreichte, würde Nicolaas abgereist sein. Entweder weiter in den Osten oder zurück nach Hause.

Von zweckdienlichen Dingen abgesehen, konnte er wenig für Marian de Charetty tun. Der Februar war, wie er sich vorstellen konnte, ein Monat der Jahrestage gewesen. Im letzten Jahr war er zum Fastnachtsdienstag nicht da gewesen, aber der Tag mußte Nicolaas und auch der Demoiselle etwas bedeutet haben. Fünf Wochen später hatten sie geheiratet.

Es war auch die Jahreszeit, da junge Mädchen wie Catherine und Tilde unter der Obhut ihrer Eltern manchmal durch den traditionellen Mittler Karneval einen Ehemann fanden. Letztes Jahr waren die beiden Töchter der Demoiselle noch zu jung gewesen. Dieses Jahr hatte sich Tilde, jetzt vierzehn, darauf gefreut, schön gekleidet und unbehindert durch Catherine, an den Festlichkeiten teilnehmen zu können.

Doch Marian de Charetty hatte sich, ohne eine Erklärung dafür anzuführen, zusammen mit ihrer Tochter den ganzen Tag im Haus eingesperrt und allen, die vorsprachen, gesagt, sie seien krank. Die sanfte Tilde, der Tränen des Trotzes in den Augen standen, war schließlich doch noch erlöst worden durch das gute Zureden von Anselm Adornes Ehefrau, die vorbeigekommen war und sich hartnäckig geweigert hatte, ohne Tilde und ihre Mutter wieder zu gehen.

Danach blieb die kleine Kluft zwischen der Demoiselle und ihrer Tochter bestehen und wurde noch größer, als die Reisevorbereitungen den ganzen Tagesablauf ihrer Mutter ausfüllten. Die Anspannung machte Marian de Charetty übergenau. Gregorio wurde wieder und wieder an seine Pflichten erinnert, wie auch die anderen Helfer, die Nicolaas bei ihr zurückgelassen hatte: Cristoffels und Bellobras, Henning und Lippin. Die Demoiselle würde Tasse mitnehmen, die Dienstmagd aus Genf, die bei ihr Zuflucht gesucht hatte, als das Geschäft ihres Herrn zusammengebrochen war. Im übrigen würde sie zu ihrer Begleitung einige Bewaffnete einstellen. Florenz mochte ihr letztliches Ziel sein, aber nur Gregorio wußte, daß sie in erster Linie nach Dijon in Burgund reiste, um aus ihrem Schwager Thibault de Fleury, der siebzig und altersschwach war, aber dennoch Pagano Doria zufolge die Heiratspapiere seines Patenkindes Catherine unterschrieben hatte, die Wahrheit herauszubekommen.

Es würde kein angenehmer Besuch sein. Thibault de Fleury war auch der Großvater des Bastards Nicolaas, der ihn um sein Vermögen gebracht hatte. Thibaults erste Frau hatte Nicolaas' Mutter geboren, die beklagenswerte, verworfene, inzwischen verstorbene Mutter, die von ihrem gehörnten Ehemann verstoßen worden war – dem gehörnten Ehemann, für den der erwachsene Nicolaas zum verhaßten Menschen geworden war. Deshalb natürlich war Nicolaas aus Brügge fortgeschickt worden. Solange der Gemahl seiner Mutter noch immer einmal in Schottland und einmal in Flandern weilte, waren weder Nicolaas noch das Haus Charetty vor seiner Feindseligkeit sicher.

Inzwischen war es zu niemandes Vorteil, die Verbindung zwischen Nicolaas und dem schottischen Herrn Simon an die große Glocke zu hängen. Ganz gewiß würden Simon und seine zweite wohlgeborene Frau niemals daran denken. Im Hause Charetty kannten das Geheimnis nur Gregorio, Tobie und Julius, denen es die Demoiselle nach den unseligen Ereignissen des letzten Jahres anvertraut hatte.

Gregorio hatte es keinem anderen gesagt, nicht einmal Margot, seiner heimlichen und verständigen Geliebten seit vielen Jahren. Doch manchmal, wenn sie ihre Verwunderung über diese Ehe zwischen der Witwe und dem jungen Mann zum Ausdruck brachte, der ihr Lehrling gewesen war, sagte Gregorio: «Mißgönne ihm die Geborgenheit nicht, denn das ist sie ihm wohl. Seine eigene Familie hatte ihm keine zu bieten.»

In diesem Jahr hatte Marian de Charetty den Wunsch ausgesprochen, Margot kennenzulernen, und einen guten Eindruck von ihr gewonnen. Als er im März sein erstes Dienstjahr beim Handelshaus Charetty vollendete, hatte die Demoiselle sie beide eingeladen zu einer kleinen Feier zusammen mit allen anderen in der Spanjaardstraat und ihm für alles gedankt, was er getan hatte. Ihr Vater und der seine seien vor langer Zeit Freunde gewesen, sagte sie. Als sie ihn später unter vier Augen fragte, warum er nicht geheiratet habe, hatte er sich verpflichtet gefühlt, ihr die Wahrheit zu sagen: Margot war schon ehelich gebunden und nicht frei.

Andernfalls, das glaubte er, hätte sie ihnen vielleicht Tilde anvertraut, denn während ihrer Abwesenheit mußte für das Mädchen eine Pflegefamilie gefunden werden. Im Falle der kürzesten Reise, der nach Dijon, würde die Demoiselle sechs Wochen von Brügge abwesend sein. Eine Reise nach Florenz und zurück würde doppelt so lange dauern. Und wenn die Demoiselle noch dort bleiben mußte, um gesetzliche Maßnahmen gegen die Ehe in die Wege zu leiten, mochte es wohl dahin kommen, daß sie ihre ältere Tochter und ihr Geschäft erst kurz vor dem Eintreffen der Flandern anlaufenden Galeeren wiedersah. Wenn sie vor Gericht ging, würde Gregorio sich zu ihr nach Florenz begeben, ob sie dies wollte oder nicht.

So standen die Dinge, als die zwei Briefe von Nicolaas eintrafen. Marian de Charetty war diesen ganzen Tag geschäftlich unterwegs gewesen. Gregorio hatte bei Einbruch der Dunkelheit seine Gehilfen heimgeschickt, war aber selbst noch im Kontor geblieben, um einige Unterlagen zu studieren und das Kassenbuch zu prüfen beim Schein der guten Wachskerzen, die ihm seine Dienstherrin zugestand. Als am Tor die Glocke läutete, hörte er den Pförtner hinausgehen, und kurz darauf klopfte es an seiner Tür. Es war einer der Kuriere des Hauses, noch die Sporen an den Stiefeln und im Umhang, der gerade den Riemen um eine Tasche mit Briefen losschnallte, von denen einer für ihn und ein zweiter für die Demoiselle war, beide aus Florenz und beide mit Nicolaas' Siegel versehen.

Das war etwas, ein Sack voll Neuigkeiten vom jungen Claes. Das heißt, von Nicolaas, dem Ehemann der Demoiselle. Der Kurier, der nur über die letzte Strecke der Post von Genf nach Brügge Bescheid wußte, schien nicht gleich wieder gehen zu wollen. Gregorio schickte nach Glühwein, sagte dem Mann, er solle sich setzen, und ließ sich von seiner Reise berichten, während er mit dem Brief zum Tisch ging, das Wachspapier auseinanderfaltete und die Fäden löste.

Er kannte die Schlüsselschrift inzwischen so gut, daß er das Wesentliche schon beim ersten Überfliegen erfaßte. Dann suchte er die in Klarschrift gehaltenen Stellen heraus und unterhielt den Kurier – und den Mann, der erwartungsvoll mit dem Wein hereingekommen war – mit einer kurzen Rekapitulation.

«Es ist ihr letzter Brief aus Florenz. Sie haben von den Medici eine schöne Galeere erworben und wollten gerade auslaufen. Sie haben ihre Ladung Seide an Bord genommen und noch weitere Kommissionsware, und sie haben eine Mannschaft von erfahrenen Leuten zusammengestellt, schreibt er. Ihr Kapitän ist John le Grant, der Schiffsführer und Geschützmeister von Konstantinopel. Und was das Schönste ist, sie haben volle Machtbefugnis erhalten. Die Medici und die Abgesandten des Kaisers haben das Handelshaus Charetty mit der Vertretung der Republik Florenz in Trapezunt betraut.» Stolz schwang in seiner Stimme mit. Nicolaas – bei Gott, er hatte es geschafft.

Der Kurier, der sich auf einer Bank niedergelassen hatte, die Hakken auf die Sporen gestützt, hob den Becher. «Auf dein Wohl, Claes, du junger Bastard.»

«Gregorio?» sagte eine gepreßte Stimme hinter ihm.

Der Kurier rappelte sich schnell auf. Der Diener sprang zur Seite. Gregorio, dessen schwarzer Gewandschoß sich am Schreibtisch verfing, stellte rasch seinen Glühwein hin und erhob sich, den Brief noch in der Hand. Er sagte: «Demoiselle!»

Marian de Charetty kam herein, wie sie war, den Umhang noch zugeknöpft, die Kapuze von der Haube in den Nacken gerutscht. Sie schritt auf Gregorio zu und wandte sich dann zu den beiden anderen Männern um. «Ihr könnt gehen», sagte sie.

Der Diener war schon zur Tür hinausgeschlüpft. Der Kurier, ein wenig unsicher, machte eine Verbeugung und bückte sich, die Kappe noch in der Hand, hob seine Tasche auf und eilte auf die Tür zu. Er drehte sich noch einmal um und warf dem Advokaten einen lustigen Blick zu. Gregorio versagte es sich, ihn zur Kenntnis zu nehmen.

Ein-, zweimal seit Nicolaas' Abreise hatte er sie so zornig gesehen. Sie verlor nie ihre rötlich-gesunde Gesichtsfarbe, aber das Rot rahmte gewöhnlich die Wangen ein und brachte das Blau der Augen zur Geltung. Dem jungen Mädchen Marian mußte das gut gestanden haben. Heute abend bekümmerte ihn das Gesicht, das vor Sorge scharfe Züge bekommen hatte. Sollte eine beiläufige Anspielung auf Nicolaas sie so sehr erregt haben?

Doch dann sah er an ihrem starren Blick, daß sie die Bemerkung des Kuriers wahrscheinlich gar nicht gehört hatte. Ihr Zorn galt allein ihm.

Sie sagte: «Setzt Euch. Ist das ein Brief von Nicolaas?» Sie zerrte so heftig an der Schnalle ihres Umhangs, daß sie abriß. Doch als er ihr helfen wollte, wich sie zurück, mühte sich mit dem Gewicht des Tuches ab und warf das Gewand auf einen Hocker. Dann ging sie auf den hochlehnigen Stuhl zu und setzte sich. «Nun?» sagte sie. «Lest ihn mir vor.»

«Ihr habt auch einen erhalten», sagte Gregorio.

Er lag neben ihr auf dem Tisch. Er sah, wie sie darauf blickte und zum ersten Mal ein Zögern erkennen ließ. Dann griff sie danach, nahm ein Messer und öffnete ihn sehr vorsichtig. Er ahnte, daß das Lesen der Briefe ihres Gemahls bis jetzt eine private Zeremonie gewesen war, die zu bestimmter Stunde an einem bestimmten Ort vollzogen und still genossen wurde. Heute abend verzichtete sie darauf und las ihn in seiner Gegenwart. Und er sah im unbarmherzigen Schein der guten weißen Wachskerzen, daß sie abgespannt wirkte.

Und schließlich sagte sie: «Ja. Und nun zeigt mir den Euren.»

Sie hatte noch nie verlangt, Nicolaas' an ihn gerichtete Briefe zu lesen. Er sagte: «Es wird das gleiche darin stehen. Diese Sache mit Julius und Kardinal Bessarion. Hat er das Geld gestohlen? Habt Ihr darauf gedrungen, daß er es zurückzahlt?»

«Ich wußte überhaupt nichts davon. Ist es wichtig? Julius hat etwas genommen, er wird es zurückgegeben haben. Er besitzt nicht die Kühnheit zu einem schweren Betrug. Ich werde nur davon unterrichtet, damit ich notfalls die Versicherung unterstützen kann, die Nicolaas offenbar abgegeben hat. Kardinal Bessarion wird sich für Julius verbürgen, dessen bin ich sicher. Herr Cosimo wird diesen Zeugen akzeptieren. An seinem Verhältnis zu uns wird sich nichts ändern. Gebt mir, bitte, Euren Brief.»

Er sagte: «Es ist der gleiche. Es stehen einige Marktpreise darin, die ich erst noch entschlüsseln muß. Worauf es ankommt, ist, daß Nicolaas offenkundig nichts von Catherine gesehen hat, aber denselben Weg nimmt wie sie. Er muß ihr früher oder später begegnen. Und außerdem hat er, wie er schreibt, Doria getroffen und weiß zumindest, daß er ein Unruhestifter ist. Er war an der Anklage gegen Julius beteiligt. Er fährt als genuesischer Konsul nach Trapezunt.»

Diese Nachricht hatte ihn erschreckt. Sie dagegen sah aus, als könnte sie nichts mehr erschüttern. Er hielt inne, überlegte rasch, wie er sie am besten beruhigen konnte, und sagte: «Demoiselle, wenn Catherine unglücklich ist, wird Nicolaas es inzwischen herausgefunden haben. Vielleicht ist er schon auf dem Rückweg. Keiner von uns wird murren, wenn das Unternehmen deswegen scheitert.»

«Wenn Ihr mir Euren Brief nicht gebt, schicke ich nach Leuten, die ihn Euch abnehmen.»

Er gab ihn ihr, weil ihre Augen vor Tränen glänzten, und er wußte, daß es um das Geheimnis, das er und Nicolaas so streng gehütet hatten, geschehen war. Nach einer Weile sagte sie: «Ich bin sicher, Ihr habt den Schlüssel im Kopf. Sagt mir, was an diesen Stellen steht.»

«Ich glaube, Ihr wißt es. Demoiselle, wir haben nur versucht, Euch Kummer zu ersparen.» Dann setzte er hinzu: «Gebt mir den Brief, ich lese ihn Euch vor.» Selbst jetzt sah er nicht auf ihn hinunter, sondern sagte wie wider Willen: «Wie habt Ihr es herausgefunden?»

«Habt Ihr geglaubt, ich lasse irgend etwas unversucht, um alles über das Wesen, die Vergangenheit, das Geschäft und die Absichten des Mannes zu erfahren, der meine Tochter entführt hat? Ihr habt so wenig entdeckt. Die Leute, die ich ausgeschickt habe, haben mehr herausgefunden.»

«Was haben Sie Euch gesagt?»

Ihre Augen waren getrocknet. Sie sagte: «Pagano Doria ist nicht der Eigentümer der Kogge, mit der er ausfuhr. Er war nur dazu angestellt, sie zu bemannen und auszurüsten und zunächst Genua anzusteuern, wo er ein Handelslager einrichten sollte. Danach sollte er nach Trapezunt fahren und dort im Namen seines Dienstherrn eine Niederlassung gründen.» Sie sah ihn düster an. «Das war nicht so schwer herauszufinden. Das Schiff war in Antwerpen beschlagnahmt, seit sein Besitzer unter der Anklage des Hochverrats stand. Jetzt ist es die *Doria*. Früher trug es den Namen seines ersten Besitzers. Die *Ribérac*.»

Er schwieg.

Sie sagte: «Ihr wißt natürlich, was dieser Name bedeutet. Jordan de Ribérac wurde letztes Jahr vom französischen König des Hochverrats bezichtigt. Ihm drohte die Todesstrafe, aber er konnte nach

Schottland entkommen, wo er noch Ländereien besaß. Die Franzosen haben sein französisches Geldvermögen eingezogen, seinen französischen Landbesitz und seine Schiffe, aber die Handelskogge verpaßt, die er gerade nach Antwerpen geschickt hatte. Voll beladen mit Waffen und Rüstungen.»

«Von Gruuthuse», sagte Gregorio mit ausdrucksloser Stimme.

«Ja. Wie alle anderen hat er mit Louis de Gruuthuse Handel getrieben. Ich sehe, ich brauche Euch nicht mehr zu sagen, wer der Vicomte de Ribérac ist. Oder daß er einen Sohn hat, der sich ihm entfremdet hat und der der erbittertste Feind meines Ehemannes ist. Herr Simon hat den Handelssegler in Antwerpen entdeckt. Er sah, daß er seinem Vater gehörte, und erhob Anspruch auf das Schiff. Dann hat er wohl Pagano Doria, der ihm als Seefahrer und gewissenloser Schurke bekannt war, den Auftrag erteilt, Nicolaas zu verfolgen und zugrunde zu richten, indem er meine Tochter als Lockvogel benutzte. Ihr habt das gewußt. Ihr habt gewußt, daß Simon von Kilmirren hinter all dem steckte, was Doria tat. Und Ihr habt mir nichts gesagt.»

«Nein», sagte er.

«Aber Nicolaas weiß es?»

«Natürlich. Ich habe es ihm geschrieben. Ein Kurier wäre beinahe dabei draufgegangen...» Er hielt inne und setzte dann in ruhigem Ton hinzu: «Er wußte von Simon von dem Augenblick an, als er in Florenz eintraf. Aber natürlich nicht von Catherine.»

«Dann habt Ihr das also gewußt, lange bevor ich Euch nach Brüssel schickte; und habt nichts gesagt. Ihr hättet Catherine retten können.»

«Glaubt Ihr, ich hätte daran nicht gedacht?» sagte er. «Aber damals war das Schiff schon ausgelaufen. Ich hatte keine Ahnung, daß sie an Bord war. Ich war nicht selbst in Antwerpen. Damals wußte niemand von einer Verbindung zwischen Doria und Catherine. Es trafen immer noch Briefe von ihr an Euch ein.»

Doch schon setzte sie, vom Schmerz betäubt, zu einem weiteren Angriff an. «Ihr habt es Nicolaas gesagt, und dennoch ist er in See gegangen. Warum? Warum ist er weitergereist? Der Aufbruch von Brügge sollte ihn doch nur dem Zugriff Simons entziehen.»

«Die Galeere ist nur auf Kredit gekauft. Er ist noch weitere Verpflichtungen eingegangen. Er mußte weitermachen, sonst hätte das Haus Schaden erlitten.»

«Eine einzige Ladung Alaun von Phokaia würde alle seine Schulden wettmachen. Darauf beruht seine Sicherheit.»

Gregorio tat, was er konnte. Er sagte: «Wäre er in Europa sicherer gewesen, wo Simon noch immer in der Nähe ist? Zumindest hat das Schicksal ihn dahin verschlagen, wo Catherine ihn braucht. Vielleicht bringt er sie zurück.»

Die blauen Augen waren jetzt fest auf ihn gerichtet. Sie sagte: «Er hat Florenz verlassen, ohne etwas von ihr zu wissen. Vielleicht findet er sie und rettet sie. Aber was nützt das, wenn Doria den Auftrag hat, sich seiner zu entledigen?»

Gregorio sagte: «Nicolaas selbst glaubt das nicht. Das sagt er in meinem Brief. Er beschreibt Doria als einen gefährlichen, kämpferischen Kindskopf, aber nicht als Mörder.»

«Was weiß Nicolaas schon? Der Mann hat ein zwölfjähriges Kind entführt. Er steht im Dienste Simons. Begreift Ihr noch immer nicht, daß Nicolaas das Böse nicht verstehen kann? Daß er nichts gelernt hat? Daß er sich nicht vorstellen kann, daß es überhaupt auf der Welt ist? Nicolaas wird, allen Schlägen und allem Ungemach zum Trotz, von Simon nicht schlecht denken. Das wißt Ihr. Wenn er die Wahrheit über Catherine herausfindet, wird er verwirrt sein: er wird nicht wissen, was er glauben soll. Es mag ihm gelingen, Doria fernzuhalten, wenn ich es auch für wahrscheinlich halte, daß Doria abwartet, bis ihm in Trapezunt eine wertvolle Beute in den Schoß fällt. Aber auf Doria kommt es kaum an. Die Wunde, die Simons Feindschaft geschlagen hat, schmerzt Nicolaas am meisten und könnte ihn wehrlos machen.»

Es trat ein kurzes Schweigen ein. Dann sagte Gregorio: «Ich habe versucht, Simon ausfindig zu machen, ihn zu stellen. Er hält sich seit Wochen in Schottland auf, aber es heißt, er könnte zum Goldenen Vlies herüberkommen. Der Herzog hält eine Kapitelversammlung ab.»

«Ihr würdet mit ihm reden?» fragte sie. «Darüber? Über Doria und Catherine? Aber ich sagte Euch doch, die Verbindung zwischen Simon und Nicolaas darf nicht erwähnt werden.»

«Gewiß», sagte Gregorio. «Wir alle respektieren das. Aber der

Streit ist öffentlich bekannt, besitzt inzwischen sogar einen gewissen Unterhaltungswert. Der Herr Simon und der junge Komödiant fordern einander heraus; das ist allgemein bekannt. Deshalb halten ihn Simon und seine Gemahlin, wie jeder weiß, für unerträglich. Aber ein bewußter Angriff auf sein Leben würde für völlig unangebracht gelten, und so weit wird Simon niemals gehen.»

«Was würdet Ihr also durch ein Treffen mit ihm gewinnen?» fragte sie.

«Aufschlüsse», sagte Gregorio. «Weil er eitel ist. Er ist verspottet worden. Er wäre kein menschliches Wesen, wenn er uns nicht zumindest ein wenig von dem wissen lassen wollte, was er vorhat, um Nicolaas zu schaden oder ihn lächerlich zu machen. Vielleicht sagt er nicht viel, aber ein wenig von dem, was wir zu erwarten haben, dürften wir doch erfahren.»

«Aber wir könnten nichts dagegen tun», sagte Marian de Charetty. «Ein Brief von Euch an Nicolaas nach Trapezunt würde vier Monate brauchen.»

«Ich würde ihn bestrafen können», sagte Gregorio. «Durch das Gesetz. Oder mein Schwert.»

Sie war bleich vor Erschöpfung, doch das berührte sie. Ihr Zorn war längst verraucht. Sie sagte: «Das ist mehr, als ich oder das Haus je verlangen würde. Ich war – verzeiht mir, ich war grob zu Euch. Ich weiß, Ihr versteht. Aber was auch geschieht, Ihr dürft nie vergessen, woran ich mich immer erinnern muß. In seinen Augen, wenn nicht in den Augen der Welt, ist Nicolaas Simons Sohn.»

«Tobie weiß es. Und Julius», sagte Gregorio. «Sie werden ihm helfen.»

Er sprach in entschiedenem Ton. Er wollte nicht, daß sie ahnte, was für ihn schmerzliche Gewißheit war: daß Nicolaas wahrscheinlich bei all seinen Versprechungen weder zu Julius noch zu Tobie, noch zu irgendwem sonst etwas von dem Mann hinter Pagano Doria gesagt hatte.

Eine Woche danach brach sie mit ihrer Eskorte auf. Davor war Gregorio viel mit ihr zusammen. Sie trat eine lange Reise an, und es gab vieles zu verfügen, und Papiere mußten seiner Obhut übergeben werden. Jetzt gewährte sie ihm auch mehr Einblick in ihre persönlichen Angelegenheiten als je zuvor. Eintracht war in ihr Verhältnis zurückgekehrt, und das Verhältnis selbst hatte sich auf eine besondere Weise verändert. Das hing, wie ihm bewußt war, mit seiner Übernahme einer Pflicht zusammen, die er für selbstverständlich gehalten hatte: mit seinem Entschluß, Simon von Kilmarren zur Rede zu stellen, sobald er ihn traf. Ihn zur Rede zu stellen und zu warnen. Das Haus Charetty war nicht ohne Männer.

Er wußte jetzt, wann er mit der Begegnung rechnen konnte. Herzog Philipp hatte in der Tat vor, in Flandern eine Kapitelversammlung des Ordens vom Goldenen Vlies abzuhalten, und zu den Rittern, die erwartet wurden, würden Franck und Henry van Borselen gehören, Verwandte von Katelina, der Gemahlin von Herrn Simon. Es würde ein historisches Ereignis werden. Katelina würde aus Schottland herüberkommen. Und Simon, ihr Gemahl.

Selbst das wenige, das er ihr davon gesagt hatte, beunruhigte die Demoiselle. «Goro? Werdet Ihr auch vorsichtig sein? Und werdet Ihr mir schreiben und davon berichten?»

«Advokaten sind immer vorsichtig», sagte er. «Ich wünschte, ich könnte mit Euch nach Dijon kommen.»

«Nein. Darüber haben wir schon gesprochen. Ich werde Euch schreiben. Später tut Ihr vielleicht gut daran, nach Venedig zu gehen und Euch mit unserem Geld dort ein Quartier zu suchen und nach Neuigkeiten aus dem Osten Ausschau zu halten. Falls ich Euch in Florenz brauche, könntet Ihr in einer Woche bei mir sein. Und wenn ich nach Hause komme, wärt Ihr auf halbem Weg zwischen Brügge und Trapezunt.»

Das klang recht vernünftig, aber zu beiläufig. Und sie hatte es schon zweimal vorgeschlagen. «*Wollt* Ihr mich in Venedig haben?»

Für eine Familie mit gesunder Gesichtsfarbe war sie wieder sehr blaß. Sie hatte den Nachmittag im Hotel Jerusalem verbracht. Adorne und seine Gemahlin hatten sie von denen, die sich erboten, ihre Tochter Tilde bei sich aufzunehmen, am meisten bedrängt, und schließlich hatte sie nachgegeben. Diese Vereinbarung würde, so glaubte Gregorio, Tilde wahrscheinlich die liebste sein, und er hatte nicht versucht, einen anderen Vorschlag zu machen.

Doch jetzt beunruhigte es ihn, daß sie bei all ihrer Müdigkeit mit dem Gedanken an Venedig beschäftigt zu sein schien. Als sie nicht sofort etwas erwiderte, wiederholte er die Frage in deutlicherer Form. «Ist Euch meine Anwesenheit in Venedig noch aus anderen Gründen wichtig? Als Gegengewicht zur Doria und Genua?»

«Das wäre klug», sagte sie. Dann fuhr sie fort: «Nein. Ich will Euch dort als Beobachter haben. Ich habe Angst vor den Venezianern.»

«Angst?» sagte Gregorio. «Aber Venedig war es doch, das diese ganze Geschichte ins Rollen brachte. Das den Alaunkontrakt vorschlug. Das Euch sagte, daß Florenz eine Vertretung wünschte. Nicolaas sah darin keine Gefahr. Er hat sein Geld dort hinterlegt.»

«Ich mag mich täuschen», sagte Marian de Charetty, «aber mir scheint, sie haben uns von Anfang an dazu gedrängt. Dieser einbeinige Grieche. Zeno. Die... anderen... Gewiß, sie wollten Astorre und seine Söldner haben. Als zusätzliche Garantie für ihre Sicherheit in Trapezunt. Sie wollten jemanden haben, der die Risiken des Frachtgeschäfts mit ihnen teilt und ihre Rohseide herüberbringt und den Handelsverkehr mit dem Kaiser stärkt, der sich nicht mehr so gut mit Venedig und Genua stand. Sie wollten vielleicht sogar... das Haus Charetty auf die Seite der Serenissima herüberziehen, zum Schaden unserer gleichermaßen freundschaftlichen Beziehungen zu Genua. Der freundschaftlichen Beziehungen, in denen wir zu Genua standen bis zu dieser Angelegenheit mit Pagano Doria.»

«Es ist nur ein einzelner», sagte Gregorio. «Wir haben keinen Grund, ganz Genua zu mißtrauen. Auch sehe ich Venedig nicht als Gefahr. Es braucht uns.»

«Gerade deshalb *ist* es eine Gefahr», sagte Marian de Charetty. «Venedig braucht uns in Trapezunt. Es drängt uns dorthin. Es drängt Nicolaas die ganze Zeit, ebenso wie dieser Grieche, seit er ihm in Damme begegnete. Ich glaube nicht, daß wir Catherine wieder zu Hause sehen werden, weil niemand will, daß Nicolaas zurückkehrt, vielleicht nicht einmal Simon.» Ihre Stimme bekam plötzlich einen Sprung. «Ist es vielleicht sogar möglich, daß Venedig *hinter Simon steht*?» sagte sie.

«Nein. Das bildet Ihr Euch ein», beruhigte Gregorio. «Setzt Euch, Demoiselle. Stärkt Euch mit einem Schluck Wein. Demoiselle...»

«Es tut mir leid. Ich bin einfach müde.» Sie hielt inne und setzte dann hinzu: «Ich wollte nur, daß er glücklich ist. Wie er es war, immer.»

«Männer, die mit einem solchen Segen reisen, verlieren ihn selten», sagte Gregorio. «Er brauchte ein weiteres Feld, ob ihm Venedig nun die Tür öffnete oder ein anderer. Und was immer geschieht, er wird damit fertig werden und wohlbehalten zu Euch zurückkehren.» Er wußte nicht, ob sie ihm glaubte, aber sie gab sich zumindest diesen Anschein. Ruhiger jetzt nahm sie den Becher und trank daraus in kleinen Schlucken, während sie noch von weniger wichtigen Dingen redete. Dann nahm sie ihren Umhang und ihren Brief und zog sich in ihr Gemach zurück.

Danach sahen sie sich nicht mehr unter vier Augen. Am Tag ihrer Abreise, als alle Verfügungen getroffen waren, ritten er und die anderen Oberen des Handelshauses mit ihrem Gefolge bis zum Stadttor, und auch die älteren Zunftmitglieder und Kaufherren kamen, um ihr eine gute Reise zu wünschen.

Sie hatte Tilde bis zum Tor zu sich aufs Pferd genommen. Das Mädchen und die ansehnliche kleine Frau bildeten einen einzigen Umriß von Pelz und Samt, mit dem kostbaren Handschuh der Frau am Zügel und dem schönen leuchtenden Haar, das dem Mädchen über die Schulter fiel. Am Tor umarmten sie sich und nahmen Abschied, und Adorno hob das Mädchen zu sich in den Sattel.

Tani vom Handelshaus Medici hatte sich ein schwarzes Band an den Umhang geheftet. Beim Abschiednehmen fragte ihn Marian nach dem Grund.

«Dank der Nachfrage, Madonna. Der Todesfall betrifft nicht meine Familie selbst, sondern das Haus meines Herrn in Florenz. Ein Kind, kaum sechs Jahre alt, aber bitterlich betrauert. Cosimino, der kleine Enkel meines Herrn Cosimo de' Medici.»

Sie sagte, was sich schickte, und ritt davon; doch ihr Herz war bei einem Kind von dreizehn Jahren, das in Florenz nicht sein Leben, sondern seine Kindheit verloren hatte. Und bei einem glücklichen Unschuldsmenschen – gewiß war er glücklich, gewiß unschuldig –, der ohne eigenes Dazutun inzwischen vielleicht beides eingebüßt hatte.

KAPITEL 17

DREITAUSEND MEILEN ÖSTLICH VON BRÜGGE waren das Kind Catherine und der Jüngling Nicolaas ihrem Ziel nahe und fast in Sichtweite voneinander. Gleich den meisten von ihren angstgequälten Familien getrennten jungen Leuten sahen sie beide bekannten Gefahren mit ganz natürlicher Ruhe entgegen. Was nicht besagen will, daß Marian de Charetty mit ihren Befürchtungen für ihr Schicksal unrecht gehabt hätte.

Das Schwarze Meer, obschon salzig, war eher ein großer Binnensee, wenngleich mit dem Mittelmeer durch eine schmale Meerenge verbunden. Von Konstantinopel bis zu den Bergen des Kaukasus erstreckte es sich über siebenhundert Meilen. Seine nördlichen Gestade mit ihren schwarzen Felsen führten zum Khanat der Krimtataren, mit den pelzreichen Regionen des Moskauer Rußland dahinter. Die Genuesen, schlaue Handelsleute, hatten an der Krimküste ihre Niederlassung mit Namen Kaffa eingerichtet, so groß wie Sevilla, und machten sich in diesem Augenblick gerade vom langen Wintereis frei.

Am südlichen Rand des Schwarzen Meeres erhoben sich die Gebirge Kleinasiens: dicht bewaldet, wo sie zu eisenfarbenen Sandstränden hin abfielen, mit trutzigen Festungen auf den Landspitzen und alten griechischen Städten, die halb in der milden, fruchtbaren Küstenregion angelegt, halb in die Berge dahinter eingefügt waren. Jenseits der Berge lagen die Felsen und Hochebenen Anatoliens, Persiens und Syriens, führten die Karawanenstraßen nach Bagdad und weiter in den Osten. Diese Lage am Ende der Seidenstraße war es, die Trapezunt zum Handelsmittelpunkt Asiens gemacht hatte, älter als Rom und Byzanz. Jetzt behauptete es sich als letztes Juwel in der kaiserlichen Krone, als letzte noch nicht eroberte Bastion der byzantinischen Griechen.

Ihm entgegen fuhren die *Doria* (die einmal die *Ribérac* gewesen war) und die *Ciaretti*, manchmal auf gleicher Höhe, manchmal einander überholend. Die im März stets launischen Winde wehten am Morgen so und am heißen Mittag so und begünstigten einmal den dickbauchigen Handelssegler und einmal die Galeere. Von den beiden Schiffen machte die *Ciaretti* vielleicht die denkwürdigere Reise. Zunächst befand sie sich noch immer in den Händen ihrer Handwerker: die Schmiede und Zimmerleute nahmen unten im Laderaum die Versteckabteile auseinander. Am Morgen nach Tophane setzte der Lärm von Säge und Hammer nur aus, als Gottschalk zu einem Dankgottesdienst rief und Gottes weiteren Segen erbat für ihre Reise inmitten einer tiefen und andächtigen Stille.

Nicht bei der Zeremonie zugegen waren ihre kaiserliche Mitreisende, ihr Priester und ihre Diener. Ein dumpfes Psalmodieren von irgendwo unter dem Heck bestätigte den Verdacht der Mannschaft. Die dunkel gewandete, bärtige Gestalt in Prinzessin Violantes Begleitung war in der Tat ein griechischer Priester und betete wahrscheinlich gemäß dem griechischen Ritus. Später kam die abweisende Gestalt der Dienerin hervor, drehte einem Huhn den Hals um, rupfte es, nahm es aus und kochte es auf einem mitgebrachten kleinen Herd und verschwand dann wieder.

Wie es schien, dachte ihre Herrin nicht daran, sich den Amtsträgern und Offizieren anzuschließen, wenn ein Trunk gereicht oder gegessen wurde. Sie blieb in ihrem Quartier, während die Galeere durch die Abenddämmerung in die Nacht hineinfuhr. Zu gegebener Zeit kam der Priester heraus, begab sich zur Gemeinschaftskajüte, verneigte sich, breitete sein Lager aus und schlief sogleich ein. Kurz darauf trat der Eunuch hinter dem Vorhang zum Gemach seiner Gebieterin hervor und ließ sich kreuzbeinig davor nieder. Aus der Kajüte heraus drang bruchstückhaft das klangvolle Griechisch der Frauenstimme, unterbrochen von jemandem, die die Flöte spielte auf eine Weise, die man nur als melancholisch beschreiben konnte.

Mitten in der Nacht, während das Schiff weiterfuhr, erhob sich der Wind, und zusätzliche Seeleute wurden auf ihren Schlafbänken wachgerüttelt, um sich um die Segel zu kümmern. Die Flöte war längst verstummt. Deshalb war der Schrei, der plötzlich durch das Tosen der Elemente drang, um so erschreckender. Nicolaas, der sich im Vorschiff aufgehalten hatte, kam den Mittelgang entlanggerannt. Le Grant hielt ihn mit stoischer Stimme an. «Der Doktor kümmert sich schon darum. Nichts Schlimmes.»

«Oh – gut», sagte Nicolaas und ließ die Arme herunterfallen.

John le Grants weißwimprige Augen blitzten. «Die Dienerin kam heraus mit einem Spüleimer, und einer von Astorres Leuten ist mit offenem Hosenlatz auf sie losgegangen. Ja, ja – kein Landurlaub in Modon.»

«Und wer hat geschrien?» fragte Nicolaas.

«Oh, er. Sie hat's ihm mit dem Messer gegeben. Nichts Ernstes. Nichts zu Ernstes. Astorre sagt, der Schwachkopf hat schon wenigstens fünfunddreißig Kinder in die Welt gesetzt.»

«Und Tobie kümmert sich um ihn», sagte Nicolaas. «Nun, dann bleiben uns noch siebenundneunzig Krieger. Wer legt schon Wert auf Vollkommenheit?»

«Vollkommenheit bekommt Euch nicht», sagte John le Grant. «Fahrgäste, die gegen die Mannschaft das Messer zücken, die halbe Galeere voller Löcher, zwei Priester und eine Flötpfeife an Bord und voraus die Türken. Das ist kein Schiff. Das ist ein Nervenbündel, mein Junge.»

Vollkommenheit bekam Nicolaas tatsächlich nicht. Er erinnerte sich seiner Pflichten als Schiffsherr, setzte eine ernste Miene auf und ging den schwankenden, windgepeitschten Mittelgang entlang hinunter in Tobies Quartier, um nach dem verletzten Mann zu sehen. Was der Arzt sagte, klang weniger beruhigend als resigniert. «Er wird durchkommen. Eine solche Sprache habe ich nicht mehr gehört, seit ich bei Lionetto war. Ich habe vierzehn neue Ausdrücke gelernt. Habt Ihr die Frau gesehen?»

«Nein. Er hat ihr doch nichts angetan?» fragte Nicolaas. Er erhob sich, nachdem er ein paar Worte zu dem verhinderten Wüstling gesprochen hatte, dessen Klagen inzwischen in jämmerliche Stöhnlaute übergegangen waren.

«Er?» sagte Tobie. «Sie hat ihr Messer abgewischt wie ein Metzger und ist spornstreichs in die Kajüte ihrer Herrin zurückgegangen. Ich dachte, sie kommt gleich wieder und holt sich seine Nieren. Wollt Ihr Euch wegen dieses Narren entschuldigen, oder soll ich es tun?»

«Ihr seid müde», sagte Nicolaas. «Alle diese neuen Flüche lernen, das strengt an. Laßt mich mit der Prinzessin reden.»

John le Grant, der ihm gefolgt war, klopfte ihm auf die Schulter. «Tut das», sagte er. «Sie wird Euch auseinandernehmen und wieder zusammensetzen. Sie hat zwei sehr sichere Hände, diese Dame. Sie wird Euch zurechtstutzen und zurechtkneten und Euch die Zecken aus den Ohren klauben, und Ihr werdet zu dieser Tür wieder herauskommen, ohne mit den Füßen den Boden zu berühren. Ich werde mit einem Becher Wein auf Euch warten.»

Nach alledem wäre es feige gewesen, die Angelegenheit bis zum Morgen aufzuschieben. Nicolaas sprang die Heckstufen hinunter und klopfte an den Türrahmen. Er war sicher, daß er geklopft hatte, wenn auch der Archimandrit nicht da war, um das Klopfen zu hören, und der Eunuch seinen Posten auf der Schwelle verlassen hatte. Und so griff Nicolaas, als er von drinnen eine Stimme hörte, nach dem Vorhang, hob ihn zur Seite und trat ein.

Die Glaslampe war erloschen. Alles Licht kam vom Bett her, wo in einem flachen brünierten Behälter Duftöl brannte. Der Lichtschein fiel auf zerknautschte Kissen und Seidenlaken und das goldene Haar des vorgebeugten Kopfes der Prinzessin von Trapezunt, die daneben stand. Ihr im Schatten liegendes Gesicht war dem hinteren Ende des Gemachs zugekehrt, wo die ältliche Dienerin sich hin und her bewegte und vor sich hin redete, während sie Dinge zurechtrückte. Zuerst hörte Nicolaas nichts als die quengelige Stimme der alten Frau und sah nichts als das glänzende Haar ihrer Herrin, das zu einem einzigen dicken Zopf zurückgebunden war wie ein Löwenschweif, und die gaufrierte Seide ihres Gewands und ein kleines Ohr ohne Juwelenschmuck, über das Strähnen goldenen Haars fielen.

Da fiel der Vorhang hinter ihm zu, und bei dem sanften Geräusch drehte sich die Prinzessin von Trapezunt um. Ihr schwingendes Nachtgewand erwärmte die Luft mit dem Duft ihres Körpers, und zum zweiten Mal raubte es ihm an diesem Ort den Atem. Ihr zartes Gesicht mußte Verwunderung erregen. Die ebenmäßigen Züge. Die sanften Augen. Ihre Unterlippe war eine Korallenknospe, ihr Kinn gerundet wie eine Muschel. Unter ihrem Hals wölbten sich zwei perlweiße Kugeln, unter diesen wiederum folgte eine grübchenhafte Vertiefung, und darunter war kein goldhaariges Bukett, wie er es sich flüchtig ausgemalt hatte, sondern die sanfte Erhebung eines glatten, nackten Hügels. Zu beiden Seiten ihres Körpers fiel die Seide ihres Nachtgewands hinab bis zum Boden. Sein langsam wandernder Blick folgte ihren Linien.

Da erblickte ihn die ältere Frau und kreischte auf. Violante von

Naxos jedoch stand ganz ruhig da und sagte: «Bin ich die Ehefrau eines Händlers, die sich vor Dienern bedecken muß?»

«Vor niemandem, Hoheit», sagte Nicolaas. Der Puls pochte, und er spürte, wie er seinen ganzen Körper erschütterte.

«Oder», sagte die Violante, «würdet Ihr es mir danken, wenn ich Euch nicht höher einstufte als die Tiere, wie etwa Eure Krieger, die vor einer Frau jede Hemmung verlieren?»

«Ich bin gekommen, um Euch und Eure Dienerin dafür um Vergebung zu bitten», sagte Nicolaas. Ihre Brüste waren vollkommen, und er rief mit aller Kraft seine Vernunft zu Hilfe. Dann wurde ihm klar, daß sie wußte, was an Deck geschehen war; daß sie das aufgeregte Hin und Her gehört hatte und gewußt haben mußte, daß er oder ein anderer kommen würde. Daß sie wahrscheinlich sogar seine Schritte erkannt hatte. Sein Zorn auf den eigenen Körper erlosch, als er dies bedachte. Er sagte: «Soll ich Euren Priester rufen?»

«Wozu?» sagte sie. «Es sei denn, der Mann wäre tot und Phryne verlangte nach Beichte und Absolution. Aber sie ist im allgemeinen nicht unvorsichtig.»

«Das war sie auch diesmal nicht», sagte Nicolaas. «Ich dachte nur, sie oder Ihr bedürftet des geistlichen Beistands. Ich entschuldige mich noch einmal für die Ungelegenheiten, die Euch der Mann bereitet hat, und überlasse Euch der weiteren Nachtruhe. Ich würde es bedauern, wenn ich Euch gestört hätte.»

Sie lächelte. «Seid beruhigt», sagte sie. «Ihr habt nicht gestört, könntet es gar nicht.»

Er zog sich höflich zurück und wartete draußen einen Augenblick im Dunkeln, bis er lächeln konnte. Dann ging er zu den anderen. Als er sie am nächsten Tag wiedersah, erwähnte keiner den Vorfall.

Der Handelssegler, mit allem wohl versorgt, lief nur selten einen Hafen an und ging, da er zum Kampf auf See weniger gut geeignet war, anderem Verkehr tunlichst aus dem Wege. Der Pontus Euxinus war einmal für seine Piraten berüchtigt gewesen, weil reiche Beute wartete – Schiffe, beladen mit Sklaven und Honig und Pelzen aus Kaffa, die Schiffe des Archons mit ihren Truhen voller Silber, Ausbeute der Steuererhebung, die venezianischen Galeeren mit ihrem

Geruch nach baktrischen Kamelen, der über der Seide, den Gewürzen und dem Indigo hing.

Aber Venedig hatte sich dieses Jahr mit seinen Galeeren nicht so weit hinausgewagt, und wenn Doria auch seine Vorsichtsmaßnahmen traf, herrschte auf dem Schwarzen Meer in diesem Monat doch eine ungewöhnliche Ruhe. Die Goldmakrelen tummelten sich, und die Fischer waren mit ihren Netzen eifrig am Werk. Die kleineren Koggen taten sich wie zur gegenseitigen Unterstützung zusammen, eifrig besucht von Schaluppen, die, auf Neuigkeiten erpicht, flink wie Insekten von Gruppe zu Gruppe huschten. Doch wo gewöhnlich der Eisaufbruch die großen Schiffe aufs Meer brachte mit ihrer Fracht für den Westen, hielten sich die Menschen jetzt zurück. Vor einem Krieg schlief der Handel ein. Man schickte seine Schiffe nicht hinaus, wenn nur der Himmel wußte, ob man sie nicht morgen brauchte, um sie im Kampf einzusetzen oder – was Gott verhüten mochte – auf ihnen zu entfliehen. Die *Doria* und die *Ciaretti,* vorbereitet auf Handel wie auf Krieg, waren die einzigen größeren Schiffe, die um diese Jahreszeit ins Schwarze Meer einfuhren.

Sie waren nicht immer willkommen. In Sinope verwehrte ihnen der Emir den Hafen – sie hätten die Krankheit an Bord, hieß es. Doch das hörte sich wie ein sehr dürftiger Vorwand an. An der Küste, wo schnell jedes Gerücht aufgefangen wurde, wußte man inzwischen, daß auf der großen Galeere des Kaisers Großnichte mitfuhr und auf der Kogge sein Schatzkanzler Amiroutzes. Also konnte von Pest keine Rede sein, wenn Stambul es auch anders wissen wollte. Für einen klugen Mann wie den Emir, der es mit keiner Seite verderben wollte, war es aber Grund genug zur Vorsicht.

Die Anwesenheit von Amiroutzes (durch ein Mißverständnis) war für die junge Catherine ein Quell ständigen Ärgernisses. Er nahm Paganos Aufmerksamkeit in Anspruch. Er erteilte ihr Lektionen, nach denen es sie nicht verlangte. Wie die *Ciaretti* hatte sich auch die *Doria* in eine Schulstube verwandelt.

Bei Sinope lag die Galeere vorn. Die Kogge überholte sie drei Tage später und lief Samsun an, um die Hafenbehörden zu warnen: hinter ihnen komme ein Schiff mit der Pest an Bord. Während Pagano Doria noch auf die Rückkehr seines Boten wartete, brachte ihn plötzlich der Anblick der *Ciaretti* aus der Fassung, die sich unter

Ruder mit der Geschwindigkeit einer voll bemannten Kriegsgaleere näherte. Als sie vorüberfuhr, sah er, daß sie tatsächlich voll bemannt war – und mit Leuten, deren Gesichter er von Modon her kannte. Auch war die Wasserlinie die gleiche wie zu der Zeit, als sie angeblich keine Bewaffnete an Bord hatte. Michael Crackbene, sein Kapitän, schien zu wissen, wie das wahrscheinlich bewerkstelligt worden war. Er schien das auch lustig zu finden. Die Galeere machte überhaupt keine Anstalten, Samsun anzulaufen.

Sie waren jetzt noch fünf Tagesreisen von Trapezunt entfernt, und der März ging seinem Ende entgegen. Auf beiden Schiffen hatten die Männer Gottes auf den Kalender gesehen und dann ihre Schiffsherren beiseite genommen. Wenn sie keinen Schiffbruch erlitten, würden sie während der Osterwoche am kaierlichen Hof eintreffen. Wollte man das? Die Quartiere würden überfüllt, die anderen Kaufleute beschäftigt und der Kaiser und seine Höflinge fast ständig mit hohem Zeremoniell befaßt sein. Die Ankunft des neuen genuesischen Konsuls, des neuen florentinischen Vertreters würde kaum beachtet werden. Und wie konnten sie nach drei Wochen auf See in dem Staat auftreten, den man von ihnen erwartete?

Nicolaas sagte: «Die venezianischen Galeeren haben das jedes Jahr geschafft, wenn sie nach Sluys kamen. Man macht am Tag davor klar Schiff und hält Einfahrt wie eine Zirkustruppe. Auf, Leute. Ihr werdet faul.» Da sie jetzt eine einzige Gemeinschaft von zweihundertfünfzig Mann waren mit einem gemeinsamen Schatz von äußerst unanständigen Liedern, die ihr Schiffsherr für sie verfaßt hatte, taten sie zwar so, als wollten sie ihn mit Wurfgegenständen eindecken, fügten sich aber dann doch den von ihm umrissenen Plänen.

Später bei der Mahlzeit in der Kajüte sagte le Grant: «Doria wird vor uns eintreffen, wenn wir haltmachen. Und sie werden wie aus dem Ei gepellt aussehen. Da sie unter Segel fahren, haben sie den nötigen Platz zum Saubermachen.»

«Ich dachte, Trapezunt hat so eine Art römischen Hafen», sagte Nicolaas. «Er wird gewiß mit Ruderkraft einfahren müssen. Fünfzig Ruderer?»

«Sie werden trotzdem herausgeputzt aussehen», sagte le Grant.

«Xenophon», sagte Nicolaas geheimnisvoll. Er blickte sie alle streng an. «Ich behaupte nicht, daß ich Diadochus bewundere, aber nach drei Wochen glaube ich ihn doch zu kennen wie einen Bruder. Als Xenophon und seine Hellenen hierher kamen, berauschten sie sich alle bis zur Übelkeit am hiesigen Honig.»

«Vor zweitausend Jahren», bemerkte Tobie.

«Ja, das sind griechische Bienen», sagte Hauptmann Astorre. Er stieß ein gackerndes Lachen aus.

Astorre faßte sich wieder und wandte sich an Nicolaas: «Was redet Ihr da? Im März gibt's keinen Honig.»

Tobie sah Nicolaas ebenfalls an, aber mit einem anderen Gesichtsausdruck. Er sagte: «Augenblick – Ihr habt es getan, nicht wahr? Was es auch ist, Ihr habt es tatsächlich getan, ohne uns zu fragen?»

Nicolaas zog den Mund hinunter wie ein Wasserspeier. Er sagte: «Ich habe nur eine kleine Vereinbarung getroffen, weiter nichts. In der letzten Nacht unserer Reise wird hiesiger schwarzer Wein als Geschenk zur *Doria* hinausgerudert werden von den genuesischen Siedlern in Kerasous. Nun ja, dem Anschein nach von genuesischen Siedlern. Man hat mir gesagt, es sei nicht allzu schwierig, dem Schiffsführer ein Geschenk zu überbringen und dafür zu sorgen, daß die Seeleute während seiner Abwesenheit ihren Anteil vom Rest bekommen. Das wird sie umschmeißen.»

Hauptmann Astorre warf den Kopf zurück und bekam einen Lachanfall. Dann stand er auf und klopfte Nicolaas auf dem Weg zur Tür auf die Schulter. «Guter Junge», sagte er. «Guter Junge. Das gefällt mir. Und wenn Ihr uns erst an Land gebracht habt, dann entreißen wir die kleine Dame den Klauen dieses Burschen und bringen ihn um.» Er grinste schwarzzahnig in die Runde und schlenderte hinaus.

«Nun», sagte Julius, «das hat den großen Nicolaas zum Schweigen gebracht, nicht wahr? Aber warum? Kann es sein, daß Ihr bei all Euren listigen Plänen die junge Catherine vergessen habt, die noch immer bei diesem Schwein von Doria ist? Bei Gott, Euch geht's nur um Rache. Die Leute von der *Doria* werden sie betrunken hereinrudern. Da kriegt er's aber gezeigt. Er stiehlt die Tochter der Demoiselle. Er verbreitet Lügen über mich und Bessarion. Er steckt Euer Schiff in Brand, er tötet in Modon Leute. John und ich kommen in Konstantinopel beinahe ums Leben. Und das ist alles, was Ihr vorhabt?»

Hatte Astorre ihn, wie er das oft tat, als frühreifen Jungen angesprochen, so sprach Julius jetzt zu Nicolaas wie ein Erwachsener zum anderen. Nicolaas, weiß im Gesicht, holte Atem, doch Julius fuhr fort, ehe dieser etwas erwidern konnte. «Seit diese Frau an Bord ist, sind Euch Catherine und wir anderen alle gleichgültig. Ich würde ja nichts sagen, aber Ihr solltet doch unser Anführer sein.»

Glücklicherweise befanden sie sich an einem Ort, wo sie keiner von draußen hörte. Widerspenstigkeit war bei Julius dieser Tage nichts Neues. Nicolaas, dem plötzlich keine sanften Antworten einfielen, sagte: «Sie ist meine Stieftochter. Natürlich habe ich sie vergessen.»

Ehe sich Schweigen ausbreiten konnte, sagte Pater Gottschalk: «Das Wohlergehen des Kindes mag sehr wohl davon abhängen, daß wir uns Prinzessin Violante gewogen machen, Julius. Wenn Doria erst in der genuesischen Siedlung verschwunden ist, könnte sie die einzige Botschafterin sein, die wir haben. Nach allem, was ich von diesem Herrn gesehen habe, bezweifle ich, daß er seine kleine Braut allzuoft am Hof vorführt, wenn überhaupt.»

Nicolaas sagte in knappem Ton: «Sie haben keine Ehefrauen bei sich, die Kaufleute. Sie hatten auch in Pera keine dabei, mit ganz wenigen Ausnahmen. Sie leben mit ortsansässigen Mädchen zusammen oder mit ihren ständigen Mätressen. Catherine würde den Unterschied nicht bemerken, solange sie nur vornehmes Leben um sich sieht. Ich weiß nicht, auf wessen Seite Violante steht, Julius. Aber es wäre unklug, sie zu beunruhigen oder ihr zu nahe zu treten.»

«Das ist Eure Ansicht?» sagte Julius. «Ich werde sie fragen. Wenn sie Dorias Hure und eine Spionin ist, sollten wir das wissen. Wenn sie nur seine Hure ist, sollte sie genauso froh sein wie wir, wenn Catherine ihm entrissen wird.»

«Seid doch kein Narr», sagte Tobie. «Wenn Nicolaas nach drei Wochen platonischer Belehrung nicht weiß, was sie vorhat, wird sie es Euch auch gleich auf die Nase binden, wenn Ihr zu ihr hineingeht und sie überfallt. Das habt Ihr doch wohl im Sinn, nicht wahr?»

«Platonische Belehrung?» sagte Julius.

«Nun ja, auch aristotelische und homerische, mit einer Prise Li-

vius», sagte Nicolaas rasch. «Wenn Ihr bedenkt, daß der Archimandrit bei jeder Sitzung dabei ist, könnt Ihr Euch vorstellen, wie verwickelt das ist. Wenn nicht, kann ich es Euch an Zeichnungen erläu-
tern. Julius, wenn sie auf der Seite Dorias steht, ist es das beste,
wenn sie nicht weiß, daß wir sie in Verdacht haben. Denkt Ihr nicht
auch so?»

Julius, der auch den schwarzen trapezuntischen Wein gekostet
hatte, sagte: «Wie Ihr meint. Ich habe mich noch um Listen zu
kümmern» und stand auf und ging hinaus.

«Ich glaube –», sagte Gottschalk.

«Ich weiß», unterbrach Tobie grimmig. «Wenn wir Magister Julius nicht im Auge behalten, stellt er in Trapezunt etwas Dummes
an. Er bringt es fertig, zusammen mit dem guten Hauptmann
Astorre in die Genuesensiedlung einzudringen und zu versuchen,
das Kind mit Gewalt herauszuholen. Oder den Kaiser in die Angelegenheit hineinzuziehen.» Er dachte einen Augenblick nach. «Vielleicht hofft Doria, daß er das tut. Wir würden sehr dumm dastehen.
Er ist im Recht. Es ist eine Ehe. Und Ihr sagt, das Mädchen ist in ihn
vernarrt.»

Gottschalk sagte: «Wenn Julius sich beruhigt hat, rede ich mit
ihm. Ja, es stimmt, das Mädchen liebt seinen Ehemann, und er
scheint sie gut zu behandeln. Wir wissen, daß er ein Abenteurer und
Scharlatan ist, aber wäre sie besser oder schlimmer dran, wenn sie es
wüßte? Und vorläufig würde sie es gar nicht glauben. Nicolaas hat
vollkommen recht. Wir können nichts tun, solange die junge Dame
sich nicht selbst an Euch wendet. Pflegt alle Verbindungen, die Ihr
besitzt – und die Prinzessin Violante ist eine davon. Eines möchte
ich Euch jedoch fragen, Nicolaas: Was, glaubt Ihr, wird Pagano Doria tun? Er ist Euch bereits etwas schuldig, nach der Angelegenheit
mit der Pest. Spätestens der schwarze Wein wird einen Gegenzug
herausfordern.»

«Ihr glaubt noch immer, es ist ein Spiel?» fragte Tobie.

«Ich glaube noch immer, daß er alles, was er tut, als ein Spiel
betrachtet, auch wenn es ein Menschenleben kostet», sagte Gottschalk.

«Ihr sagtet, er tue Euch leid.» Nicolaas hatte sich nachdenklich
mit der Hand die Nase gerieben. Jetzt ließ er die Hand sinken.

«Nein. Ein kleiner, böser Streich hier und da, aber noch nichts Ernstes, wenn ich mich nicht sehr täusche. Er hat mit der Brandlegung das Schiff nicht völlig zerstören wollen. Er hat Astorres Männer nicht verraten, wenn er auch Euch, John und Julius, gern aus dem Weg geräumt hätte. Und er hat mich in Modon nicht umgebracht.»

«Das klingt, als bedauertet Ihr das», entgegnete Gottschalk.

«Gewiß nicht. Ich bedaure nur die Zeit, die ich damit verschwendet habe, an mögliche Fallen zu denken und an Wege, wie wir nicht in sie hineintappen. Aber er hat nichts getan, was unserer Fahrt ein Ende gemacht haben würde. Er wollte uns samt unserem Schiff in Trapezunt haben, weil er schließlich durch Catherine der Erbe des halben Geschäfts ist. An das Geschäft in Brügge kann er nicht heran, solange Catherines Mutter dort ist, aber er könnte hier etwas in die Hand bekommen, ohne daß er auf geraume Zeit daran zu hindern wäre. Ich nehme also an, daß man uns erlauben wird, unsere Niederlassung einzurichten, unseren Gewinn zu machen und unser Lager zu füllen, bevor er etwas unternimmt. Und selbst dann wird er nichts tun, was das Handelshaus oder die Ware beeinträchtigt.»

«Nun, das liegt auf der Hand», stimmte Tobie zu. «Er hat es auf Euch abgesehen. Euch muß er als einen gefährlichen Narren hinstellen.»

«Oder in einen Unfall verwickeln», spann Pater Gottschalk weiter.

«Vielleicht», sagte Nicolaas. «Aber zuvor wird er mich herabwürdigen.»

Tobies Augen leuchteten auf, und Nicolaas warf ihm ein breites Lächeln zu. «Los. Wie würdet Ihr das anstellen?»

Tobies Pupillen verengten sich nachsinnend, und sein kleiner roter Mund spitzte sich. «Was genau hat Euch Prinzessin Violante beigebracht?» fragte er in einschmeichelndem Ton.

«Daran hatte ich gedacht», sagte Nicolaas. «Ich wurde argwöhnisch, als sie sagte, ich müsse mit heruntergezogenen Strümpfen vom Thron fortkriechen.» Er hatte seine Gemütsruhe wiedergewonnen. «Ich werde alles, was mir gesagt wurde, mit den Florentinern bereden, aber es würde mich überraschen, wenn da auch nur der kleinste Irrtum möglich wäre. Und es war von Anfang bis Ende immer jemand dabei. Ein gutes Zeichen, alles in allem.»

Gottschalk sagte: «Ja. Dafür hätte ich gesorgt, wenn ich Doria wäre.»

«Das mag er noch immer tun. Tscherkessische Sklavinnen in meiner Schlafkammer. In Eurer auch.»

Tobies Augen hellten sich auf. «Werden wir alle verdorben werden? Beweise unvorstellbarer Lasterhaftigkeit? Mädchen und Sodomie? Völlerei, Haschisch und Opium?»

«Ganz recht. Probiert alles aus, aber legt Euch auf nichts fest», sagte Nicolaas. «Pater, Eure Gottesdienste folgen dem lateinischen Ritus. Könnte er uns da Verdruß bereiten?»

«Wenn er darauf aus ist. In unserem Bereich ist uns die Ausübung der eigenen Bräuche gestattet. Das gilt auch für Doria und für die Venezianer. Aber sonst nirgendwo. Wir sollten mit keinem Angehörigen der einheimischen orthodoxen Kirche diskutieren und keinen zum Gottesdienst einladen. Freilich, wenn wir überhaupt keine Gottesdienstfeier abhalten, sind wir gottlos.» Er sah, daß Tobies Augen auf ihn gerichtet waren. Tobie wollte wissen, ob Nicolaas den Kaplan je zur Beichte aufgesucht hatte. Einmal hatte er ihn geradeheraus danach gefragt. Gottschalk hatte sich nicht für befugt gehalten, ihm eine Antwort zu geben.

Nicolaas versuchte noch die möglichen Gefahren abzuschätzen – wahrscheinlich nicht zum ersten Mal. Dies geschah, das war ihnen klar, um der Gefährten willen. Wie er selbst sich verhalten würde, zu Doria und zu Catherine, wußte er, wie Gottschalk vermutete, schon recht genau. Nicolaas sagte: «Und natürlich unsere Buchführung. Unsere Zahlen müssen einwandfrei sein, unsere Einnahmen über jeden Zweifel erhaben. Die Waren in unserer Obhut müssen sicher sein. Unsere Diener müssen gut behandelt und entlohnt werden. Selbst in unseren eigenen vier Wänden darf vom Kaiser und seinem Haushalt nur mit Bewunderung und Hochachtung gesprochen werden. Was noch?»

Tobie sagte: «Das ist schon mehr, als ein Mensch gewährleisten kann. Wenn er so denkt wie Ihr, ertappt er uns bei irgend etwas. Das Haus Charetty ist dann ohne Führung, und Pagano Doria übernimmt die Waren, den Kredit, die Verbindungen, die Leute, das

Wohlwollen des Kaisers und der Medici. Das Mädchen fortzuholen wäre nicht ratsam. Solange sie dort ist, könnte sie zu unserem Schutz beitragen.»

Er sah Nicolaas abermals an. Der rekelte sich und sagte: «Sie hat keine Ahnung, worauf er aus ist. Und natürlich wird er uns nicht zugrunde richten. Wir werden ihn zugrunde richten. Pater...»

Er runzelte die Stirn. Gottschalk sagte: «Ja?»

«Ihr sagtet, Catherine weiß nicht, daß er ein Scharlatan ist. Und erfährt es auch am besten nicht.»

Gottschalk sagte: «Nun, das habt Ihr ja selbst gesehen. Er kann es sich nicht leisten, sie eines Besseren zu belehren. Alle seine Ansprüche leiten sich von der Eheschließung her. Was hattet Ihr im Sinn? *Ihm* tscherkessische Sklavinnen ins Bett zu legen? Seine Seeleute zu prügeln, bis sie gestehen, daß er in Modon getötet und einen Brand gelegt hat? Violante dazu zu bringen, sich ihrer Eroberung zu rühmen? Das Mädchen selbst davon zu überzeugen, daß sein Leben davon abhängt, daß es seinen Ehemann und Liebhaber aufgibt?»

Tobie fand, daß er Nicolaas ansah, als wäre niemand in der Kajüte. John le Grant, der die ganze Zeit dabeisaß, hatte noch kein Wort gesprochen. Nicolaas sagte: «Ihr meint, er sei jemand, der seiner Ehefrau treu bleiben kann und ehrlich das Geschäft der Demoiselle oder irgendein anderes führen wird? Wie die Berichte sagen, hat er noch nie in seinem Leben solche Aufrichtigkeit an den Tag gelegt. Er hat stets das Geld verbraucht und sich dann verabschiedet. Müssen wir so lange warten, bis wir sie trennen?»

Gottschalk sagte: «Ihr wißt, was ich meine. Laßt ihm die Möglichkeit, sich zu beweisen. Und ihr auch. Wenn er sie, trotz allem, was er zu gewinnen hofft, betrügt, dann gewährt ihr Eure Hilfe. Aber ihn zum Ehebruch zu ermuntern, wäre unehrenhaft.»

«Also keine Tscherkessinnen in Dorias Bett», sagte Nicolaas. Er sprach ein wenig ausdruckslos.

«Und auch nicht diese anderen Listen, die einen Menschen von seinem Sockel herunterholen können. Ich bin sicher, Ihr könnt mir folgen.»

«Ihr bindet mir die Hände», bemerkte Nicolaas.

Der Priester sah ihn ruhig an. «Seine Hände sind auch gebunden. Bedenkt, er kann Euren Waren und Eurem Kredit nicht schaden. Er wünscht ein blühendes Handelshaus zu erben. Andererseits steht es Euch frei, in seine Geschäfte einzugreifen. Das Mädchen wird darunter nicht leiden.»

Nicolaas starrte ins Leere. Er sagte: «Ich brauche einen Freund in der genuesischen Niederlassung. Aber wir kommen nicht hinein.»

«Das brauchen wir auch nicht», sagte Gottschalk. «Sie werden alle herauskommen, Kaufleute, Dienerschaft und alle anderen, zu den Osterprozessionen. Hauptmann Astorre sieht vielleicht einen Söldner, den er kennt, oder John le Grant. Einen Mann, der bestochen werden könnte. Die Ostermusik wird Euch gefallen. Sie wird ganz in Akrostichen gesungen.»

Daß da eine Art Zweikampf ausgefochten wurde, war Tobie sehr wohl klar, aber er vermochte nicht zu sagen, auf welchem Boden er stattfand. Nach einer Weile wandte Nicolaas den Blick von dem Kaplan und sagte: «Nun, wir sollten sie lösen können. Unsere Zungen sind nicht gebunden, außer in Gegenwart der Frömmigkeit.»

«Das war keine Frömmigkeit, das war nur gesunder Menschenverstand», sagte der Priester freundlich. Man wurde daran erinnert, daß er den Umgang mit Kriegsleuten gewöhnt und der erste gewesen war, der Pagano Dorias Bekanntschaft gemacht hatte. Vielleicht eingedenk dieser Umstände gab Nicolaas darauf nichts zur Antwort, sondern legte nur den Kopf ein wenig schief und brachte, was höchst verdächtig war, ein Grübchen hervor.

Ein scharfsichtiger Bursche, für einen Geistlichen, und wohl fähig, Nicolaas in gewissem Maße zu lenken. Andererseits war der Kaplan während seiner bisherigen Zeit beim Hause Charetty fast nur in Italien gewesen und kannte seine Dienstherrin kaum, die Demoiselle, die Nicolaas vor genau einem Jahr förmlich geehelicht hatte. Was noch entscheidender war: er wußte nicht, was Tobie und Julius und Gregorio von Nicolaas wußten. Sonst wäre ihm vielleicht bewußt geworden, dachte Tobie ein wenig gereizt, daß er wahrscheinlich seinen Atem verschwendete.

In der Nacht bevor sie in den Hafen von Trapezunt einliefen, bat Nicolaas, zu Prinzessin Violante vorgelassen zu werden.

Sie lagen vor Anker, und so hatte er wieder seine Schabklinge gebraucht, um den blonden Stoppelwuchs der Tage auf See zu entfernen. Überall auf dem Schiff trugen Männer das Hafenabzeichen frischer Schnitte zur Schau, während einer den anderen barbierte, und anständige Kleider wurden aus Kisten geholt und Wimpel und Behänge entfaltet. Das Schiff roch nach Farbe und Teer und feuchtem Holz und erdröhnte vom Lärm von Sägen und Hämmern, klirrenden Eimern und trampelnden Füßen und von den Zurufen und Gesprächen der Männer, die immerhin die Aussicht auf Wärme, frische Nahrung, ein nicht schwankendes Bett, trockene Kleider und Frauen freudig bewegte.

Wie immer war der Archimandrit in der Kajüte und verhüllte mit seinen wallenden schwarzen Roben den Sitzhocker. In der ganzen Zeit war er nur einmal nicht dabeigewesen, in der Nacht des Messerstichs, als natürlich nichts geschehen war. Vielmehr hatte Violante alles darangesetzt, daß er ihre Verachtung für ihn zu spüren bekam. Das war grausam gewesen und überflüssig dazu. Er kannte die eigenen Schwächen besser als sie.

Seit jener Nacht hatte sich ein Ablauf eingespielt, dem er jetzt peinlich genau folgte. Nachdem er Violante auf griechisch begrüßt hatte, trat er an ihre Seite und nahm auf ihre Einladung auf einem zweiten Hocker Platz, sehr gerade aufgerichtet und regungslos. Er trug das Wams und das Hemd für den Landgang am nächsten Tag, wenn auch nicht die kurze Robe, die er dann natürlich darüber anlegen würde. Das Tuch war recht gut und angemessen im Schnitt. Was daran auszusetzen war, wußte er schon von seiner Tutorin. Und sie setzte sich jetzt ihrerseits und musterte ihn.

Violante von Naxos hatte bereits seit frühester Jugend viele Menschen in zahlreiche Mysterien eingeführt. Sie selbst war im Tanz und in den Künsten des Musizierens und Malens unterrichtet worden. Hochfeine Manieren waren ihr von Kindesbeinen an so natürlich wie das Atmen. Sie hatte lesen und schreiben gelernt und kannte ihre Dichter und eine breite Auswahl anderer Schriften. Was noch wichtiger war, sie wußte, was ein Mann von hohem Rang wissen sollte, der ein Gespräch mit seinesgleichen führte. Wo ihr eigenes Wissen versagte, sprang inzwischen Diadochos ein. Im Falle dieses flämischen Jünglings, der alles zu lernen hatte, konnte man in drei Wochen nicht mehr tun. Man konnte nur die Tür ein Stück aufstoßen und, wenn möglich, abschätzen, wieviel oder wie wenig dahinter lag. Und natürlich konnte sie seine höheren Verstandeskräfte nicht auf die Probe stellen. Schulmäßiges Lernen, das sah sie, versuchte er zu vermeiden. Solche Bedenken, das wußte sie wohl, waren alltäglich.

Sie hatte ihn am Anfang jählings in einen Zustand zu versetzen gedacht, der ihr Spielraum gab. Mit offenem Gewand vor ihm zu erscheinen, war eine unbedeutende Geste gewesen, die nur Männer der Kirche mißverstehen konnten und solche, die vom Leben wenig wußten. Es war nicht das erste Mal gewesen, daß sie solche Mittel gebrauchte, um schnell an Überlegenheit zu gewinnen. Und er hatte darauf angesprochen – daran hatte es keinen Zweifel geben können. Nur hatte er sich viel zu rasch wieder gefaßt. Als damals die ersten vierundzwanzig Stunden vorüber gewesen waren, wußte sie, daß sie da einen hervorragenden Schauspieler hatte. Und erst nach einer Weile hatte sie erkannt, was sie wirklich hatte.

Und er wußte natürlich, daß es ihr gelungen war, einige Schlüsse zu ziehen. Wenn Einfalt bisher sein Deckmantel gewesen war, so hatte der jetzt ausgedient. Er mußte sich einen anderen Schutz suchen und hatte schon damit begonnen. Die Verwandlung würde nicht rasch vonstatten gehen und nicht einfach sein. Doch eines Tages würde die Maske sitzen und undurchdringlich sein.

Er hatte bereits erkannt, daß er sie für seine Pläne brauchte. Er brauchte sie auch, weil sie ihn etwas lehren konnte. In drei Wochen hatte er Wissen aus ihr herausgeholt, bis sie sich erschöpft fühlte. Zuletzt hatte sie ihm gesagt, was ihn bei der Ankunft erwartete. Die Kaufleute wohnten außerhalb der Stadtmauern und in der Nähe des Hafens. Das florentinische Viertel war klein, aber Michael Alighieri hatte dort einen Fondaco geschaffen, eine Ansammlung von Wohnquartieren, Lagerhäusern und Stallungen, wo er mit seinen Helfern gut untergebracht sein würde, bis eine bessere Behausung gebaut werden konnte. Er wußte, wer an Bord kommen würde, wenn er in den Hafen einlief, und welche Angehörigen des kaiserlichen Haushalts sie, Violante, an Land zum Palast geleiten würden. Zu diesem Zeitpunkt würde er seine Willkommensbotschaft vom Kaiser empfangen und einige Tage später eine Ladung an den Hof. Inzwischen würde er Geschenke und Nahrungsmittel erhalten und Unterkünfte für seine Söldner und Seeleute zugewiesen bekommen. Er hatte sich alles gemerkt, bis in die letzte Feinheit.

Jetzt sagte er: «Hoheit, wir machen uns, wie Ihr wißt, Sorgen wegen des genuesischen Konsuls, der mit einer ähnlichen Behandlung rechnet. Er hat den höchsten Beamten des Kaisers an Bord.»

Er hatte zuvor nicht nach Georg Amiroutzes gefragt. Offenbar war er so klug gewesen, sich alles anzueignen, was sie ihn lehren konnte, ehe er sich auf ein gefährliches Gebiet wagte. Sie sagte: «Ich glaube, der Großkanzler des Kaisers wird Euch bei Hofe genausowenig verleumden wie seine Großnichte Euch rühmen wird. Man macht von einem Fahrzeug Gebrauch. Man nimmt nichts vom Gestank seines Spantenwerks an.»

Sie sah, daß er auf eine zuerst bedachte Antwort zugunsten einer nüchternen Erwiderung verzichtete. «Schatzamt und Garderobenverwaltung sind oft ein und dasselbe. Wenn Seine Exzellenz für den Palast einkauft, wäre es nützlich zu wissen, ob er den Geschmack des Kaisers teilt.»

Der Geschmack des Kaisers war etwas, das selbst diesen wendigen Schwindler aus der Fassung bringen würde. Amiroutzes liebte erfahrene Frauen. Violante sagte: «Seine Exzellenz zieht Bücher und kluge Reden dem Wohlleben vor. Er ist ein gelehrter Mann, in Trapezunt geboren, spricht aber fließend Latein. Er hat den Kaiser vor zwanzig Jahren beim großen Kirchenkonzil in Florenz vertreten: er hat den Papst beeindruckt, mit Cosimo de' Medici gespeist.»

«Dann kennt er auch Monsignore Kardinal Bessarion», sagte Nicolaas.

«Sehr gut sogar. Herr Amiroutzes billigte die Vereinigung der griechischen und lateinischen Kirche, wie dies Bessarion tat – und auch der jetzige Patriarch, vor seiner Wiederbekehrung. Herr Amiroutzes war auch als Abgesandter in Genua tätig. Ein besonnener und geschickter Unterhändler. Das liegt ihm natürlich im Blut. Seine Mutter und die Mutter Mahmuds, des Großwesirs des Sultans, waren Hofdamen aus Trapezunt. Sie waren sogar Geschwisterkinder.»

Sie hielt inne, um ihn zu beobachten. Die Augen ihres Zuhörers leuchteten vor aufrichtigem Vergnügen, wie es scheinen wollte. Sie sah, daß Diadochos sie anblickte. Der griechische Mönch war ihr seit langem ein Ärgernis.

Der junge Mann sagte: «Wie traurig für solch hohe Herren! Verwandt und doch in zwei verschiedenen Lagern!»

«Das geschieht oft», sagte sie. «Eine Prinzessin von Trapezunt heiratet ins Ausland, und eine ihrer Hofdamen wird die Gemahlin eines Prinzen des anderen Landes. Der Sultan erobert das Land, und der eine oder andere Sohn der Dame wechselt den Glauben und schlägt sich auf die Seite des Eroberers. Sultan Mehmed macht guten Gebrauch von solchen Männern. Das tut auch der Kaiser. Er benachteiligt Herrn Amiroutzes nicht wegen der Verwandtschaft, für die er nichts kann. So sollten alle Verwandten lernen, Nachsicht zu üben. Seid Ihr auch dieser Meinung, mein flandrischer Lehrling?»

Sein Lächeln vertiefte sich, blieb aber so ungekünstelt wie zuvor. Es sagte ihr nichts. Er stellte in behutsamem Ton noch eine Frage, die Amiroutzes anging, und wechselte dann zu einem unwichtigen Gesprächsgegenstand über. Schließlich verabschiedete er sich, als er die Zeit für gekommen hielt. Sie hatte ihn auch weder zurückzuhalten versucht noch auf sein Gehen gedrängt. Auch hatte sie ihm, obschon er darauf vielleicht gehofft hatte, nichts anderes mehr gesagt. Doch als er gegangen war, saß sie noch eine Weile da, dachte an Venedig und an die einzelnen, recht kunstvollen Pläne, die sie und andere dort geschmiedet hatten. Einige würden abgeändert werden müssen.

Caterino, mein Gemahl, es ist nicht so, wie wir dachten. Es ist nicht so, wie ich dachte. Was Niccolo betrifft, so muß nun etwas geschehen.

KAPITEL 18

SO GELANGTEN SIE DENN ZUM verderblichen Honig von Trapezunt, die zwei Schiffe aus dem barbarischen Europa, nachdem ihre lange Fahrt vorüber war und der Winter sich dem Frühling gebeugt hatte. Nacheinander durchquerten sie die breite, unregelmäßige Bucht zu den grünen Anhöhen hin, die sie säumten. Auf dem Tafelland erstrahlte die klassische Stadt in Marmor und Gold vor den dunklen Bergwäldern dahinter. Da war die sagenumwobene Stadt, die Schatzkammer des Ostens. Da waren die Haine, die einst die Argonauten erlebt hatten, die Haine der Legenden von Opfer und Erlösung: von dem Baum und dem Gerüst, von dem Widder und dem Lamm, beide dort aufgepfählt. Da war die Grenze des Islams.

Auf beiden Schiffen betete man oder blieb stumm oder stieß beruhigende Scherzworte und Flüche aus. Auf beiden befahl der Schiffsherr lächelnd, daß allen Wein gereicht werde, und der erwartungsvolle Eifer auf dem Gesicht war bei Doria und Nicolaas van der Poele der gleiche.

Die Legende zog Catherine de Charetty in ihren Bann, bis sie an Land ging, und ließ sie auch dann noch nicht los. Die Barke, die den Schatzmeister und Großkanzler Amiroutzes abholte, war mit Gold überzogen und zeigte in ihrer Flagge den komnenischen Adler der kaiserlichen Dynastie. Ein gefälliges genuesisches Boot brachte sie und Pagano an Land, weil ihre eigenen Seeleute aus irgendeinem Grund nicht rudern konnten. In dem kleinen Hafen von Daphnous waren die Kaistufen aus weißem Marmor, und die Mauern waren mit Reliefs und den Namen und Titeln byzantinischer Kaiser geschmückt. Zu beiden Seiten des Tors erhoben sich bemalte Tierstatuen. Inzwischen war die genuesische Kolonie eingetroffen, um sie zu begrüßen, in Gewändern, Röcken und Kappen nach der ihnen vertrauten italienischen Mode. Aber die Jungen, die herbeieilten, um das Boot zu vertäuen, und die Männer, die ihr Gepäck schulterten, sahen ganz anders aus. Sie waren barfüßig und barhäuptig und trugen Baumwollhemden und grob gewebte Überkleider, und ihre Hautfarben waren ein buntes Gemisch: hell und oliv und nußbraun und ebenholzschwarz. Vielleicht Freie, meinte Pagano; aber wahrscheinlich Sklaven. Trapezunt und Kaffa drüben jenseits des Wassers verkauften tatarische und tscherkessische Sklaven in die ganze Welt.

An Land dann hatte Catherine die Anhöhe hinter dem Hafen erblickt und die großen Häuser dort zwischen Rebstöcken und pastellfarbenen Obstbäumen. Als sie die hohen Türen, die vergitterten Fenster und eine Loggia sah, sagte sie: «Es sieht italienisch aus.»

Pagano neben ihr blickte sich zu den anderen um und lächelte. «In der Tat, mein Liebes. Dies sind die Vororte, wo die Kaufleute wohnen und die reicheren Bürger und gewisse Handwerker. Die Stadt ist hoch dort droben, hinter den langen Mauern. Der Palast, der Hof, die Zitadelle, die Kirchen, die Leute, die dem Basileus dienen. Wir werden bald dorthin eingeladen werden.»

«Basileus?» fragte sie.

«Ein anderes Wort für den Kaiser. Seine Vorfahren haben dort gelebt, seit Konstantinopel beim vierten Kreuzzug geplündert wurde. Hinter diesen Mauern ist es nicht italienisch», sagte Pagano. Er hielt ihren Arm, weil niemand Pferde brachte und der Boden aus irgendeinem Grund schwankte.

Pferde hatte niemand gebracht, weil die genuesische Kolonie gleich hier ansässig war, auf dem Landvorsprung zwischen diesem Hafen und dem nächsten. Bis sie dazu eingeladen wurden, durften sie nicht hinaufsteigen zu der Stadt mit ihren Kuppeln und Palästen, und einen Augenblick lang war sie enttäuscht. Doch da waren alte Männer rings um sie her, die sie musterten und langweilige, höfliche Fragen stellten. So schritt sie so würdevoll dahin, wie es ihre noch an die schwankenden Schiffsplanken gewohnten Beine erlaubten. Sie zeigte sich keineswegs überrascht, daß für sie und Pagano ein großes befestigtes Gebäude auf einer Anhöhe vorgesehen war, umgeben von Wall und Graben und ausgestattet mit Hofräumen, Lagerschuppen, Brunnen, einem Backhaus, Stallungen, Werkstätten für Schmiede und Zimmerleute und anderen Einrichtungen, deren Zweck sie nicht zu ergründen vermochte. Der Fondaco hieß Leoncastello oder Löwenschloß, und am Eingang standen zwei salzzerfressene Löwen. Darüber wehte die Flagge von St. Georg, und hinter dem Tor hatte sich eine ganze Anzahl von

Menschen versammelt – unter ihnen einige wenige Frauen –, die sie nur recht zögernd willkommen zu heißen schienen.

Man hatte sie nicht erwartet, und so waren die Gemächer des Konsuls nicht vorbereitet worden. Es schien nicht sonderlich viel auszumachen. Nach der langen Schiffsreise waren hier solide Wände und ein Dach, und der Boden hatte aufgehört, zu schwanken. Nach langer Beengung war Catherine es zufrieden, gedankenlos auf und ab gehen zu können, während Diener kamen und das Haus rasch in Ordnung brachten. Es kam ihr nicht in den Sinn zu fragen, was alles getan wurde oder selbst etwas anzuordnen. Ihre Bedienerinnen hatten sich nach kurzem Zögern darangemacht, ihre Sachen auszupakken. Pagano sah hin und wieder nach Catherine und schien erfreut, sie recht zufrieden vorzufinden. Seine Sprache hatte, wie sie bemerkte, nun, da er der Gesellschaft der Seeleute entzogen war, ihre alte genuesische Reinheit zurückerlangt, und er zeigte auch wieder seine entzückenden Manieren. Schon nahmen die beunruhigten Gesichter um ihn her einen freundlicheren Ausdruck an. Von einem ihrer Fenster aus sah sie ihn bisweilen unten im Hof. Sie hörte seine Landsleute lachen, wenn er einen Scherz machte oder den einen oder anderen Dienstboten neckte. Pagano, ihr Ehegemahl, in seinem schönen Wams, strahlend lächelnd in Trapezunt.

Sie trat an diesem Tag oft ans Fenster. Jenseits des Hofs erblickte sie die weite Bucht bis zu ihrem entferntesten blauen Arm, durch den sie hereingekommen waren. Unterhalb der Akropolis lagen die Becken eines weiteren kleinen Hafens. Im übrigen wurde die dunkle, kiesige Küste nur unterbrochen von einigen wenigen Molen, an denen kleine Stakkähne und Fischerboote lagen. Die wenigen großen Schiffe lagen fest verankert draußen im tieferen Wasser. Wenn der Kaiser von Trapezunt, wie Pagano ihr versichert hatte, eine Flotte von dreißig Kriegsgaleeren besaß, so war sie von hier aus nicht zu sehen.

Wo das hügelige Gelände in den Strand überging, standen Dutzende von Fischerhütten inmitten eines Durcheinanders von Körben und Netzen und Kindern und Ziegen und zerlumpter, zum Trocknen aufgehängter Wäsche. Dahinter und darüber kamen die schönen Vororte, die sie auf dem Weg hierher gesehen hatte. Von dort wehte der Wind Holzrauch herüber. Dann und wann drang noch etwas anderes zu den schmalen, landwärts gerichteten Fenstern herein. Ein noch unvertrauter Duft: jene Mischung von Früchten, Moschus und Weihrauch, welche die Essenz Trapezunts ausmachte.

Doch hier war sie in Italien – oder doch fast. In den Häusern dort wohnten andere Kaufleute. Dort drüben, auf einem Vorgebirge, das weniger steil anstieg, lag eine weitere Handelsniederlassung, mit Türmen und Dächern, von denen nicht das St. Georgskreuz, sondern der venezianische Löwe wehte. Dort wohnten Paganos Landsleute, Rivalen, Feinde: die Kaufleute und der Statthalter der Republik Venedig. Während sie ihren Blick schweifen ließ, sah sie die florentinische Galeere einlaufen und hörte aus der Ferne ihre Trompeten und Kanonen.

Nicolaas. Bald würden die Helfer ihrer Mutter alle an Land kommen. Meester Julius. Meester Tobias. Hauptmann Astorre. Gottschalk, der ausländische Kaplan, der Nicolaas geholfen hatte, in ihre Kammer einzudringen. Loppe, der Neger ihres verstorbenen Bruders, und der hagere Schiffsführer, der neu war, mit den roten Haaren. Ihr Ziel würde natürlich weder dieses Kastell hier sein noch der venezianische Palast, sondern irgendein schäbiger gemieteter Fondaco drüben in der Vorstadt. Nicolaas in seinen Handwerkerkleidern würde endlich Pagano begegnen und beschämt sein vor ihm. Und gedemütigt. Und eifersüchtig.

Da wandte sie sich vom Fenster ab, um Pagano zu suchen und zu sehen, wie ihre Gewänder das Auspacken überstanden hatten.

Die Männer vom Hause Charetty, die sich ihrerseits im florentinischen Fondaco einrichteten, sprachen in unterschiedlicher Weise auf die neue Lage an.

Julius bekam schlechte Laune. Tobie, den dies belustigte, führte das zum Teil auf die Umstellung vom Leben auf See zurück, die sich auf manche seltsam auswirkte, wie eine Heimkehr aus dem Krieg. Es hatte andere Ursachen. Obschon Julius wußte, daß ihnen die Stadt vorläufig verboten war, hätte er sie wie Catherine sehnlichst gern gleich aufgesucht: um ihre Wunder zu schauen, um den Erfolg der Reise bestätigt zu finden. Statt dessen war er wie alle anderen in

Arbeit eingespannt: es ging darum, die Waren an Land zu schaffen und sicher unterzubringen, das Haus einzurichten und für dienstbare Geister und Nahrung zu sorgen und mit Alighieris Verwalter zu sprechen und Helfer einzustellen.

Bei den gemeinsamen Mahlzeiten besprachen sie ihre Probleme mit Nicolaas. Die meisten Ärgernisse hatte man vorausgesehen: die lästigen kleinen Verkäufer, die immer wieder anklopften; die Versuche, Wucherpreise zu verlangen; die vorsichtige Zurückhaltung der Griechen in ihrer Umgebung gegenüber den fremden Neulingen; den Ärger unter den eigenen Leuten über ihnen auferlegte Beschränkungen. Aus seiner Zeit unter Kriegsleuten wußte Julius, wie man mit solchen Dingen fertig wurde, wie er auch ein Kontor einzurichten und die Buchführung für das Geschäft vorzubereiten wußte. Er half den anderen beim Empfang der ortsansässigen lateinischen Kaufherren und des Sekretärs des venezianischen Statthalters, die zu kurzen Höflichkeitsbesuchen vorsprachen, und neigte dazu, zu reden, wo er lieber hätte zuhören sollen. Er hatte in der Tat zu manchen Dingen seine eigenen Ansichten, die er auch den anderen gegenüber vertrat und denen Nicolaas, wie Tobie bemerkte, selten etwas entgegensetzte. Es blieb Gottschalk, Astorre oder ihm selbst überlassen, ihn notfalls auf einen Irrtum hinzuweisen. Nur wenn der Gedanke gut war, zeigte sich Nicolaas sogleich einverstanden.

Er war zwar zu ihrem Wortführer bestimmt worden, doch Julius gegenüber war er noch immer vorsichtig. Denn als einziger von ihnen allen war Julius einmal für geeignet gehalten worden, die erste Handelsfahrt des Hauses Charetty zu leiten, wenn er auch nie etwas davon erfahren hatte. Einmal, in einer drückend heißen Nacht in einem Kriegslager in den Abruzzen, hatten Nicolaas und Tobie von der Errichtung einer Handelsniederlassung im Osten gesprochen, unter Julius und mit Felix, dem jungen Sohn der Demoiselle, zur Seite. Aber jetzt war Felix tot, und Nicolaas hatte sich selbst aus Brügge verbannt. Und außerdem hatte sich die damals erhoffte einträgliche Handelsvertretung zu einem viel gefährlicheren Vorhaben entwickelt.

Nicolaas hatte es zwar nie gesagt, aber Tobie glaubte, Julius würde sich die Leitung ihres derzeitigen Unterfangens nicht zugetraut haben. Und dennoch besaß von ihnen allen einzig Julius einen gewissen Führungsehrgeiz.

Während Tobie noch Julius' Klagen lauschte, erinnerte er sich noch an etwas anderes: an das Stirnrunzeln, mit dem Julius Tag für Tag beobachtet hatte, wie ein anderer Mann die Kajüte von Prinzessin Violante betrat. Er glaube der Versicherung Nicolaas', daß der Archimandrit dabei jedesmal zugegen gewesen war. Das ganze Gebaren der Frau zeugte von ihrer Verachtung. Unter vier Augen würde sie einen unwillkommenen Freier durch Demütigung zurechtstutzen. Ein Mann von niederem Stand würde ans Kreuz geschlagen werden. Er hatte dergleichen schon erlebt. Wenn Nicolaas aus dieser warmen, duftgeschwängerten Kajüte herauskam, hatte er nie beschämt, grimmig oder enttäuscht ausgesehen. Aber schließlich lernte er auch alle natürlichen Gefühlsäußerungen zu beherrschen.

Wahrscheinlich übte er sich auch jetzt in Selbstbeherrschung, während er aß und sich dabei ganz ruhig Julius' heftige Worte anhörte. Offenbar verstieß Doria gegen die Gepflogenheiten und hatte, ehe er noch im Palast empfangen worden war, im Leoncastello seine Handelstätigkeit aufgenommen.

«Nun, ich kann ihn nicht daran hindern», sagte Nicolaas. «Und wir können noch keinen Handel treiben: wir müssen auf die förmliche Genehmigung des Kaisers warten. Aber es ist ein Jammer. Man müßte wissen, was er tut.»

«Vielleicht könnte ich hineingelangen», sagte Julius.

Tobie fing Gottschalks Blick auf. Ein Julius, der ins genuesische Konsulat eindrang und die ehelich angetraute Frau des Konsuls am Genick packte und dadurch ihr ganzes Unternehmen zuschanden machte, war ihnen eine alptraumhafte Vorstellung gewesen. Nicolaas sagte: «Meint Ihr? Das wäre eine große Hilfe. Aber das geht nicht, Doria würde Euch erkennen. Was wir brauchen, ist jemand, der dort wohnt und dem wir vertrauen und der uns laufend über die Vorgänge dort berichten und uns sagen könnte, wie es Catherine geht. Einen Aufseher zum Beispiel. Er wird einen Aufseher oder Haushofmeister brauchen.»

So lief also das Spiel. Gottschalks und Tobies Blicke begegneten sich abermals. Gottschalk senkte die Lider. Tobie sagte: «Augenblick. Der Haushalt von Kardinal Bessarion. Hat dieser Venezianer Euch nicht gesagt, die Mutter sei gestorben und Amiroutzes versuche den Dienstboten neue Stellungen zu verschaffen? Er erwähnte einen Haushofmeister.»

«Paraskeuas», sagte Gottschalk. «Ein Mann mit Familie, allesamt im Bessarionschen Haushalt beschäftigt. Aber sie wohnen in der Stadt. Wir könnten nicht an sie herankommen.»

«Ich schon», sagte Julius. «Allein. Ich könnte morgens durch das Tor hineingehen, zusammen mit dem Landvolk. Ich weiß, wo das Haus ist. Ich könnte mich ihrer Trauer um ihre Mutter anschließen. Der Kardinal hat in Bologna oft von ihr gesprochen. Johannes ist der eigentliche Name des Kardinals. Er hat sich später Bessarion genannt.»

Nicolaas blickte sich in der Tischrunde um. «Es hört sich gewagt an, aber wenn Julius es versuchen will, könnte es nützlich sein. Doria braucht einen Haushofmeister, und der Mann ist frei und spricht vielleicht sogar etwas Italienisch. Um des Kardinals und um einer Summe Geldes willen mag er bereit sein, zu Doria zu gehen und für uns zu spionieren. Wenn er es nicht tun will, suchen wir uns einen anderen.»

Astorre sagte: «Ich wollte selbst etwas Ähnliches vorschlagen. Wir brauchen ein, zwei Leute in der Stadt, die sich dort umsehen, ehe wir vorgeladen werden. Das ist so meine Regel. Geh nie blind in eine andere Stadt. Schickt Magister Julius hinein, ich gebe ihm einen von meinen Burschen als Begleiter mit und eine Liste mit allem, wonach er Ausschau halten sollte.»

«Julius?» sagte Nicolaas. «Ich weiß nicht – Ihr seid nach Pera kaum wieder genesen. Würdet Ihr es tun?»

«Nun, man wird mir nicht gleich noch einmal die Knochen brechen», sagte Julius. «Natürlich bin ich wieder bei Kräften. Wenn ich nicht mehr lachen muß als gewöhnlich.»

Am nächsten Morgen gleich in der Frühe begab er sich, gefolgt von einem von Astorres Männern, in quastengeschmücktem Hut und grob gewebtem Überwurf, einen Teppich über die Schulter geworfen, zum Stadttor. Er sah prächtig aus. Während er ihm nachsah, sagte Tobie: «Er glaubt, es war alles seine Idee.»

Gottschalk lächelte.

Nicolaas sagte: «Das ist doch ganz gut, nicht wahr? Wir drei können hier herumsitzen und essen und trinken und mit Worten spielen, aber nur Julius war wochenlang im Feld, ist zäh und flink auf den Beinen, spricht griechisch und kennt Bessarion und ist bereit, für dieses Mädchen seinen Kragen zu riskieren, so oder so.»

Gottschalk bedachte Nicolaas mit einem seiner langen, ruhigen, sinnenden Blicke, ging aber nicht auf die Herausforderung ein. «Es ist klar, was Ihr meint», sagte er.

«Oh, klar schon», sagte Tobie. «Aber noch lange nicht unterschrieben. Wenn Ihr mich zum Bundesgenossen haben wollt, müßt Ihr schon damit rechnen, daß ich meine Verdienste ein wenig herausputze. Andererseits bin ich nicht wählerisch. Ich verrichte gern die grobe Arbeit und lasse Julius sich in Schlauheit üben, wenn Euch das lieber ist.»

«Ich glaube», sagte Gottschalk, «Nicolaas versucht uns zu verstehen zu geben, daß wir eine Gruppe von Gleichwertigen sind, jeder mit seinem Talent. Was wollt Ihr? Ihr seid doch nicht eifersüchtig wegen der Prinzessin von Naxos?»

«Ihr meint –?» sagte Tobie verblüfft.

«Er meint», sagte Nicolaas, «daß Julius höchstwahrscheinlich versuchen wird, in den Palast zu gelangen. Aber keine Sorge – Astorres Mann hat den Befehl, ihn daran zu hindern.»

Nicolaas zeigte sich so gelassen, wie er die ganze Zeit gewirkt hatte. Tobie sagte: «Gott verdamm Euch, mein Junge.»

«Schon gut», sagte Nicolaas. «Aber nicht bevor wir unsere Seide gekauft und Doria verjagt haben und Ihr herausgefunden habt, wo die Freudenhäuser sind. Dann lassen wir Euch die grobe Arbeit tun, während wir uns in Schlauheit üben.»

Einen halben Tag später kam Julius zurück, arg mitgenommen und ganz begeistert. Es war eine sehenswerte Stadt: er hatte sie erkundet bis auf den höchstgelegenen Teil; er hatte im Haus von Bessarions verstorbener Mutter vorgesprochen und diesen Paraskeuas angetroffen und ihn in eine Taverne mitgenommen und nach langem Zureden schließlich dazu gebracht, auf ihre Wünsche einzugehen. Der Mann würde mit seiner Ehefrau und seinem Sohn noch an diesem Tag zum Großvestarios gehen und ihn bitten, seine Anstellung beim genuesischen Konsul zu betreiben.

Paraskeuas selbst war so der Mann von dem Schlag, wie man ihn im Haushalt einer alten Frau erwarten konnte. Ein schmächtiger, gut geschulter Trapezunter, der in traurigem Ton von der langen Abwesenheit des Kardinals von seinem Vaterhaus und von der Liebenswürdigkeit und Großzügigkeit seiner Mutter sprach.

«Großzügigkeit?» sagte Tobie sogleich.

«Oh, er bestand auf einer ganz hübschen Summe, aber ich habe ihm dann am Ende gegeben, was er verlangte», sagte Julius. «Schließlich setzt er sein Leben aufs Spiel. Wenn Doria erfährt, daß er für uns spioniert, ist es um ihn geschehen.»

«Aber Ihr mußtet Euch mit ihm prügeln, bis er einverstanden war», sagte Nicolaas.

Julius blickte auf seinen zerrissenen Überwurf und verzog das aufgeschundene Gesicht zu einem Grinsen. Hinter ihm sagte Astorre: «Er ist von einer Mauer gefallen.»

«Von einer Mauer?» sagte Gottschalk.

«In die obere Zitadelle», sagte Julius. «Ich kam nicht durch das Tor in den Palast hinein. Astorres Mann wäre beinahe auch gefallen, aber er konnte mich gerade noch halten. Die Mauern sehen gut aus, aber ein Mann mit Erfahrung müßte sich um sie kümmern: das ist eines von den Dingen, die Ihr wissen solltet. Jedenfalls, ich dachte, ich komme hinauf.»

«Mit halb geheilten Rippen und einem gebrochenen Schlüsselbein?» sagte Nicolaas. «Astorres Mann hätte Euch fallen lassen sollen. Aber ich bin froh, daß Ihr Paraskeuas getroffen habt, solange es sich noch heimlich bewerkstelligen ließ. Inzwischen gibt es Neues. Wir sind für morgen in die Stadt eingeladen worden, um dabei zu sein, wenn der Kaiser und der Hof den Gottesdienst besuchen. Am Nachmittag dann sollen wir einem traditionellen Schauspiel im Stadion beiwohnen. Auf ausdrückliche Bitte nehmen Astorres Bogenschützen teil. Wir sind als Gäste des Kaisers unter den Zuschauern. Ihr könnt Mauern erklettern, wenn Ihr wollt.»

Julius setzte sich recht vorsichtig hin. Er war noch immer sehr mit sich zufrieden. «Wann ist die Nachricht gekommen?»

«Ihr wart gerade gegangen, als der Abgesandte des Kaisers kam, mit Geschenken und kaiserlichen Botschaften. Zwischen Kirche und Stadion muß ich mich mit meinen Beglaubigungsschreiben im

Palast einfinden. Und komme dann hoffentlich mit den uns versprochenen Privilegien zurück.»

Bei Pagano Doria traf an jenem Sonntag derselbe Bote mit denselben Einladungen ein und einem Rock aus stumpfgrünem Seidenbrokat – aber für Pagano, nicht für Catherine, wenn sie auch eine Bahn bestickten Tuchs und ein Kissen bekam. Von Rubinen war nicht die Rede.

Auch die Ladung zur Audienz galt nicht für sie. Sie würde den Kaiser nur kurz zu Gesicht bekommen, wenn er irgendeine Kirche betrat oder verließ, und später noch einmal, wenn er in seiner Loge saß und Reitern und Gauklern zusah. Nicht einmal ein Turnier gab es. Sie kannten keine Turniere in Trapezunt. Sie schmollte, bis Pagano sie daran erinnerte, daß sie endlich die Stadt sehen und die anderen Kaufleute kennenlernen würde. Sie konnte ihr bestes Kleid anziehen und ihre Ohrringe tragen.

Ihr Gesicht hellte sich auf. «Glaubst du, daß Nicolaas zur Kirche kommen wird?» Sie sah, daß Pagano innehielt, als wäre ihm dieser Gedanke neu oder irgendwie unwillkommen.

«Vielleicht», sagte Pagano. «Alle fremden Kaufleute, alle Zünfte werden da sein. Andererseits ist der Kaiser wählerisch und mag inzwischen gelernt haben, zwischen mir und dem florentinischen Konsul einen Unterschied zu machen. Armer Niccolino. Der Schatzkanzler fürchtete für ihn.»

Sie wußte, daß sich dieser Amiroutzes unterwegs die Mühe gemacht hatte, Pagano in den Bräuchen des Hofs zu unterweisen. Sie hielten Nicolaas für unwissend in diesen Dingen. Sie war selbst davon ausgegangen, bis sie zufällig beobachtet hatte, wie eine von einem Umhang verhüllte Gestalt das florentinische Schiff verließ und in eine vergoldete Staatsbarke umstieg.

Zu spät ans Fenster gezerrt, bezweifelte Pagano, daß ein Mitglied des kaiserlichen Haushalts mit der *Ciaretti* reisen würde – allenfalls ein Schreiber mit einem bestimmten Auftrag. Sie war beleidigt gewesen, als ihre Mutmaßung so schnell beiseite geschoben wurde. Sie war noch immer beleidigt. Jetzt sagte sie: «Nicolaas? Er war schon immer schlau. Er kann einen manchmal schon überraschen.»

Aber Pagano hatte für dergleichen nur ein Lachen übrig. «Du hättest ihn in Modon sehen sollen», sagte er. Und dann trat er einen Schritt zurück und lächelte ihr mit strahlenden Augen ins Gesicht. «Aber du *hast* ihn ja in Modon gesehen. Man sollte keinen Spott treiben. Doch nach dem Schrecken, den er dir in Pera eingejagt hat, werde ich in Trapezunt wohl kaum so höflich bleiben können. Wirst du mir verzeihen, wenn ich ihn ein wenig necke?»

«Er ist nicht mein Vater», sagte Catherine.

Am nächsten Tag ritten sie und Pagano mit ihrem Gefolge hinauf durch die breiten Straßen der Vorstadt, am Meidan-Stadion vorbei und über die schmale Ostbrücke in die Stadt hinein. Die schwere feuchte Luft erdrückte sie mit ihren betörenden Gerüchen.

Die Stadt lag lang hingezogen hinter ihren schützenden Mauern, die denen Konstantinopels nachgebildet waren. Sie war auf einer unregelmäßigen Felsplatte erbaut, die steil anstieg und in die Ausläufer der Berge dahinter überging. An ihrer höchsten Stelle erhob sich die obere Zitadelle mit dem Palast. In der Mitte, zwischen den Häusern und Obstgärten, standen das Kloster und die Chrysokephaloskirche, die kaiserliche Basilika, zu der die Brücke sie hinführte. Die untere Zitadelle zog sich zum Strand hinunter, von dem sie durch die riesige ockerfarbene Backsteinmauer ihres Doppelwalls getrennt war.

Die Mauer und das Schwarze Meer selbst schirmten die Stadt auf der Nordseite ab. Im Osten und im Westen war sie nicht nur durch Mauern geschützt, sondern auch durch zwei schwindelnd tiefe Schluchten, die tosende Gebirgsflüsse in das Gestein gegraben hatten. Und als letzte und beste ihrer natürlichen Schutzwehren lag im Süden eine fünfzig Meilen tiefe Gebirgskette.

Solcherart geschützt hatte die Dynastie der großen Komnenen in Trapezunt zweieinhalb Jahrhunderte überdauert als Horthüterin zwischen Europa und Asien und, wie man sehen konnte, letzte Erbwalterin alles dessen, was in Ost und West kostbar war. Seit vielen Generationen waren die Frauen und Prinzessinnen der kaiserlichen Familie für ihre unübertreffliche Schönheit bekannt, der nur die Stattlichkeit und Manneskraft ihrer Gebieter gleichkam. Die Stadt, die sie bewohnten, schien ihrer würdig zu sein, so dachte zumindest Catherine aus Brügge, als sie auf einem hübschen Maulesel, der auf dem steilen Marmorpflaster rutschte, in die Stadt einritt, während die Glocken läuteten und läuteten, für Ostermontag und den Kaiser.

Zu beiden Seiten, hinter hohen, verschwiegenen Mauern, waren da und dort Säulen und Simse zu erkennen, eine in Stein gehauene Girlande, eine Statue. Dahinter waren die Bäder und Arkaden, die Brunnen, die Märkte und Höfe, die Nonnenklöster und Hospize, überragt von den goldenen Kuppeln und Türmen. Hier waren die Straßen der alten milesischen Baumeister steil und eng und angefüllt jetzt mit feiertäglichen Menschen in Faltenmützen und dicker, bunter Baumwolle, die den Zug der Fremden bestaunten, der sich durch die Klostertore wand. Die vorerst noch freie königliche Straße zum Palast hinauf war behangen mit gemusterten Teppichen und ausgelegt mit grünen Zweigen und gesäumt von Männern in glitzernder Tracht mit Bogen und Lanzen und Beilen, die alle goldene Zwingen und Spitzen hatten.

Pagano vor ihr trug seinen kaiserlichen Rock und um die Schultern seine schwere Smaragdkette. Neben und hinter ihnen schritt ihr Gefolge, angeführt von Paraskeuas, dem untersetzten, freundlichen Haushofmeister, den Amiroutzes ihnen vermittelt hatte. Als sie den Vorhof der Basilika erreichten, half ihr Paraskeuas beim Absitzen und geleitete sie zu ihrem Platz neben den Klostergebäuden und unter den Feigenbäumen. Dort stand sie nun neben einem bronzenen Drachen, der Wasser spie und eine griechische Inschrift trug, die eine große Tat des Kaisers rühmte. Er erinnerte sie an die Geschichten, die sie auf der Fahrt hatte lesen müssen und die sie so sehr niedergedrückt hatten. Sie konnte kaum glauben, daß sie einmal unzufrieden gewesen war.

Die Kirche der goldköpfigen Jungfrau stand in der Mitte des Platzes. Sie trug eine kupfergoldene Kuppel auf einem Tambour, unterhalb dessen die Wände bis auf den letzten Zollbreit mit heiligen Gemälden bedeckt waren, lederfarben und braun, dunkelrot und ocker, oliv und in einem dunklen Blau, das die Färberstochter in ihr als Schmalte ausmachte, was sie überraschte. Die Farben der Wände verschluckten das schwache Licht außer an den Stellen, an denen ein Mosaik aufschimmerte. Das üppige Tuch der Festgewänder, schön zur Schau gestellt in sanftem Licht, leuchtete wie die Büschel auf der Preistafel ihrer Mutter. Hier konnte man alle Gruppen und Zünfte an ihren verschiedenen Farben erkennen, nicht zuletzt sie selbst, die fremdländischen Kaufleute, die sich zu beiden Seiten des Hofs aufgestellt hatten. Die Genuesen, hinter und neben ihr, waren in roten Luccasamt gekleidet. Die Venezianer trugen leuchtendes Gelb, ihr Statthalter dazu noch Pelzbesatz und blitzendes Gold. Eine Ausnahme machte eine kleine Gruppe in der Menge auf der anderen Seite in ganz unterschiedlichen Farben unter einem Banner, das die Lilien von Florenz zeigte. Ihr Anführer trug wie Pagano einen Rock, der mit seiner Farbfülle und seinem Musterreichtum nur von den kaiserlichen Webstühlen stammen konnte. Sein Träger war Nicolaas.

Er wirkte, das mußte sie zugeben, fast so vornehm wie Pagano, und da er gut gebaut und größer war, bot er eine Erscheinung, deren sie sich nicht geschämt hätte, wäre er nicht der neue Gemahl ihrer Mutter gewesen. Unter dem kostbaren Samthut war das frische, gesunde Gesicht bar jedes vertrauten Ausdrucks. Die ungewöhnlich offenen Augen blickten sie geradewegs an.

Catherine de Charetty zupfte ihren Gemahl am Ärmel. *«Schau!»*

Sein Blick ruhte schon auf der Florentiner Gruppe, und er ließ sie nicht aus den Augen. «Ja», sagte er.

«Er trägt –»

Da sah er sie belustigt an. «Ja, ja – er ist auch vom Basileus eingekleidet worden. Ich glaube, meine Caterinetta, dein Stiefvater und ich werden sogar gemeinsam im Palast empfangen werden. Um so besser.»

«Aber – » sagte sie.

«Aber was? Er kann mir nicht schaden, und was er von mir bekommen wird, hat er verdient. Was viel wichtiger ist – da kommt der Kaiser.»

Der Weg vom Palast herunter war steil. Von unten gesehen, wirkte die Kavalkade zuerst glatt wie eine Schlange, die sich in der grauen, lichtlosen Luft entrollte, unpassend wie ein Pinselstrich Farbe auf altem Tuch. Dann rückte sie näher und wurde deutlich, und durch den hellen Klang der Glocken hindurch hörte man die Töne anderer Instrumente und auch die Trommelschläge, und man sah die Seide und den Goldbesatz der Standarten.

Brügge, das war die Welt. Catherine hatte den Einzug Herzog

Philipps und des burgundischen Hofs mit seinem meilenlangen Gefolge in den Prinzenhof erlebt. Sie hatte der prunkvollen Ankunft von Prinzen und der Kapitäne der venezianischen Galeeren beigewohnt. Sie kannte sich in teuren Stoffen aus. Sie wußte, mit welch verschiedenartigen und ausgefallenen Gewändern hochgeborene Männer im Westen ihre Stellung betonten. Sie hatte vom byzantinischen Ritual gehört, aber nie mit eigenen Augen gesehen, was es bedeutet, wenn über Jahrhunderte hinweg die Kleidersitte einer alten Kultur bewahrt bleibt. Außer natürlich bei den Kleidern und Riten der Kirche. Es war niemand da, der ihr erklärt hätte, daß der Kaiser auf Erden für seinen Gott stand und solche Riten deshalb zu seiner täglichen Gewohnheit gehörten.

Die Standarten aus karminrotem Atlasstoff waren mit vielen Fransen verziert, und die Standartenträger und Spielleute trugen die gleiche Farbe. Die Pferde hatten Mähnen so weiß wie Seide, von Schleifen und Troddeln umwunden, und goldenes Geschirr, perlenbesetzte Schabracken und silberbeschlagene Sättel. Die Reiter trugen Kronen und Diademe, die mit zierlichen juwelenverzierten Ketten behangen waren. Ihre Roben, eng anliegend wie Totengewänder, waren mit Edelsteinen geschmückt und mit Halsringen, Gürteln und Bändern von alten Gemmen so groß wie Krabben. Sie erreichten den Platz vor dem Kloster und begannen in dessen Mauern herumzuziehen, während die Flüsterstille von jähem Trompetenklang durchdrungen wurde. Dann trat eine Pause ein. Eine Duftwolke zog durch die Luft und verdrängte den Weihrauch. Wo sie herkam, sah man Goldtuch aufleuchten und Juwelen blitzen im Halbdunkel. Die Kavalkade war abgesessen. Der Hof war da, verwirrend nah, und im Begriff, die Klosteranlage zu betreten. Sie konnte alles sehen. Der Duft war plötzlich drückend und fremdartig.

Herolde und Standarten kamen zuerst, dann die Knaben und Mädchen, die gelbe Frühlingsblumen streuten. Ein goldhaariger Junge von einer Schönheit, die sie nicht für möglich gehalten hätte, folgte als nächster, in elfenbeinfarbene Seide gekleidet, einen vergoldeten Bogen in der Hand. Hinter ihm schritt langsam der Kaiser. In der Beuge seines rechten Arms lag der kaiserliche Krummstab wie eine Lilie. Den linken Arm bedeckte der Faltenwurf des langen, kunstvoll gearbeiteten Palliums. Über dem Überwurf, der Dalmatika mit dem in purpurner und goldener Seide eingewebten Adler, sah sie ein edles Profil, ruhig und entschlossen unter dem hohen, starren Gold der Mitra. Vom Rand der Krone fielen Schnüre von hellen Perlen auf die juwelenbesetzte Passe über den breiten Schultern herab und vermischten sich mit dem gelockten Gold seines Haars. Hinter ihm zog sich die Prozession von Männern und Frauen und Jünglingen, von Beamten, Adligen und Kirchenmännern noch bis weit unter die Bäume. Eine zeremonielle Eskorte geleitete den Zug in Rüstungen aus gegossenem Gold, und jede Federbuschreihe leuchtete so weiß wie zartestes Daunengefieder.

Vom Nordportal her war langsam eine Gruppe weißbärtiger Männer vorgetreten, in funkelnde Gewänder gehüllt. Ihre Kreuze und Ikonen warfen Lichtflecken auf die Säulen. Da schritt der Kaiser weiter, und Paganos Hand drückte Catherine nach unten, und sie kniete nieder, den Kopf gesenkt, während der Hof in die Kirche einzog und die Türen sich schlossen. Draußen blieben die Ausländer, die Fremden, die Anhänger der Ketzerkirche von Rom. Die Glocken verstummten. Stille senkte sich auf den Hof herab.

Sie bemerkte, daß sie zitterte, und ergriff Paganos Hand und hielt sie ganz fest. Sie wußte, daß sie jung war und noch viel lernen mußte; weil dies eine große Welt war und sie zu ihr gehören wollte und das der Preis war, den man dafür zu zahlen hatte. Sie war bereit, ihn zu bezahlen. Sie wollte nichts mehr mit einer Färberei zu tun haben. Ihr standen alle Möglichkeiten offen, nun, da sie ihren Lehrmeister Pagano hatte.

Als sie sich erhob, suchte ihr Blick die hochgewachsene Gestalt des Ehemanns ihrer Mutter und richtete ihre ganze Freude und ihren ganzen Trotz auf diese.

«Da ist er!» sagte Julius und stieß Nicolaas mit dem Fuß an und wiederholte die Worte.

«Ich besitze, Gott sei Dank, noch die Gabe des Augenlichts», antwortete Nicolaas. «Das ist der Protonotarios, der uns aufgesucht hat. Der Mann mit dem Hut wie ein Korb ist Amiroutzes, der Schatzmeister. Der Mann am Schluß ist entweder der Wallgraf oder

der Befehlshaber der Wache: sagt es Astorre. Der Mann, der sie auf der Schwelle begrüßt, ist der Patriarch, mit seinen Priestern. Der Mann...»

Julius unterbrach ihn: «Wollt Ihr es nicht wissen? Dort drüben steht Pagano Doria, der auf Eurem Schiff Feuer gelegt hat und fast bewirkt hätte, daß die Türken John und mich töten. Das Mädchen steht hinter ihm, das Haar hochgesteckt und den Hals frei bis zum Ausschnitt. Ist Euch das gleich?» Er wartete, erhoffte sich Unterstützung durch Tobie und Gottschalk. Doch Tobie, der hinter ihm stand, schwieg, und Gottschalk tat so, als wäre er nicht da.

Nicolaas sagte: «Dann geht hin und schlagt ihn. Er wünscht sich nichts sehnlicher.»

Julius' Atem ging schwer. «Oh, ich will uns das Geschäft nicht verderben», sagte er.

«Das klingt schon besser», sagte Nicolaas. «Übrigens trägt er einen kaiserlichen Rock. Der Kaiser muß auch ihn zur Audienz bestellt haben. Er und ich werden Gelegenheit haben, auf dem Weg dorthin ein, zwei höfliche Worte zu wechseln. Ich werde ihm Eure guten Wünsche ausrichten.»

«Ihr solltet ihn umbringen», sagte Julius. Er fühlte Gottschalks Hand auf der Schulter, und ihm wurde bewußt, daß in der Kirche der Ostergottesdienst begonnen hatte und er still sein sollte. Weihrauchduft hing in der Luft, und durch die Türen drang deutlich der Gesang von Männerstimmen. Einfacher Gesang, ohne Instrumentenbegleitung. Julius, dem Musik wenig bedeutete, starrte zu Pagano Doria hinüber, der ihm ein freundliches Lächeln zuwarf und dann seiner jungen Frau etwas ins Ohr flüsterte. Das Mädchen lachte. Julius ballte die Fäuste. Ihm war fast wohler jetzt. Wohl genug, um jemanden zu schlagen.

Tobie, hinter ihm, fing Gottschalks Blick auf und sah sich dann nach Loppe um, der Nicolaas die Gedanken vom Rücken abzulesen schien. Gottschalks Hand blieb, wo sie war. Nach einer Weile versetzte der Priester Julius einen ganz leichten Schubs und zog die Hand dabei zurück, als wäre er mit einem unruhigen Pferd zufrieden. Julius sah weiter zu dem Genuesen hinüber und blickte von Zeit zu Zeit Nicolaas stirnrunzelnd an, der sich jede in Sichtweite befindliche Person einzuprägen schien und Catherine nicht weiter beachtete. Gottschalk flüsterte mit einer Stimme, die nur Nicolaas' Ohr erreichte: «Akrostichen, ich sagte es Euch ja.»

Er hatte den Eindruck, daß seine Stimme nicht erwünscht war. Dann sagte Nicolaas: «Ja, ich höre es.»

Drinnen hatten sich die kraftvollen Stimmen vom Kanon dem großen Akathistos Kontakion mit seinen mehrfach sich wiederholenden Kehrreimen zugewandt, und der Gottesdienst nahm seinen Verlauf, einmal Gesang, einmal eine Einzelstimme: *Wer ist groß wie unser Gott? Du bist der Gott, der Wunder wirkt.* Oder stumme Gebete, in vollkommener Stille. *Alle müssen stille sein, denn der Hausherr ist gekommen.* Der Herr ist gekommen und wird euch hören.

Das Pathos der heiligen Liturgie der griechischen Kirche schwang sich zu seinem Höhepunkt auf. Davon hatten die Sendboten des Fürsten von Kiew berichtet: *Wir wußten nicht, ob wir im Himmel waren oder auf Erden, denn gewiß ist nirgendwo auf Erden solcher Glanz und solche Schönheit. Wir können es Euch nicht beschreiben: wir wissen nur, daß Gott dort unter Menschen weilt und daß ihr Gottesdienst den aller anderen Orte übertrifft.* Zu einer Antwort angerührt, begann in der westlichen Flußschlucht von Trapezunt eine Nachtigall einen Gegengesang zu dem großen Anruf, der sich jetzt von der Chrysokephaloskirche erhob. Nicolaas machte eine Bewegung und stand dann ganz still da. Gottschalk beobachtete ihn unauffällig.

Was war geschehen? Ein guter Priester zeichnete sich dadurch aus, daß er eine oberflächliche Gefühlserregung erkannte. Und ein guter Mensch zeichnete sich dadurch aus, daß er sich hütete, diese auszubeuten. Widerwillig bedachte der Priester in Gottschalk das Rätsel, das er da vor sich hatte. War da ein Widerhall gewesen? Aber worauf? Er hörte hier großartige Musik. Er sah hier eine alte und schöne Kirche, einen lebendigen Schein des Logos, ein Ebenbild des Himmels auf Erden. Hier war der letzte Überrest eines großen Reiches, verkörpert im Basileus, dem geweihten Führer und Herrn seines Volkes, Hüter des Ersten und Reinsten Lichts.

Ein würdiger Kaiser, der mit seinem Krönungseid geschworen hatte, die heiligste große Kirche Gottes hochzuhalten: *Ich, David, in Gott treu gläubiger Kaiser und Alleinherr der Römer, unterwerfe mich aller Wahrheit und Gerechtigkeit... Alle Dinge, welche die heiligen Väter verworfen und verflucht haben, verwerfe und verfluche auch ich...* Der Kaiser, der wie seine Vorfahren von Gottes Gnaden herrschte und stündlich an seine Sterblichkeit erinnert wurde. *Gedenke des Todes!* hatte sein Priester immer wieder gesungen, als der Basileus sich nach der Krönung erhob und zu seinem Volk hinausging. *Gedenke des Todes! Denn du bist Staub, und zu Staub sollst du wieder werden.* Keiner hatte tapferer für Konstantinopel gekämpft, den Tempel Gottes, als sein Kaiser, der dort gestorben war. «Die Stadt ist eingenommen, und ich bin noch am Leben?» hatte er gesagt, ehe er absaß, das Schwert in der Hand, um sein Leben an die Türken zu verlieren. Welchen Menschen an der Schwelle des Lebens konnten solche Dinge ungerührt lassen? Als sie an Konstantinopel vorüberkamen, hatte Nicolaas etwas dergleichen gesagt. Er hätte es besser verstehen sollen.

Noch während er nachsann, wurde Gottschalk selbst unmerklich in den Strom der Masse hineingezogen, deren Worte und Musik weitergingen und deutlich zu verfolgen waren. Eine Zeitlang rückten seine Sorgen in den Hintergrund. Doch Menschen sind nur Menschen, und sie ließen sich nicht ganz abschütteln. Ihm war ständig bewußt, daß Julius noch immer den jungen Mann dort drüben mit Blicken maß. Tobie, ein verläßlicher Mann, wenn es ihm paßte, war vorsichtig näher gerückt. Tobie, der, so schien es Gottschalk, an nichts glaubte als an seine naturgegebenen Herren, sein Arzneibuch und seine Uringläser, und darum manchmal mehr litt, als er verdiente.

Gottschalk, der den Ablauf des Gottesdienstes kannte, hörte jetzt, daß die Riten der Eucharistie ihrem Ende entgegengingen. Ungefähr zur erwarteten Zeit wurde der Segensspruch erteilt und die Gemeinde entlassen. Die deutliche Unruhe kündigte an, daß die Prozession sich versammelte und gleich herauskommen würde. Diesmal schritten die Kirchenmänner voran und stellten sich dann zu beiden Seiten des Portals auf. Der Patriarch und die Archonten mit ihren aus der Vergangenheit überkommenen Namen: Sceuophylax, Sacellarius, Chartophylax, Staurophoroi. Die Bischöfe, die Priester und die Diakone. Und jetzt, abermals Gott anvertraut, David, der einundzwanzigste Kaiser von Trapezunt, und die herrliche Helena Kantacuzenos, seine Kaiserin. Er trat hinaus, und Gottschalk verneigte sich zusammen mit den anderen, als der Zug sich bildete und vorüberbewegte, eingetaucht im Weihrauchduft, der von den Seidenstoffen ausging. Zuerst die Familie des Kaisers. Prinzessin Anna, seine Tochter, und eine Engelschar von jungen Prinzen, ihre Brüder und Vettern. Des Kaisers auserlesener Akocouthos, der Page mit dem zeremoniellen Bogen. Und die dunkelhaarige, schöne Frau, bei der es sich um die genuesische Witwe Maria handeln mußte, die den Bruder des Kaisers geheiratet hatte.

Hinter ihr kam eine weitere liebreizende Frau, doch diese kannte er. Violante von Naxos trug das offene Diadem einer Komnenenprinzessin und gleich den anderen den langen, strengen Überwurf, hochgeschlossen, mit engen Ärmeln und mit Perlen und Stickereien verziert. Sie sah weder nach links noch nach rechts, wenn auch seine Blicke und die Julius' ihr folgten, bis sie in der Reihe nicht mehr zu erkennen war. Gottschalk richtete sich nach dem Kniefall auf und strich sich den Staub vom Gewand. Es würde einige Zeit dauern, bis sie sich durch den Hof vorgearbeitet hatten. Vorn am Tor herrschte Gedränge, als die Pferde herbeigeführt wurden und die kaiserliche Familie aufsaß. Eine Stimme sagte: «Wir warten nicht. Mein Gemahl hat dergleichen schon oft gesehen. Es war Zeitverschwendung, daß Ihr nach Trapezunt gekommen seid, weil mein Gemahl schon all die besten Dinge kauft und verkauft – er ist ein Doria. Ich bin jetzt verheiratet.»

Das Mädchen Catherine. Gottschalk holte tief Luft. Doria hatte wahrscheinlich vorgehabt, Nicolaas im Palast gegenüberzutreten. Das Mädchen war zu ihnen hinübergerannt, ehe ihr Bräutigam sie zurückhalten konnte. Begierig darauf, eine Begegnung zwischen Ehemännern herbeizuführen. Und sich zu zeigen. Sie trug teure Ohrringe, die nicht zu ihrem jungen Gesicht paßten. Und dieses Gesicht war irgendwie schärfer, als er es in Erinnerung hatte. Sie sagte: «Wo ist er?»

Gottschalk folgte ihrem Blick. Wo Nicolaas gestanden hatte, war jetzt niemand mehr. Auch Loppe war verschwunden. Aus dem Augenwinkel heraus sah er den selbstgefälligen Ausdruck auf Tobies Gesicht. Pagano Doria kam herübergeschlendert und sagte: «Mein Liebes, denk an Modon. Er läuft immer durch die Gegend. Du siehst ihn gewiß später.»

Doria hätte sie vielleicht mit sich fortziehen können, wenn da nicht Julius gewesen wäre, den Nicolaas' plötzliches Verschwinden noch blutdürstiger gemacht hatte. Ehe Gottschalk ihn zurückhalten konnte, sprang er vor und packte Catherine fest am Arm. «Verheiratet?» sagte er. «Das glaube ich erst, wenn ich die Papiere sehe. Bis dahin gehörst du hierher.»

Er hatte sie auf flämisch angesprochen, aber sein Ton und seine Handlungsweise waren nicht mißzuverstehen. Köpfe gingen herum. Zum Schutz ihres Konsuls traten die Genuesen in ihrem Zinnoberrot schon näher. Catherine de Charetty blickte zuerst Julius und dann sehr streng seine Hand auf ihrem Arm an. Sie schrie nicht, setzte sich auch nicht zur Wehr. Sie warf nur ihrem Ehemann einen selbstzufriedenen Blick zu und wartete.

Gottschalk gab Doria nicht die Gelegenheit, alles noch schlimmer zu machen. Er hob die eine Hand wie ein Hackbeil und ließ sie auf den Arm niedersausen, der das Mädchen festhielt. Als Julius dann empört herumwirbelte, packte ihn der Priester an Schulter und Ellenbogen. Auf der anderen Seite tat Tobie das gleiche. Julius, ein kräftiger Mann, begann sich unter Schmerzen zu winden.

Pagano Doria sah zu, und die Genuesen stellten sich hinter ihm auf. Er wandte sich an seine Ehefrau. «Caterinetta? Der Priester immerhin scheint an deine Ehe zu glauben. Weniger lieb ist mir dein Aktuarius. Sollen wir ihn den Kirchenbeamten übergeben wegen gewalttätigen Verhaltens im Kirchenbereich, in Gegenwart des Kaisers? Was meinst du?»

Aus der Scheide unter seinem Rock hatte Doria einen hübschen kleinen Dolch hervorgezogen, der nicht unbekannt aussah. Er lächelte. «Habt keine Angst, Messer Julius. Es ist nicht Euer Name, der auf der Klinge steht.» Seine Hand zuckte ganz kurz. Der Stahl blitzte auf, und Julius machte eine wütende Bewegung. An seinem Bein zeigte sich eine lange Furche, und darüber hing das abgerissene Ende einer Strumpfspitze herunter.

«*Nackt* am Ostermontag auf dem Kirchhof. Welche Strafe mag wohl darauf stehen?» sagte Doria. Catherine kicherte. Der Dolch zuckte abermals, und Julius machte einen Satz. Tobie lockerte seinen Griff ein wenig, aber Gottschalk hielt Julius noch fest und sagte in scharfem Ton: «Hört sofort auf. Ihr macht Eurer Republik Schande.» Am Strumpf war jetzt Blut, wo Julius das Messer erwischt hatte. Tobie sagte: «Schön, ich werde...»

Pater Gottschalk flehte in einem Stoßgebet auf deutsch den Himmel an, er möchte ihm Geduld verleihen, und setzte zu der Bewegung an, die Julius herumdrehen und von der Menge fortlenken würde. Doch da wurde ihm die Mühe erspart.

«Meine Herren?» sagte Violante von Naxos. «Der Kaiser läßt fragen, ob er dem Mann, dem da etwas zugestoßen sein muß, helfen kann. Oh, Messer Julius!»

Die leicht belustigten Augen mit den schweren Lidern straften den besorgten und vorwurfsvollen Ton ihrer Stimme Lügen. Sie gebrauchte sehr melodisch ihre griechische Muttersprache. Sie beugte sich vor und berührte mit ihrem Taschentuch das Blut am Unterschenkel des Aktuarius. «Messer Tobias, er hat sich verletzt. Die Wunde sollte versorgt werden.» Das hauchdünne, mit Goldfaden gesäumte Taschentuch wurde gefaltet und sorgsam ums Bein gebunden. Violante richtete sich wieder auf. «So. Jetzt bringt ihn fort, er muß sich ausruhen. So etwas kann gefährlich sein. Ihr müßt Euch vorsehen.»

Sie lächelte Julius an. Damit sagte sie natürlich, daß er sich zu entfernen habe. Die anderen mußten Nicolaas ausfindig machen und ihren zeremoniellen Gang zum Palast hinter sich bringen. Ohne ihren Aktuarius. Nun, das war nicht schlimm. Zum Schluß würde ohnehin nur Nicolaas den Palast betreten. Allein oder zusammen mit dem genuesischen Konsul. Anstatt sich zurückzuziehen, begleitete Violante sie noch ein Stück des Weges und ließ Doria stehen.

Gottschalk sah sich um. Doria blickte fürs erste gar nicht mehr boshaft und spöttisch. Vielleicht, dachte Gottschalk, war es ein unbedachter Auftritt gewesen, den er jetzt bedauerte. Und kannte er diese Violante wirklich, wie Nicolaas behauptete? Ihr Eingreifen hatte sie alle gerettet, und ihre Beweggründe mochten ganz harmlose sein. Streit war dem Handel nicht förderlich, und sie war mit einem venezianischen Kaufherrn verheiratet.

Auch Catherines Blick folgte ihnen. Insbesondere Julius, dessen Aufmerksamkeit keineswegs der liebreizenden Tochter seiner Dienstherrin galt, sondern der stumm diese kunstvoll geschminkte Frau ansah, die da gerade gekommen war. Eine Frau mit dem kaiserlichen Diadem, die dennoch seinen und Tobias' Namen kannte. Die daher – es konnte gar nicht anders sein – die byzantinische Person sein mußte, die Nicolaas an Bord gehabt hatte.

Sie war schön. Und reich. Und eine Prinzessin. Ihr Parfüm hing noch in der Luft. Es war nicht der mannigfaltige Geruch von Trapezunt. Es war ein ganz anderer Duft: ein vertrautes Parfüm, das zu einer ganz anderen Stadt gehörte.

Catherines schon scharfe Züge wurden noch schärfer. Dann sah sie sich nach Pagano um, schob ihre Finger in seine Hand und drückte sie, so daß er zu ihr hinuntersah und den freien Arm um ihre Schultern legte. «Was für eine Gesellschaft!» sagte er. «Hattest du Angst? Du hast doch nicht geglaubt, ich würde es zulassen, daß sie dich mir wegschnappen?»

Schon trafen die Pferde ein. Ihres, das sie unter Geleit zum Leoncastello zurückbringen sollte. Seines, das ihn zum Palast bringen würde, wo er seine Beglaubigungsschreiben vorlegen mußte.

Catherine lachte zu ihm auf. «Wer hatte schon je Angst vor einem dummen Aktuarius! Jetzt», sagte sie, «mußt du Nicolaas einen Satz machen lassen.»

Nicolaas sagte: «Ich habe meinen Hut und den Brief und das Geld und Loppe mit den Geschenken und einer weißen Fahne und einem Knochen für den Drachen. Wenn ich in zehn Minuten nicht wieder draußen bin, dann kommt und helft mir vom Bauchfall hoch.»

Sie hatten sich in der oberen Zitadelle gleich innerhalb des Haupttors aufgestellt und hielten ihre Pferde am Zügel. Ein Stück weit weg standen in zinnoberroten Reihen die Kaufleute aus Genua. Gleich würde der kaiserliche Sendbote kommen: der Protonotarios oder der Erste Sekretär oder der Schatzmeister Amiroutzes, und die beiden Konsuln begleitet von je einem Diener zu Seiner Majestät führen. Es war, wie man ihnen gesagt hatte, ein langer Weg vom unteren Hof hinauf zum Palast. Und sehr wahrscheinlich würden ihn Nicolaas und Doria gemeinsam zurücklegen.

Sie hatten Nicolaas natürlich berichtet, was Julius widerfahren war. Er hätte die Angelegenheit freilich anders geregelt, aber er war nicht Gottschalk. Tobies Blick hatte sich ihm den ganzen Weg hier hinauf in den Rücken gebohrt.

Schließlich war es der Erste Sekretär, Altamourios, des Kaisers Vetter, der kam und Doria und ihn begrüßte und ihnen dann den steilen Anstieg zum Palast hinauf voranschritt. Nicolaas und Doria gingen nebeneinander. Ihnen folgten Loppe und Dorias Diener, ein Mann aus Trapezunt, mit den Geschenken. Doria trug seinen mit Smaragden geschmückten Hut und über dem Rock die Kette. Er sah prächtig aus. «Mein lieber Niccolino», sagte er, «ich sehe doch noch Hoffnung für Euch. Ihr wart so klug, zu verschwinden. Ein törichter Bursche, Euer Julius. Ihr wißt sehr wohl, daß mein kleiner Schatz mir nicht entrissen werden kann, weder jetzt noch irgendwann.»

«Verdammt zur dauernden Glückseligkeit», sagte Nicolaas. «Habt Ihr etwas dagegen?»

Doria wandte sich zu ihm um und legte ihm freundlich die eine Hand auf den Arm. «Ich überrasche mich selbst», sagte er. Er nahm die Hand fort, schritt aber in vertraulicher Nähe zu ihm weiter. «Diese kleine Catherine bietet mehr, als Ihr Euch vorstellen könnt. Klein, aber schmiegsam und unermüdlich. Habt Ihr sie ausprobiert? Nein, ich habe sie als Jungfrau bekommen. Und Ihr habt die Mutter, also habt Ihr gewiß die Hände von den Mädchen gelassen. Aber ich sage Euch, sie könnte einer Schwadron den ganzen Winter dienen und wäre im Frühjahr noch immer nicht erschöpft. Die Feinheiten, die sie gelernt hat! Die könntet Ihr bei der alten Frau ausprobieren. Wenn ich sie besteige, lasse ich sie...»

«Es wäre aufregender», sagte Nicolaas, «wenn wir das Mädchen dazu brächten, es mir selbst zu zeigen.»

Doria hielt inne und sah ihn an und stieß dann einen Seufzer der Anerkennung aus. «Ihr habt recht. Und ich glaube, sie würde es Euch wahrscheinlich sagen. Catherine bedauert Eure Unkenntnis in den feineren Künsten. Sie glaubt wohl, das junge Unschuldslamm, Ihr hättet keine andere Lehrmeisterin als ihre runzlige Mutter.» Während er dahinschritt, mußte er bei dem Gedanken daran lächeln. «Wißt Ihr, mein lieber Niccolino, ich könnte sie Euch einmal für ein, zwei Stunden ausleihen. Für mich würde sie das tun. Und von sich aus auch, um zu zeigen, was sie kann. Sie kennt Künste aus allen Freudenhäusern Italiens. Natürlich würdet Ihr ihr nicht sagen, wo sie herstammen.»

«Natürlich nicht», sagte Nicolaas. «Für die Prinzessin Violante gilt ziemlich das gleiche.»

Zwei, drei, vier schweigend zurückgelegte Schritte. Obschon er schluckte, steckte ihm etwas im Hals, das er nicht herausbekam. Dann sagte Doria: «Ah, ja, ich habe gehört, jemand sei mit Euch gefahren. Eine erfinderungsreiche Person?»

«In Brügge ist sie mehr aus sich herausgegangen», sagte Nicolaas. «Wie werdet Ihr Euch behelfen, solange Ihr hier seid? Die Huren werden gehen, wenn es Krieg gibt.»

«Krieg?» sagte Doria. «Aber seht Euch doch um! Ein einbeiniger Mann könnte Trapezunt verteidigen. Von See her können sie die Mauern nicht aufbrechen. Über die Gebirgspfade können sie keine Geschütze heranschaffen. Und sie können uns nicht aushungern, weil sie vor Einbruch des Winters wieder abziehen müßten. Natürlich sieht der Kaiser Eure Krieger gern, aber nicht, weil er ernste Befürchtungen hätte. Uzun Hasan ist das Ziel. Das wird die Karawanen stören, die von Süden kommen – vielleicht sogar völlig abschneiden. Ihr hättet Eure Seide verkaufen sollen, als noch Zeit war.»

Sie waren die Stufen hinaufgestiegen und endlich an ein Tor gelangt. Nicolaas sagte: «Ihr habt Euch Eurer Ware schon entledigt? Aber es gibt doch nichts im Austausch dafür zu kaufen. Wie mir gesagt wurde, haben die Herbstschiffe alle Lager geräumt.»

«Ah, Niccolino!» sagte Pagano Doria. Er betrachtete hingebungsvoll die mit Einlegearbeiten verzierten Torsäulen und hob dann voller Zuneigung den Blick zu dem Mann an seiner Seite. «Ihr habt noch viel zu lernen. Natürlich gibt es nichts zum Eintauschen. Niemand weiß, ob die kostbaren Güter kommen werden, auf die Ihr wartet, wenn der Sultan die Karawanenstraßen mit Krieg überzieht. Also muß man sich nach anderem Entgelt für seine Ware umsehen. Ich habe auf Silber bestanden. Es gibt nicht mehr viel davon in Trapezunt, und es gab einigen Widerstand. Aber ich kann Euch sagen, mein bester Niccolo, daß ich jetzt gut verwahrt – sehr gut verwahrt – alles habe, was die Münze in dieser Stadt liefern kann. Es ist nichts mehr übrig für Euch oder die Florentiner.» Er lächelte wieder. «Aber wird Cosimo wegen Eures Fehlschlags geringer von Euch denken? Gewiß nicht. Ihr spielt ja mit seinem Enkel.»

«Was ist Handel», sagte Nicolaas, «wenn nicht ein Spiel mit einem anderen?»

Da öffneten sich die Türflügel vor blendendem Weiß und Gold und vor dem Klang von vielen Stimmen und Musik und einem Wellenschlag von Düften. Vor dem Honig von Trapezunt, der, Gift oder nicht, klares Quellwasser war nach dem, was er sich gerade hatte reichen lassen.

Er spürte hinter sich Loppe, schwarz wie ein einziger Mordgedanke. Er wußte die ersten Worte, die Loppe sprechen würde, wenn dies vorüber war. *«Wie werdet Ihr ihn töten?»*

Er brauchte über seine Antwort nicht nachzusinnen. Es war die gleiche wie bei den anderen Malen. Wie bei allen fünf Malen.

«Ich töte nie», würde er sagen.

Kapitel 19

DER INNERE PALAST ERHOB SICH, hoch wie ein Storchennest, auf Marmorsäulen um einen nach Myrten durftenden Brunnenhof herum. Von jedem Fenster, jeder Terrasse, jeder Brüstung aus sah man ein anderes Bild der Glücklichen Stadt: das Grün und Blau von Wald, Gebirge und Meer, die roten weinumrankten Dächer der Häuser, die laubdunklen Tiefen der Zwillingsschluchten, voller Frühlingsblumen, stürzender Wasser und Vogelsang. Von Gang zu Gang, von Gemach zu Gemach geführt, mit Doria an seiner Seite, schritt Nicolaas ganz beherrscht dahin und gewann seinen inneren Frieden zurück. Ruhe war eine Waffe und eine Wehr; Schönheit war nur eine Waffe, die man am besten aus dem Spiel ließ. Er sollte dem Kaiser der östlichen griechischen Welt gegenübertreten, und er folgte seiner einzigen wirklichen Regel. Versetze dich an die Stelle des anderen. Krieg und Handel, Liebe und Freiheit – bei allem war dies der Weg zum Erfolg. Wenn er scheiterte, dann deshalb, weil er die Regel vergessen hatte. Oder gelegentlich auch, weil ein anderer ihm darin überlegen war. Aber nur gelegentlich.

Die Doppeltüren zum Throngemach waren aus schwerer Bronze gefertigt. Sie wurden geöffnet von zwei Offizieren der Zeremonienwache mit ihren vergoldeten Kürassen und goldüberzogenen Lanzen und Schilden. Nicolaas wußte, daß einer von ihnen der stellvertretende Protospatharios war: Astorre hatte ihn vor zwei Tagen, als er dienstfrei hatte, getroffen und sich seiner Würfelbrüderrunde angeschlossen und dann betrunken in ihr Quartier mitgebracht, wo er etwas zu essen bekam. Weder Nicolaas noch der Offizier ließen sich anmerken, daß sie sich kannten. Zusammen mit Doria schritt er durch die Tür.

Weiß und Gold. Das Gewölbe über der Reihe schmaler säulenverzierter Fenster war mit einem goldenen Würfelmuster geschmückt und umrandet mit einem erhaben gearbeiteten Sims von Ovalen und Palmetten. Darunter schimmerten ein Podium und zwei elfenbeinerne Throne ohne Rückenlehne im widergespiegelten Licht so weich wie Zuckergespinst. Der Fußboden war ganz aus Marmor, und die Wände trugen Fresken vergangener Kaiser und ihrer Gemahlinnen und Kinder – gewölbte Brauen, gerade, lange Nasen, geschwungene Münder; ihre Namen und Titel standen auf den Zeptern geschrieben.

Der Saal war von Menschen angefüllt. Nein – gesäumt. Er und Doria waren die einzigen Bittsteller. Ein dicker Teppich mit einem Webmuster von Granatäpfeln, Pfirsichen und Pfefferbäumen führte über den Marmor von der Tür bis zum Podium. Nicolaas sah, daß Doria bei seinem Anblick an die Möglichkeiten dachte, die er bot, sich dann aber eines Besseren besann. Nein. Der Zweikampf war fürs erste vorüber. Fürs erste bedurfte Doria aller seiner Mittel, um zu tun, was er am besten verstand: sein ganzes gewinnendes Wesen auf das Podium zu richten, den Thokos, auf dem Kaiser David und seine Kaiserin Helena saßen.

Versetze dich an die Stelle des anderen. Dem Kaiser hatte es beliebt, sie gleich nach der Feier des Ostergottesdienstes zu empfangen, und er trug noch die juwelenbesetzte Mitra; die goldene Dalmatika mit ihren breiten, steifen Bändern. Die linke behandschuhte Hand hielt das kaiserliche Zepter, die rechte, auf dem Knie, den Reichsapfel. An den Füßen trug er, Zeichen kaiserlicher Würde, die scharlachroten Strumpfschuhe, die geküßt werden mußten. Er duftete nach Weihrauch, und in seiner Unbeweglichkeit umgab ihn noch die Entrücktheit der mystischen Erfahrung, verbunden mit einem Bewußtsein von alter und unbestrittener Macht. Ich bin der Basileus, der Große Komnene, Kaiser und Herrscher der Römer und von Perateia. Wo ist Genua? Was ist Florenz?

In der Robe steckte ein kräftiger Mann in angehendem mittlerem Alter mit hellen, rosigen Wangen und einem gestutzten, leicht gelockten goldblonden Vollbart. Über dem gekämmten, geschwungenen Schnurrbart zeugte eine Nase von römischem Adel, und seine Augen blickten jetzt matt und kalt. Sie ruhten, ohne sich zu bewegen, auf den beiden Abgesandten und richteten sich dann nur kurz auf die Ballen und Packen, die den Abgesandten ins Throngemach gefolgt waren. *Es gibt fast nichts auf dieser Welt, dessen wir bedürfen. Doch wo Tribut üblich ist, werden wir ihn entgegennehmen.*

Nur so weit konnte man nach solcher Anschauung den Kaiser beurteilen. So versetze dich denn an die Stelle der Kaiserin, die neben ihm sitzt. Sie war hier – warum? Nicht aus Habgier: sie hatte die Sachen keines Blicks gewürdigt. Dann also um die Lateiner, deren Hilfe das Reich zu erbitten gezwungen worden war, doppelt mit kaiserlicher Würde zu beeindrucken? Schließlich hatte Trapezunt Michael Alighieri nach Florenz geschickt. Trapezunt hatte sich mit seinem Hilferuf den anderen angeschlossen, deren Sendboten durch Europa getrieben wurden von Fra Ludovico da Bologna, Julius' Fluch und Dorias Freund.

Ihre ganze Aufmerksamkeit galt in diesem Augenblick, da die beiden Abgesandten sich vor ihr verneigten, dem genuesischen Konsul und nicht Nicolaas. Und Doria ließ sich sehr unaufdringlich seine Bewunderung anmerken. Sie war in der Tat nicht unverdient. Nach der Geburt von neun Kindern war Helena Kantacuzenes zwar nicht gerade schlank, doch der lange, metallbehangene Überwurf brachte ihre Gestalt günstig zur Geltung. Über dem hochsitzenden juwelenbesetzten Ringkragen leuchtete ihr Gesicht wie Emaille zwischen den Perlenkaskaden ihres Diadems. Das davon eingefaßte Haar war dunkel wie ihre Augen. Als Nicolaas nach der nächsten Verneigung den Kopf hob, waren sie auf ihn gerichtet. Er glaubte ein kurzes

Aufblitzen wahrzunehmen, das Neugierde oder auch Abscheu ausgedrückt haben mochte.

Er schlug die Augen sofort wieder nieder. Was hatte man ihr erzählt? Violante von Naxos war nicht unter den vielen Hofdamen um sie herum. Aber weiter hinten waren andere Frauen, die er nicht kannte, ebensowenig wie die vielen üppig gekleideten Männer, die unterhalb der kaiserlichen Familie standen und die keine Diener, Wachen oder Haushofmeister waren. Wahrscheinlich Angehörige der einheimischen trapezuntischen Familien, der Schicht der alten griechischen Aristokraten, von denen er gehört hatte – der Ypsilanti, der Mouroussi –, die hier schon ansässig gewesen waren, lange bevor die Lateiner den Kaiser aus dem Neuen Jerusalem vertrieben hatten, zwölfhundert Jahre nachdem Christus aus dem alten hinausgeworfen worden war und die kaiserlichen Brüder nach Trapezunt kamen, um hier ihr Reich zu gründen.

Sie erweckten den Eindruck mächtiger Männer, und auch ihre Augen waren auf Doria und ihn gerichtet. Wenn Gefahr im Verzuge war (aber welche Gefahr sollte das sein?), würden Leute, deren Besitztümer gefährdet sein mochten, wohl wissen wollen, welche Hilfe sie von Genua, der Mutterrepublik, und von Florenz, dem Bankier des Papstes, erwarten konnten, ohne Ansehen kleiner Meinungsverschiedenheiten in der Gottesverehrung. Der Patriarch war, wie er jetzt bemerkte, nicht anwesend.

Der Sekretär trat unter Verneigungen vor. Es war Amiroutzes, der Schatzmeister, Pfalzgraf, Großvestarios und Großdomestikus von Trapezunt, der sie jetzt dem Kaiser vorstellte. Wen zuerst? Aber natürlich Genua, Herrin der Levante, alter Dorn im Fleisch beider Kaiser, doch noch immer in der Lage, für einträglichen Handel, geschickte Handwerker und Geschenke zu sorgen.

Als Doria vortrat, waren die Blicke aller auf ihn gerichtet. Er war zwar ein eher kleiner, aber doch wohlgestalter Mann, und die grüne Seide des Rocks schmeichelte seinen langsamen, unbefangenen Bewegungen. Er erreichte das Ende des Teppichs, hielt inne und warf sich dann mit höfischer Gewandtheit nieder. Der scharlachrote Strumpfschuh ruhte über ihm auf der untersten Marmorstufe. Er küßte ihn, erhob sich und hielt den Kopf gesenkt, bis der Kaiser sprach. Er hatte die Länge des Teppichs schreitend zurückgelegt.

Auch Nicolaas hatten die Möglichkeiten des Teppichs in Versuchung gebracht. Doch gleich Doria wußte er, wann er es mit einer Belanglosigkeit zu tun hatte. Das konnte warten.

Doria reichte das gefaltete Pergament dem Kaiser, das, mit heller Seide und Wachs verschlossen, seine Beglaubigung enthielt. Der Kaiser nahm es entgegen und gab es seinem Sekretär weiter. Nicolaas konnte von seinem Platz aus die helle und melodische Stimme des Kaisers hören und die dunkleren Laute des Schatzkanzlers, der dolmetschte. Als Mann, der in Rom, Florenz und Genua gewesen war, sprach Amiroutzes ein Italienisch mit starkem griechischem Akzent. Der Sitte gemäß antwortete Doria in der gleichen Sprache. Zwei junge Männer – seine Söhne? – standen hinter dem Schatzmeister. Einer von ihnen mochte Bessarions Patenkind sein.

Nicolaas fragte sich, wieviel Griechisch Pagano Doria sprach. Wahrscheinlich soviel, wie er brauchte. Er war über einen guten Teil seines Lebens hinweg immer wieder im Osten gewesen. Auf jeden Fall hielt sich Amiroutzes an die Worte des Kaisers, die er genau übersetzte. Sie enthielten nichts Neues – der Kaiser hieß ihn förmlich willkommen, bat ihn, die erhabenen Herrscher der Republik Genua seines guten Willens zu versichern und bestätigte dann kurz die Bedingungen der genuesischen Besitztitel und der Privilegien, deren sich die Kolonie bereits erfreute. Die früheren Vereinbarungen waren es, die Doria in die Lage versetzt hatten, sein Geschäft so geschickt abzuschließen. Allenfalls konnte man sagen, daß von der Möglichkeit einer Verbesserung der Bedingungen nicht die Rede war. Die Genuesen waren in der Vergangenheit aufdringliche Kaufleute gewesen. Mit seinem gewinnenden, ehrerbietigen Gebaren war Pagano Doria der richtige Mann, um diesen Eindruck zu verbessern.

Dann kam die Überreichung der Geschenke. Paraskeuas, der griechische Haushofmeister, brachte alle einzeln zu Doria, und dann wurden sie in die Hände des Schatzmeisters gegeben. Die Trinkpokale, die Gewürze, die Ballen feinen wollenen Tuchs (die *Ciaretti* hatte keine zu bieten) waren gut und teuer. Zweihundert Dukaten waren ausgegeben worden, um dem Basileus zu gefallen. Der Basileus drückte seine Freude aus. Die Geschenke verschwanden. Doria verneigte sich dreimal und zog sich dorthin zurück, wo die niederen Magnaten standen. Und nun war die Reihe an Nicolaas.

Er versuchte in Augenblicken wie diesem, nie seine schlichte Erziehung zu vergessen, seine zweifelhafte Herkunft. Wären sie nicht gewesen, hätte er nicht während der vergangenen anderthalb Jahre mit allen ihm gegebenen Mitteln danach streben müssen, sie auszulöschen. Er kannte seine Stärken – eine war die Wirkung seines Körpers. Und er hatte lange draußen vor der Kirche gestanden und alles genau beobachtet.

Er bewegte sich deshalb langsam, so wie die kaiserliche Familie geschritten war, und in der gleichen Haltung. Aber wo Doria Eindruck zu erwecken versucht hatte, hielt er den Blick streng gesenkt, während der Worte der Vorstellung und danach. Die Prostration hatte ihm die Lehrmeisterin in solchen Dingen beigebracht: er bedauerte es, daß sie nicht zugegen war, um diese Genugtuung zu erleben. Er entledigte sich des rituellen Kusses, erhob sich und wartete noch immer gesenkten Blicks, bis der Kaiser sprach. Als er die Augen hob und denen des Kaisers begegnete, spürte er, wie sich ihm an den Unterarmen die Haare aufrichteten. Dann war es also wahr. Sie hatte sich selten deutlich ausgedrückt, und er war sich nicht sicher gewesen.

Zuerst der Brief, der die Vereinbarung festlegte, unterzeichnet und mit Grüßen und Höflichkeiten ausgeschmückt von Cosimo de' Medici. Er wurde dem Kaiser überreicht und gelesen. Durch Amiroutzes kannte der Kaiser das Haus Medici. Deshalb hatte er Alighieri als seinen Abgesandten nach Florenz geschickt. Einen eigenen Brief Michael Alighieris, in dem über die Bedingungen dieses Vertrags im voraus berichtet wurde, hielt der Kaiser schon in Händen. Daß der Palast dann diese Audienz angesetzt hatte, mußte heißen, daß die Bedingungen dem Kaiser genehm waren. Andererseits konnte man nie sicher sein. Man stand geduldig da und wartete.

Die Briefe wurden gelesen und übersetzt. Der Kaiser sprach, der Schatzmeister dolmetschte. Der Kaiser ging den Vertrag Absatz für Absatz durch und stimmte ihm in allen Punkten zu. Sie sollten alles erhalten, was vereinbart worden war: alles, was sie und die Medici haben wollten. Nicolaas hörte zu, äußerlich nüchtern zufrieden, innerlich trunken vor Entzücken. Die Einzelheiten wurden weiter verlesen, gelangten an ihr Ende, und der Kaiser ließ das Dokument beiseite legen und musterte den florentinischen Konsul einen Augenblick, ehe er das übliche Schlußwort sprach. Der Kaiser hoffte, daß die Republik Florenz, vertreten durch das Handelshaus Charetty, die Bräuche und die Souveränität seines Landes achten werde und daß die heute gewährten Rechte zu einem langen, ehrenvollen Zusammenwirken führten. Nicolaas antwortete in fein abgestimmtem Toskanisch, und Loppe näherte sich mit den Geschenken der Republik Florenz für die kaiserliche Familie. Der Kaiser beobachtete Loppe mit stiller Neugier, als hätten sich nicht schon Neger unter seiner Dienerschaft oder unter den bartlosen Männern neben der Tür zu den Frauengemächern befunden.

Die Geschenke waren mehr als angemessen, da es sich zum größten Teil um Ballen doppelt geschnittenen Samts in den kaiserlichen Farben handelte: Karminrot auf Gold, Purpur auf Schwarz und Silberflor. Früher einmal war es gemeinen Leuten verboten gewesen, Stoffe purpurn in den kaiserlichen Tönungen zu färben, aber jetzt nicht mehr. Er hatte auch einiges Tuch mit rotsamtenem Grund und Rosenknospen in Silberfaden und weißer Seide darauf ausgewählt. Als es entfaltet wurde, stießen einige Frauen einen leisen Seufzer aus, aber Nicolaas blickte sich nicht um. Schließlich sagte er: «Diese Dinge habe ich mir mitzubringen erlaubt. Doch wenn es Eurer Herrlichkeit beliebt, wartet an Euren Toren ein noch größeres Geschenk. Der Domestikus der kaiserlichen Wache ist unterrichtet.»

Es war alles gut einstudiert. Der Protospatharios trat vor, verneigte sich und sprach mit dem Kaiser, der sich umwandte. Ehe Amiroutzes übersetzte, wußte Nicolaas, was er sagen würde. «Ich höre, daß Ihr Bewaffnete für den florentinischen Dienst mitgebracht habt und daß diese Männer, solange sie hier sind, es als ihre Pflicht ansehen, meine Stadt zu beschützen. Ist dem so?»

Nicolaas bestätigte es mit geziemender Bescheidenheit. Wenn es dem Basileus beliebe, könne sich die Truppe in wenigen Augenblicken unter seiner Brüstung versammeln. Diese Männer erbäten sich nur einen Blick auf den Kaiser von der kaiserlichen Familie der Hellenen, dem zu dienen sie von so weit her gekommen seien.

Die Erlaubnis wurde erteilt und ein Bote ausgeschickt. Nicolaas hörte Frauen wispern, wo sie sich vor den Augen auf dem Thronpodium sicher fühlten. Der Kaiser, der nachdenklich geblickt hatte, stellte eine Frage. «War der florentinische Konsul heute morgen vor meiner Kirche Panaghia Chrysokephalos?»

Amiroutzes war gerade nicht zugegen. Nicolaas zögerte, dann sagte er auf griechisch: «Verzeiht, Basileus. Ja.»

Der Kaiser schien sein Verhalten zu tadeln. «Wissen bedarf keiner Entschuldigung. Ihr habt den Gottesdienst gehört?»

«Ich habe die Musik gehört, Basileus», sagte Nicolaas. «Ich finde keine Worte für ihre Erhabenheit. Im Klang und in ihrem vielfältigen Gebrauch des Mysteriums christlicher Zahlen.»

«Ihr denkt an den Kanon, die Lobgesänge?» sagte der Kaiser.

Nicolaas neigte den Kopf und wurde durch eine Handbewegung ermutigt, fortzufahren. Er sagte: «Die Liturgie ist mir neu, nicht aber Mathematik und Zahlen. Mir schien, Eure Herrlichkeit, daß der zweite Vers der ersten Ode fehlte.»

Der Kaiser wandte den Blick zur Seite. Sein Vetter und Sekretär sagte: «Das stimmt, Basileus. Das Akrostichon war unvollständig. Der florentinische Konsul hat richtig beobachtet.»

«Ein Talent für Sprachen und ein Talent für Zahlen», sagte der Kaiser. «Florenz kann sich glücklich schätzen. Ihr spracht von Bewaffneten.»

Nicolaas hörte, wie draußen Astorre mit seinen Männern zur Mauer vormarschierte. Auch der Basileus hörte sie und erhob sich, worauf sich alle verneigten. Nicolaas, der sich aufrichtete, durfte dem Kaiser zur Brüstung folgen und dann hinunterblicken auf die schimmernden Reihen seiner achtundneunzig Mann. Sie hatten drei Tage lang ihre Rüstungen geputzt, und ihre Federbüsche im Blau des Hauses Charetty hätten aufgemalt sein können, so gerade zeichneten sich ihre Linien ab. Sie wirkten schneidiger als die kaiserliche Wache. Astorre stand vor ihnen und hatte das gesunde und das zugenähte Auge wie ein Habicht auf den Kaiser gerichtet und hielt sein Schwert zum Gruß in beiden Händen. Alles war, wie sie es geplant hatten, doch deshalb nicht weniger wunderbar. Die Zuneigung zu Astorre überwältigte ihn.

Da sprach der Kaiser, und ein Beutel aus Ziegenleder wurde ihm gereicht und dann in die Hände des Domestikus gegeben, der sich verneigte und ihn zu Astorre hinuntertrug. Er sah schwer aus. Das sollte er auch sein, wenn man bedachte, was der Kaiser bekam. Astorre nahm ihn in Empfang, reichte ihn an Thomas, seinen Stellvertreter, weiter und vollführte wie ein alter, zäher Bock die Niederwerfung auf dem Pflaster des Hofs. Er erhob sich, verneigte sich und ging mit stolz schwingenden Federn zusammen mit dem Protospatharios irgendwohin. Thomas, der fast elegant wirkte, bellte in anglisiertem Flämisch einen Befehl, verneigte sich und führte die Männer den Hang hinunter.

Die Audienz war beendet. Die Kaiserin schritt schon zwischen Reihen von gesenkten Köpfen aus dem Saal. Der Kaiser, der wieder seinen Thron eingenommen hatte, gewährte den beiden Konsuln gnädigst ihren Abschied. Wiederum Seite an Seite zogen sich Nicolaas und sein unerschütterter Rivale ehrerbietig zurück. Diesmal geleitete sie nicht der Sekretär, sondern ein Stallmeister, der kein Italienisch sprach, durch den Palast, wobei er sie durch Gänge führte, die sie noch nicht gesehen hatten, und auf dem Weg zum Hof ihre Aufmerksamkeit auf keineswegs ungewöhnliche Ausstattungen lenkte. Er schien viel Zeit zu haben oder zu wollen, daß die Konsuln nicht so schnell gingen. Pagano Doria, der in der Tat fließend griechisch sprach, unterhielt sich mit ihm über belanglose Dinge und sprach dann Nicolaas in lebhaftem Genuesisch an.

«Und jetzt erzählt mir», sagte Pagano Doria, «wie Ihr diese Pestleichen fabriziert habt.»

«Das hat Tobias gemacht, unser Arzt», sagte Nicolaas. «Farbe und Linsen, glaube ich. Aber sagtet Ihr nicht, es sei kein Silber mehr da?»

«Der Beutel des Kaisers? Laßt Euch nicht täuschen. Farbe und Linsen, mein Bester.» Den Genuesen, das war klar, hatte Astorres Erfolg beim Kaiser keineswegs aus der Fassung gebracht. Er sagte fröhlich: «Um auf etwas anderes zurückzukommen...»

«Eure Gemahlin?» sagte Nicolaas.

«Nein, Eure. Ich habe irgendwo einen Brief von ihr herumliegen. Sie hatte ihn Euch voraus nach Trapezunt geschickt. Er traf mit einem genuesischen Schiff ein, und die Kaufleute haben ihn bis zu Eurer Ankunft aufbewahrt. Ich nahm mir die Freiheit», sagte Doria verzückt, «ihn zu öffnen. Ich habe ihn auch Catherine lesen lassen. Sie konnte einige Worte nicht verstehen, obschon sie die Dinge, die gemeint sind, recht gut versteht, dessen seid versichert... Mutter und Tochter. Wir können uns glücklich schätzen, wir beide, daß sie uns zu Diensten stehn.»

Im Osten konnte man über die Schlucht und die Stadt bis zum Meer hinüberblicken. In der Nähe erkannte Nicolaas eine Reihe von Stallungen, Kriegerquartiere, ein Arsenal, Lagerhäuser, eine Waffenschmiede, Werkstätten. Seine Nase machte die Küche und ein Backhaus mit einem Fischteich und einem Brunnen daneben ausfindig. Sie kamen an ihnen allen vorüber. Nach einigen weiteren Schritten sagte er: «Habt Ihr den Brief bei Euch?»

Doria lachte. «Hier? Nein. Er sieht inzwischen, sagen wir, ein wenig abgenutzt aus. Wenn Ihr ihn noch haben wollt, bringe ich ihn mit ins Stadion. Ihr geht doch zu dem Festspiel?»

«Ich bin eingeladen worden», sagte Nicolaas. «Aber macht Euch nicht die Mühe. Loppe wird bei Euch vorsprechen.»

Doria lächelte wieder. «Das mag er, aber er wird den Brief nicht bekommen. Im Meidan, mein Bester. Nirgendwo anders. Seite um Seite; und solche Anspielungen! Catherine war ganz eifersüchtig.»

Was den Inhalt anging, log er – das brauchte Nicolaas niemand erst zu sagen. Daß es einen Brief gab, entsprach wahrscheinlich der Wahrheit. Unwahrscheinlich war, daß viel darin stand. Marian hatte ihn wahrscheinlich im Januar nach Venedig geschickt. Nur daß er sich in Dorias Besitz befand, war... lästig. Und Catherines Mutwille. Er war an ihn gerichtet. Sie hätte ihn in aller Stille weiterleiten können. Er war schließlich von ihrer Mutter. Von ihrer Mutter, die sich wegen der entflohenen Tochter Sorgen machte. Oder weil... Aber nein. Marian konnte nichts weiter herausgefunden haben, sonst wäre Doria nicht bereit, ihren Brief herauszugeben.

Aber war es das? Vielleicht war es nur eine weitere Finte, ein weiterer Stich mit dem Stachel in dem so reizenden Spiel, das Doria mit ihm spielte. Weshalb sonst die Übergabe erst beim Festspiel?

Er schritt weiter und setzte Doria nur das Schweigen entgegen. Fürs erste war das Verweigern eines Kampfes sein einziger Schutz. Sie befanden sich jetzt keineswegs in der Nähe des Tors der mittleren Zitadelle. Der Stallmeister führte sie vielmehr rechts zu einem weitläufigen Gartenhaus inmitten von Rasenflächen. Dahinter erhoben sich die westliche Mauer der Zitadelle und die Wipfel der

Bäume, die den Rand der Schlucht säumten. Jenseits der Schlucht lag der Bergkamm von St. Eugenios, und dahinter kamen die Anhöhen des nach Mithras benannten Römerhügels. Göttern heilig, die heute nicht mehr verehrt wurden.

Nicolaas wandte sich um. Hinter ihnen waren Loppe und der Grieche stehengeblieben. Sie machten verwirrte Gesichter. Vor ihnen winkte der Stallmeister. Nicolaas fragte: «Wohin gehen wir?»

Doria zog die Brauen in die Höhe, seine Augen funkelten. «Das wißt Ihr nicht? Dann fragt doch den Stallmeister, in Eurem fließenden Griechisch.»

Seine Stimme klang belustigt. Nicolaas betrachtete das Gebäude genauer und glaubte schließlich zu wissen, worum es sich handelte. Er wünschte von ganzem Herzen, er wäre schon wieder im Fondaco bei Julius, Tobie und Gottschalk. Doch rasch rief er sich selbst zur Ordnung. Dies war es, was er gewollt hatte. Und weshalb sollte er Doria hier jetzt allein lassen? Zumindest konnte er dabei vielleicht seine Hände und Füße aufwärmen, die eiskalt waren. Er fragte den Stallmeister auf griechisch: «Ist das ein Badehaus?»

Der Stallmeister hatte einen schwarzen Schnurrbart und trug eine Robe mit Knöpfen und einen Röhrenhut. Er sagte: «Befehl des Basileus. Er möchte Euch in den Genuß seiner Bäder kommen lassen. Habt die Güte, mir zu folgen.»

Doria grinste. Er flüsterte auf italienisch: «Vielleicht gemeinsames Baden? Ich habe da so einiges gehört. Mein Bester, ich glaube, Ihr seid zu jung.»

«Ich hoffe es», sagte Nicolaas. Eine Tür ging auf und dann noch eine, aus der Dampf herausquoll.

«Gemeinsames Baden», sagte Doria leise.

Er kannte Dampfbäder aus Flandern und Italien. Die meisten waren anrüchige Häuser mit harten Liegebänken im Vorraum, mit einem Fußbodenbelag irgendwelcher Art und einigen wenigen Behängen und kleinen Kammern bei den Latrinen zum Auskleiden. In allen, selbst in den Freudenhäusern, standen Gestelle mit Tüchern. Doch hier konnte er, als er sich entkleidet hatte, nichts anderes tun als splitternackt in die Halle gehen. Die Wände waren mit gelber

Seide behangen, und über Liegebänken lagen persische Teppiche gebreitet, mit vielen Daunenkissen darauf. An einer Wand stand eine Anrichte mit Weinflaschen und Silberschalen voller Süßigkeiten und Früchte. Zwei Diener in Lendenschurzen standen stumm zur Aufwartung bereit. Beide waren Eunuchen. Alle Liegebänke waren frei, und von Doria war nichts zu sehen. Am Ende des Raums war eine schwer vergoldete Flügeltür. Nicolaas schritt auf sie zu. Da gingen beide Flügel auf, und ein dritter Diener verneigte sich und wich einladend zur Seite. Er betrat eine warme, dampferfüllte Halle. Das Tepidarium.

Das Tepidarium war nicht leer. Unter seiner Kuppel flossen alle Geräusche zu dumpfen Flüsterlauten und leisen melodischen Resonanzen und alles Licht zu dufterfüllten Dampfwolken zusammen. Die einzige tuchverhüllte Gestalt hier gehörte zu einer Gruppe, die auf einem Podium zwischen Säulen zur Schau gestellt war. Auf einer mit Reliefs verzierten Bank lagen ineinander verschlungen ein goldgesichtiger Zeus und zwei Knaben von erlesener Schönheit. Die Art, wie sie dalagen, war unzweideutig.

Ringsherum standen richtige Liegebänke, auf denen Gestalten ruhten, da allein, dort unter den knetenden Händen eines ebenfalls nackten Bediensteten. Ein Mann hatte sich seinem Barbier anvertraut. Die Schalen, Wetzsteine und Schabmesser lagen auf einem Klapptisch: er ließ sich die Nägel pflegen, zurückgelehnt, die eine Hand ausgestreckt, die andere hinter dem gefärbten gelben Kopf. Auf der Bank daneben wurde ein Freund von einem Diener sorgfältig aus Stöpselfläschchen mit Aloe und Moschus eingeölt.

Die Männer waren Höflinge: Nicolaas erkannte einige von ihnen wieder. Ihre Körper zeigten noch die Sonnenbräune des letzten Jahres, verblaßt von der Stirn bis zur Ferse zu einem bleichen, einheitlichen und ununterbrochenen Ockerton. Einige wenige hatten schwach sichtbare Narben, und mehrere trugen die roten Male von Striemen, aber nicht, wie ihm schien, vom Kampf. Als er hereinkam, hoben nur ein oder zwei ganz kurz den Kopf. Die anderen schenkten ihm keine Beachtung.

Dann sah er die Knaben. Sie waren alle jung, zwischen zehn und vierzehn, und wohlerzogen. Sie schienen keine Sklaven zu sein. Auch in ihrem Verhalten lag nichts Unschickliches. Bisweilen teilte einer die Liegebank mit einem älteren Mann, entweder stumm oder in leisem Gespräch, die helle Stimme gedämpft. Mann und Knabe berührten sich nur zum Gruß, und selbst dann mit allenfalls sehr behutsamer Liebkosung. Bisweilen waren die Kinder miteinander beschäftigt. Er bemerkte zwei, die auf dem glatten Marmorboden ruhten, der die Helle ihrer Körper zurückwarf. Sie hatten ein steinernes Spielbrett zwischen sich liegen, auf dem sie Figuren hin und her bewegten. Gleich den Figuren war der eine dunkel, der andere blond. Der Jüngere, ein herrliches Kind mit rabenschwarzem Haar bis zu den Schultern, war ihm unbekannt. Der andere war der schöne Knabe, der den kaiserlichen Bogen getragen hatte. Keiner blickte ihn oder Pagano Doria an, der, wie er jetzt sah, in der Nähe stand und ihn beobachtete.

Das bedeutete nichts. Die Männer der *Ciaretti* entledigten sich mit Freuden ihrer verlausten Hemden und steifen Wämser und Überwürfe, um entblößt die Wärme der Kajüte zu genießen. Beim Schwimmen, bei Leibesübungen oder im Schlaf, sie machten sich nichts daraus. Es war kein Geheimnis, wie Männer geschaffen waren. Doch Doria stand in betonter Männlichkeit da, breite Schultern, Hände an den Gesäßbacken, und musterte ihn mit Muße. Nicolaas erwiderte seinen Blick, denn er hatte Gefallen an einem wohlgestalten Mann, und das war Doria. In den leuchtenden, dicht bewimperten Augen stand eine Vorspiegelung von Schmeichelei geschrieben, mit einem möglicherweise echten Gefühl dahinter. Abneigung, zum Beispiel.

Doria sprach. Er sprach italienisch, und seine Stimme klang träge. «Die Knaben sind nie unfreundlich und lieben in der Tat Erfolge, die ihnen nicht in den Schoß fallen. Wenn alles nichts hilft, dann laßt Euch von ihnen die Mosaiken zeigen. Der Mann, der die an den Wänden angebracht hat, könnte einen Toten wieder auf die Beine bringen.» Er sprach, ohne die Haltung zu verändern, zwischen ruhigen Atemzügen. Sein leicht spöttischer Blick vermittelte andere Eindrücke: Unverschämtheit, Selbstsicherheit und strotzende Männlichkeit. Ohne zu erröten, hatte er sich erregen lassen.

«Ich sehe, es sagt Euch zu», sagte Nicolaas. Seine Stimme zitterte und wurde gleich wieder ruhig. Nicht der Augenblick für verzweifeltes Lachen. Er glaubte sich nicht einmal in Ruhe umdrehen zu können. Und als ob das noch nicht genügt hätte, kam jetzt auch noch der schwarzhaarige Knabe auf ihn zu. Nicolaas wartete und sagte mit ruhiger Stimme: «Mein junger Herr, entschuldigt mich.» Der Schweiß rann ihm am Körper herunter, und seine Haut juckte und fröstelte. Er fragte sich, ob jemand das als Erregung auslegen konnte.

Der Knabe sagte auf griechisch: «Wir trachten zu gefallen.»

Ehe Nicolaas antworten konnte, spürte er, wie eine nasse Hand seine Schulter berührte. Doria stand dicht bei ihm. Er machte eine Bewegung, und die Hand glitt herunter. Doria sagte zu dem Kind: «Wir stammen nicht alle von Bauern ab. Wie heißt man dich?»

Sein Name war Anthimos. Es war ein griechischer Name, aber kein in der Familie der Komnenen üblicher. Ein jüngerer Sohn vielleicht, aus gutem, aber verarmtem Haus. Der Knabe hatte weiche Lippen, blaue Augen und bleiche, schlanke Glieder. Er blickte ernst auf und legte zart die Hand an Dorias Hüfte, die Doria erfaßte und an sich drückte.

Wozu sich einmischen? Der Knabe und der kleine, schöne Mann verschwanden in den Dampf hinein, bis nur noch ein einziger Umriß zu sehen war und dann gar nichts mehr. Von fern drang plötzlich ein Quietschen nasser Füße herüber, und man hörte Dorias schriller werdendes Lachen. Ein Diener, den er noch nicht bemerkt hatte, sprach in scharfem Ton in den Nebel hinein: «Herr, wenn es Euch beliebt – dort sind Badezellen.»

Nicolaas stand da, wo man ihn zurückgelassen hatte, und fühlte sich krank. Wenn an seiner Lage überhaupt etwas klar war, dann konnte es nur der Umstand sein, daß er nicht das geringste Verlangen verspürte, sich dort aufzuhalten, wo er sich befand. Doch jetzt trat der andere Knabe auf ihn zu.

Der Bogenträger. Ein Kaiser hatte dieses Amt einst einem Bäckersohn übertragen. Dieser hier war von anderer Art: ein Jüngling von vielleicht vierzehn Jahren, der im Gegensatz zu dem anderen Kind genau wußte, was er tat. Er hatte ihn zuletzt aus der Kirche kommen sehen, in weiße Seide gekleidet, als das Konsekrationsgebet der Eucharistie noch in der geläuterten Luft nachhallte. Sein Haar roch noch nach Weihrauch, obschon er nackt war bis auf die Bemalung. Er zog die Brauen über langen, herabfallenden Wimpern hoch und sagte: «Ich habe meinen Gefährten verloren. Ich bin Alexios. Wollt Ihr mit mir spielen, Herr?» Seine Hand streckte sich nach ihm aus. Nicolaas fing sie behutsam ein, wie Doria dies getan hatte. Dann hob er das Spielbrett mit den Figuren auf.

«Mein Freund», sagte er, «Ihr habt jemanden herausgefordert, der mit Wahrsagern wettet. Zeigt mir die Badezellen.»

Der Körper des Jungen war eingeölt. Seine Poren verströmten süße Düfte. Während er mit ihm davonging, warf Nicolaas noch einen verschwommenen Blick zurück in die Halle. Die auf den Liegebänken ruhenden Männer hatten sich nicht gerührt. Nur Zeus der Wolkensammler auf dem Sockel bewegte sich, löste sich behutsam von den beiden bemalten Knaben und blickte ihm, die goldene Maske drehend, sinnend nach. Und durch den Dampf hindurch machte sich wiederum der Weihrauchduft bemerkbar.

Vor den Badezellen stand ein Eunuch. Nun, das war nicht überraschend. Überraschend war, daß der Junge plötzlich stehenblieb. Der Junge sagte: «Es ist noch nicht soweit.»

«Herr», sagte der Diener. Er sprach den Jungen an, wie Nicolaas bemerkte. «Herr, ich habe Anweisung.»

Der Jüngling trat vor und kniff den Mann heftig in den fleischigen Oberarm. Der Mann zog zischend den Atem ein, rührte sich aber nicht von der Stelle. Nicolaas fragte: «Alexios? Wer seid Ihr?»

Der Junge wandte sich um, der Ausdruck der Unzufriedenheit verschwand. Der Eunuch sagte: «Herr Alexios ist der Neffe des Kaisers. Ich habe Befehl vom Kaiser, Euch zu anderen Gemächern zu geleiten. Der junge Herr wird uns entschuldigen.»

«So?» sagte Nicolaas.

Wortlos hatte der Eunuch sich umgedreht. Aus der verhängten Zelle an seiner Seite holte er ein zusammengefaltetes Gewand, schüttelte es auseinander und hielt es Nicolaas hin. Es schien aus Baumwolle zu sein und haftete sogleich an seinem feuchten Körper. Der Eunuch kniete nieder und schloß die Schlingen, die das Gewand vom Boden bis zum Hals zusammenhielten. «Das hätte ich tun sollen», sagte der Junge mit einem strahlenden Lächeln.

Nicolaas sagte: «Ihr habt es noch nicht verdient. Es ist der Preis für den Sieg bei drei Brettspielen.»

«Es gibt noch andere Spiele», entgegnete der Junge.

«Gewiß», sagte Nicolaas in sanftem Ton, «aber ich spiele sie nicht.» Das letzte, was er von Alexios sah, als er dem Eunuchen aus dem Dampf hinaus folgte, war eine geschmeidige Gestalt, welche die Arme um sich geschlungen hatte und ihm halb verärgert, halb verwirrt nachblickte.

Der Gang führte zu einem anderen Gang und wieder und wieder zu weiteren Gängen, die immer trockener und großartiger wurden und ihn schließlich, so vermutete er, zu einem der unteren Höfe des Palasts zurückbrachten. Das Mal am Arm des Mannes war schwärzlichrot, mit einem blutigen Strich, wo der Daumennagel die Haut durchdrungen hatte. Was auch immer geschehen mochte, allzu viele Möglichkeiten gab es nicht. Er war florentinischer Konsul, Gefahr für Leib und Leben bestand nicht.

Schließlich gelangten sie an eine Tür, und er war kaum überrascht, als der Eunuch anklopfte, sie öffnete und ihn allein der Person gegenübertreten ließ, die sich in dem Gemach aufhielt. Es war Violante, des Kaisers Großnichte. Er sagte: «Ihr habt meine Prostration versäumt.»

«Ich dachte, ich hätte verhindert, daß Ihr Euch niederwerft», sagte sie. Sie trug ihre zeremonielle Robe mit dem Diadem und saß auf demselben thronähnlichen Stuhl wie an Bord der Galeere. Neben ihr standen ihre Diener und die schwarzgewandete Gestalt des Archimandriten Diadochos. Alle außer Nicolaas waren voll angekleidet. In seinem einzigen Gewand rann ihm der Schweiß die nackte Haut hinunter und wäre ihm ohne den Baumwollstoff auf die bloßen Füße getropft. Sie setzte hinzu: «Wir haben Euch gestört? Das tut mir leid. Der Kaiser hat mich beauftragt, Euch ein Zeichen seiner Gunst zu überbringen, weiter nichts. Hier ist es.»

Er nahm das samtverkleidete Behältnis entgegen, öffnete es und sah, daß es zwei übereinander liegende Manuskripte barg. Er griff hinein und nahm das erste aus der Stoffumhüllung, die es zusammenhielt. Es war ungebunden und sehr alt. Er öffnete es vorsichtig und hielt dann jäh inne, als er sah, was es war. Sie sagte: «Setzt Euch und wendet die Seiten um. Ich will, daß Ihr seht, was Ihr da habt.»

Das Griechisch machte Mühe, aber nicht die Zeichnungen. «Wer hat das geschrieben, Despoina?» wollte Nicolaas wissen.

«Ihr wißt, was Ihr da habt?»

«Ein Buch über Automaten. Über Maschinen. Ja.»

«Könntet Ihr sie bauen?»

«Ja, Hoheit», sagte er.

«Ja, ich glaube, das könntet Ihr», sagte Violante von Naxos. «Es ist ein Buch über mechanische Apparate, geschrieben vor vielen Generationen von einem Meister aus Diyarbakir. Ich habe es von meiner Tante, die den Herrn Uzun Hasan geheiratet hat, wie Ihr wohl wißt. Seine Vorfahren waren seit den Zeiten vor Timur dem Lahmen Fürsten von Diyarbakir.»

«Es ist zu kostbar. Es ist Euer», sagte Nicolaas.

«Dann gebt Ihr mir vielleicht eines Tages eine Kopie», sagte Violante von Naxos. «Inzwischen sähe Seine Herrlichkeit der Kaiser nichts lieber als die Verwirklichung einiger dieser Erfindungen. Ich habe ihm gesagt, Ihr würdet mit ihm darüber sprechen.»

Er hatte in dem Manuskript geblättert und kaum hingehört. Sie sagte: «Messer Niccolo! Wißt Ihr mir Dank?»

Da blickte er auf, sein Gesicht glühte. Er sagte: «Ihr beschämt mich, Despoina. Das ist wahrhaft großzügig.»

«Dann seht Euch das andere an», sagte sie. «Damit bezahle ich einen weiteren Ballen rote und rosa Seide, von der ich gehört habe. Dabei rechne ich wiederum mit Eurer Großzügigkeit.»

Er legte das Buch mit den Zeichnungen hin und griff nach dem anderen. Nach einer Weile sagte er: «Despoina – gibt es noch andere Bücher dieser Art?»

«Noch viele», sagte sie. «Habt Ihr noch nie von Gregorios Chionides gehört? Er war Erster Physikus eines Vorfahren des Kaisers. Er hat viele solcher Bücher aus Persien mitgebracht und sie auf Griechisch zusammengefaßt. Wir haben ein Buch über Mathematik und Uhren von Meister Fusoris. Und dann sind da noch die Philosophen. Aber Ihr denkt bei der Frage wohl kaum an Euch selbst. Ihr wollt wissen, ob der Kaiser zu einem Tauschhandel bereit wäre.»

«Unsere Seide findet seinen Gefallen, wie ich sehe», sagte Nicolaas. «Wenn er eine andere Bezahlung vorzieht, wären die Medici einverstanden. Ja, ich könnte solche Bücher im Westen verkaufen, auch als Abschriften. Aber vielleicht denkt der Kaiser auch an eine eigene Bibliothek und möchte ihren Bestand lieber nicht verringern.»

«Wie Ihr sagt, kann man Abschriften anfertigen», erwiderte Violante von Naxos. Sie saß so still, daß die Juwelen in ihrem Diadem kaum blitzten. Er legte die Bücher aus der Hand, die wieder in ihr Behältnis getan wurden, und saß mit fest verschränkten Händen da und wartete unruhig auf das Ende der Verhandlung. Denn eine Verhandlung war es natürlich. Der Kaiser hatte eine Menagerie, aber keine Bibliothek, wenn er auch, wie es schien, im Palast ein Bücherlager besaß. Sie waren knapp an Silber, hatte Doria gesagt. Waren sie knapp an Mitteln? Sicher nicht. Obschon ihr Handelsreichtum diese vielen Jahre über zum großen Teil an die Genuesen gegangen war. Während einer ihrer lächerlichen Streitigkeiten hatten die Genuesen, die bessere Behandlung zu verdienen glaubten, damit gedroht, den Zoll auf Wein und Salz so heraufzusetzen, daß die Untertanen des Kaisers keinen Wein mehr nach Kaffa hätten ausführen können. Violante sagte: «Woran denkt Ihr, Messer Niccolo?»

Nicolaas sagte: «Daß bei Unruhen jenseits der Berge der Basileus vielleicht Mühe haben wird, bei seinem Volk Zölle und Steuern einzuziehen.»

«Ist es jemals leicht, Zölle und Steuern zu zahlen?» sagte Violante. «Gewiß, das Reich ist nicht mehr, was es einmal war; einige reiche Familien haben sich schon immer beklagt; die Bauern sind schlau und gehen von Getreide auf Viehbesitz über. Es gibt immer einen, der sich beschwert, wenn eine Straße nicht unterhalten oder eine Wegstrecke nicht gegen Räuber geschützt oder ein Brunnen dem Verfall überlassen wird. Aber nein. Der Kaiser zieht ein, was er für den Hof und seinen Palast braucht. Wir sind nicht arm. Wir haben Edelsteine. Sollte Euch zu Ohren kommen, die Griechen seien zu geizig, um Söldner zu bezahlen, könnt Ihr das Gerücht im Keim ersticken – Ihr seid entlohnt worden. Oder daß kein Geld für die Wehranlagen ausgegeben würde – Ihr habt die Mauern gesehen. Trapezunt hält durch. Selbst unter Timur hat es durchgehalten und sogar geblüht, während die Mongolenherde Georgien das eigenhändig geschmiedete Panzerhemd des Psalmisten König David raubte.»

Nicolaas schwieg. Dann sagte er: «Trapezunt war ein Vasallenstaat der Mongolen.»

«Aber die Mongolen sind abgezogen», sagte Violante. «Die

Weiße Horde Uzun Hasans wird auch abziehen oder ganz Persien erobern und in Täbris oder Diyarbekir sitzen und niemanden stören. Das ottomanische Heer wird einen Ort nach dem anderen einnehmen, aber immer wieder zu seinen Städten in Europa zurückkehren. Trapezunt wird fortbestehen.» Sie hielt inne. «Habe ich Euch beruhigt? Ihr schient beunruhigt zu sein.»

«Worüber, Despoina?» sagte Nicolaas. «Ich werde kaufen, was Ihr an Büchern entbehren könnt. Und wenn ich beunruhigt bin, dann nur deshalb, weil ich fürchte, daß ich den Kaiser warten lasse.»

Er hatte die Tür aufgehen hören. Ihre Augen hoben sich, und irgendein Zeichen mußte gegeben worden sein. Sie wandte den Blick wieder ihm zu. «Er ist aufgewacht und wird Euch jetzt empfangen. Ihr werdet über Al-Jazari sprechen.»

«Al-Jazari?» fragte er.

«Der Erfinder, dessen Buch Ihr jetzt habt. Und vielleicht noch über andere Geräte. Aber ich höre, er erwartet nicht, daß Ihr lang bei ihm bleibt, angesichts Eurer Krankheit.»

«Meiner Krankheit?» fragte er.

«Euch ist in den Bädern unwohl geworden. Sonst wärt Ihr sogleich zu ihm gegangen. Er wird das verstehen. Ihr seid gerötet. Ihr schwitzt. Zittert Ihr?»

«Ich zittere zweifellos, Despoina», sagte Nicolaas.

«Dann könnt Ihr gehen», sagte sie.

Er stand auf, verneigte sich und ging, während ihm ein Diener das Behältnis mit den Büchern nachtrug. Von seinen Kleidern war nichts zu sehen, noch wurde ihm etwas angeboten, womit er seine äußere Erscheinung hätte verbessern können. Er nahm an, daß diese Unterlassung kein Zufall war. Ein Haushofmeister empfing ihn schließlich und führte ihn durch eine kleine Tür in ein Gemach, das er zuerst für leer hielt. Er bewunderte die seidenen Wandbehänge, als er das Podium erblickte und das Bett und die Gestalt, die lose von einer Robe umhüllt zurückgelehnt darauf lag. Er spürte an der Hitze in seinem Gesicht, daß er wahrscheinlich eine angemessene Röte erlangt hatte. Der Kaiser sagte: «Ihr mögt ein wenig näher kommen. So, ja. Ist Euch unwohl?»

«Ich bitte um Vergebung, Basileus», sagte Nicolaas. Er erhob sich nach seiner Niederwerfung, aber langsam. Als er wieder aufrecht stand, gestattete er sich einen kurzen Blick, ehe er die Augen senkte.

Die Kissen und Bettlaken waren aus Seide, stark zerknautscht. Unbedeckt war das Haar des Kaisers von einem hellen, gekräuselten Gold, zwei, drei Schattierungen bleicher als der Bart. Unter der schweren Robe war der kräftige Hals nackt. Die lose verschränkten Hände waren zart und üppig beringt. Der Kaiser sagte: «Wer besitzt die Macht, seiner Schwäche zu befehlen? Wir machen Euch keinen Vorwurf. Wir haben gehört, Ihr könnt Spielzeug machen.»

«Ich mache Maschinen zum Gebrauch und zum Vergnügen. Was ist Euer Wunsch?» fragte Nicolaas.

«Wir hätten gern eine Uhr», sagte der Kaiser der Hellenen. «Eine Uhr, wie sie die Perser hatten, für meinen Palast. Werdet Ihr sie machen?»

«Gern, Basileus.»

«Ihr würdet sie gern machen. Wir sind erfreut. Wir lieben die Gesellschaft fröhlicher Männer, Messer Niccolo. Ihr werdet uns Eure Pläne für diese Uhr bringen. Ihr werdet uns von dem Fortschritt unterrichten.»

Nicolaas sagte: «Sofern mir Gesundheit beschieden ist, komme ich, wann der Basileus es wünscht.»

Die Gestalt auf dem Bett rekelte sich. «Und inzwischen sind wir so unnahbar? Ist dies das Buch? Bringt es hierher.»

Es war möglich, daß sich jetzt ein Gespräch über Al-Jazari entspann. Nicolaas brachte das Buch vorsichtig ans Bett.

Der Kaiser sagte: «Was ist? Ihr zittert ja, mein Junge! Wie heißt man Euch? Nikko? Niccolino?»

Sie würden nicht über Al-Jazari sprechen. Nicolaas sagte: «Herr, es ist gefährlich. Meine Krankheit könnte auf den Basileus übergehen, wenn wir nicht Abstand halten.»

Das vornehme Gesicht lächelte. «Wir haben keine Angst», sagte Kaiser David. «Der Türke behauptet, er fürchtet nichts, so süß sei sein Himmel. Wir schaffen unseren Himmel auf Erden, und der ist ein kleines Wagnis wert. Kommt. Zeigt mir die Erfindungen, und seht, wir legen unsere Hand auf Eure Schulter. Sie gibt Euch Halt.»

Der Kaiser wandte sich an seinen Haushofmeister und sagte: «Wir haben zu tun. Kommt in einer Stunde wieder.»

Nach nicht ganz einer Stunde ging Nicolaas. Der durch eine Glocke herbeigerufene Haushofmeister führte ihn durch viele Gänge in eine Zelle, wo seine Kleider waren. Zuerst saß er da, ohne sich anzukleiden. Dann erschien ein Badeeunuch, der ihm half und ihn auf den Weg zum Tor brachte. Ein Page trug das Behältnis.

Doria war da. Seit sie sich im Badehaus getrennt hatten, hatte Nicolaas nicht mehr an ihn gedacht. Jetzt sah er ihn durch das Zitadellengelände hinunterstolzieren, dorthin, wo das genuesische Gefolge auf seinen Konsul wartete, um ihn heimzugeleiten. Der griechische Haushofmeister Paraskeuas hielt Dorias Pferd fest am Zügel. Der Genuese saß auf und schenkte Nicolaas ein breites Lächeln, als dieser näher kam. Dorias Gesicht sah abgespannt aus. Er sagte: «Und wie, mein Herr Konsul, behagen Euch die byzantinischen Sitten? Wenn Ihr sie vor meiner Gemahlin geheimhaltet, halte ich sie vor ihrer Mutter, Eurer Bettgenossin, geheim. Eines Tages werden wir Erinnerungen austauschen können.»

«In der Tat», sagte Nicolaas. «Denkt nur daran, was Anthimos und Alexios jetzt gerade austauschen.»

Doria plagten, wie er sah, keine Bedenken wegen der Rolle, die er gespielt hatte. Keine Bedenken und keine Zweifel. Der Genuese lachte, während er noch einen vorwurfsvollen Laut ausstieß. «Was werden unsere Beichtväter sagen? Aber Euer Gottschalk scheint ein duldsamer Mensch zu sein, was sehr weise ist in mönchischen Gemeinschaften. Ihr seht müde aus. Dann habt Ihr die Gelegenheit genutzt?»

Der Schweiß, der in seinem Haar und auf seinem Gesicht abkühlte, juckte ihm auf der Haut. Wo ihm heiß gewesen war, war ihm jetzt kalt. Und seine Kleider rochen nach Duftstoffen. «Ihr solltet die anderen sehen», sagte Nicolaas.

«Dann bis heute nachmittag», sagte Doria. «Gemahlin oder nicht, ich werde jetzt erst einmal schlafen. Man sollte nicht zuviel von sich verlangen.» Er schnickte träge mit dem Zügel und ritt davon.

Nicolaas sah ihm einen Augenblick lang nach. Er murmelte: «Hunger und Tod mögen dich begleiten», und wandte sich um. Von der Florentiner Eskorte hatten nur einige Bewaffnete und natürlich Loppe gewartet. Die Männer hatten sich zumindest außer Hörweite aufgehalten. Loppe freilich würde alles herausgefunden haben, was es herauszufinden gab. Der Afrikaner trat auf ihn zu und fragte: «Wie werdet Ihr ihn töten?»

Er vergaß, was er hatte antworten wollen. «Freundlich», sagte Nicolaas. Er schöpfte mühsam Atem und brachte eine kurze Rede zustande. «Wir müssen heute nachmittag im Meidan sein, in der Arena. Ich habe einige Anweisungen für dich. Bis zum Festspiel will ich niemanden sehen. Es sei denn, ich schicke nach ihm. Vor allem nicht Magister Tobie. Hast du verstanden?»

«Magister Julius kann uns zum Meidan führen», sagte Loppe. «Es ist nur ein Festspiel.»

«Nein», entgegnete Nicolaas. «Nein. Es ist wichtig.»

Loppe schwieg. Loppe wußte wohl gleich ihm, daß man nach Tobie würde schicken müssen. Aber jetzt noch nicht. Noch nicht so bald. Erst wenn er Klarheit über den Weg, der jetzt vor ihm lag, gewonnen hatte, über die Seite des Handelsabenteuers, die ihm keiner verheißen und vor der ihn niemand gewarnt hatte.

Im Namen Gottes und des Gewinns, begann das Hauptbuch immer. Im Namen Gottes und des Gewinns ist natürlich alles erlaubt. Alles. Alles und kyrie eleison. Gott sei uns und unseren Kunden gnädig.

Kapitel 20

«Sumpffieber», sagte Tobie. «Ihr erinnert Euch – er hatte es in den Abruzzen.» Julius war der fünfte, dem er es sagte, seit er Nicolaas versprochen hatte, es keinem zu sagen. Als Arzt folgte Tobias Beventini einem ganz persönlichen Kodex, bei dem die eigene Bequemlichkeit und das allgemeine Wohl und der Nutzen des Patienten eine Rolle spielten, den zu heilen er sich gerade entschlossen hatte. Er war ein ausgezeichneter Arzt.

«Sumpffieber», sagte Julius. «Oben auf einem Berg.»

«Wenn man es einmal gehabt hat, kommt es wieder», sagte Tobie. «Ist es bei der Kirche zurückgekommen und Ihr habt es nicht bemerkt? Oder habt Ihr es sofort festgestellt, als er vom Palast zurückkam? Oder hat er Euch nur gesagt, er habe es?» fragte Julius.

«Ich habe ihn nicht gesehen, als er vom Palast zurückkam», sagte Tobie. «Loppe hat mich vor einer halben Stunde geholt. Es setzt gerade erst ein. Er wird es schaffen.» Er sah Gottschalk an, der ihm gegenüber am Tisch friedlich bei seinem Essen saß und von dem er sich Unterstützung erhoffte. Von Julius, der gedrückter Stimmung war, durfte man keine Hilfe erwarten. In einer Stunde hatten sie sich als Vertreter der Republik Florenz im Meidan einzufinden, wo zu des Kaisers Ostervergnügen Musik, Tanz, wagemutige Schaustellungen und Geschicklichkeitsspiele dargeboten werden sollten. Zu den Teilnehmern gehörten auf besonderen Wunsch die Charetty-Söldner. Von den Amtsträgern des Hauses erwartete man, daß sie mit den Beamten und Magnaten des Landes und den anderen Kolonisten geselligen Verkehr pflegten. Ihr Wortführer würde auf Verlangen mit dem Kaiser und seinem Haushalt Höflichkeiten austauschen müssen. Und dieser Wortführer war Nicolaas, der vom Palast mit einem rasenden Puls und schweißnassen Unterkleidern zurückgekommen war. Tobie widmete sich seinem Essen, während er über einiges nachdachte.

«Wenn das Fieber bei Kaisern zurückkehrt», sinnierte Julius, «wann wird er dann das nächste Mal davon gepackt? Oder von einem rauhen Hals oder einer Erkältung oder Magenschmerzen?»

Tobie zog die Brauen in die Höhe. «Es ist echt», bemerkte er.

«Ich bezweifle es nicht», sagte Julius. «Ich gebe nur auf den Mann acht, der unter Anspannung zusammenbricht.»

«Und ich», sagte Nicolaas von der Tür her, «gehe dem Burschen aus dem Weg, dem die Nerven versagen.»

Tobie beschäftigte sich eifrig mit seinem Teller. Er hörte Nicolaas vorübergehen und spürte einen Schlag auf seiner Schulter.

«Mit Euch rede ich später», sagte Nicolaas. Er setzte sich neben le Grant. «Schön, ich habe gebetet, und ich glaube, ich schaffe es, wenn alle nett zu mir sind. Ihr habt gehört, daß wir unsere Handelsrechte bekommen haben? Ein neuer Fondaco, ein Konsulat und eine Kapelle. Zwei vom Hundert Einfuhrzoll und die Ausfuhren frei von Abgaben. Freies Geleit für alle florentinischen Kaufleute, Schiffe und Handelsgüter, kündbar nur mit sechsmonatiger Frist.

Morgen kommt jemand vom Palast, um einen Teil unserer Seide abzuholen. Ich hatte Loppe zu Euch geschickt, damit Ihr einige Pläne machen konntet. Wie sehen sie aus?» Er wollte nach dem Wein greifen, was ihm einen scharfen Blick von Tobie eintrug, so daß er die Hand wieder zurückzog. Julius antwortete ihm nach einer kurzen Pause. Sein Gesicht war voller Argwohn. Tobie aß weiter, behielt seinen Patienten aber immer im Auge.

Er sah nicht besonders krank aus. Im vergangenen Jahr hatte er aufgehört zu wachsen und war jetzt ein Mann von großer ebenmäßiger Gestalt. Übung zur rechten Zeit hatte die nur schwere körperliche Arbeit gewöhnten Muskeln geformt und hart gemacht. Das Gesicht hatte seine kindhafte Fülle verloren. Der Umriß war geblieben: die breite Stirn, die markanten Wangen mit dem stumpfen Kinn und den vollen Lippen. Backenknochen, die ihren eigenen Schatten warfen und der schmalen, forschenden Nase entsprachen. Es war ein Gesicht, das zu enträtseln man sich nicht mehr sicher sein konnte – falls man es je gewesen war.

Einem Laien, der ihn jetzt beobachtet hätte, wäre wenig mehr aufgefallen als allenfalls ein leicht gerötetes Gesicht und ein besonderer Glanz in den Augen. Der Priester Gottschalk war nicht nur ein ausgebildeter Apotheker mit Kriegserfahrung, sondern hatte Nicolaas auch zuvor schon in diesem Zustand gesehen. Er wandte den Blick vom Patienten zum Arzt und fragte in gedämpftem Ton: «Was habt Ihr ihm gegeben?»

Tobie grinste. «Was er haben wollte. Etwas, das ihn an beiden Enden zustöpselt und bis zum Abend auf den Beinen hält. Und das bringt das Zeug auch zuwege. Danach freilich wird er wünschen, er wäre nie geboren.»

«Er will also zum Meidan gehen?» fragte Gottschalk weiter. «Warum? Hat es etwas mit Catherine, dem Mädchen, zu tun?»

«Das kann ich eigentlich nicht glauben», sagte Tobie. «Sie ist noch immer verrückt nach ihrem Ehemann. Es ist mir ein Rätsel, warum Nicolaas sich nicht in Ruhe hier auskuriert und uns andere Florenz vertreten läßt. Vielleicht glaubt er, Astorre und Julius sei in Dorias Nähe nicht zu trauen. Vielleicht – ich weiß es nicht. Er drückt sich sehr verschwommen darüber aus, was er so lange im Palast getrieben hat. Abgesehen von den Formalitäten und ein paar

Worten mit dem genuesischen Konsul. Wie wir befürchtet hatten, scheint Doria uns zuvorgekommen zu sein und unter Ausnutzung der genuesischen Privilegien rasch seine Fracht verkauft zu haben. Julius war überaus enttäuscht, als ich ihm sagte, das sei alles gewesen, was Doria getan habe. Er hatte mit einem offenen Streit zwischen ihm und Nicolaas gerechnet.»

«Den hatten sie also nicht?» fragte Gottschalk.

«Überrascht?» sagte Tobie. «Ihr wart es schließlich, der Nicolaas von christlicher Nächstenliebe gepredigt hat. Nein. Ich nehme an, Doria hat ihn schon stark herausgefordert, aber Nicolaas ist nicht darauf eingegangen. Darin ist er groß, das weiß ich aus Erfahrung. Er läßt sich eine ganze Zeitlang alles mögliche auf den Buckel laden, aber dann – aufgepaßt!»

«Worauf?» fragte Gottschalk ein wenig zu schnell.

«Aufgepaßt, was er Euch vielleicht in die Suppe gespuckt hat», sagte Tobie. «Aber das war, bevor er Euch als Ratgeber hatte.»

Gottschalk erwiderte nichts darauf. Tobie, der es nicht liebte, wenn man ihn anstarrte, fühlte sich bemüßigt, ein wenig deutlicher zu werden. «Ich achte natürlich den geistlichen Stand, aber bisweilen scheint mir ein schöner, sauberer Dolchstoß einiges für sich zu haben. Oder schlimmstenfalls eine ordentlich eingebrachte Anklage. Irgend etwas könnte man Pagano Doria doch gewiß nachweisen. Das Feuer auf dem Schiff. Diese verdächtige Eheschließung. Oder daß etwas faul ist mit seinen Papieren zum Beispiel, mit seiner Buchführung, mit seinem Besitzanspruch auf die *Doria*.»

Er glaubte, der Priester werde auch darauf nichts erwidern, doch dann sagte Gottschalk: «Nun, gegen einen solchen Schritt sprechen zwei Gründe. Erstens – wer Doria schadet oder ihn in Verruf bringt, zieht sich den Haß dieses Mädchens bis an sein Lebensende zu und tut ihr damit vielleicht noch nicht einmal einen Gefallen. Und zweitens – die Macht, einen solchen Mann zu vernichten, sollte ihm, glaube ich, fürs erste entzogen bleiben. Er ist zu jung.»

«Zu jung?» sagte Tobie.

«Mir ist klar, daß Ihr etwas wißt, was ich nicht weiß. Aber aus den Fehlern des Jungen entwickelt sich der Mann von gesundem Menschenverstand und Demut. Vorausgesetzt, er wiederholt sie nicht.»

Also hatte sich Nicolaas Gottschalk nicht anvertraut, und der Priester hatte es endlich für angebracht gehalten, dies zuzugeben. Er war ein kluger Mensch. Einige der Dinge, die er gesagt hatte, waren auch Tobie schon durch den Kopf gegangen. Keines hatte etwas mit Recht und Gesetz zu tun. Gottschalk ging es um das menschliche Wesen: um Catherine, um Nicolaas und um den Lauf, den ihrer beider Leben nahm.

Tobie faßte einen Entschluß. Nach dem Festspiel würde er, wenn Julius einverstanden war, Pater Gottschalk in den kleinen Kreis derer einführen, die genau wußten, was die Mißgeschicke des Jungen Nicolaas gewesen waren. Sie brauchten einen weiteren Wachhund. Unter der Aufsicht eines Arztes, eines Priesters und eines Aktuarius würden Nicolaas gewiß endlich Fesseln angelegt sein.

Der Meidan, auf dem das Osterfestspiel stattfand, war ein rechteckiges Gelände. In Ost-West-Richtung verlief es waagerecht, von Süden nach Norden aber fiel es leicht ab. Von seinen Säulengängen aus sah man das Meer. Der Platz lag außerhalb der Stadtmauern. Westlich davon erhoben sich Stadt und Palast. Noch weiter westlich erstreckte sich eine größere ebene Fläche, die als Tzukanisterion diente – hier veranstaltete der Hof seltsame Ballspiele, zu denen ein Mannschaftsaufgebot von Reitern und hölzerne Schläger gehörten. Der einzige andere Ort für Schauspiele war ein kleines Gelände im Süden des Palasts, das für Kamelkämpfe, Schweineschlagen und Ereignisse begrenzterer Art diente wie Enthauptungen, Erwürgen und das Abhacken von Gliedmaßen. Die Generationen von Komnenen, verschanzt in ihrem dunstverschleierten Seeimperium, hatten über den Vertreib ihrer Mußestunden viel nachgedacht.

Der im Osten gelegene Meidan bot sich aus mehreren Gründen für dieses alljährlich stattfindende Festspiel an. Er lag oberhalb des Fremdenviertels und diente gewöhnlich als Marktplatz. Die Straßen, die sich von seinen Galerien zum Meer hinunterwanden, führten an den Quartieren, Stallungen, Lagerhäusern, Kirchen und Einfriedungen der Kaufleute aus dem Westen vorüber. Der Meidan lag schräg oberhalb der venezianischen Residenz und unmittelbar über dem Leoncastello der Genuesen.

Dies war nur von Nutzen, da man mit dem Fest nicht zuletzt die Bürger westlicher Kulturen beeindrucken wollte. Byzanz, einst stolz darauf, sich Rom nennen zu können, sah jetzt auf Rom herab. Andere Potentaten in nähergelegenen Regionen mußten gleichfalls an Glanz und Macht des Kaisers erinnert werden, der die Fackel hochhielt, die Konstantinopel in seiner Schwäche abgegeben hatte. Und jenseits der Ränge, der kissengepolsterten Bänke, der Schranken war das Volk, das sein Fest haben mußte, das Fest, bezahlt von seinem großzügigen Kaiser, den man an diesem Tag des Jahres gottgleich unter ihm sitzen sehen konnte mit seiner Kaiserin und seinen Erben. Sehr viel Geld wurde alljährlich an Ostern für das Meidanfest ausgegeben.

Es war üblich, daß sich alle, für die Plätze vorgesehen waren, zu Fuß einfanden und die kleineren Gassen benutzten, um den Prozessionsweg freizuhalten. Diese steile Straße, ausgelegt mit Matten und duftendem Laub, gesäumt von Einwohnern der Stadt hinter den schimmernden Reihen der Wache, würde die kaiserliche Familie hinaufreiten. Die Familie würde die mit Goldtuch und Frühlingsgirlanden behangenen Rangbrüstungen besetzen, die an der oberen Seite des Meidan lagen. Galerien zur Seite waren für den Haushalt und den Hof des Patriarchen vorgesehen. Darunter, auf Bodenhöhe, waren für die fremden Kaufleute, die griechischen Prinzen und die Geistlichkeit gepolsterte Bankreihen aufgestellt worden.

Zeremonienmeister mit Stäben begrüßten die einzelnen Gruppen und führten sie zu ihren Plätzen. Tobie hatte darauf geachtet, daß er samt seinem mit Arzneien vollgestopften jungen Mann und den Genossen eher spät, aber doch noch einige Zeit vor dem Einzug des Kaisers eintraf. Loppe, der vorausgeschickt worden war, um ihr halbes Dutzend Plätze ausfindig zu machen, stand hochaufgerichtet neben der florentinischen Fahne, ohne irgendeinen Ausdruck auf dem angenehmen schwarzen Gesicht, was bei ihm stets ein Zeichen von Zufriedenheit war. Sein Blick war auf Nicolaas gerichtet.

Er trug den Rock des Kaisers und einen Federhut und in der Hand bestickte Handschuhe. Diese waren Teil der Ausstattung, die zu ihren ersten Einkäufen gehört hatte. Gottschalk und Julius, obschon in das Schwarz ihres Amtes gekleidet, trugen Roben von feinerem Schnitt und aus besserem Tuch als irgendwelche anderen, die sie je zuvor besessen hatten. Tobie schwitzte im Scharlachrot des Arztes, und Astorre und le Grant trugen rotbraunen Samt über graubraunen Seidenwämsern. Eine Geldanlage, hatte Nicolaas gesagt. Ein Schneider war gekommen, der die Kleider zugeschnitten und in seiner Werkstatt genäht hatte. Wie Tobie argwöhnte, war Prinzessin Violante daran schuld, daß sie so rasch einen großen Teil ihres Kapitals ausgaben. Er wollte sich über den Kahlkopf fahren, wurde aber daran durch seine Kappe mit ihren Lappen gehindert. Er vergewisserte sich, daß Nicolaas nicht nur bei Bewußtsein war, sondern auch redete, und blickte sich nach den anderen Gruppen von Kaufleuten um.

Sie befanden sich gleich ihnen allen auf der oberen Seite des Meidan, im Schatten der kaiserlichen Tribüne. Zu seiner Linken zeigte der Löwe von St. Markus den Platz des venezianischen Statthalters an, den Nicolaas, wie Julius sagte, vor zwei Tagen aufgesucht hatte. Noch ein Stück weiter links hob das rote Kreuz von St. Georg die Genuesen heraus. Tobie konnte aber nur ein Gewirr von Kopfbedeckungen erkennen. Er fragte Loppe, der gemäß seiner Anweisung hinter ihnen stand: «Kannst du Doria sehen? Oder die Tochter der Demoiselle?»

Nicolaas sagte: «Ich habe ihn schon gefragt. Er sagte, sie seien beide hier. Und der Hund.»

«Was für ein Hund?» wollte Tobie wissen, aber Nicolaas sprach über le Grant hinweg mit Astorre. Gottschalk schien mißbilligend zu blicken. Zum Teufel mit Gottschalk. Aus der Ferne drangen Stimmen herüber, und er wandte den Kopf.

Der Himmel klarte sich auf. Ein verschwommenes Licht im Westen erhellte die Arena und die Gebäude dahinter, deren Dächer in Stufen abfielen, betüpfelt mit dem Grün von Kletterpflanzen, eingetopften Lorbeerbüschen und Rosmarinbeeten und dem Weiß flatternder Wäschestücke. Jenseits der Dächer erstreckte sich das Meer graublau bis zum Horizont.

Jetzt wurden die Stimmen lauter. Es waren Hochrufe. Und nun waren auch die Geräusche von marschierenden Füßen, Hufen, Trompeten, von Becken, Trommeln und tragbaren Orgeln mit dem Auf und Ab ihres blechernen Schnarrens zu hören. Der Seewind, vermischt mit dem Beigeschmack von Salz und Fisch, Schweiß, Unrat und Holzrauch, brachte plötzlich den Geruch von Pferden, den Duft von Kräutern und das eigenartige, schrille Aroma von Opopanax mit sich. Da tauchte zwischen den Gebäuden auf der unteren Seite des Meidan die Spitze des Zuges auf und hielt auf den säulengeschmückten Eingang des Bauwerks zu, auf die Loge des Kaisers.

Die Ikone wurde vorangetragen. Dahinter kamen wie in Konstantinopel, der Allglücklichen Stadt, die Ältesten in rotem Brokat, gefolgt von den jungen Männern in Weiß und dann von schlanken Jünglingen in grünen Überwürfen und Strumpfschuhen. Sie schritten aufrecht und schnell dahin, durch das Tor hindurch und dann den Gang zwischen den Bänken der Kaufleute hinauf. Einer der Knaben wandte sein edles Profil, zeigte bei Nicolaas' Anblick ein Lächeln und wäre beinahe stehengeblieben. Er hatte kurzgelocktes, klassisch blondes Haar, und Tobie hatte ihn schon irgendwo gesehen. «Wer ist das?» fragte er.

Nicolaas wandte den Kopf. «Er heißt Alexios.»

«Sie heißen alle Alexios», meinte Tobie.

«Das scheint nur so», sagte Nicolaas. «Jedenfalls duften sie alle anders.»

Das ergab zwar keinen rechten Sinn, doch mit dergleichen war zu rechnen gewesen. Jedenfalls waren hier die Diener mit ihren goldenen Beilen, die Eunuchen in Weiß, die jungen Leute von der Wache mit ihren Brustharnischen und Schilden und goldüberzogenen Speeren. Dann die Prinzen, in Goldtuch gewandet, die Oberhäupter alle mit einem goldenen Stab. Andere schwangen goldene Weihrauchfässer. Dann die Pagen. Dann der Kaiser, auf seinem mit Scharlach und Gold herausgeputzten Pferd, mit der Kaiserin und ihrem ganzen Gefolge.

Der Statthalter Gottes auf Erden trug noch seine hohe goldene Krone, aber eine andere lange Robe aus Goldtuch, durchwirkt mit Juwelen und bestickt mit Platten und Bändern von Goldschmiedearbeit, besetzt mit Bildern und Edelsteinen. Die Sonne, die in diesem Augenblick ihre letzten Schleier ablegte, ließ ihn plötzlich als blendendes Kunstwerk erstrahlen, und das Goldgespinst seines Barts leuchtete ebenso hell wie sein Gewand. Nur sein Gesicht, rosa gepudert, halb streng, halb ins Leere lächelnd, war das eines Menschen. Hinter ihm wandte die Kaiserin ihr schönes, leicht gefärbtes

Gesicht von einer Seite zur anderen, um die Blicke auf sich zu ziehen, doch nicht um auf Blicke zu antworten. Sie gab nicht zu erkennen, ob sie das florentinische oder das genuesische Banner sah, sondern ritt erhaben weiter. Von den Damen, die ihr zu Fuß folgten, nahm auch Violante von Naxos weder die florentinische Fahne noch ihren Schüler zur Kenntnis. Was auch, so dachte Tobie, ganz gut war. Er hatte sich schon um genug zu kümmern.

Dann begab sich der kaiserliche Zug zu den Rangbrüstungen und nahm Platz. Die Trompeten erklangen, der Patriarch segnete die Veranstaltung, und ein Zeremonienmeister trat auf den Platz und hielt eine lange, sorgfältig ausgearbeitete Rede, für die der Kaiser dankte, und die Menge wiederholte im Singsang *O Gott, schütze den Kaiser, schütze die Stadtväter, schütze die im Purpur geborenen Kinder. Mutter Gottes, möge das Reich sich erfüllen mit Freude...* Darauf hob Seine kaiserliche Majestät die Hand, und die Spiele begannen.

Tobie, ein Zyniker, hatte sich lange kein Spektakel mehr bis zum Ende ansehen müssen. Sein Onkel, Arzt an herzöglichen Höfen, wohnte solchen Schaustellungen ganz selbstverständlich bei. Sein Onkel nahm Possenreißer als gegeben hin, Gaukler, Feuerschlucker und Leute, die Schubkarren mit hübschen Mädchen darin über Hochseile schoben. Tobie hatte sich solche Dinge als Student angesehen, aber seither kaum noch. Es war lange her, seit er kindliche Akrobaten gesehen hatte. Die Knaben und Mädchen, nur mit Flitterplättchen bekleidet, steckten ihre Köpfe durch die Beine, gingen auf den Händen und rollten sich zu Reifen zusammen und kugelten durch die Arena.

Dicke Männer mit hohen Backenknochen stellten sich Arm in Arm auf und bildeten den Sockel einer Pyramide, die über das Hochseil hinausragte, und warfen sich dann einander Knaben und Mädchen zu. Männer in Tierfellen und Masken vollführten schreckliche Späße mit Schweinsblasen und den Genitalien von Ochsen und Ziegenböcken. Blumengeschmückte Kinder in weißen Kleidern tanzten Reigen und sangen. Landleute führten Stampftänze vor zum Gewimmer von Dudelsäcken, und eine Reihe tscherkessischer Mädchen schwebte zu Musikbegleitung hin und her und bildete, auf griechische Art die Arme verschränkend, zu Trommelklängen eine Kette. Zwei Ringer, eingeölt und in ledernen Hosen, kämpften miteinander, bis der eine tot war und der Kaiser sich, während der Tote hinausgeschleift wurde, erhob zum Zeichen, daß eine Pause eintreten sollte, da auch Kaiser essen und Wasser lassen mußten.

Ein Maultier mit Bändern um den Hals zog einen Karren mit Pökelfisch herein, und zwei Jungen, die nebenher liefen, warfen den Fisch handvollweise unter die Menge hinter den Schranken. Der Karren fuhr nur die Nordseite des Meidan entlang, da jeder wußte, daß die Kaufleute und Prinzen selbst für ihre Vesper sorgten. Und Loppe, der sich endlich bewegte, hatte auch schon einen Korb hervorgeholt und vor der Bank auf den Boden gestellt – Fladen, Huhn, gekochte Bohnen, Fruchtpaste, Haselnüsse. Auch Weinflaschen lagen darin und sechs schöne Metallbecher. Als letztes reichte er Tobie eine Flasche, die reines Wasser enthielt. Er blickte den Arzt fragend an.

Nicolaas unterhielt sich wieder mit Astorre. Tobie legte ihm die Hand auf die Schulter und drehte ihn zu sich herum. «Ich glaube, das genügt, meint Ihr nicht? Geht jetzt unauffällig, solange der Kaiser fort ist.»

Nicolaas' Stimme war nichts anzumerken. Äußerlich wirkte er inzwischen recht lebhaft. Sein Haar war feucht vor Schweiß und hatte sich gelockt. Er sagte: «Drängt mich nicht. Astorre würde es mir nie verzeihen. Sie geben nachher eine Schießvorführung.»

Das wußte Tobie. Höhere Eingebung hatte ihm auch gesagt, daß die Vorführung nach der Pause kommen würde und nicht davor. Er sagte: «Astorre ist kein Dummkopf. Er weiß, was Fieber ist. Die Genuesen sind weit weg. Julius wird keine Dummheiten machen. Wenn wir anderen alle bleiben, wird der Kaiser es nicht einmal bemerken. Ihr seid gekommen, Ihr seid gesehen worden. Worauf wartet Ihr noch?»

«Daß es mich überwältigt», sagte Nicolaas. «Man stiehlt Euch Euer Huhn.» Tobie sah ihn an und blickte dann vor sich zu Boden. Tatsächlich, ein Terrier hatte die Schnauze in ihren Korb gesteckt. Er trug ein goldenes Halsband. Tobie zog ihn daran hoch. «Willequin», sagte Nicolaas: Der kleine Hund baumelte in der Luft und würgte erbost.

«Willequin!» sagte ein Mädchen in scharfem Ton. Tobie wußte, wer es war, noch ehe er sich umdrehte. Catherine de Charetty, gekleidet wie eine Kurtisane. Oder nein. Das stimmte nicht ganz. Aber ihr hübsches, rötlichbraunes Haar hing ihr in Ringellocken über die Wangen, und ihre Ohrringe baumelten auf Schultern, die nackt genug waren, um Tobie in seinem dicken Zinnoberrot einen Augenblick lang neidisch zu stimmen. Ihr Kleid war aus Seide, und ihr Gesicht war hübsch geschminkt. Sie ergriff den Hund. «Ihr hättet ihn töten können! Davon wird meine Mutter zu hören bekommen.»

Nicolaas wandte sich um. «Wenn du willst, schreibe ich es ihr», sagte er. «Ich habe noch einen Brief zu beantworten.»

Doria stand jetzt hinter ihr. Auch er trug sein Ehrenkleid und dazu die Kette. Er sagte: «Wenn Willequin nichts geschehen ist, dann nimm ihn mit zu deinem Platz, Liebes. Du kannst später mit deinem Stiefvater reden.»

Jetzt hatten sie sich alle umgewandt: Julius innerlich kochend, le Grant bedächtig neugierig, Astorre mit grimmig vorgeschobenem Bart. Gottschalk schien ein wenig beunruhigt zu sein. Catherine sah keinen von ihnen an. Sie musterte nur Nicolaas, während sie den Hund an sich drückte. «Dein Haar ist naß, wie damals, als du das Sumpffieber hattest. Hast du es jetzt wieder?»

Nicolaas sagte: «Ja. Und wenn du es nicht bekommen willst, hältst du dich lieber von mir fern. Wie geht es dir, Catherine?»

Sie wandte sich schon um. «Sprich nicht. Du solltest nicht hier sein. Das ist böse. Du steckst auch Willequin noch an. Ich will dein Fieber nicht haben.»

«Ich eigentlich auch nicht», sagte Nicolaas. «Hast du Willequin zur Kaiserin mitgenommen?»

Sie war schon bei den anderen Bänken angelangt, konnte aber nicht der Versuchung widerstehen, sich umzudrehen und zu antworten. «Hast du mich gesehen? Ich bin vorgestellt worden. Nächste Woche werde ich im Palast empfangen. Die Griechen lieben meinen Hund. Sie nennen ihn Rim-Papa.»

Das war einer der üblichen Schimpfausdrücke der Griechen für die Leute aus dem Westen. Nicolaas sagte, ohne die Stimme zu verändern: «An deiner Stelle würde ich ihn im Haus behalten. Das Fieber geht um. Hübsche Ohrringe hast du da.»

Das hellte ihr Gesicht für einen Augenblick auf. Dann sagte sie: «Du solltest heimgehen», und begab sich verärgert an ihren Platz. Julius hatte sich erhoben und wollte ihr folgen, aber der Priester versperrte ihm den Weg.

Doria hatte den kurzen Vorgang lächelnd beobachtet, ohne sich zu rühren. Dann wandte er sich Nicolaas zu und musterte ihn. Mitgefühl erstrahlte auf seinem Gesicht. «Armer Freund. War der Palast zuviel? Ich habe von Krankheiten gehört, die man sich in Badehäusern zuziehen kann, aber Sumpffieber gehörte nicht dazu. Oder haben Euch Alexios' Künste so sehr geschwächt?»

Er sprach ganz offen, wenn auch auf italienisch. Vielleicht herrschte auch genug Lärm, um Lauscher abzuhalten. Die Menge wurde ungeduldig und begann Sprechchöre anzustimmen, um ihren Kaiser dazu zu bewegen, seine Erquickungspause zu beenden. Es waren byzantinische Schlagworte: «Erhebe dich, kaiserliche Sonne! Erhebe dich! Erscheine!»

«Keine Eurer Huren», sagte Doria, «hatte so recht die Reize von Alexios. Auch kaum mehr als eine oder zwei von meinen, an die ich mich erinnere.»

Die so öffentlich vorgebrachte Andeutung lag Tobie im Magen wie verdorbenes Essen. Astorre zog die Brauen in die Höhe: Na ja, Jungenstreiche. Le Grants Gesicht hatte sich kaum verändert. Aber Gottschalk und Julius standen regungslos da.

Pagano Doria lächelte sie alle an und wandte dann den freundlichen Blick wieder Nicolaas zu. «Ihr habt es ihnen nicht gesagt! Nun, ich habe mich der jungen Catherine gegenüber meines Anthimos auch nicht gerühmt. Aber ich hätte doch gedacht, Freunde, Männer, würden neidisch sein.» Er sah den Priester an. «Es sei denn, Ihr hättet unter dem Siegel der Verschwiegenheit das Vergnügen einer näheren Schilderung gehabt. Ich habe ihn an die großzügige Anpassungsfähigkeit Eurer Anschauungen erinnert. Und tatsächlich, wenn Ihr diesen leibhaftigen Engelsknaben gesehen hättet...»

Der Lärm der Menge war angeschwollen. «Herr! Herr! Von Gott geschützt!»

«Ihr habt einen Brief für mich», sagte Nicolaas. Die fiebrige Röte war aus dem Gesicht gewichen. Er zeigte keinerlei Erregung.

Tobie dachte: Er hat es nicht abgestritten. Dann ist es also zu beweisen. Nicolaas hatte nicht erwartet, daß Doria es ihm vorhalten würde, aber Doria weiß, daß ihm wohl nichts geschehen kann. Keiner kann es sich leisten, der Ehefrau des anderen davon zu erzählen.

Er dachte, wie das sein würde, Marian de Charetty in Brügge einen Brief zu schreiben. *Demoiselle, ich habe Euch mitzuteilen, daß Euer Lehrling und Ehemann mit Badejungen schläft.* Nur daß der Junge, der gerade von Edelsteinen blitzend vorübergeschritten war, der Badejunge keines gewöhnlichen Sterblichen gewesen war. Und Nicolaas? Nicolaas, von dem der Teufel Besitz ergriffen hatte, sprach statt dessen von einem Brief.

Doria sagte: «Einen Brief?» Es hörte sich wie ein Echo an. Er hatte es nicht eilig, Nicolaas in irgendeiner Weise dienlich zu sein. Er genoß den Augenblick.

Nicolaas sprach wieder. Dem wissenden Ohr fiel da und dort das ein wenig nachlässig hervorgebrachte Wort auf, das Tobies Arzneien verriet. «Ihr habt einen Brief von meiner Gemahlin erhalten. Ich wollte ihn in Empfang nehmen.» (Basileus! Oberhaupt der Römer!)

Verstehen dämmerte auf dem angenehmen Gesicht. «Deshalb habt Ihr Euch hierhergeschleppt, fort von Topf und Eimer! Armer Freund. Natürlich sollt Ihr ihn haben.»

Er rührte sich nicht. «Also?» sagte Nicolaas. Hinter ihnen ertönte eine Trompete. Die Menschen erhoben sich. Bejubelt von seinem Volk kehrte der Auserwählte Gottes endlich in seine Loge zurück.

«Ach, wie dumm», sagte Doria. «Ich muß mich an meinen Platz begeben. Ein andermal, wenn Ihr wieder gesund seid?»

Nicolaas stand auf. Becken klirrten, und helle Trompetenklänge erschallten. Entlang der Bankreihen schoben Männer mit den Füßen Körbe beiseite und ergriffen ihre Umhänge, um ordentlich stehen zu können. Es fiel kaum auf, daß Nicolaas die Hand ausgestreckt und Doria am Oberarm gepackt hatte.

Es hätte eine Abschiedsgeste gewesen sein können, nur daß der Griff nicht gelockert wurde und Doria eine Art Schmerzensruf ausstieß. «Laßt mich los, mein junger flämischer Rüpel, oder ich rufe einen Zeremonienmeister herbei.»

«Tut das», sagte Nicolaas, «aber gebt mir zuerst den Brief.» Die schwächer werdende Hand glitt von seinem Arm. Aber drei grimmig dreinschauende Männer vom Hause Charetty versperrten Doria den Weg.

Er blickte sie der Reihe nach an und zog belustigt die Brauen hoch. «Mein lieber Junge, wenn er Euch so viel bedeutet, sollt Ihr Euren kostbaren Brief natürlich haben. Ich hatte ihn als Gewinn bei einem uns beiden genehmen kleinen Spiel gedacht, aber ich sehe, Ihr seid eben nicht in der Lage, Euch darum zu bewerben. Ich werde mich auf Eure Leute verlassen müssen. Sagen wir, mein lieber Niccolino, wenn einer Eurer Leute mir heute einen Dienst erweist, dann bekommt Ihr den Brief auf der Stelle. Wenn nicht, werden wir eine andere Gelegenheit abwarten müssen. Ist das so schrecklich? Er war jetzt schon Monate unterwegs. Jeder, der ihn lesen kann, kennt ihn schon. Darf ich gehen?»

Es war Gottschalk, der voll kalten Abscheus sagte: «Ihr dürft in der Tat», und sich mit seiner kräftigen Gestalt vor Astorre und Julius stellte, die ihm folgen wollten. Doria verneigte sich vom Gang aus und ging. Gerade noch im letzten Augenblick: der Kaiser hatte seine Loge betreten.

Astorre sagte: «Ich muß gehen. Alles in Ordnung?»

«Geht – und viel Glück», sagte Nicolaas. Er machte sich, wie Tobie befriedigt zur Kenntnis nahm, nicht die Mühe, die Frage zu beantworten.

Gottschalk fragte: «Was meint er – einen Dienst erweisen?»

«Ich kann es mir nicht vorstellen», sagte Nicolaas. Er saß wieder und hielt sich die Hand vor das fiebernde Gesicht. Er raffte sich zu einer Anstrengung auf. «Will sagen, ich weiß es nicht. Es ist ein Brief an mich von der Demoiselle. Die genuesischen Kaufleute hatten ihn an sich genommen. Er hat es mir heute morgen gesagt.»

«Im Badehaus», ergänzte Julius.

«Lassen wir das jetzt», sagte Gottschalk. «Sie stellen den Pfahl auf. Das ist für Astorre und das Schießen.»

«Ja», sagte Nicolaas. Zwei gleitende Finger kamen an seiner Nasenwurzel endgültig zur Ruhe. Er ließ die Hand sinken. «Astorre.»

«Nein», sagte Gottschalk. «Astorre und ich hatten ein kurzes Gespräch, ehe er eben zu seinen Männern ging. Pagano Doria wird nichts geschehen.»

«Warum nicht?» fragte Julius.

Niemand antwortete ihm.

KAPITEL 21

BISWEILEN FRAGTE SICH TOBIAS BEVENTINI, wie es Julius jemals in Italien zum Aktuarius hatte bringen können. Zu anderen Zeiten, wenn er sich seine Tatkraft und seinen Unternehmungsgeist vor Augen führte, nahm er es einfach als Tatsache hin, daß Julius dann und wann auch einmal den Kopf verlor. Bei dieser Gelegenheit nun, nachdem er sich erst davon hatte überzeugen lassen, daß es höchst töricht gewesen wäre, den genuesischen Konsul vor den Augen des Basileus und des Volkes von Trapezunt umzubringen, erklärte sich Julius wütend bereit, an seinem Platz sitzen zu bleiben. Das war auch ganz gut, denn der zweite Teil der Festspiele würde gleich beginnen.

Tobie brachte Julius durchaus Verständnis entgegen. Er sah ein, daß zwischen Julius und seinem früheren Lehrling eine besondere Beziehung bestand, in die sonst niemand einbezogen war, außer vielleicht Astorre. Manchmal schlug sich Nicolaas verwirrenderweise auf die Seite seines Aktuarius – wie etwa, als es um Paraskeuas ging. Julius revanchierte sich selten, obschon er sich einmal die Mühe gemacht hatte, Nicolaas vor dem Ertrinken zu retten. Warum? Aus Menschlichkeit? Angeberei? Achtung vor dem Eigentum des Handelshauses? Wahrscheinlich kamen alle drei Dinge zusammen. Julius betrachtete Nicolaas mit verhaltenem Stolz noch immer als seinen Schützling.

Und wie beurteilte Nicolaas dann Julius? Nach außen hin schloß er ihn in die umfassende Zuneigung ein, die er allen entgegenbrachte. Doch unter der Oberfläche schienen verborgene Strömungen zu fließen. Tobie hatte noch keine von ihnen wahrgenommen, aber er war auch nicht Julius. Das vorsichtige, aufreizende Geplänkel, dem Tobie und Nicolaas sich bisweilen hingaben, ging auf Wachsamkeit auf beiden Seiten zurück. Julius gegenüber war Nicolaas nicht so vorsichtig: er kannte ihn zu gut. Tobie sah nicht, wie dies Marian de Charetty einmal erkannt hatte, daß er auf Julius eifersüchtig war.

Tobie saß still auf seiner Bank und bedachte, was er gerade gehört hatte, und versuchte es in das lückenhafte Mosaikbild einzufügen, das er fürs erste von Nicolaas' Innerem gewonnen hatte. Er vermutete, daß Gottschalk das gleiche tat, da Nicolaas heute so günstige Angriffsflächen bot. Selbst ein Mann, der alle seine Kräfte beisammen hatte, würde Mühe haben, sich wegen solcher Fehltritte zu rechtfertigen, wie Doria sie angedeutet hatte, ganz zu schweigen von dem fehlenden Brief, von dem keiner etwas wußte. Um in den Besitz dieses Briefes zu gelangen, war er natürlich hierher zum Festspiel gekommen. Abermals hatte Nicolaas gelogen, als er ihnen diesen Grund nicht nannte.

Das Tor am anderen Ende der Arena hatte sich geöffnet, und Astorre und Thomas waren an der Spitze der Charetty-Söldner hereingekommen, begleitet von den Trompetenbläsern und Trommlern von der Galeere. Sie waren beritten. Die Pferde, türkische Tiere und gleich nach der Ankunft gekauft, waren mit Geschirren geschmückt, die sie aus Flandern mitgebracht hatten. Anstelle von Plattenpanzern trugen die Männer diesmal schöne lederne Waffenröcke unter ärmellosen Gewändern aus blauem Kamelott. Von der Brust hing ihnen ein besticktes Gehenk mit einem langen Köcher voller Pfeile. Jeder Mann trug einen an den Enden hornartig geschwungenen Reiterbogen, und die braunen Gesichter blickten alle ernst, doch zuversichtlich. Trompeter und Trommler stellten sich auf, vier auf jeder Seite, und nachdem die Schwadron angetreten war und sich verneigt hatte, schlugen die Trommeln einen schnellen Takt, und die Reiter trabten los.

Reiten im Verband war etwas, das die meisten Truppen für ihre Dienstherren einübten: Fürsten liebten es, andere Fürsten zu beeindrucken, und es machte sich gut bei Festlichkeiten und Siegesfeiern.

Mit neuen Pferden auf geneigtem Gelände vorgeführt, erforderte es einiges Geschick. Doch das hatte ihnen Astorre beigebracht, der dem Mutterleib im Sattel entsprungen war. Kunstreiten hatte der Kaiser schon gesehen, und dergleichen versuchten sie auch nicht nachzuahmen. Doch als die Reihen sich kreuzten und wiederum kreuzten und jeder am anderen ohne Zögern oder Fehler vorbeikam zum Schwung der Musik, machte die vorgeführte Ordnung doch ebensolchen Eindruck wie das zur Schau gestellte Geschick. Die Zuschauer begannen Beifall zu klatschen, und die Gesichter der Reiter entspannten sich ein wenig. Das war der Anfang.

Teile der Darbietung hatte Tobie schon gesehen. Astorre hatte einiges im letzten Jahr in Italien vorgeführt. Im Schießen, das als nächstes kam, hatte sich Tobie selbst schon versucht. Ziel war ein Vogel oder eine Blase, oben an einem Pfahl angebracht: die Reiter ritten im Kreis, und man schoß aus der gewöhnlichen Haltung heraus und noch einmal, wenn sich der Schütze nach dem Vorüberreiten umgedreht hatte. Die Perser und die Türken hatten das zu einer Kunst entwickelt, und die Krieger, die gegen sie kämpften, hatten es übernommen. Man brauchte ein schnelles Auge und mußte gut reiten können, und es war gefährlich. Auch abgefälschte Pfeile konnten töten. Die Bogenschützen trugen Helme, über den Schultern aber nur Leder.

Es war schon eine sehenswerte Darbietung. Die Instrumente hielten sie im Takt, und als sie zum Schluß immer schneller spielten, blitzten die Reiter beim Ritt um den Pfahl auf wie Fische beim Umschlagen der Gezeiten. Der letzte Wirbel kam, der letzte Pfeil flog zu seinem Ziel, und Astorre reckte triumphierend den steifen linken Arm und den Bart hinauf zum Firmament und schoß einen Pfeil ab, jedoch nicht zum Pfahl hin, sondern in den Himmel der günstig gestimmten Götter.

Herunter kam er nicht unter Göttern, sondern auf der dicht besetzten oberen Seite des Meidan. Stracks wie ein Blitzstrahl Apolls zischte er hinunter zu den Bankreihen, wo die Kaufleute saßen, und landete bei der Flagge von St. Georg. Viele keuchten auf, aber nur einer schrie. Es war die Stimme eines Mannes, und sie war nicht zu erkennen. Der Schrei endete mit einem Röcheln. Wer Astorres Pfeil empfangen hatte, war daran gestorben.

Alle waren aufgesprungen. Nein, nicht alle. Nicolaas blieb neben Tobie regungslos sitzen, starr die neuen Handschuhe auf seinen Knien anblickend. Er fragte: «Wer?»

Julius lächelte und sagte: «Ratet doch.»

Nicolaas sagte: *«Herrgott im Himmel!»* in einem Flüsterton, der so drohend klang wie Geschützfeuer.

Julius zuckte zurück wie damals in Modon, faßte sich dann wieder und fluchte. «Könnt Ihr es Euch nicht denken? Ich habe ihn selbst gesehen, zwei Reihen hinter Doria, selbstgefällig wie ein Priester. Der Seemann. Der verdammte Mörder, der für Doria das Feuer gelegt und sich dann auf die Kogge gerettet hat. Astorre mußte ihn erkennen, als sie sich aufstellten und vor dem Kaiser verneigten. Er hat ihn erkannt und getan, was ich getan haben würde. Was jeder von uns getan haben würde. Bei Gott, er hat ihm den Brand heimgezahlt!»

«Daran hätte ich denken sollen», sagte Nicolaas.

«Wie hättet Ihr das gekonnt?» sagte Gottschalk. «Ihr habt ihn ja nicht gesehen.»

John le Grant wandte den roten Kopf. «Er will damit sagen, er hätte daran denken sollen, daß es das war, was Doria meinte. Der kleine Dienst. Hauptmann Astorre hat Doria den kleinen Dienst erwiesen. Das ist es doch wohl?»

Er hatte ein nüchternes Gesicht mit blauen Augen und sandfarbenen Wimpern und einen Kopf, der jedes Problem behandelte, als wäre es durch reine Mathematik zu lösen. Tobie sagte: «Das *ist* es, Doria hat den Mann nur deshalb hierher mitgebracht. Hätte Astorre ihn nicht getötet, hätte es wahrscheinlich Julius getan.»

«Das will ich hoffen», sagte Julius. «Er und sein Feuer haben uns in Modon drei Mann gekostet.»

«Und jetzt kann er Pagano Doria nie mehr belasten», sagte Tobie. «Aber was ist mit Astorre? Der Narr hat Doria nicht angerührt, aber er hat immerhin vor den Augen des Kaisers einen Genuesen getötet.» Während er noch sprach, sah er, daß in der Kaiserloge eifrige Geschäftigkeit herrschte. Jemand war mit einem Auftrag fortgeschickt worden. Gleichzeitig begann sich die Aufregung auf den genuesischen Bänken zu legen. Männer mit einer Bahre erschienen und kamen näher. Doria selbst war jetzt zu sehen. Einmal drehte er sich um. Unter der schicklich bekümmerten Miene blitzte der Schalk auf.

Nicolaas sagte: «Der Kaiser wünscht den Schutz, den Astorre und seine Leute darstellen. Ebenso Doria. Ich schätze, man wird uns auffordern, eine Entschädigung zu zahlen, und damit ist die Sache aus der Welt geschafft. Und ich bekomme natürlich meinen Brief.»

Natürlich. Sobald die Bahre verschwindet, dachte Tobie, und die Reiter abrücken und die nächste Schaustellung beginnt. Er sah das alles geschehen und Doria tatsächlich aufstehen, um herüberzukommen, doch der kaiserliche Bote langte zuerst bei Nicolaas an. Der florentinische Konsul sollte sich sofort in der Loge des Statthalter Gottes einfinden.

Tobie sah den florentinischen Konsul an, und Nicolaas gab ihm den Blick ein wenig niedergedrückt zurück. Er schien sich mit der Vorladung abgefunden zu haben. Sie konnte ihm, so dachte Tobie, kaum unangenehmer sein als der Tadel, dessen er sich gewärtig sein mußte, wenn sie nachher erst unter sich waren. «Nehmt Gottschalk mit», sagte Tobie. «Dagegen kann er nichts einwenden.»

«Nein», sagte Nicolaas. «Es wird schon gutgehen.» Er stand auf.

«Natürlich wird es gutgehen», sagte Julius. «Euer Freund Alexios wird dabeisein. Ich kann mich erinnern – er ist der Neffe des Kaisers.»

Nicolaas blickte ihn an. Unter seinen Augen war die Haut seit dem Morgen dünner und dunkler geworden. «Paganos Junge war auch wohlgeboren. Cäsars Jungen, Cäsars Geheiß.»

«Der Kaiser hat Euch und Doria die jungen Männer seiner Familie angeboten?»

Zum Glück sprach Julius flämisch, wie dies schon Nicolaas getan hatte. Welcher Sprache er sich auch bediente, es war Blasphemie. Tobie zog den Atem ein, doch Nicolaas antwortete fast ohne Zögern. «Doria hätte gern, daß Ihr das glaubt. Er ging mit dem Jungen davon, bekam aber einen anderen als Ersatz.»

«Und Ihr?» Diese Frage kam von Gottschalk.

«Nicht den Neffen des Kaisers», sagte Nicolaas. «Nein.» Nach der Art, wie sein Blick wanderte, schätzte er ab, wie weit er zu gehen hatte. Der kaiserliche Bote wartete, verärgert über die barbarische Sprache.

«Wen?» fragte Julius.

«Zu wem Alexios mich brachte? Zum Kaiser», sagte Nicolaas. «Das hättet Ihr Euch denken können. Ich erfüllte alle Voraussetzungen. Er zeigte sich höchst bekümmert wegen meines Fiebers, und er wird mir kein bißchen zürnen. Ich sagte ja, ich brauche Gottschalk nicht.»

Tobie beobachtete ihn, wie er die Stufen hinaufstieg. Er bewerkstelligte das recht gut. Kurz darauf sahen sie ihn an der Logenbrüstung erscheinen neben Amiroutzes, der mit ihm zur Ruhebank des Kaisers schritt und sich zurückzog. Das Nicolaas zugewandte Gesicht des Kaisers wirkte lebhafter als sonst, aber ob es Zorn oder Freundlichkeit bewegte, war aus der Entfernung nicht auszumachen. Die Höflichkeit gebot, daß sie einige Aufmerksamkeit dem nächsten Ereignis zuwandten, bei dem Kohlebecken und brennende Holzscheite im Spiel waren. Am Ende der Vorführung gesellte sich Nicolaas wieder zu ihnen. Er wirkte leicht berauscht. Anstatt sich zu setzen, sagte er: «Es ist alles gut. Astorre wird nichts geschehen. Ich habe die Erlaubnis, mich zu entfernen. Geht jemand...»

Die Bank rüttelte unter seiner Hand. Tobie erhob sich und stellte automatisch eine Diagnose. «Ich begleite Euch. Gottschalk?»

Gottschalk sagte: «Wartet – der Brief. Ich hole ihn.» Er machte sich auf den Weg. Nicolaas stand da und sah ihm nach. Tobie fragte: «Ihr habt Straffreiheit für Astorre erlangt? War es schwierig?»

Nicolaas sagte: «Doria kommt selbst. Schwierig? Nein. Es war gerade die Nachricht eingetroffen, daß sich das türkische Heer in Bursa versammelt und der Sultan selbst in Ankara weilt. Der Kaiser braucht Astorre.»

«Die Türken rücken auf Trapezunt vor?» fragte Tobie.

«Ich glaube nicht», sagte Nicolaas. «Aber dem Kaiser ist dennoch wohler, wenn er Astorre hat. Ich nehme an, jetzt bekomme ich wohl den Brief meiner Ehefrau?»

Pagano Doria stand vor ihm, zwischen zwei Zeremonienmeistern. Gottschalk kam näher. Die makellosen Zähne des Genuesen lächelten durch den Cupidobogen der Lippen hindurch. Doria sagte: «Was wollt Ihr hören? Ein Freund bei hellichtem Tag getötet! Wie Ihr seht, hat der Kaiser seine eigene Eskorte geschickt, sollte ich die Hand gegen Euch erheben. Ich würde natürlich nicht im Traum daran denken. Ich habe Euren Brief irgendwo. Ein langweiliger Geselle, Euer Gregorio.»

Eine Pause. Dann sagte Nicolaas: «Gregorio? Der Brief, von dem Ihr spracht, war von Marian de Charetty, meiner Gemahlin.»

Doria klopfte sich mit einem Finger an die Nase. Den Brief, schmutzig und unverschnürt, hielt er zerknittert in der Hand. «Und Ihr habt mir geglaubt? Wie einfältig von Euch, Niccolino. Nein, die liebenden Worte der teuren Marian, solltet Ihr damit gerechnet haben, müssen in andere Hände gefallen sein, falls sie je geschrieben wurden. Der Brief, von dem ich sprach, ist von Eurem Advokaten Gregorio – einige wenige veraltete Neuigkeiten aus Brügge und sehr viele schlecht verschlüsselte Angaben über Marktpreise. Von nur geringem Wert, da er den Brief schon im Januar schrieb.»

Jemand bewegte sich. Tobie sah, daß es Loppe war. Nicolaas selbst stand ganz ruhig da, obschon er sich mit einer Hand an der Bank festhielt. Er sagte: «Dann gebt ihn mir.»

«Gewiß», sagte Doria. «Aber, aber zuvor gibt es da noch eine Neuigkeit... Wartet.» Er strich die zerknitterten Seiten glatt. «Ja. Eine gute Nachricht, die Euch allen Freude bereiten wird. Herr Simon von Kilmirren hat endlich ein eigenes Kind bekommen. Seine neue Gemahlin wurde im Januar entbunden.»

Er blickte rasch auf, bekam aber, wie Tobie sah, von Nicolaas, der gerade mit Loppe sprach, nur das Profil zu sehen. «Ich habe schon aufregendere Neuigkeiten gehört», sagte Tobie. «Brauchen wir den Brief?»

«Ich glaube doch», sagte Gottschalk. «Er hat ein Menschenleben gekostet. Entbunden wovon, falls es von Wichtigkeit ist?»

«Von einem Sohn. Sie haben dem Kind den Namen Henry gegeben. Erbe all dieser Ländereien in Schottland und Frankreich. Die Erbfolge ist gesichert, und der strahlende junge Vater hat einen Jungen, der sein Schwert tragen kann. Armer Nicolaas! Kinderlos mit zwanzig und gezwungen, es weiterhin zu sein, solange es der schönen Marian gelingt, am Leben zu bleiben. Ihr würdet mir leid tun, käme der Umstand nicht so gelegen.»

Nicolaas hatte sich abgewandt und hörte mit scheinbarer Geduld zu. Er sagte: «Danke. Wenn Ihr wieder einen Freund getötet haben wollt, so laßt es einen von uns wissen. Sonst erwischen wir vielleicht den falschen.»

Er nahm den Brief und blickte kurz auf Handschrift und Unterschrift, ehe er ihn in seinen Beutel schob und sich wieder den Stufen zuwandte, ohne weiter auf Doria zu achten. Tobie und Gottschalk folgten ihm. Loppe war schon vorausgegangen und würde für ein Pferd gesorgt haben. Wenn sie sich im Schritt bewegten, würden sie zu ihrem Quartier höchstens zehn Minuten brauchen. Von der Seite gesehen, erweckte Nicolaas nicht den Eindruck eines Erschöpften, aber das täuschte gewiß ebenso wie alles andere an ihm. Ohne Loppes Hilfe hätte er zum Beispiel nicht das Pferd besteigen können, als sie bei ihm anlangten. Beim Reiten dann legte er wiederum die Behutsamkeit eines von starkem Trunk benommenen Menschen an den Tag. Loppe schritt auf der einen Seite vorn neben dem Pferd her, Gottschalk auf der anderen. Tobie folgte hinterdrein.

Da hatte Simon von Kilmirren also ein Kind. Man brauchte nicht weiter darüber zu reden. Gleich ihm wußte Gottschalk, daß Nicolaas in dem Glauben aufgewachsen war, der nicht anerkannte Sohn dieses Schotten namens Simon zu sein. Nun hatte Simon, wie es schien, einen Sohn – willkommen, legitim, anerkannt – von seiner zweiten Ehefrau Katelina. Ein Junge, der alles das erben würde, was Nicolaas als ihm zustehend betrachtet hatte, die Zuneigung seines Vaters eingeschlossen. Ein Rivale, den Nicolaas niemals verdrängen konnte.

Doria wußte ganz offenkundig nicht, was seine so spielerisch mitgeteilte Neuigkeit für Nicolaas bedeutete. Die Beziehung zwischen Simon und Nicolaas war, Gott sei Dank, bis jetzt nur dem engsten Kreis der Familie Charetty bekannt. Doria wußte nur, was Catherine wußte: daß der schottische Herr Simon sich ein Vergnügen daraus gemacht hatte, Nicolaas zu jagen und zu verfolgen. Deshalb hatte er ihn mit Simons neuem glücklichen Umstand aufreizen wollen. Es war ihm gelungen.

Es war ihm besonders gut gelungen. Als sie die Hälfte des Wegs zurückgelegt hatten, sagte Gottschalk plötzlich: «Tobie?»

«Ich weiß», sagte Tobie. «Kümmert Euch beide um ihn. Ich gehe schon voraus und richte alles her. Es sieht schlimmer aus, als es ist.»

317

Er sah Loppes Gesicht. Er sagte: «Er ist so stark wie du. Es gibt nichts, worüber er nicht hinwegkäme.»

Loppes Blick hätte man bei einem Weißen nachdenklich genannt. Er sagte: «Es hat Euch bekümmert – was er vom Kaiser gesagt hat?»

Tobie, der schon davoneilen wollte, hielt inne. «War es wahr?»

«Er und Messer Pagano wurden zum Badehaus geführt. Ja, das ist wahr.»

«Und der Kaiser?» fragte Tobie.

«Der Basileus war da und begierig auf ihn.»

Gottschalks Augen ruhten auf ihm gleich denen Tobies, abwartend.

«Aber er hat ihn nicht bekommen», sagte Loppe. «Ich glaube, Ihr solltet gehen, Magister Tobias.»

Ein eigenartiges Gespräch – bis man darüber nachdachte. Tobie begriff, daß es eine Art Anreiz für den Arzt gewesen war, ohne den der Arzt vielleicht weniger als sein Bestes getan haben mochte. Er bewunderte die Geste, ärgerte sich über die aus ihr zu ziehende Folgerung und glaubte Loppes Worten genauso sehr, wie er ihnen mißtraute.

Die Ereignisse der nächsten Tage gingen an Nicolaas vorbei, der diese Zeit in einer geschäftigen, wenn auch wirren Welt seiner eigenen Schöpfung verbrachte. Er war sehr umgetrieben. Es fanden auch eine Reihe quälender Gespräche zwischen ihm und anderen Leuten statt über Dinge, an die er lieber nicht dachte. Manchmal war die Antwort beruhigend: eine verständige Stimme wies darauf hin, daß es keinen Grund gab, sich mit solchen Dingen zu beschäftigen, und daß es für ihn das beste sei, nur an Schlaf zu denken. Manchmal klang diese Stimme wie die Gottschalks, und manchmal hörte sie sich wie die Loppes oder Tobies an. Ihre Gesichter sah er nie.

Die Gesichter, die er sah, waren nicht dem Schlaf förderlich. Sie kümmerten sich keineswegs um die Schauer, die ihn überliefen, um seine klappernden Zähne, um die Schweißausbrüche und die Krämpfe. Aber er war schließlich an Gleichgültigkeit gewöhnt und zog sie sogar vor. Quälend fand er die Ansprüche, die sie an ihn stellten.

Besonders diese Frau. Unter Würgen und Zittern versuchte er sie abzuschütteln, ihr zu erklären, daß er nichts zu bieten hatte, aber sie hörte nie auf ihn. Manchmal, das braune Haar über der nackten, weißen Haut, drang sie in sein Bett der Übelkeit ein, sein Bett der Schwäche und Teilnahmslosigkeit, und lag dann da und weinte erbärmlich, als hätte er sie verschmäht. Manchmal drehte er sich auf dem Kissen herum und sah sie neben sich liegen, im Gewand einer Matrone, das Haar hinter Samt und Draht verborgen, aber mit dem gleichen Fordern in der greifenden Hand, in den Augen. Immer stellte sie schwierige Fragen. *Wenn du Advokat wärst, würdest du mich dann heiraten?* Nein, sagte er dann. Nein, natürlich nicht. Wie könnte ich das, mit Sumpffieber hier in Trapezunt? Aber sie hörte nie zu, obschon sie redete. *Du kannst durch eine Heirat freier Bürger werden*, sagte sie. Mehrmals.

Der letzte Traum kam, als das Fieber schon stark nachgelassen hatte und er seiner Sinne zum Teil wieder mächtig war. Diesmal war es gewiß Katelina van Borselen, schwanger, wie er sie zuletzt in Brügge gesehen hatte; haßerfüllt, wie er sie zuletzt in Brügge gesehen hatte. Er hielt nach ihrem Sohn Ausschau, und sie sagte: «Ich werde ihn Henry nennen.»

Erleichterung überwältigte ihn, weil es so viel zu sagen gab, wenn sie ihn nur ließ. Er sagte: «Katelina? Ihr werdet es Simon nicht sagen. Aber sagt eines Tages dem Jungen, wer sein Vater ist. Er soll nicht glauben, es sei Simon. Jaak wird ihn schlagen; und Jordan. Katelina? Laßt den Jungen nicht entgelten, was ich Euch angetan habe.»

Ihr Gesicht, voller Zorn, hing über ihm. Voller Verachtung, voller Grauen. Sie streckte einen Finger aus und fuhr die Narbe auf seiner Wange nach, und es stach, als öffnete sie sich wieder. Er sagte: «Laßt Jordan ihn nicht fürs Leben zeichnen. Laßt den Jungen nicht die Bürde tragen.»

Das Gesicht über ihm veränderte sich: nicht im Ausdruck, sondern im Umriß. Statt langen, braunen Haars war da jetzt ein sonnengebräunter, glänzender Schädel. Aus der heftigen Abneigung einer Frau war der Abscheu eines Mannes mit blassen Augen, einer kurzen Nase und schmalen Lippen geworden. Die Hand, die sich von seiner Narbe zurückzog, war die Tobies.

Nicolaas, in die Welt zurückgekehrt, spürte noch den Widerhall seiner eigenen Stimme und blickte zu den unverhängten Bettpfosten seiner Kammer im florentinischen Fondaco von Trapezunt auf. Und neben ihm richtete sich jetzt der kahlköpfige Mann auf, der ihn schon zweimal gepflegt, aber seine Wiedergenesung noch nie mit einem solchen Gesichtsausdruck begrüßt hatte. Am Fenster stand der Priester Gottschalk. Auch sein Gesicht sagte, daß etwas geschehen war.

Und natürlich war etwas geschehen. Er hatte gesprochen aus seinem Traum heraus. Er wußte noch, wie dringlich es gewesen war; er hatte sie dazu bringen müssen...

Er erinnerte sich, worum es in dem Traum gegangen war, und sah, was er getan hatte. Er war zu müde, um sich zu bewegen, aber er hielt die Augen offen und auf Tobie gerichtet. Nur ein Narr, nur ein Schwächling bittet um Mitleid.

Tobie sprach als erster. «Die Narbe habt Ihr von Eurem Großvater?»

Dann sollte es also beginnen. «Ja», sagte Nicolaas. Die Stimme schien ihm zu gehorchen.

«Und er wurde zugrunde gerichtet. Alle Eure Feinde wurden zugrunde gerichtet oder getötet außer Simon. Ihr habt ihn verschont. Wir haben Euch dafür gelobt. *Ihn verschont*!»

Tobies Augen wurden, wenn sie ihren starren Blick bekamen, rund und blaß, und die Pupille schrumpfte in der Mitte zusammen wie bei einem Falken. Nicolaas hielt dem Blick stand, schwieg. Tobie sagte: «Und Simons Erbe Henry ist das Kind seiner Ehefrau von Euch, ohne daß er es weiß?»

«Nein», sagte Nicolaas. Es war nutzlos, aber er sagte es.

«Während er Euch verachtet, wird er unwissentlich Euren Sohn lieben. Euer Sohn wird alles haben, was Ihr wolltet, und seine Gemahlin ist Eure Mätresse.»

«Nein», sagte Nicolaas. Nach einer Pause setzte er hinzu: «Katelina hat ihr Ehegelöbnis gehalten. Wie ich das meine.»

Gottschalks Stimme sprach vom Fenster her. «Der Zeitpunkt, Tobie. Das Kind wurde vor der einen wie der anderen Eheschließung empfangen.»

«Ihr habt dem Mädchen Gewalt angetan?» fragte Tobie. «Wie

seid Ihr Euch überhaupt begegnet, Ihr, ein Lehrling, und sie eine von der Familie van Borselen? Habt Ihr ihr aufgelauert und sie vergewaltigt?»

«Nein. Ja», sagte Nicolaas. Seine aufgerissenen Augen stachen vor Schweiß. Niemand kam mit einem Tuch. Er sagte: «Ich wußte nicht, daß sie und Simon heiraten würden. Wenn Ihr es ihm erzählt... diese Geschichte... wird er sie wahrscheinlich umbringen. Und das Kind.»

«Vielleicht hat sie es ihm inzwischen erzählt», sagte Tobie.

«Offenbar glaubt Nicolaas das nicht», meinte Gottschalk.

«Dann werde ich es tun», sagte Tobie. «Mein Gott, Ihr behauptet, dieser Mann sei Euer Vater? Simon hat gegen Euch gekämpft. Und Ihr habt das jetzt getan. Niemand wußte es, aber das spielte keine Rolle. Und die Kindesmutter, wie denkt sie über Eure Rache? Nun, da Ihr sie für Eure Zwecke gebraucht habt? Da Ihr es ihm übel heimgezahlt habt mit Blutschande in seiner Stammlinie?»

Das Wort war gesprochen. Es ging durch ihn hindurch und traf ihn in jeder Faser seines Körpers. Er hielt die Augen offen und die Lippen geschlossen. «Wenn es Eure Ehefrau nicht auch schon weiß», setzte Tobie hinzu.

«Gemach.» Gottschalks Stimme hatte etwas Schroffes. «Lassen wir uns nicht hinreißen. Ich bin ganz sicher, die Demoiselle weiß nichts davon und wird auch nie etwas davon erfahren. Tobie, über diese Geschichte darf nichts gesagt werden. Das würde nur die Unschuldigen treffen. Das Kind und seine Mutter. Marian de Charetty. Die Familie Borselen. Bedenkt, wie Catherine und ihrer Schwester zumute wäre. Und wie sich Pagano Doria... freuen würde.»

In der Pause zwischen den zwei Worten hatte er seine Meinung zu irgend etwas geändert. Nicolaas erwiderte den harten Blick des Priesters und forschte nach dem Grund. Tobie sagte: «Und das ist die Stimme der Kirche?»

«Es ist die Stimme der Vernunft», sagte Gottschalk. «Nicolaas wird für das, was er getan hat, bezahlen, dessen seid sicher. Inzwischen hat er Simon zu einem glücklichen Menschen gemacht. Eine öffentliche Bestrafung Nicolaas' wäre auch eine Bestrafung Simons. Es handelt sich, wie Ihr zugeben werdet, um eine sehr persönliche Rache. Ich glaube, dabei sollte es bleiben.»

Tobie setzte sich. War er gerade noch vor lauter Zorn ganz bleich gewesen, so rötete sich jetzt sein Gesicht. Er verschränkte die Arme. «Er wird bezahlen? Zehn Vaterunser?»

Nicolaas lag da und beobachtete Gottschalk. Er hatte Gottschalk selbst ernannt, weil er ihn für ebenso scharfsinnig wie besonnen hielt. Ob das töricht gewesen war, würde sich wohl erweisen müssen. Tobie war natürlich von der Demoiselle zum Hausphysikus bestellt worden. Als Simon Nicolaas in Sluys mit dem Dolch traf, hatte Julius ihn vor dem Ertrinken gerettet. Aber Tobie war von der Demoiselle dafür belohnt worden, daß er ihn gesundgepflegt hatte. Julius...

Gottschalk sagte: «Soll ich für seinen Leib sorgen und Ihr für seine Seele?»

«Wie?» Tobie gab sich nicht so leicht geschlagen.

«Nun, seht ihn Euch zunächst einmal an!» sagte Gottschalk. «Und was wäre ihm sonst noch besonders unangenehm? Wir könnten ihn zwingen, etwas zu tun, was ihm äußerst zuwider ist. Wir könnten ihn zwingen, uns den Rest der Wahrheit zu erzählen.»

Es war ein Fehler gewesen. Hol ihn der Teufel. Nicolaas, der glaubte, er sei unfähig gewesen, sich zu bewegen, grub die Faust ins Bettlaken. Gottschalk sah ihn an. Die schwarzen Brauen gingen zu dem wirren schwarzen Haar hinauf. «Wie wäre es zum Beispiel», sagte er, «wenn Ihr Tobie erzähltet, wer hinter Pagano Doria steht?»

Viel zu scharfsinnig, aber schließlich nicht völlig vernichtend. Jetzt drohte ihm die Stimme zu versagen. Beim zweiten Versuch sagte Nicolaas: «Ich hätte es Euch gesagt. Ich habe in Florenz von Gregorio einen Brief erhalten. Eigentümer der *Doria* ist Simon. Er hat Pagano Doria nach Florenz geschickt, um mit uns in Wettbewerb zu treten.»

Der Priester kam ihm zu Hilfe und erzählte die Geschichte weiter. «Und, so ist anzunehmen, um uns zu vernichten. Und vielleicht auch, um das Kind Catherine zu entführen und dafür zu sorgen, daß Nicolaas nie wieder zurückkehrt. Ich war mir nicht sicher, aber ich habe in Porto Pisano Erkundigungen eingezogen, und die Ergebnisse deuteten in diese Richtung. Freilich ist das noch lange keine Entschuldigung für das, was Nicolaas schon getan hatte.»

«*Simon* stand hinter Doria?» Tobie war verblüfft. Doch das würde nichts an seiner Einstellung ändern. Er hatte ihm nie ganz getraut, das wußte Nicolaas. Jetzt hatte er den Zweifel abgeschüttelt, vielleicht nicht ohne Zögern, war aber dennoch durch sein Gewissen gehalten, seiner Pflicht als Arzt nachzukommen. Er wandte sich an Gottschalk: «Wir wissen jetzt, daß Nicolaas lügt und immer lügen wird. Aber Ihr? Warum habt Ihr uns nicht gewarnt?»

«Ich habe darauf gewartet, daß Nicolaas das tut», sagte Gottschalk. «Da wir schon wußten, daß Doria als Feind anzusehen war, bedeutete sein Schweigen keine weitere Gefahr für uns. Aber es hat wieder einmal seinen Hang zur Heimlichtuerei bewiesen. Mir war damals nicht bewußt, daß er damit bereits Mißbrauch getrieben hatte.»

Dann hatten sie Gottschalk also alles erzählt. Oder doch alles, was sie wußten. Er lag da und sann darüber nach. In Brügge hatte man ihm vorgeworfen, mit Arglist jeden zu vernichten, der ihm in den Weg trat, Verwandte eingeschlossen. Zu seinen Gunsten hatte natürlich gesprochen, daß er Simon bei allem, was ihm von diesem zugefügt worden war, nie ein Leid angetan hatte. Zumindest hatten sie das geglaubt, bis jetzt. Und jetzt wußten sie natürlich, daß er Simon insgeheim einen Bastard untergeschoben hatte: einen unehelichen Sohn, einen Sohn der Blutschande.

Tobie und der Priester redeten weiter, doch ohne sich an ihn zu wenden. Alle seine Sünden, auch die der Unterlassung, wurden zweifellos gründlich unter die Lupe genommen. Er hatte natürlich versprochen, ihnen nichts zu verschweigen, und er hatte dieses Versprechen nicht gehalten. Auch dafür würde er bezahlen müssen. Sie traten ans Fenster, während ihre Stimmen sich hoben und senkten. Seine Augen schlossen sich. Die Wände und die Decke schwankten schwindelerregend, und er geriet in Atemnot. Da sagte Tobies Stimme ganz in seiner Nähe: «Nein, er ist wach», und Finger schlossen sich um sein Handgelenk. Er zog die Hand fort.

Es waren noch immer Tobie und Gottschalk, die zu ihm hinunterblickten, ihm aber irgendwie anders erschienen. Da sah er, daß sich das Licht verändert hatte. Vielleicht hatte er geschlafen, ohne es zu merken. Gottschalk sagte: «Euer Magister der Medizin ist mit mir der Meinung, daß genug geredet wurde. Aber dies sollt Ihr wissen: wir finden, daß die Herkunft von Katelina van Borselens Sohn geheim bleiben sollte, solange sie dies wünscht. Tobie und ich werden es niemandem sagen. Wenn sie jedoch stirbt, behalten wir uns das Recht vor, die Betroffenen so zu schützen, wie wir es für angebracht halten. Ehe wir etwas tun, werden wir Euch verständigen. Mehr können wir nicht versprechen.»

Was hat das mit Euch zu tun? dachte Nicolaas, aber er sagte nur: «Nicht Julius.»

«Einverstanden», sagte Gottschalk. «Je weniger, desto besser. Andererseits muß er wissen, wer Pagano Doria bezahlt, und das müssen auch die anderen wissen. Ihr habt uns diese Nachricht vorenthalten und damit gegen eine von Eurer Ehefrau zu Eurem Schutz getroffene Vereinbarung verstoßen. Sie muß neu gefaßt werden.»

«Das wird Euch Spaß machen», sagte Nicolaas. Julius gewiß auch, dachte er.

Einen Augenblick lang glaubte er auf Gottschalks Gesicht den Ausdruck zu sehen, den er an Tobie bemerkt hatte. Abscheu? Vielleicht Enttäuschung. Ganz gewiß Härte. Gottschalk sagte: «Wir können Euch nicht trauen, aber wir können Euch auch nicht absetzen. Ihr bleibt nach außen hin unser Wortführer, aber Ihr gebt Julius Eure Bücher mit dem Geheimschlüssel. Ihr trefft keine Entscheidung mehr allein, geht nirgendwo mehr allein hin und besprecht nichts, ohne daß einer von uns dabei zugegen ist.»

Er hatte mit nicht weniger gerechnet. Seine Lippen sprangen auf, als er sie öffnete. «Auch nicht mit dem Kaiser?»

Es trat ein kurzes Schweigen ein. Dann sagte (natürlich) Tobie: «Ihr könntet es uns ruhig erzählen. Ist das wahr? Mit Euch und Doria?»

«Nicht ganz», sagte Nicolaas. Es war wie das Ende einer Tracht Prügel: man ging leicht benommen davon und machte alle zornig. Später würde er sich, so gut er konnte, jedes einzelne Wort dieser Tortur ins Gedächtnis zurückrufen müssen, es abwägen und die Folgerungen bedenken. Später würde er über die Fesseln nachdenken, die ihm angelegt worden waren, über die Einschränkung seiner Freiheit.

Vorerst hatte er einmal das Schlimmste überstanden und wenigstens, so glaubte er, keine dummen Fehler begangen. Er sagte:

«Der Kaiser hat seine Wünsche recht deutlich gemacht. Aber das war alles.»

«Ist nichts geschehen?» fragte Tobie.

«Oh, recht viel ist geschehen», sagte Nicolaas. «Ich glaube... dort drüben.»

Er sah, wie Tobie die Stirn runzelte und widerwillig zu dem rotsamtenen Behältnis hinüberging. Er hatte ein drittes Manuskript auf die beiden anderen gelegt. Tobie nahm es in Augenschein. Der Ausdruck auf seinem Gesicht, als er sich aufrichtete, war erfreulich. Er sagte: «Wißt Ihr, was das ist?»

Da er es für Tobie ausgewählt hatte, war er froh, daß er es erkannte. Die Abhandlung, geschrieben von dem Arzt Zacharius für einen Komnenenkaiser in Byzanz, war dreihundert Jahre alt. Sie war noch immer das beste Werk ihrer Art – das hatte man ihm zumindest versichert. *Das Buch des Zacharias über das Auge, genannt das Geheimnis der Geheimnisse.*

Nicolaas sagte: «Das Geschenk des Kaisers. Doria sagte, es sei kein Silber mehr da. Das stimmt. Aber es gibt Manuskripte, und sie sind bereit, damit zu handeln.»

«Besorgt sie», sagte Tobie.

«Soviel ich kann», sagte Nicolaas. «Von einigen werden Abschriften angefertigt. Sagt es Doria nicht.»

Auch Gottschalk war zu dem Behältnis gegangen und davor niedergekniet. Er sagte: «Ihr braucht keine andere Ware – diese genügt. In Frankreich bringt ein Manuskript fünfhundert Ecus ein.»

«Ich weiß. Aber trotzdem – die Kamelkarawanen könnten auch durchkommen, wenn wir ihnen helfen.»

Sie blickten ihn an. Sie hielten es wohl für verrückt, daß er von Geschäften redete. Nicolaas sagte: «Wenn Ihr die Bücher für mich beibrächtet, könnte ich Euch verlassen. Die Karawanen suchen und sie schnell herführen. Ich wäre Euch aus dem Weg und Doria auch.»

«Doria?» sagte Tobie. Sie hatten nicht mehr an ihn gedacht.

«Er ist mit Catherine de Charetty verheiratet», sagte Nicolaas. «Er wird mich aus dem Weg schaffen, sobald er glaubt, wir seien reich genug. An Brügge kann er nicht heran. Catherines Mutter kann er nichts tun. Aber er könnte in ihrem Namen die Niederlassung hier übernehmen und alle ihre Gewinne einheimsen, ehe er gerichtlich daran gehindert werden könnte. Ihr müßt mich am Leben erhalten. Ihr müßt so tun, als wäre ich weiterhin der erste Mann des Handelshauses. Denn sobald ich tot oder abgesetzt bin, fallt Ihr Doria anheim.»

Diesmal folgte ein langes Schweigen, und nur Gottschalk brach es schließlich. «Ist das möglich? Habt Ihr alles geplant, was geschehen ist? Lag es in Eurer Absicht, uns in alles, was Ihr getan habt, hineinzuziehen, da Ihr Euch durch die von Doria ausgehende Drohung geschützt wußtet?»

Sie starrten ihn an, als erwarteten sie eine Antwort von ihm. Schließlich sagte er: «Das schwerste Stück Arbeit war das Vortäuschen des Fiebers.» Da gingen sie.

Loppe, der ihn mit dem Schwamm abrieb, fragte: «Habt Ihr bekommen, was Ihr wolltet?»

«Ja», sagte Nicolaas. «Ich bin noch am Leben.»

«Ihr werdet sterben, wenn Ihr nicht ruhiger werdet», sagte Loppe. «Ihr werdet sterben, ehe Ihr noch dreißig seid.»

«Zwanzig», meinte Nicolaas. «Sie pflegte zwanzig zu sagen. Nein, das werde ich nicht. Ich bin so stark wie du.»

Der Schwamm wurde trocken und warm von seinem Körper zurückgezogen. Nach einer Weile tauchte Loppe ihn wieder ins Wasser und fragte: «Was habt Ihr sonst gehört?»

«Ich habe dich sehr überzeugend lügen hören. Ich danke dir.»

«Aber müßt Ihr damit weitermachen?»

«Jason hat es auch getan», sagte Nicolaas. Er hörte Loppe verächtlich schnauben und hätte beinahe gelächelt. «Wo sind wir hingekommen? Ich habe meinen Samen gesät und einen Kampf geerntet.»

Der Schwamm hielt inne. «*Wollt* Ihr überhaupt gesund werden?»

Nicolaas schlug die Augen auf. Loppe machte ein zorniges Gesicht und sagte: «Ich glaube, Ihr traut nicht einmal mir.»

Die Kammer verblaßte und kam zögernd wieder zurück. Vielleicht würde er sterben, bevor er dreißig war. Selbst in den Abruzzen hatte er sich nicht so elend gefühlt. Nicolaas sagte: «Was willst du noch mehr? Niemand gibt alle Geheimnisse preis, Dienstboten am allerwenigsten.»

Loppe sagte: «Ich traue Euch.» Seine Augen, tiefstes Dunkel, umgeben von klarstem Weiß, blickten so ernst wie die Gottschalks.

«Tu's nicht», sagte Nicolaas.

Kapitel 22

Weit fort von den Stürmen, die er unwissentlich ausgelöst hatte, sah Advokat Gregorio endlich den Tag herannahen, an dem er dem schottischen Herrn Simon von Kilmirren gegenübertreten und ihm seine Verbrechen an Nicolaas und Catherine de Charetty vorhalten konnte. Es sprach Gregorios Gefühl für Symmetrie an, daß er und Simon ihre Begegnung, wie sie auch ausgehen mochte, jener erlesensten aller Ritterschaften, dem Orden vom Goldenen Vlies, verdanken würden.

Er hatte natürlich nicht den Brief vergessen, den er im Januar in den Osten abgesandt hatte. Er wußte, welche Berichte im April in Trapezunt eintreffen würden, ob sie Nicolaas nun noch lebend erreichten oder nicht. Er war sich der Beziehung zwischen Simon und Nicolaas bewußt. Daß es auch eine Beziehung zwischen Nicolaas und dem Mädchen geben könnte, das Simon geehelicht hatte, kam ihm freilich nicht in den Sinn.

Er hatte alles gründlich bedacht, ehe er Nicolaas schrieb, daß sein Rivale Pagano Doria ein Handlanger Simons war. Er hatte kaum gewußt, wie er den Schlag abmildern sollte, als er sich danach gezwungen sah, von der Entführung Catherines durch ebendiesen Doria zu berichten, obschon einiges dafür sprach, daß Nicolaas dies inzwischen selbst herausgefunden hatte. Er konnte sich vorstellen, wie dies einen jungen Mann wie Nicolaas treffen mochte, nicht aber, was dieser daraufhin zu tun sich bemüßigt fühlen würde.

Im Vergleich zu alledem war die Geburt von Simons Sohn ein Ereignis von minderer Bedeutung, aber er hatte sich wiederum Mühe gemacht mit der Art, wie er es Nicolaas mitteilte, denn die Ankunft eines ihn verdrängenden Erben war kaum eine gute Nachricht. Andererseits mochte ein eigenes Kind Simon endlich von seinem Streit mit dem Sohn seiner ersten Gemahlin abbringen. Und Nicolaas ging unter diesen Umständen vielleicht seinem eigenen Leben nach und war so vernünftig, Simon in Ruhe zu lassen, wenn er sich erst mit Pagano Doria auseinandergesetzt hatte. Und wenn erst Simon, den man jetzt von einem Tag auf den anderen in Brügge erwartete, durch Gregorio von Asti davon unterrichtet worden war, daß er, Gregorio, ihn vor Gericht bringen würde, wenn er nicht angemessene Wiedergutmachung leistete und dafür sorgte, daß die Verfolgung aufhörte.

Das Zehnte Kapitel des Ordens vom Goldenen Vlies war für den zweiten Tag des Monats Mai nach St. Omer im Artois einberufen worden, gut erreichbar für die französischen wie die burgundischen Ritter. Herzog Philipp, Oberhaupt und Gründer des Ordens, verlegte seinen Hof einen Monat vorher von Brüssel nach Westen und verbrachte das Osterfest in Brügge und Gent. Die Ankunft Hunderter von Höflingen und Dienstboten im Prinzenhof von Brügge war das Gegenstück zum Eintreffen der flandrischen Galeeren. Auf den Straßen herrschte dichtes Gedränge, und jeder arbeitete ohne zu klagen von morgens bis abends, weil guter Gewinn winkte. Gregorio, ohnehin schon knapp an Helfern, konnte kaum alle seine Kunden bedienen. Erst als der Herr von Flandern und Burgund seine gute Stadt Brügge verlassen hatte, holte Gregorio Atem und schickte einen Schreiber aus, der sich erkundigen sollte, wann die Familie van Borselen in die Silverstraat kam.

«Sie waren schon da», sagte der Mann, als er zurückkam. «Das heißt, sie sind von Veere aus durch Brügge gekommen und gleich weitergereist. Herr Franck und Herr Henry von Veere. Und Herr Wolfaert und seine Gemahlin, die Prinzessin, und ihr Sohn. Und Herr Florenz und seine Gemahlin und ihre Tochter Katelina mit ihrem Gemahl, dem Schotten Simon.»

Der Schreiber war neu, deshalb hatte Gregorio ihn geschickt. «Und sie haben Brügge alle zusammen verlassen?» fragte Gregorio.

«Nachdem sie Herrn de Gruuthuse aufgesucht hatten. Sie sind alle mit ihm und seinen Leuten ins Artois gereist.»

Nachdem der Schreiber gegangen war, räumte er sein Schreibpult auf und dachte nach. Das hätte er sich ausrechnen können. Louis de Gruuthuse hatte eine van Borselen geheiratet und stand zur Zeit hoch in herzoglicher Gunst. Aus mehreren Gründen mochte es ihm ratsam erschienen sein, in St. Omer ein Anwesen zu mieten, das einer Familie mit Verbindungen zu Fürstenhäusern würdig war. Und dorthin würden Simon und Katelina die Gruppe begleiten. Er konnte sich ihnen schwerlich auf der Straße nähern. Er konnte außerdem das Geschäft nicht von einer Stunde auf die andere verlassen, so tüchtig auch sein Stellvertreter war. Er hatte seit dem Morgen Anlaß, Anselm Adorne aufzusuchen. Dies tat er nun.

Ein Kanal zog sich am Hotel Jerusalem vorbei, dem anmutigen, mit seiner eigenen Kirche verbundenen Gebäude, das sich die Adornes im östlichen Stadtviertel hatten errichten lassen. Er nahm eines der Boote des Handelshauses und schickte einen Diener voraus, um seinen Besuch anzukündigen. Adornes Haushofmeister kam sogleich zur Seitentür und hieß ihn willkommen. Seit Marian de Charettys Abreise hatte Gregorio mit Anselm Adorne, der Tilde, das einzige ihr noch verbliebene Kind, bei sich aufgenommen hatte, ein, zwei wohlüberlegte Unterredungen gehabt und sich davon überzeugt, daß das Mädchen hier gut aufgehoben und jedenfalls nicht unglücklich war. Vorsicht war angebracht gewesen, weil Anselm Adorne, wohnte seine Familie auch schon seit langer Zeit in Brüssel, der Herkunft nach so genuesisch war wie die Dorias – ein Paul Doria war sogar der Pate von Adornes ältestem Sohn.

Aus Freundschaft und Pietät hatte Anselm Adorne letztes Jahr die unerwartete Hochzeit von Nicolaas und Marian de Charetty gutgeheißen, die hier in dieser Kirche stattgefunden hatte. Der Gewinn war natürlich nicht ausgeblieben. Aber es gab damals keinen Zweifel daran, daß weder Adorne noch seine Ehefrau die von Marians Kindern so verabscheute Verbindung wirklich begrüßt hatten. Tilde, damals dreizehn, hatte Nicolaas dafür gehaßt und haßte ihn vielleicht noch immer. Ihre Abneigung schien die Adornes auszunehmen – vielleicht weil auch sie ihre Vorbehalte spürte. Doch wenn das Gespräch auf Nicolaas kam, war Anselm Adorne stets nachsichtig und ließ Bewunderung und sogar Zuneigung erkennen, wo Gregorio selbst zu Kritik neigen mochte.

Tilde, jetzt eine magere Vierzehnjährige, erwähnte ihren Stiefvater Nicolaas nie. Im letzten Jahr war sie ihrem verstorbenen Bruder ähnlich geworden. Das Haar fiel ihr dunkelbraun und glatt vom gepolsterten Kopfreif auf die Schultern und hatte nichts von dem rötlichen Schimmer des Haars ihrer Mutter und ihrer Schwester. Sie hatte wie Felix eine abgeplattete Stupsnase, die an der Spitze rot wurde, wenn sie sich erregte. Wenn Gregorio kam, wartete sie gewöhnlich gerade darauf, daß Freundinnen sie abholten. Als sie einmal mit ihm allein war, hatte sie ihm einige Fragen gestellt, die sich auf die Kredite des Handelshauses bezogen. Es waren keineswegs kindliche Fragen: Er sah, daß er überwacht wurde. Im übrigen weilte sie, wie Gregorio wußte, oft im Brügger Haus Henry van Borselens, vor allem dann, wenn sein königlich-schottischer Enkel da war. Doch Gregorio vermutete, daß ihre Aufmerksamkeit weniger dem kleinen Prinzen galt als Liddell, seinem Hauslehrer.

Er war nicht allzusehr besorgt, denn Adornes Gemahlin, eine sehr verständige Frau, hatte ein Auge auf die beiden. Vielleicht entwickelte sich die Sache sogar zum Guten. Obschon Schotte, kam Liddell aus vornehmem Haus, und das Mädchen war in heiratsfähigem Alter. Aber natürlich konnte nichts geschehen, bis ihre Mutter von der Reise zurückkkam.

Für die Uneingeweihten war Marian de Charetty nach Florenz gereist, um einige Zeit bei ihrer jüngeren Tochter Catherine zu verbringen, die dort bei Freunden weilte. Niemand hatte diese Begründung in Frage gestellt. Im März war seine Dienstherrin ohne die geringste Heimlichtuerei mit einem großen Geleit von Bewaffneten und Bediensteten aufgebrochen. An diesem Morgen war das Geleit zurückgekehrt, war hufeklappernd in den Hof eingeritten in der ein wenig zügellockeren Art eines herrenlos heimgeschickten Trupps von Männern, die unterwegs mehr Lohn verspielt und mehr Mädchen gehabt hatten, als ihre Ehefrauen je erfahren würden. Sie waren aber recht fröhlich gewesen, als sie sich bei Gregorio zurückmeldeten. Sie hatten die Demoiselle sicher nach Dijon gebracht, wo ihr für den Rest der Strecke eine andere Eskorte aus Leuten ihrer Schwester zusammengestellt worden war. Sie hatte weiterhin ihre

Zofe Tasse bei sich. Nach Genf wollte sie zunächst reisen und dann über den Paß nach Italien. Sie würde keine Schwierigkeiten haben. Sie hatte schon einen guten Verstand für so etwas, die Demoiselle.

Das hatte sie in der Tat. Während er Anselm Adorne und seiner Gemahlin von diesen Dingen berichtete in der schönen großen Stube, in der sie ihn empfangen hatten, war er sich ständig des funkelnden Blicks bewußt, den Tilde auf ihn gerichtet hielt. Natürlich paßte es ihr nicht, daß ihre Mutter sich ihr entzogen hatte. Natürlich grollte sie ihrer Mutter, die Catherine und nicht sie nach Antwerpen und Florenz geschickt hatte und jetzt zu ihr reiste. «Was macht sie in Dijon?» fragte Tilde.

Gregorio war bei seiner Antwort auf der Hut. «Sie besucht Euren Onkel Thibault. Ihr wißt doch, er wohnt dort.»

«Er ist ja nicht mehr bei Verstand», sagte Tilde. «Er ist schon so alt, er weiß gar nicht mehr, wo er ist. Er würde meine Mutter nicht einmal mehr erkennen.»

«Vielleicht auch nicht», sagte Gregorio, «aber sie konnte sich dort erst einmal ausruhen, und wie Ihr gerade gehört habt, hat sie eine zuverlässige Begleitung für den Rest der Reise bekommen. Und hier ist ein Brief von ihr, den ich Euch geben soll.»

Er zog ihn aus seinem Beutel, wobei er sich vergewisserte, daß es auch der richtige war. Der andere, auch von Marian de Charetty, war an ihn gerichtet gewesen:

Ich weiß nicht recht, was ich tun soll. Der alte Mann ist fort, niemand weiß, wohin, und das Haus ist leer. Ich habe den Männern gesagt, er sei bei Freunden meiner verstorbenen Schwester, und ich habe auch einige Leute angetroffen, die ich kannte und die für das Geleit gesorgt haben, das ich für die Weiterreise brauchte. Wenn Doria ihn irgendwo hier versteckt hat, muß ich versuchen, ihn zu finden. Wenn nicht, werde ich den Weg einschlagen, den Dorias Boten gereist sein müssen. Ich werde weiter schreiben, aber auf Überbringer ist jetzt kein Verlaß mehr: wenn Ihr nichts hört, ist dies kein Grund zur Sorge. Ich füge einen Brief für Tilde bei. Der dritte ist für Nicolaas. Übergebt ihn ihm persönlich.

Er trug diesen auch bei sich, weil es keinen sicheren Ort gab, an dem er ihn aufbewahren konnte. Allein er wußte, daß seine Dienstherrin nur aus einem einzigen Grund nach Dijon gereist war: um Thibault de Fleury zu befragen, der angeblich die Heiratserlaubnis für Catherine unterzeichnet hatte. Wenn die Unterschrift ungültig war, konnte sie gegen Doria vorgehen und hoffen, ihre Tochter zurückzubekommen.

«Vielleicht sind sie jetzt schon in Florenz», sagte Tilde. «Bei Nicolaas.» Ihre Augen hatten einen feuchten Blick. Anstatt den Brief ihrer Mutter zu lesen, hielt sie ihn zerknüllt in den Händen, die fest verschränkt auf ihrem Schoß ruhten, seit er eingetreten war.

Adorne sagte in sanftem Ton: «Aber wir wissen, daß Nicolaas und die anderen Florenz schon verlassen haben, mein Liebes; und Eure Mutter kann noch nicht dort eingetroffen sein. Zeigt doch einmal Meester Gregorio, was Nicolaas Euch hat schicken lassen.»

Da sah Gregorio, daß sie noch etwas anderes in den verkrampften Händen hielt. Es sah aus wie ein Ball. Sie löste die Finger voneinander und ließ das Ding von ihrem Knie auf den Boden rollen, wo es in einem Schnurgewirr liegenblieb. «Ein Spielzeug für ein Kind», sagte sie. «Er hat ein kurzes Gedächtnis für einen Lehrling.» Auch der Brief fiel daneben zu Boden.

Adorne hob beides auf. Er hat Hände wie ein Maler, dachte Gregorio, und der Maler Colard Mansion hat Finger wie Erbsenschoten. Auch Adornes Gesicht mit dem hellen, lockigen Haar, den hohen Wangenknochen und dem herben, klugen Mund war auf eine erstaunliche Weise asketisch für einen Mann, der die Weinsteuer des Herzogs von Burgund gepachtet hatte und auch in dem Ruf stand, die meisten Mitglieder seiner Gilde unter den Tisch trinken zu können.

Adornes Gemahlin lächelte, stand auf und entschuldigte sich. Adorne entwirrte die Schnur, bis das kleine Ding zu sehen war, und begann sie dann sorgsam wieder darumzuwinden. Zwei kleine Kinder, die bis dahin am anderen Ende der Stube beschäftigt gewesen waren, sahen, was er tat, und kamen herbeigerannt. Er sagte: «Ihr wißt sicher, daß die Gesandtschaft aus dem Osten hier ist: die, mit der Nicolaas in Florenz zu tun hatte. Ja, sicher wißt Ihr das: dem Abgesandten von Trapezunt muß daran gelegen sein, sich mit dem

Haus Charetty bekannt zu machen. Jedenfalls bat Nicolaas den persischen Abgesandten, Tilde dieses kleine Ding mitzubringen. Er sagte, Cosimo de' Medici habe vergeblich versucht, sein Prinzip zu ergründen.»

«Welches Prinzip?» fragte Gregorio. Der Bote aus Trapezunt hatte ihn nicht aufgesucht. Er vermutete, daß sein Gesandtschaftsleiter Fra Ludovico ihn daran gehindert hatte.

«Eines, von dem Cosimo de' Medici und ich offenbar nichts verstehen, wohl aber Nicolaas. Gesetze der Mechanik, mein lieber Meester Gregorio. Das Studium entgegenwirkender Kräfte. Und jene Handhabung mechanischer und numerischer Geheimnisse, in der sich, obwohl Ihr es nicht glauben werdet, Tilde auszeichnet. Deshalb hat er ihr diesen Farmuk geschickt.»

Die Kinder begannen zu lärmen. Adorne streckte die Hand aus, und das Mädchen nahm das Spielzeug zögernd wieder an sich. Gregorio fragte: «Und wie hat er ausgesehen, der Abgesandte Uzun Hasans?»

Die Kinder hatten die Gesandten alle gesehen. Der Abgesandte Mahon war so groß wie dieses Fenster da und alt und hatte einen weißen Bart und um den Kopf herum ein weißes Tuch. Der Bote des Königs von Georgien war groß gewesen und hatte gut ausgesehen für einen Mann, der am Rande der Welt lebte. Der Abgesandte des Priesterkönigs Johannes in Äthiopien war ein Schwindler, weil er braun war und nicht schwarz. Und dann waren da noch ein Mann mit einem ganz hohen Hut und ein Mann mit Ringen in den Ohren und einem Gesicht und einem Bart wie ein Affe gewesen – obschon er sich auf dem Kopf alles Haar bis auf ein Büschel geschoren hatte. Dieser Mann aß jeden Tag zwanzig Pfund Fleisch – wenigstens hatte das jemand gesagt.

«Der Gesandte des Atabeg von Imeretia in Georgien», warf Anselm Adorne ein. «Übrigens erwies sich der Mann aus Äthiopien, ob Schwindler oder nicht, als Theologe und Astronom. Maurat, der armenische Abgesandte, besitzt nicht nur einen hohen Hut, er spielt auch mehrere Instrumente. Alighieri ist natürlich ein gebildeter florentinischer Kaufherr und gut mit Trapezunt vertraut. Wie fremdländisch sie auch scheinen mögen, die Abgesandten sind deshalb keineswegs unbegabt, wenn sie auch alle Beglaubigungsschreiben von seltsamer lateinischer Gleichförmigkeit mit sich führen, wie mir gesagt wurde. Sogar der muslimische Herr Uzun Hasan entbietet uns ein ‹Vale in Christo›. Aber immerhin hat sie der Heilige Vater in Rom empfangen und ausgiebig bewirtet. Herzog Philipp hat sich das gleiche in St. Omer vorgenommen. Danach reisen sie zum König von Frankreich, der, so meinen sie, einen Kreuzzug unterstützen könnte, um sich den irdischen Abgang zu erleichtern.»

Er sprach in trockenem Ton. Und doch waren Adornes Vater und Onkel zweimal als Pilger ins Heilige Land gereist. «Haltet Ihr Fra Ludovicos Mission für nicht echt?»

Adorne blickte ihn an. «Er selbst glaubt an sie», sagte er. «Er ist ein mächtiger Mann, der mit Blitz und Donner über seine Gesandtschaft herrscht. Aber er nennt sich Antiochus, dem ausdrücklichen Wunsch des Papstes zuwider. Und es zeugt von wenig Verstand, wenn er zur Zeit Europa nach Geld und Truppen abklappert. Was die Herrscher angeht, deren Sendboten ihn begleiten, frage ich mich manchmal, was sie erwarten. Wie ich schon sagte, sind sie keine Wilden. Sie mögen in manchen Dingen klüger sein als Fra Ludovico. Wie Nicolaas sie wohl eingeschätzt hat? Ich höre, er hat in Florenz seinen Vertrag bekommen.»

Daraus war kein Geheimnis gemacht worden. Sobald die Nachricht von Nicolaas eingetroffen war, hatte Gregorio sie in Brügge verkündet. Das Haus Charetty würde im Namen von Florenz und auf eigene Rechnung in Trapezunt Handel treiben. Es befriedigte ihn, mit einem so erfahrenen Menschen wie Adorne darüber sprechen zu können. Er brauchte ja nicht näher auf die Vertragsbedingungen einzugehen, die alle so ausgefallen waren, wie sie es sich erhofft hatten. Der Kaiser mußte sie jetzt nur noch gegenzeichnen. Er brauchte auch nicht genau zu wiederholen, was Nicolaas über Fra Ludovico, die Gesandtschaft und Julius geschrieben hatte. Der Brief hatte die Anweisung enthalten, Michael Alighieri ausfindig zu machen und mit ihm zu sprechen. Schon in Florenz hatten sich Nicolaas und Alighieri von Trapezunt über zukünftige Handelsbeziehungen geeinigt. Wie es schien, entwickelte sich alles zum Vorteil des Hauses Charetty, das, wenn seine Verfolger es zuließen, nur größer und reicher werden konnte. Während Adorne redete, fragte sich Gregorio – er tat dies jeden Tag –, wie Nicolaas das alles schaffte.

Tilde, anscheinend in sich versunken, hatte zur Freude der Kinder begonnen, den Farmuk abzuspulen. Gregorio beobachtete sie, während er Adornes Worten lauschte. Hatte auch sie von dem Gerede über das Haus Charetty gehört, nicht nur von dem, was man von seinen Handelsgeschäften erzählte? Monna Alessandra, die gestrenge Hauswirtin, hatte ihren Sohn in Brügge täglich über die Schwächen ihrer Hausgäste auf dem laufenden gehalten. Lorenzo Strozzi hatte in allen Weinstuben, die er besuchte, laut aus ihren Briefen vorgelesen: Tilde war zweifellos einiges davon zu Ohren gekommen. Nicht daß, abgesehen von einer beklagenswerten Leichtfertigkeit, etwas Abträgliches über Nicolaas berichtet worden wäre. Gregorio hatte sich jedoch für seine erste Begegnung mit Tobie einen Spaß ausgedacht. Er hatte etwas mit Schellen und einer Pfeife zu tun.

Er riß sich von diesem Gedanken los und wandte seine Aufmerksamkeit wieder seinem Gastgeber und dem Handelshaus zu, dessen Geschäfte er, Gregorio, jetzt hier in Brügge allein leitete, sowie den Dingen, über die er mehr erfahren wollte. Da war zum Beispiel der König von Frankreich. Die Herrschaft von Frankreich war eng mit der von Genua verknüpft. Wie es hieß, lag der alte König endlich im Sterben: man schnitt ihm das Brot in mundgerechte Stücke und vertauschte die kurzen kleinen Wämser mit langen Roben und spitzenbesetzten Strümpfen über den schwärenden Beinen. Er starb in Mehun-sur-Yèvre an der Franzosenkrankheit dahin, umgeben von seiner schottischen Leibwache. Der Gesandtschaft aus dem Osten mochte es schwerfallen, ihm selbst das Jenseits zu verkaufen, denn der König von Frankreich dachte nur noch an eines: wie er den Dauphin und Thronerben Ludwig auf seine Seite ziehen konnte. Und der Dauphin, der seit fünf Jahren im freiwilligen Exil in Flandern lebte, ärgerte den Vater dadurch, daß er täglich seine Meinung änderte. Gerade noch hielt er sich an Herzog Philipp und schickte den Anhängern Yorks in England Truppen. Morgen mochte er der Base seines Vaters zuneigen, die Königin der Gegner Yorks war. Das Schicksal Genuas konnte von Ludwigs Entscheidungen abhängen.

Anselm Adornes ältester Sohn studierte in Paris. Anselm Adornes Verwandter Prosper Adorno war gerade Doge von Genua geworden im Verlauf eines Aufstands, bei dem sich der französische Gouverneur in die Zitadelle hatte flüchten müssen. «Werdet Ihr Euren Sohn heimholen?» fragte Gregorio ganz harmlos.

«Meint Ihr, das sollte ich?» sagte Adorne. Er erhob sich ohne Eile. «Kommt. Wenn Mathilde uns entschuldigt – in meinem Kontor warten einige lästige Papiere, über die wir reden müssen. Nein, ich werde Jan noch nicht aus Paris heimholen. Lauschende Ohren können nützlich sein. Wozu sonst weilt Tilde unter meinem Dach?»

Er lächelte, während er die Tür zu seinem Kontor schloß. Gregorio sagte: «Ich würde Euch ernst nehmen, wenn Ihr zu verhindern versucht hättet, daß ich ihr begegne. Ich will natürlich nicht mehr über genuesische Angelegenheiten wissen, als Ihr mir mitzuteilen bereit seid. Aber beantwortet mir, wenn Ihr könnt, eine Frage: wer ist Pagano Doria?»

Auf Adornes schwerem Schreibtisch lagen keine Papiere, aber auf einem Tablett warteten Becher und ein schöner bemalter Weinkrug – syrische Töpferarbeit, gewiß von einer der Pilgerreisen ins Heilige Land mitgebracht. Eine eingelegte silberne Inschrift blinkte auf, als Adorne ihn anhob, um einzuschenken. «Der neue genuesische Konsul in Trapezunt?» sagte er. «Ich dachte mir, daß Ihr Euch nach ihm erkundigen würdet, deshalb habe ich neulich Jacques Doria befragt. Der Mann gehört einem weniger bekannten Zweig der Familie an und hat einen Teil seines Lebens in Konstantinopel und auf Chios verbracht, aber es scheint ihm an den Fähigkeiten oder der Neigung zu gebrechen, sich länger mit irgend etwas zu befassen. Ich glaube nicht, daß für Euch oder Nicolaas Grund zur Sorge besteht, wenn es mich auch schmerzt, dies zu sagen. Es ist ein Posten, der von besseren Männern mehrmals abgelehnt wurde. Wie Ihr wißt, stehen die Genuesen nicht in der Gunst des Kaisers.»

«Das dachte ich mir», sagte Gregorio. «Ist er verheiratet?»

«Soviel Jacques weiß – nein. Er scheint keine engeren Angehörigen zu haben. Darf ich Euch auch eine Frage stellen?»

«Gewiß», sagte Gregorio und trank einen Schluck Wein. Warum hatte er geglaubt, er könne diesem Mann ein unbedachtes Wort entlocken?

Anselm Adorne sagte: «Verzeiht, wenn ich aufdringlich erscheine, aber ich werde die Sorge um Catherine de Charetty und ihre Mutter nicht los. Ich verstehe nicht, weshalb man einem in seiner ganzen Art noch so jungen Kind wie Catherine erlaubt hat, nach Florenz zu reisen. Und wie Eure Dienstherrin das Geschäft, das sie so sehr braucht, einfach im Stich lassen konnte. Eure Zurückhaltung macht Euch Ehre, und ich achte sie. Aber ich möchte gern helfen, wenn ich das kann.»

Er sprach ganz ruhig und versuchte jede Zungenfertigkeit zu vermeiden. «Das ist in der Tat ein freundliches Angebot», sagte Gregorio, «aber es ist wirklich so, wie es aussieht. Vielleicht versteht Ihr es besser, wenn Ihr an die zweite Ehe der Demoiselle denkt. Es schien klug, dafür zu sorgen, daß Catherine von Nicolaas eine Zeitlang nichts sah und hörte.»

«Sie ist also nicht bei Nicolaas?» fragte Anselm Adorne.

Daran hatte er nie gedacht. Kein Wunder, daß das Gespräch im Kontor stattfand. «Geht so das Gerücht?» fragte Gregorio.

«Ich fürchte, ja», sagte Adorne. «Er war, wie Ihr wißt, ein Jüngling, der die fleischlichen Freuden liebte. Das Kind soll ihn bewundert haben. Mit einem Schiff, einem Vermögen, einer Erbin brauchte er nie zurückzukehren, solange seine Ehefrau am Leben ist. Die Demoiselle würde traurig sein, aber sie würde Euch haben zur Führung der Geschäfte in Brügge.»

Er war gekommen, um einen geschickten Vorstoß zu unternehmen, statt dessen trank er Wein aus der Mündung einer Kanone. Er sagte: «Das ist leicht zu widerlegen, Messer Adorne. Bittet Lorenzo Strozzi, Euch die Briefe seiner Mutter aus Florenz zu zeigen. In denen steht kein Wort von Catherine. Auch... ist sie wohl ein hübsches Kind, aber glaubt Ihr, ihr zuliebe würde Nicolaas seine Ehefrau und alles, was er in Brügge aufgebaut hat, wegen eines unsicheren Postens im Osten aufgeben?»

«Ich berichte nur, was die Leute sagen», erwiderte Adorne. «Ich glaube natürlich nicht, daß er seine Freunde und seine Ehe verraten würde. Obschon ich vielleicht mehr Grund zur Sorge hätte als die meisten anderen. Die Einkünfte aus dem Alaunvertrag mit Venedig werden, wie ich höre, zum größten Teil an Nicolaas gehen. So sammelt sich in Venedig eine beträchtliche Rücklage an, die mit jedem Jahr größer wird. Bis eines Tages jemand dieses geheime Alaunvorkommen findet und Venedig aufhört, Euch für Euer Schweigen zu bezahlen.»

Gregorio trank von seinem Wein, entspannt und äußerlich ganz ruhig. Natürlich, alles drehte sich um Alaun. Das weiße pulvrige Gestein, ohne das Tuch nicht gefärbt werden konnte. Bis die Ottomanen das Alleinverkaufsrecht an die Venezianer vergaben, hatte Genua das Weltmonopol für erstklassigen Alaun innegehabt. Dann hatte das Haus Charetty Alaun bei Tolfa im Kirchenstaat gefunden, und Venedig hatte sich sein Schweigen erkauft. Venedig, der Todfeind des kolonialen Genua im Osten.

Gregorio starrte in seinen Wein und fragte sich, was Adorne wirklich sagte. *Sag mir, wo die Alaunmine ist, und ich sage dir, wer hinter Pagano Doria steckt?* Oder vielleicht *Wir wollen billigeren Alaun. Oder wir könnten zum Papst gehen und sagen, schickt Eure Bergbaumeister in den Kirchenstaat zusammen mit einem oder zweien von unseren alten genuesischen Steinbrechern. Mit dem, was Ihr dort findet, könnt Ihr vielleicht Konstantinopel zurückgewinnen.*

Er hatte nicht gesprochen. Doch als hätte er etwas gesagt, antwortete Adorne: «Ich gestehe, ich bin ein wenig neidisch auf Nicolaas, dessen Genie das Haus Charetty, die Venezianer und die Florentiner reich machen wird. Brügge ist mein Zuhause, aber Genua ist meine Vaterstadt, jetzt im Griff feindlicher Mächte. Ohne Geld kann es nicht frei sein.»

«Ihr habt billigen Alaun», sagte Gregorio. «Nicolaas hat das mit Genua vereinbart. Prosper de Camulio als Mittelsmann war einverstanden. Mit einem päpstlichen Monopol wärt Ihr schlimmer dran.»

Adorne stellte seinen Becher hin. «Wir sollten Gott auf unserer Seite haben.» Er lächelte unvermittelt. «Aber es gibt freilich Alaun in Sebinkarahisar. Es kommt darauf an, wer sich zuerst daran erinnert, Pagano Doria oder Nicolaas.»

Als Gregorio bald darauf ging, stellte er überrascht fest, daß er schwach in den Beinen war. Es kam dieser Tage nicht oft vor, daß es einer mit ihm aufnehmen konnte oder ihn gar unter den Tisch trank. Er fragte sich, ob Adorne, einst ein Freund der Charettys, dem Haus jetzt weniger geneigt war. Er würde sich alles noch einmal durch den Kopf gehen lassen müssen, was er gehört hatte, und dann versuchen, zu einem Schluß zu gelangen. Aber wenigstens war Herr Simon nicht erwähnt und schon gar nicht seine, Gregorios, bevorstehende Reise nach St. Omer mit ihm in Verbindung gebracht worden. Die, hatte er Adorne gesagt, unternahm er aus geschäftlichen Gründen – und natürlich, um sich mit dem Abgesandten aus Trapezunt zu besprechen.

«Hat er Euch nicht schon aufgesucht?» hatte Adorne gefragt. «Natürlich müßt Ihr mit Alighieri reden. Und da wir schon ihn erwähnt haben: Ihr solltet auch nach Prosper de Camulio Ausschau halten, der in einem Mailänder Auftrag hier ist. Er ist ein scharfer Beobachter, steht dem Dauphin nahe und kann einem Mann mit einem Geschäft nützlich sein.»

Gregorio hatte ihm für den Rat gedankt und sich gefragt, warum er ihm erteilt worden war. Er hatte nicht vorgehabt, de Camulio aufzusuchen, der ihm wahrscheinlich nicht viel Neues würde sagen können. Was geschäftliche Neuigkeiten betraf, war Gregorio bereits genügend versorgt, um ein Handelshaus, das mit Geld und Kredit, Nachrichten und einer Söldnertruppe arbeitete, zur Zufriedenheit leiten zu können. Er hatte die Geschäfte gut geführt, seit Nicolaas fortgegangen war. Er hatte vielleicht nicht viel hinzugefügt, aber das Begonnene gepflegt und abgerundet. Gewiß hielten es noch andere als nur Adorne und Tilde de Charetty für möglich, daß er sich seiner Macht zu sehr bewußt wurde. Vielleicht bedachte man sogar deshalb die Romanze der armen Tilde nicht mit einem Stirnrunzeln. Tilde war eine Erbin, wie Catherine.

Ihm selbst war nie der Gedanke gekommen, die Demoiselle und Nicolaas könnten als seine Dienstherren nicht mehr zurückkommen. Es hatte auch nichts mit einem Mangel an Selbstvertrauen zu tun. Manchmal glaubte er, daß er außer der Demoiselle der einzige war, der sah, wozu es Nicolaas mit der Zeit bringen mochte. Gregorio war kein bescheidener Mensch, aber in dieser Hinsicht hatte er nie Zweifel gehabt.

Er und Adorne hatten gemeinsam den syrischen Weinkrug geleert. Es stimmte, was man sich über die Trinkfestigkeit des Mannes erzählte. Zum Schluß hatte Gregorios Zunge bei langen Worten Mühe gehabt, und so hatte er sich nach den arabischen Schriftzügen erkundigt. *Bleibender Ruhm, wachsender Wohlstand und gütiges Geschick*

hieß es auf dem Krug. Er hatte, mit klarem Kopf, die Hoffnung
ausgedrückt, daß diese Worte für Adornes Familie noch lange gelten
möchten.

«Wohl so lange, wie der Krug nicht bricht», hatte Adorne ihm in
sanftem Ton geantwortet.

Und doch war er täglich in Gebrauch. Auf wackligen Beinen
machte sich Gregorio nachdenklich auf den Heimweg.

KAPITEL 23

ST. OMER SAH WIE EIN SCHLACHTFELD AUS. Gregorio traf am Freitag ein, dem Tag des ersten Abendgottesdienstes der Ordensver-
sammlung, in der Hoffnung, weniger verstopfte Straßen vorzufinden. Die Ritter mußten schon Quartier bezogen haben samt ihren
Schildknappen, Pagen und Dienern und all den Pferden und Gerät-
schaften für das Turnier am Dienstag. Der herzogliche Hof, voran
siebzig Wagen mit Mobiliar und Zubehör, jeder gezogen von fünf
oder sechs Pferden, war schon zwei Wochen vorher angelangt samt
seinen Herolden und Trompetern, Jagdhunden und Vögeln, dem
herzoglichen Wein, den Büchern und Gewürzen, den Juwelen des
Herzogs (fünf Karren voll) und seinem Bad. Der Wein, der Hafer
und das Fleisch für tausend Männer und ihre Diener würden schon
eingelagert sein.

Doch St. Omer brauchte Tag für Tag neue Nahrungsmittel, um
die anderen Tausende verköstigen zu können, die zu seinen Toren
hereinströmten: die üblichen Schaulustigen, die Bittsteller, die
Kaufleute und Frauen, die Zwischenhändler und Gaukler, die
Schmiede und Schneider und Kunsthandwerker, die dem Hof folgten. Als alte Stadt der Grafen von Flandern und Artois hatte es
schon alles erlebt: eine königliche Hochzeit, eine frühere Versammlung des neugegründeten Vlieses. Die Schwierigkeiten hatten sich

kaum verändert. Eingekeilt auf einer Straße, die verstopft war von Fuhrwagen und Schubkarren, Pferden und Bauersleuten mit Körben auf dem Kopf, blickte Gregorio zum freien blauen Himmel auf und beneidete die Windmühlen.

Innerhalb der Mauern war es noch schlimmer. Man traf Vorbereitungen für eine Prozession, und die Straße von der Kathedrale zur Kirche von St. Bertin war abgesperrt, so daß in den benachbarten Gassen kaum ein Durchkommen war. Während er sich durch die Menge drängte, sah er ein durchgehendes Band von scharlachrotem Tuch, das offenbar die ganze Hauptstraße säumte. Bebänderte Girlanden und Schilde ragten darüber hinaus. An jeder Kreuzung war eine Art Tribüne, geschmückt mit heraldischen Abzeichen und besetzt mit Menschen, von denen die meisten laut riefen und einige Fanfarenstöße übten. Durch den Lärm in der Nähe waren sie kaum zu vernehmen. Er hatte Mühe, den Stallburschen und den Jungen nicht zu verlieren, die er mitgenommen hatte.

Wäre nicht ein Mann gewesen, der ihm Geld schuldete und der eine Tante in St. Omer hatte, er hätte wohl keine Hoffnung gehabt, noch ein Bett zu finden. Ohnehin rechnete er damit, in einer Gemeinschaftsstube auf einem Bodenlager schlafen zu müssen, und er sollte sich damit auch nicht getäuscht haben. Der Stallbursche und der Junge teilten sich einen Stall und waren eher besser dran.

Noch auf dem Weg zu seinem Quartier rief ihm Prosper de Camulio einen lauten Gruß zu, der Mailänder Vertreter, von dem Adorne gesprochen hatte. Der Ruf kam von einer Erkerbrüstung herunter. Gregorio blickte hinauf und erkannte das selbstbewußte Gesicht, die eine Spur zu elegante Kleidung des Mannes, den er vor Nicolaas' Abreise einmal getroffen hatte. Die Begegnung mußte rein zufällig sein. Doch von der Brüstung aus überblickte man den einzigen Weg, der zu Gregorios Ziel führte. Und jemand, der irgendwem Geld schuldet, so überlegte er, könnte sehr wohl noch einen anderen Gläubiger haben. Da war hier also Prosper Schiaffino de Camulio de' Medici, Sekretär und beglaubigter Abgesandter des Herzogs von Mailand, der da rief: «Messer Gregorio! Mein Freund vom Hause Charetty! Was treibt Ihr denn hier, und wo seid Ihr in Logis?»

Er ließ es sich angelegen sein, sogleich zu antworten, während er

341

sein Pferd still zu halten versuchte. Er erzählte die gleiche Geschichte. Die Gesandtschaft aus dem Osten war eingetroffen, und er wollte mit dem Mann aus Trapezunt sprechen. Messer de Camulio hörte aufmerksam zu, rief, er hoffe das Vergnügen zu haben, Messer Gregorio bald aufzusuchen, und zog sich vorsichtig, einen Gruß winkend, von der Brüstung zurück. Ein Verneigen wäre Selbstmord gewesen.

Gregorio lächelte und winkte zurück, wobei er leise fluchte. Nachdem er sich endlich in seinem Quartier eingerichtet hatte, beauftragte er den Jungen, herauszufinden, was er konnte, und er erfuhr dann auch Neues, obschon nichts Erfreuliches. Die Leute aus dem Osten, untergebracht bei den Franziskanern von der strengen Observanz, zeigten sich verständlicherweise den ganzen Tag abwesend. Was noch wichtiger war: Louis de Gruuthuse und die van Borselens hatten ein Haus so groß wie ein Palais in der Nähe von Notre Dame gemietet, waren aber auch bis zum späten Abend in die Zeremonien des Ordens einbezogen. Heute würde er keine Gelegenheit mehr haben, Simon allein anzutreffen.

Es war ein Jammer, da doch auch de Camulio im Spiel war, den man der Gruppe der Genuesen zurechnen mußte. Andererseits war noch viel Zeit – zuerst kamen drei Tage mit Feierlichkeiten und dann der Tjost und das Turnier. Die Aussicht, in der Kathedrale aufstehen zu müssen, um die Anklage gegen den Schwiegersohn van Borselens vorzubringen, behagte ihm nicht, aber das würde wohl unumgänglich sein. Er holte seine Decken hervor, entließ seinen Diener und schickte sich an, den Schlaf nachzuholen, den er unterwegs versäumt hatte und um den er am Abend kommen würde, wenn seine Stubengenossen eintrafen. Er lächelte halb im Schlaf bei dem Gedanken an Margot. Bezeichnend für einen Advokaten, um eines klaren Verstands am Morgen willen auf das bunte Treiben draußen zu verzichten. Nun, Schatz, ich werde ihn vielleicht brauchen können.

Am nächsten Tag begab sich Gregorio selbst ins Franziskanerkloster, doch Alighieri war nicht da. Er ging rasch wieder. Auf dem Rückweg wurde er aufgehalten durch die Prozession, die aus der Kathedrale kam, und diesmal sah er die Ritter in Paaren zwischen den Reihen von Bogenschützen und Armbrustschützen in der Livree des Herzogs dahinreiten. Sie bewegten sich in der Mitte des Zugs, nach siebzig Trompetern und einer langen Reihe von Wappenkönigen, Herolden und Unterherolden und wenigstens zweihundert Rittern aus vornehmem Haus, alle prunkvoll gekleidet. Danach kamen die Bischöfe, Äbte und Geistlichen und dann drei Offiziere des Ordens in ihren pelzbesetzten scharlachroten Roben, roten Umhängen und roten Schweifkappen. Einer von ihnen war der Schatzmeister Pierre Bladelin. Er war der Aufsichtsbeamte des Herzogs in Brügge, und Gregorio hatte ihm letzte Woche einiges Samttuch verkauft. Scharlach war keine Farbe, die ihm stand.

Und hier nun, gefolgt von ihren Edelknappen, waren die Ritter, nicht ganz das volle Kontingent von ein wenig über dreißig Mann, aber doch ein Anblick, der jeden Färber, Tuchhändler und Bankier erfreute. Ihre wadenlangen Waffenröcke waren mit grauem Pelz verbrämt. Die scharlachroten Umhänge, auch pelzverbrämt und goldgesäumt, glitzerten von den juwelenverzierten Abzeichen des Herzogs, den funkensprühenden Flintsteinen, dem Wahlspruch *aultre n'auray*, der vielfach wiederkehrte. Eingerahmt von den scharlachroten drapierten Hüten zogen da die vertrauten Gesichter vorüber, die Auslese der europäischen Ritterschaft. Des Herzogs rechtmäßiger Erbe, Charles de Charolais, war heute unter ihnen. Und Franck und Henry van Borselen, Ordensritter schon seit vielen Jahren. Simon von Kilmirren hatte in eine bedeutende Familie eingeheiratet. Zum Zeichen dafür hatte er seinem Kind den Namen Henry gegeben.

Dahinter, spinnenbeinig, fürstlich in der Haltung, ritt der Herzog von Burgund allein in seinem schimmernden Gewand, mit seinem gefärbten Haar und seinem langen, faltigen, fahlen Gesicht und den spöttischen Brauen. Sein Staatsrat trottete hinter ihm her. Aber Gregorio hatte sich schon auf den Weg zu seinem Quartier gemacht. Der Pflicht gehorchend begab er sich abermals ins Franziskanerkloster und schickte den Jungen zum zeitweiligen Hotel Gruuthuse – ohne etwas zu erreichen. Alighieri und Simon weilten beide beim Herzog und würden erst nach dem abendlichen Bankett zurückkehren.

Der nächste Tag war Sonntag und gekennzeichnet durch den angekündigten Besuch Prosper de Camulios, der auf dem Heimweg

von der Messe an seine Tür klopfte. Es war ein besonderer Gottesdienst zum Gedächtnis der verstorbenen Ordensritter gewesen, und
so ging der Diplomat in schwarzem Wams und schwarzem Federhut. Die Kleidung war eine Spur zu vornehm für seinen Rang. Das
dunkle Haar, ein wenig zu lang, wies noch immer keine graue
Strähne auf, und Stimme und Gebaren waren die eines tatkräftigen
Mannes in der Blüte seiner Jahre – er mochte Mitte der Dreißig
sein –, der eine Aufgabe übernommen hatte, deren Ausmaß er erst
jetzt zu ermessen begann. Ein Terrier, den man zum Jagdhund ernannt hatte und der sich wahrscheinlich dabei überarbeitete.

Er war nicht allein gekommen. Sah Messer Gregorio nicht, wen er
da mitgebracht hatte? Bei einem Bankett getroffen, Messer Michael
Alighieri, der Kaufherr und Abgesandte des erlauchten Kaisers von
Trapezunt, den zu sprechen Messer Gregorio doch nach St. Omer
gereist war. Waren sie nicht beide willkommen?

Zu einer Lüge Zuflucht nehmend, hieß Gregorio sie beide eintreten. Willkommen vielleicht, jeder für sich allein. Aber in Anwesenheit Alighieris konnte er sich bei de Camulio schwerlich nach Alaun
oder Pagano Doria oder Genua erkundigen (hatte sich de Camulio
deshalb einen Gefährten gesucht?). Und solange de Camulio da
war, konnte er nicht nach Nicolaas und den Medici in Florenz fragen. Andererseits hatte Alighieri Anspruch auf eine ausführliche
Darstellung der Geschäfte des Hauses Charetty in Flandern, was
vielleicht genau das war, was de Camulio hören wollte. Da das einzige leere Gemach die Gemeinschaftsschlafstube war, schob Gregorio einige Lager beiseite, ließ Hocker und einen Schragentisch
kommen und bot seinen Gästen ein bescheidenes Mahl, das seine
eigenen Leute auftrugen: gekochten Brassen zum einen und gepö-
keltes Rindfleisch, Kapaun und ein wenig Kohl zum anderen für
den, der es mit der Regel nicht so ernst nahm. Er hatte einen großen
Teil seines Bedarfs mitgebracht, auch ein Fäßchen mit elsässischem
Wein, und die Frau des Hauses half mit gutem Brot und Tellern aus.

Es schien zu schmecken. Der Genuese und der Florentiner griffen
herzhaft zu, während sie die auf den Magen drückenden Unmäßig-
keiten des großen Banketts am Vorabend schilderten. Man hatte
nur Wein der Landschaft Beaune getrunken. Die Banketthalle, eigens für den Herzog errichtet, war größer gewesen als die, welche er

seinerzeit für seine Braut anläßlich der Ordensgründung hatte bauen lassen. Gestern abend war die Halle innen ganz mit Gold-tuchbehängen verkleidet gewesen, die ihre zehntausend Ecus wert waren, und ausgestattet mit Regalen voller Geschirr aus Gold und Silber, das nicht einmal benötigt wurde, denn der Herzog besaß da-von noch einmal soviel, um alle seine Gäste bewirten zu können. Die Festlichkeiten, mit Musik, Tanz und Spaßmachern, hatten bis in die frühen Morgenstunden gedauert, wenn ihnen freilich auch der große Glanz des Gründungsbanketts gefehlt hatte. Es hatte keine wilden Männer gegeben, die auf gebratenen Schweinen hereinge-donnert waren, und keine Pasteten mit blökenden Schafen darin. Aber fünfzig verschiedene Gänge, aufgetragen zu Fanfarenstößen. Ja, das war Freigebigkeit.

Das war nichts Neues für Gregorio, der gehört hatte, was im Prin-zenhof vor sich ging, und eine ungefähre Vorstellung vom jährlichen Einkommen des Herzogs von Burgund besaß, dem König unter den Fürsten. De Camulios Begeisterung schien echt zu sein. Nicolaas hatte gesagt, er sei ehrgeizig, aber streitsüchtig. Wie Astorre liebte er das Prunkgehabe ranghöherer Personen. Und natürlich würde er seinen Bericht für die Ohren seines Herzogs von Mailand noch zu-rechtstutzen müssen. Als ehemaliger Condottiere, der sein Herzog-tum mit seinem starken rechten Arm und einer Heirat errungen hatte, führte der Herzog ein vergleichsweises schlichtes Leben und sah Macht in anderen Begriffen.

Und Alighieri? Wenn er beeindruckt war, hätte es schon seltsam zugehen müssen. Der Hof von Trapezunt konnte es mit diesem hier an geballtem Reichtum gewiß aufnehmen und übertraf ihn noch an historischem Prunk. Auch er gebrauchte das Zeremoniell als Waffe. Gregorio wurde noch nicht recht klug aus Alighieri, einem eher klei-nen, unruhigen Mann von dunkler Hautfarbe und einem sanften Gebaren, das seine äußerst scharfen Augen Lügen straften. In Florenz hatte er, so erzählte man sich, eine flammende Rede auf lateinisch gehalten im Namen seines Gesandtschaftsleiters, des Franziskanermönchs, der behauptete, seine Gelehrsamkeit verges-sen zu haben. Aus demselben Grund hatte er an der Audienz beim Papst teilgenommen und dem Herzog von Burgund den Empfeh-lungsbrief des Papstes für seine *delecti filii*, die östlichen Abgesandten, überreicht. Gregorio stufte ihn als jenen scharfsinnigen, gebildeten Mann ein, der sich als Sekretär oder Tutor bei den Großen einnistet und ganz bald die Stelle seiner Herren einnimmt.

Das Gespräch bewegte sich in enttäuschend harmlosen Bahnen. «Ihr wißt sicher», sagte de Camulio, «daß die Brüsseler dem Herzog zwanzigtausend rheinische Gulden angeboten haben für den Fall, daß die Versammlungen des Goldenen Vlieses in ihren Mauern stattfinden. Sie hätten ihm sogar eine Banketthalle gebaut. Aber St. Omer hat sie umsonst bekommen.»

«Er hatte seine Gründe», sagte Alighieri. «Ich würde mich mit den Leuten von St. Omer gutstellen wollen, wenn mir ein französisches Heer über die Grenzen gerückt käme. Ich weiß nicht, wie wir nach Mehun durchkommen wollen, wenn Frankreich in Burgund einfällt oder in Calais Unruhe stiftet. Und der französische König ist vielleicht tot, ehe unsere Gesandtschaft dort eintrifft.»

«Ich glaube, Ihr solltet Euch deswegen keine Sorgen machen», meinte de Camulio. «Der englische Krieg begünstigt eher die Seite des Dauphins als die seines Vaters. Das Schlimmste, was Euch widerfahren kann, so wie ich das sehe, ist, daß der arme König Karl all sein Geld verspielt hat, bis Ihr bei ihm seid.»

Gregorio erinnerte sich, wie Adorne diese Gesandtschaft eingeschätzt hatte, die in ganz Europa Truppen und Geld aufzutreiben versuchte, um die ottomanischen Heere zurückzudrängen. Er sagte an Alighieri gewandt: «Erwartet Ihr im Ernst, daß Frankreich gerade jetzt einen Kreuzzug bezahlt?»

«Ich persönlich», sagte Alighieri, «rechne nicht damit, daß überhaupt jemand Geld für einen Kreuzzug aufbringt, solange der englische Krieg nicht beendet ist. Und selbst dann noch nicht. Jeder hat schon genug Feinde ganz in seiner Nähe.»

Gregorio sagte: «Der Orden vom Goldenen Vlies wurde gegründet zur Befreiung der heiligen Stätten im Osten. Ich weiß noch, als ich in Padua studierte, hörte ich von den Festen, die veranstaltet wurden, und von den Gelübden, die man ablegte.»

De Camulio, seiner Einschätzung noch nicht sicher, nickte. «Das Gelübde des Fasans vor sieben Jahren. Sie hätten auch auf den Pfau, den Reiher oder Lohengrins Schwan schwören können. Der Phasianus, der Vogel von Kolchis, entsprach der Sache des Herzogs. Seiner Zwangsvorstellung, wie man so hört. So wie Jason zu seiner unmöglichen Aufgabe aufbrach, so würden die Helden von heute das Heilige Land von den Heiden befreien, die es besetzt halten. Jeder erinnert sich natürlich an die hohen Kosten der Turniere und daß nichts geschah. Aber es hätte schon etwas geschehen können, wenn die unruhigen Zeiten zu Hause nicht gewesen wären. Einige dieser Männer sind schließlich auf eigene Faust übers Meer gezogen und haben ihr Leben für den Glauben geopfert.»

«Alle Herrscher verstehen das», sagte Alighieri. «Auch die Kirche. Sogar die Observanten, die Gesandtschaften wie die meine ausschicken, haben das Armutsgelübde abgelegt.»

De Camulio sagte: «Aber es ist bekannt, daß es auch andere Gründe gibt. Ihr zum Beispiel seid ein Kaufherr. Der Handel braucht Frieden. Händler sind aus diesem Grund oft die besten Sendboten, und keiner wird ihnen einen Vorwurf machen, wenn sie aus ihren Reisen Gewinn schlagen. Das Goldene Vlies wurde aus den erhabensten Beweggründen ins Leben gerufen, aber es dient anderen Zwecken.»

Und das stimmte, dachte Gregorio. Es stellte die Antwort des Herzogs auf die Gefangennahme seines Vaters durch die Türken vor langer Zeit dar. Es bewies den Reichtum des Herzogs und seine Macht und seine Herrlichkeit, so daß die breite Masse stolz darauf sein konnte, sich Burgunder zu nennen. Es band die Fürsten der verschiedenen Länder, die er geschluckt hatte, an ihn und gab ihnen ein Gefühl der Zusammengehörigkeit und des Stolzes darauf, daß sie zu Rate gezogen wurden.

Was die erhabenen Beweggründe anging, so konnte es gerade jetzt kein großes Betätigungsfeld für sie geben. In geheimer Sitzung würde der Orden morgen von einem heiligen Krieg reden, doch ohne zu Schlüssen zu gelangen, wie zu vermuten stand. Der Rest glich eher der Tagesordnung einer Tjostgesellschaft. Eine milde Nachforschung, wie es jeder einzelne Ritter mit der Moral hielt, ergötzliche Strafen für ergötzliche Vergehen – wenn der Herzog auch bisweilen die Gelegenheit dazu benutzte, einen, der es verdiente, in Ungnade fallen zu lassen. Dann die Abstimmung darüber, wer anstelle der jüngst Verstorbenen aufgenommen werden sollte, gefolgt von der Einführung der neuen Ritter und dem Umlegen der Kette mit den flammenspeienden Flintsteinen. Während er de Camulio zuhörte, fragte sich Gregorio, warum er sich die Mühe gemacht hatte, so viel in Erfahrung zu bringen. Vielleicht glaubte er, der Herzog von Mailand hätte zur Mitgliedschaft vorgeschlagen werden sollen oder sein Sohn Galeazzo. Aber die Ordensritter kamen nur aus dem französischsprachigen Flandern und den beiden Burgund, nicht aus Mailand. Was für sich allein die Aufmerksamkeit des Diplomaten erklären mochte.

Gregorio sagte: «Wie ich höre, war Louis de Gruuthuse mit seiner Botschaftsreise nach Schottland sehr erfolgreich. Er hat die Beileidsgrüße des Herzogs an seine Nichte beim Tod von König Jakob überbracht, hat den neuen jungen Herrscher getroffen, hat der Königinwitwe geraten, die Unterstützung des französischen Königs und des Hauses Lancaster noch einmal zu überdenken. Würdet Ihr nicht auch sagen, daß ein solcher Mann die höchste Ehrung verdient, die sein Fürst zu vergeben hat?»

Prosper de Camulio lächelte. «Ihr habt das Palais gesehen, das Louis de Gruuthuse da gemietet hat. Ja, mein Freund, ich glaube, es ist kein Geheimnis, daß das Goldene Vlies morgen einen neuen Ritter in dieser glücklichen Familie hat. Und jetzt muß ich Euch etwas fragen, ehe ich zu meinen Pflichten zurückkehre. Euer Messer Niccolo sprach von Alaun, das er aus Konstantinopel schicken wollte. Habt Ihr schon etwas davon gehört?»

«Fragt mich das in einer Woche», sagte Gregorio. «Wenn unser Mittelsmann Zorzi Alaun auf Lager hatte, könnte er inzwischen in Pisa eingetroffen sein.»

«Ein Jammer, diese hohen Preise», sagte de Camulio. «Aber wahrscheinlich ist es ein Glück, daß wir überhaupt welchen bekommen. Ich weiß noch, ehe ich zum Herzog von Mailand ging, war das die ständige Sorge der Adornos, der Spinolas. Kein Alaun hieß kein Tuch und kein Leder.»

Gregorio sagte: «In Brügge ist es nicht anders. Ich habe übrigens Anselm Adorne nach Pagano Doria gefragt. Ihr wißt, daß er von Florenz als genuesischer Konsul nach Trapezunt abgereist ist? Ich finde, wir hätten davon unterrichtet werden sollen.»

«Von wem? Von Messer Anselm?» sagte der Abgesandte des Herzogs von Mailand. «Aber mein Freund? Erwartet Ihr da nicht zuviel? Das ist wie beim Vlies. Es ist nicht gut, wenn man schon vorher weiß, wer die Kandidaten sind.»

«Kennt Ihr Doria?» fragte Gregorio.

«Ich weiß über ihn nicht mehr, als Messer Anselm Euch schon gesagt hat. Aber da kommt ein Mann, der alles über jeden weiß. Ich räume ihm meinen Platz. Messer Gregorio, ich bin gerührt von Eurer Gastfreundschaft. Wir werden noch in aller Ruhe reden. Ich muß gehen.»

Er stand auf und wischte sich mit einem seidenen Taschentuch eine Spur Fett vom Mund. Sein Wamskragen, obschon schwarz, war mit feiner silberner Näherei gesäumt. Gregorio erhob sich ebenfalls und murmelte die üblichen Höflichkeitsworte, wobei er Alighieris Gesichtsausdruck beobachtete und schon ahnte, wer der nächste Besucher war, noch ehe dieser von der Tür her näher kam.

«Ah», sagte Fra Ludovico da Bologna, Sprecher der Gesandtschaft aus dem Osten. Er blieb stehen und sah zuerst Gregorio und dann Michael Alighieri an, seinen Reisegenossen. «Da finde ich Euch beide. Ihr solltet auf mich warten, Michael. Ihr hattet das wohl vergessen.» Der Vertreter des Herzogs von Mailand verneigte sich mit einem Lächeln hinter dem Rücken des Mönchs und ging. Der Mönch sagte: «Und ich finde Euch in Sünde.»

Sein Blick war auf die Fleischreste auf dem Schragentisch gerichtet. Er war zweifellos der Minoritenbruder, der in Florenz mit seinen Vorwürfen gegen Julius – ermuntert durch Pagano Doria – beinahe den neuen Handelsvorstoß des Hauses Charetty zum Scheitern gebracht hätte. *«Ein Bär»*, hatte Nicolaas geschrieben, *«dem man sehr jung das Tanzen beigebracht hat. Er tanzt in Bärengruben hinein und wieder heraus, ohne die Eisenspitzen wahrzunehmen. Ich glaube, er hat mit Dorias Ränken nichts zu schaffen. Er hat mit den meisten Dingen nichts zu schaffen, christliche Nächstenliebe eingeschlossen.»*

Nicolaas behielt in der Regel für sich, was er von Höherstehenden dachte. Gregorio hatte gelernt, darauf zu achten, wenn er eine Ausnahme machte. Vor ihm stand ein mittelgroßer Mann in einer nicht mehr neuen Soutane, dessen gerötetes Gesicht und sonnengebräunte Tonsur mit der Schabklinge aus einem Teppich von Hahnenfedern herausgeschoren zu sein schienen. Glänzendes Haar entsproß seinen Fingerrücken und hing ihm über die Augen. Gregorio sagte:

«Einige von uns haben Dispens erhalten. Setzt Euch zu uns, Bruder. Es ist noch guter Fisch da, der nicht umkommen soll.»

«Dispens?» Die Stimme kam aus einer tiefen, gesunden Brust.

«Vom Abt von St. Bertin.» Das war eine Lüge, aber er hätte gern gewußt, wieviel Observanten von burgundischer Politik verstanden.

«Der Sohn eines Priesters und einer Nonne», sagte Fra Ludovico. «Meister Allwissend von Burgund.» Er ließ sich auf dem Hocker nieder, den de Camulio frei gemacht hatte.

«Der Kanzler des Ordens vom Goldenen Vlies», sagte Gregorio. In seiner Stimme schwang nur ein ganz sanfter Vorwurf mit. «Wie ich höre, haben er und sein Vorgänger Jason wegen seines Versagens bei der Erfüllung persönlicher Verpflichtungen als Schutzpatrone durch den Landmann Gideon vom feuchten und trockenen Vlies ersetzt. Womit man den Heiligen Geist über Ovid stellte, die heilige Schrift über die Metamorphosen und die Wahrheit, wie immer, über die Phantasie.»

Notre Dame, Bourgogne et Montjoie St. Andrieu!» dröhnte der Mönch. Er machte sich in aller Ruhe an den Fisch. «Das ist wohl des Herzogs Schlachtruf. Da er nicht versucht hat, ihn mit dem Namen von Jason oder Gideon zu verknüpfen, begreife ich nicht, weshalb er nicht zu St. Andreas zurückkehrt, dem ersten Patron des Ordens und Missionar an beiden Küsten des Schwarzen Meeres. Bis das regnerische Wetter den Rittern nicht mehr behagte, hielten sie das Kapitel immer im November an seinem Festtag ab. Jetzt hat freilich der Despot Thomas, dieser stinkige griechische Überläufer, den Kopf von St. Andreas in Rom und benutzt ihn, um damit seine Arschkriecher zu bezahlen. Habt Ihr nie von Santameri gehört?»

«Santameri?» fragte Gregorio überaus pflichtschuldig.

«Die fränkische Burg St. Omer. St. Omer auf der Morea. Der Papst und Mailand haben Thomas Soldaten geschickt, aber er kam nicht mit ihnen zurecht. Im anderen Falle wären die Einwohner von St. Omer jetzt noch am Leben. Es ist wohl kein Brot mehr da?»

«Ich lasse welches bringen», sagte Gregorio. «Wird der Herzog Euren Kreuzzug anführen oder das Geld dafür geben?»

Der Mönch hantierte mit seinem Messer. Er hatte Schmalz am Kinn. «Soll ich Euch sagen, daß ein einziger Edelstein von den Turnierpreisen zwanzig Sarazenen töten würde? Ich bin Observant, mein Junge. Wir halten das Gewissen von Königen wach seit unserer Gründung. Ich habe in Jerusalem gelebt. Calixtus hat mich nach Persien und Georgien geschickt als Nuntius bei den Lateinern. Er hat versucht, mich nach Äthiopien hineinzubekommen. Ich bin kein kleiner Mönch aus irgendeiner Kapelle. Ich habe die Macht zu predigen und die Beichte zu hören und Sakramente auszuteilen und zu taufen. Ich arbeite. Ich erwarte nicht, daß geldgierige Leute mir von selbst helfen; ich bringe sie dazu. Ich hielt Euren Mann Julius für Schweineschlempe.»

«Das dachte auch Cosimo de' Medici, bis wir ihm bewiesen, daß er unrecht hatte», sagte Gregorio. «Ihr solltet mit Euren Behauptungen vorsichtiger sein.»

«Das sage ich ja. Ich hielt ihn für einen Schurken, der sich von beiden Seiten die Taschen füllt und sich dann empfiehlt. Und Eure anderen Leute auch. Ich hatte mich getäuscht. Ihr entsendet Söldner nach Trapezunt. Ich habe es gerade erfahren.»

«Wie habt Ihr es erfahren?» fragte Alighieri.

Der Franziskaner nahm beide Hände vom Mund, der voll war, und sah seinen Gesandtschaftsgenossen an. «Ein Freund von einem Freund», sagte er und wandte sich wieder seinem Teller zu. «Für wen werden sie kämpfen?»

Gregorio blieb ruhig. «Für ihren Hauptmann Astorre», sagte er. «Unter Nicolaas, natürlich. Niccolo.»

Der friedlich seufzende Mönch erforschte seine Zähne mit einer Nadel, zog sie mit Speiseresten wieder heraus und zwirbelte sie müßig zwischen Daumen und Zeigefinger. «Ich habe das gemeint, woran Ihr dachtet. Für wen wird Niccolo, dieses Kind, kämpfen?»

Michael Alighieri sagte: «Bruder, er ist mit allen seinen Mitteln dem Kaiser und den Medici verpflichtet. Ich bin sicher, er verdient Vertrauen. Aber selbst wenn dem nicht so wäre, welche Wahl bliebe ihm?»

«Er könnte für sich selbst kämpfen», sagte Fra Ludovico. «Das Handelshaus im Stich lassen. Das Geld an sich nehmen und sich irgendwo in Sicherheit bringen. In Venedig, zum Beispiel. Messer

Prosper de Camulio ist gewiß beunruhigt. Ihr habt heute wahrscheinlich sehr wenig aus ihm herausbekommen. Aber er hatte auch Michael bei sich.»

«Entgegen Eurer Anweisung?» sagte Gregorio. Er war sich dessen vor einer Weile bewußt geworden, und die Frage konnte kaum schaden.

«Allerdings», sagte Fra Ludovico. «Was braucht er über Euch zu wissen? Ihr und die Frau, bei der Ihr in Dienst seid, spielt keine Rolle. Wichtig ist dieser Bursche da draußen. Niccolo. Das ist einer, dem der Teufel sein Zeichen aufgedrückt hat.»

«Ich habe gehört, was in Florenz geschehen ist», sagte Gregorio. «Trotzdem – Messer Alighieri und ich könnten ein nützliches Gespräch führen, das Euch nicht schaden würde. Er könnte mir einiges von Trapezunt erzählen.»

«Das könnte er», sagte der Mönch. Er brach ein Brot und legte den Laib wieder hin, fand einen frischen und nahm davon. «Er könnte Euch Altweibergeschichten von Trapezunt erzählen, die Euch vielleicht dazu veranlassen, Euren kostbaren Niccolo zurückzurufen, so wie die Fürsten sich hier alle beeilen, uns zu helfen.» Er aß seinen Mund leer und blickte Gregorio an. «Ich will ihn nicht hier haben. Ich will ihn und seine Söldner im christlichen Asien haben.»

«Tot?» sagte Gregorio.

Die Antwort war ein leichter Regen feuchten Brotes. «Er würde im Stande der Gnade sterben, nicht wahr? Aber die Gelegenheit wird er nicht bekommen. Die Gefahr dort ist jetzt nicht größer als bei seiner Abreise. Ihr werdet Euren Gewinn einstreichen, so wie die Dinge stehen: Ihr braucht Euch keine Sorgen zu machen. Ich wollte Euch unnütze Sorgen ersparen, deshalb hatte ich Michael gebeten, Euch nicht zu belästigen.»

Gregorio sagte: «Selbst wenn die Demoiselle seinen Auftrag rückgängig machte, ihre Anweisungen würden Nicolaas – Niccolo – erst in vier Monaten erreichen.»

Der Mönch wischte sein Messer ab und steckte es ein. «Aber erreichen könnten sie ihn», sagte er. «Es ist sicherer, nichts zu unternehmen. Aber Ihr könnt ihm schreiben. Sagt ihm, Fra Ludovico entschuldigt sich wegen seines Irrtums in Florenz. Das nächste Mal wird er sich besser vergewissern. Aber wenn die Tatsachen erweisen, daß Niccolo seine Truppe gegen das eigene Volk eingesetzt hat, dann, das sagt ihm auch, wird Fra Ludovico aus seinen Gedärmen eine Soutanenschnur machen und seine Leber braten und auf Zwieback auftragen lassen. Habt Ihr gehört, daß der Herzog uns Magi genannt hat?» Er erhob sich.

«Gewiß. Warum nicht?» sagte Gregorio. Er blieb neben Alighieri sitzen. Er hatte nicht die Absicht, sich von diesem Mann einschüchtern zu lassen. Aus dem Augenwinkel heraus sah er, daß Alighieri den Kopf schüttelte und Anstalten machte, sich zu erheben.

«Ja! Das ist etwas, was Ihr und Michael Euren Freunden, den Medici, berichten könnt! *Hier sind die Weisen aus dem Morgenland*, hat der edle Herzog gesagt. *Sie sind zu dem Stern gekommen, den sie im Westen gesehen haben: dem Stern des Vlieses, dem Licht, das den Orient erleuchtet und seine Fürsten zu Euch lenkt, die Ihr das wahre Bildnis Gottes seid.*»

«Ihr erwartet aber nicht, daß er Euch etwas gibt?» sagte Gregorio.

«Doch, er wird schon», sagte der Mönch. «Aber vielleicht nicht so, wie er dachte. Ihr werdet Michael nicht wiedersehen, trotz der Zeichen, die er Euch zu machen versucht. Wir sind hier, um Jesus zu verkaufen und keine Galläpfel. Grüßt mir Euren Jason in Kolchis und sagt ihm, daß der Orden jetzt nicht nur die Vliese von Jason und Gideon kennt, sondern sechs verschiedene Felle mit ebenso vielen lobenswerten Eigenschaften. Bei Jason – Großmut; bei Jakob – Gerechtigkeit; bei Gideon – Vorsicht; bei Mesa, König von Moab – Treue; bei Hiob – Geduld; bei David – Nachsicht.»

«Ich finde, Jakob allein genügt», sagte Gregorio.

«Dann seid Ihr so jung wie Euer Dienstherr», sagte der Mönch.

KAPITEL 24

DER NÄCHSTE TAG WAR DER LETZTE, den Gregorio in St. Omer verbrachte, und der Tag, an dem er Simon de St. Pol von Kilmirren traf, wie er es sich vorgenommen hatte.

Nein, nicht wie er es sich vorgenommen hatte, obschon er glaubte, für so ziemlich alles gerüstet zu sein. Statt der seinem Beruf entsprechenden Kleidung legte er den gewöhnlichen Faltenrock an, kurze Ärmel über langen Ärmeln, den er immer trug, wenn er in eigenen Angelegenheiten unterwegs war, und dazu eine schmucklose steife Kappe. Mit dieser, das wußte er, sah er zehn Jahre jünger aus. Weil er eine Nase hatte wie eine Ente, wirkte sein Gesicht äußerst lustig für einen Advokaten, wie Margot behauptete, wenn es nicht von schwarzen Seidenklappen eingerahmt war. Ohne Klappen fiel sein Haar in Locken herunter, die er rücksichtslos gestutzt hielt. An seiner übrigen Person konnte er nichts ändern, sondern nur für ihre Gelenkigkeit sorgen. Gekleidet wie jetzt konnte er von höherem wie niederem Rang sein. Selbst der scharfe Dolch in der abgetragenen Scheide an seiner Seite fiel bei einem Reisenden nicht weiter auf. Er trug ihn nicht versteckt. Es war ihm ernst gewesen mit dem, was er zu Marian de Charetty gesagt hatte.

Es war soweit. Unter den Wappenzeichen in den teppichverkleideten Mauern von Notre Dame begann das Zehnte Kapitel des Ordens vom Goldenen Vlies mit seinen Beratungen. Und Gregorio von Asti sprach im Hause des Louis de Gruuthuse vor und fragte nach Herrn Simon de St. Pol. Zufällig war der Haushofmeister, mit dem er sprach, ein neuer Mann. Auf Befragen gab er sich als Bediensteter Monsieur Anselm Adornes, des Brügger Edelmanns, aus.

In dem geräumigen Haus gehörte das Gemach, in das man ihn führte, offenbar zu einem Flügel, den Katelina van Borselen und ihre schottischen Verwandten bewohnten. Bei geöffneten Läden saß dort eine untersetzte Frau in weißer Haube und nähte. Das verglaste Oberfenster warf ein Sprenkelmuster über ihr Gesicht. Sie erhob sich und machte einen Knicks und schien schon von seinem Kommen erfahren zu haben. Wie der Haushofmeister sagte auch sie, daß ihr Herr im Augenblick verhindert sei, daß seine Gemahlin ihn aber gleich empfangen werde. Ihrem Akzent nach war sie weder Schottin noch Flämin, sondern Französin. Er nahm auf dem angebotenen Stuhl Platz und beobachtete, wie auch sie sich wieder setzte. In einem Haus, das jüngst mit einem Erben gesegnet worden war, machte ein belangloses Gespräch keine Mühe. Er erkundigte sich nach Henry.

Der kleine Henry! Sogleich leuchteten ihre Augen auf, und die Näharbeit bekam Knitter, als sie sich vorbeugte. «So ein stämmiger Bursche, Monsieur! Stark wie drei Pferde, und er schreit nur, wenn seine Amme die Zeit verschläft! Ich bin hier, weil ich meiner Herrin diene, aber ich vermisse es sehr, daß ich ihn jetzt nicht wachsen sehe!»

«Ein glückliches Kind», sagte Gregorio.

«Und auch ein schönes Kind. Das Gesicht von der Mutter, das Haar vom Vater, gelockt wie Silber. Und auf dem einen Bäckchen ein Grübchen. Ein richtiger kleiner Gott. Sein Vater betet ihn an. Hätte ihn am liebsten aufs Pferd gesetzt und ihm ein Schwert und eine Lanze in die Fäustchen gegeben, ehe er noch an der Brust trinken konnte. Da habt Ihr einen Ritter – bleibt mir fort mit Euren burgundischen Schaffellen!»

«Seine Mutter muß ihn sehr vermissen», sagte Gregorio.

Er wollte damit nur herausfinden, wie lange sie zu bleiben gedachten. Zu seiner Überraschung zögerte die Frau mit der Antwort. Dann sagte sie: «Nun, hochgestellte Frauen haben viel zu tun, Monseigneur. Er gibt Ammen genug für den Kleinen. Sie sieht ihn, wann es ihre Zeit erlaubt.»

«Ah ja.» In behutsamem Ton fragte er: «War es eine schwere Geburt?»

Sie nickte langsam und strich das Tuch auf ihrem Schoß glatt. «Er war ein großes Kind, und seine Mutter war zwanzig. Manchmal macht man das dem Kind zum Vorwurf. Oder es erschreckt die Leute, weil es etwas so Neues ist im Umgang. Und dann gibt es wieder die, deren größte Angst es ist, der Kleine könnte sie später nicht lieben. Man könnte sich fragen, ob Kinder je richtig großgezogen werden, bis man sich dann sagt, daß die Natur sich am Ende immer durchsetzt und ein Kind zu den meisten Herzen Zugang findet.»

«Ja, gewiß», sagte Gregorio. Er war unangenehm berührt. Nicolaas, armer enterbter Bastard. Du hast nicht viel versäumt, wenn
diese schottische Familie nichts von dir wissen will. «Und wie gefällt Eurer Herrin Schottland?»

«Oh, Schottland gefällt ihr sehr gut», sagte eine helle gebildete
Stimme von einer anderen Tür her. Mit einem leichten Lächeln
trat die Sprecherin auf ihn zu. «Ihr kommt von Meester Adorne?
Vielleicht wißt Ihr nicht, daß ich ein Sechstel meines Lebens in
diesem Land verbracht habe. Ich war Hofdame der schottischen
Königin, der Nichte von Herzog Philipp. Wie heißt Ihr?» Sie
sprach flämisch.

«Gregorio», sagte er. Das also war Katelina van Borselen.

Sie war nicht schön, außer was ihre Figur betraf, deren fülligen
Busen sie vielleicht dem Kind verdankte, obschon sie es nicht
stillte. Loser weißer Kambrikstoff verhüllte fast völlig ihr Haar, das
nur an den Schläfen braun hervortrat. Ihre dichten Brauen waren
ein Erbe der van Borselens. Der Umstand, daß sie sie nicht ausge-
zupft hatte, deutete auf eine gewisse Selbständigkeit hin, die ein
Zug um den Mund noch betonte. Sie hatte einen schlanken Hals
und hielt sich sehr gerade. Eine stattliche junge Frau. Erst einmal
in Leidenschaft versetzt, mochte sie eine fesselnde Erscheinung
sein.

Sie sagte: «Nun, Gregorio, mein Gemahl ist leider noch nicht da,
ich erwarte ihn aber bald zurück. Wollt Ihr warten, oder habt Ihr
eine Botschaft, die ich ihm ausrichten kann?»

«Ich möchte lieber warten», sagte Gregorio. «Vielleicht gibt es
ein Kontor? Es ist eine geschäftliche Angelegenheit.» Die Anwesenheit von Simons Gemahlin war in seinem Plan nicht vorgesehen.

«Dann wird er Euch in unsere Kammer führen», sagte sie. «Bis
dahin bleibt Ihr hier sitzen und erzählt mir alles, was es aus
Brügge Neues zu berichten gibt.»

«Er hat sich nach dem kleinen Herrn Henry erkundigt», sagte
die Frau.

Er beobachtete die Augen des Mädchens. Sie sahen stumpf und
starr aus, wie gemalt, aber vielleicht hatten sie auch vorher schon
so ausgesehen. Sie sagte: «Alle sind so freundlich.»

Die Frau sagte: «Er wollte wissen, auf wen er herauskommt.»

Hatte er das gefragt? Er konnte sich nicht erinnern. Das Mädchen sagte: «Oh, ähnelt nicht jedes erste Kind seinem Vater?» Sie lächelte. Sie hatte es so oft gesagt, daß die Bemerkung und das Lächeln jede Bedeutung verloren hatten. «Aber warum sollten wir Euch mit Weibergerede langweilen? Was tut sich in Brügge? Und Genua? Welche neuesten Nachrichten gibt es aus Genua und dem Osten?»

Eine Tür ging auf. Katelina wandte den Kopf. «Simon? Hier ist ein Bote von Anselm Adorne. Er hat eine persönliche Botschaft für Euch. Ich bin ganz eifersüchtig.»

Gregorio drehte sich um. Auf der Schwelle stand der Mann, den er vor zwölf Monaten gesehen hatte, als er genüßlich das Feuer betrachtete, welches das Haus, die Färbereigebäude, die ganze Betriebsanlage von Marian de Charetty verzehrte. Der Herr Simon, dessen Abneigung gegen Nicolaas, das Kind seiner ersten Ehefrau, in ganz Flandern bekannt war.

Da er mit fünfzehn Jahren geheiratet hatte, mußte Simon de St. Pol jetzt wenigstens Mitte der Dreißig sein. Aber so zart war die Haut, so leuchtend das Blau der Augen, so lebendig gewellt das korngelbe Haar, daß er genauso alt hätte sein können wie seine neue Gemahlin Katelina. Er war auch erlesen gekleidet, vom schräg sitzenden breitkrempigen Hut mit seinem Edelsteinschmuck bis zum gefütterten Wams, das ein ganzes Stück über den langen, gut sitzenden Strümpfen endete.

In der Nacht des Brandes hatten er und Gregorio einander von Angesicht zu Angesicht gegenübergestanden. Doch bis Gregorio jetzt den Gesichtsausdruck des anderen sah, war ihm nicht bewußt gewesen, daß auch Simon sich daran erinnerte. Simon sagte: «Dieser Mann kommt nicht von Anselm Adorne.»

Auch das Gesicht des Mädchens hatte sich verändert. Sie wußte offenbar den Tonfall der Stimme ihres Gemahls zu deuten. Ein Blick genügte, und die Dienerin machte einen Knicks und ging. Dann trat die junge Frau an die Seite ihres Gemahls und sah Gregorio an. «Stimmt das?» fragte sie. «Wer seid Ihr? Meine Bedienerin holt den Haushofmeister.»

Gregorio bezweifelte das. Er dachte: sie kennt solche Auftritte. Sie weiß, was geschieht, wenn er die Beherrschung verliert. Er schickte sich zum Sprechen an.

Simon kam ihm zuvor. Er blickte seine Gemahlin an. «Er hat mit Euch gesprochen. Was hat er gesagt?»

Zwischen den buschigen Brauen hatte sich eine Falte gebildet. «Nichts», sagte sie. «Er hat sich nach Henry erkundigt.»

Simon begann zu lachen. Er warf den Kopf zurück und brach in schallendes Gelächter aus. Als er den Kopf wieder gerade hielt, waren seine blonden Wimpern feucht. «Er konnte es nicht lassen», sagte er. «Wie muß er bestrebt gewesen sein, es zu erfahren. Wie muß er gehofft haben, die richtige Nachricht zu hören. Wurde er ohne Gliedmaßen geboren, als Schwachkopf? Schwerhörig, häßlich, verkrümmt? Gewiß habt Ihr ihm gesagt, was er wissen wollte, mein Liebes? Ich hoffe, Ihr habt ihm alles über unseren Henry erzählt.»

Katelina stand regungslos da. Ihr Blick blieb weiterhin auf ihren Gemahl gerichtet. Ihr Mund war erschlafft, während sich der übrige Teil ihres Gesichts auf eigenartige Weise zusammengezogen hatte. Sie schwieg. Simon sagte: «Wißt Ihr nicht, wer dieser Mann ist? Er ist der Buchhalter des Hauses Charetty. Der Bursche, dessen Bücher ich ins Feuer geworfen habe. Er ist vom jungen Claes geschickt, um herauszufinden, was für einen Erben ich habe.»

Inzwischen schien sie es erfaßt zu haben. Er sah, wie ihr Kehlkopf sich bewegte, und ihre Haut war weiß und hellrot gefleckt. «Geht!» sagte sie.

«Nein, kommt herein!» sagte Simon. Er trat näher, die Hand ausgestreckt, um Gregorios Arm zu ergreifen. «Setzt Euch! Erlaubt uns, Euch einen Becher Wein anzubieten! Ich will, daß Ihr zu Claes geht und ihm sagt, daß Ihr auf die Gesundheit des ersten meiner Söhne getrunken habt. Des ersten von vielen Söhnen. Wenn er mich schön bittet, nenne ich einen davon vielleicht Nicolaas.» Sein Gesicht strahlte.

Die Stimme des Mädchens dagegen war wie ein aufstampfender Stiefel. «Nein, das nicht. Geht!» sagte sie. Sie faßte sich ein wenig. «Simon, das bringt Unglück. Was mit Nicolaas – mit Claes – geschieht, hat nichts mit Henry zu tun. Ich will sie nicht miteinander verknüpft haben. Schickt ihn fort.»

«Ich bin nicht hier, um sie miteinander zu verknüpfen», sagte

Gregorio. «Ich bin hier, um über ein Schiff zu sprechen, das *Ribérac* heißt.»

Er hatte erwartet, daß Simon spöttisch alles abstreiten würde. Statt dessen sah Simon von Kilmirren seine Ehefrau an. «Er weiß es!» sagte er. «Ich hoffte so sehr, daß er es erfährt. Dann habt Ihr dem großen Nicolaas also gesagt, daß seine Laufbahn als Kaufherr beendet ist. Wir haben Doria ausgeschickt, der ihm zeigt, wie das geht.»

Der Mann fühlte sich nicht nur zuversichtlich genug, um es zuzugeben – seine Gemahlin wußte es auch. Der wilde Zorn hatte sich wie vom Zauber des Namens Doria beschworen aus ihrem Gesicht zurückgezogen. Jetzt strahlte es nicht nur Ruhe, sondern fast so etwas wie Triumph aus. Gregorio sagte: «Hattet Ihr ihm auch aufgetragen, Marian de Charettys Tochter zu entführen?»

Das Mädchen hob den Kopf. «Ihre Tochter?» sagte Simon.

«Catherine. Zwölf Jahre alt. Ohne Wissen ihrer Mutter hat er sie nach Florenz mitgenommen und dort geheiratet. Dann ist er mit ihr nach Trapezunt gesegelt. Eine gültige Ehe würde Catherines Ehemann natürlich beim Tod der Demoiselle in den Besitz der Hälfte des Hauses Charetty bringen.»

Er hatte zu der jungen Frau hin gesprochen, die von diesem Teil des Plans gewiß nichts wußte. Ihr Gesicht schien dies zu bestätigen. Sie blickte ihren Ehemann fragend, ungläubig und entsetzt an. Simon sagte: «Ich glaube Euch nicht. Wer würde das auch? Die Demoiselle de Charetty wäre sofort schreiend zu allen Advokaten von Brügge gerannt.»

«Möchtet Ihr Pagano Dorias Brief an sie sehen, in dem er davon berichtet?» fragte Gregorio. «Ich habe mehrere Abschriften angefertigt. Wenn ich die Behörden noch nicht verständigt hatte, so auf ausdrücklichen Wunsch der Demoiselle, um des Mädchens willen. Aber es wird früher oder später natürlich bekannt werden. Daß Ihr Doria bezahlt habt, damit er Nicolaas nach Trapezunt verfolgt und, so ist anzunehmen, ihn tötet und das Handelshaus für Euch einstreicht. Die Richter in Schottland und Flandern werden gewiß alles daransetzen, der Gerechtigkeit zum Sieg zu verhelfen.»

«Das steht in Dorias Brief?» fragte der Schotte. Sein Gesicht hatte sich gerötet, so daß seine Augen noch blauer zu leuchten schienen.

Er sah nicht im geringsten erschrocken aus. «Wenn ja, dann lügt er natürlich. Und Ihr freilich auch, ermuntert durch Euren unreifen Dienstherrn.»

«Wenn Nicolaas nichts widerfährt, könnten wir wohl glauben, daß Doria lügt», sagte Gregorio. «Leider aber besteht an der Entführung Catherine de Charettys keinerlei Zweifel.»

«Nicolaas weiß davon?» fragte Simons Gemahlin.

«Er weiß, daß Euer Gemahl Doria geschickt hat», sagte Gregorio.

«Und von dem Mädchen?» fragte Katelina weiter.

«Inzwischen wird er es ohne Zweifel erfahren haben. Sie dürften gemeinsam in Trapezunt sein.»

«Dann kann dem Mädchen weiter nichts mehr geschehen. Er ist ihr Stiefvater. Was hat er über Simon gesagt?» Das Entsetzen war aus ihrem Gesicht gewichen.

«Daß er sich damit befassen würde und wir uns keine Sorgen zu machen brauchten. Daß man seine Ehefrau, die Demoiselle, nicht damit belästigen solle. Leider hat sie es doch erfahren. Deshalb bin ich als ihr Advokat hier.»

Simon lachte ihm plötzlich ins Gesicht. «Ich kann mir nicht denken, warum. Daß ein Lehrling getötet wird! Daß sich jemand des in die Brüche gegangenen Geschäfts einer Witwe bemächtigt! Was soll mich das kümmern? Wir haben nur eine völlig rechtmäßige Mission finanziert, durchgeführt von einem sehr fähigen Mann, der bald beweisen wird, wer am besten geeignet ist, ein Überseekonsulat zu leiten. Wenn er mit einem Vermögen zurückgekehrt ist, wird er mein Genueser Kontor führen.»

«Und Catherine de Charetty?»

Simon war ein wenig blasser geworden, blickte aber nach wie vor ungerührt drein. Er hob eine seidene Schulter. «Trifft mich der Vorwurf, wenn einer meiner Leute ein Mädchen in Schwierigkeiten bringt? Aufgewachsen in demselben Haus wie Claes und die Mutter, war es zweifellos für Männer geschaffen. Ich habe nichts zu sagen. Zerrt mich ruhig vor Gericht, wenn Ihr wollt. Ich bringe so viel über Catherine de Charetty zusammen, daß Ihr wünschen werdet, Ihr wärt nie in meine Nähe gekommen.»

«Nein», sagte Gregorio. «Sie war zwölf Jahre alt und Jungfrau.

Dann werde ich also die Klage noch heute abend vor den Herzog bringen.»

Simon lächelte. «Ihr würdet nicht einmal bis zu seinem Sekretär vordringen.»

«Ich könnte mich an den Schatzmeister wenden», sagte Gregorio. «Pierre Bladelin schuldet mir noch einen Gefallen. Oder ich warte einfach hier in diesem Hause und spreche mit Henry van Borselen. Es gehört gewiß zum Amt des Goldenen Vlieses, die Jungen und Schwachen gegen ihre Ausbeuter zu schützen. Und diejenigen zu bestrafen, die anstatt für den Glauben zu streiten andere ausschikken, um Schiffe, Geld und Mühen bei einem persönlichen Rachezug zu verschwenden.»

«Und Nicolaas streitet für den Glauben?» sagte Katelina spöttisch.

Er wandte sich zu ihr um. «Er hat hundert Bewaffnete mitgenommen, die Kaiser David dienen.»

«So wie Doria eine Schiffsladung Waffen und Rüstungen mitgenommen hat», sagte Simon. Er lächelte. Gregorio verabscheute dieses Lächeln.

Gregorio sagte: «Das wissen wir natürlich. Aber was wird er damit machen?»

Er fing Simons scharfen Blick auf und wußte, daß Simon sich vielleicht zum ersten Mal Zeit nahm, um nachzudenken. Er hoffte, er dachte über Pagano Doria nach. Indem er Catherine heiratete, hatte Doria vielleicht ein wenig mehr Macht an sich gebracht, als Simon lieb war. Wenn Doria nicht wollte, bestand für ihn nicht mehr die Notwendigkeit, als irgend jemandes Mittelsmann und Werkzeug aufzutreten. Simon sagte: «Claes – er hat Euch diesen Auftrag gegeben, nicht wahr?»

Die veränderte Stimme hätte ihm eine Warnung sein sollen, auch ohne das plötzliche Eingreifen des Mädchens. Katelina sagte zu ihrem Ehemann: «Wie könnte er das, von Trapezunt aus? Wenn Doria ein Unrecht getan hat, könnt Ihr es ihm vorhalten, wenn er zurückkehrt. Meester Gregorio ist ein vernünftiger Mann. Er wird bis dahin warten.»

«Vielleicht kommt er nicht zurück», sagte Gregorio. «Ich glaube, ich werde auf Herrn Henry warten. Er ist doch der Großvater Eures

Sohnes? Ihm dürfte mehr als den meisten anderen am guten Ruf seiner Familie gelegen sein.»

Er hatte gehofft, die Oberhand zu gewinnen und dann seine Bedingungen stellen zu können. Er hatte Simon falsch eingeschätzt. Das Aufblitzen eines Degens war das erste, was er sah, ehe er noch Katelinas ersticktes Aufschrei hörte. Er sprang zur Seite, tastete noch nach dem Griff seines Dolchs, als Simon schon mit blanker, blinkender Klinge auf ihn zukam. «Ich schütze lieber den Ruf meiner Familie auf meine Weise», sagte er. «Ehrenvoll. Mit dem eigenen Leib. Nicht nach Schreibermanier mit Tinte. Verriegelt die Tür.»

«Nein», sagte Katelina.

Simon wandte den Kopf. Gregorio schwang sich über den hinter ihm stehenden Tisch und war auf halbem Weg zwischen Simon und der Tür, als Simon sich gegen eine Truhe stemmte und sie davonschob, daß sie an die Türfüllung donnerte. Dann richtete er sich auf. «Jetzt!» sagte er.

«Ehre?» sagte Gregorio. «Degen gegen Dolch?»

Er glaubte, Simon sei nicht mehr klaren Verstandes, doch da lächelte der andere. Ohne den Blick von ihm abzuwenden, sagte er: «Holt den anderen.»

«Nein!» sagte Katelina abermals.

«Dann wird er mit einem Dolch kämpfen müssen», sagte Simon.

Sie sah ihn an, dann rannte sie zu der Tür, durch die sie hereingekommen war.

Während der Augenblicke, die sie fort war, stand Gregorio da und kam sich töricht vor, obschon ihn gleichzeitig Angst gepackt hatte. «Was soll das nützen, Herr?» sagte er. «Man weiß, daß ich hier bin.»

«Und man wird wissen, wie Ihr gestorben seid», sagte Simon. «Ihr kamt, um mich zu töten, auf Anweisung von Nicolaas. Ah, da ist der Degen. Könnt Ihr fechten, ein wenig?»

«Es genügt», sagte Gregorio. Der Zorn, der ihn plötzlich erfüllte, ließ ihn alle Vorsicht vergessen. «Ihr eingebildeter Narr», sagte er. «Was stellt Ihr Euch vor? Da ist ein Mädchen ins Unglück gestürzt, seine Familie krank vor Sorgen, und anstatt Euch dem zu stellen wie ein Mann, schiebt Ihr es auf andere. Nicolaas ist zehn von Eurer Art wert.»

Der Degen fuhr ihm am Hals vorbei, als er noch die letzten Worte sprach. Er hob seine Klinge an, und sie wehrte die Simons ab, als sie zuerst nach seinem Leib, dann nach seinem Herzen ausstieß. Er stolperte über eine Truhe, spürte den Stahl, der ihm durch den Unterarm fuhr, und parierte abermals die Klingenspitze, die seinen Kopf zum Ziel hatte. Er klatschte gegen die Wand, duckte sich und schaffte sich aus einer Ecke heraus. Er hatte Simons ganzen Zorn auf sich gezogen, und jetzt war keine Zeit mehr für Worte.

Ein lombardischer Rechtsgelehrter war kein Gegner für einen in kriegerischen Künsten geübten Mann, einen erfahrenen Turnierkämpfer und Fechter wie Simon. Gregorio kämpfte, weil er nicht sterben wollte. Er focht einen Abwehrkampf, wich aus, wo er konnte, parierte, wo er konnte. Es schien länger zu dauern, als er für möglich gehalten hatte. Das Mädchen Katelina kauerte geräuschvoll atmend wie ein ängstlicher Hase bei der Fensterbank. Die Haupttür war versperrt. Bald lagen umgestürzte Hocker auf dem Boden, Kissen, Tische, die Scherben eines Kaminschirms, einer Schüssel. Ein Messingkrug klapperte in einer Ecke vor sich hin, bis ihn ein Fuß klirrend zur Seite kickte. Er glaubte, der Lärm allein müsse Hilfe herbeirufen, doch niemand kam, niemand rief. Gregorio hielt sich für gelenk, doch Simon hatte das ganze Leben lang seine körperlichen Fähigkeiten ausgebildet. Und nun, als er ermattete, täuschte Simon Angriffe vor und sprang herum, und obschon Gregorio die Klinge abfangen konnte, ließ die Wucht des Stoßes ihn doch zur anderen Wand zurücktaumeln.

Ein Stück weiter, noch immer halb geöffnet, war die Tür zu dem anderen Gemach. Dort drinnen war es still. Als Gregorio mit einem Knie zu Boden ging, kam ihm der Gedanke, sich durch diese Tür hindurchzukämpfen, aber er fragte sich, was ihm das wohl nützen würde. Er konnte den Kampfplatz ein wenig vergrößern, konnte vielleicht sogar davonrennen, während ihm Simon den Rücken durchbohrte. Er wußte, daß Margot ohnehin äußerst böse sein würde, und er sollte ihr wenigstens nicht den Eindruck hinterlassen, daß er seine Sache feige vertreten hatte. Simon schickte sich inzwischen an, seine Sache mit beiden Händen am Griff seiner Klinge zu vertreten.

Mit einem geschwächten linken Arm konnte Gregorio einen solchen Stoß nicht abwehren. Er warf sich zur Seite, rollte sich ab und kam auch halb wieder auf die Beine, doch er wußte, es war zwecklos. Mit meisterlicher Leichtigkeit wechselte Simon den Griff und den Winkel seines Stoßes. Die Spitze seines Degens drang durch Gregorios Schulter. Er bäumte sich auf, als die Klinge wieder herausgerissen wurde, blutrot. Dann sah er, daß Simon, die Augen zwei schmale Spalte, die Waffe erneut erhoben hatte zum allerletzten Hieb.

Gregorio sah verschwommenen Blicks auf. Der Degen war nicht heruntergekommen. Er sah den pelzbesetzten Saum von Simons Rock und die schöne Lederarbeit seines Gürtels und Degengehenks und eine Menge unschönen Rots auf der Brust, das sein Blut sein mußte. Und Simons glattes Kinn, trotzig angehoben, und seine Augen, die nicht mehr tödlich und zusammengekniffen, sondern offen und eher leer blickten.

Eine Stimme sagte: «Nun, mein Lieber, ich finde, das genügt für heute. Katelina, ich glaube, mein Sohn bedarf der Wäsche und eines neuen Gewands. Und diese Unordnung! Die Jungen beim Spielen. Ergötzlich, aber nicht recht in Einklang mit der langweiligen Welt, in der wir anderen überleben müssen, wenn die Jungen nicht mehr jung sind, nicht einmal ergötzlich, fürchte ich. Wahrhaftig, man wird uns nie mehr erlauben, hierherzukommen.»

Simon stand da, ohne sich zu bewegen. Die Stimme sagte kalt: «Nimm den Degen herunter, du Narr. Sonst hole ich meine Stallburschen und lasse dich verprügeln.»

Simons Gesicht war kalkweiß. Einen Augenblick lang schien sich der Degen zu bewegen, als würde er ihn gern gebrauchen, und nicht gegen Gregorio. Dann ließ er ihn sinken.

«Und jetzt, armer Magister Gregorio, wie steht es mit Euch?»

Er schien sich nicht mehr ganz auf seine Augen und Ohren verlassen zu können, doch über sich sah Gregorio ganz deutlich die Gestalt des unförmigsten, dicksten Mannes, dem er je begegnet war, in üppigem Samt und einem breitkrempigen Pelzhut, der ein Dutzend Männer trockengehalten haben würde. Die auf ihn gerichteten Augen blickten so eisig, wie die Frage geklungen hatte.

Er konnte nicht sprechen. Der Mann lächelte, ungerührt. Er sagte: «Vicomte Jordan de Ribérac. Ihr habt von mir gehört. Es war mein Schiff, das mein Sohn hier so unbesonnen aus Antwerpen fortholte ohne meine Erlaubnis. Ich glaube, es heißt jetzt *Doria*. So zweckmäßig, nicht wahr, für Kolchis und das Vlies. Wir sind hier so sehr vom Gold verfolgt. Wir lassen uns aber lieber vom Gold verfolgen als von Advokaten, und im Gegensatz zu meinem Sohn ziehe ich der raschen Tat das Reden vor. Werdet Ihr mit mir reden, mein lieber Magister Gregorio? Wenn Euch wohler ist?»

«Ihr habt zugesehen?» brachte Gregorio hervor. Er sah verschwommen, daß Katelina, die kein einziges Wort gesprochen hatte, neben der Fensterbank vom Boden aufgestanden war und sie anblickte.

Jordan de Ribérac lächelte. «Habe ich länger gewartet, als Euch lieb war? Ich wollte doch sehen, ob Ihr kämpft. Ihr habt gekämpft. Nicht sehr gut, aber Ihr habt gekämpft. Erlaubt mir, dafür zu sorgen, daß man sich um Eure Ehrenwunden kümmert.»

Um Gregorios Ehrenwunden kümmerte sich, während er in einem anderen Gemach auf einer Pritsche lag, die weiß behaubte Frau, die er bei der Näharbeit angetroffen hatte. Sie schien sich auf Degenwunden so gut zu verstehen wie auf Säuglinge. Eine Zeitlang, benommen von starken Würztränken und zwischen verschiedenen Stadien der Bewußtlosigkeit schwankend, kam er sich wie ein solcher vor. Als er das letzte Mal aufwachte, brannten Kerzen, und Jordan de Ribérac saß auf einem Stuhl neben ihm, die Hände auf dem Knauf eines Stocks. Gregorio bewegte sich vorsichtig.

«Ah», sagte der dicke Mann. «Der Paladin ist wiedererwacht. Das freut mich. Ich feiere lieber zusammen mit Louis de Gruuthuse die schwerverdiente neue Ritterwürde. Ich hoffe, Ihr fühlt Euch imstande, die Rückreise anzutreten?»

«Gewiß», sagte Gregorio in knappem Ton. Wie er sah, trug er schon das Hemd eines anderen, und am Fußende des Lagers wartete ein unbekanntes Wams. «Wenn ich bekommen habe, weswegen ich gekommen bin», setzte er hinzu.

Der dicke Mann lachte. Seine Kinnfalten glänzten. «Wird uns nicht gedankt für unsere Mühe?»

Gregorios Augen hielten dem unangenehmen Blick des anderen stand. «Natürlich bin ich dankbar», sagte er. «Ich danke Euch.»

«Bedankt Euch bei Agnès», sagte Jordan de Ribérac. «Sie hat Euch gerettet.»

«Die Dienerin Eures Sohns?»

«Das glaubt er», sagte der dicke Mann.

«Ihr laßt ihn bespitzeln?»

«Gewiß. Wir können uns nicht ausstehen. Aber das bedeutet nicht, daß ich ihn als Mörder oder Schwachkopf dargestellt sehen möchte. Weder Agnès noch ich retten die Opfer meines Sohnes aus Menschenliebe, Magister Gregorio. Glaubt Ihr wirklich, dieser arme Nicolaas sei zehn Simons wert?»

«Ich denke, das sind die meisten Menschen», sagte Gregorio und zuckte wider Willen zusammen. Der Stock schnellte hoch, wurde bewußt über seiner Wunde in der Schwebe gehalten, hing dort einen Augenblick glänzend in der Luft und fuhr dann zu einem heftigen Schlag auf die andere Schulter herunter. Dann wurde die Spitze wieder langsam dem Boden zugekehrt.

«Hütet Eure Zunge», sagte der Vicomte de Ribérac ruhig. «Das Gesicht des jungen Claes sollte Euch eine Mahnung sein. Er ist, wie Ihr vielleicht wißt, daran schuld, daß ich zur Zeit hier im Exil leben muß. Oder seid Ihr Euch der tödlichen Neigungen Eures Jünglings nicht bewußt? Sie gehen, das versichere ich Euch, weit über alles hinaus, was mein törichter Simon je getan hat.»

«Trotzdem...», begann Gregorio.

«...Trotzdem wünscht Ihr, daß Simon die Rückkehr unseres schmucken Freundes Pagano Doria befiehlt oder zumindest seine Anweisungen ändert. Ihr wünscht auch Doria dafür zur Rechenschaft zu ziehen, daß er seine unbestrittenen Reize dazu gebraucht hat, Marian de Charettys unglückliche Tochter zu verführen und sogar zu ehelichen. Ihr wünscht, daß die Ehe für ungültig erklärt oder öffentlich angeprangert oder in Abrede gestellt wird: womit immer das Mädchen sein Gesicht wahren und Doria gehörig bestraft werden kann. Und als Gegenleistung seid Ihr bereit, über den Anteil meines Sohnes an der Geschichte Stillschweigen zu bewahren?»

«Ich hätte es nicht besser ausdrücken können», sagte Gregorio.

«Ihr scheint überrascht. Ihr habt aber die Rechtsgelehrsamkeit nicht allein gepachtet, Magister Gregorio. Ist Euch klar, daß Ihr

Doria damit zum Tod oder zu lebenslänglichem Landesverweis verurteilt?»

«Das war meine Absicht», sagte Gregorio.

«Und daß er, weit in der Ferne jetzt, Eurem Handelshaus noch immer schaden könnte, ehe eine Nachricht meines Sohnes ihn erreicht hätte?»

«Ich hoffe, er tut es nicht», sagte Gregorio. «Denn die Demoiselle wird, durch mich, volle Wiedergutmachung verlangen.»

«Für das Handelshaus – sie soll sie haben», sagte Jordan de Ribérac. «Für das Leben von Nicolaas...» Er warf etwas in die Luft, fing es auf und legte es mit einem leichten Klatsch aufs Lager. «Einen Silbergroschen. Abgegriffen, fürchte ich. Ich mußte ihn heute von seinen Gefährten trennen. Seht Ihr, mein lieber Herr, es ist Nicolaas' Schicksal, Rivalität, Argwohn, Feindschaft auszulösen. Durch eines davon, daran zweifle ich nicht, wird er den Tod finden, und der Hand Pagano Dorias bedarf es dazu gar nicht. Ihr könnt nicht erwarten, daß ich Euch dafür etwas zahle.»

«Aber Ihr legt das alles schriftlich nieder?» fragte Gregorio.

«In der Tat, ja», sagte Jordan de Ribérac. «Wenn Ihr Beweise dafür vorbringen könnt, daß mein Sohn die Entführung dieses dummen Kindes angeordnet hat.»

Gregorio sagte: «Ich kann beweisen, daß Doria in seinem Auftrag handelt. Und daß er in Antwerpen Euer Schiff an sich genommen hat.»

«Mit meiner Erlaubnis!» erwiderte der dicke Mann sofort. «Ich habe Simon natürlich mein Schiff geliehen. Simon sollte in Genua ein Kontor einrichten und einen Vertreter nach Trapezunt schicken. Ich sagte Euch ja, wie nah wir uns stehen.»

«Dann würdet Ihr also alles abstreiten, wenn ich die Anklagen vorbringe», sagte Gregorio. «Und Ihr legt nichts schriftlich nieder. Und wer weiß, was inzwischen geschieht? Wir können sie erst in vier Monaten erreichen.» Er hielt sich die brennende Schulter. «Ich habe Euch in die Knie gezwungen, ha», sagte er in bitterem Ton.

«Das bringen sehr wenige fertig», sagte Jordan de Ribérac. «Aber Ihr habt mich auf eine Narretei meines Sohnes aufmerksam gemacht, von der ich noch nichts wußte, und dafür bin ich Euch dankbar. Freilich biete ich Euch kein Gold an, das Ihr mir ins Gesicht schleudern würdet. Ich werde Euch jedoch nach Hause bringen lassen auf eine Art, die Eure Wunden schont, und für Bewirtung unterwegs für Euch und Eure Leute ist auch gesorgt.»

«Und Euer Sohn?» fragte Gregorio. «Was wird er tun?»

Der dicke Mann erhob sich. Im Stehen, die Hände auf seinem Stock, vermittelte die Breite der Schultern und des Brustkorbs eine Ahnung davon, was für eine Kraftgestalt er wahrscheinlich einmal gewesen war. Man konnte sich von fern vorstellen, wie er den trefflichen Simon gezeugt haben mochte. Er sagte: «Wenn Doria ihm den Dienst versagt, wird St. Pol sich selbst um die Sache kümmern müssen. Er hat seinen Erben, er ist frei. Es sollte mich nicht wundern, mein törichter Freund, wenn Simon sehr bald nach Genua abreiste. Oder wo er sonst Neues über Doria erfahren kann. Denn es ist schließlich durchaus möglich, daß Doria seine Grenzen weit überschritten hat.»

«Wird Euer Sohn auf Euch hören?»

Kurzes Schweigen. Dann ging langsam ein Lächeln über das Gesicht des dicken Mannes. «O ja», sagte er. «Simon wird auf mich hören. Auf seine Gemahlin aber, das muß ich Euch sagen, habe ich nur sehr wenig Einfluß. Das ist vielleicht die wertvollste Mahnung zur Vorsicht, die Ihr je erhalten habt.»

KAPITEL 25

NOCH EINE KURZE ZEIT NACH AUSBRUCH des Fiebers war Nicolaas zu schwach, um mehr tun zu können als nachzudenken, doch schon recht bald danach war er wieder auf den Beinen: fröhlich, willig, hilfsbereit. Dienstboten und Mannschaft hießen ihn stillschweigend willkommen und brachten ihm den gleichen rauh-herzlichen guten Willen entgegen wie früher. Der Name Simon von Kilmirren sagte ihnen nichts: ihnen war es gleich, wer Doria bezahlte.

Er bedeutete auch Astorre recht wenig, dessen Verachtung für Herrn Simon ungetrübt war, oder John le Grant, der nie von ihm gehört hatte. Blieb das Trio Julius, Gottschalk und Tobie, deren Einstellung zu ihrem ränkevollen Junior einen wesentlichen Wandel erfahren hatte. Julius faßte seine neuerliche Doppelzüngigkeit als persönliche Beleidigung auf. Sie verstärkte nicht nur seinen Haß auf Doria, sie machte ihn noch argwöhnischer und noch zorniger auf Nicolaas, der, obschon er doppelten Anlaß dazu gehabt hätte, Doria nicht von Mann zu Mann gegenübergetreten war und dies auch Julius nicht erlaubt hatte. Die anderen, die wußten, welche Schmach er Simon zugefügt hatte, sahen nun an Nicolaas sowohl das Häßliche wie das Gewinnende offenbart.

Nicolaas selbst tat so, als bemerke er nichts. Er wohnte allen Besprechungen bei, die Julius einberief, und trabte neben jeder Abordnung her, die bei möglichen Käufern oder Verkäufern vorsprach, Bestellungen überprüfte oder mit einem Problem des Geldwechsels beschäftigt war. Er verbrachte viel Zeit mit sich allein. Seine Genossen hatten ihre Drohung wahrgemacht und ihm jede Bewegungsfreiheit entzogen. Obschon nach außen hin noch immer Leiter der Niederlassung, besaß er in Wirklichkeit keinerlei Macht.

Um alles, was mit Astorres Leuten zu tun hatte, kümmerte sich Julius. Le Grant wurde die Verantwortung für die Ausbesserungsarbeiten an der Galeere und für die Angelegenheiten der Seeleute übertragen. Versorgung und Haushaltsführung gingen in die fähigen schwarzen Hände Loppes über, der sich als der beste Verwalter erwies, dem einer von ihnen je begegnet war. Dies ließ Gottschalk und Tobie Zeit, unterstützt wiederum durch le Grant, dem Schatzmeister Amiroutzes mittels sanfter Tortur die nötigen Mittel für den neuen florentinischen Fondaco abzuringen. Zwischendurch besuchte Gottschalk alle Klosterkirchen in der Runde, kaufte an Schriften auf, was er konnte, und stellte eine größere Zahl von Schreibern zu gewinnbringender Arbeit an. Julius, der Nicolaas aus dem Wege ging, beauftragte einen Kontoristen mit der Gegenprüfung seiner Kalkulationen.

Sie wurden alle mit Trapezunt vertraut. Der fortschreitende Frühling brachte mehr Regen und zunehmende Wärme, die Küste und Gebirge in leuchtendes, kräftiges Grün kleideten und jeden freien Raum mit prächtigen Blüten überzogen. Wächserne, duftende Blumenblätter stießen durch hohe säulenverzierte Fenster. Wehen von Kirschblüten und Birnblüten ließen sich in Wamsfalten und auf Strohhüten nieder, alles schoß ins Laub. Märkte quollen über. Eine Straße der Schreiner wachte eines Morgens auf und war eine Straße der Melonen, der Käselaibe, der Schlachthühner.

Nichts war in der Tat ganz so ordentlich, wie man es von der kaiserlichen Familie der Hellenen hätte erwarten sollen, der Autokratie des gesamten Ostens, Iberiens und der überseeischen Provinzen. Die bartstoppeligen Bergbewohner, die über die Pässe herunterkamen in Gewändern aus Haartuch und hohen Gamaschen, Ziegen oder korbbeladene Maultiere vor sich hertreibend, hatten mit klassischer Harmonie nichts zu schaffen, ebensowenig wie die dunkelgesichtigen, mit Gold klimpernden Männer, die da hereingeritten kamen, begleitet von zahlreichen bewaffneten Bediensteten zu Fuß, um es sich in den Bädern und Freudenhäusern wohl sein zu lassen. Ihnen saß das Geld locker, und manche von ihnen wohnten in Schlössern. Sie verdienten ihren Lebensunterhalt, indem sie denjenigen, die ihren Weg durch das Gebirge nahmen, Zölle und Schutzgelder abverlangten. Sie brachten Neuigkeiten mit, die nicht alle so ganz neu waren. Ja, es stimmte, was man sich vom Sultan erzählte. Er war schon in Asien, in Ankara. Sein Heer, unter Mahmud Pascha, stand in Bursa, bereit zum Abmarsch. Wohin, das hielt er geheim. Wenn ein Haar in seinem Bart es wisse, so hatte er verkündet, werde er es ausreißen und ins Feuer werfen.

In Trapezunt unternahm der Hof von der Zitadelle aus seine üblichen Andachtszüge: zur Klosterkirche Panaghia Chrysokephalos, zur Klosterkirche von Sankta Sophia jenseits der westlichen Schlucht, zur Kirche von St. Eugenios jenseits der östlichen Schlucht, in der Nähe des Sommerpalasts. Dann folgte ein Ausflug von einer Woche zum Kloster Sumela an der Bergwand. Der Strahl des göttlichen Logos, des Himmelskönigs, Kaiser David, betete an der Spitze aller.

In seinem Zustand geistlichen Wohlbefindens hatte der Hof einige Zeit zur Muße. Er kümmerte sich um seine körperliche Tüchtigkeit, übte sich im Speerwerfen und Bogenschießen und veranstaltete im Tzukanisterion Reiterspiele – alles ohne besondere Kunst.

Er zog nach Süden in die Berge zur zeremoniellen Jagd oder Falkenbeize. Er feierte kleine, erlesene Feste und zog die Gesellschaft gelehrter Männer an sich, die mit geistreichem Gespräch seiner Langeweile abhelfen mochten. Er betätigte sich ausgiebig beim Glücksspiel. Er lauschte Musikdarbietungen. Er las oder ließ sich vorlesen. Er sah sich die Schaustellungen von Künstlern der verschiedensten Art an, von Zwergen und Tieren, und wohnte dem Vorbeiziehen von Gefangenen bei, denen man die Zähne ausgeschlagen hatte und die die Eingeweide von Ochsen und Schafen um die Stirn trugen. Diese mochten landhungrige Nomaden sein oder Räuber, die man erwischt hatte, als sie Dörfer überfielen bei der Suche nach Vorräten, Kochtöpfen oder Kindern, die sie an die Hurenhäuser verkaufen konnten.

Der Hof verbrachte einen großen Teil des Tages mit Schönheitspflege, damit er einen großen Teil des übrigen Tages in einem Zustand körperlichen Wohlbehagens verbringen konnte. Er lag unter Seidenplanen im Sommerpalast, gab sich kleineren Intrigen und beiläufigem Geschwätz hin. Es war eine weibliche Spielart des burgundischen Hofs, welche fleischfressende Blüten hervorbrachte auf einem Blattgrund von Tradition, die auf Homer zurückging.

Die Erinnerung an byzantinische Schlachten war bei seinem Kriegsvolk noch gegenwärtig, doch im Gegensatz zu Burgund hatte er keine Orden zur Förderung der Künste seiner Ritter geschaffen, noch hatte er bis jetzt daran gedacht, die Kampftüchtigkeit zu dingen, die zu erhalten er versäumt hatte. Auf seinem schmalen Gebietsstreifen und aus dem Kreis seiner Anhängerschaft weiter im Hinterland konnte Trapezunt an einem guten Tag auf zweitausend Mann Fußtruppen und Reiterei zählen. Die großartigen Zahlenangaben für Flotte und Heer, die beim letzten Hilferuf des Kaisers an den Westen gemacht worden waren, schienen vergessen zu sein. Die gegenwärtige kleine Krise war anders: war überhaupt keine Krise. Die Heiden kämpften untereinander. Das war gewiß traurig für Fürst Uzun Hasan, Trapezunts persischen Verbündeten. Aber was konnte Trapezunt tun? Astorre, der in den steilen Straßen von einem Horchposten zum anderen eilte, verwandte viel Zeit darauf, herauszubekommen, wie stark Trapezunt wirklich war und wie seine Hauptleute wirklich über den Krieg dachten.

Julius, der Kriege liebte, war ihm dabei eifrig behilflich. Gelegentlich packte ihn zornige Besorgnis, wenn er an Catherine de Charetty dachte, die dem Blick der Öffentlichkeit zumeist hinter den Mauern des Leoncastello entzogen war. Sie suchte tatsächlich, wie sie gesagt hatte, manchmal die Frauengemächer im Palast auf und nahm bisweilen an den Dingen teil, mit denen man sich dort die Zeit vertrieb. Doch wie vorauszusehen gewesen war, leistete sie mehr den Hofdamen der Kaiserin Gesellschaft als der Kaiserin selbst. Ob sie je bei Violante von Naxos geweilt hatte, war bis jetzt unbekannt.

Auch Tobie hatte die üppig verschleierte kleine Gestalt gesehen, wie sie, auf einem Maultier sitzend, von ihrer Zofe und ihrem genuesischen Gefolge hierhin und dorthin begleitet wurde – manchmal zum Markt, manchmal zu Besuchen bei den Mätressen der anderen Kaufleute. Ob ihr schon bewußt geworden war, daß es sich bei diesen nicht um die angetrauten Ehefrauen handelte, war ebenfalls unbekannt. Doria selbst war oft in kaiserlicher Gesellschaft abwesend. Nicolaas, zur Jagd, zum Rennen oder zum Ringkampf befohlen, war durch seine Krankheit genügend entschuldigt und nahm zunächst gar nicht wahr, daß er eingeladen worden war. Später dann schickte er John le Grant statt seiner, mit einer ganzen Anzahl von Plänen. Zu den Genossen zurückgekehrt, gab sich der Aberdeener, dessen Gesicht leicht gerötet war, ein wenig zurückhaltend. Er sagte ihnen jedoch immerhin, als der Kaiser von seinen Erfahrungen mit serbischen Minierern gehört habe, habe er ihn gebeten, sich mit seinen Hauptleuten zu besprechen.

Mehr wollte er nicht sagen, obwohl sie mit anzüglichen Sticheleien mehr aus ihm herauszubekommen versuchten. Als sie sahen, daß Nicolaas in der Nähe war, hörten sie auf oder gingen hinaus. Le Grant vermutete, daß er alles mitangehört hatte. Er vermutete auch, daß Nicolaas im Gegensatz zu den anderen klar war, daß ein Mann, der sich Donatellos Freundschaft bewahren konnte, ohne seine Neigungen zu teilen, kaum durch Annäherungsversuche bekümmert werden konnte. Wenn Nicolaas das gerötete Gesicht auffiel, würde er schwerlich etwas dazu bemerken. Sie waren nicht allein. Le Grant sagte, während er zur Fensterbank hinüberging: «Ich habe die Pläne mitgenommen und sie erläutert. Mußte überall herumgehen wie ein Hausierer.»

«Sie mögen rotes Haar», sagte Nicolaas, ohne sich zu bewegen. «Eines Tages machen sie daraus eine Perücke. Ihr werdet abziehen, kahl wie Tobie.»

Seit seiner Krankheit hatte Nicolaas – der Löwe, der ewige Mime – nie mehr eine lustige Bemerkung zu Tobie oder Gottschalk gemacht. Zwischen diesen dreien lag noch etwas mehr als die Beschwerden, von denen er erfahren hatte. John le Grant war es gleich, was es war. Ihm ging es jetzt nur darum, eine Botschaft zu überbringen. Er hatte einen Bericht zu erstatten, und das wollte er unter vier Augen tun.

Er hatte natürlich die Fortifikationspläne mit in den Palast genommen und war dazu von jedem emporgekommenen kleinen Befehlshaber befragt worden. Dann war er zu Violante von Naxos gegangen. Er hatte auch ihre Pläne mitgenommen.

Nicolaas war es, der diesen Besuch vorgeschlagen hatte. Wenn seine Genossen es herausfanden, würde er Ärger bekommen. Mit Nicolaas sprach keiner mehr allein. Astorre freilich würde sich nicht daran kehren. Doch selbst Astorre wußte nicht, daß er Violante aufsuchte. Und er war sich jetzt nicht sicher, ob er auch nur Nicolaas sagen sollte, was geschehen war, nachdem er ihr Gemach betreten hatte.

Zunächst war sie anders als in der Öffentlichkeit, trug fast keine Schminke auf dem Gesicht und hatte das byzantinische Gewand mit einem strengen Kleid nach venezianischer Art vertauscht. Sie hatte die Eunuchen hinausgeschickt und nur zwei Frauen bei sich behalten, die wohl ihre Vertrauten waren. Er verneigte sich dreimal im Näherkommen, vollführte aber nicht die Niederwerfung, die er Konstantin, dem großen Kaiser, in den letzten Tagen von Konstantinopel erwiesen hatte. Sie wußte, wer er war, und bot ihm sogleich einen Hocker an. Dann fragte sie: «Was ist das für eine Krankheit?»

Er hatte sich keine Überraschung anmerken lassen. «Nicolaas', Despoina? Ein Sumpffieber, weiter nichts.»

«Ist er in seiner Freiheit eingeschränkt? Es ist eine lange Krankheit, für ein Fieber.»

Das war eine Frage. Man konnte ihr natürlich nicht trauen, aber er wollte sehen, wie weit er gehen konnte. Er sagte: «Er erholt sich, vielleicht ein wenig schneller, als einigen von uns lieb ist. Sie haben ihn an die Leine gelegt.»

«Oh? Ist er doch zu unreif? Aber habt Ihr einen Nachfolger? Ich bin keinem begegnet.»

«Ich auch nicht», sagte John le Grant. «Nein. Es heißt vorläufig: gemeinsame Beschlüsse, bis er nicht mehr eigene Wege geht, ohne seine Genossen zu befragen. Dies jetzt ist keine Angelegenheit des Handelshauses, sonst wäre ich nicht hier.»

«Wie ist er seine eigenen Wege gegangen?» fragte sie.

«Das müßt Ihr ihn selbst fragen», sagte John le Grant. «Er hat sich als nicht ganz aufrichtig erwiesen. Und dann hat Herr Doria natürlich eine Geschichte von Badejungen verbreitet. Ihr werdet davon gehört haben.»

Er blickte sie fest an. Sie blickte unbeweglich zurück. Wer immer unreif sein mochte, Violante von Naxos war es nicht. Sie sagte: «Ich glaube, Ihr habt vergessen, wo Ihr seid.»

«Ich bitte Eure Hoheit um Vergebung. Für sich allein wäre es nicht wichtig gewesen, aber er hat noch ein paar andere Fehler gemacht, wie ich höre. Die Sitten sind sehr verschieden. Nicht jeder kennt Venedig und Anatolien. Nicht jeder versteht den großen Komnenen so gut wie Ihr. Der Kaiser ist nicht Herzog Philipp.»

«Nein. Er ist Statthalter Christi», sagte sie. «Er *ist* die Kirche. Er ist die lebende Verkörperung der Gelehrsamkeit des klassischen Griechenland. Wie schwach ein Basileus auch immer sein mag, diese Lasten muß er tragen.»

Es war sehr still. Wenn er ein anderer Mensch oder jünger gewesen wäre, hätte ihn die Wendung beunruhigt, die das Gespräch nahm. Er sagte: «Bei der Ostermesse sah ich den Kaiser als entrückte Gestalt. Er weist dem Gelehrten einen Platz an seiner Seite zu. Aber der Rest seines Lebens, so wird gesagt, ist einfach Eitelkeit.»

«Diese Dinge sind auch Eitelkeit», sagte die Großnichte des Kaisers. «Aber ohne ihn könnte weder die Kirche noch die Gelehrsamkeit gedeihen. Und nach ihm könnte ein fähiger Mann kommen. Habt Ihr daran gedacht, Schotte? Oder würdet Ihr ehrliche Dummheit vorziehen, die auf dem Grabstein der Kultur hockt?»

«Ich würde Uzun Hasan vorziehen», sagte John le Grant.

Ein langes Schweigen. Dann sagte sie: «Nun? Ihr müßt mir doch noch mehr zu berichten haben.»

«Mir wurde gesagt, ich solle Euch aufsuchen, Euch darlegen, was er macht, und nach Euren Wünschen fragen. Mehr hat er nicht gesagt. Deswegen beschweren wir uns ja.»

«Aber Ihr müßt doch wissen, wie er über den Kaiser denkt?»

«Ja, das weiß ich», sagte John le Grant. «Aber gleich mir betrachtet Nicolaas alles wie jemand, der mit mechanischen Dingen umgeht. Ein fehlerhaftes Zahnrad ändert nichts am Prinzip. Der Kaiser ist nicht Teil der Gleichung, noch Uzun Hasan oder auch Mehmed, sondern das, wofür sie stehen.»

«Ihr seid gleich», sagte sie.

«Nein», sagte John le Grant. «Ich möchte um nichts auf der Welt wie dieser junge Bursche sein.»

Nichts von Bedeutung wurde mehr gesprochen. Er ging bald darauf und war ungehalten über die derben Späße zu Hause im Fondaco, weil er mehrere Entscheidungen zu treffen hatte. Zu guter Letzt erzählte er Nicolaas alles, was die Frau ihm gesagt hatte. Das Gespräch fand bei Einbruch der Dunkelheit in der Schlafkammer statt, wo Nicolaas noch immer einen großen Teil seiner Zeit verbrachte. Er konnte in dem immer schwächer werdenden Licht nicht sehen, wie der andere es aufnahm. Schließlich fragte Nicolaas: «Warum habt Ihr Uzun Hasan erwähnt?»

«Er ist ihr Onkel», sagte John le Grant. Er wartete und setzte dann hinzu: «Sie kennt Eure Ansicht nicht.»

«Aber ich scheine die ihre zu kennen», sagte Nicolaas. «Wenn Ihr nichts ausgelassen habt.»

«Ich hab's gewollt», sagte John le Grant. «Aber ohne die Tatsachen zu kennen, könntet Ihr sie nicht auslegen.» Er wartete abermals. «Ihr wißt, Ihr kommt nicht davon. Ihr denkt wie Julius, oder Ihr denkt wie Ihr. Eure Schmetterlingstage habt Ihr hinter Euch.»

«Ich begreife nicht», sagte Nicolaas, «wie Ihr anderer Meinung sein könnt als alle übrigen von uns. Alle anderen glauben, dies *seien* meine Schmetterlingstage.»

Er hörte sich ganz vergnügt an. Aber da kam Loppe herein und hielt einen Fidibus an die Lampe, und le Grant sah, daß sein eingefallenes Gesicht völlig ausdruckslos war.

Daß die unausgeglichene Genesungszeit, die Wochen des Zwangs und Argwohns ein Ende nahmen, bewirkte bezeichnenderweise Julius, wobei Tobie Vorschub leistete.

Anderenorts in der Stadt und in seiner Freiheit keineswegs eingeschränkt, kam Pagano Doria diesen ganzen zur Fülle gelangenden Frühling hindurch mit Freuden jedem Geheiß des Kaisers nach. Es war nicht schwer, seine Gänge zu verfolgen.

Als man ihn wieder einmal abwesend wußte, begab sich Julius ins genuesische Konsulat und verlangte die Demoiselle Catherine zu sprechen – und kehrte sprachlos vor Zorn zum florentinischen Fondaco zurück.

Es war Nachmittag, die Zeit, da Trapezunt sich ausruhte, ganz gleich, wie eifrig seine ausländischen Kaufherren ihren Geschäften nachgehen mochten. Nach einem arbeitsreichen Morgen, der mit dem ersten Tageslicht begonnen hatte, war Tobie mit einem Spiel Karten in den kleinen Lustgarten hinausgegangen, den sich Alighieri hinterm Haus geschaffen hatte. In einem Teich plätscherte ein Springbrunnen, und Mandelbäume spendeten einem Tisch und Bänken aus Marmor Schatten. Heute war die Sonne dunstig warm, und die Tulpen, welche die Wasserläufe säumten, schienen aus scharlachrotem Atlas zu sein. Der Duft der Narzissen und Hyazinthen war betäubend.

Ärgerlicherweise war Nicolaas schon da – er lag mit offenem Hemd auf einer der Bänke. Wenn er einmal müde war, dann weniger vom Gehen, so vermutete Tobie, als vom grenzenlosen Druck der Enttäuschung und Tatenlosigkeit. Er schlug die Augen auf, als Tobie unvermittelt innehielt, und schloß sie dann wieder. Schweigend steuerte Tobie weiter auf den Tisch zu, setzte sich, mischte die Karten und gab sie aus, während er Nicolaas den Rücken zukehrte. Vor zwei Wochen hätten sie zusammen gespielt, jetzt spielte er gegen sich selbst, machte dabei Fehler und wußte genau, daß sie bemerkt worden waren. Doch als er den Kopf wandte, hatte sich Nicolaas abgewandt.

Tobie hatte sich wie Gottschalk gefragt, was man von Nicolaas zu erwarten hatte, wenn er erst wieder genesen war. Nur sie beide wußten von der schlimmen Geschichte mit Katelina van Borselen. Seit er sich verraten hatte, war Nicolaas nie wieder darauf zu sprechen gekommen. Er hatte auch deutlich gemacht, daß die Angelegenheit für ihn abgeschlossen war. Obschon nie verdrossen, war er weit davon entfernt, sich in ihrer Gegenwart über irgend etwas freimütig zu äußern. Der breite Strom von Spekulation, Wortspiel, fröhlichem Spott und Ideen war jäh versiegt. Der Schlag der Aufdeckung war zu hart gewesen, um leicht abgetan werden zu können, und selbst als die Erschütterung abklang, konnte er schwerlich ohne Verletzung des Anstands zu seiner sorglosen Art von früher zurückkehren. John le Grant war der einzige, mit dem er mehr als ein Wort im Vorübergehen wechselte. Aber John le Grant wußte auch am wenigsten über ihn.

Saßen sie alle zusammen, war es anders. Stumm, außer wenn persönlich angesprochen, gab er seine Meinung so knapp wie möglich kund und hielt sich dann zurück. Nur manchmal, wenn ihn der Weg, für den man sich schließlich entscheiden wollte, nicht ganz vernünftig dünkte, schloß er sich, wenn sie aufgestanden waren und hinausgingen, dem einen oder anderen von ihnen an und äußerte seine eigene Meinung zu der Sache, um dann sogleich von etwas anderem zu reden. Julius und sogar Astorre schien diese Veränderung recht zu sein, offenbar in der Annahme, Nicolaas sei zu den angenehmeren Tagen vor Modon zurückgekehrt – obgleich er natürlich schon damals die Geschichte mit Simon verschwiegen hatte.

Gottschalk hatte sich geweigert, Mutmaßungen anzustellen. Tobie war der Ansicht, daß sich Nicolaas tatsächlich in der einzig möglichen Weise mit dem abfand, was für ihn eine fast vernichtende Katastrophe gewesen war. Er sah auch, daß er sich mit der Zeit an seiner fügsamen Rolle in der Öffentlichkeit zu reiben begann. Er behielt sie bei, weil er mußte, doch bisweilen hörte ein aufmerksames Ohr aus seinen zurückhaltenden, knappen Antworten einen Ton der Ironie oder der Selbstironie heraus. Wiederum war davon im Umgang mit ihm allein nichts zu spüren. Er lebte seiner Sünden wegen in Absonderung, und er wußte das.

Das Spiel wollte sich auch ohne Kiebitz nicht so anlassen, wie es sollte, und Tobie wollte gerade hineingehen, als er von der Vorderseite des Hauses her Stimmen hörte. Die Stimmen kamen näher und wurden dann durch das Zuknallen einer Tür jäh abgeschnitten. Darauf hörte man Schritte, die die Stufen zum Garten herunterkamen.

Nicolaas hob den Kopf und setzte sich dann langsam auf. Tobie, seine Karten in der Hand, spähte durch den dünnen Schleier von Obstbäumen. Nicolaas sagte unbedacht: «Riecht Ihr was?»

Fisch. Nicht einfach Fisch, sondern ein zäher, klebriger Gestank, der die Blütensüße in der Luft erschlug und einem geradewegs ins Gesicht schoß. Der Geruch kam mit den Schritten näher und wurde immer übler. Julius kam in Sicht. Tobie starrte den Aktuarius an: Sein Gesicht, das lackiert war wie eine Hochzeitstruhe. Seinen Hut, der kein Hut mehr war, sondern eine Traube ungebärdiger rosa Blüten. Sein unauffälliges Wams, das er gewöhnlich unter seiner Robe trug und das jetzt ein schimmerndes Gehäuse in der Form eines Mannes war, an dem Rinnsale von magentaroten Blütenblättern üppig herunterflossen. Der Weg hinter ihm war bestreut davon, und der Fischgeruch war entsetzlich.

«Delphintran», sagte Nicolaas. Sein Gesicht hatte sich zum ersten Mal in zwei Wochen aufgehellt.

«Delphinöl», sagte Julius. Seine Stimme klang sanft. Er winkelte die Arme an, drehte sich einmal um sich selbst und sah sie dann wieder an. «Ihr seht es, nicht wahr?»

«Wie?» sagte Tobie. Seine Stimme zitterte.

«Meine frühere Schülerin», sagte Julius. Er sprach noch immer mit sanfter Stimme. «Catherine de Charetty, verheiratet mit dem edlen Herrn Pagano Doria. Ihr habt es gesehen?»

«Ja», sagte Tobie.

«Gut», sagte Julius. Er drehte sich um, überquerte den Weg und durchwatete den Teich bis zum Springbrunnen. Dann drehte er sich um und blieb mit geschlossenen Augen ganz still stehen. Das Wasser floß in seinen Hut und rann ihm übers Gesicht und in das Hemd hinein und über das Wams und die Schenkel hinunter. Blüten folgten in rosa Kaskaden dem Wasser und trieben in immer breiteren Girlanden über den Teich.

«Judasbaumblüten», sagte Nicolaas. Seine Augen hatten sich geweitet, und sein Gesicht war eine grübchenlose Ebene.

«Ihr habt recht», sagte Julius. Er nahm den Hut ab, hielt ihn einen Augenblick zwischen Daumen und Zeigefinger und ließ ihn dann in den Teich fallen. Er knöpfte sich das Wams auf, zog es aus und ließ es ebenfalls ins Wasser fallen. Schließlich streifte er auch noch das Hemd ab und warf es dazu. Das Wasser floß über seine nackte Haut und durchweichte die Strumpfhosen. Er begann in gemessenem, bedächtigem Ton zu sprechen, mußte aber gelegentlich schnaubend sprudeln, wenn ihm Wasser in den Mund rann.

«Ich habe ihr gesagt – diesem Gör, das einmal meine unzulängliche Schülerin war und kaum seinen Namen schreiben konnte – ich habe ihr gesagt, es sei jetzt an der Zeit, mit diesem Unsinn Schluß zu machen und zu ihrer Familie zurückzukehren. Ich habe gesagt, ich würde warten, bis sie gepackt habe. Sie wollte nicht mitkommen. Ich habe ihr gesagt, Doria könne ihr nichts tun, wenn sie erst unter unserem Schutz stehe. Sie sagte, sie wolle unseren Schutz nicht, vor allem da wir nicht einmal unser Schiff vor einem Brand bewahren könnten. Ich habe ihr gesagt, sie solle sofort mitkommen, und wenn nicht, dann würde ich sie einfach mitnehmen, weil das das Beste für sie sei. Und – und...»

«Da hat sie Euch mit dem Delphinöl übergossen?»

«Sie hat es ihren Dienern befohlen. Die haben es getan. Haben dabei gelacht. Dann hat sie den Baum geschüttelt. Sie hat den Baum geschüttelt, so daß die Blüten... Hat gelacht. Lacht Ihr?» sagte Julius.

«Nein», sagte Tobie. Tränen liefen ihm über die Wangen.

«Ich hoffe nicht», sagte Julius. Er blickte zu seinen Kleidern hinunter und watete dann zum Teichrand, wo er stehenblieb und sich über Tobie beugte, der zurückwich. Auf dem Boden bildete sich eine Pfütze. Der Gestank war noch immer gräßlich. Er richtete den Blick auf Nicolaas, dessen Gesicht im Gegensatz zu dem Tobies bleich war.

«Nein», sagte Nicolaas.

«Und jetzt?» wollte Julius wissen. Seine Stimme schwang sich plötzlich zu einem Brüllen auf. «Was tun wir jetzt? Hm?»

«Nichts, du Narr», sagte Tobie. Sein Gesicht war noch immer hochrot. «Was erwartet Ihr? Ihr habt Doria nur eine Freude gemacht. Er wird schmunzeln, wenn er davon gehört. Wir handeln uns eine förmliche Beschwerde wegen versuchter Entführung ein, alles auf lateinisch abgefaßt.»

«Ich schicke Astorre hin», sagte Julius. «Ich schicke Astorre mit fünfzig Kriegern hin, die sie –»

«Nein, das werdet Ihr nicht», sagte Tobie. «Wann begreift Ihr endlich, daß sie verheiratet sind? Wir schicken Gottschalk mit einer groben Antwort hin, auch auf lateinisch. Warum habt Ihr das nur gemacht? Wir wissen doch, was im Leoncastello vorgeht. Wir wissen, daß es ihr gutgeht. Herrgott, es hat Euch genug Mühe gekostet, Paraskeuas und seine Familie dort einzuschleusen.»

«Es wird uns nicht schaden», sagte Nicolaas. Seine Stimme klang wie erstickt zwischen Qual und Lachen.

Tobie sah ihn an. «Es wird uns nicht schaden? Oh, ich verstehe. Das stimmt. Paraskeuas wird kaum in Verdacht geraten, wenn Julius sich dort so aufführt. Julius, ich weiß, Ihr seid beleidigt, aber der Geruch ist mehr, als ich ertragen kann. Schwimmt doch ein bißchen draußen im Meer.»

Julius funkelte ihn an. «Judith und Holofernes!» sagte Tobie und verlor plötzlich die Beherrschung und begann schallend zu lachen. Nicolaas hatte sich die Hand vors Gesicht gehalten. Julius blickte auf seinen Nacken hinunter.

Julius sagte: «Sie ist Eure Stieftochter. Lacht ruhig, wenn Euch danach zumute ist. Vergeßt nicht, Eurer Ehefrau in Eurem nächsten Briefchen davon zu erzählen. Übrigens – Paraskeuas konnte mir ein paar Neuigkeiten zustecken. Auf den Paßhöhen ist der Schnee geschmolzen, und die Kamelkarawanen sind unterwegs. Darauf habt Ihr doch gewartet, nicht wahr? Jetzt könnt Ihr gehen und auf der anderen Seite des Gebirges lachen.»

Er ging davon. Tobie, der kein besonderes Schamgefühl besaß, lachte leise weiter, war sich aber dennoch der stummen Gegenwart neben sich bewußt. Er erhob sich langsam, schlenderte ins Haus hinein, ging dorthin, wo der schwarze Wein stand. Er nahm den Krug und ging damit wieder hinaus.

Nicolaas kam gerade aus dem Teich herausgewatet, in jeder Hand ölschwere Kleidungsstücke. An seinen Waden klebten Blüten. Er ließ die Sachen ins Gras fallen und nahm den Becher, den Tobie ihm reichte. Seit dem Krankenbett war dies der erste Dienst, den Tobie ihm erwies. Tobie sagte: «Es wird Zeit, daß Ihr geht.»

«Ja, ich weiß», sagte Nicolaas.

Er brach Anfang Mai auf, begleitet von einer Gruppe von Bewaffneten und einigen Dienern. Davor war er oft mit Astorre und le Grant
zusammen, um sich darüber klarzuwerden, was getan werden
mußte. Als seine Abreise erst feststand, wurde ihm ein Teil seiner
Freiheit zurückgegeben: Er konnte zu Rate ziehen, wen er wollte,
und kaufen, was er brauchte, und auch selbst seine Führer einstellen. Er hatte im Palast vorsprechen wollen, doch das mochten sie
nicht erlauben, wenn er nicht jemanden mitnahm. Sie hatten ihm so
viele Männer und Pferde zur Verfügung gestellt, wie er verlangte.
Und Kleidung. Zwar war an der Küste der Frühling eingekehrt,
aber die Hochebene, der er zustrebte, war über sechstausend Fuß
hoch – ganz zu schweigen von dem Gebirge, das er überqueren
mußte, um sie zu erreichen. Zweihundert Meilen entfernt auf der
Hochebene lag Erzerum, *Arz ar Rum*, das Land der Römer. Dort
hielten die Karawanen, die gemeinsam von Täbris gekommen waren, Rast, bis sie dann ihrer verschiedenen Wege zogen. In Erzerum
oder davor mußte er ihnen begegnen.

Durch den Zug auf die Hochebene war er natürlich erst einmal
aus dem Weg, und sie würden sich außerdem beim Kaiser beliebt
machen: Man hätte es für seine Pflicht halten können, die eintreffen-
den Karawanen sicher an ihren Feinden vorbeizugeleiten. Andererseits versammelten sich jetzt die Karawanen in jedem Frühjahr in
Täbris und zogen unter Umgehung der gefährlichen Landrouten
Kleinasiens über die östlichen armenischen Hochflächen nach Norden. Und zur Zeit befanden sich der Sultan und sein Heer in sicherer
Entfernung weit im Westen.

Natürlich würden die Karawanen reich beladen sein. Das waren
die ersten immer, da es sich bei ihnen um einen Zusammenschluß
der Züge aus Bagdad, Arabien und Indien und derjenigen vom Kas-
pischen Meer handelte, die Packponys aus Lahidjan, Talich und
Asterabad mitführten. Die ersten drei würden ihm Farben und Gewürze bringen, und von den letzten würde er erhalten, weswegen er
gekommen war – Rohseide zu nicht mehr als zweieinhalb Gulden
das Pfund und vier Monate Kredit.

Es würde dem Handelshaus natürlich zustatten kommen, wenn
man dem Karawanenzug begegnete und die erste Wahl unter dieser
und anderer Ware hatte. Aber es würde für alle genug geben. Wenn

es dem Haus Charetty beliebte, Zeit, Geld und Leute auf ein so unbequemes Unterfangen zu verwenden, so wollten die anderen Kaufleute gern abwarten und ihre Käufe in aller Ruhe zu Hause tätigen. Sein einziger Besuch im Palast war schließlich ein förmlicher, und er wurde empfangen vom Schatzmeister Georg Amiroutzes, der ihm viel Glück wünschte und dessen Einkaufsliste er schon bei sich trug. Julius war dabei ständig an seiner Seite – er roch durchdringend nach Parfüm. Der Teich hinter dem Haus war dreimal entleert worden und lockte noch immer Seemöwen und Katzen an. Am Tag der Abreise hielt ihn Astorre noch einmal an der Pyxitisbrücke an und gab ihm Warnungen mit auf den Weg, die ihm bis dahin noch nicht eingefallen waren. Gottschalk, der einzige andere Hausbeamte, der so weit mitgeritten war, hatte recht wenig gesagt, hatte aber auch kein Gebet für ihn gesprochen, zumindest kein hörbares. Da dies alles Gottschalks wegen geschah, fiel, so vermutete er, sein eigener Abschiedsgruß an den Priester ungewohnt kalt aus. Er spiegelte seine Gefühle wider.

Er hatte sich geweigert, Loppe mitzunehmen, der ihn begleiten wollte. Er verstand sich schon recht gut mit den fünfzehn Männern seiner Eskorte, die sich nicht zu Unrecht einige gute Späße bei nicht allzu strenger Zucht erhofften. Er hatte wegen der Reise keine Bedenken. Wer es im Winter über die Alpen geschafft hatte, brauchte sich vor dem Pontischen Gebirge nicht zu fürchten. Erfüllt von Entschlossenheit und an Entbehrungen gewöhnt, hatte er seine Krankheit abgeschüttelt und sich in der letzten Zeit einer Lebensweise unterworfen, die ihn befähigen würde, den Anforderungen nicht schlechter zu entsprechen als einer seiner Männer.

Er hoffte, daß sie nicht viel mehr würden erdulden müssen als die grimmige Kälte, und auf die war er vorbereitet. Die Pässe waren meist in der Hand von Leuten, die Reisenden ohne Eskorte abnahmen, was sie konnten, den anderen aber bereitwillig Gastfreundschaft und Nachrichten verkauften. Und Nachrichten brauchte er. Im übrigen führten sie ihre eigenen Zelte aus Ochsenhaut und Baumwolle sowie Proviant und Futter mit sich. Aber bald würden auch Bergweiler kommen, wo sie gegen ein wenig Öl, ein wenig Wein, einige Stücke Nußpaste Schutz finden konnten vor Regen, Schnee oder auch Raubtieren.

Alles kam ungefähr so, wie er es erwartet hatte. Sie ritten durch die dichten Wälder den steilen, gewundenen Steig hinauf zum Zigana-Paß, jagten Wild, fingen Fische und brieten ihre Beute am Feuer. Er hatte einen von Astorres Falknern mitgenommen und ließ sich die Kunst der Falkenbeize beibringen. Sie jagten für den Bratspieß und zum Vergnügen, und abends hockten sie beieinander, rosa Krokusse an den Kappen, und erzählten sich unerhörte Geschichten aus all den Teilen Europas, aus denen sie kamen. Er besaß nicht die Erfahrung, um damit wetteifern zu können, aber er erfand ganz tolle und zotige Märchen in Prosa, Vers und Gesang, daß sie sich vor Lachen nicht mehr halten konnten. Es war eine kleine Gabe, die nur für einen kleinen Anführer von kleineren Menschen taugte. Große Führer bedürfen anderer Treuebindungen.

Immer höher hinauf ging es, und sie ließen die Nußbaumhaine und die Eichen und Buchen hinter sich und kamen in den Bereich des Nadelwalds, wo stellenweise noch grauer Schnee lag und der Steig hart gefroren war. Auch hier lebten Menschen, manchmal in Hüttendörfern, manchmal in Zelten, die sie mit ihrem Vieh teilten. Als bekannt wurde, daß sie für Nachrichten Geld zahlten, wollte man ihn damit überfüttern; aber es handelte sich zum größten Teil um Erfundenes, und bisweilen erfuhr er nur unter Gewaltandrohung, worauf es ihm ankam. Umgekehrt versuchten sich Leute sein Wohlwollen zu erkaufen, manchmal mit Nahrungsmitteln und Pelzen, manchmal mit ihren Töchtern oder Schwestern. Oft wurde ihm ein Mädchen für sein Lager angeboten. Er wußte, daß er mit seiner Ablehnung sowohl seine eigenen Leute wie die Anbieter in Verlegenheit brachte. Er gab nie einen Grund dafür an. Wenn man ihm einen Jungen schickte, entließ er ihn freundlich wieder. Während der ersten zwei Tage hielten ihn seine Diener für einen Eunuchen. Er war nahe daran, ihnen zu sagen, daß es einige gab, die wünschten, er wäre einer gewesen.

Richtiger Schnee lag noch oben auf dem Zigana-Paß, über den sie den meerwärtigen Hang der Gebirgskette verließen und zu den anderen Kämmen und Senken kamen, die sich zum Tafelland im Innern Armeniens hinaufzogen. Jetzt schlüpften sie in die dicken Kapuzenumhänge aus rauhem Ziegenhaar, die zu ihren ersten Einkäufen gehört hatten. Auch die Pferde wurden eingehüllt zum

Schutz vor der Kälte. Er hatte genügend Tiere mitgenommen, so daß jeder auf ein neues Reittier umsatteln konnte, als der Weg steiler anstieg, denn hier gab es keine Ersatzpferde. Sie hatten einige kleinere Mißhelligkeiten und verloren ein Pony, das sich in einem Loch ein Bein brach, ließen sich aber dadurch nicht aufhalten. Er wollte, daß sie schnell vorankamen.

Denn er hatte nicht vergessen, weshalb sie hier waren. Er hatte schon einen Mann gefunden, der ihm in Maçka empfohlen worden war, und mit ihm gesprochen. Einen anderen kaufte er sich mit Geld gleich jenseits des Passes, und einen eigenen Kurier ließ er im Tal bei Gümüshane zurück. Inzwischen hatte er seine kleine Besprechung mit seinen Männern gehabt, und sie wußten, was sie erwartete, und waren, wie er glaubte, guter Dinge. Nein, er wußte es sogar. Sie waren sein, so wie er es verstanden hatte, die Seeleute zu den seinen zu machen. Ihr Leben ruhte in seinen Händen, und das seine mochte in den ihren ruhen.

Er wartete, bis sie den Vavuk-Paß nordwestlich von Bayburt hinter sich hatten, dann kam der längere Halt, den sie alle verdient hatten, und sie fanden einen günstigen Platz, wo sie lagern und rasten konnten. Und dort stießen, wie er gehofft hatte, seine Spione zu ihm mit der Kunde, auf die es ihm ankam. Pagano Doria setzte ihm mit zwanzig Mann nach.

Kapitel 26

Versetze dich an die Stelle des anderen. Das war es, was Nicolaas getan hatte während dieser letzten elenden Wochen, als er sich bis ins Kleinste so benahm, wie Tobie, Gottschalk und Julius es verlangten – mit der einen kleinen Ausnahme von Johns besonderem Auftrag bei seinem Besuch im Palast. Er ging davon aus, daß keinem Außenstehenden sein veränderter Status aufgefallen war, auch einem so wachsamen Mann wie Doria nicht, wenn nicht auch er seine Spione hatte. Wenn er nicht wußte, was ihm nur zwei Personen hätten gesagt haben können – daß das Haus Charetty im Augenblick eine geteilte Führungsmannschaft hatte, ein leeres Lagerhaus, einen hohen Ruf wegen Astorre, eine persönliche Beziehung zum Palast, die jetzt aufgehört hatte und wertlos war verglichen mit der Dorias.

Als er le Grant ausschickte, hatte er damit gerechnet, daß Violante ihn befragen würde und daß le Grant sich gezwungen sehen würde, zu antworten. Er hatte keine Ahnung, ob sie das, was sie erfahren hatte, Doria wissen lassen würde, noch ob Doria in solchem Falle jetzt geneigt war, ihr zu glauben. Ihm war das gleich. Wenn Doria von dem Zwist unter den Amtsträgern des Hauses wußte, wenn er zum Beispiel auch von dem wachsenden Stoß von Manuskripten in der Tresorkammer des Hauses wußte, mochte er wohl glauben, daß für ihn die Zeit zum Zuschlagen näherkam. Nicolaas' Tod, in der Fremde und auf einer gefährlichen Reise, würde eine Glaubwürdigkeit haben, wie er sie gewiß nie mehr herbeiführen konnte. Sein natürlicher Erbe, sein einziger Erbe hier in Trapezunt, war Catherines Gemahl Pagano Doria – und der stand in der Gunst eines Kaisers, der auch Astorre und das Handelshaus Charetty in seinem Reich zu behalten wünschte. Dann konnte Doria bei den jetzt heranziehenden Karawanen mit seinem Silber Waren für Simon und Genua kaufen und mit Medicikredit weitere Güter für den führungslosen Fondaco des Hauses Charetty erwerben.

Aber natürlich würden es Simon und Doria sein, mit der florentinischen Vertretung, die letztlich in Trapezunt im Geschäft blieben, und Nicolaas' frühere Genossen diejenigen, die dann ohne Gewinn heimreisten. Simon, ein Mann von Vermögen und Adel, schaltend und waltend im Haus seiner Vorfahren in Schottland, mit einer liebreizenden Gemahlin an seiner Seite und einem fünf Monate alten Sohn, der ihn Tag für Tag von der Wiege her anlächelte.

Vergiß Simon. Denk lieber an Pagano Doria.

Er hatte Gottschalk und Tobie daran erinnert, daß Doria auf seine Gelegenheit wartete, aber er hatte die Warnung nicht wiederholt, und wenn einer von ihnen den gleichen Gedankengang verfolgte wie er, so hatte er es nicht gesagt. Rein instinktmäßig handelnd, hatte Nicolaas sich und seine Männer wie zum Kampf vorbereitet, und es war ihm fast eine Wonne gewesen, am Tag vor seiner Abreise aus Trapezunt zu erfahren, daß er recht gehabt hatte. Pagano Doria schickte sich an, ihm zu folgen.

Die Nachricht überbrachte ihr Spion Paraskeuas, und ein glücklicher Zufall fügte es, daß sie nur ihn allein erreichte. Der Grieche hatte sie Tag für Tag über Dorias Tun und Treiben und das Befinden seiner Ehefrau Catherine unterrichtet. Deshalb hatte Nicolaas damals auf dem Weg zu seiner Audienz versucht, Dorias Verbindung zu Violante von Naxos zu zerreißen. Er wußte nicht, ob es ihm gelungen war.

Doch jetzt, an diesem vielversprechenden Tag, war Paraskeuas sehr in Eile gewesen, und als er Nicolaas erblickte, hatte er den Anweisungen zuwidergehandelt und seine Nachricht ihm überbracht.

Es war keiner der üblichen Lageberichte gewesen. Pagano Doria war dabei, Leute, Pferde und Vorräte zusammenzubringen – für einen Jagdausflug, wie er seiner Gemahlin und den anderen Kaufleuten sagte. Paraskeuas glaubte das nicht. Die Männer, die er sich aussuchte, waren Diener und vertraute Freunde und hatten jeder mehrere Pferde. Sie waren schwer bewaffnet und hatten, in Bündeln verschnürt, weitere Waffen sowie Zelte, Decken und Umhänge für kaltes Wetter bei sich. Er hatte auch heimlich eine größere Anzahl von Beuteln mit Silber gepackt, wie für teure Einkäufe von Menschen oder Waren.

«Menschen», hatte Nicolaas nachdenklich gesagt. «Er wird in den Bergen Leute in Dienst stellen, die sich später zerstreuen und nicht reden.» Er hatte Paraskeuas mit einem großzügigen Geschenk entlassen, ehe die anderen kamen. Da wollte sich Pagano Doria also ihm an die Fersen heften, und niemand wußte davon.

Er hatte sich eine Weile mit der Frage beschäftigt, ob er Julius und den anderen davon berichten sollte. Vor der Bitterkeit der letzten Wochen hätte er keinen Augenblick darüber nachgedacht. Das Ergebnis war das gleiche. Dorias und Simons Streit ging nur ihn an. Rechtzeitig gewarnt, konnte er den Spieß umdrehen und Schlimmeres verhindern. Gottschalk, der verdammte Kerl, sollte sich eigentlich freuen. Und obendrein würde er, Nicolaas, abermals die Genugtuung haben, ein Unternehmen so zu planen und durchzuführen, wie es sich gehörte. Die Fehler anderer zu beobachten war einmal eine müßige Belustigung gewesen; jetzt war sie schmerzhaft. Er hätte es nicht länger ertragen können. Und so hatte er abgewartet und seinen Leuten erst letzte Woche gesagt, warum sie so viele Waffen mit sich führen; und sie hatten gejubelt. Verachtung für die Genuesen fiel nicht schwer. Nun, man würde sehen.

Der Abend dämmerte herein. Nach den eingegangenen Nachrichten schien es, als werde Dorias Gruppe noch vor Morgengrauen hier eintreffen. Hinter diesem kurzen Hohlweg kam offenes Gelände: Wenn sie klug waren, würden sie bald angreifen, noch in der Dunkelheit. Freilich mochte er Doria auch falsch eingeschätzt haben. Vielleicht wollte er ihn gar nicht angreifen, vielleicht wollte er ihm nur folgen oder ihn sogar nach Erzerum begleiten. Oder ihn heimlich überholen, obschon er dafür seiner Spur zu genau zu folgen schien. Doch warum sich solche Fragen stellen? Bald würden sie es wissen.

Bei jeder kurzen Rast hatte er schon nach einer günstigen Stelle für einen Hinterhalt Ausschau gehalten. Hier verlief der Steig oberhalb eines schnell dahinfließenden kalten Gebirgswassers, das sich steil abfallende Uferwände geschaffen hatte, die dicht mit Dornbüschen und Erlen bestanden waren. Dort ließ er die Zelte aufschlagen, am ansteigenden Hang auf der einen Seite des Flusses und neben einem Teich, der Fische zu liefern versprach. Feuer wurden angezündet und Decken ausgebreitet. Er ließ die entbehrlichsten Ponys festbinden und die übrigen Pferde dort hinaufbringen, wo die Straße nach Bayburt wie ein Sims um den Berg herumführte. Oberhalb der Straße war eine Böschung, und darüber zeigten sich die schneebedeckten Bergvorsprünge, die zu den Schneehängen hinaufreichten.

Vom Schnee hob sich dunkel eine Gruppe von verlassenen Hütten ab, die einst bei der Sommerweide benutzt worden waren. Die Grasdächer waren zur Hälfte eingefallen, und von den Türen war nichts mehr zu sehen, aber vielleicht hatten vor den Öffnungen auch nur Häute gehangen. Auch für das aufmerksamste Auge standen sie offensichtlich leer. Andererseits konnte sich eine Gruppe von Männern samt den Pferden gut darin verstecken. Acht Männer fanden dort Platz, die Kettenhemden unter den Umhängen verborgen, Schwerter, Schilde und Helme griffbereit. Seine sechs Bogenschützen stellte er unterhalb der Straße auf, aber noch oberhalb seines eigenen leeren Lagers. Er hatte einen Heuballen zwischen die Wand seines Zelts und die Lampe gelegt: zum Umriß eines Menschen zusammengedrückt sah das recht überzeugend aus. Der Wind blies ihnen kalt durch die Kleider, als sie ihre Stellungen bezogen. Unten zwischen den Büschen bewegten sich die Zelte, und die Lampen flackerten. Der Späher, der den Weg von Norden her bewachte, kam herangeschlichen und machte im Flüsterton seine Meldung: eine kleine Vorhut näherte sich.

Jetzt war es vollkommen dunkel. Auf See war es nie völlig dunkel, besonders im Norden nicht. Der Himmel hatte sein Sternenlicht, das Wasser sein Nachleuchten. Die Lichter der Fischerboote spiegelten sich vielfach auf den Wellen: Der Leuchtturm brannte, die Hafenleuchtfeuer flackerten. Brügge war nie dunkel, Mailand nicht und auch nicht Florenz. Stocklaternen flammten auf den Straßen, an den Kanälen, Brücken, Flüssen. Fenster leuchteten, und Leute gingen mit Fackeln vorüber. Kerzenschein erhellte Schreine oder Standbilder, Lampen glühten über Türen zu Weinstuben, Kirchen und Freudenhäusern. Und die Geräusche, die man im Dunkeln hörte, waren die vertrauten Laute von Ungeziefer und von Kleingetier auf der Jagd. Hier wußte er nicht die Namen aller Nachtvögel, wenn sie kreischten, erkannte er nicht den Geruch eines kleinen Räubers, wenn er durch den Busch raschelte, obschon er seine Führer danach fragte, wann immer er konnte. Seine Männer waren besser dran als er. Zwar waren sie hell erleuchtete, betriebsame Lager gewöhnt, aber sie waren alle schon oft auf Späherposten gewesen und hatten ihre Scharmützel hinter sich. Sie waren gut genährt und ausgeruht und übermütig. Seine einzige Sorge war, daß sie sich ruhig verhielten. Im übrigen war es für ihn eine Erfahrung, die er sich für die Zukunft aneignete.

Versetze dich... Wozu eine Abteilung vorausschicken? Wollte man ihn durch eine Unterredung ablenken, während die übrige Truppe ihre Stellungen einnahm? Würde Doria dieses Wagnis eingehen? Und was gewann er damit, außer einer Begegnung von Angesicht zu Angesicht? Ein Erkundungsvorstoß? Nein, das war nicht denkbar, denn jetzt hörte man Pferdehufe. Aus welchem Grund auch immer hielt Doria seine Anwesenheit nicht verborgen. Sein

Hautpmann sagte: «Sie kommen die Straße entlang, Messer Niccolo. Vier Mann, wie es sich anhört. Sie werden bald unsere Zelte sehen. Wenn wir sie nicht erschießen, werden sie sehen, daß sie leer sind.»

Er hatte seinen Männern genaue Anweisungen gegeben. Keinem einen Schaden zufügen, bis er angreift. Wenn einer euch töten will, dann versucht ihn zuerst zu töten. Ausgenommen Herr Pagano Doria. Nicolaas sagte: «Nein, schießt nicht. Sagt das den Bogenschützen. Wir ergreifen sie und fesseln sie und stecken sie in die Zelte. Kommt. Los.» Sie saßen auf, während er noch sprach. Er preschte mit ihnen hinter den Hütten hervor: vier sollten vor den ersten vier zu Boden springen, und vier sollten ihnen den Rückweg abschneiden. Irgendwo hinter den ersten kamen wahrscheinlich noch sechzehn andere, die aber, so hoffte er, noch zu weit entfernt waren, um mehr als wirren Stimmenlärm zu hören. Wenn sie schließlich kamen, würde der wirre Stimmenlärm aus den Zelten dringen.

Es war ein ganz vernünftiger Plan. Er wurde vor allem vereitelt durch den Umstand, daß Dorias Hauptstreitmacht in viel kürzerem Abstand folgte, als sie geplant hatten. Ein Trommelgeräusch in der Ferne ließ erkennen, daß sie harten Boden unter die Hufe bekommen hatten. Es blieb keine Zeit mehr, jemanden zu fesseln. Nicolaas sagte: «Schnappt die Vorhut trotzdem. Und hinauf zu den Hütten.» Inzwischen waren die vier in Sicht gekommen und galoppierten auf sie zu. Als er ihnen mit seinen Leuten entgegenstürzte, begann der vorderste der vier laut zu rufen. Schwarz vor schwarzem Himmel hätte er Pagano Doria sein können. Er hätte jeder sein können. Erst als er näher kam und das schwache Licht von den Zelten her auf ihn fiel, erkannte Nicolaas das Gesicht und die Stimme. Es war Julius mit dreien seiner Diener.

Selbst jetzt mochte noch alles gutgehen, es mußte nur alles ruhig sein, bevor Doria kam. Julius hatte ihn gesehen und jagte laut schreiend auf ihn zu. «Doria! Doria ist hinter mir!» Er hatte das Schwert gezogen. Nicolaas sah es blitzen. Er sah auch andere Schwerter blitzen. Diejenigen seiner Leute, die hinter der kleinen Gruppe auf die Straße gesprungen waren, trieben die vier verabredungsgemäß zusammen, da sie sie noch nicht erkannt hatten. Jetzt hatte es keinen Sinn mehr, sich ruhig zu verhalten. Nicolaas brüllte

«Halt!» und preschte auf Julius zu. Kurz bevor er ihn erreichte, sah er, wie einer von Julius' Begleitern zu Boden ging und ein anderer überrascht aufschrie, als er den Mann erblickte, der ihn da angriff. Dann war er inmitten des Getümmels.

«Wir wissen Bescheid», hörte er seinen Hauptmann zu den anderen sagen. «Wir haben einen Hinterhalt gelegt. Schnell – zu den Hütten!» Aber sie begriffen nicht so schnell, was geschehen war. Zwei von ihnen waren abgesessen und versuchten den zu Boden gesunkenen Mann aufzuheben. Der gefrorene Boden erzitterte unter den näherkommenden Hufen. Nicolaas sagte: «Zu spät. Alles hinauf. Auf sie los, wenn sie auf die Zelte zuhalten!» An der Art, wie er im Sattel saß, sah er Julius an, daß er erschöpft war. Er packte seine Zügel und lenkte beide Pferde die Böschung hinauf. «Die Zelte sind leer, eine Falle», sagte er. «Was ist mit Doria?»

«Diesmal will er Euch töten», sagte Julius. «Will es den Räubern in die Schuhe schieben. Sagt Paraskeuas. Paraskeuas...»

«Nicht wichtig», sagte Nicolaas. «Da kommen sie.»

Es war zu dunkel, um den Genuesen zu erkennen. Etwas an der dicht gedrängten Gruppe von Reitern, die da auf ihn zugedonnert kam, war merkwürdig. Er nahm dies wahr und den Klang von Dorias Stimme, die Befehle erteilte. Ohne anzuhalten, teilte der Reitertrupp sich auf: zehn ritten nach oben, wo sie standen, und zehn nach unten, wo die Zelte waren. Sie ritten jetzt eher noch schneller. Dies war keine Reisegesellschaft, die sich ihm anschließen oder ihn überholen wollte. Julius hatte recht gehabt – und sein Instinkt. Hier war man auf Vernichtung aus.

Und sie besaßen Erfahrung. Es konnten nur zwei von ihnen vom Pferd heruntergeholt werden, ehe sie sich von den Zelten abwandten und durch das Gestrüpp weiterritten, um Jagd auf die Bogenschützen zu machen. Ein dritter fiel durch einen Pfeilschuß von oben, aber sie erwischten wenigstens einen von seinen Männern: er hörte den Schrei. Dann hatten sie keine Zeit mehr für das Geschehen unterhalb der Straße, denn der andere Reitertrupp hatte sie erreicht.

Es war gerade hell genug, um Freund von Feind unterscheiden zu können, und bald wurde es heller, weil jemand einen Brand in ihr Heu warf. Er hatte einmal zuvor gekämpft, in einer offenen Feldschlacht, in heller Sonne. Er war bei Astorre und beim Waffenmeister des Herzogs von Mailand in die Lehre gegangen. Er war kräftig gebaut und hatte ein gutes Auge und fast keine Erfahrung. In irgend etwas. Aber er wollte verdammt sein, wenn er diesen Kampf verlor.

Seine Männer waren tüchtig. Sie erprobten die altbewährte Strategie des Öffnens der eigenen Linie, um den Gegner durchbrechen zu lassen und sich dann nach innen zu kehren, die feindliche Streitmacht zu zertrennen und die Angreifer einzeln niederzumachen. Aber die Angreifer kannten diese Strategie nicht, und sie hatten Ponys, die auf einem Silbergroschen anhalten und sich umwenden und losflitzen konnten wie Hausschwalben. Ihre Reiter waren so zottig wie sie. Nicolaas' Schultern pochten von den Schlägen gegen seinen Stahl, und er sah, daß diese bärtigen Männer in Leder und Felle gekleidet waren und kurze, garstige, gekrümmte Klingen benutzten. Er sah den Arm eines Mannes davonfliegen, abgeschnitten wie eine Wurst in Musselin; zwei Pferde gingen ausschlagend und wiehernd zu Boden.

Seine Leute hatten den Vorteil des schwereren Gewichts der Pferde, ihrer Schilde und Kettenhemden. Seine Leute, aber nicht die Julius'. Er wurde sich dessen plötzlich bewußt und begann dorthin vorzudringen, wo sich Astorres Aktuarius mit letzter Kraft seiner Haut wehrte. Einer seiner Männer war zu Boden gestürzt. Er schickte ihm ein grimmiges Lächeln nach, sprang neben ihm in die Bresche und gebrauchte seinen Schild und sein Schwert und hieb und parierte und stach zu. Der Lärm war ohrenbetäubend: wie in einem Speisesaal voller Männer, die heißhungrig aus Zinngeschirr löffelten und sich dabei brüllend unterhielten. Rote Funken stoben auf, und Stahl klang gegen Stahl und machte quengelnde Geräusche. Sein Pferd brach zusammen.

Erst jetzt wurde ihm so recht bewußt, daß fünfzehn gegen zwanzig ein ungünstiges Verhältnis war, selbst wenn man Julius dazurechnete und vor allem wenn man gegen Männer und Pferde kämpfte, die sich hier auskannten. Denn das taten sie, dessen war er sich jetzt sicher. Und er hatte nichts von Doria gesehen. Er hatte seine Stimme gehört, aber im übrigen hatte er nur eine schattenhafte berittene Gestalt am Rande des Lichtscheins gesehen, die lediglich zusah. Er hatte nie durch das Getümmel zu ihr vordringen können.

Er sah, daß die meisten jetzt abgesessen waren und daß sich die

Kämpfer in Gruppen aufgespalten hatten, die auf dem unsichtbaren Rasenboden schwankten und taumelten. Hinstürzen hieß unter einem Kreis schwingender Arme zu verschwinden, deren Stahlklingen und Streitkeulen rot waren, wenn sie hochgerissen wurden. Er konnte Julius nicht mehr sehen, und sein Schädel dröhnte vom letzten Schlag, den er von hinten halb auf den Kopf und halb auf die Schulter bekommen hatte. Er schüttelte sich und wandte sich um, sah aber zwei andere Männer, die sich umdrehten, um sich mit ihm zu messen, der eine mit schon erhobener Klinge. Da sagte Julius' Stimme: «Den nehme ich», und er konnte rechtzeitig den Schild hochreißen und den anderen Hieb mit dem Schwert abfangen. Der Mann, der mit einem Niederschlag gerechnet hatte, war verwirrt: dies erlaubte Nicolaas, ihn seinerseits mit der Klinge zu durchbohren. Er drehte sich dabei herum, so daß er halb zwischen dem anderen Angreifer und Julius stand. Doch wo zwei Männer gewesen waren, kamen jetzt sechs auf ihn zugerannt. Doria mußte irgendwo da drüben im Dunkeln Krieger nachwachsen lassen. Er ärgerte sich so sehr, daß er laut rief: «Messer Pagano! Hier ist ein Junge, der Euch gern persönlich begegnen möchte!»

Er sah, wie sich der Schatten weiter hinten auf der Straße bewegte und Zähne weiß aufblitzten. Dann wurden der Schatten, das Lager, das brausende Feuer ausgelöscht durch eine riesenhafte, breitschultrige Gestalt, die sich aufrichtete wie ein Bär, eine Keule mit beiden Armen erhoben. Nicolaas sah, wie Julius sich umdrehte und ihm mit einem Schrei zu Hilfe zu kommen versuchte. Dann sauste die Keule herunter. Er empfand keine besondere Angst, als er sie kommen sah, nur aufsteigende Traurigkeit. Ich habe versagt, ich lasse euch im Stich. Und dann kam der Schlag, und er hörte und sah nichts mehr.

Zuerst glaubte er, er sei tot, und dann hatte er das Gefühl, daß ihm einfach zu übel war. Nach geraumer Zeit – er hatte inzwischen immer wieder das Bewußtsein verloren – erkannte er, daß er fortgeschafft wurde, mit dem Gesicht nach unten und recht brutal an eines dieser zottigen Pferde gebunden, deren Reiter für Doria gekämpft hatten. Nach dem Trampeln voraus und hinter ihm zu urteilen war es nur ein Pferd unter vielen. Unter sich sah er einen breiten unbefestigten Weg, der jenem glich, dem er nach Bayburt gefolgt war, jedoch viel steiler. Das Pferd hatte Mühe mit der Last seines Körpers, und er wäre heruntergerutscht ohne die Schnur, mit der er festgebunden war und die wie ein Käsedraht in seine Arme und Schenkel einschnitt und sein Fleisch marterte. Seine Kleider waren steif von verkrustetem Blut und klebrig von frischem Blut und Urin. Er stank. Das war nur eine der üblichen Folgen von Erschütterung und Kälte, Schlägen und langen Abschnitten der Bewußtlosigkeit. John le Grant war nicht der einzige, der hatte lernen müssen, der Bedeutung solcher Dinge den rechten Platz zuzuordnen.

Plötzlich erinnerte er sich wieder an Julius, und er rief laut und wurde dafür geschlagen – aber zuvor noch hörte er eine zittrige Antwort und dann noch andere Stimmen. Anstatt sich ihrer sofort zu entledigen, schaffte Doria sie also irgendwohin. Diejenigen, die noch lebten. Er schätzte, daß er die Hälfte seiner Leute verloren hatte, und die, deren Stimmen er gehört hatte, schienen nicht viel besser dran zu sein als er. Ein feiner Plan und fein ausgeführt. Er war ein Narr. Jemand hätte ihn daran hindern und verprügeln sollen. Gewiß, Julius war dazugekommen und hatte den Plan verdorben. Gewiß, der Gegner hatte schließlich die dreifache Übermacht gehabt. Er war trotzdem ein Narr.

Aber am Leben. Nicolaas drehte den Kopf und krächzte: «Julius? Wenn Ihr dieses kleine Miststück von Doria seht, dann schlagt ihm die Zähne ein.» Er hörte Julius eine Art Lachen ausstoßen, ehe ihm abermals der Knüppel an den Kopf krachte. Sie hatten ihm den Helm abgenommen. Danach folgte nichts, dessen er sich deutlich erinnern konnte, obschon es Zeiten gab, da er auf dem Boden zu liegen schien und nicht auf einem Pferderücken, und Zeiten, da man ihm etwas zu trinken gab; viel seltener bekam er etwas zu essen, aber das Schlucken fiel ihm schwer. Julius sah und hörte er nicht wieder.

Schließlich erwachte er in einem Zelt, wo er auf einem sorgsam ausgebreiteten Stück Stoff lag. Man hatte ihm den Umhang vom Körper geschnitten und das Kettenhemd abgenommen und das, was darunter war, der Ergötzung der Öffentlichkeit preisgegeben. Der einzige Betrachter im Augenblick war noch jünger als er: ein Jüngling mit geschorenem Kopf und einem langen Gewand ohne

Kragen, der kreuzbeinig und stumm an der Zeltwand gesessen hatte. Als Nicolaas sich bewegte, erhob er sich und blickte zu ihm hinunter. Sein Gesicht drückte großen Abscheu aus. In seiner makellosen Sauberkeit hatte er natürlich nichts mit den Reitern auf den zottigen Pferden zu tun, aber die klare Blässe und das schwarze Haar konnten auch nicht genuesisch sein. Nicolaas fragte auf griechisch: «Wer seid Ihr? Und wo sind wir hier?»

Das zarte Gesicht musterte ihn, ohne einen Muskel zu bewegen. Dann spie der Junge aus und verließ das Zelt.

Der Speichel lief ihm die Wange hinunter. Tobie hätte dabeisein sollen. Nein, Tobie hatte, alles in allem, genug getan. Seine Hände und Füße waren noch gefesselt, aber er konnte den Kopf bewegen. Er blickte sich um, rieb sich an dem Tuch den Nacken. Julius war nicht da. Das Zelt wies auch keine Einrichtungsgegenstände auf, aber es war aus gutem Stoff gemacht, und er sah Troddeln. Keine Nomadenbehausung. Die Troddeln bewegten sich, und ein Mann hob die Eingangsklappe beiseite und kam herein, begleitet von dem Jungen. Der Junge hatte geheult. Der Mann, der genauso gekleidet war wie der Junge, hatte ein Gesicht wie Alessandra Strozzi, wenn sie schlechter Laune war. Er machte eine ruckartige Verbeugung zu Nicolaas hin. Nicolaas öffnete den Mund, doch sogleich schüttelte der Mann den Kopf und gebot ihm mit einer kleinen, zornigen Geste Schweigen. Dann blickte er den Jungen an.

Der Junge sah wie Alessandras Sohn Lorenzo aus, wenn er schlechter Laune war. Er trat einen Schritt vor, fiel auf die Knie und legte kurz die Stirn auf den Boden. Dann erhob er sich und funkelte den Mann an, der eine knappe Bewegung machte. Der Junge ging zum Zelteingang und stieß ein paar Worte hervor. Die Sprache war weder Griechisch noch Italienisch noch Arabisch. Das erwachende Gehirn sagte Nicolaas, daß es Hebräisch war, von dem er einige Worte kannte. Sein Gehirn schlief wieder ein. Eine Weile geschah nichts. Der Mann vermied es, Nicolaas anzusehen und schien sogar zu beten. Dann wurde die Türklappe ganz zurückgeschlagen, und vier Männer trugen einen Zuber mit Wasser herein. Es dampfte. Sie stellten den Zuber auf den Zeltboden, gingen hinaus und kamen mit einem Kohlebecken wieder zurück. Dann folgten ein Tisch und zwei Klappstühle, ein Stoß Wäsche und ein Kasten, aus dem alle möglichen Dinge herausgenommen und auf den Tisch gelegt wurden. Zuletzt wurde ein Weidenkorb hereingebracht und ein zweiter Tisch aufgestellt. Nicolaas wartete, den Blick auf dessen leere Platte gerichtet. Die Männer verließen alle das Zelt bis auf den ersten. Der Junge trat wieder ein mit einer Schale voller Rosen. Der Duft erfüllte das Zelt und schlug alle anderen Gerüche aus dem Feld. Nicolaas blickte aus großen Augen zu dem Mann auf, und der Mann sprach ihn an.

Er sprach lateinisch. «Könnt Ihr mich verstehen?»

«Ich kann Euch verstehen», sagte Nicolaas.

Das Gesicht des Mannes veränderte sich eine Spur, aber nicht mehr. Er sagte: «Ich bin Arzt. Ich muß Euch bitten, still liegenzubleiben, wenn Eure Fesseln gelöst sind. Versprecht Ihr das?»

«Ich verspreche es», sagte Nicolaas.

«Wir haben nichts mit Euren Verletzungen zu schaffen. Unsere Aufgabe ist es, sie zu versorgen und zu heilen.» Er gab dem Jungen ein Zeichen. Der Junge kniete nieder, ein Messer in der Hand, und befühlte die Fesseln an seinen Handgelenken.

«In wessen Auftrag?» fragte Nicolaas. «In wessen Dienst steht Ihr? Wo bin ich hier?»

«Das kann ich nicht sagen», entgegnete der Mann. «Es gibt eine Regel. Ihr werdet schweigen.»

«Ich habe einen Freund», sagte Nicolaas, «einen Freund namens Julius...»

Er spürte das Messer, als der Junge die Schnüre zerschnitt. Der Mann zischelte etwas, und der Junge ließ mit aufrührerischem Gesicht von ihm ab. Der Mann sagte: «Beim nächsten Mal gehen wir. Ihr könnt in Eurem Dreck liegen.»

Er schwieg ihnen zu Gefallen. Er hoffte, sie würden es ihm danken, wenn sie sahen, daß die Dinge nicht so schlimm standen, wie sie annahmen. Dennoch war das Herausschälen aus der Kleidung unangenehm und mühsam. Dann wurde sein Körper mit dem Schwamm gewaschen und untersucht. Er sah aus wie etwas, das Colard und Henning zu Hause in der Färberei hätte eingefallen sein können: fleckig von indigofarbenen Quetschungen und kreuzschraffiert von karmesinroten Schnitten. Manche Wunden gingen bis auf den Knochen, doch gebrochen war nichts. Ohnehin kam kein einzelner Schmerz gegen die allgemeine Qual in seinen Muskeln an. Er fragte sich, wie lange die Reise auf dem Pferderücken wirklich gedauert und ob man ihn mit Arzneien betäubt hatte. Er nahm es an. Sie fürchteten gewiß, er könnte aufspringen und sie mit einem Schlag gegen das Kinn töten, aber er fand schon das Anheben einer Hand so beschwerlich. Schließlich hoben sie ihn in den Zuber.

Dort fiel er in Schlaf – er schien zu dergleichen zu neigen. Er kam wieder zu Bewußtsein, als sie ihn abtrockneten, seine Wunden mit Balsam bestrichen, ihn in alte, weiche Leinwand hüllten und auf ein frisches, mit Drell bezogenes Strohlager betteten. Sie gaben ihm etwas zu trinken und ließen ihn dann schlafen.

Er erwachte steif wie ein Brett, mit klarem Verstand. Weicher Kerzenschein erfüllte das Zelt. Man hatte zwei Gestelle hereingebracht, während er schlief. Der Zuber war fort, aber das Kohlebecken und die meisten anderen Dinge waren noch da, auch die Rosen. Auf einem Teppich neben ihm lagen einige Kleidungsstücke.

Es waren Gott sei Dank nicht seine eigenen. Er setzte sich fluchend auf und nahm sie mit einigem Vergnügen in Augenschein. Weiche Schuhe ohne Verschlüsse. Spitzenverzierte Gamaschenhosen und Strumpfhosen. Ein Hemd, das ihm bis zu den Schenkeln reichen würde. Ein kurzärmeliger Umhang mit einem leichten, bestickten Gürtel mit silberner Schnalle. Keine Seitenwaffen, kein Beutel, keine Besitztümer. Keine Kopfbedeckung, wofür er dankbar war. Heute war ihm schon die Luft ein Gewicht auf dem Kopf. Dennoch erhob er sich langsam und vorsichtig und begann sich anzukleiden. Er war fast fertig, als er feste Schritte und ein Klirren von Stahl hörte. Vor seinem Zelt verstummte das Geräusch; eine Männerstimme sprach seinen Namen, und die Türklappe wurde weit zurückgeschlagen. In der Dunkelheit draußen sah er nur das Blinken spitz zulaufender Helme und fremdartiger Rüstung und dahinter eine Ansammlung von Zelten.

Er wurde ein kurzes Stück in diese Zeltsiedlung hineingeführt, doch seine stumme Eskorte umgab ihn so dicht, daß er wenig sehen konnte. Der widergespiegelte Lichtschein zeigte, daß die Männer nur mittelgroß waren und Kettenhemden und gesteppte Waffenröcke über Reitstiefeln trugen. Ihre Helme hatten damaszierte Kanten und Ohrplatten. Am Eingang des größten Zelts wurden sie angerufen und blieben stehen.

Er wartete, in der Nase die Gerüche fremdartiger Küche und Salbenzubereitung, im Ohr plaudernde Stimmen und eigenartige Laute. Einige davon kamen aus dem großen Zelt, vor dem er stand. Er hörte das Spiel eines Saiteninstruments, und manchmal sprach leise ein Mann. Neben ihm zitterten und summten auch die dünngliedrigen Ketten, welche die Zelte an den Pflöcken festhielten. Wenn Feuerschein auf sie fiel, leuchteten sie wie Gold.

Ein Mann stand stirnrunzelnd im Zelteingang. Er hielt ein Stück Pelz zwischen den ausgestreckten Händen, und nachdem er einen Augenblick gewartet hatte, flappte er ungeduldig damit herum. Nicolaas griff danach. Es war ein Hut, aus Filz mit Pelzbesatz. Der Mann ihm gegenüber trug den gleichen. Er war alt und untersetzt und bartlos. Ein Eunuch.

Nicolaas setzte den Hut behutsam auf, der ihm recht gut paßte. Das vom Bad gekräuselte Haar lockte sich ringsherum hervor. Er erweckte den Eindruck des Lehrlings Claes, bescheiden und gehorsam, und er fragte sich, worauf er sich da eingelassen hatte. Die Zeltklappe wurde zurückgeschlagen, und er trat ein.

KAPITEL 27

SEIT EINIGER ZEIT SCHON FRAGTE sich Nicolaas, wie weit Doria zu gehen gedachte in dem Geplänkel, das er vor Monaten begonnen hatte in Brüssel, in Pisa, in Florenz. Seine Befehle bekam er, wie anzunehmen war, von Simon. Das letzte Gefecht bis jetzt hinauszuschieben war strategisch sinnvoll gewesen. Das Hinausschieben hatte Dorias spielerischer Art entsprochen. Es hatte ihm offenbar auch Vergnügen bereitet, den Überfall am Vavuk-Paß aus dem Hintergrund zu leiten. Daß er Nicolaas am Leben ließ, aber zu seinen Bedingungen, mochte ein weiteres Beispiel für Dorias Sinn für Possen sein. Über einen solchen verfügte Simon nicht. Es gab noch eine andere Möglichkeit, doch die war zu schön, um wahr zu sein.

Nicolaas betrat das große Zelt und sah die Antwort vor sich, denn er schritt wie in ein duftendes Bad, umgeben von Blumen. Angestoßen von dem Luftstrom bei seinem Eintreten, schickten vergoldete Lampen flimmerndes Licht über seidene Wandbehänge und schwere gemusterte Teppiche, über Holzschnitzereien, Sachen aus vergoldetem Kupfer und Bronze, über die Seidenstoffe und Florschleier der vielen Personen, die in Gruppen auf Kissen rings an den Wänden saßen.

Sie waren allesamt Frauen. Zwischen ihnen her bewegten sich Sklaven und leichtfüßige Eunuchen. Er war in einem Serail. Vielleicht die bis jetzt übelste Bekundung von Pagano Dorias Geistesart. Vielleicht nicht. Ihm kam zum Bewußtsein, daß er wohl sauber war, aber auch voller Wunden und Schmerzen und Stoppeln im Gesicht und deshalb ein Verlangen so wenig auslöste, wie er es verspürte. Einst hatte er ... Es war lange her, daß er etwas gehabt oder begehrt hatte. Er stand still da und blickte sich noch einmal um.

Das große Gemach bot sich fest angeordnet dar, wie in einem Gemälde. Er sah die Harfenistin, die er gehört hatte. Die Musik spielte weiter, ein weiches, ständiges Fließen, dem niemand Beachtung schenkte. Die leicht gefärbten Gesichter, die Juwelen, die Gewänder aus glänzender gefärbter Seide, der Federschmuck in dem dunklen Haar gehörten nicht Huren, gekauften Sklavinnen oder als Tribut überbrachten Emirstöchtern. Wer diese Frauen auch waren, sie dienten einer hochgeborenen Person. Ihre Bewegungen waren anmutig und eingeübt: da rückte eine Hand auf einem niedrigen gitterverzierten Tisch eine Spielfigur vor, eine andere Hand liebkoste einen Gierfalken, eine dritte goß eine pastellfarbene Flüssigkeit aus dem langen schlanken Hals einer Flasche, eine vierte prüfte ein Gemälde. Sein Eintritt erregte kein Aufsehen, nur ein Kopf drehte sich ganz ruhig. In der Mitte, allein, war eine Frau, die keineswegs jung war und die er noch nie gesehen hatte. Er wartete, überwand sein Erstaunen, änderte seine Ansicht. Dann schritt er langsam auf sie zu.

Sie saß in dem von ihren Gewändern zurückgeworfenen Licht unter einem Baldachin, den vier zierliche goldene Pfosten stützten. Ihre Sockel waren die Ecken eines vergitterten Podiums, das von Plättchen aus blauem und weißem Porzellan glänzte und mit Samt ausgepolstert war. Das Türchen zum Podium war geschlossen: niemand konnte zu ihr hinein. Hinter ihr, so hoch wie das Zelt und von einem zehnarmigen Leuchter erhellt, spannte sich ein Seidentuch, welches solcherart mit Blumen und Vögeln bemalt war, daß sie selbst ein Teil davon zu sein schien. Sie saß zwischen Veilchen und Päonien, Rosen und Stockrosen, Weiden und Zypressen, und zu ihren Schultern standen Pfauen zusammen mit Wiedehopfen und Tauben.

Sie war zwischen sechzig und siebzig, und geschickte Pflege hatte viel von ihrer Schönheit bewahrt. Sie hatte ein ovales Gesicht, olivfarbene, rosig getönte Wangen und zu zarten Bogen ausgezogene Brauen, die sich an der Nase begegneten. Ihre Augen waren noch mandelförmig und klar trotz der Fältchen, und die Seide, die ihr Haar und ihre Stirn umschloß, verbarg auch Hals und Schultern. Den Schleier hielt ein zartes Diadem mit Blattmuster fest, von dem eine Gesichtskette mit großen Ormuzperlen herabhing. Sie saß so still da, daß die Juwelen sich nicht bewegten an den Schläfen hinunter und um die glatten Wangen herum, wo sie die sanfte Rundung des Kinns betonten. Er glaubte zu wissen, wer sie war. Und wenn er recht hatte ...

Der Eunuch war gegangen. Was war verlangt? Eine Geste der Ehrerbietung vielleicht, wie die des Jungen. Vor dem flimmernden Podium angelangt, ließ sich Nicolaas unter Schmerzen auf die Knie sinken, berührte mit der Stirn den Boden und erhob sich dann wieder. «Sara Khatun?»

Er hörte das leise Rascheln unter den Frauen zu beiden Seiten in seinem Rücken. Die vor ihm thronende Frau maß ihn mit einem langen, nachdenklichen Blick. Er glaubte, sie werde arabisch sprechen, doch sie bediente sich des trapezuntischen Griechisch ihrer Großnichte. «Wer sonst, Messer Niccolo? Aber vor einem Augenblick noch wart Ihr verwirrt.»

«Ich bin noch immer verwirrt, Fürstin», sagte er. «Aber ich ahnte Euren Namen, als ich das Gemälde sah.»

«Handwerker lesen nicht Farid ud-Din Attar», sagte sie.

Er hatte in den Seiten der *Dreißig Vögel* geblättert im Palast. Er widersprach ihr behutsam mit einem Zitat. *Ich bin nicht der Vogel, der zu des Königs Tür vordringt. Mir genügt es, zu seinem Torwächter zu gelangen.* Wenn nicht auch sie, so war doch er für die Ironie empfänglich.

Die Augen blieben auf ihn gerichtet. Dann neigte sie den Kopf zur Seite und sagte, aber nicht an ihn gewandt: «Nun? Wenn dies nicht Demut ist, und das ist es nicht, dann ist es Frechheit. Kommt und helft mir damit fertig zu werden.»

Er hatte damit gerechnet, daß sich nun eine Frau zu ihr gesellte, aber dann sah er, daß er sich natürlich getäuscht hatte. Die Gestalt, die hinter dem Schirm hervortrat, war die eines Mannes in schwarzer Robe und schwarzem Hut, mit einem gegabelten weißen Bart über dem alten Kupferkreuz auf der Brust. Nicolaas sagte, nicht gerade erfreut: «Diadochos.»

Einer, der die Ironie gewiß nur zu gut verstand. In der Kammer von Violante von Naxos hatte er in seiner Gegenwart über persische Bücher gesprochen. Der Mönch schien zu lächeln. Er sagte: «Messer Nicolaas, Ihr seid in Erzerum. Und dies ist, wie Ihr vermutet, Frau Sara, die edle Mutter Uzun Hasans, des Fürsten von Diyarbakir, Herrn von Obermesopotamien und Anführer des Stammes der Turkmenen, den man die Weißen Schafe nennt. Ihr verdankt Ihr, daß Ihr hier in Sicherheit seid.»

Dann war es also doch sein Plan und nicht der Dorias. Wäre nicht die Art seiner Ausführung gewesen, er hätte sich erheitert gefühlt. «Ich danke Euch, auch im Namen all derer, die die Rettung überlebten», sagte er. «Ist auch Magister Julius in Sicherheit?»

Der Mönch sagte: «Auf die Art und Weise Eurer Rettung hatte die Khatun keinen Einfluß. Männer wurden gedungen, Euch zu Eurer Sicherheit hierherzubringen. Sie fanden Euch in Bedrängnis. Sie töteten Eure Feinde, alle bis auf den Anführer und einige seiner Diener, die entkommen konnten. Sie haben Euch hierhergebracht. Sie sind zu grob verfahren, ich weiß. Aber Eure Narben mögen Euch noch zustatten kommen.»

«Und Magister Julius?» wiederholte Nicolaas.

Die Frau machte eine wegwerfende Bewegung. «Er ist ein Kindskopf. Müßt Ihr ihn nachahmen?»

«Er ist kein Kindskopf», sagte Nicolaas. «Er ist ein Mann und ein Freund. Ich wünsche ihn zu sehen. Und dann die Kamelkarawanen.»

Diadochos sagte: «Sie haben sich verspätet, dieses Jahr.» Die Augen der Frau verengten sich.

Nicolaas sagte: «Sie sind hier. Ich habe sie gehört. Wollt Ihr, daß sie mit ihren Waren weiterziehen nach Erzincan und Sivas und Bursa, wo alle ottomanischen Heere jetzt im Westen liegen? Wie mir gesagt wurde, hat sich Amastris Sultan Mehmed ergeben.»

«Wirklich?» sagte die Frau. Ihre Hände hatten sich verkrampft.

«Der Sultan war selbst dort. Niemand weiß, welches sein nächstes Ziel ist.» Nicolaas hielt inne und fuhr dann fort: «Ich bin Kaufmann. Auch ich mache mir Sorgen wegen dieser Kriege und wie sie sich auf mein Handelshaus auswirken. Es könnte ratsam sein zu vergleichen, was wir wissen. Wenn ich erst mit Magister Julius gesprochen habe.»

Er hatte sich gefragt, ob sie von dem Fall von Amastris schon wußten. Er selbst hatte durch einen Schafzüchter davon erfahren. Amastris lag am Schwarzen Meer westlich von Sinope und wurde als genuesische Handelsniederlassung geführt. Er konnte wegen der Genuesen keine Träne vergießen, zumindest nicht im Augenblick. Aber wenn der Blick des Sultans schon nach Osten gerichtet war, mochte er sich dort auch noch weiter umsehen. Das mußte die Unruhe der Weißen Horde verstärken.

Seine Aufgabe in diesem Augenblick war es, herauszufinden, wie beunruhigt sie waren. Um an sein Ziel zu gelangen, mußte er alle Trümpfe ausspielen, die sich ihm boten, auch irgendwelche Schuldgefühle, die sie wegen der Sache am Vavuk-Paß haben mochten. Er nahm an, daß sie Kurden damit beauftragt hatten, ihn zu suchen. Vielleicht waren die Leute, die Doria auf ihn gehetzt hatte, auch Kurden gewesen. Es wäre eher zum Lachen gewesen, wenn er nicht so viele Männer dabei verloren hätte. Aber schließlich hatten Uzun Hasans Freunde auch nicht seine Leute, sondern in erster Linie ihn retten wollen. Ihm fiel wieder ein, daß kurdisches Gebiet an das der Turkmenen grenzte. Uzun Hasans ältester Sohn, jetzt in den Zwanzigern, hatte eine Kurdin zur Mutter. Vielleicht waren die Männer, die ihn vom Vavuk-Paß hierhergebracht hatten, auch nicht gedungen gewesen, sondern Leute aus diesem Lager. Wenn ja, so hoffte er, er werde ihnen nicht begegnen.

Sie sagte: «Führt ihn zu diesem Burschen. Er ist bei den anderen und wohlversorgt. Dann reden wir, Ihr und Diadochos und ich, bei einem Sorbett.»

Er hätte den Falken verspeisen können. Er verneigte sich, wich zurück, drehte sich um und ging mühsam hinaus. Nach dem gleichen ungeschriebenen Gesetz wurde sein Abgang so wenig beachtet wie zuvor sein Auftritt, doch seine Eskorte draußen begleitete ihn jeden Zoll des Wegs bis zu Julius. Sie trugen Kürasse aus vergoldetem Stahl, und ihre runden Schilde waren mit Seide verziert. Es roch so stark nach Kamelen wie zuvor. Seine Wunden schmerzten und klopften, und er verbannte sie aus seinen Gedanken. Er blickte sich im Gehen um und sah, wo die Karawanserei errichtet worden war. Dahinter, in Lichtern sich abzeichnend, konnte er die hohen Mauern und Türme der Stadt und ihrer Zitadelle erkennen und das Doppelminarett der alten Medrese und die Kuppel der Moschee. Erzerum, Wachtposten der Hochfläche, sicherte die Karawanenstraße zwischen Europa und dem nördlichen Persien. Den Weg von Täbris herüber zogen alljährlich Tausende von Kamelen. Als Theodosiopolis war es einst das Bollwerk des oströmischen Reichs gewesen. Römer, Perser, Byzantiner, Seldschuken, Tataren hatten es in Besitz gehabt, ehe die Turkmenen es vor fünfzig Jahren überrannten und ihre Mütter ausschickten als Unterhändler, Herolde, Kuriere, Spione. Ihre tapferen, ihre anspruchsvollen Mütter.

Seine Eskorte machte halt. Vor ihm war ein Gebäude aus Lehm, kein Zelt, mit einer dicken Tür. Die Fenster waren mit Läden verschlossen, und durch die Spalten drang kein Licht. Kein Anzeichen von seinen Männern. Entweder waren sie tot, oder sie schliefen, oder man hatte ihn belogen oder... Gerade als seine Bewacher die Tür aufschließen wollten, trat Nicolaas zur Seite und klopfte gegen einen Fensterladen. «Julius? Wir sind frei. Tut nichts Unüberlegtes.»

Sie mußten aber bei der Tür gestanden und darauf gewartet haben, ausbrechen zu können. Julius brüllte: «Was! Nicolaas!», und man hörte Lärm von Stimmen. Von vielen Stimmen. Sechs? Acht? Die Tür ging auf, und zwei Leute von seiner Eskorte schritten mit

Fackeln vor ihm hinein. Das Licht glitt durch das Gelaß und erhellte ein Gesicht nach dem anderen. Lange bevor die große Lampe angezündet wurde, hatte er sie gezählt. Er hörte, wie die Eskorte abrückte und stand dann da in seinem törichten Gewand und den Gamaschenhosen, und das Gesicht schmerzte ihn von dem Grinsen, das es überzog.

Zehn seiner Leute fand er hier vor, darunter seinen Hauptmann und Julius mit zweien seiner Diener. Sie hatten alle Wunden irgendwelcher Art davongetragen, aber sie waren alle auf den Beinen, und keiner sah todkrank oder viel schwächer aus als er. Der Mann mit dem abgeschnittenen Arm mußte gestorben sein. Sie hatten Licht und Bettzeug und frische Kleider, und auf einem Tisch standen die Überreste einer großzügigen Mahlzeit herum. Sie hatten ihre eigene Fackel gelöscht in der Hoffnung, hinausstürzen und entfliehen zu können. Julius trommelte ihm mit den Fäusten auf den Rücken. Eine Höllenqual. Dann hielt er ihn auf Armeslänge von sich und fragte: «Wir sind frei?»

«Natürlich sind wir das», sagte Nicolaas. «Wir sind in Erzerum.» Er sah sie alle an, einen nach dem anderen, helle, eifrige Gesichter, die voller Fragen standen. Wenn sie ihm an dem, was geschehen war, die Schuld gaben, so ließen sie es sich nicht anmerken. Einer sagte: «Ja, der junge Nicolaas!»

«Ja, der junge Nicolaas!» sagte auch Julius gutgelaunt. «Der die Bogenschützen falsch postiert und nicht auf beiden Seiten Späher aufgestellt und nicht dafür gesorgt hat, daß genug Licht war, damit man einen vom anderen unterscheiden konnte. Also was ist geschehen? Und wenn wir frei sind, warum stehen dann Wachen an der Tür?»

«Ist das Essen?» fragte Nicolaas.

«Ja, wir haben zu essen bekommen», sagte Julius. «Sehr anständig. Aber sagt, warum...?»

«Nun, mir haben sie vergessen, etwas vorzusetzen», sagte Nicolaas. «Macht weiter. Ich kann Euch auch mit vollem Mund antworten. Habt Ihr nicht die Zitadelle erkannt bei der Ankunft hier? Und habt Ihr nicht den Geruch von Ziegenhaar wahrgenommen?»

«Es war dunkel», sagte Julius. «Und wir dachten, wir seien in Dorias Gewalt. Und *das* ist etwas, was...»

«Ich weiß», sagte Nicolaas. «Später.» Er nahm ein halbes Hähnchen lange genug aus dem Mund, um die Worte herauszubekommen. Sie saßen alle um ihn herum und sahen ihn an. Schließlich sagte er: «Uzun Hasans Leute haben uns gerettet, aber sie könnten es für ratsam halten, darüber Stillschweigen zu bewahren. Und uns würde das auch nützen. Wir könnten einander sogar gute Dienste leisten, und darüber will ich mit ihnen reden, solange sie dazu bereit sind. Danach steht es uns frei, unseren Geschäften nachzugehen. Die Karawanen sind schon da. Bis sie sich ausgeruht haben, sind auch wir wohl imstande, die Rückreise anzutreten.»

«Und Doria?» fragte Julius.

«Alle seine gedungenen Leute wurden getötet», sagte Nicolaas, «aber er selbst dürfte nach Trapezunt entkommen sein mit einigen wenigen der Männer, mit denen er aufgebrochen ist. Und dann steht sein Wort gegen das unsere.»

Der Hauptmann sagte: «Ihr meint, er wird so tun, als hätte er uns gar nicht angegriffen?»

«Ja, wahrscheinlich. An seiner Stelle würde ich entweder schweigen oder sagen, ich sei auf Anzeichen eines blutigen Kampfes, aber auf keine Überlebenden gestoßen. Wahrscheinlich glaubt er sogar, daß es tatsächlich so war. Räuber haben uns angegriffen, und der Rest von uns ist gestorben.»

«Herrgott im Himmel – wird er Augen machen, wenn wir mit all den Kamelen einreiten!» sagte Julius.

Nicolaas wischte sich die Hände an einem Büschel Stroh ab und stand auf. «Wenn Ihr einreitet», sagte er, «werde ich nicht dabeisein.»

«Warum nicht?» Julius' schräge Brauen stießen zusammen.

«Sie möchten, daß ich den Harem jäte», sagte Nicolaas. «Sie wollen mir einige Kunstgriffe mit dem Farmuk beibringen. Ich habe versprochen, ihnen zu zeigen, wie sie ihre Taschentücher rosa färben können. Was wir auch einkaufen, ich möchte es an einen Ort bringen, der sicherer ist als Trapezunt, und dort bleiben.»

«Warum?»

«Ich sag's Euch, wenn Ihr mir sagt, wieso Ihr wußtet, daß Doria uns folgte.»

«Paraskeuas», sagte Julius. «Er glaubte, ich wüßte es schon. Er dachte natürlich, Ihr hättet mir seine Botschaft ausgerichtet… Ihr seid auf eigene Faust davongeritten, Ihr Narr, und habt *gewußt*, daß Doria Euch folgt?»

«Ihr seid auf eigene Faust davongeritten, um mich zu warnen», sagte Nicolaas. Wieder einmal verdankte er sein Leben Julius, der ihn von allen, denen er begegnet war, am wenigsten verstand. Doch in dem Blick, mit dem Julius ihn jetzt ansah, lag nicht nur die Verärgerung des Tutors.

«Zu etwas anderem war keine Zeit mehr, wenn ich Doria überholen wollte. Wir sollten sie durch einen Boten verständigen, daß wir am Leben sind. Wie meint Ihr das: ein Ort, der sicherer ist als Trapezunt?»

«Doria soll nicht an unsere Waren herankommen – das ist *ein* Grund. Ich sage Euch mehr darüber, wenn ich weiß, was die Turkmenen vorhaben. Ich gehe jetzt lieber. Man erwartet mich.»

Auch Julius war aufgestanden. Er blickte ein wenig verwirrt. «Ihr traut den Turkmenen? Wiß Ihr, was sie mit türkischen Spionen machen? Sie schicken sie wieder zurück – mit ihren abgehackten Händen um den Hals.»

«Ich weiß, was Ihr meint», sagte Nicolaas. «Die scheinen sich nicht die Fingernägel reinigen zu können, ohne sich dabei in den Hals zu stechen.» Er nahm belustigt Julius' wachsenden Unmut zur Kenntnis.

«Wer erwartet Euch also?» fragte Julius barsch. «Seid Ihr Uzun Hasan nicht begegnet?»

«Nein. Aber seiner Mutter. Der Syrerin. Erinnert Ihr Euch? Ihre Schwiegertochter ist eine Prinzessin von Trapezunt. Ihre Großnichte ist Violante. Violante von Naxos. Deshalb sind wir hier. Deshalb wurden wir gerettet. Deshalb… Ich wußte nicht, daß wir gerettet werden würden, und ich weiß noch nicht einmal, auf welcher Seite Prinzessin Violante steht.» Er sah Julius' Gesichtsausdruck und stieß unwillkürlich einen tiefen Seufzer aus. «Julius – es tut mir leid, aber es geht einfach nicht, daß ich jedem vorher sage, was ich tue. Das richtet zuviel Unheil an und zieht andere Leute mit hinein, und ich weiß außerdem noch nicht, wie alles endet. Obschon ich glaube» – seine Stimme war nachdenklich geworden – «daß es gut ausgehen wird, wenn wir uns nur richtig verhalten.»

Diesmal empfing sie ihn in einem kleineren Zelt und allein – außer ihr waren nur Diadochos und bedienende Eunuchen anwesend. Sie saß nicht auf einem Thron, sondern auf einem Teppich, in bequemer Haltung, und nachdem er niedergekniet war, nahm er ihr und dem Mönch mit dem verschleierten Hut gegenüber Platz. Jemand rückte einen Tisch mit Tellern voller Süßigkeiten vor ihn hin. Andere schenkten ihm einen Becher mit kaltem Fruchtsaft ein – wahrscheinlich Sorbett und besser als nichts, wenn es darum ging, ein Hähnchen hinunterzuspülen.

Er sah, daß sie ihn belustigt beobachtete. Schließlich sagte sie: «Nur weil Ihr unter Heiden seid, braucht Ihr nicht heidnische Sitten zu beachten.» Sie machte ein Zeichen, und einen Augenblick später hielt er einen Becher mit rotem zyprischem Wein in der Hand. Er war äußerst stark: Doria bediente sich solcher Listen. Er bedankte sich mit großer Höflichkeit und trank einen vorsichtigen Schluck. «Habt Ihr mit Eurem Aktuarius gesprochen?» fragte sie.

«Ja, und mit den anderen auch. Ich danke Euch, Sara Khatun. Sie sind wohlversorgt, leben aber nicht in schicklichem Quartier.»

«Eure Bewaffneten sind hinlänglich untergebracht, und Euer Aktuarius kann sich zu Euch gesellen. Die Eskorte diente Eurem Schutz.» Sie schaffte diese Dinge als unwichtig aus dem Weg. Ihre Finger bewegten sich ein wenig, wenn sie ungeduldig war, und ihre Ringe funkelten. Sie sagte: «Wir sprechen natürlich über die Zielorte der Karawanen. Mein Sohn wird vieles kaufen, für seine Brüder, für seinen Haushalt. Andere Händler, andere Emire werden auch kaufen. Dann werden die Karawanen weiterziehen und ihre Waren dorthin bringen, wo der beste Markt ist. Einige werden nach Trapezunt ziehen, andere nach Westen zu den großen türkischen Märkten von Bursa. Solange sie hier weilen, sind die Weißen Schafe ihre Gastgeber. Es ist unsere Pflicht, sie sicher durch unser Land zu geleiten. Möglicherweise ist die Straße nach Bursa unsicher, obschon wir wissen, daß der Sultan nicht versuchen wird, den hereinkommenden Handel zu behindern. Der Fall von Amastris ist weiter nicht ernst. Aber die Kaufleute werden dieses Jahr noch mehr als in anderen Jahren bestrebt sein, sich des größten Teils ihrer Güter zu entledigen, ehe sie dorthin reisen. Ihr seid gekommen, um für den Kaiser einzukaufen?»

Eine harmlose Frage. Er war selbst gut in harmlosen Fragen. Sie meinte: «Wieviel Geld werdet Ihr anlegen? Habt Ihr Angst, oder bleibt Ihr mit Eurer Truppe in Trapezunt?»

Er hatte nichts dagegen, die Antworten zu liefern, vorausgesetzt, sie zahlte dafür. Nicolaas sagte: «Natürlich wird überhaupt keine Gefahr bestehen, wenn der Westen erst seinen Kreuzzug schickt. Fra Ludovico ist ein Mann von Überzeugungskraft, und Euer Sohn muß sich auf ihn verlassen. Ich habe gehört, Herrn Uzun Hasan und dem Kaiser hat es jüngst gefallen, den Sultan wegen Tributzahlungen am Bart zu zerren.»

«Warum nicht?» sagte sie. «Ist mein Sohn ein Schwächling? Er ist ein Heerführer, den selbst Sultan Mehmed fürchten gelernt hat. Er und die Seinen sind Männer und keine Vasallen. Gewiß, Gott und dieser große Franziskaner mögen die Herzen der Menschen geöffnet haben. Flotten mögen schon jetzt zu uns unterwegs sein. Aber was, wenn nicht? Sinope und Trapezunt sind uneinnehmbar. Georgien kann das Land mit Männern überfluten. Der Handel wird weitergehen, wenn diese kleine Unannehmlichkeit längst vergessen ist. Mir wurde von Rubinen und Türkisen erzählt, wie man sie selten in solcher Reinheit bekommt. Der Kaiser wird begierig darauf sein.»

«Ich habe Kaufaufträge», sagte Nicolaas, «vom Kaiser und von anderen in Trapezunt. Dies allein würde schon eine Karawane in die Stadt rechtfertigen. Vielleicht hundert Kamele. Was die Venezianer und die Genuesen kaufen wollen, weiß ich natürlich nicht.» Er fühlte Diadochos' Blick auf sich gerichtet, doch der Mann schwieg.

Die Syrerin fragte: «Und was kauft Ihr auf Eure Rechnung ein? Was benötigen Florenz, die Medici und das Haus Charetty?»

«Ich hatte vor, recht viel zu kaufen», sagte Nicolaas. «Ich verfüge über die Mittel dazu. Aber ich habe mich inzwischen entschlossen, die Waren nicht nach Trapezunt schaffen zu lassen. Natürlich ist es uneinnehmbar, aber eine Belagerung würde uns ein ganzes Handelsjahr kosten.»

Ein kurzes Schweigen. Dann sagte sie: «Euch scheint es an Zuversicht zu mangeln. Muß eine Belagerung bei einer starken Verteidigungsstreitmacht so lange dauern? Trapezunt hat auch früher Angreifer zurückgeschlagen.»

«Trapezunt erreicht ein Auskommen mit seinen Feinden auf viele Arten», sagte Nicolaas. «Ich habe von ihnen gehört. Ich bin dem Kaiser begegnet.»

Abermals eine Pause. «Eine vergeistigte Welt, die Welt von Byzanz», sagte Sara Khatun.

«Vielleicht war sie das einmal», sagte Nicolaas. «Jetzt ist sie halb türkisch.»

Er bemerkte den ganz kurzen Blick, den die Frau und der Mönch wechselten. Es war der Mönch, der sagte: «War er muslimisch, der Gottesdienst, den Ihr in der Chrysokephalos-Kirche gehört habt?»

Darauf war es Sara Khatun, die sagte: «Nein. Gebt zu, daß er das ganz richtig erkannt hat. Ja, junger Messer Niccolo. Elf trapezuntische Prinzessinnen haben Muslime geheiratet. Sultane haben Christinnen zu Gemahlinnen genommen. Meine Großnichte Violante und ihre Schwestern haben venezianische Kaufleute geheiratet. So werden Bündnisse geschaffen und Kinder mit der Hoffnung auf Überleben geboren.»

Nicolaas sagte: «In jeder Sprache ist Treue ein schwieriges Wort.»

Sie lachte. «Wenn Ihr seine Bedeutung in irgendeiner Sprache versteht, müßt Ihr sie mir eines Tages erklären. Ja, die Stadt stand einmal unter der Oberhoheit der Mongolen, und sie steht jetzt unter der Oberhoheit der Ottomanen, und das merkt man ihr an. Die Leibwache trägt Turbane. Der Markt wird auf einem Meidan abgehalten, die Prinzen reiten und schießen im türkischen Stil. Die Kaiserin wird genausooft Khatun wie Despoina genannt. Die komnenischen Nichten und Neffen meiner Schwiegertochter werden von einem Tatas unterrichtet, die Truppe wird vom Emir Candar befehligt, des Kaisers Oberfalkner ist sein Emir Dogan. Der Page, der den Bogen trägt, heißt öfter Horchi als Akocouthos, und Euer Geliebter wird öfter Iskender genannt als Alexios.»

«Er ist nicht mein Geliebter», sagte Nicolaas zornig.

«Dann sind jemandes Pläne fehlgeschlagen», sagte sie ganz ruhig. «Fassen wir zusammen. Es stimmt, daß die einheimischen griechischen Familien die Komnenen immer verachtet haben. Es stimmt, daß Trapezunt im Gegensatz zu Konstantinopel an den Osten gebunden ist. An Georgien, an Armenien, an die Stämme, die quer über Asien wandern. Seine Kleidung kommt aus Persien, ebenso ein großer Teil der alten höfischen Bräuche. Die Römerstraßen sind verschwunden. Was bleibt, ist ein von König David dem Psalmisten abstammender König von Georgien und ein von Alexander dem Großen abstammender ottomanischer Sultan.»

«Also spielte es kaum eine Rolle, wer jetzt in Trapezunt herrscht?» sagte Nicolaas.

Sie blickte ihn lange an. Dann lächelte sie. «Das fragt Ihr mich, in Gegenwart eines christlichen Beichtvaters?»

«Euer Sohn erlaubt die Ausübung der christlichen Religion», sagte Nicolaas. «Das gleiche gilt für den Sultan. Es gibt in Konstantinopel einen griechischen Patriarchen und in Kaffa einen lateinischen Bischof. Ludovico da Bologna wurde gewiß hierhergeschickt, um sich um die lateinischen Gemeinden in Persien und Georgien zu kümmern.»

«Ja», sagte Diadochos, «er nennt sich gewählter Patriarch aller Nationen des Orients. Eine Übertreibung, aber nur eine leichte. Aber er wurde auch als apostolischer Nuntius hergeschickt mit dem Auftrag, Herrn Uzun Hasan zu einem Bündnis mit dem Kaiserreich Trapezunt gegen die Ottomanen zu bewegen – auch, wie ich mich erinnere, zu einem Bündnis mit dem Kaiser von Äthiopien gegen die Ottomanen und die Mamelucken. Rom denkt also ganz offenbar, daß christliche Gemeinschaften auch christliche Herrscher haben sollten.»

«Aber Ihr seid da anderer Meinung?» fragte Nicolaas.

Der Mönch sagte: «Was ist am besten für das Volk? Es gibt Leute, die sagen, unter dem Sultan sei die griechische Kirche endlich unter einem einzigen Patriarchen vereint und lebe nicht mehr in alle Winde verstreut unter verschiedenen Herrschern.»

«Soviel zu ihren Seelen», sagte Nicolaas. «Oder zumindest den Seelen derer, die nicht als Kinder fortgeschleppt und zu Muslimen gemacht wurden. Was ist also mit den anderen? Wäre muslimische Herrschaft gerechter, besser, zuträglicher, wenn ein ottomanischer Statthalter im Palast von Trapezunt säße? Oder ein turkmenischer?»

Der Mönch sah die Fürstin an, schwieg aber. Sie sagte: «Seht Ihr die Zelte dort, Niccolo?»

«Ich sehe auch eine Stadt.»

«Da sind Städte, ja», sagte sie. «Wir beten in ihnen zu Gott. In ihren Festungen liegen unsere Truppen und unsere Schätze. Wir besuchen ihre Bäder. Und dennoch sind wir ein Hirtenvolk. Wir leben in Zelten und ziehen von Ort zu Ort, wie es Politik, Krieg oder die Weidezeit vorschreiben. Das haben bis vor kurzem alle Stämme getan. Auch die Ottomanen. Erst jetzt errichtet der Sultan Märkte und baut Paläste; und trotzdem ist ihm seine Freiheit in Adrianopel lieber als die Stadt in Konstantinopel. Wir haben eine gerechte Regierung und eine Ratsversammlung, und früher oder später werden auch wir in Städten leben und griechische Bücher und westliche Philosophen sammeln, aber noch nicht sofort.»

«Und der Sultan?» fragte Nicolaas.

«Er ist ein sehr junger Mann», sagte Sara Khatun. «Und ein kluger – er hatte in seiner Jugend die gescheitesten Köpfe zu Lehrern, die sein Vater finden konnte. Er hat sehr rasch das Regieren durch Zentralherrschaft gelernt, einen neuen Kniff, und gleich meinem Sohn hat er Mut und ein gewisses Gefühl für Strategie. Mein Sohn wird ihn zu guter Letzt bezwingen, aber inzwischen habt Ihr Angst, mein junger fränkischer Kaufherr. Werdet Ihr Eure Schuldscheine und Eure Truppe nehmen und fliehen?»

Beeindruckt von dem, was er hörte und sah, vergaß er fast zu antworten. Er empfand für sie Liebe, Stolz und sogar eine Art Besorgnis, und wie immer drückten sein Gesicht und sein Gebaren etwas ganz anderes aus. Er sagte: «Ich glaube nicht. Ich bin schließlich hergekommen, um Waren einzukaufen. Nur glaube ich jetzt, es wäre besser, sie nicht nach Trapezunt zu schaffen, sondern nach Kerasous.»

Sie ließ sich kein Erstaunen anmerken. «Kerasous gehört noch zum Kaiserreich; es liegt am Meer und ist genauso erreichbar für die ottomanische Flotte. Warum sollte es sicherer sein als Trapezunt?»

«Weil der Feind, der das Kaiserreich angreift, mit Trapezunt anfangen wird», sagte Nicolaas. «Und Kerasous ist hundert Meilen entfernt und sehr stark befestigt.»

«Das habe ich gehört», sagte Sara Khatun. «Ja, Ihr mögt recht haben. Vielleicht bedauern es die Venezianer und Genuesen noch, daß sie nicht daran gedacht haben. Und den Kaufleuten, die so kostbare Güter mitführen, ist diese Reise gewiß lieber als die nach Trapezunt. Die Straße nach Kerasous verläuft durch das Gebiet der Weißen Schafe und ist gut überwacht.»

«Ich glaube, hier in der Stadt sind venezianische Händler», sagte Nicolaas. «Wenn sie wollten, könnten sie ihre Waren hier auswählen und sie nach Kerasous schicken. Ich würde sie zusammen mit den meinen mitnehmen. Meine Leute würden sich dort um sie kümmern – aber vielleicht haben sie auch ihre eigenen Vertreter in Kerasous.»

Sie wandte sich an den Mönch. «Wäre das von Nutzen?»

«Ein sehr glücklicher Gedanke», sagte Diadochos. «Ja, in Kerasous leben Venezianer. Ich kenne sie und den kaiserlichen Bevollmächtigten und kann die nötigen Einführungsschreiben ausstellen. Man müßte den venezianischen Statthalter und den genuesischen Konsul in Trapezunt verständigen.»

«Wäre das nötig?» fragte Nicolaas. «Es wäre mir lieb, wenn nichts von Kerasous gesagt werden müßte.»

«Ich verstehe», entgegnete der Mönch. «Dann könnte man sagen, die venezianischen Waren seien gleich nach Bursa gegangen, da die Kaufleute nicht willens waren, nach Trapezunt zu reisen. Und das wäre auch nicht das erste Mal. In Bursa gibt es sowohl venezianische wie genuesische Kaufleute.»

«Auch genuesische?» fragte Nicolaas. «Dann könnte es einem genuesischen Vertreter hier ratsam erscheinen, ebenfalls Trapezunt zu umgehen?»

«Ihr wollt, daß auch die genuesischen Waren in Kerasous in Sicherheit sind?» sagte Diadochos. Die Fürstin lächelte.

Nicolaas antwortete auf ihr Lächeln. «Nicht eigentlich, das würde mir auf dem Gewissen lasten – zwei Unwahrheiten. Wenn wir sagen, die gesamte für Genua bestimmte Lieferung sei gleich nach Bursa weitergegangen, dann sollten wir dafür sorgen, daß sie auch nach Bursa gelangt. Die Vertreter werden sie zum Verschiffen nach Pera weiterleiten, und alle werden sich freuen. Oder fast alle.»

«Und Eure eigenen Waren?» fragte Sara Khatun. «Ihr könnt nicht sagen, Ihr hättet sie nach Bursa geschickt, wo Ihr keine Verbindungen habt. Und Ihr wollt, wie Ihr sagt, geheimhalten, daß sie nach Kerasous gehen.»

411

«Ich werde mir etwas einfallen lassen», sagte Nicolaas. «Khatun, für diese Händler ist das eine Veränderung gegenüber dem üblichen Karawanenweg. Ihr sagt, die Strecke sei sicher, aber werden sie auch mitmachen?»

Sie deutete ein Lächeln an. «Silber hilft immer.»

«Sara Khatun, ich habe kein Silber bei mir», sagte Nicolaas.

«Nur wenige haben das», sagte sie. «Es ist daher so etwas wie ein Wunder, daß der Vavuk-Paß fast damit gepflastert war. Die es zurückbrachten, haben schon ihre Belohnung erhalten. Von dem, was übrig ist, kann ich genug entbehren, um allen, die nach Kerasous ziehen wollen, die Reise schmackhaft zu machen und für gute Führer und sicheres Geleit zu sorgen. Den Rest will ich gern leihen unter der Voraussetzung, daß es in Trapezunt Kuriere gibt, durch die der Kredit zurückgezahlt werden kann. Es ist nur recht und billig, daß der Handel, von dem wir alle abhängen, durch uns eine Ermutigung erfährt.»

Er war benommen vor Freude und ließ es sich anmerken. Er schenkte ihr sein strahlendstes Lächeln, ganz gleich, was sie von ihm dachte. «Hoheit, ich verneige mich vor Euch und Eurer ganzen Familie.»

Ihre Brauen hoben sich kaum merklich, aber sie war nicht ungehalten, das spürte er. «Und meine Großnichte?» sagte sie. «Ihr habt Ihr, so scheint es, keineswegs getraut.»

«Khatun», sagte Nicolaas, «ich traue Euch und Eurem Sohn und Prinzessin Violante.»

Der Mönch wandte den Kopf. «Dem war nicht immer so», sagte er sanft.

«Ich hatte mich geirrt – richtet ihr das aus.»

In ihrem ruhigen Blick lag ein wenig belustigtes Mitleid. «Mir könnt Ihr trauen», sagte sie. «Und meinem Sohn. Doch der Mann wäre töricht, der sich Violante von Naxos auslieferte. Diadochos wird mir da nicht widersprechen. Dann haben wir alles beraten. Morgen könnt Ihr zum Karawanenplatz gehen und Eure Waren einhandeln. Die Kunde von dem Überfall durch Räuber ist schon zum Palast unterwegs. Eure Leute werden erleichtert sein, wenn sie hören, daß Ihr am Leben seid. Ich nehme an, Ihr werdet von diesen Begegnungen nichts erwähnen.»

«Sie haben nie stattgefunden», sagte Nicolaas.

«Gut. Wenn Ihr gerüstet seid, wird man Euch geben, was Ihr braucht. Ihr begleitet den Zug nach Kerasous?»

«Er ist der wertvollere. Khatun, ich hoffe, Euch eines Tages angemessen danken zu können. Ihr wißt, in welcher Gefahr Ihr selbst seid.»

«Ich? Im Herrschaftsbereich meines Sohnes? Doch mich rührt, daß Ihr um mich besorgt seid trotz der groben Behandlung, die wir Euch zuteil werden ließen. Und es mag sein, daß ich Euch eines Tages um einen Gefallen bitten werde. Ihr seid kräftig für einen Jüngling.»

Nicolaas kniete vor ihr nieder, erhob sich und ging. Vor dem Zelteingang wartete seine Eskorte. Eine einzige Frage richtete er noch an Diadochos: «Prinzessin Violante ist nicht hier?»

«Sie ist in ihren Gemächern im Palast von Trapezunt – wo sonst, Messer Niccolo? Ihr Tun und Lassen braucht Euch nicht zu bekümmern.» Das war es, was er hatte wissen wollen.

Diesmal sah er auf dem Weg zu seinem Zelt deutlich, wo die große Karawanserei errichtet worden war. Morgen würde er sich zusammen mit Julius dorthin begeben, von Stand zu Stand gehen, im Schneidersitz Schalen mit merkwürdigen Flüssigkeiten trinken und – am Anfang – von allem unter der Sonne reden außer von den Farben, den Galläpfeln, den Edelsteinen, den Federn, der Seide und dem Gold, die er kaufen wollte. Er hatte aufgepaßt, zugehört, Rat befolgt. Er wußte, wie man es machte und was er wollte. Dennoch war er froh, daß Julius bei ihm war, und mußte wieder daran denken, wie mutig es von Julius gewesen war, sich mit nur drei Dienern auf den Weg zu machen, um ihn vor Doria zu warnen. Was nicht heißen sollte, daß er nicht gleich von Julius hören würde, wie zornig dieser über sein Verhalten war. Auch daraus ließ sich Nutzen ziehen. Nutzen ziehen ließ sich aus allem. Er ging nicht sogleich hinein, sondern blieb am Zelteingang stehen und dachte nach. Julius war da und hinkte rasch herum mit einer zweiten Lagerstatt und Bettzeug. Die Rosen waren noch auf dem Tisch, voll entfaltet jetzt in der Wärme des Kohlebeckens. Während seiner Abwesenheit hatte jemand seinen Sattel und das Zaumzeug geholt und dann gesäubert ans Ende des Zelts gelegt. Dort lagen auch seine wenigen anderen Besitztümer aufgehäuft, und daneben stand, mit einem dicken Schloß versehen, eine Truhe, von der er zu wissen glaubte, was sie enthielt.

Das Silber, mit dem Sara Khatun ihn so listig ausgestattet hatte. Das Silber, das Doria in Trapezunt so triumphierend angehäuft und mitgenommen hatte, um es in Erzerum auszugeben. Nun, er hatte Erzerum nie erreicht. Jemand war angewiesen worden, dafür zu sorgen. Blieb die Frage, ob es während des Kampfes verstreut oder von Dorias Sattel abgeschnitten worden war oder ob man ihn sogar gezwungen hatte, sich damit loszukaufen.

Zuerst schien das alles ein herrlicher Spaß zu sein. Doch als Nicolaas über die Gefahren nachdachte, die im restlichen Teil seines Plans lagen, verflog die erste Hochstimmung. Jener kleine Teil des großen Karawanenzuges, der Trapezunt zum Ziel hatte, würde für Doria nichts mitbringen. Auch sein Silber hatte er verloren. Er mußte seine Mission in Trapezunt als gescheitert betrachten, wenn er nicht die Niederlassung des Hauses Charetty an sich bringen konnte. Und seinen Anspruch darauf würde er ganz bestimmt geltend machen, wenn er eilends in die Stadt zurückkehrte mit der Nachricht von Nicolaas' und Julius' Tod. Wie schnell Diadochos seinen Boten mit der guten Nachricht von ihrem Überleben auch auf den Weg geschickt hatte, er würde Trapezunt erst in einigen Tagen, vielleicht erst nach vielen Tagen erreichen, wenn Doria schon verkündet hatte, sie seien tot.

Was würden Tobie und Gottschalk, Astorre und le Grant tun? Wenn er sie richtig einschätzte, würden sie nicht gleich dem nächsten Schiff mit Kurs Pera düstere Botschaften an Marian und Gregorio mitgeben. Es durfte einfach nicht sein, daß sie ihn für tot hielt, und er baute darauf, daß wenigstens Gottschalk nichts tat und nichts zugestand, bis sich die Kunde bestätigt hatte. Also würde sein Überleben alle Hoffnungen Dorias zunichte machen. Gottschalk, der weiter gesehen hatte als er, hatte erkannt, daß Catherine ihm den tiefen Fall ihres Gemahls zum Vorwurf machen würde. Jetzt hatte Doria seinen Plan durch leichtsinniges Handeln in Gefahr gebracht. Wenn sich nun Catherine gerade in dem Augenblick von Doria lossagte, da er sie am dringendsten brauchte? Wenn er sich, aus diesem Grund, veranlaßt sah, alle Hoffnung auf das Haus Charetty aufzugeben? Dann würde er für Catherine keine Verwendung mehr haben. Außer vielleicht als Geisel.

Da drehte sich Julius um und sah ihn. «So war mir heute morgen zumute.» Er hielt inne. «Ich rieche Wein. Bastard, Ihr habt getrunken und mir nichts mitgebracht.»

Es hatte keinen Sinn, Julius mit bloßen Mutmaßungen zu beunruhigen, und so setzte er sich hin und erzählte ihm alles, was geschehen war. Was Julius nicht zu wissen brauchte von diesem Gespräch, war ohnehin nicht in Worte gekleidet worden. Im übrigen legte Julius bei seinen Fragen genügend Scharfsinn an den Tag. «Dann glaubt sie also nicht daran, daß der Herzog von Burgund und der Doge von Venedig und der König von Frankreich und der König von England und der Papst sich anschicken, an Gallipoli vorbeizusegeln und die Türken zu erschlagen?»

«Natürlich glaubt sie nicht daran. Gewiß, sie haben Alighieri mit großen Versprechungen in den Westen geschickt, und eines Tages, wenn Fra Ludovico lange genug bleibt, geht vielleicht ein Krieg zu Ende oder stirbt ein König und wird ein Kreuzzug ausgerüstet. Aber inzwischen hält Uzun Hasan seine Bundesgenossen mit der Hoffnung auf Hilfe aus dem Westen bei der Stange und beweist sogar, wie zuversichtlich er ist, indem er den Sultan beleidigt. Wenn er Sinope und Trapezunt und Georgien zusammenhalten kann, dann kann er zumindest vorläufig selbst standhalten.»

«Was aber, wenn Uzun Hasan mehr will?» meinte Julius. «Wir wissen, daß er den Sultan gern aus Kleinasien vertrieben sähe. Wenn Hasan Bey nun selbst versucht, Trapezunt einzunehmen?»

Man vergaß bisweilen, daß Julius ein geborener Soldat war. «Trapezunt ist unangreifbar», erwiderte Nicolaas, «das habt Ihr selbst gesagt. Es kann nur durch Verhandlung eingenommen werden, und Uzun Hasan hat einem christlichen Kaiser nichts zu bieten. Ich habe keine Übereinkünfte getroffen, Julius.»

Julius dachte nach. Dann fragte er: «Warum seine Mutter? Wo ist Uzun Hasan?»

Und das war auch keine dumme Frage. Nicolaas sagte: «Wo sollte ein Anführer sein, wenn nicht bei seinem Heer? Da ihm die Ottomanen wie die Schwarze Horde Sorgen bereiten, hat er wohl kaum Zeit, an Dinge des Handels zu denken. Das hat er der vertrauenswürdigsten griechisch sprechenden Christin überlassen, die er kennt. Sie ist eine mutige Frau, Sara Khatun.» Er hielt inne und setzte dann hinzu: «Was ist bloß an Persien und Trapezunt, daß sie solche Frauen hervorbringen?»

«Ich weiß es nicht», sagte Julius nachdenklich. «Aber ich möchte es gern herausfinden.»

Schließlich billigte Julius die meisten seiner Pläne. Er sah ein, daß die für Florenz bestimmten Waren in Kerasous sicherer waren als an einem Ort, an dem Doria an sie herankommen konnte. Und das gleiche galt für den venezianischen Anteil, und venezianische Geneigtheit war nicht zu verachten, wenn man es mit Pagano Doria zu tun hatte. Ein wenig länger schon dauerte es, bis Julius einleuchtete, daß es sinnlos war, eine Anklage gegen Pagano Doria vorzubringen, wo es keinen Beweis dafür gab, daß er etwas getan hatte. Und ein als Zeuge herbeigezogener Paraskeuas konnte nicht mehr als Spion dienen. Der Verlust des Silbers und der Güter, die er gekauft haben würde, mußte fürs erste Strafe genug sein. Das und Julius' Eintreffen in Trapezunt.

«Während Ihr nach Kerasous geht», sagte Julius.

«Ja», sagte Nicolaas. Er hatte das Hemd ausgezogen und sah unbeholfen nach seinen Verbänden.

«Und dort bleibt? Wie lange?»

«So lange es nötig erscheint», sagte Nicolaas. «Wir können Waren dieser Art nicht ohne Bewachung lassen.» Die tiefe Wunde an seinem Arm hatte wieder zu bluten begonnen, und er wühlte in dem Weidenkorb, bis er ein sauberes Tuch gefunden hatte, das er darauflegen konnte. Weder der Arzt noch sein mürrischer Helfer hatten sich noch einmal sehen lassen. «Da ist ein wenig Salbe», sagte er. «Wie steht es mit Euch?»

«Kümmert Euch nicht um mich», sagte Julius. «Wie erfahren wir, was Ihr in Kerasous macht?»

«Tauben?» sagte Nicolaas. «Amazonenstafette?» Er erhob sich, den Salbentiegel in der Hand, und sah, daß sich auch Julius erhoben hatte und dicht bei ihm stand.

«Ihr schmiedet noch immer Pläne», sagte Julius. «Ihr habt doch etwas vor.»

«Ja, ich verbinde meinen blutenden Arm. Ich bemühe mich auch, so sicher zu gehen, wie ich kann. Der Sultan greift viel eher Uzun Hasan an als den Kaiser. Aber angenommen, er entschließt sich, Trapezunt zuerst zu überfallen. Er wird es nicht einnehmen, aber er könnte es bis Herbst belagern. Das würde bedeuten, daß wir unsere Ware in diesem Jahr nicht mehr auf den Weg bringen können. Von Kerasous aus wäre das vielleicht möglich.»

Julius sagte: «Wir lassen uns in Trapezunt belagern, und Ihr fahrt von Kerasous aus mit unserer Ware nach Hause.»

«Mit unserer und der der Venezianer.» Er versuchte, mit den Zähnen einen Knoten zu binden und zu grinsen aufzuhören.

Julius starrte ihn an. «Das habt Ihr vor, nicht wahr? Das würdet Ihr wirklich tun?»

Nicolaas bekam den Knoten zu und blickte auf. «Nun, was meint Ihr? Ihr wollt mich nicht in Trapezunt haben. Ihr seid dort in Sicherheit, nicht aber unsere Ware. Das einzig Vernünftige ist, die Ware hinauszuschaffen und unseren Gewinn einzustreichen. Ihr seid der Buchhalter. Macht einen besseren Vorschlag.»

Und nach einer halben Stunde machte Julius den auch: Nicolaas würde nach Trapezunt gehen, und Julius würde die Karawane und die Ware nach Kerasous bringen.

Natürlich erhob Nicolaas Einwände, und es dauerte lange, bis er eingesehen hatte, daß ihm dies zur Zeit nicht zustand. Nachdem er das deutlich gemacht hatte, ließ sich Julius dazu herab, Nicolaas nach den Wegen zu fragen, die sich anboten.

«Nun, da ist der Weg über Erzincan, aber der ist gefährlich. Ich hatte an Bayburt vorbeiziehen wollen und dann nach Westen abbiegen, in Richtung Kelkit und Siran. Kurz danach dann führt eine Straße in nördlicher Richtung nach Kerasous.»

«Ach ja? Wo?» wollte Julius wissen.

Nicolaas lehnte sich in seine Kissen zurück und streckte sich. Ihm tat alles weh, und er war erschöpft, und er fühlte sich trotz seiner Sorgen auf verstohlene Weise glücklich. «Ja, darum geht's», sagte er. «Wir reden morgen noch einmal über alles. Aber wo man da nach Norden abbiegt, da liegt dieses Sebinkarahisar. Es hieß früher einmal Koloneia.»

KAPITEL 28

AN EINEM WARMEN, BLÜTENDUFTENDEN TAG Mitte Mai traf die
Nachricht in Trapezunt ein: Nicolaas war tot, und Julius war an
seiner Seite erschlagen worden. Überbringer der Kunde war ein
Laienbruder des Klosters der Heiligen Jungfrau von Sumela, der ein
schnelles kleines Maultier in knapp zwölf Stunden über dreißig ge-
birgige Meilen gehetzt hatte.

Wie es sich schickte, suchte er zuerst das Leoncastello der Genuesen auf, begleitet von einer Schar neugieriger Bürger und herum-
hüpfender Kinder. Monna Caterina, die Gemahlin des Konsuls,
hörte sich mit bleichem Gesicht den Bericht an: wie die Mönche
ihren Gemahl entdeckt hatten, der sich mühsam durch die Schlucht
schleppte zusammen mit einigen wenigen Dienern, die allesamt verwundet waren und kaum ihre Geschichte von einer zufälligen Begegnung und einem schlimmen Hinterhalt hervorbringen konnten.
Um sein Leben kämpfend gegen Räuber hatte Messer Doria gesehen, wie der junge Herr Niccolo den üblen Gesellen unterlag und
umkam. Der Aktuarius Julius war kurz darauf erschlagen und alle
ihre Gefährten Opfer der tödlichen Schwerter geworden. Messer
Doria selbst war, aller Habe beraubt, für tot liegengelassen worden
und läge wohl jetzt noch dort in der Wildnis, wenn seine Diener
nicht gewesen wären.

Sie war eine wahre Amazone, die junge Ehefrau. Anstatt um Hilfe
zu rufen oder zusammenzubrechen, hatte sie ihre Stallburschen und
Bewaffneten und Diener kommen lassen, sich sogleich aufs Pferd
geschwungen und auf den Weg zu dem Kloster gemacht. Dem Kurier war es überlassen geblieben, den Rest seiner Pflicht zu erfüllen
und mit seiner schmerzlichen Kunde zum florentinischen Fondaco
weiterzuziehen.

Dort wußte man wenigstens, was man einem Boten schuldig war.
Der Mann, dem er die traurige Nachricht überbrachte, ein Priester,
führte ihn sofort zu weichen Kissen, ließ zu essen und zu trinken
bringen und sorgte dafür, daß man sich um sein Maultier kümmerte, und inzwischen hatten sich auch die anderen Gefährten der
Toten eingefunden. Einer von ihnen war ein Arzt, der seine steifen

418

Glieder bemerkte und nach warmem Wasser und Salben schickte, während sie ihn befragten. Sie sprachen leise untereinander. Er sah, daß im Gegensatz zu manchen Kaufleuten, die im Tod eines anderen die Möglichkeit zum eigenen Vorwärtskommen erblickten, diese hier offensichtlich betroffen waren. Nur einmal fielen laute Worte, als ein Mann mit einem Bart und einem entstellten Auge sich mit einem Knurren an die anderen wandte, das einem Hund Ehre gemacht hätte. «Ihr habt ihn aufgegeben, als Ihr ihn ziehen ließet. Julius hatte mehr Verstand als Ihr und ist ihm gefolgt. Die Kolchier und die Kurden verstehen mehr vom Kämpfen im Gebirge als irgendwer sonst auf der Welt. Er verstand nichts davon. Ihr habt ihn aufgegeben.»

Keiner erwiderte darauf etwas, aber der Arzt, der Tücher ausgewrungen hatte, hob den Kopf, als wollte auch er eine Anklage vorbringen, doch im Gegensatz zu dem Bärtigen sah er den Priester an, der ihn empfangen hatte. Und dieser Mann wandte sich jetzt an ihn: «Und Ihr habt die Geschichte von Messer Pagano selbst gehört? Wenn wir gleich zum Kloster aufbrechen würden, könnten wir dann mit dem Verwundeten sprechen und vielleicht noch mehr erfahren?»

«Gewiß», sagte der Mann aus Sumela. «Es wird noch eine Woche dauern, bis Messer Doria wieder zu Pferd sitzen kann, und der Besuch von Freunden tut ihm sicher gut. Seine Gemahlin ist schon auf dem Weg zu ihm.»

Er sah, wie sie einander anblickten, aber der Mann mit dem Bart sagte: «Zu welchem Zweck und Nutzen?»

Der Arzt war es, er ihm darauf antwortete. «Wir müssen herausfinden, wer ihn getötet hat, Astorre.» Dann kehrte er dem Bärtigen, der tief Luft geholt hatte und dessen Wangen sich zu röten begannen, den Rücken zu und sagte, während er die Tücher hinlegte: «Ich schicke jemanden, der damit weitermacht und Euch ein Lager richtet. Wir werden zum Kloster reiten, aber unsere Diener werden Euch für den Rückweg Essen und ein Pferd mitgeben, wenn Ihr dies wünscht.»

«Ich sehe, daß dies Leute waren, die Ihr geschätzt habt», sagte der Bote. «Es tut mir leid, daß ich so traurige Kunde überbringen mußte.»

«Mir auch», sagte der Arzt.

Der Priester und der Arzt brachen in der Tat fast gleich danach mit einer Eskorte auf, nachdem zuvor noch ein Bediensteter aus dem Palast angeklopft hatte, der alles hören wollte, was der Bote zu berichten wußte. Er kam, wie es schien, aus den Frauengemächern und nicht vom Kaiser. Als er ging, hatte er den lateinischen Priester und den Schiffsführer, einen Mann namens le Grant, angesprochen. «Meine Herrin würde helfen, wenn sie kann. Es ist ein Verlust, dessen Größe wir noch nicht ermessen können.»

«Niemand könnte das», sagte der Arzt. «Er war noch nicht alt genug.»

Sie ritten aus, Doria zur Rede zu stellen, und es war, als zögen sie in den Krieg.

Ein Unbeteiligter hätte gesagt, ihre Reise sei sinnlos. Eine Kaufmannschaft, die ihrer führenden Amtsträger beraubt wurde, muß die Wunde rasch schließen, neue Männer ernennen und vor allem das erschütterte Vertrauen der Kundschaft wiederherstellen. Kein Unbeteiligter hatte, wie sich Tobie und Gottschalk erinnerten, Nicolaas sagen hören: *Ihr müßt mich am Leben erhalten. Ihr müßt so tun, als wäre ich weiterhin der erste Mann des Handelshauses. Denn sobald ich tot oder abgesetzt bin, fällt Ihr Doria anheim.*

So ritten Tobie und Gottschalk denn die Küstenstraße bis zur Flußmündung dahin und wandten sich dann ins Landesinnere, auf dem Weg, den Nicolaas zwei Wochen zuvor eingeschlagen hatte. Astorre begleitete sie mit dreißig bis zu den Zähnen bewaffneten Söldnern. Selbst wenn er mehr über das Geschehen gewußt hätte, würde er sich geschämt haben, an seine Zukunft oder an die des Handelshauses zu denken. Wer seinen Jungen und seinen Aktuarius überfallen hatte, sollte sich keines langen Lebens mehr erfreuen. Nach dem Bericht des Boten, der ja ein solcher aus zweiter Hand war, hatte er nur eine sehr verschwommene Vorstellung von den Räubern und der Stelle des Hinterhalts. Aber Astorre wollte sie schon finden. Und gründlich untersuchen. Und die Mörder ausrotten. Ein schweigender le Grant und ihre Sekretäre und Diener kümmerten sich inzwischen um die Geschäfte in Trapezunt.

Tobie hatte von Anfang an gesagt: «Es war Doria.»

Und Gottschalk, eher überlegend als ihm widersprechend, hatte gesagt: «Er hat sehr wenig Leute mitgenommen, verglichen mit Nicolaas' fünfzehn Mann. Und Ihr habt gehört, was der Mann aus dem Kloster sagte. Doria war mit Wunden bedeckt. Wunden von Beilen und krummen Messern, nicht von Schwertern.»

«Es war Doria», hatte Tobie wiederholt.

Und Gottschalk hatte ruhig gesagt: «Wahrscheinlich, ja. Aber das muß noch bewiesen werden.»

«Und wenn er die Niederlassung beansprucht?»

Gottschalk hatte eine Weile geschwiegen und dann gesagt: «Ein Mörder kann nicht aus seinem Verbrechen Gewinn ziehen. Aber wir müssen der Versuchung widerstehen, einen Unschuldigen anzuklagen.»

«Und wenn seine Schuld nicht bewiesen werden kann?» sagte Tobie. «Bitten wir ihn dann, das Handelshaus zu übernehmen?»

Er hatte Gottschalk für schwach gehalten, doch dieser drehte sich um und sagte: «Wenn bei unserer Rückkehr nach Brügge die Kirche, die Behörden und die Demoiselle de Charetty zu dem Schluß kommen, daß seine Ehe gültig ist, und die Demoiselle ihre Legatsverfügungen nicht zu ändern wünscht, dann wird Messer Pagano Doria eines Tages die Hälfte des Handelshauses Charetty erben. Bis zu diesem Tag werde ich mich jedem von ihm ausgehenden Versuch widersetzen, die Geschäfte zu übernehmen. Habt Ihr geglaubt, ich würde etwas anderes sagen?»

«Nein», sagte Tobie, «aber wir könnten feststellen, daß das schwerer ist, als wir glauben.»

«Wenn Ihr glaubt, es sei schwer für uns, dann denkt an das Kind», sagte Gottschalk. «Wenn wir das Mädchen treffen, so bedenkt, was sie empfinden muß.»

«Und Marian de Charetty?» warf Tobie ein.

Nach längerem Schweigen erwiderte Gottschalk: «Wir werden natürlich schreiben und es ihr berichten müssen. Aber nicht sofort. Arme Frau, jetzt noch nicht.»

Danach ritten sie schweigend durch grüne Maisfelder und blühende Obsthaine im warmen, dunstigen Sonnenschein und dann durch das ansteigende, sich verengende Tal, dessen Wände Eibe und Nußbaum, Holunder, Birke und Linde hinaufkletterten. Dann, nach zehn Meilen, kamen sie an die ersten Nadelbäume, welche die Höhen zu beiden Seiten bedeckten. Sie hielten an, um den Pferden eine Rast zu gönnen und sich kurz zu erfrischen. Worte wurden kaum gewechselt. Für die äußeren Umstände einer solchen Reise war Astorre der gegebene Führer, doch Tobie mußte sich eingestehen, daß ein Unternehmen dieser Art ohne Nicolaas, ohne dessen Phantasie und sichere Hand seinen Reiz verloren hatte. Selbst den Männern in ihrem Schweigen schien das bewußt zu sein. «Mein Junge», hatte Astorre ihn mehr als einmal genannt. Davor hatte es «dieser Bursche» geheißen, wie nachsichtig auch immer. Doch er und Gottschalk wußten besser als alle anderen, wie brandstifterisch der wirkliche Nicolaas sein konnte. Das sollte sie den Verlust leichter ertragen lassen.

Sie holten Catherine de Charetty hinter Cevizlik ein, wo die Basaltklippen über ihnen wie Säulen aufstiegen und sich dem Fluß zur Linken der Bach gesellte, dem sie folgen mußten. Jetzt waren es nur noch drei Stunden bis zu ihrem Ziel. Sie zogen schon das Seitental hinauf. Die kaiserliche Straße, kaum instand gehalten, war halb eingesunken und sah so ungepflegt aus wie die anderen Überlandwege, Brücken und Überführungen, die die Vergangenheit dem Reich hinterlassen hatte. Weiter voraus schien das immer tiefer eingeschnittene Tal von Grün überzuquellen, wo Sommersonnen und feine Nebel die Wälder üppig genährt hatten. Schon waren die Pferde an purpurnen Rhododendronböschungen und an Azaleenbüschen vorübergestreift. Bald sollte eine Schlucht kommen, tausend Fuß tief und von Blumen duftend und dampfend, und dann das Kloster, kühl und luftig, das die Felswand hoch oben schichtweise überzog. Da wurzelte es in tiefen Höhen und Grotten über einem Steilabfall hinunter zum Gießbach.

Auf solchen Klippen wohnten Männer Gottes, aber auch Räuber. Die Genuesen hatten sich, wie es die Klugheit gebot, in Stellung gebracht, als so viele Hufe zu hören waren. Dann ließ ihr Hauptmann den Arm sinken – er hatte die Fähnlein des Hauses Charetty und der Republik Florenz und Astorres vertrauten farbenprächtigen Helm erkannt. Durch die Reihen hindurch sah man die erschöpften Gesichter der Dienerinnen, auf denen sich schwach die

Hoffnung auf wenigstens eine Rast abzeichnete. Das Gesicht ihrer Herrin zeigte die gleichen Flecken von Staub und Müdigkeit, doch darunter war es so hart wie Basalt. Da sah sie, wer die anderen waren. Sie sagte nichts, doch Tobie glaubte kurz so etwas wie Furcht aufblitzen zu sehen. Schon war Gottschalk neben ihr und sagte: «Demoiselle, laßt uns mit Euch kommen.»

Weiter hinten sprachen Astorre und der genuesische Hauptmann leise miteinander, während sich die Kavalkade neu ordnete. In diesen Räuberbergen durften sich dreißig Bewaffnete freundlichen Willkommens sicher sein. Nichts dergleichen stand in dem Gesicht des Mädchens geschrieben. Sie sagte: «Mein Gemahl liegt krank im Kloster. Ich bin auf dem Weg zu ihm. Vielleicht liegt er im Sterben.»

«Dann sind wir zusammen um so schneller dort», sagte Gottschalk.

Sie blickte ihn an, zwei Fältchen bildeten sich zwischen ihren blauen Augen, und man sah, daß ihr darauf keine Erwiderung einfiel. Sie sagte mit fast zorniger Stimme: «Er wäre fast getötet worden, als er ihn zu retten versuchte.»

«Es war freundlich von ihm, den Boten zu schicken», sagte Gottschalk. Sie blickte ihn stumm an, und er setzte hinzu: «Magister Tobias ist bei uns, Demoiselle. Wir werden Herrn Doria nicht länger als nötig belästigen. Aber wir müssen sie finden und bestatten.»

Jetzt, dachte Tobie, wird sie weinen. Er sah, wie ein kurzer, ruckartiger Atemzug sie überkam. Dann zog sie Kinn und Mund gerade und sagte durch eine zusammengekniffene Nase: «Dafür werdet Ihr bezahlt. Ich bin Genuesin. Ich muß an meinen Ehemann denken. Hauptmann! Wollt Ihr, daß wir in die Nacht hineinreiten?» Und damit trieb sie ihr Pferd an.

Während sie zurückblieben, sah Tobie, wie Gottschalk neben ihm die Lippen bewegte. Er wußte, daß es nicht das Mädchen war, das er verfluchte. Tobie sagte: «Wie nanntet Ihr Doria? Leichtfertig?»

Gottschalk drehte sich zu ihm um. Sein breites Gesicht war wieder ruhig. «Wie nannten wir Nicolaas? Rachsüchtig, ränkevoll. Einen Mann, der heimlich andere leiden macht. Einen Mann, der heimlich den Tod anderer bewirkt.»

Tobie schwieg. Alle diese Dinge hatten sie gesagt, und sie waren wahr. War das Verziehen von Catherine de Charetty besser oder schlimmer als das Zugrunderichten von Katelina van Borselen? Doria hatte getötet. Aber Nicolaas hatte auf hintergründigere Weise getötet, öfter. Er sagte: «Ich glaube, sie waren der gleiche Mensch. Sie waren beide Jason.»

«So könnte man sagen», erwiderte Gottschalk. «Ich habe festgestellt, daß diejenigen, die auf einer Suche sind, oft solche sind, die vor etwas davonlaufen; und das traf auf sie beide zu. Obschon die Suche des einen von der des anderen natürlich völlig verschieden war. Aber wir sehen jetzt bald den, der überlebt hat. Wir sollten uns einen offenen Sinn bewahren.»

Die Abenddämmerung senkte sich. Sie ritten klingend in die Schlucht hinein: eine metalldröhnende Prozession, die das zukkende Sonnenlicht nach sich zog. Die Sonne, die verstohlen zurückwich von Buche und Esche, Kastanie und Ulme, verweilte noch geraume Zeit auf den Kiefern an den oberen Hängen des tiefen, sich windenden Tals. Die Stimme des Gießbachs im Talbett schwoll zu solcher Stärke an, daß jede andere Bewegung lautlos vonstatten ging. Der scharfe Umriß von Speer und Brustharnisch verschwand im lichtlosen Gewirr des Laubwerks. Das Unterholz sprang ihnen an die Schultern, und vom Laubdach über ihren Köpfen hingen Girlanden von trockenen Flechten herunter, die sich in den Speeren verfingen und die Helme zum Summen brachten. Und ganz oben war der Himmel ein Amphitheater für kreisende Vögel, deren Schreie man nicht hörte; und unter ihren Füßen gab roter Pilzschwamm nach und verflüssigte sich.

Bei einer Gruppe kleiner Holzhäuser, die mit verschlossenen Läden stumm dalagen, führte sie eine schmale gewölbte Brücke über den Gießbach. Hinter ihnen bellte wie wild ein Hund, der nichts von Räubern wußte, und verstummte dann plötzlich. Da war vor ihnen, achthundert Fuß die Felsklippe hinauf, das Kloster Sumela. Sie schickten einen von Astorres Männern voraus, der sie anmelden sollte, zündeten die mitgebrachten Fackeln an und begannen hinaufzuklettern.

Der mühsame Anstieg nach dem anstrengenden Ritt war zuviel für die Dienerinnen. Zwei Soldaten trugen sie, und man führte ihre

Ponys am Zügel mit. Die Demoiselle achtete nicht darauf. Erst aus nächster Nähe sah Tobie die scharfen Züge ihrer Wangen und die Flecken unter den Augen, die starr geradeaus gerichtet waren. Obschon ihr Gesicht völlig ausdruckslos war, lösten sich Tränen und rannen ihr über beide Wangen.

Sie hätte weinen sollen, aber nicht so. Tobie spürte Gottschalks Hand auf seinem Arm, aber er schüttelte sie unwillig ab. Er war müde, und er hatte genug von Gottschalks Vorahnungen. Er ritt an Catherines Seite, legte ihr den Arm um die Schultern und sagte: «Mein Pferd ist frisch. Ich nehme Euch zu mir.»

Ihr Stoß stürzte ihn beinahe vom Pfad herunter. Im Fackelschein war ihr Gesicht das einer überfallenen Prinzessin. «Nehmt Eure Hände weg!» sagte Catherine de Charetty, und während er noch sein taumelndes Pferd beruhigte und sich aufrichtete, gab sie ihrem Reittier die Sporen, wobei sie sich im Sattel umdrehte. «Ich habe meinen eigenen Arzt!» rief sie.

Bald danach erblickten sie die schimmernden Lichter des Klosters. Die Mönche waren bei der Andacht, doch der Gästemeister begrüßte sie am prächtigen steinernen Tor und geleitete sie in den Hof, wo sich Männer um die Pferde und die Bewaffneten kümmerten. Die Stocklaternen rauchten in der feuchten Luft, die nach dem hohlen Stein des Berges, nach den süßen Körnern des Weihrauchs und den schwachen Gerüchen von Stalltieren und Latrinen schmeckte. Da wurde plötzlich Gesang laut. Tobie blickte sich um und glaubte zuerst, er komme aus dem Berg selbst. Dann sah er zu seiner Linken die Lampe eines Schreins und darum herum Engel mit Flügeln und großen ovalen Augen, ockerbraun, dunkelblau und rötlich-erdfarben bemalt. Goldteilchen blitzten auf. Die Stimmen begannen zu schwingen und setzten zu einer machtvollen Hymne an, deren Worte man verstand. Gottschalk wandte den Kopf.

«Die Kirche», sagte Tobie. «Das Katholikon.» Er hielt inne und setzte dann hinzu: «Das klingt recht zuversichtlich.»

«O frohes Licht», sagte Gottschalk. «Das ist ... ein Lobgesang. Sie glauben wahrscheinlich Grund dazu zu haben.»

Dann wurden sie zu den Gästequartieren und zu Pagano Dorias Krankenkammer geführt.

Wie es sich gehörte, ging Catherine allein hinein. Tobie, der

durch die dicke Tür nichts hören konnte, blieb stumm neben Gottschalk stehen. Astorre war zu seinem Verdruß von der Befragung
ausgeschlosssen worden. Er hatte sich als einziger von ihnen seine
Lebhaftigkeit bis zum Ende des Rittes bewahrt. Gewiß ruhte er sich
jetzt an irgendeinem gedeckten Tisch aus. Tobie war es ganz zufrieden, zu stehen.

Als das Mädchen nach zehn Minuten noch nicht herausgekommen war, klopfte der Mönch neben ihnen zögernd und öffnete die
Tür. Ehe sie sich wieder schloß, konnten sie einen Blick auf Doria
erhaschen, der auf einer mit Kissen gepolsterten hochlehnigen
Holzbank saß. Er hielt den Kopf über seine Ehefrau geneigt, die auf
einem niedrigen Hocker neben ihm kauerte, die Hände im Schoß zu
Fäusten geballt. Er hatte den einen verbundenen Arm um ihre
Schulter gelegt. Einen Augenblick später kam der Mönch heraus,
und sie wurden eingelassen mit dem freundlichen Hinweis, daß
Messer Doria noch sehr schwach sei.

«Vielen Dank», sagte Gottschalk. «Wir werden daran denken.
Messer Tobias ist selbst Arzt.» Die Tür schloß sich hinter ihnen.

Der Fußboden, über den sie schritten, war kastanienroter Marmor. An den Wänden hingen ein juwelenbesetztes Kreuz und eine
Ikone, deren Metall im Schein der vielen Kerzen eines schmiede-
eisernen Gestells gelb und weiß aufleuchtete. Man sah einen Hocker,
ein Gebetpult und einen Tisch mit einem Wasserkrug und einem
Becken. Ein bedeckter Ofen auf der einen Seite strahlte Wärme aus.
Dies war kein Teil der Pilgerherberge mehr, sondern eher eine Kammer, die zu den kaiserlichen Gemächern gehörte. In der Mitte saß,
wie sie gesehen hatten, Pagano Doria, aber Catherine war zur einen
Seite hinübergetreten, wo ein niedriges Bett und eine Truhe standen.
Als sie hereinkamen, setzte sie sich gerade ein wenig vorsichtig auf die
Truhe. Ihr in aller Eile abgewischtes Gesicht zeigte noch Spuren der
Reise, hatte aber jetzt ein wenig Farbe bekommen. Da öffneten sich
ihre Lippen, und als Tobie sich umwandte, sah er, daß Doria sich
langsam erhoben hatte und zu dem Priester aufblickte. Er sagte: «Es
tut mir sehr leid – um sie beide und um Euch.»

Er war bleich geworden. Das Aufstehen hatte ihm sichtlich
Schmerzen bereitet. Die Mönche hatten ihm ein loses Gewand gegeben, das bis zum Boden reichte und die meisten seiner Wunden be-

deckte, aber seine mühsame Haltung sagte einiges, und die weißen Tücher, die von der Schulter ab einen ganzen Arm und eine Hand umbanden, verrieten das übrige. Aber sein Bart war sorgfältig geschoren, und das glatte, glänzende, eher lange Haar fiel über ein noch immer angenehmes und klar gezeichnetes Gesicht mit einem bekümmerten Blick in den Augen. Gottschalk sagte: «Ich bitte Euch, bleibt sitzen. Ihr seid noch keineswegs bei Kräften.»

«Aber ich bin am Leben», sagte Doria. Er wartete, bis Tobie, der Hocker gefunden hatte, sich auf den einen niederfallen ließ und den anderen Gottschalk hinschob. «Ihr wollt wissen, wo Ihr sie finden könnt.» Er lächelte schwach und sah seine Frau an. «Catherine glaubt, Ihr wollt mir Vorwürfe machen oder mir gar die Schuld an ihrem Tod geben. Ich habe ihr gesagt, daß Ihr gerecht denkende Männer seid. Und klug.»

«Was ist also geschehen?» fragte Tobie.

Mit schmerzlicher Ausführlichkeit erzählte er es ihnen, und sie hörten schweigend zu. Catherine war gegen diesen Jagdausflug gewesen, aber er hatte – der Kaiser möge ihm vergeben – das Gefühl gehabt, sich einmal von den erdrückenden Aufmerksamkeiten des Hofs erholen zu müssen. Er hatte ein paar Männer mitgenommen, die Jagd hatte sich gut angelassen, und er hatte nicht nur einmal, sondern zweimal ein Nachtlager aufgeschlagen und dann, auf das Verständnis seiner Gemahlin hoffend, geglaubt, noch ein Stück weiter vordringen zu können. Vielleicht, so hatte er sich gesagt, begegnete er Nicolaas und würde eingeladen, mit ihm nach Erzerum zu reiten. «Denn welche Rivalität auch zwischen uns bestehen mag», sagte Doria, «sie erstreckt sich nicht auf die Karawanen von Täbris, denn die bringen genug für alle mit. Im übrigen ist er ein junger Mann, der seine Freude am Spiel hat, und auch ich finde, daß das Leben manchmal ein wenig zu ernst ist. Es sind gefährliche Spiele, gewiß, aber sie enden nicht tödlich. Keiner von uns beiden hat versucht, dem anderen ernsthaft zu schaden. Unser Hauptstreitpunkt, ich weiß, ist meine Ehe mit meiner Caterinetta, aber die Liebe hält sich nicht immer an die Regeln von alten Männern oder alten Frauen; und wie Ihr seht, ist ihr kein Leid geschehen.»

«Ihr habt ihn also eingeholt?» fragte Tobie.

«Ja, vor dem Vavuk-Paß. Ich wollte gerade ein Lager aufschlagen, in dem wir übernachten konnten, als ich auf der Straße, die ich verlassen hatte, Pferde hörte. Es wurde rasch dunkel; sie bemerkten mich nicht. Aber ich sah, daß es Kurden waren, und sie waren bewaffnet wie zu einem Überfall. Während ich sie noch beobachtete, ritten sie von der Straße herunter auf Grasboden, als wollten sie jemanden überraschen. Ich dachte an Nicolaas. Es war übereilt, ich weiß, aber ich folgte ihnen mit meinen Männern. Wir hielten uns ebenfalls auf dem Grasboden. Aber als wir sie erreichten, hatten sie sein Lager schon überfallen und metzelten zwischen den Zelten alles nieder. Ich tat, was ich konnte.» Pagano Doria verstummte.

«Habt Ihr Nicolaas fallen sehen?» fragte Gottschalk. Das Mädchen, das die ganze Zeit wie erstarrt dagesessen hatte, tat einen keuchenden Atemzug.

Doria sah sie an. «Ja», sagte er, «ich habe ihn sterben sehen, und Magister Julius auch. Ihr wollt gewiß nicht, daß ich...»

«Vielleicht später. Wir wollen sie finden. Und die anderen, die Nicolaas dabei hatte?»

«Einige sind fortgerannt, aber sie sind ihnen nachgeritten, bis sie alle tot waren. Dann haben sie die Zelte und ihr Gepäck mitgenommen. Als ich aufwachte, lagen nur noch Leichen herum.» Er bewegte die verbundene Hand. «Sie hatten mir die Ringe abgerissen. Ich fürchtete, sie würden zurückkommen, und nahm einen Stock und schleppte mich so weit fort, wie ich konnte. Zwei meiner Diener waren noch am Leben und konnten mir helfen. Ich habe nicht gesehen, wo Nicolaas lag. Es tut mir leid. Es war zu dunkel, und ich war zu schwach.»

«Sie hielten Euch für tot», sagte Tobie. «Eure Diener hatten Glück.»

«Sie lohnten die Verfolgung nicht», sagte Doria. «Sie trugen keine Rüstung und hatten nur Jagdwaffen dabei. Trotzdem sind zwei von ihnen getötet worden.»

«Das tut mir leid», sagte Gottschalk. «Wenn Astorre sie findet, wird er sie auch begraben. Wir haben einen Führer dabei, dem Ihr, wenn Ihr wollt, die Stelle beschreiben könnt.»

«Wenn ich könnte, würde ich mit Euch kommen», sagte Doria.

«Das ist nicht nötig», sagte Gottschalk. «Astorre schafft das schon allein. Wir selbst kehren nach Trapezunt zurück, damit das Handelshaus nicht ohne Führung ist.»

«Natürlich», sagte Doria. Er hob die freie Hand und rieb sich über die Augen. «Die armen jungen Männer. Ich hatte nur an sie gedacht und vergessen, was das für Euch bedeutet. Werdet Ihr nach Brügge zurückkehren?»

Es war eigenartig, sich daran zu erinnern, daß das früher einmal keine Frage war. Aus Neugierde, Marian de Charetty zuliebe und natürlich in der Hoffnung, am Gewinn des Unternehmens teilzuhaben, hatten sie sich Nicolaas angeschlossen und sich dabei vorgenommen, nach Hause zurückzukehren, falls es zum Streit mit ihm kommen sollte. Nun, da Nicolaas nicht mehr da war, war von einer Rückkehr nach Brügge gar nicht die Rede gewesen. «Damit würden wir unserer Dienstherrin eher schaden», sagte Gottschalk. «Wir sind für wenigstens ein Jahr den Medici verpflichtet, und unsere Niederlassung wird bestehen bleiben, ob nun der eine oder andere von uns mit der ersten Fracht zurückreist oder nicht.» Er blickte das Mädchen an und fuhr fort: «Die Demoiselle, Eure Mutter, ist eine gute Dienstherrin. Dies war nicht ihr Unternehmen, ich weiß, aber sie war daran beteiligt. Mit Nicolaas' Tod fallen seine Rechte an seine Ehefrau. Wir werden sie nicht im Stich lassen.»

«Dann wünscht Ihr also zu bleiben», sagte Doria langsam. Er blickte auf. «Nun, warum nicht? Ihr habt Euch gewiß in seiner Abwesenheit gut bewährt. Und wie schwer es war, die Geschäfte zu führen ohne richtigen Führer, das weiß niemand besser als der Kaiser oder jemand von den anderen Kaufleuten. Ich weiß, Ihr habt Eure Meinungsverschiedenheiten nicht an die große Glocke gehängt, aber uns allen war klar, daß Ihr mit Nicolaas nicht ganz zufrieden wart. Für sein Scheitern sollte man Euch nicht verantwortlich machen. Ich werde Euch einen entsprechenden Brief an den Kaiser mitgeben.»

«Ihr werdet was?» fragte Tobie.

Das Mädchen drehte beim Klang dieser Stimme den Kopf herum.

Dorias angenehmes Gesicht blickte voller Mitgefühl, und er sprach in sanftem Ton. «Wie Ihr selbst gesagt habt, wurde das Recht zur Einrichung dieser Handelsniederlassung von der Demoiselle und von den Medici an Nicolaas persönlich verliehen. Vielleicht habt Ihr das vergessen, in Eurem Kummer über seine Handlungsweise. Aber der Kaiser ist sich dessen wohl bewußt. Ihr selbst seid zwar sehr fähige Leute, aber nur bezahlte Amtsträger.»

Der Schmerz in Tobies Arm schien von Gottschalks Fingern herzurühren, die sich in ihn hineingruben. Gottschalk sagte: «Wenn ein Hauptmann in der Schlacht fällt, füllen seine Helfer die Lücke aus, bis ein Nachfolger ernannt ist. Glücklicherweise können wir, wie ich glaube, mit dem Verständnis und Vertrauen aller Kunden des Hauses rechnen. Wir bedürfen deshalb Eurer Unterstützung nicht, wenn wir Euch auch dafür danken.»

Der Verwundete, dessen Gesicht sich umwölkt hatte, blickte seine Gemahlin an. «Catherine, du wirst mir vergeben», sagte er. «Du kennst diese Männer, und sie waren gut zu dir. Doch wie sehr ich sie auch schätze, ich muß ganz offen und deutlich reden, und zwar von Anfang an.» Er verzerrte das Gesicht ein wenig und hielt sich dann sehr gerade. «Ich muß auch Euch bitten, mir zu vergeben in diesem traurigen Augenblick. Aber ohne einen Brief von mir, Pater Gottschalk, Magister Tobias, werdet Ihr Euer Geschäft nicht weiterführen können. Nun, da Nicolaas nicht mehr unter uns weilt, ist Catherine die Vertreterin ihrer Mutter in Trapezunt, und Catherines Rechte und Vorrechte sind jetzt die meinen. Wenn Ihr dies wünscht, könnt Ihr natürlich als Leute in unserem Dienst im Amt bleiben. Ihr werdet, dessen bin ich sicher, gut mit meinen Männern zusammenarbeiten: Ihr kennt ja schon einen großen Teil von ihnen. Sollte es notwendig werden, jemanden zu entlassen, so dürft Ihr sicher sein, daß eine großzügige Regelung gefunden wird. Ich werde dies dem Kaiser selbst vortragen, wenn ich ganz genesen bin. Beschäftigen wir uns inzwischen mit dem, was am wichtigsten ist. Wir müssen diese armen Burschen finden und ihnen ein christliches Begräbnis geben. Und wir müssen natürlich ihre Mörder finden.»

Die Hand um Tobies Arm packte noch fester zu, richtete aber kaum etwas aus gegen das Blut, das durch seinen Körper schoß. Gottschalk sagte mit fester Stimme: «Heißt dies, Ihr glaubt das Recht zu haben, das Haus Charetty in Trapezunt zu vertreten, Messer Doria?»

Doria blickte unverändert freundlich. «Ja, das glaube ich. Aber natürlich ist es meine Gemahlin, die die Befugnis hat. Fragt Catherine, wenn Ihr wollt.» Er wandte ihr den Kopf zu.

Sie hatte inzwischen begriffen, worum es ihm ging, und ihr Gesicht war fleckig gerötet, als hätte ein kalter Wind ihrer Haut zugesetzt. Sie beherrschte sich zwar, doch Zorn und Besorgnis, Angst und Groll kämpften gegen diesen Druck an. Tobie beobachtete sie. Als sich ihr Ehemann lächelnd ganz zu ihr umdrehte, sah sie ihn einen Augenblick lang an, als könne sie sich nicht erinnern, wer er war. Dann sagte sie: «Er ist mein Gemahl.»

Pagano Doria warf ihr einen lächelnden Blick zu. «Dann ist es dir auch recht, mein Schatz, wenn ich für dich handle?»

Sie sagte: «Ja.»

«Messer Pagano, verzeiht», sagte Gottschalk, «ich habe mich noch nicht deutlich ausgedrückt. Wie könnt Ihr für das Haus Charetty handeln, wenn Ihr zugleich im Dienste des Herrn Simon de St. Pol von Kilmirren steht?»

Der gute Gottschalk. Gepriesen seien alle verschlagenen Priester. Nicolaas, du Bastard – wenigstens hast du uns noch gesagt, worum das alles geht, ehe du dich hast umbringen lassen. Tobie ließ den Arm entkrampft herunterhängen. Catherine de Charetty sagte verächtlich: «Simon! Was hat er mit uns zu tun?»

«Fragt Euren Gemahl», sagte Gottschalk.

Dorias Lächeln veränderte sich kaum, aber in seinen Augen war für Sekunden ein leerer Blick.

Gottschalk sagte: «Es ist in Brügge bekannt und auch hier. Die Kogge *Doria* gehört nicht Eurem Gemahl, Catherine. Vielleicht hat er es Euch nicht gesagt. Sie hieß früher die *Ribérac*, und der schottische Herr Simon übernahm sie von seinem Vater und beauftragte dann Euren Gemahl, mit dem Schiff, das seinen Namen bekam, in den Osten zu fahren und in Trapezunt eine Niederlassung einzurichten, die der unseren schaden sollte. Ihr wißt vielleicht von der Fehde zwischen Herrn Simon und Nicolaas.»

Sie brach genausowenig verzweifelt zusammen wie am Morgen, sondern wandte sich mit feindlichen Augen zu Doria um. «Das hast du mir nicht gesagt.»

Doria stand auf, bewegte sich unbeholfen von den beiden Männern fort und ließ sich neben Catherine auf dem niedrigen Bett nieder. «Nein», sagte er. «Sonst hätten wir nie heiraten können. Er hat mich angestellt, für ihn Geschäfte zu betreiben, und zwar so erfolgreich, daß Nicolaas dadurch zunichte gemacht würde. Du kennst Simon? Er dünkt mich ein törichter, schnell aufbrausender Mensch, leicht beleidigt durch Kränkungen, die Nicolaas ihm unklugerweise zugefügt zu haben scheint. Ich habe eine geringe Meinung von Simon, aber er zahlt gut. Ich wußte von dem jungen Nicolaas überhaupt nichts. Ich war einverstanden. Und dann sind wir uns begegnet, du und ich.» Er schüttelte den Kopf. «Schatz, was konnte ich tun? Nicolaas vertrat das Haus Charetty, dein Handelshaus. Das konnte ich nicht zugrunde richten. Aber ich brauchte sein Schiff, um mich selbständig machen und dich ernähren zu können, ohne mit dem Hut in der Hand zu deiner Mutter laufen zu müssen.»

Er lächelte sie an. «Ich hatte Glück. Ich habe es geschafft. Die Genuesen machten mich zu ihrem Konsul. Ich trieb für Simon und auf eigene Rechnung Handel und warf Nicolaas ab und zu einen Knüppel zwischen die Beine, damit es so aussah, als erfüllte ich meine Verpflichtungen; aber er war der Ehemann deiner Mutter. Du weißt, daß ich ihm nie ernsten Schaden zugefügt habe. Ich hatte die Absicht, ein Geschäft zum Blühen zu bringen, Herrn Simon das Schiff zurückzugeben und seinen Gewinn auszuzahlen und dann zusammen mit dir das Leben zu führen, das wir uns beide vorstellten. Das können wir noch immer tun.»

Sie sagte: «Ich dachte, du wärst reich.»

Er lächelte sie wieder an. «Du hieltest wohl deine Mutter für reich. Aber würdest du jetzt in einem bürgerlichen Backsteinhaus in Brügge leben wollen? Ich war wohl kaum ein armer Mann, Catherine. Aber ich wollte dir alles Gold der Welt bieten. Das will ich noch immer. Und du wirst es bekommen.»

Sie saßen da und sahen einander an. Der Blick des Mädchens wurde sanfter. Tobie verschränkte die Arme und beobachtete sie. Er sagte: «Mich dünkt, drei Herren sind genug für einen Mann, wie gern er seine Ehefrau auch hat. Mit Herrn Simons Geschäften, Euren eigenen und denen der Republik seid Ihr vollauf beschäftigt, da braucht Ihr Euch nicht auch noch um die Angelegenheiten des Hauses Charetty zu kümmern. Überlaßt die den Leuten, die damit betraut worden sind und die die Demoiselle kennt, und wenn wir wieder in Flandern sind, werden wir sehen, wer wen in Dienst stellt. Abgesehen davon ist Astorre ein merkwürdiger Bursche. Er kämpft für die Demoiselle und sonst keinen. Und der Kaiser, dessen bin ich sicher, wird Astorre nicht vergrämen wollen.»

«Aber ich bin die Demoiselle», sagte Catherine. «Das scheint Ihr zu vergessen.»

«Ihr seid die Tochter der Frau, die sich Nicolaas erwählt und ihn geheiratet hat. Fragt Euch selbst, was Eure Mutter wünschen würde. Was Nicolaas gewünscht haben würde.»

«Warum?» sagte Catherine de Charetty. Sie erhob sich. «Meine Mutter ist eine törichte alte Frau, die eine Färberei führt. Wir leben in einer ganz anderen Welt. Pagano hat recht. Er ist das Oberhaupt des Hauses Charetty hier in Trapezunt, und Ihr werdet tun, was er sagt. Jetzt könnt Ihr gehen.»

Gottschalk hatte sich erhoben. Er stand einen Augenblick stumm da, dann wandte er sich zu Doria um. «Stellen wir das ausdrücklich fest», sagte er. «Wir nehmen das nicht hin und werden es mit allen gesetzlichen Mitteln anfechten. Inzwischen bleiben Euch die Tore unseres Fondaco verschlossen, und wenn Ihr uns oder unsere Geschäfte behindert, so tut Ihr dies auf eigene Gefahr, das laßt Euch von mir versichern.»

Doria lehnte sich zurück. «Ihr Ärmsten», sagte er, «natürlich, es geht um Euer Auskommen, das bedroht ist. Und ein paar Wochen Herrschaft auf eigene Faust würdet Ihr gewiß genießen. Drohungen bedeuten natürlich gar nichts. Hierzulande kommt alles auf den Kaiser an. Selbst Astorre mag feststellen, daß er nicht so unentbehrlich ist. Inzwischen finde auch ich, daß Ihr gehen solltet. Vergebt mir, wenn ich nicht aufstehe. Mich schmerzen noch immer die Wunden, die ich empfing, als ich dem Stiefvater meiner Gemahlin beizustehen versuchte. Wenn Ihr knapp an Mitteln seid, komme ich gern für das Begräbnis auf.»

In Gegenwart des Mädchens gab es nichts mehr zu tun, wie sehr ihnen auch danach zumute war. Gottschalk verbeugte sich vor Catherine und ging hinaus. Tobie folgte. Anstatt den Gang entlangzugehen, den sie gekommen waren, zögerte Gottschalk. «Ich brauche frische Luft, ehe wir uns den anderen anschließen», sagte er.

«Ich komme mit Euch», sagte Tobie. «Da drüben geht's zur Brüstung.»

Die Tür, die er öffnete, führte auf eine Sommergalerie an der Felswand hinaus – der Fußboden war mit Fliesen ausgelegt, zwischen den Säulen öffnete sich das Dunkel der Nacht. Tobie schritt bis zur Brüstung vor und blickte hinaus. Unten seufzte und raschelte unsichtbar der Wald, und das Rauschen des Gießbachs war hier oben nicht mehr als ein leises endloses Ausatmen.

Nach einer Weile sagte Tobie: «Ihr habt dem Mädchen von Doria und Simon erzählt.» Er konnte das Gesicht des Priesters nicht erkennen.

Gottschalk sagte: «Und ich hatte Nicolaas verboten, sie aufzuklären. Ist es das, was Ihr meint?»

«Und Ihr habt Nicolaas ziehen lassen», fuhr Tobie fort, «obschon Ihr wußtet, daß Doria ihm wahrscheinlich folgen würde. Es sollte Doria selbst sein, der ihr zeigte, was er für ein Mensch war. Aber es hat nichts genützt. Wenn er Nicolaas getötet hat, so hat das Mädchen keine Ahnung davon. Und es gibt keine Beweise.»

«Er hat ihn getötet», sagte Gottschalk. Als Tobie nichts sagte, sprach er weiter. «Ich weiß, was ich gesagt habe. Ich habe zu seinen Gunsten sprechen lassen, was sich nur anbot. Ich habe hingehört. Ich habe hingesehen. Es gibt keine Beweise, aber ich weiß vor Gott, daß dieser Mann ihn entweder tötete oder töten ließ. Deshalb habe ich von Simon gesprochen. Aber auch das hat nichts genützt. Es bedarf eines stärkeren Mittels, um das zu zerbrechen, was das Kind an Doria bindet. Und zerbräche man das, was würde man noch zerbrechen? Das ist die Frage.» Er hielt inne und fügte dann hinzu: «Es tut mir leid. Heute abend rede ich gar nicht wie ein Priester.»

«Heute abend», sagte Tobie, «redet Ihr wie jemand, der Essen und Wein und Ruhe und Schlaf braucht – und das fast so dringend wie ich.»

KAPITEL 29

AM ELFTEN TAG IM MONAT MAI, eine Woche nach seiner Duell-
wunde in St. Omer, überließ Gregorio, der Advokat des Handelshauses Charetty, die Ritter vom Goldenen Vlies ihren Gelübden
und machte sich von Brügge aus zu Pferd auf den Weg nach Dijon
und Italien. Vorgeblich hatte seine Reise mit der Ausweitung der
Handelsgeschäfte seines Hauses zu tun, in Wirklichkeit aber verfolgte sie das gleiche Ziel wie Marian de Charettys, die zehn Wochen
früher aufgebrochen war, um Näheres über das Schicksal ihrer
Tochter und ihres Ehemannes Nicolaas in Erfahrung zu bringen. Es
war ihm gar nicht recht, daß sich ihm im letzten Augenblick noch
ein ungebetener Reisegenosse anschloß.

Am gleichen Tag ritten weit drüben im Osten der Hausphysikus
Tobias Beventini und der Hauspriester Gottschalk nur leicht eskortiert über die Pyxitisbrücke und dann durch die östliche Vorstadt
von Trapezunt zu ihrem Fondaco. Sie hatten im Kloster Sumela
ebendiese Tochter zurückgelassen und Pagano Doria, ihren Gemahl, der ebenfalls in der Woche davor verwundet worden war,
wenn auch in anderer Sache.

Für Tobie sah alles genauso aus wie sonst. Der gleiche träge Büffel
versperrte den Weg hinter der Brücke. Die gleichen Gänse zischten
und schnatterten. Die gleichen Frauen klatschten neben dem gleichen Brunnen ihre Wäsche gegen die Steinplatten; die gleichen
Hunde und Kinder rannten ihnen nach; die gleichen Männer riefen
ihnen von ihren Werkstätten aus einen Gruß zu; sie hatten die gleiche Mühe wie immer, als sie sich durch das Gewühl des Marktes
hindurchdrängten. Da wurde einem bewußt, wie viele Gesichter
und Häuser einem in nur fünf Wochen vertraut geworden waren
und daß Nicolaas nicht nur viele Leute, sondern so gut wie jeden
gekannt zu haben schien. Geradezu eine Seuche von kleinen Spiel-
zeugen zum Abspulen schien sich ganz von selbst entwickelt zu
haben und ihm ein Denkmal zu setzen. Keinerlei Anzeichen von
Besorgnis oder einer drohenden Veränderung.

Als sie den florentinischen Fondaco erreichten, war auch dort alles ruhig. Weil es ein ebenso trockener wie milder Tag war, hatte

man die Tische mit ihren messingnen Tintenfässern, ihren Kassen-
büchern und ihrem Siegelwachs draußen unter den Arkaden aufgestellt. Ein junger Bursche von irgend jemandes Kontor erhob sich
gerade, nachdem ein kleineres Geschäft abgeschlossen war. An der
Hausseite des Tisches saß jetzt nicht Julius, sondern Patou, der
dienstälteste Buchhalter, und über ihn beugte sich le Grant. Der
Besucher ging, und le Grant sagte noch etwas zu dem Buchhalter
und kam dann auf sie zu und blieb, die Hände in die Hüften ge-
stemmt, vor ihnen stehen. «Nun?» Irgendwie war Loppe hinter ihm
aufgetaucht.

Auch die Stallburschen blickten herüber, und in den offenen Fenstern zeigten sich Gesichter. «Die Geschichte ist noch die gleiche»,
sagte Gottschalk. «Doria hat sie beide sterben sehen und sagt, es
habe keine Überlebenden gegeben. Astorre ist weitergezogen, um
herauszufinden, was herauszufinden ist. Doria und seine Frau kommen zurück, sobald er wieder zu Pferd sitzen kann. Wir sind müde.»

«Kommt herein», sagte le Grant. «Loppe wird Euch Wein und
warmes Wasser bringen. Hier ist alles ruhig.»

Selbst Gottschalk sah man beim Absitzen die Anstrengungen des
Rittes an. Als sie drinnen und unter sich waren, hatte sich auch
Loppe schon wieder eingefunden mit allem, was sie brauchten, um
sich zu waschen und zu erfrischen. Er bediente sie und blieb dann
da, um still zuzuhören. Tobie sah ihn an und fand, daß er in der
letzten Woche abgenommen hatte. Gottschalk erstattete in knappen, klaren Worten seinen Bericht. «Wir sind nicht klüger als zuvor.
Dorias Wunden stammen von kurdischen Waffen. Er sagt, bei seinem Eintreffen sei der Überfall auf Nicolaas und Julius schon in
Gang gewesen, und er habe versucht, sie zu retten. Es gibt keinen
Beweis dafür, daß sie erschlagen wurden, wie er sagt, und auch keinen Beweis dafür, daß er lügt. Aber er glaubt, diesen Fondaco beanspruchen zu können. Wir haben drei, vielleicht auch vier Tage Zeit,
um zu überlegen, was zu tun ist.»

«Das meiste ist schon getan», sagte John le Grant. Er bückte sich,
öffnete eine Schublade und warf ein Bündel Papiere vor ihnen auf
den Tisch. Beim Hinfallen rutschten die Blätter auseinander. Jede
einzelne Seite war mit Nicolaas' deutlichen raschen Schriftzügen
bedeckt. Le Grant sagte: «Ich fand das bei den Hauptbüchern,

nachdem Ihr gegangen wart. Für uns, im Falle seines Todes. Eine Aufstellung dessen, was im Lagerhaus liegt und was damit gemacht werden soll. Und was von der Karawane gekauft werden soll, mit Höchstpreisen für jede einzelne Ware, Mengenangabe und für welchen Kunden sie bestimmt ist. Da, zum Beispiel. Tausend Pfund kaspische Rohseide, wenn sie auf zwei Gulden heruntergehen, und mit zwölf Ballen Wolltuch bezahlen statt mit Geld.»

«Wir haben gar kein Wolltuch», sagte Tobie.

John le Grant blickte auf. «Wir haben anscheinend einiges bei Zorzi auf Kredit gekauft. Wurde vor Tophane an Bord genommen. Sechzig übrige Ballen liegen in Pera.»

«Mein Gott», sagte Tobie.

«Wenn Wollstoff übrig ist, sollen wir ihn gegen päpstliche Dukaten oder türkische Goldmünzen verkaufen: er scheint zu glauben, daß noch welche im Umlauf sind. Wenn nicht, sollen wir ihn gegen Arzneimittel eintauschen zur Bezahlung der Manuskripte. Er gibt sehr genau an, welche Arzneien für welches Kloster bestimmt sind. Er möchte siebentausend Pfund Kermesfarbe kaufen mit den Kreditscheinen, die wir für den dreifach gewebten Samt bekommen haben, und da ist noch eine Einkaufsliste mit anderen Farben, die über Seiten geht. Wir sollen kein Rotholz nehmen, das nicht aus Ceylon kommt... Wollt Ihr das alles jetzt haben?»

«Nicht die Einkaufsliste», sagte Gottschalk. «Gibt es sonst noch Anweisungen?»

«Oh, zur Genüge», sagte ihr Geschützmeister und Schiffsführer. «Was gemacht werden muß, um das Warenlager zu schützen, und man soll Lagerkammern in der Zitadelle mieten, was ich getan habe. Ein offener Brief, zweifach beglaubigt, der jeden von uns bevollmächtigt, im Falle seiner Abwesenheit oder seines Todes für das Haus Charetty zu handeln. Daran geheftet ein Zettel, auf dem steht, daß Doria bestimmt versuchen wird, die hiesigen Bestände des Hauses an sich zu bringen und in dessen Namen Einkäufe zu tätigen, wenn die Karawane aus Täbris eintrifft. Das heißt, wenn er als Vertreter von Catherines Mutter auftritt, könnte er die Mittel der Medici und des Hauses Charetty benutzen, um in großem Umfang für sich und seinen Auftraggeber einzukaufen, und sich dann mit der Ware und dem Gewinn davonmachen. Nicolaas macht Vorschläge, wie er daran zu hindern wäre. Einige sind höchst einfallsreich, und bei den meisten sind unerlaubte Mittel im Spiel.» Sein Blick war auf den Boden geheftet. Jetzt hob er die Augen und richtete sie auf Gottschalk. «Euer junger Herr Nicolaas war sich, scheint's, nicht sicher, ob er von dieser Reise zurückkommen würde.»

«Er hat sich für sie entschieden», sagte Gottschalk. «Aber Ihr habt recht. Er wußte, daß es gefährlich war. Er wollte etwas beweisen.»

«Und hat er das?» fragte der Schiffsführer. Sein Gesicht hatte sich gerötet.

«Nicht so, wie er wollte. Auf andere Art – vielleicht. Wir waren vielleicht zu schnell bereit, ihm Vorwürfe zu machen. Wer das zu tun bereit ist, was er getan hat, besitzt Charakter.»

«Ich bin voreingenommen», sagte John le Grant. «Er hat mich in Stambul vor dem Pfählen gerettet. Und Julius. Und Astorres Männer. Er hat gern etwas für sich allein getan, aber das habe ich nie als Sünde betrachtet. Mich überrascht es, daß Ihr überrascht seid, daß er sich diese Mühe gemacht hat, uns Anweisungen zu geben, wo er gewußt zu haben scheint, daß er umkommen würde. Was zum Teufel hat Euch gegen ihn aufgebracht?»

«Etwas, das Ihr genauso verurteilen würdet wie wir», sagte Tobie. «Um es zu entschuldigen, müßte man glauben, daß es nicht absichtlich geschah. Wir haben das nicht geglaubt.»

«Und habt Euch also geirrt?»

Tobie sah ihn prüfend an. «Vielleicht. Aber er hatte ähnliches schon früher getan. Weh dem, der ihn zum Feind hat, John. Ihr könnt das nicht wissen. Aber seine Freunde schienen sicher zu sein. Und neben Doria hatte er einige Vorzüge. Doria glaubte, wenn Nicolaas tot ist, würden wir nach Brügge zurückkehren.»

Die gelben, stacheligen Brauen zogen sich zusammen. «Ich hoffe, Ihr habt ihn zusammengeschlagen, daß er sich die Hosen naß gemacht hat.»

«Seine Ehefrau war zugegen», sagte Tobie. «Ich freue mich, daß Ihr so denkt. Denn es ist möglich, daß wir Nicolaas gegenüber zu streng waren. Es ist möglich, daß nicht alles so war, wie es zu sein schien. Ich glaube andererseits, daß Doria das ausgenutzt hat. Deshalb soll von mir aus Pagano Doria keine tote Katze bekommen, die dem Haus Charetty gehört. Dieses Handelsunternehmen soll zu dem werden, was Nicolaas daraus machen wollte – zu einem der reichsten und besten in der Levante.»

Ihm wurde bewußt, daß die beiden anderen ihn anblickten. Er sah, wie sich im Hintergrund Loppes Gesicht veränderte. John le Grant sagte: «Jetzt die Medizin. Der einzig angemessene Beruf für den Mann der Wissenschaft, dem der Handel ein großer Unsinn ist. Was ist daraus geworden?»

Gottschalk sagte: «Wahrscheinlich ist damit das gleiche geschehen wie mit dem Beruf des Konterminengräbers. Er hat Euch in mehr als einer Hinsicht zu seinem Erben gemacht.» Er sprach, ohne aufzublicken. Auch ganz gut so, dachte Tobie. Auch deine Selbstgewißheit ist erschüttert worden. Auch du hast wieder nach deinen Spielsachen sehen müssen.

John le Grant sagte: «Ihr seid müde. Ruht Euch erst einmal aus. Es wird genug zu tun geben, wenn sich erst herumgesprochen hat, daß Ihr zurück seid. Und wenn Ihr ausgeschlafen habt, könnt Ihr Euch alles in Ruhe anhören.»

Er war ein braver Mann, für einen Schotten und Geschützmeister. Er war besser, als einer von ihnen gedacht hatte – außer Nicolaas natürlich. Tobie fand zu seinem Bett und konnte sich gerade noch halb auskleiden, ehe ihn die Müdigkeit übermannte. Als er aufwachte, war es dunkel in der Kammer, und die Tür stand halb offen, und Loppe sagte: «Magister Tobias? Sie sind alle in der großen Stube zusammen mit Prinzessin Violante. Sie will uns etwas fragen. Meister le Grant sagt, Ihr sollt kommen.»

«Uns etwas *fragen*?» sagte Tobie. «Hier?» Er setzte sich auf. Nichts davon paßte zu seinem bisherigen Bild von der Prinzessin von Trapezunt. Seit sie bei Tophane an Bord gegangen war, hatte er ein argwöhnisches Auge auf Violante gehabt, die sich in Florenz mit Doria getroffen hatte. Die Julius vor der Chrysokephalos-Kirche vor Unheil bewahrt hatte. Die ihnen allen seitdem nur Verachtung gezeigt hatte. Er wußte, daß Julius von ihr hingerissen gewesen war. Er konnte nicht glauben, daß sie um Julius oder Nicolaas trauerte. Weshalb war sie also hier, wenn nicht um Gottschalk oder le Grant oder Loppe Sand in die Augen zu streuen? Aber nicht ihm. Tobie stand auf und kleidete sich an.

Tobie Beventini hatte recht gehabt mit seiner Vermutung. Es war nicht Violante von Naxos' Art, allein, Kapuze über dem Gesicht, durch ihre Stadt zu wandeln, um heimlich dem Fondaco eines fremden Handelshauses einen Besuch abzustatten. Sie hatte einen Dienstboten schicken wollen, war aber dann zu dem Schluß gelangt, daß es keinen gab, dem sie völlig trauen konnte. Es gab auch keinen, der die Lage so wie sie ermessen konnte.

Am Tor hatte man sie zunächst angehalten, da sie ihren Namen nicht nennen wollte. Erst als sie darauf bestand, daß man John le Grant rief, fügte sich der Pförtner. Dann kam der rothaarige Mann, der Geschützmeister und Schiffsführer, mit dem sie im Palast gesprochen hatte, und sogleich wurde sie höflich eingelassen.

Violante von Naxos, eine Frau von wenig Geduld und Nachsicht, war zu Anfang von den Amtsträgern des Hauses Charetty nicht sonderlich beeindruckt gewesen. Der Priester, der ein Ringkämpfer hätte sein sollen, war zweifellos so unbequem wie der andere Priester Diadochos, den sie überallhin mitnehmen mußte. Der Arzt hatte gewiß beim lebenslangen Betrachten schwärender Füße keine Lebensart gelernt und lief sowohl ohne Haare wie ohne Hut herum, was sie nun zufällig einmal für ungehörig hielt. Der Mann, den sie zum Wirtschafter gemacht hatten, war ein freigelassener Sklave, was wohl alles sagte. Nur der Geschützmeister und Schiffsführer war offenkundig auf allen Gebieten beschlagen außer auf dem des gesellschaftlichen Umgangs – hier hatte sie ihn als ungebildet eingestuft.

Sie hatte inzwischen in einigen Dingen ihre Meinung geändert, denn in ihr floß das Blut nicht nur von Trapezunt, sondern auch der Lombardei. Sie schätzte John le Grants klaren Verstand. Zu ihm sagte sie nur: «Habt Ihr eine große Stube? Ich habe Euch alle etwas zu fragen.» Und in fünf Minuten war eine warme und erleuchtete Stube da und ein Stuhl für sie und ein Becher mit warmem Wein. Und in wenigen Augenblicken waren alle Männer, die sie kannte, hereingekommen und hatten sich verneigt und saßen ihr stumm gegenüber. Dann begann sie:

«Ich muß Euch einiges fragen, und nachher könnt Ihr mich fragen. Erstens: Wozu habt Ihr Euch entschlossen, nach diesem unglücklichen Verlust? Werdet Ihr das Handelsunternehmen abbrechen und unverzüglich nach Hause zurückkehren?»

Der Priester war es, der ihr darauf antwortete: «Wir sind hierher-gekommen, um Handel zu treiben, Despoina, und wir bleiben hier, um dies zu tun.»

«Aha – Ihr alle?»

«Wir alle», sagte der Arzt. «Hattet Ihr Angst, unsere Truppe könnte abziehen?»

Sie überging den Einwurf. «Dann haben wir einiges zu bespre-chen, was das Wohlergehen des Handelshauses betrifft. Hat Messer Niccolo Briefe hinterlassen?»

«Das hat er, Hoheit», sagte John le Grant.

«Und Ihr habt angefangen, entsprechend zu handeln. Das dachte ich mir. Hat er Euch davor gewarnt, daß Messer Doria sogleich versuchen würde, im Namen seiner Ehefrau Eure Niederlassung zu übernehmen?»

Der Priester antwortete: «Dazu können wir, um unser Haus zu schützen, leider nichts sagen. Ich sollte Euch davon unterrichten, daß wir von Eurer früheren Verbindung zu Pagano Doria wissen. Wir wissen noch nicht, wie Nicolaas ums Leben kam.»

Es überraschte sie nicht, daß sie ihr gegenüber vorsichtig waren. Der junge Nicolaas selbst hatte ihre Verbindung zu Doria ein wenig unschön zerschnitten. Sie fragte sich abermals kurz, wie er davon erfahren hatte. Und warum er, wenn er davon wußte, John le Grant erlaubt hatte, sie aufzusuchen und mit ihr zu sprechen. Sie beobach-tete John le Grant. Sie sagte: «Wenn sich ein Venezianer mit einem Genuesen zusammentut, so nicht zum Zwecke des Vergnügens, des-sen seid versichert. Aber wenn es Euch beruhigt, so sagt mir nichts, was Ihr Doria nicht zu Ohren kommen lassen wollt. Ich werde zu-nächst Euch etwas erzählen. Ich nehme an, Messer Niccolo hat dar-auf hingewiesen, daß Eure Hauptbücher kostbar sind. Diese und irgendwelche Vollmachten, die er hinterlassen hat, müssen an einen sicheren Ort gebracht werden, der Euren Dienstboten und mir un-bekannt ist. Wenn Ihr noch zu verkaufende Waren habt, so versteckt sie. Ihr solltet Eure Tore bewachen und denen, die auf dem Markt oder in der Stadt etwas besorgen, eine Eskorte mitgeben. Wechselt nicht die Dienerschaft und prüft, was Ihr eßt und trinkt. Ihr habt schon einen Spion: Der Grieche Paraskeuas ist für Doria wie für Euch tätig. Sagt ihm nur, was Ihr Doria wissen lassen wollt.»

«Paraskeuas!» sagte der Priester in scharfem Ton.

Der schwarze Sklave sagte: «Paraskeuas war hier, um etwas aus-zurichten, an dem Tag, an dem Meister Julius aufbrach.»

«Wir nahmen an, Julius habe sich entschlossen, Nicolaas Gesell-schaft zu leisten», sagte der Priester. «Aber wenn er nun durch eine List dazu gebracht wurde, ihm zu folgen? Wenn ihm gesagt wurde, Nicolaas bedürfe seiner?»

«Wir könnten Paraskeuas zum Reden bringen», meinte der Arzt.

Sie sagte: «Ich glaube nicht, daß Ihr die Wahrheit herausbekämt. Außerdem – ist er dort, wo er ist, nicht mehr wert? Ich habe es Euch nur gesagt, um Euch zu warnen. Ich habe Neuigkeiten, die nicht für seine Ohren bestimmt sind. Zum ersten: die Stadt Amastris ist an den Türken gefallen.»

Der Arzt sagte: «Sollte das Trapezunt bekümmern? Amastris liegt Hunderte von Meilen westlich von Sinope. Oder glaubt Ihr, der Sultan zielt auf Sinope?»

«Ganz gewiß ist damit zu rechnen, daß sich die türkische Flotte auf dem Schwarzen Meer weiterbewegt. Selbst wenn sie nur Sinope zu belagern versuchen, könnte es für Eure Galeere ebenso teuer wie gefährlich sein, im Sommer in den Westen zu fahren. Andererseits geht Ihr ein Wagnis ein, wenn Ihr Eure Waren und die Galeere vor Trapezunt liegen laßt. Wenn die Flotte hier eintrifft, wird sie sich aller Schiffe bemächtigen, die anderenfalls der Kaiser benutzen könnte. Und wie Ihr wißt, sind die Vorstädte nicht von Mauern umgeben.»

«Was tun die Genuesen?» fragte der Arzt. Er machte sich nicht die Mühe, sie mit ihrem Titel anzureden.

«Wie Ihr seht, liegt die Kogge noch draußen vor Anker. Wenn die Karawane eintrifft, werden sie gewiß ihre Einkäufe irgendwo in der Stadt einlagern.»

«Und die Venezianer, Despoina?» fragte der Priester.

«Ich hoffe, das steht in Euren Briefen», sagte Violante von Naxos. «Denn das war eine Sache, über die Euer Messer Niccolo und ich während der Schiffsfahrt sprachen. Der venezianische Mittelsmann in Erzerum ist angewiesen, seine Waren dort einzukaufen, sie aber nicht nach Trapezunt zu schicken. Alle venezianische Ware geht nach Kerasous.»

Der rothaarige Schotte fragte: «Warum?»

Auch er hatte sich von der Höflichkeit verabschiedet. Sie nahm sich Zeit mit der Beantwortung der Frage. «Daß die Türken dort landen werden, wird weniger befürchtet. Die Stadt ist sehr stark befestigt und hat weniger zu bieten als Sinope und Trapezunt. Ihre Insel vor der Küste ist den Seeleuten verhaßt. Mit dem richtigen Schiff könnte man in Kerasous eine Fracht an Bord nehmen und durch den Bosporus in den Westen gelangen, wenn es die übrigen Umstände erlauben.»

Der Priester sagte: «Ihr meint, auch wir sollten unsere Einkäufe nach Kerasous schaffen?»

«Das müßt Ihr entscheiden», sagte sie. «Ich habe zu diesem Punkt nichts weiter zu sagen. Ich komme jetzt zu dem anderen Punkt. Ich wünsche Euer Schiff für eine Woche zu mieten, bemannt mit Leuten meiner Wahl.»

Jetzt blickte sie natürlich den Schiffsführer le Grant an. Der sagte: «Ja, Despoina? Und wo wollt Ihr damit hinfahren?»

«Nach Osten», sagte sie. «Nach Batum. Dort muß schnell und im geheimen eine besondere Fracht abgeliefert werden. Das ist keine List von Messer Doria, um Euch Eurer Galeere zu berauben, aber ich schätze, ohne handfeste Beweise werdet Ihr das nicht glauben.»

«Nein, das würde ich auch nicht, Hoheit», sagte der rothaarige Schiffsführer. «Bis ich mit etwas einverstanden bin, dazu bedarf es schon einiger Überzeugungskunst.»

«Das dachte ich mir», sagte sie. «Andererseits – hätte ich das gewollt, hätte ich einen anderen mit diesem Auftrag zu Euch schikken können. Ich habe ein reines Gewissen. Wenn Ihr ausgenutzt worden seid, dann von Eurer eigenen Seite.»

Der Schotte gab keine Antwort darauf. Der Priester, der von einem zum anderen blickte, entschied sich dafür, zur Sache zurückzukommen. «Gewiß», sagte er. «Ehe wir unser Schiff aus den Augen lassen, müßt Ihr uns schon einen guten Grund nennen, Despoina. Was habt Ihr da zu bieten?»

«Wer kann Griechisch lesen?» fragte sie.

Der Arzt nahm die Schriftrolle, die sie aus dem Gewand zog, entgegen. Er betrachtete das Siegel, die Seide und das Wachs mit dem einköpfigen Adler, dem Wappen der kaiserlichen Komnenen, erbrach es, las und reichte die Rolle wortlos an den Priester weiter. John le Grant fragte: «Worum geht es?»

«Man bittet uns, die Kaiserin nach Georgien zu bringen», sagte der Arzt. «Die Kaiserin Helena.»

Sie sagte: «Die Tochter der Kaiserin ist Königin von Georgien.»

«In aller Stille?» sagte der Arzt. Er hatte eine zuckende Nase wie ein Frettchen.«Also kein Familienbesuch. Will sie, daß sich von Tiflis aus ein Heer nach Trapezunt in Marsch setzt?»

«Oder von Tiflis nach Erzerum», sagte der Schiffsführer. «Uzun Hasan könnte gewiß ein wenig Hilfe gebrauchen.» Wenn er zornig war, klang aus seinem Italienisch der schottische Akzent heraus.

«Aber es war doch wohl das Kaiserreich Trapezunt, das unser Freund Fra Ludovico und seine Gesandtschaft mit christlicher Hilfe zu erhalten suchten», sagte der Arzt. «Es war auch ein georgischer Abgesandter dabei. Ich kann mich nicht mehr erinnern, wie viele Krieger er versprach. Eine ganze Menge.»

Sie sagte: «Ihr würdet sie nach Batum an der georgischen Grenze bringen und auf ihre Nachricht warten müssen. Es sind nur hundert Meilen bis nach Batum, und die Strecke von dort zu den Franziskanern in Akhalziké ist noch kürzer. Bis die Galeere zurückkehrt, wird klarer sein, was die Türken vorhaben. Vielleicht geht Ihr diesmal sogar recht gern an einer weniger auffälligen Stelle als auf der Höhe von Trapezunt vor Anker. Ihr könntet Eure Abwesenheit mit einer Handelsreise erklären. Sklaven sind immer gefragt.»

«Werden die Kinder aus dem Palast sie begleiten?» fragte der Priester.

«Es handelt sich nicht um eine Flucht», sagte Violante von Naxos. «Die Kinder und alle anderen Frauen bleiben hier. Der Plan ist dem Kaiser zur Zeit nicht bekannt.»

«Aber die Ruderer werden Venezianer sein?» fragte le Grant. Er hatte die Lage schon erfaßt. Die anderen, das sah sie, waren nicht viel langsamer als er.

Sie sagte: «Es werden die besten sein, die wir bekommen können und auch vertrauenswürdige Leute. Sie werden von uns bezahlt werden.» Sie wandte sich an den Priester, da keiner der anderen als Wortführer hervorgetreten war. «Ihr mögt Eure eigenen Seeleute und Offiziere nehmen, Messer le Grant eingeschlossen, wenn er mit-

fahren will und Ihr ihn entbehren könnt. Die Bezahlung wäre angemessen hoch.»

«Zum Beispiel?» fragte der Arzt.

Sie kannte die Florentiner Preise und machte ein noch besseres
Angebot. Daran konnten sie wenig auszusetzen haben. Sie sagte:
«Ihr braucht Euch nicht jetzt gleich zu entscheiden. Man wird Euch
eine Audienz gewähren. Ich habe der Kaiserin gesagt, daß man mit
Eurem Schweigen rechnen kann, auch wenn Ihr ablehnt. Sie hofft
Euch auf jeden Fall zu sehen, wenn Ihr dem Kaiser das vollendete
Werk bringt.»

«Welches vollendete Werk?» fragte der Arzt.

Sie blickte den Schotten an. Le Grant sagte: «Sie wissen nichts
davon. Es schien nicht nötig, es jetzt zu erwähnen.»

«Was zu erwähnen?» Der Arzt sah verärgert aus.

Der Schiffsführer erhob sich. «Woran Nicolaas in seiner Kammer
gearbeitet hat. Ich habe ihm bei einigen Teilen geholfen. Er ließ mir
Anweisungen da, damit ich damit weitermachen konnte. Es sollte in
den Palast gebracht werden, wenn es fertig war.»

«Wenn *was* fertig war?» wollte der Arzt wissen.

Sie wartete und sah sie alle an, ihrer Einschätzung jetzt sicher. Sie
war nun froh, daß sie sich die Mühe gemacht hatte, selbst zu kommen. Le Grant, der Arzt, der Sklave natürlich, der für den jungen
Mann gewiß so etwas wie ein Vertrauter gewesen war. Und der Kaplan? Bis jetzt vermochte sie noch nicht zu sagen, was er dachte. Der
kahlköpfige Arzt stellte alle Fragen, aber der Priester hörte zu und
beobachtete. Beobachtete sie, so wie sie ihn beobachtete.

Nun stand le Grant da und fing den Blick des Negers auf und
wandte sich dann an die anderen. «Ihr seht es Euch am besten an.
Die Prinzessin auch, wenn sie es wünscht. Wir hielten die Tür verschlossen.»

Sie ließen ihr immerhin den Vortritt. Während sie hinausgingen,
sagte sie zu dem Arzt: «Ich dachte, Messer Niccolo hätte Euch die
Manuskripte gezeigt.»

Der Arzt sah John le Grant an, nicht sie. «Er hat einige medizinische Bücher aus dem Palast mitgebracht.»

Le Grant antwortete dem Arzt, nicht ihr. «Es war nichts Wichtiges. Es hat die Zeit ausgefüllt. Es hätte nützlich sein können. Es

hatte mit einem der Manuskripte aus derselben Quelle wie Eures zu tun. Die Byzantiner haben alte griechische Abhandlungen abgeschrieben, und die Araber haben sie in die Hände bekommen und in etwas anderes übertragen, und dann kamen sie zu den Griechen zurück als Geschenke oder als Beutestücke. Da war aber ein arabischer Erfinder in Diyarbakir. Der hat vor zweihundert Jahren ein eigenes Werk über mechanische Apparate geschrieben. Davon ist offenbar eine Kopie im Palast aufgetaucht. Nicolaas hat sie gesehen und danach etwas gebaut. Das ist alles.»

«Dem Basileus war es eine Freude, Messer Niccolos besondere Begabung zu entdecken und zu fördern», sagte sie. Sie konnte sie denken hören. Sie setzte hinzu: «Und wo ist nun das Gebilde?»

«Hier, Hoheit», sagte der Schotte und öffnete eine Tür.

Sie hatte die Zeichnungen gesehen, die natürlich phantastischer Unsinn waren. Aber es war ein Unsinn, der den Gefallen des Kaisers fand, und warum sollte nicht ein findiger Mann mit geschickten Händen und der Geduld des Künstlers und Handwerkers aus Strohpapier und Holz ein Ding schaffen, das dem Kaiser Freude machen würde? Ein alter mechanischer Spaß, neu gestaltet in einer anderen Dimension.

Was sie im Näherkommen sah, war das Abbild der phantastischen Zeichnung. Ein alter mechanischer Spaß, jetzt verwandelt in einen Kunstgegenstand, der auf seine behutsame, liebevolle Weise auch ein Tribut an die aufgeweckte, fröhliche Seele seines arabischen Erfinders war. Und darüber hinaus ein Ausdruck des Wesens jenes Mannes, der jetzt fort war: des Mannes, der das Ding gemacht hatte.

Auf dem Fußboden stand ein rosaroter Elefant. Hinter seinem indischen Treiber saß ein Mädchen auf einem Sitz mit einem hohen, kunstvoll bemalten und betroddelten Baldachin. Auf dem Baldachindach saß ein Vogel mit einem beturbanten Araber darunter, der an einem Volant befestigt war. Unter dem Dach hing ein Drache mit hochgerecktem Hals und aufgerissenem Maul. Der Drache glitzerte vor derber, kindischer Bosheit. Das Mädchen wirkte geziert. Der indische Elefantentreiber blickte wütend auf sein Beil. Der Elefant machte einen unsicheren und auch geistesabwesenden Eindruck. Die Emailfarben flimmerten und leuchteten auf den glatten, bearbeiteten Flächen. Violante sah sich um. Priester und Arzt, Schiffsführer und Neger: vier Gesichter hatten sich aufgehellt und lächelten. Der Priester sagte: «Es ist eine Uhr, nicht wahr?»

«Ja», sagte le Grant. «Das Mädchen deutet auf die Zeit. Im Dach des Baldachins sind auch Öffnungen, die sich drehen. Wenn man genau hinblickt, sieht man, wie sich die Farbe verändert. Im übrigen…» Er ging zu einer langen Bank hinüber, auf der Werkzeuge lagen, sehr ordentlich nebeneinander, sowie Drahtrollen und ein Schraubstock. Auch eine Sanduhr stand dort. Der Schotte sagte: «Er hat wohl in Brügge schon Sachen gemacht.»

«Die ganze Zeit», sagte der Arzt. «Was geschieht hier?»

«Ihr werdet es gleich sehen», sagte le Grant.

Sie waren in die Kindheit zurückgekehrt. Sie beobachtete mehr die Männer als die Elefantenuhr, und auch noch als die Vorstellung begann und der Vogel pfiff und der Treiber den Elefanten schlug und der Araber ein Kügelchen in das Drachenmaul warf, beobachtete sie die Gesichter der Männer. Das Kügelchen rollte weiter, sprang aus dem Hinterteil des Drachens in eine Vase und verschwand in dem Elefanten, aus dem volltönend ein Gongschlag herausdrang. Ein Gegenstand des Entzückens. Ein Ausbruch zarter, beherrschter Heiterkeit, den ein Mann mit Handwerkersgeduld bewirkt hatte.

Der Geschützmeister und Schiffsführer verfolgte hingerissen, hingegeben jede einzelne Stufe des Vorgangs. Der Kaplan hatte zuerst gelächelt und konnte seine Augen nicht mehr von der Uhr losreißen. Der Arzt lachte einmal auf, dann wurde sein Lächeln starr wie das Fletschen eines Terriers, und er wandte sich zur Seite und stieß mit der Faust in die Luft wie jemand, dem die Worte fehlen oder der etwas nicht fassen kann. Dann ließ er den Arm sinken und ging, ohne sich zu verabschieden.

Der Priester kam zu sich. Er fragte: «War das alles, was Ihr uns sagen wolltet, Despoina?»

«O ja», erwiderte Violante von Naxos. «Und natürlich sollte ich Euch noch mitteilen, daß die Karawane aus Täbris in einer Woche eintreffen wird. Messer Doria wird dazu rechtzeitig wieder hier sein.»

Sie kehrte ohne Zwischenfälle in den Palast zurück und war an

diesem Abend besonders liebenswürdig zu ihrem Großonkel, dem
Kaiser, und zu allen ihren schönen Verwandten. Caterino Zeno,
mein Gemahl, du hast eine Ehefrau sondergleichen. Alles, alles ist,
wie du es wolltest.

KAPITEL 30

CATHERINE DE CHARETTY NEGLI DORIA, dreizehn Jahre alt und
jüngstes von drei Kindern, hatte nie mit einem kranken Mann zu
tun gehabt, geschweige denn einen gepflegt. Wenn die Lahmen und
die Blinden und die Verstümmelten aus einem von Hauptmann
Astorres Kriegen zurückkamen, war es ihre Mutter, die ihr Jahrgeld
bezahlte und mit Körben mit Blutwurst, Pasteten und Eiern zu ihren Ehefrauen ging und die Kinder zusammen mit ihren Lehrlingen
versorgte.

Catherine war erstaunt, als es mit der schneidigen Haltung ihres
Gemahls schon bald zu Ende ging. Seine Besucher waren kaum gegangen, da begann er sich aus dem einen oder anderen Grund zu
sorgen und zu ärgern. Das Gespräch hatte ihm nicht behagt, und er
schien sie dafür verantwortlich zu machen. Und wo war der Kloster-
physikus, nun, da er hier so erschöpft daniederlag? Auf sein Geheiß
machte sie sich lustlos auf die Suche nach ihm und erhielt dafür wie
für andere Dienste, die er in seinem dienerlosen Zustand von ihr
verlangte, keineswegs überschwenglichen Dank. Wenn er glaubte,
daß nicht genug Wein da war oder das Kohlebecken qualmte, oder
wenn er ins Bett gebracht werden wollte, war es seine kleine Catherine, die ihm mit einer gewissen mechanischen Gefälligkeit die entsprechenden Dienste erwies. Als sie sich Liebe suchend an ihn
preßte, sagte er, sie solle ihm fernbleiben. Er mäßigte seinen Ton
zwar sofort, aber es bestand kein Zweifel, daß er mit schneidender
Stimme gesprochen hatte. Es wurde offenkundig, daß er für Liebes-

spiele nichts übrig hatte. Catherine verwünschte jede einzelne Minute der Woche, die sie im Kloster Sumela verbrachten.

Natürlich war das Leben im schönen Trapezunt immer herrlich. Es ließ sich überhaupt nicht mit ihrem glanzlosen Dasein in Brügge vergleichen. Aber es bestand nicht nur aus Festen und schönen Kleidern und vornehmem Geplauder. Um ihr Quartier und das Lagerhaus kümmerte sich Paraskeuas, ihr Haushofmeister, und Pagano hatte ihn natürlich angewiesen, diesen Pflichten nachzukommen, ohne seine Gemahlin zu belästigen. Schließlich hatte ihre Mutter ihr Geschäft geführt, ohne täglich auf den Markt zu gehen, Sohlen in die Strumpfhosen der Familie zu nähen, selbst das Brot zu backen, das Fleisch einzusalzen oder zur Lammzeit den Schafskäse zu machen. Leider schienen, wenn Paraskeuas nicht da war, alle zu glauben, sie müßten sich statt dessen an Catherine wenden. Und nicht nur die Leute ihres eigenen Haushalts, sondern auch die Frauen der übrigen Kolonie.

In Brügge kaufte man alles in der Stadt. Hier dagegen bestanden Abmachungen, nach denen man sein Öl und seinen Wein, seine Gänse, Kapaune und Tauben, seinen Lauch und seine Zwiebeln von einem Hof vor der Stadt geliefert bekam, und es gab ständig Klagen, weil die Waren zu teuer oder verdorben waren oder zu spät oder gar nicht eintrafen. In solchen Fällen oder auch wenn ein Dach undicht war oder ein Sklave erkrankte und kein Arzt da war, was sollte sie da tun? Alle schienen zu glauben, sie müsse Zeit haben, wenn sie schon nicht ihre eigenen Kleider zuschnitt oder den Keller oder das Lagerhaus verwaltete oder das Waschen und Nähen und schon gar nicht das gräßliche Geschäft des Reinigens der Nachtstühle überwachte. Als die Orangenbäume und die Granatapfelbäume an geschützten Stellen aus Wassermangel die Blätter hängen ließen, hatte Pagano ganz erstaunt gesagt, er habe angenommen, sie kümmere sich darum, da das Gießen doch keine schwere Arbeit war. Ihr kam ein wenig spät zum Bewußtsein, daß sich Pagano in seinem Leben nie sehr lang an einem Ort aufgehalten hatte – wenn Frauen da waren, ging er einfach davon aus, daß sie sich schon um solche Dinge kümmerten. Er war der vollendetste und erfahrenste Liebhaber gewesen, den sich ein Mädchen ihres Alters nur wünschen konnte, aber seine Phantasie erstreckte sich nicht auf die alltäglichen Dinge des Lebens. Sie mußte ihn immer wieder daran erinnern.

Er dachte noch immer nur an seine Gesundheit, als es Zeit wurde, nach Trapezunt zurückzukehren, und sie hatte bisweilen den Eindruck, daß er nicht richtig zuhörte, wenn sie von wichtigeren Dingen sprach. Sie dachte oft daran, was ihre Mutter ohne Nicolaas tun würde und ob Pagano sich wohl mit Brügge befassen mußte und wie es wohl war, wenn sie Pater Gottschalk und Meester Tobie Anweisungen gab. Sie wollte wissen, welches Paganos Pläne waren, und die durch seine Verletzungen bedingte Enthaltsamkeit bekam ihrem Körper gar nicht und machte sie unruhig. Sie hatte in der letzten Nacht im Kloster aus ihrer Enttäuschung keinen Hehl gemacht und ihn endlich zu einer Art Liebesspiel gebracht, wenn sie ihn natürlich auch nicht im Bett hatte erfreuen können. Als er sie in Erregung versetzt hatte, schrie er plötzlich auf und drehte sich stöhnend zur Seite, während sie aufgewühlt und unbefriedigt neben ihm lag. In diesem Augenblick hatte sie nach ihm geschlagen, ohne darauf zu achten, welche Körperteile sie traf, und er hatte sie angeschrien und das Bett verlassen und sich zu einem Stuhl geschleppt, wo er die Arme um sich schlug und leise vor sich hin fluchte. Später bat er sie, ihm zu verzeihen, aber das tat sie erst ganz zum Schluß. Auf dem Rückweg zum Leoncastello wechselten sie kaum ein Wort, und als sie dort angelangt waren, steckte der genuesische Arzt ihn ins Bett und gab ihm etwas, daß er die ganze Nacht schlief. In dieser Nacht hörte sie Pagano auch zum ersten Mal schnarchen. Aber Willequin bereitete ihr einen begeisterten Empfang.

Am nächsten Tag war sie ausgegangen. Nach der Woche im Kloster war es einfach herrlich, ein frisches Kleid anzuziehen, sich das Haar mit Blumen hochzustecken und mit ihren Frauen in die Stadt zu gehen und Bekannte zu besuchen. Mehrmals erzählte sie die Geschichte, wie Pagano ganz allein die Kurden abgewehrt hatte. Einmal sah sie in der Ferne den großen guineischen Sklaven Loppe, und als Willequin bellte, drehte er sich um und begann sich ihr durch die Menge hindurch zu nähern. Zum Glück befand sie sich in der Nähe des Hauses einer Stickerin, die sie besuchen wollte, und schlüpfte rasch durch ihre Tür, ehe er bei ihr war. Nicolaas hatte es verstanden, mit den meisten Leuten gut auszukommen, und gewiß waren sie ein wenig traurig, daß er nicht mehr da war. Aber man konnte nicht erwarten, daß erwachsene Männer gern Befehle von dem Lehrling ihrer Mutter entgegennahmen. Es war für ihre Mutter besser so, wie traurig sie auch zunächst sein mochte. Felix wäre auch traurig gewesen. Wenn ihr ein solcher Gedanke kam, verjagte sie ihn gleich wieder. Die Frau eines Kaufmanns aus Ancona lud sie zum Essen ein, und sie nahm die Einladung an. Es wurde für sie ein befriedigender Tag.

Als sie wieder beim Fondaco anlangte, spürte sie sofort, daß etwas geschehen war. Der große Hof, der ganzen Maultierkolonnen Platz bot, wimmelte von geschäftigen Menschen, und sie sah eine wartende Gruppe von Dienern in venezianischer Livree. Eine Lebhaftigkeit und eine Erregung lagen in der Luft, die nicht dagewesen waren, als sie am Tag zuvor ihren verwundeten Konsul empfangen hatten. Als sie hineineilte, traf sie Paraskeuas.

Er lächelte wie immer. Als er sich um Kardinal Bessarions todkranke Mutter kümmerte, hatte er wohl gelernt, wie man anderen gefiel, und dabei, wie sie vermutete, hinter ihrem Rücken getan, was er wollte. Aber er war ein sehr fleißiger Haushofmeister, und seine Ehefrau und sein Sohn waren immer ehrerbietig und ordentlich. Jetzt sagte er: «Seine Exzellenz bittet Euch, ihn für eine Weile zu entschuldigen, Madonna. Der venezianische Statthalter ist gekommen. Wie es scheint, ist die Karawane aus Täbris nur noch zwei oder drei Tagesreisen entfernt, und man will Boten ausschicken, die feststellen sollen, welche und wie viele Waren sie mitbringt. Seine Exzellenz war auch schon im Palast.»

Catherine fragte sich, warum. Beim Absitzen gestern hatte Pagano gesagt, er wolle nie wieder einen Sattel sehen. Noch erstaunlicher war, daß er sich, als er seine Geschäfte besorgt hatte, in der Gästestube federnden Schrittes zu ihr gesellte und sein schönes Gesicht wieder voller Farbe und Leben war. «Nun, mein Liebes», sagte er, «begrüße deinen verwundeten Gemahl, der die Achtung mancher Leute besitzt. Weil wir beide die Wertschätzung des Kaisers genießen, wird er eine Widersetzlichkeit der Dienstleute deiner Mutter niemals gutheißen. Die Niederlassung des Hauses Charetty in Trapezunt ist jetzt rechtmäßig dein, und mit dem Segen des Kaisers kannst du damit machen, was du willst.»

Sie überlegte. «Müssen wir zu ihnen umziehen?»

Er lachte. «Würdest du lieber in ihrem kleinen Fondaco wohnen als in unserem großen Leoncastello? Nein, Schatz. Später werden wir eigene Leute beauftragen, sich um den florentinischen Vertrag zu kümmern. Vorläufig zögere ich noch, die armen Burschen aus ihrem Quartier hinauszuwerfen. Wenn die Karawane kommt, werden sie einfach feststellen, daß ihr Tor verschlossen ist, bis alle Waren verhandelt sind. Der Kaiser hat es so angeordnet. Anderenfalls würden zwei Gruppen von Leuten im Namen des Hauses Charetty auftreten und handeln wollen. Catherine, ich will dir endlich deine Rubine kaufen. Jetzt kannst du sie haben. Jetzt, wenn die Kamele über die Brücke ziehen, kannst du alles haben, was du je haben wolltest.» Er legte ihr den Arm um die Schulter, und auf seinem strahlenden Gesicht war der Blick, den sie eine Woche lang vermißt hatte. «Die frohe Kunde hat mich schon geheilt. Wir werden einen Weg finden, meine Caterinetta, wie wir diesen Juwelen Ehre erweisen, die du haben wirst, damit sie und du erkennen, wer ihr Herr ist.»

Es war alles wieder gut. Sie sah, daß er ein Mann war, den Unbequemlichkeit störte und der gern die Spiele gewann, die er spielte. Vielleicht war er nicht ganz sicher gewesen, ob der Kaiser ihn höher schätzte als die Männer des Handelshauses Charetty. Was natürlich töricht war, denn sie waren nur bezahlte Dienstboten, und er war ein Herr. Doch da erinnerte sie sich verdrossen daran, daß in gewissem Sinn Herr Pagano Doria selbst ein bezahlter Dienstbote war. Sie hatte mehrmals versucht, mit ihm darüber zu reden – vergeblich. Jetzt fragte sie: «Was sollst du für diesen Simon einkaufen?»

Sie spürte seine Verärgerung, doch er erwiderte mit dem üblichen Lächeln: «Er hat mir freie Hand gelassen. Ich werde genug kaufen, damit er einen gehörigen Gewinn einheimsen kann, Liebes. Da er sich auf mich verlassen hat, bin ich ihm das schuldig. Aber wir werden *dein* Vermögen machen, nicht das von Herrn Simon.»

«Wird er nicht zornig sein?»

«Wo Nicolaas tot ist?» sagte ihr Herr und Gemahl. «Liebes, keiner könnte mehr Mitgefühl mit deiner Mutter haben als ich, aber nachdem Nicolaas nicht mehr da ist, um mit ihm in Wettbewerb zu treten, wird Herr Simon gar nicht mehr darauf bedacht sein, sich im Levantehandel hervorzutun. Wenn sein Gewinn gerade ein wenig mehr als die Kosten der Reise deckt, wird er schon zufrieden sein, dessen bin ich sicher.»

«Du meinst, er wollte, daß Nicolaas umkommt», sagte Catherine. Bei unangenehmen Gesprächen wich er bisweilen ihrem Blick nicht aus, sondern fixierte sie geradezu mit seinen großen offenen Augen, so wie jetzt.

«Wie kommst du auf diesen Gedanken? Der Schotte hielt ihn für unverschämt und wollte ihm eine Lehre erteilen und ihn auf seinem eigenen Gebiet, dem Handel, schlagen. Etwas anderem hätte ich nie zugestimmt, auch nicht, bevor wir uns kennenlernten. Nicolaas hat an unserem Treiben keinen Schaden genommen. Ich bin derjenige, der zu leiden hatte, als ich ihn zu retten versuchte.»

Sie hörte kaum, was er sagte. «Du hast mich einmal gefragt, ob ich nach Hause zurückkehren wolle», sagte sie. «Du sagtest, wir würden nach Hause fahren und Nicolaas zurücklassen. Wie hättest du das aber gekonnt, wo du dir doch noch immer bei Herrn Simon dein Geld verdienen mußtest?»

Er berührte ihre Wange, wie er das früher immer getan hatte. «Wenn du hättest nach Hause zurückkehren wollen, wären wir gefahren. Geld ist nichts. Geld kann man immer bekommen, wenn man will. Aber du bist meine Frau und sollst glücklich sein.»

«Ich fühle mich gar nicht wie deine Frau», sagte Catherine. Sie hätte dies beinahe nicht gesagt aus Angst, er könnte sie ihrer Verzweiflung überlassen wie das letzte Mal. Aber er hatte seine Lektion gelernt. Sie hatte kaum Atem geholt, da befand sie sich schon in ihrer Kammer, und seine Hände waren dort, wo sie sie haben wollte. Diesmal unterdrückte er das Stöhnen, wenn ihm danach zumute war, und hob es sich für die Stellen auf, an denen sie es am meisten zu hören wünschte. Und diesmal war es auch so schön wie beim herrlichsten richtigen ehelichen Verkehr, den sie je gehabt hatten. Während sie so dalag und ihr Atem sich beruhigte, dachte sie zum ersten Mal an das kalte Bett ihrer Mutter. Aber die Empfindungen ließen mit dem Alter nach. Was ihre Mutter verloren hatte, war weit von diesem Verlangen und Sinnestaumel entfernt. Und außerdem war es eine zweite Ehe, die sich eigentlich gar nicht mehr schickte. Sie wartete eine halbe Stunde, und dann mußte Pagano, obschon er blutete, noch einmal den köstlichen Akt vollziehen.

Wie die Schatzschiffe des Orients einmal im Jahr in Brügge einfuhren, so zogen einmal im Jahr im Frühling die ersten Kamelkarawanen aus dem Osten über die Hochsteppen Kleinasiens und tappten auf gepolsterten Füßen das Pyxitistal hinunter zum Schwarzen Meer. Grau und braun, weiß, lohfarben und beige kamen die Kamele daher, klirrend von Silber und Seemuscheln und den Glöckchen an ihrem Geschirr, die Hälse ein ständiges Auf und Ab, die dicht bewimperten Augen auf den Horizont gerichtet. Jedes trug dreihundert Pfund unvergleichlicher Ware, und ihrer waren tausend, mit sechzig Bewaffneten zu ihrer Bewachung. Um jede Koppel kümmerte sich eine Gruppe von Hirten und Treibern, die auf den Rücken ihrer Tiere dahinschwankten und lange anfeuernde Rufe ausstießen oder selbsterfundene Lobgesänge zum Himmel aufschickten, während ihre behosten Frauen auf Maultieren neben ihnen herzockelten mit Wasserschläuchen und Salz und Joghurt und Säuglingen in Körben. Die Aristokraten unter ihnen aber waren die Reitkamele mit ihren Fransendecken und Troddeln, die Dromedare, die am Tag hundert Meilen zurücklegen konnten, die edleren Pferde mit ihren seidenen Geschirren, die die Kaufleute beförderten.

Der Karawane voraus trieb der Geruch von Moschus und saurer Milch, von schlecht getrocknetem Leder und Menschenschweiß. Man konnte sie auch am Flug der Krähen verfolgen. Was in den dicken Ballen, drei Fuß breit und zwei Fuß tief, an jeder sich hebenden und senkenden Tierflanke verpackt war, blieb so geheim wie der Inhalt der Kisten im sanft vergoldeten Glanz der venezianischen Galeeren. Dies war, üppig und barbarisch, der rohe Kelch, aus dem die Auslese des Westens ihr Lebenselixier trank.

Einen Tagesritt von Trapezunt entfernt begegneten dem Zug voller Eifer und Hoffnung die Ausgesandten der Stadt. Bei der Rast in Erzerum hatten die Kaufleute der Karawane ihre Vergnügungen gehabt und ihre Belohnungen und Anweisungen erhalten. Sie verhandelten mit den Boten, wie sie es versprochen hatten, und zogen weiter.

Im florentinischen Fondaco herrschte eine grimmig-entschlossene Stimmung. Astorre war nicht zurückgekehrt. Pagano Doria war zurückgekommen und hatte sich sogleich mit den Venezianern wie mit dem Palast zusammengetan. Die Männer des Hauses Charetty hatten die Wahl: Sie konnten Violante von Naxos glauben oder ihre eigenen Verfügungen treffen. Sie zogen es vor, ihr zu glauben, und handelten dementsprechend. Als das baldige Eintreffen der Karawane gemeldet wurde, sandten sie deshalb keine Boten aus und zogen keine Erkundigungen ein, wenn sie auch den Kurierverkehr vom venezianischen Konsulat und vom genuesischen Leoncastello beobachteten. Stück für Stück hatten sie in schweigender, schwerer Arbeit alles vollbracht, was Nicolaas ihnen in seinem Testament aufgetragen und was Violante von Naxos ihnen angeraten hatte. Jetzt konnten sie nur noch warten.

Sie erkannten, während sie ihren Geschäften nachgingen, an der Erregung, die sich verbreitete, daß die Karawane bald ankommen mußte. So wie Brügge einen solchen Tag zum Feiertag erklärte, so bereitete sich Trapezunt auf das Eintreffen der Quelle seines Reichtums vor. Wie an einem Festtag waren die Straßen, jetzt frei von Marktbuden, mit Tuch, Girlanden und Bannern behangen. Innerhalb der Stadtmauern wurde die große Karawanserei mit ihren Verkaufssälen, Lagerhäusern und Stallungen ausgefegt und gesandet, und man versah die Küchen mit dem Holz, dem Öl, dem Fleisch und dem Brot für die drei Tage, die die Stadt ihre Gäste bewirten würde. Draußen vor den Mauern, auf dem üblichen Weidegelände, wurde Platz geschaffen für die Kamele und ihre Hirten und Hüter – hier würden die Frauen Feuer anzünden und die niedrigen, buckligen Zelte mit ihren Stangen aufstellen und dann dort sitzen und reden und spinnen, während die Kamele hingestreckt dalagen, die vertrauten Ziegen um sich herum, und Vogelschnäbel auf der Zeckenjagd ihr dichtes Fellhaar absuchten.

Die erste Warnung kam, als sie gerade aufgestanden waren und sich ankleiden wollten: Der Pförtner ihres Fondaco, der den Hof ausfegen und das große doppelflügelige Tor öffnen wollte, stellte fest, daß sein Schlüssel nichts ausrichtete. Als er das Guckloch öffnete, sah er, daß draußen alles voller Krieger war, die ihn anschrien und, als er zurückschrie, ihm grinsend ihre Schwerter entgegenstreckten.

Tobie, der nach dem Erwachen gerade ein Meer und einen Himmel bewunderte, die ein Sonnenaufgang über Kolchis in rosiges Licht tauchte, nahm die Unruhe wahr und rannte halb angekleidet hinunter. Gottschalk war schon unten, stand wuchtig und spreizbeinig da und forderte die Freigabe des Tors und verlangte eine Erklärung. Durch das Sprechgitter sah man blanken Stahl und Turbane. Die Wache des Kaisers. Die Leibwache des Kaisers. Gottschalk drehte sich um und sagte: «Es ist uns durch kaiserlichen Befehl verboten, den Fondaco zu verlassen. Wir sind eingesperrt, bis die Karawane abzieht.»

«Wer sagt das? Laßt mich mit ihnen reden!»

«Tut das», sagte Gottschalk. «Aber es ist der Hauptmann der Palastwache, und er hat einen schriftlichen Befehl.»

Tobie blickte ihn an. «Wie viele sind es?»

«Was tut das schon? Ihr glaubt doch wohl nicht, wir könnten Gewalt gegen sie anwenden?»

«Und Ihr glaubt doch wohl nicht, wir fügen uns so einfach drein! Ich könnte über die Mauer klettern.»

«Wir sind umstellt», sagte Gottschalk. «Und selbst wenn Ihr herauskämt – was könntet Ihr tun? In die Karawanserei gehen und gegen Doria ein Gebot abgeben? Doria ist das Oberhaupt des trapezuntischen Zweigs des Hauses Charetty. Das steckt dahinter.»

«Ich hatte nicht daran gedacht, gegen ihn zu bieten», sagte Tobie.

«Das hatte ich auch nicht angenommen. Und was wollt Ihr tun, um Catherine de Charetty loszuwerden? Ihr erinnert Euch doch, daß sie das Oberhaupt des Hauses ist? Ich bezweifle sehr, daß sie als Witwe den Mörder ihres Gemahls zum Faktor bestimmen würde. Möglich ist es freilich, aber ich glaube es nicht.»

«Also tun wir nichts?» sagte Tobie.

«Wir gebrauchen unseren Verstand», sagte Gottschalk. «Die Karawane muß erst noch kommen. Der Handel muß erst noch beginnen. Wir könnten zum Beispiel eine Bittschrift an den Kaiser richten. Wir könnten Violante von Naxos eine Botschaft schicken. Wir könnten Doria darauf hinweisen, daß wir als die von Nicolaas bestimmten Vertreter gegen alle Geschäfte ankämpfen werden, die er im Namen des Hauses abschließen mag. Wir könnten hineingehen und etwas essen und hören, was John le Grant denkt. Ihr seid halb entblößt.»

Tobie zog sein Hemd herunter. «Das spiegelt meinen inneren Zustand wider», sagte er. «Dann war die Elefantenuhr also reine Zeitverschwendung? Was in Gottes Namen sieht der Basileus in Doria?»

«Ein bezauberndes Wesen», sagte Gottschalk. «Ich werde ihn nicht verlästern, indem ich mir vorstellte, es könnte andere Gründe geben. Wir werden die Karawane nicht einmal zu Gesicht bekommen. Sie zieht an der Küste entlang.»

«Ein Jammer. Ich hatte mit Fähnchen winken und alle Kamele küssen wollen.»

Die Sonne stieg höher und begann zu brennen. Catherine stand mit ihrem Gemahl am unteren Stadttor und atmete den besonderen Geruch von Trapezunt ein, der ihr jetzt so alltäglich war, daß sie ihn kaum noch beachtete. Sie wünschte, sie könnte wie ein Kind auf den seidenen Schultern ihres Mannes sitzen und nach den Federn und Wimpeln Ausschau halten, die besagten, daß die Karawane den Weg am Ufer erreicht hatte und gleich ihren festlichen Einzug halten würde. Wie es hieß, hatte das Kamel einen solchen Geruchssinn, daß es einen am Strand liegengebliebenen Ambrastein riechen konnte. Und Geisterkavalkaden von Kamelen sollten unablässig vorüberziehen und die Seelen der Gläubigen nach Mekka bringen. Ein Schweißtropfen rann ihr den Rücken hinunter. Sie trug ihr neuestes Kleid, Seide über Seide, zusammen mit ihren Ohrringen, und Pagano hatte den Rock des Kaisers angelegt. Sie wollten die Kaufleute willkommen heißen und sich dann niedersetzen und Erfrischungen zu sich nehmen, während die Ballen losgeschnallt wurden, und dann von Stand zu Stand gehen und auswählen und kaufen. Pagano sagte, die Rubine kämen in kleinen Beuteln aus Ziegenleder, und es gebe Perlen so groß wie Bohnen und Bagdadseide mit eingewobenen Adlern und Panthern und feines Kamelott, warm wie Pelz und aus Seide und Kamelhaar gemacht.

Von Farben hatte er nicht gesprochen. Vielleicht hielt er sie für langweilig. Doch sie hatte ihr Leben lang ihre Mutter und Henning und die anderen in der Färberei von dem schönen Kermes reden hören, dem echten Insektenfarbstoff des Orients, der feine Wollstoffe blutrot oder pfirsichfarben färbte. Was konnte man alles damit

457

machen! Gab man Rotholz hinzu, gab es Altrosa oder leuchtendes Scharlachrot. Gab man Gelbholz hinzu, wurde das Tuch dottergelb und zart wie Osterglocken.

Dann gab es Indigo von Bagdad oder vom Golf. Der Herzogin hatte letztes Jahr bei ihrer Mutter blaues Tuch bestellt. Sie hatten es natürlich für sie gefärbt, aber kaum etwas daran verdient, trotz des Preises von drei Lire pro Ballen. Es gab jetzt pulverisierten Lapislazuli, die Malerblume, in Brügge im Handel für einen Gulden die Unze. Sie erinnerte sich, daß sich Colard Mansion darüber beklagt hatte und über den Preis von Galläpfeln für Tinte. Das alles konnten sie billig kaufen und mit gutem Gewinn abstoßen. Wenn Pagano für das Handelshaus Charetty einkaufte, würde er auch Farben erstehen müssen, und vielleicht konnte sie ihm helfen. Ihre nie geförderten Familieninstinkte regten sich beim Anblick der gut gekleideten Männer um sie her, die sich leise unterhielten. Wie in Brügge wurde alles durch Handeln und Handschlag erledigt. Erst wenn die ausgewählten Ballen vor der Schwelle des Käufers eintrafen, wurden der Zollstock und die Rechnungsbücher und die Geldschatullen hervorgeholt. «Ich kann die Leute meiner Mutter nicht sehen», sagte sie.

«Sie sind zu Hause geblieben», sagte Pagano. «Die Stadt hielt es der guten Ordnung wegen für das beste. Ich habe es bedauert, denn ich hätte ihren Rat gut gebrauchen können. Aber wir werden unsere Sache auch so schon recht gut machen. Da ist der venezianische Statthalter, der ein Vermögen für seine Gewürze ausgeben kann. Was würde aus den Gedärmen der Welt werden ohne seinen Rhabarber und Ingwer?» Sie hielt das für eine unanständige Bemerkung, verzieh sie ihm aber und führte sie auf seine Hochstimmung zurück. Nach allem, was sie mitgemacht hatten, gelangten sie endlich ans Ziel: die Schatzflotte, das Vlies, traf ein.

Sie hörte zuerst das Trommeln und dann die Hufschläge und das Rufen und den Klang von Flöten und Saiteninstrumenten und dann ein schüttelndes Klingeln wie von Tamburinen und dann gedämpften Schrittfall, als würde über Tuch getrampelt, verwischt mit dunklen und eigenartigen Schnarchlauten. Dann kam das erste Tier in Sicht, und sie hängte sich an Paganos Arm und hüpfte vor Entzükken wie in Brügge beim Karneval. Sie ließ seinen Arm los. Der Statthalter sagte: «Ist das alles?»

Pagano erwiderte nichts darauf. Sie kümmerte es nicht, weil sie klein war, aber sie sah ein, daß es für einen Mann ärgerlich war. Auch Georg Amiroutzes in seinem großen Korbhut blickte die Straße entlang. Er sagte: «Sicher kommt der Rest später.» Der Zug hatte angehalten, und mehrere Reiter kamen näher und saßen ab, um den kaiserlichen Willkomm entgegenzunehmen. Einige waren bärtig, andere hatten flache, gelbe Gesichter, und wieder andere sahen aus wie sie. Sie verneigten sich allesamt. Einer von ihnen war Hauptmann Astorre. Pagano stockte der Atem.

Auch der Schatzmeister erkannte den Hauptmann, als er sich nach seiner Verneigung aufrichtete. Er trat vor und sprach ihn an. «Ihr seid mit der Karawane gekommen?»

«Wir sind ihr unterwegs begegnet», sagte der Hauptmann ihrer Mutter. «Dachten, sie könnte zusätzlichen Schutz vertragen. Räuber in der Gegend, wie Ihr wißt. Habe auch meine Dienste als Dolmetscher angeboten.»

Hinter ihm waren, wenn man hinsah, noch andere vertraute Gesichter in Helmen. Es war ganz natürlich, wenn man es sich überlegte. Er hatte die ganze Straße nach dem Ort von Paganos Kampf abgesucht. Sie wollte ihn fragen, was er gefunden hatte, aber er war damit beschäftigt, Leute einander vorzustellen. Kurz darauf wurden die Führer der Karawane zeremoniell in die Stadt und zur nicht weit entfernten Karawanserei geleitet. Die Kamele folgten und dann die Kaufleute und auch sie. Der Statthalter sagte: «Zweihundert. Es sind nur zweihundert. Der Rest muß noch kommen. Bis dahin gehe ich nach Hause.»

«Es könnte Euch ein gutes Geschäft entgehen», sagte Pagano.

«Ich könnte auch zu teuer bezahlen für etwas, das ich später billiger bekommen hätte. Nein. Wir müssen herausfinden, was vorgefallen ist.»

Es war unklar, wie das geschehen sollte. Über ihren Schultern schwebten weiter Kamele vorüber und bahnten sich einen Weg zwischen Zuschauern und Kaufleuten. Das letzte, ein edelblütiges Reitkamel mit seidigen rötlich-braunen Flanken, blieb neben ihr stehen, und sie wandte den Kopf zur Seite, da sie inzwischen wußte, wie Männer in Kopftüchern und Gewändern mit Frauen mit unbedeckten Gesichtern umgingen. Da sagte der Reiter in ärgerlichem Ton:

«Hutsch, hutsch, hutsch, hutsch...», und das Kamel nahm mit silbernem Glöckchenklang seinen sanften, wiegenden Gang wieder auf. Als es vorüberschritt, sah sie, daß der Ziegenlederstiefel des Mannes ganz mit Seide benäht war wie ein Zuckerkuchen und an der Ferse eine lange goldene Troddel hatte.

Staub erhob sich und blieb in der Luft hängen. Der Hof der Karawanserei war ein einziges Gewimmel von Menschen und Pferden und Kamelen, die umständlich niederknieten oder sich erhoben, während die Ballen losgeschnallt und in die Kammer des jeweiligen Eigentümers getragen wurden. Pagano schob sich zusammen mit dem Statthalter nach dorthin vor, wo die Palastbeamten zu sehen waren und ein Mann, dessen gegabelter Bart und hoher schwarzer Hut ihn als einen Mönch auswiesen. Da drehte er sich um, und sie sah, daß es der Archimandrit war, den sie zuletzt an der Seite von Violante von Naxos beobachtet hatte. Er schien mit der Karawane gekommen zu sein und hielt sogar noch die Zügel seines Pferdes in der Hand. Er wandte sich an den Statthalter: «Eure Exzellenz?»

Der Statthalter verschwendete keine Worte. «Wo sind die übrigen Kamele?»

Das Italienisch des Archimandriten war hervorragend. Er sagte: «Seid unbesorgt, Eure Exellenz. Die Ware für Venedig ist auf sicherem Weg. Wegen der Räuber und des kriegerischen Treibens der Weißen Horde haben sich die Kaufleute in Erzerum beraten und Eure Einkäufe dort getätigt. Die Ware ist auf dem Weg nach Bursa und geht von dort hinüber zu Eurem Mittelsmann in Pera und dann nach Venedig. Ich habe Briefe von Eurem Mann in Erzerum bei mir.» Er wandte sich an Pagano: «Und ich sehe, der genuesische Konsul ist auch hier. Ich kann ihm die gleiche Versicherung geben. Die Waren für Genua, Messer Doria, wurden in Erzerum von genuesischen Vertretern ausgesucht und befinden sich ebenfalls auf dem Weg nach Bursa.» Er zog die Brauen hoch. «Ich weiß nicht, ob man die Reise nach Trapezunt so sehr hätte scheuen müssen, aber obschon es einige versuchten, haben sie sich nicht überzeugen lassen. Und vielleicht haben sie recht. Der Türke wird zu seinem eigenen Nutzen die Märkte von Bursa schützen, während die turkmenischen Horden mit Handelsware vielleicht nicht so pfleglich umgehen. Deshalb kamen, wir Ihr seht, von den tausend Kamelen nur zweihundert hierher. Aber trotzdem – sechzigtausend Pfund erstklassiger Ware ist auch etwas wert. Ihr solltet Euch ansehen, was alles dabei ist, auch wenn Ihr nichts kaufen könnt. Von einigen feinen Gewürzen habe ich gehört – Pfeffer und Zimt, Myrrhe und Lavendelöl. Ballen von Kermes. Und einige außergewöhnliche Edelsteine. Eure Frau Gemahlin wäre entzückt bei ihrem Anblick. Türkise natürlich. Balasrubine. Und hundert Schnüre mit herrlichen Perlen, mit vierundsiebzig auf der Schnur. Geht und schaut sie Euch an.»

Catherine wollte warten, wie es sich gehörte, bis seine Diener und ihre Frauen sie gefunden hatten, doch Pagano eilte davon, sobald der Statthalter zu reden aufhörte, und sie hätte ihn aus den Augen verloren, wäre sie ihm nicht nachgerannt. Eine Haarsträhne löste sich und fiel ihr ins Gesicht. Da waren Holzstufen, den kleinen Absätzen ihrer Pantoffelschuhe nicht wohlgesonnen, und dann befand sie sich in einer kleinen Kammer, wo auf dem Boden ein Tuch ausgebreitet war und zwei Männer unter den Augen des Eigentümers einen Ballen aufschnürten. Zu jedem, der hereinkam, sagte er in gebrochenem Italienisch: «Später. Später. Es ist noch nicht ausgepackt.» Sie sah den Glanz von Seide und von Lackkästchen.

Hinter ihnen sagte Amiroutzes: «Sind die Sachen nicht herrlich? Auch die nächste Kammer ist voll von unseren Waren. Habt Ihr von den Perlen gehört? Ich hätte selbst nicht besser einkaufen können.»

Doria schwieg einen Augenblick lang. Dann sagte er: «Ich habe von den Perlen gehört. Haben sie schon einen Käufer?»

Für einen Gelehrten neigte der Grieche zu einem barschen Ton. «Ich habe doch gerade gesagt, die Ware für den Palast wurde schon ausgesucht und gekauft. In Erzerum, durch den Archimandriten. Eine kluge Maßnahme, da der Güter so wenig waren und es eine starke Nachfrage geben mußte. Wenn Ihr die Perlen für Euch haben wolltet, so entschuldige ich mich. Aber es gibt ja noch andere Lagerkammern. Fragt. Man wird Euch sagen, welche Dinge unser sind und welche zum Kauf angeboten werden.»

Sie gingen von Kammer zu Kammer, warteten, bis Ballen aufgeschnürt wurden und Männer bereit waren, mit ihnen zu sprechen. Sie waren nicht gerade willkommen. Nach einer anstrengenden Reise dachten Kaufleute an warmes Wasser und Essen und Erfrischungen in angenehmer Gesellschaft, während andere die Waren auslegten und das unerquickliche Geschäft des Handelns hinausgeschoben wurde. Auf Paganos Fragen sagten sie ihm, welche Dinge der Palast erworben hatte. Es waren die schönsten. Als er den Rest zu sehen wünschte, erhielt er eine verwirrende Vielzahl von Antworten. Sie versuchten ihm zu verstehen zu geben, daß ihre Ware schon verkauft war, und er versuchte ihnen zu verstehen zu geben, daß sie sich irrten. Schließlich zahlte Pagano einem Dragoman das Doppelte des üblichen Lohns, damit er von seiner Mahlzeit aufstand und dolmetschte. Als sie Pagano fragte, was die Leute gesagt hatten, antwortete er zuerst nicht. Dann sagte er: «Ich glaube es einfach nicht, aber sie sagen, sie stünden schon unter Vertrag, ihre Güter an bestimmte Händler in Trapezunt zu veräußern. Nicht an uns oder die Venezianer. Kaufleute, mit denen sie jedes Jahr auf dieser Grundlage Handel treiben. Sie sagen, sie können einen solchen Vertrag nicht brechen, weil sie sonst in Schulden geraten. Sie sagen, alle nicht vom Palast beanspruchten Waren seien auf diese Weise gebunden. Sie sagen, es sei nichts mehr zum freien Verkauf übrig.»

Er hatte zunehmend lauter gesprochen. Sie legte ihm die Hand auf den Arm, um ihn zu beruhigen. Sie wußte noch immer nicht, weshalb er sich so erregte. Die Genuesen hatten ihre Waren gekauft und sie über eine andere Route auf den Weg gebracht, die Republik würde bekommen, was sie haben wollte, und sollte zufrieden sein. Auf Perlen würde sie nun verzichten müssen, aber er konnte ihr noch immer etwas aus zweiter Hand bei einem der Händler kaufen, die zuerst an die schönen Dinge herangekommen waren. Da wurde ihr bewußt, daß dies auch für die Farben des Hauses Charetty galt. Er würde sie zu einem höheren Preis bei einem Zwischenhändler kaufen müssen. Das Vermögen, das er hatte machen wollen, war plötzlich zusammengeschrumpft. Vielleicht würde für ihn überhaupt kein Gewinn übrigbleiben. Vielleicht würde er für seine Waren mehr bezahlen müssen als all das Silber, das er für seine Frachtladung bekommen hatte, obwohl damals all ihre Kisten davon voll gewesen zu sein schienen. Sie fragte: «Als Nicolaas in Trapezunt eintraf, hat er da die mitgebrachten Güter gegen Silber verkauft?»

Zuerst gab er darauf keine Antwort, dann sagte er: «Nein – er mußte Tauschhandel treiben oder Schuldscheine annehmen.»

«Dann wirst du dir die beschaffen müssen», sagte sie. «Sie sind sicher im florentinischen Fondaco. Und du kannst auf Kredit kaufen, Pagano. Auf Kredit des Hauses Charetty bei der Bank der Medici.»

«Was machst du dir Sorgen?» sagte er. «Überlaß das Geschäftliche mir. Es gibt kein Problem, das nicht gelöst werden kann.»

Er lächelte, aber sie hörte den schrillen Unterton in seiner Stimme. Sie sagte: «Es war ein Jammer, nicht wahr, daß du nicht daran gedacht hast, von Sumela aus nach Erzerum zu gehen? Da hättest du kaufen können, was du wolltest, und es hierher bringen können.»

Er wandte sich rasch um und sah sie an. Dann hob er den Kopf und blickte sich suchend um. «Astorre», sagte er.

«Er wird von Nicolaas reden.»

«Nein», sagte Doria. «Warte.» Sie hörte, wie er den Dragoman etwas fragte und dann mehrere Stimmen antworteten. Als Pagano sich wieder zu ihr umdrehte, machte er ein merkwürdiges Gesicht. «Es waren nur zweihundert Kamele», sagte er. «Die sind hier. Aber es waren noch dreihundert Packesel dabei, jeder beladen mit hundertfünfzig Pfund kaspischer Rohseide für das Handelshaus Charetty. Die sind sofort zum florentinischen Fondaco gegangen.»

«Dann werden Pater Gottschalk und Meester Tobias sie jetzt haben», sagte Catherine.

«Nein. Der Fondaco ist geschlossen. Die Maulesel hätten nicht hineingekonnt. Niemand kommt hinein ohne Erlaubnis. Und da Astorre hier ist, wußte er das nicht. Schnell!» Sein Gesicht, das so lustlos geblickt hatte wie in Sumela, lebte wieder auf. «Schnell! Wir müssen nur dorthin gehen und die Maulesel und die Seide zum Leoncastello umleiten, und deine Mutter, mein Schatz, hat ihren Gewinn, und wir haben ihren armseligen Leuten gezeigt, wer ihr Herr ist.»

«Und ihre Herrin», sagte Catherine.

KAPITEL 31

WENN ETWAS AUFREGENDES GESCHAH, achtete Pagano im allgemeinen darauf, daß sie daran teilhatte. Er liebte es, Vergnügen zu
bereiten, Freude zu spenden und dafür bewundert zu werden. Sie
hatte gesehen, daß er sich auch anderen gegenüber so verhielt.

Und wenn ihm ein Preis winkte, würde er sie natürlich Zeugin
seines Sieges werden lassen. Er hatte es jedoch sehr eilig, von der
Karawanserei fortzukommen. Er wollte die Rohseide für das Haus
Charetty in seinen Besitz bringen, ehe Astorre oder ein anderer ihn
daran hindern konnte. Als Catherine ihm mit aufgerissenem Pantoffelschuh nachhumpelte, rannte er jedoch weiter und rief ihr zu, sie
solle mit ihren Frauen nachkommen. Es gelang ihr aber, bei ihm zu
bleiben und eines der Pferde zu besteigen, deren er habhaft werden
konnte, wobei sie sich ihr Kleid zerriß und den Schuh endgültig
verlor. Das machte ihr aber nichts aus, und sie wickelte sich das
Kleid ums Bein und trieb ihr Pferd zum Galopp an, daß ihre Ohrringe nur so flogen. Ein Mann, der alle Helfer versammeln sollte, die
man für die Packesel brauchte, war schon zum Leoncastello vorausgeschickt worden. Sie ritten die Küstenstraße entlang und nahmen
unterwegs ihre Leute mit, ehe sie in die Straße zum Meidan ein-
bogen und sich dann nach Osten wandten, wo der florentinische
Fondaco war.

Doch als sie dort ankamen, wimmelte es auf dem Hof keineswegs
von Mauleseln. Sie sahen Bewaffnete, aber die machten nicht den
Eindruck, als würden sie das Anwesen bewachen – sie schienen eher
gerade abrücken zu wollen. Catherine sah, daß das doppelflügelige
Hoftor offen war und der Pförtner ein wenig unschlüssig daneben
stand. Auf dem Hof selbst konnte sie den rothaarigen Schiffsführer
John le Grant erkennen, der mit einem Mann in den kaiserlichen
Farben sprach. Pagano saß ab und betrat den Hof, und sie folgte
ihm. Der Schiffsführer sah sie beide und drehte sich um.

«Ich komme wegen meiner Packesel», sagte Pagano.

Das sommersprossige Gesicht mit den meerblauen Augen blickte
völlig ausdruckslos. «Packesel?»

Sie spürte, wie Pagano zögerte, als er das blanke, saubere Hofpflaster betrachtete. «Ich sehe, Ihr wißt nicht, daß Euer Hauptmann Astorre zurückgekehrt ist», sagte er. «Ein ganzer Zug von Packeseln für das Haus Charetty ist unterwegs. Sie sollen gleich ins Leoncastello weitergeleitet werden. Ich werde Leute hier lassen, die sich darum kümmern. Warum steht das Tor offen?»

Der Bewaffnete, der sich ebenfalls umdrehte, musterte Pagano und Catherine ganz ruhig. Der Schotte sagte: «Jemand hat den Befehl, es zu schließen, aufgehoben. Wir haben es gerade eben erfahren. Wenn irgendwelche Güter für das Haus Charetty bestimmt sind, sollten sie hierher gebracht werden.»

«Hat der Kaiser das gesagt?» fragte Pagano. «Oder sein Hauptmann?» Er sprach den Bewaffneten auf griechisch an. «Da muß ein Irrtum vorliegen. Es tut mir leid, aber Ihr müßt das Tor sofort wieder schließen.»

Sie standen jetzt inmitten einer kleinen Menschenansammlung. Zu dem Bewaffneten, der hilfesuchend den Kopf gewandt hatte, waren zwei seiner Offiziere getreten. Aus dem Haus kamen mehrere Dienstboten heraus, sogleich gefolgt von dem großen Neger und dann von dem Arzt und dem Priester, den Pagano damals auf dem Weg nach Pisa genasführt hatte. Inzwischen fragte sich Catherine allerdings, ob Pater Gottschalk wirklich so leichtgläubig war, wie Pagano geglaubt hatte. Der Priester ging auf den kaiserlichen Hauptmann zu und sagte höflich etwas auf griechisch. Dann sagte er auf italienisch zu Pagano: «Ich fürchte, Ihr müßt gehen, Messer Doria. Der Hauptmann ist nicht angewiesen, Euch zu gestatten, irgendwelche uns gehörigen Besitztümer ins Leoncastello zu bringen.»

Paganos Augen blitzten auf. Die Leute vom Leoncastello waren inzwischen alle gekommen. Sie hörte ihre Stimmen draußen auf der Straße, wie sie mit den Bewaffneten von der Wache stritten, die sie nicht auf den Hof lassen wollten. Es waren einige Dutzend, und es wurden immer mehr. Pagano sagte: «Ihr meint, der Hauptmann hat keinen Befehl, sich in die inneren Angelegenheiten des Hauses Charetty einzumischen. Dies ist eine Sache zwischen Euren Männern und meinen, und wie Ihr seht, habe ich gewiß die doppelte Anzahl. Als Priester, als Mensch, dem Euer Haus am Herzen liegt, könnt Ihr doch nicht zulassen, daß aus einer Meinungsverschiedenheit ein Waffengang mit Verletzten und Toten wird, die Euch später auf dem Gewissen liegen. Marian de Charetty würde es Euch gewiß nicht danken.»

Der Priester, ein Mann von großer Gestalt, hatte stirnrunzelnd zu Pagano hinuntergeblickt. Jetzt hob er den Kopf und zeigte einen ganz anderen Gesichtsausdruck. Er sah an Pagano und ihr vorbei auf die Straße. Einen Augenblick später drehte sich auch Pagano zur Straße um. Die Packesel näherten sich. Schon hörte man das Klappern Hunderter von trampelnden Hufen am oberen Ende der langen abfallenden Straße vom Meidan her und das Peitschenknallen und Rufen von Männern, und schon sah man die dicht gedrängten Rücken der Tiere und die zuckenden Schnörkel der Ohren. Einzelne Männer zu Pferde ritten zwischen ihnen, und Treiber feuerten sie an, denn der Zug füllte die ganze Straße aus, und sein Ende war noch nicht in Sicht. Draußen vor dem Hof redeten Paganos Männer aufgeregt miteinander auf italienisch und begannen sich über die Straße zu verteilen. Der Priester Gottschalk sagte: «Aber Ihr könntet so viele nicht in Ställen unterbringen.»

Er hatte sich gefügt. Pagano, der nie nachtragend war, schenkte ihm ein zahnblitzendes, strahlendes Lächeln und sagte: «Das laßt unsere Sorge sein.»

«Und Futter? Die Treiber wollen gewiß entlohnt werden.»

«Für fünfundvierzigtausend Pfund Rohseide?» sagte Pagano. «Es wird mir ein Vergnügen sein.» Die ersten Maulesel hatten schon fast die Hälfte der Straße zurückgelegt, und die Genuesen, von niemandem behindert, liefen ihnen entgegen, um sie umzuleiten. Der Arzt, der eine unwillkürliche Bewegung gemacht hatte, hielt inne und stand ganz still da.

«Das freut mich», sagte der Priester. Seine Stimme schien ein wenig anders zu klingen als vorher, und Catherine sah Pagano an. Das strahlende Lächeln verblaßte bereits. Sein starrer Blick war gegen die Sonne auf die Packeselkavalkade gerichtet. «Wo sind die Ballen?» fragte er.

Der Priester blickte ruhig zu ihm hinunter. «Nun, da ich nichts davon weiß, kann ich mich nur auf Eure Worte verlassen und glauben, daß sie Ballen trugen», sagte Pater Gottschalk. «Wenn sie aber Ballen trugen und wenn diese Ballen für uns bestimmt waren, dann sind sie wohl zu unserem neuen Lager in der Zitadelle geschafft worden. Die Tiere sollen jetzt gewiß in Stallungen untergebracht werden. Ich weiß nicht, wie wir das hätten bewerkstelligen sollen ohne Euer großzügiges Angebot.»

«Das ist ein Problem, das Euch erhalten bleibt», sagte Pagano. Er mußte fast schreien, ein solcher Lärm herrschte draußen auf der Straße. Sein Gesicht, das zu dem Priester aufblickte, war so bleich, wie es in Sumela ausgesehen hatte. Und als er sich zu Catherine umwandte, veränderte es sich nicht, wie es dies für gewöhnlich tat. «Sag ihnen, sie sollen die Maulesel sein lassen und zum Leoncastello zurückkehren.»

Sie war kein Dienstbote. Sie hatte nur einen Schuh, ihr Kleid war zerrissen, ihr Haar fiel herunter, und er hatte ihre Sache verpfuscht. Sie starrte ihren Gemahl Pagano Doria nur an und rührte sich keinen Zoll von der Stelle. Nach einem Augenblick drehte er sich auf dem Absatz um und schritt auf das offene Tor zu, wo die Wache ihm Platz machte.

Unbeweglich wie eine Zeichnung stand ein Rennkamel im Eingang, eines von der Art, die man Vollblüter nannte. Pagano hatte ihr in der Karawanserei eines gezeigt, weil man sie nicht allzuoft sah. Ein solches Tier sollte einen Schwanenhals, einen spöttischen Gesichtsausdruck und ein lohfarbenes Fell haben, *so seidig wie die Flanken der Springmaus*. Eine Springmaus, so etwas gab es in der Wüste. Obschon dumm, waren Kamele elegante Tiere. Eleganter als Maulesel. Sie betrachtete den Reiter. Befreit von seinem Kopftuch, saß er ganz still da, wie ein Teil des Kamels. Er hatte einen Bart vom Dottergelb in Kermes und Gelbholz gefärbter Seidenwolle, und seine weichen Stiefel waren bestickt wie Zuckerkuchen. Er sagte: «Sie wissen es schon.»

Alles wurde still. Der Neger Loppe, der mit raschen Schritten auf das Tor zugegangen war, blieb jäh stehen, und seine Augen blitzten. Als sich Catherine umdrehte, sah sie, wie hinter ihr der Priester plötzlich die Augen aufriß, dann die Lider senkte, stumm dastand und seine Perlen durch die Finger gleiten ließ. Der Arzt Tobias trat einen Schritt vor, schluckte und bekam dann einen Hustenanfall. Der Schiffsführer legte ihm die Hand auf die Schulter.

«Gott sei gepriesen – Ihr habt überlebt», sagte Pagano.

Da blickte sie den Mann aufmerksamer an und sah, daß sie ihn kannte; daß dies der Junge war, der sie einst auf die Schultern gehoben und lachend zu ihrer Mutter, seiner Dienstherrin, getragen hatte. «Claes!» rief sie.

«Madonna», sagte der Reiter. Er bewegte sich nicht und sein Reittier auch nicht. Auch blieben seine Augen nicht auf ihr ruhen. Er sagte zu Pagano: «Ihr könnt gehen.»

Paganos Gesicht, eben noch bleich, war gelb geworden. Er sagte: «Ich habe Euch zu Boden fallen sehen.»

«Oh, ich bin auch zu Boden gefallen», sagte Nicolaas. «Man ließ mich wohl für tot liegen. Glücklicherweise bin ich in Erzerum aufgewacht.»

Erzerum. Die Packeselkolonne. Die Umleitung der Güter für Venedig und Genua nach Bursa. Die Rumpfkarawane mit ihrer schon vergebenen Ware, die heute ihre Hoffnungen hier in Trapezunt zunichte gemacht hatte. Alles war ausgemacht gewesen. Ausgemacht von Nicolaas. Der am Leben war.

Pagano fragte unbeabsichtigt: «Und das Silber?»

«Welches Silber?» entgegnete Nicolaas. Schweigen.

Dann – er sprach mit einiger Mühe – sagte Pagano: «Wer kann die Wahrheit kennen, wenn ein Bericht dem anderen widerstreitet? Als wir Euch zu retten versuchten, sahen ich und meine Diener Euch hinstürzen und glaubten Euch tot. Catherines flehentliche Bitten waren alles, was mir geblieben war.»

Kamel und Reiter, regungslos, standen ihm im Weg. «Ihr könnt Euch glücklich schätzen», sagte Nicolaas, «für Eure Gemahlin. Ihr könnt gehen.»

Er hatte sie kaum angesehen. Doch mit nur einem Schuh an den Füßen, in zerrissenem Kleid und mit zerzaustem Haar blickte Catherine de Charetty langsam hinauf zu dem Lehrling, der ihre Mutter geheiratet hatte, und sah einen Mann, braunhaarig, blondbärtig, beherrscht, der mit dem Jungen Claes nur noch die Geradheit des großäugigen Blicks gemein hatte. Sie sagte: «Wir gehen.» Und schritt, ohne sich umzublicken, stelzbeinig durch das Tor und schlug den Weg zum Leoncastello ein. Sie wußte, auch ohne sich umzublicken, daß ihr Gemahl ihr gefolgt war.

Das Kamel setzte sich in Bewegung und betrat den Hof. Der Reiter sagte leise: «Ikch, ikch, ikch!», und es kniete nieder, während sein Herr sich steif über den Sattel schwang und dann neben ihm stehenblieb. Sein Gewand war von Seide, und das Tuch, das seinen Kopf geschützt hatte, lag auf seinen Schultern, und der goldene Saum glitzerte. Auch der Bart, plötzlich erstanden wie die Drachen-zahnkrieger, glitzerte und verbarg sowohl Grübchen wie Narbe. Seine Haut war braun und machte die Augen groß und unbeteiligt und hell. Nur sein Haar war das gleiche, braun wie Schlamm und lockig und sich ringelnd, wo es feucht geworden war. Er nahm die Hand von dem Kamel und sagte: «Sie heißt Chennaa. Der Knabe wird sich um sie kümmern.»

«Ich auch, Messer Niccolo», sagte Loppe. Ihre Augen begegne-ten sich. Loppe setzte rasch hinzu: «Aber...»

«Wenn ich bitten darf», sagte Nicolaas. Darauf senkte Loppe den Blick und führte zusammen mit dem Knaben das Kamel fort. Le Grant war wortlos auf die Straße hinaus zwischen die Maulesel und ihre Treiber geschritten und begann für Ordnung zu sorgen. Die Bewaffneten schienen ihm dabei behilflich sein zu wollen.

Auf dem Hof sagte Gottschalk: «Wir haben Gott zu danken, und das tun wir. Wart Ihr der einzige Überlebende?»

«Es ist eine lange Geschichte», sagte Nicolaas. «Vielleicht sollte ich sie lieber drinnen erzählen. Astorre wird bald hier sein.»

Tobie sagte: «Wir haben Euch seit einem Monat tot geglaubt.»

«Hattet Ihr Beweise?» sagte Nicolaas. «Glaubt jedem Gerücht, und mit Eurem Geschäft ist es aus. Das solltet Ihr inzwischen wis-sen. Ich hoffe, Ihr habt es nicht weiterverbreitet.»

«Nein», sagte Gottschalk. «Wir haben keine Briefe geschrieben. Wir haben Eure Anweisungen vorgefunden und sie ausgeführt, so-weit uns das möglich war.»

«Ihr hört Euch wie Henning an», sagte Nicolaas. «Natürlich habt Ihr sie ausgeführt – Ihr seid ja nicht altersschwach. Schließt die Tür und setzt Euch. Hat Doria die Niederlassung beansprucht?»

«Gleich nach seiner Rückkehr», sagte Gottschalk. «Nachdem er, wie er angab, verwundet worden war bei dem Versuch, Euch vor Banditen zu retten. Mit Zustimmung des Kaisers wurden wir heute morgen am Verlassen des Fondaco gehindert, damit er für das Haus Charetty Waren einkaufen konnte. Ist Julius tot?»

«Nein. Aber tut so, als wäre er es. Er kam, um mich vor Doria zu warnen, der mich mit einer Gruppe von Kurden verfolgte. Doria selbst sah nur zu, wie die Kurden unsere Gruppe niedermetzelten. Wir können es nicht beweisen, unser Wort steht gegen das seine.»

«Und er ließ Euch und Julius für tot liegen?»

«Er hatte kaum die Zeit, das festzustellen», sagte Nicolaas. «Eine andere Gruppe von Kurden war ausgeschickt worden, uns zu retten. Sie jagten Doria davon und brachten uns nach Erzerum.»

«Ausgeschickt von wem?» wollte Tobie wissen. Sein Kopf, so kahl wie der eines alten Mannes, sah in diesem Augenblick so kahl wie der eines Säuglings aus.

«Von Uzun Hasan von den Weißen Schafen. Ihm gehört Erzerum. Er wollte wissen, wie wir zum Kaiser stehen. Er wollte, daß wir wissen, wie er zum Kaiser und zum Sultan steht. Als Sprecherin hatte er seine Mutter geschickt.»

«Alles in die Wege geleitet durch seine Nichte, die Prinzessin Violante?» sagte Tobie. «Das erklärt freilich…» Er hielt inne. «Dieses Weib!»

«Was?» sagte Nicolaas.

«Sie hat uns aufgesucht», sagte Tobie. «Vor einer Woche.»

Es trat eine Pause ein, dann sagte Nicolaas: «Ja, sie muß da schon gewußt haben, daß wir am Leben waren. Wenn sie es Euch nicht gesagt hat, dann wollte sie etwas herausfinden.»

Gottschalk sagte: «Ich nehme an, das ist ihr gelungen.»

«Bedauert Ihr das?» fragte Nicolaas. «Was hat sie noch gesagt?»

«Recht viel», sagte Tobie. «Sie hat uns vor Doria gewarnt. Sie wollte die *Ciaretti* mieten, um die Kaiserin nach Batum zu bringen. Sie hat uns gesagt, daß die Venezianer ihre Waren in Erzerum kaufen und sie nicht nach Trapezunt, sondern nach Kerasous schicken wollten. Sie riet uns, das gleiche zu tun. Können wir ihr vertrauen?»

«Überlegt, woran ihr gelegen sein muß, und vertraut ihr dann», sagte Nicolaas. «Es war Diadochos, der die Karawane aufteilte.»

«Damit der Türke in Bursa alles kriegt.»

«Damit Doria in Trapezunt feststellt, daß es nichts zu kaufen gibt. Glaubt nicht alles, was Ihr hört. Der genuesische Anteil, ja, der ist auf dem Landweg nach Bursa gegangen – viel Glück. Selbst wenn er an den Kämpfen vorbeikommt, werden die Steuern jeden Gewinn zunichte machen.»

«Und Venedig?» fragte Tobie.

«Es stimmt, was sie Euch sagte. Der Bevollmächtigte dort hat für Violante und Venedig eingekauft. Vierhundert Kamele haben die für sie bestimmten Waren nach Kerasous gebracht, und weitere vierhundert Kamele mit unseren Waren sind mit ihnen gezogen.»

Gottschalk sagte: «Ihr werdet uns das erklären müssen. Bei all Eurem Kredit konntet Ihr unmöglich nach der Mauleselfracht nach Trapezunt auch noch das Geld für diese Waren aufbringen.»

John le Grant kam leise herein und nahm an der Wand Platz.

Nicolaas sagte: «Die Maulesel haben nichts mitgebracht. Die Ballen, die abgeladen wurden, waren ausgestopft. Damit sollte Doria nur in die Irre geführt werden, auf daß er gar nicht auf den Gedanken kommt, wir könnten unsere Ware in Kerasous haben. Unsere gesamte Fracht liegt jetzt in Kerasous bis auf Eure Manuskripte, auf das, was uns der Palast bezahlt hat, und einiges andere, was uns zusteht. Ich hoffe, wir können auch das retten, aber selbst wenn uns das nicht gelingt, ist uns unser Gewinn sicher. Die Türken können im übrigen Teil des Kaiserreichs machen, was sie wollen. Sobald das Meer frei ist, kann die Ware in Kerasous verschifft und nach Venedig und Brügge geschafft werden.»

«Und wer nimmt sie mit?» fragte John le Grant.

Nicolaas sah ihn an. «Julius», sagte er. «Julius hat Erzerum zusammen mit mir verlassen und dann mit achthundert Kamelen den westlichen Weg eingeschlagen. Wenn er in Kerasous ist, gibt er uns Nachricht. Und dann bleibt er dort.»

«Wie um alles in der Welt», fragte Tobie, «habt Ihr Julius dazu gebracht, daß er nach Kerasous geht und Euch nach Trapezunt kommen läßt?»

«Es war nicht schwer», sagte Nicolaas. Er ließ einen Atemzug vergehen und fuhr dann fort: «Erzählt mir, was Ihr von der Kaiserin wißt.»

«Nur daß sie mit unserer Galeere nach Georgien fahren soll», sagte Tobie. «Der Kaiser weiß nichts davon.»

«Jetzt weiß er es», sagte Nicolaas. «Aber sonst niemand. Sonst verlieren die Leute den Kopf und flüchten.»

471

«Ihr wart beim Kaiser?» fragte Gottschalk.

«Als ich die Maulesel zum neuen Lagerhaus brachte. Ein gutes Haus, genau das, was wir brauchten. Da habe ich natürlich mit ihm gesprochen – sonst wäre Euer Tor versperrt geblieben. Er wollte sie schon heute auf die Reise schicken, aber ich sagte, wir hätten noch Güter zu verladen. Die Manuskripte und die Farben.»

«Ihr habt doch gar keine Farben gekauft», sagte Tobie.

«Nein», sagte Nicolaas, «aber unsere Kunden haben das getan. Die, denen wir unsere Seide verkauft haben. Die haben gegen Pelze Wein nach Kaffa geliefert und die Pelze bei den Karawanenhändlern gegen Kermes und Indigo eingetauscht, und sie werden für das, was sie mir wegen der Seide schulden, in Kermes und Indigo bezahlen. Deshalb war nichts mehr da, was Doria hätte kaufen können.»

«Mir ist das ein Rätsel», sagte Gottschalk. «Er war zwar verwundet, aber warum ist er nicht nach Erzerum gegangen, um dort einzukaufen?»

«Ich weiß keinen Grund dafür», sagte Nicolaas. «Es sei denn, jemand hätte all sein Silber gestohlen.»

Tobie sagte langsam: «Er hat Euch zu töten versucht. Doria hat Euch tatsächlich zu töten versucht.»

«Nicht persönlich», sagte Nicolaas. «Und er ist nur das Werkzeug. Ihr werdet feststellen, daß es mir gelungen ist, ihn geschäftlich zugrunde zu richten. Wäre es Euch lieber, er wäre tot?»

«Es wäre vielleicht menschlicher gewesen», sagte Gottschalk. «Was wollt Ihr jetzt mit ihm machen?»

«Ihn gewähren lassen», sagte Nicolaas. «Er ist genuesischer Konsul. Soll er seine Stellung genießen.»

«Und Ihr?» fragte der Priester.

«Nun, wie Ihr seht, bin ich wieder zurück. Ich habe Pläne, Ihr kennt sie. Ihr müßt sagen, ob ich sie ins Werk setzen soll. Wenigstens eines habe ich im vergangenen Monat gelernt: Ein Handelshaus kann nicht von einem Kollegium geleitet werden. Es hat einen Führer oder gar nichts.»

«Wir sind für Euch schwierige Kollegen», sagte Gottschalk.

«Ihr seid für mich schwierige Herren», sagte Nicolaas. «Aber das ist nur meine persönliche Ansicht. Ihr habt das Geschäft jetzt wochenlang ohne mich geführt. Ihr müßt auch zu einem Schluß gekommen sein.»

Keiner sagte etwas. Astorre, der die Tür öffnete, sagte mit überraschter Stimme: «Alle eingeschlafen, was? Herrgott, ich dachte, bis ich komme, seid Ihr schon beim fröhlichen Singen und Saufen. Was haltet Ihr von dem Jungen, hm? Hm? Schafft sich und Julius diesen Mordbuben vom Hals; macht unser Vermögen; weist die kleine Hure zurecht; gewinnt für irgendwen einen Krieg, wenn mich nicht alles täuscht. Kennt Ihr ein anderes Handelshaus mit dem Verstand?»

«Nein», sagte Tobie. Er sah Gottschalk an.

Gottschalk sagte: «Ihr wollt uns führen?»

«Ernennt zum Führer, wen Ihr wollt», sagte Nicolaas. «Aber ich habe aufgehört, Befehle anzunehmen.»

«Auch von Eurer Dienstherrin?» fragte Gottschalk.

Nicolaas sah ihn an. «Sie ist bei allem die Ausnahme.»

Astorre blickte sich fassungslos um. «Seid Ihr verrückt?»

«Nein», sagte Gottschalk. «Ich sehe einen Führer, dem ich zu dienen bereit bin. Tobie?»

«Ja», sagte Tobie. «Ihr habt Loppe, ohne ihn erst zu fragen. Und Astorre. John?»

Le Grant sagte: «Ich habe nie einem anderen gedient. Gibt es da eine Frage?»

«Im Augenblick nicht», sagte Gottschalk. «Es sei denn, man fragte sich, was das Haus Charetty mit einem Kamel soll.»

Nicolaas stand halb auf und setzte sich wieder hin. «Das kann wohl bis morgen warten», sagte er.

«Das glaube ich auch», sagte Astorre und erhob sich. «Und Ihr habt heute abend Euren eigenen Arzt. Weiß Gott, ich wette, Magistre Julius ist in schlimmerer Verfassung als Ihr.»

Tobie stand auf. Nicolaas sagte: «Oh, bleibt sitzen, Doria hat gewiß auch ein paar Hiebe eingesteckt.» Er erhob sich abermals, und diesmal gelang es ihm, und er ging zur Tür. Er lächelte sie an. «Es ist nicht so schlimm, wie es aussieht. Jedenfalls bin ich froh, daß ich wieder hier bin!»

Die Tür ging zu. Loppe sah Tobie an. Tobie sagte: «Hilf ihm ins Bett. Ich sehe dann nach ihm.»

Loppe ging. Astorre stand noch herum mit einem Gesichtsausdruck zwischen Besorgnis und Erleichterung und ging dann ganz plötzlich hinaus. Tobie schritt zum Fenster. Draußen ließ jemand Wasser in einen Eimer laufen. Ein Hund bellte dumpf, und ein anderer Hund antwortete darauf mit einem schrillen Kläffen, wie Willequin. Aus der ein ganzes Stück entfernten Küche drangen aufgeregte Stimmen herüber, doch einzelne Worte waren nicht zu verstehen. Tobie konnte sich vorstellen, wovon sie redeten. Habt ihr ihn gesehen? Er ist zurück! Er lebt! Der Ehemann der Demoiselle! Der junge Teufel, so groß und so verändert! Mit einem Bart, einem gelben Bart! Und einem seidenen Gewand! Einem Kamel! Unser Nicco!

Er war zurück. Der Mann, der bewußt das Wagnis dieser Reise eingegangen war und der diese ausführlichen und genauen Anweisungen hinterlassen hatte. Der Mann, der diesen fröhlichen, engelhaften Spaß geschaffen hatte, die Elefantenuhr. Der Mann, der in des Kaisers Badehaus gegangen war; und der Ehefrau seines Vaters einen Sohn gezeugt hatte.

Gottschalk sagte: «Nichts hat sich verändert. Was er getan hat, kann er nicht ungeschehen machen.»

«Ich habe mich aber verändert», sagte Tobie. «Gut oder böse, ich nehme ihn, wie er ist.»

«Ihr habt Euch nicht verändert», sagte Gottschalk. «Man hat Euch nur gerade Eure Unzulänglichkeiten spüren lassen.»

Als le Grant sprach, waren sie beide überrascht. Le Grant sagte: «Warum laßt Ihr ihn nicht in Ruhe? Er braucht Euch nicht. Ich kenne ihn jetzt sechs Monate, und ich kann Gut und Böse noch immer nicht besser unterscheiden. Ich nehme an, Ihr könnt es auch nicht, oder er ist tot, bis Ihr es könnt. Ist es wichtig? Wenn Ihr einen Führer wollt, dann habt Ihr da einen.»

Keiner antwortete ihm. Es war einfach so, vermutete Tobie, daß einige von ihnen mehr wollten als einen Führer, so daß sie die Enttäuschung hart ankam. Eine Mannschaft war eines, eine Familie mußte etwas ganz anderes sein. Was sie hatten, genügte in der Tat, um dankbar dafür zu sein. Was es auch bedeutete, sie hatten Nicolaas.

KAPITEL 32

SIE HATTEN NICOLAAS. Sie hatten sich unterworfen, und nach vielen Monaten des Widerstands hatte der Stamm seinen Anführer. Jetzt sollten sie herausfinden, was das hieß. Was man mit seiner Jugend, seiner Herkunft, seiner niederen gesellschaftlichen Stellung erklärt hatte, erwies sich jetzt als die Eigenständigkeit, die es möglicherweise schon immer gewesen war. Jeder hätte gesagt, daß die Art, wie er sich bei ihnen wieder eingefunden hatte, dazu gedacht war, ihm ein Übergewicht zu verleihen. Daß dies ein ihm natürlicher Stil war, den er beizubehalten gedachte, das hielt Gottschalk allerdings nicht für möglich. Daß er sich da täuschte, wurde ihm bei der Besprechung bewiesen, die Nicolaas gleich am nächsten Tag einberief.

Um den Schragentisch, den er in der großen Stube aufgestellt hatte, saßen Tobie, Gottschalk, Astorre und le Grant. Aber es waren noch zwei andere anwesend. Nicolaas sagte, als er hereinkam und sich ohne große Umstände hinsetzte, auf flämisch: «Ich habe Loppe hinzugezogen, weil unsere Haushaltsführung jetzt so wichtig ist wie das andere und an Bedeutung noch zunehmen wird. Als Verwalter steht er ihr vor. Und solange Julius nicht da ist, werden wir uns des Rats seines Sekretärs Patou versichern. Ich werde zehn Minuten sprechen, dann seid Ihr an der Reihe.»

Er schien völlig wiederhergestellt zu sein. Prügel in früheren Jahren schienen ihn abgehärtet zu haben. Nur das Fieber vermochte ihn bisweilen zu übermannen. Er hatte sich den Bart nicht abgenommen, und keiner neckte ihn deswegen. Ein Jammer, dachte Gottschalk. Bei der Aufrechnung von Gewinn und Verlust in diesem Verhältnis waren einige liebenswerte Kreditposten im Hauptbuch gelöscht worden. Dann sprach Nicolaas.

Die Lage des Handelshauses Charetty wurde ihnen in Einzelheiten dargelegt. Zunächst ihre gegenwärtige Situation. Sie waren seit sieben Wochen in Trapezunt. Sie hatten ihre gesamte Schiffsfracht mit Gewinn verkauft oder eingetauscht. Sie hatten sowohl als Besitzer einer Söldnertruppe wie als Auftragshändler zusätzliche Einkünfte erzielt und diese sowie ihren Kredit zu weiteren Einkäufen

475

benutzt. Als Folge davon hatten sie jetzt in Kerasous Waren im Gewicht von 300000 Pfund liegen – die eine Hälfte gehörte ihnen, die andere war für Venedig bestimmt: eine Galeerenfracht, die noch Platz ließ für die Manuskripte, die Farben und was sie in Geld oder in Waren vom Palast bekamen, einschließlich der Schiffsmiete für die Fahrt nach Batum.

«Phasis», sagte Gottschalk. Nicolaas sah ihn an. Gottschalk sagte: «Neben Batum, der Fluß Phasis in Kolchis, wo Jason landete. Der Phasianus ist der kolchische Vogel. Ich wußte nicht, ob Ihr das wißt. Das Gelöbnis des Fasans.»

Nicolaas sah ihn noch immer an. Er sagte: «Dann bringt uns John vielleicht ein Ei mit. Wir könnten es Herzog Philipp von Burgund zum Geschenk machen. Ich sollte fortfahren.»

«Mit den Ausgaben», sagte Tobie. Er saß zusammengesunken da und sprach in die ausgefransten Wamsknöpfe hinein.

«Mit den Ausgaben. Als erstes müssen wir mit ungünstigen Umständen beim Umtausch rechnen. Sodann muß das, was wir nach Hause schicken, die Miete und die Abnutzung der Galeere, die Verluste in Modon, den Preis für das in Pera an Bord genommene Wolltuch und andere auf Kredit gekaufte Dinge sowie unsere Lebenshaltungskosten, soweit sie nicht vom Kaiser gedeckt werden, wenigstens aufwiegen.»

«Und die Pacht für das neue Haus in der Zitadelle», sagte Tobie.

«Dank für den Hinweis, aber ich glaube, es wird uns nicht schwerfallen, auch das Haus mit Gewinn abzustoßen, falls es nötig werden sollte», sagte Nicolaas. «Ich habe jedenfalls eine Aufstellung der Ausgaben und der Einnahmen gemacht, unter Verwendung der genauen Zahlen, wo ich sie kannte, und Annahme der ungünstigsten Schätzung, wo sie mir nicht bekannt waren. Unter der Voraussetzung, daß die Galeere sicher zu Hause eintrifft, werden wir nicht nur unsere Ausgaben gedeckt, sondern für eine einzelne Handelsfahrt einen sehr hohen Gewinn gemacht haben. Ich spreche von einem Gewinn um die hundertfünfzig Prozent. Und er könnte noch höher liegen.»

Er blickte sie alle an. Astorre pfiff leise vor sich hin. John le Grants Daumen blieben in den Armlöchern seines Wamses stecken. «Der Widder, der das Goldene Vlies legte», sagte er.

«Der Haken ist nur der», sagte Tobie, «daß da dreihundert türkische Schiffe zwischen uns und der Meerenge des Bosporus sind und wir uns in Eurer Abwesenheit darauf eingelassen haben, die Galeere auf eine Fahrt in die entgegengesetzte Richtung zu schikken.»

«Der Vorschlag kam aber doch, wie ich hörte, von Violante von Naxos», sagte Nicolaas.

Die Frage, die Gottschalk durch den Kopf ging, war schon gestellt worden. Er wiederholte sie. «Auf wessen Seite steht sie?»

«Nun, bei Gott, auf unserer», sagte Astorre und sah ihn erstaunt an. «Wenn die Kaiserin ein paar tausend georgische Krieger aus ihrem Schwiegersohn und seinen Atabegs herausholt, dann werde ich sie nicht zurückhalten. Nicht wo wir den Türken vor der Hintertür haben.»

«Dann stünde sie also auf der Seite von Trapezunt?» sagte Gottschalk.

Nicolaas zögerte zum ersten Mal. Dann sagte er: «Ich kann Euch mit Sicherheit nur sagen, daß Violante von Naxos nicht gegen uns handelt und nicht auf der Seite Dorias steht. Sie fühlt sich allein Venedig verpflichtet.»

«Ihr Gemahl ist Venezianer», sagte Gottschalk. «Blutsmäßig ist sie Trapezunt und Uzun Hasan verbunden. Man könnte sich Gelegenheiten denken, bei denen sie sich entscheiden muß, welchem der drei ihre Treuepflicht gilt.»

«Ich kann sie mir auch vorstellen», sagte Nicolaas. «Ich habe drei Wochen damit verbracht, darüber nachzudenken.» Seine Augen begegneten kurz denen John le Grants. Nicolaas fuhr fort: «Ich bin nach Erzerum gegangen, um herauszufinden, was ich konnte. Violante von Naxos hat mich nicht daran gehindert. Ihre Blutsverwandten haben mich vor Doria gerettet. Ich konnte mit ihrer Großtante sprechen. Ein Aufruf an den König von Georgien ist für alle wichtig. Wir schicken die Galeere mit der Kaiserin nach Batum und ersetzen Astorres Ruderer durch Venezianer, wenn sie das will. Sie könnte in zwei Wochen zurück sein, wenn sie sich damit begnügt, Mamia in Imeretien aufzusuchen, und selbst wenn sie nach Akhalziké reist und Quarquaré Garantien übernimmt.»

Gottschalk sagte: «Ich nehme an, das sind Provinzgouverneure.

Wenn sie zu ihrer Tochter in Tiflis reist, könnte es eine Weile dauern, bis die Galeere eine Botschaft zurückbringen kann.»

«Dann setzen wir ihr eine Frist», sagte Nicolaas.

Tobie meinte: «Das Schiff könnte in Batum sicherer sein, falls die Türken kommen. Denn das ist doch der springende Punkt, ja? Selbst wenn die Galeere heute in Kerasous ihre Fracht an Bord nähme, wie kämt Ihr damit an den türkischen Festungen am Bosporus und an den Geschützen von Konstantinopel und Gallipoli vorbei? Wie können wir wissen, wann es sicher ist, in See zu stechen? Und wenn Ihr die *Ciaretti* bis zum Ende des Sommers nicht aus dem Schwarzen Meer herausbekommt, habt Ihr die Zeit Eures Handelsunternehmens verdoppelt und Euren ersten Gewinn halbiert und den zweiten völlig versäumt. Ihr solltet dieses Schiff bis nächsten April in Pisa umgedreht und hierher zurückgeschickt haben, wenn Ihr eine Niederlassung führen wollt, die sich bezahlt macht.»

Nicolaas lächelte plötzlich, und Gottschalk spürte, wie sich seine Lippen unwillkürlich entspannten. Nach vertrauter Weise war aus der Besprechung ein Streitgespräch geworden. Nicolaas sagte: «Darauf komme ich jetzt. Tobie, seid still und hört zu. Unser gesamter Gewinn hängt von der richtigen Einschätzung dieses türkischen Feldzuges ab. Das Haus Charetty und die Medici haben Geld in unser Unternehmen gesteckt, und wir haben die Pflicht, unsere Fracht fortzubringen, ganz gleich, was geschieht. Wir haben uns auch verpflichtet, für ein Jahr eine Handelsniederlassung zu betreiben und dem Kaiser die Verwendung unserer erfahrenen Söldner zu erlauben.»

Es trat ein Schweigen ein. Dann sagte Astorre: «Ihr habt also Julius angewiesen, die Fracht nach Hause zu schaffen, wenn er die Gelegenheit dazu hat. Wenn er dazu unsere Galeere benützt, sitzen wir hier fest.»

«Es gibt keine anderen Galeeren», sagte Nicolaas. «Und wenn diese hier von Batum zurückkommt, sollte sie Trapezunt nicht anlaufen. Ich schlage vor, daß sie sofort nach Kerasous weiterfährt und dort wartet, bis die türkische Flotte entweder umgedreht hat oder an ihr vorbeigefahren ist.»

Astorre sagte: «Sie werden sie verbrennen oder versenken oder entern.»

John le Grant sagte: «Nein. Dagegen gibt es einen sicheren Plan – mit den venezianischen Seeleuten als Besatzung.» Seine Stimme klang gleichmäßig und ruhig. Vorher hatte er in sich gekehrt gewirkt. Bevor die Rede auf Violante von Naxos gekommen war. Noch ein Verehrer? dachte Gottschalk. Nun: wenigstens Julius war ihrer Macht entzogen.

«Die Galeere würde auch unsere Farben und Manuskripte mitnehmen», erläuterte Nicolaas weiter. «Ich würde sie schon vor der Abfahrt nach Batum verladen und sie kämen dann gleich nach Kerasous.»

«Und wir bleiben hier und gehen für Kaiser David in den Tod?» sagte Tobie. «Jetzt wird mir klar, warum Julius Kerasous vorzog. Ihr sagtet ja, er sei nicht schwer zu überzeugen gewesen.»

Der Mann namens Patou warf rasch ein: «Meester Julius würde nie Freunde einer Gefahr überlassen.»

«Wenn Ihr glaubt, das hätten wir gemeint, dann bitte ich um Vergebung», sagte Nicolaas. «Wer immer mit dieser Galeere fährt, ist ein tapferer Mann. Ich sagte, unsere Zukunft hänge davon ab, was der Sultan unternimmt. Er wird entweder Hasan Bey oder Trapezunt angreifen. Er kann in einem Jahr nicht beides tun. Um das Schwarze Meer und Trapezunt zu beherrschen, muß er Sinope einnehmen, das von vierzig Geschützen und zweitausend Kanonieren verteidigt wird. Um Hasan Bey zu besiegen, muß er die westliche Grenze des Gebiets der Weißen Schafe überwinden, das heißt die Festung Koyulhisar. Die Streitkräfte des Emirs von Sinope und des Königs von Georgien könnten Sinope und Trapezunt retten. Ist der Sultan erst aufgebrochen, werden wir wissen, ob er es auf Persien oder auf Trapezunt abgesehen hat. Und ist die Galeere erst von Batum zurück, werden wir wissen, ob Georgien um beider willen sein Heer gegen den Sultan in Marsch setzt. Was auch immer geschieht, Julius wird den richtigen Zeitpunkt abwarten und dann aufbrechen. Und je nachdem was geschieht, bleiben wir in Trapezunt oder fliehen und fahren mit ihm nach Hause.»

«Fliehen?» sagte Astorre. «Kerasous liegt drei Tagesreisen im Westen.»

«Oder wir fliehen nicht», sagte Nicolaas, «und treiben Handel unter welchem alten oder neuen Herrn von Trapezunt auch immer.»

Ein langes Schweigen. «Unter den Weißen Schafen?» sagte Gottschalk schließlich. «Den Turkmenen? Den Muslimen?»

Nicolaas blickte ihn mit großen, ruhigen Augen an. «Wir haben mit Pera Handel getrieben, einer Vorstadt von Stambul», sagte er.

Astorre stieß ein knirschendes Geräusch aus. «Ich will verdammt sein, wenn ich unter einem Türken diene.»

«Das werdet Ihr auch nicht», sagte Nicolaas. «Wenn die Stadt fällt, und Ihr seid noch darin, seid Ihr ein toter Mann.»

Das genähte Auge lief rot an. «Wenn sie fällt. Ich habe mich dafür bezahlen lassen, daß ich hier kämpfe. Ich laufe nicht davon.»

«Wenn die Stadt fällt», sagte Nicolaas, «führt Ihr Eure Männer hinaus, falls Euer Stolz das zuläßt. Wir können vorher schon zu Julius stoßen oder als Kaufleute dableiben und hoffen, daß man uns verschont. Das hängt natürlich davon ab, wer unsere neuen Herren sind. Die Türken, geradewegs von Sinope herübermarschiert, oder Uzun Hasan mit seinen Verbündeten, nachdem er die Türken besiegt hat. Dabei kommt es weniger darauf an, wie der eine oder der andere uns behandelt, als darauf, wie sie unsere Kundschaft behandeln, die Stadt. Wenn die einen kommen, können wir uns dafür entscheiden, zu bleiben, aber nicht, wenn die anderen kommen. Wir können uns auch dafür entschieden, in keinem Fall zu bleiben und die Niederlassung aufzugeben, sobald wir sehen, daß Gefahr im Anzug ist.»

John le Grant sagte: «Aber angenommen, alles geht gut. Angenommen, Georgien und der Emir von Sinope schicken ihre Truppen, der Sultan und die Weißen Schafe ziehen sich zurück und Trapezunt überlebt wie zuvor, unsere Niederlassung besteht weiter, und Julius fährt in den Westen und kommt im nächsten Jahr mit neuer Fracht zurück? Ist das unmöglich?»

«Nein», sagte Nicolaas. «Aber das bedarf keiner Diskussion. Wir müssen darauf vorbereitet sein, daß es anders kommt. Jetzt will ich wissen, was Ihr denkt.»

Gottschalk sagte: «Ich weiß, was ich denke.»

Er sah, vielleicht zum ersten Mal, wie aufmerksam Nicolaas' Augen blickten. Nicolaas sagte: «Ja?»

«Ich denke, wir sollten zunächst die Galeere nach Batum schikken und sie dann heimlich nach Kerasous bringen. Zweitens sollten wir warten, bis feststeht, gegen wen der Sultan sich wendet. Drittens sollten wir warten, bis wir hören, mit welchem Widerstand von Sinope und Georgien er zu rechnen hat. Wenn der Sultan sich zurückzieht, bleiben wir, bis Julius im nächsten Jahr mit der Galeere zurückkehrt. Siegt der Sultan, dem Emir von Sinope, dem König von Georgien und Hasan Bey zum Trotz, kann er sich am Ende der Feldzugszeit nur vor Trapezunt niederlassen und es belagern. Wir bleiben und widerstehen der Belagerung. Wenn Uzun Hasan und seine Bundesgenossen den Sultan besiegen, bleiben wir wie zuvor. Der Herr der Weißen Schafe mag Trapezunt begehren, aber ich kann mir nicht denken, daß er es vernichten würde wie die Türken. Außerdem ist es seine Türöffnung für christliche Hilfe aus dem Westen. Ihm muß an seinem Fortbestehen gelegen sein.»

«Ja, das ist auch meine Ansicht», sagte Astorre. «Sehen, wohin die Katze springt. Eine Belagerung ist das Schlimmste, worauf wir uns gefaßt machen müssen. Und da ist Julius, mit der Galeere auf dem sicheren Heimweg. Wir brauchen sie nicht. Der Kaiser ist ein Narr, aber die Wache weiß, worum es geht. Wir und sie gemeinsam, wir riegeln die Stadt gegen Gott und alle seine Engel ab.»

«Das ist es, was ich befürchte», sagte Gottschalk.

«Wenn sie abgeriegelt ist», sagte Nicolaas, «werden auch die griechischen und lateinischen Kirchen in ihr abgeriegelt sein. Astorre, kann sie wirklich nicht eingenommen werden?»

Astorre schüttelte den Kopf. «Genausowenig wie Sinope. Jetzt nicht. Und erst recht nicht, wenn John und ich und der Festungsmeister des Kaisers noch einiges verbessert haben.»

Nicolaas wartete. Auch Gottschalk wartete, die Augen auf dieses Kind gerichtet, diesen Wechselbalg, der ihr Führer war. Sag es. Sag es. Sei offen und sag es. Doch er sagte nichts, und er drängte ihn nicht. Als nach einer Weile keiner gesprochen hatte, sagte Nicolaas: «Gut. John, fahrt Ihr mit der Galeere?»

«Sie kann jederzeit auslaufen», sagte le Grant. «Und während Ihr fort wart, habe ich die von Euch gewünschten Prüfungen vorgenommen. Ich lasse Euch auch zwei Männer da, die sind wahre Künstler auf dem Gebiet der Stadtverteidigung. Sucht Ihr den Palast auf?»

«Sooft ich kann. Ihr kommt am besten mit mir. Es gilt, den Kaiser zu überzeugen, daß er Geld ausgeben muß und alles weiterleitet, was er vom Sultan hört.»

«Und von Uzun Hasan», sagte Tobie. «Aber was wird Doria jetzt tun? Mit seiner Kogge über das Schwarze Meer nach Kaffa hinüberfahren? Das wird ihm nicht viel nützen, wenn er nichts zu verkaufen hat. Und wenn er nach Hause zu fahren versucht, wird er in die türkische Flotte hineinrennen, genau wie wir.»

Gottschalk sagte: «Ich dachte, er hätte doch etwas zu verkaufen.» Er wartete, doch Nicolaas sah ihn nicht an.

«Was?» fragte Tobie. «Wir haben doch dafür gesorgt, daß er nichts mehr hat.»

Nicolaas sagte: «Nein, Gottschalk hat recht. Er hat Ladefläche zu verkaufen. Er könnte halb Trapezunt an Bord seiner Kogge nehmen, wenn er Zeit hätte, und gegen eine hübsche Bezahlung nach Georgien oder nach Kaffa bringen. Alte genuesische Tradition in dieser Gegend. Gewinnstreben verbunden mit Nächstenliebe.»

«Sollten wir es ihn dann nicht tun lassen?» fragte Gottschalk. Tobie setzte sich mit einem Ruck gerade auf.

Es war John le Grant, der sagte: «Wir brauchen Männer. Nein. Die Stadt ist nicht groß genug, man kann die Mauern nicht Tag und Nacht besetzen. Und man braucht Frauen, die für sie sorgen und die hinter ihnen stehen. Wenn man sie gewähren ließe, würden sie einfach davonlaufen. Das haben sie schon einmal gemacht. Da haben sie eine leere Stadt zurückgelassen mit fünfzig armseligen Männern darin, die den Feind abhalten sollten. Nein. Haltet Doria davor zurück. Es wäre nicht schwierig.»

«Es ist nicht schwierig», sagte Nicolaas. «Nun denn – das ist die Lage. Das sind unsere Pläne. Die Zahlen stehen auf dem Papier. Ich werde Abschriften anfertigen lassen. Wenn einer von uns ausfällt, sollten die übrigen wissen, was sie zu tun haben. Gibt es noch etwas zu besprechen?»

Ohne Julius war niemand da, der die Zahlen hätte anzweifeln mögen, und was sonst noch zu sagen war, war schnell abgehandelt. Schließlich sammelte Patou seine Aufzeichnungen zusammen, und alle standen auf. Tobie fragte Nicolaas über den Tisch hinweg: «Habt Ihr Gregorios Brief gesehen?»

Nicolaas, der noch saß, blickte auf. Die anderen gingen hinaus.

Gottschalk blieb noch, die Hand an der Rücklehne seines Stuhls. Er kannte den Brief, von dem Tobie sprach. Er war erst in der letzten Woche eingetroffen. Da sie Nicolaas für tot hielten, hatten sie ihn geöffnet und entschlüsselt. Im Winter in Brügge geschrieben, enthielt er außer Nachrichten von zu Hause auch, eigens für Nicolaas bestimmt, die jüngsten Einzelheiten, welche die Beziehung Simons zu Pagano Doria und Pagano Dorias zu Catherine bestätigten. Er enthielt wenig, was sie oder die anderen inzwischen nicht auch wußten; freilich offenbarte er auch das Ausmaß des geheimen Einverständnisses – oder Vertrauens –, das all diese Monate hindurch zwischen Gregorio und Nicolaas bestanden hatte. In dem Brief stand auch, daß Marian de Charetty jetzt die ganze Geschichte kannte. *Sie hat es tapfer aufgenommen*, hatte Gregorio dazu geschrieben. Es war die einzige persönliche Bemerkung in dem ganzen Brief. Er schrieb weiter davon, daß die Demoiselle glaube, eine Wiedergutmachung hänge von der Gültigkeit oder Ungültigkeit der Ehe ab. Sie habe vor, nach Dijon und nach Italien zu reisen, um Unterlagen ausfindig zu machen. Gregorio selbst wollte ihr später folgen, nachdem er zuvor ein Gespräch mit Herrn Simon geführt hatte.

Diese Mitteilung hatte sie erschreckt, und sie hatten von Zeit zu Zeit darüber gesprochen, er und Tobie. Nicolaas hatte den Brief am Morgen bekommen, zusammen mit allen anderen Papieren, die während seiner Abwesenheit eingegangen waren. Gottschalk war dabeigewesen, als er alles rasch überflogen hatte. Es war keine Zeit gewesen, etwas dazu zu sagen, und seinem Gesicht hatte man nichts angemerkt. Man merkte ihm auch jetzt nichts an. Gottschalk sagte: «Ich glaube, es ist ganz gut, daß wir bleiben. Doria hat keinen Grund, das Haus Charetty jetzt in freundlichem Licht zu sehen. Oder seine Ehe.»

Nicolaas erhob sich. «Sie weiß, an wen sie sich wenden kann», sagte er. «Tobie, was hilft gegen Husten?»

Tobies rosiges Gesicht ließ Anteilnahme erkennen. «Ich hab's gehört», sagte er. «Drei Eier, in einer Unze Terpentinöl verrührt. Täglich. Hilft garantiert.»

«Mein Gott», sagte Astorre.

«Nicht er – das Kamel», sagte Tobie.

Mit Pagano Dorias Ehe ging es weiter bergab. Es war nicht allein seine Schuld. Im Laufe eines abenteuerlichen Lebens hatten ihm die Umstände ab und zu – genauer gesagt sogar recht oft – einen Streich gespielt, und mit einem gewissen Stolz nahm er Rückschläge ebenso selbstverständlich hin, wie er Erfolge begrüßte. Er versuchte sie dann schleunigst zu vergessen und fing irgendwo anders wieder an. Nur ganz selten war er so wie jetzt an den Ort seiner Niederlage gefesselt, und noch seltener kam es vor, daß er die Niederlage einem einzigen Gegner verdankte, der das gleiche Spiel spielte wie er. Außerdem war er an eine junge Ehefrau gebunden, die ihm keine Ruhe ließ.

Es hatte mit Fragen nach dem Silber begonnen. Was hatte Nicolaas gemeint? Doria hatte gelogen, hatte nicht vorausgesehen, daß sie an seine Hauptbücher gehen würde, um herauszufinden, weshalb er kein Geld hatte. Dann hatte sie Hauptmann Astorre oder Nicolaas und seine Diener des Diebstahls anklagen wollen, und er hatte ihr schließlich erklären müssen, daß es von den Kurden geraubt worden war. Ihre Einstellung zur Rückkehr des Ehemannes ihrer Mutter aus dem Grab schien zwischen Erleichterung und Verärgerung zu schwanken: sie redete oft von ihm. Auch begann sie, nachdem sie die Bücher ihres Gemahls entdeckt hatte, das Augenmerk darauf zu richten, was er verkauft hatte, was er auf Kredit zu kaufen gedachte und was er für alles bezahlte. Sie versuchte sogar über das alles mit ihm zu diskutieren, und schließlich, als Schmusen nichts mehr nützte und er sich zu offenen Worten gezwungen sah, hob sie das hübsche Gesicht, öffnete den hübschen Mund und schalt ihn aus.

Was, so sagte Catherine de Charetty, sollte sie von einem Mann halten, der ihr Geschäft hatte übernehmen wollen, aber nicht klug einkaufen oder für eine ordentliche Buchführung sorgen konnte? Es gab Güter, die taugten für Galeeren, und es gab andere, die taugten für rundbauchige Schiffe. Was hatte er unternommen, um seine Kogge zu füllen? Wenn Nicolaas nicht zurückgekommen wäre, hätte Pagano das Geschäft vielleicht übernommen und zugrunde gerichtet.

Er wäre weniger überrascht gewesen, hätte sich sein Pferd über seinen Reitstil beschwert. Er sagte: «Oh, diese gräßlichen Bücher!

Mit flämischen Schreibern hätten wir diesen Ärger nicht gehabt. Schatz, beschwere dir nicht das Köpfchen. Bei der Buchführung, die wir hier haben, würde selbst Krösus aussehen, als steckte er in Schulden. Wir brauchen einen guten Aktuarius aus Kaffa, und den werden wir auch bekommen.»

«Nein, spar dir die Mühe, ich erledige das für dich», sagte Catherine. Danach bekam er sie nie zu Gesicht, ohne daß sie ihm etwas vorzuhalten gehabt hätte. Er fragte sich, ob Nicolaas davon wußte, der sich jetzt ins Fäustchen lachte mit seinem Silber, seinen Waren und seinem Gewinn. Eigentlich brachte Pagano Doria nur ungern jemanden eigenhändig um, aber er wünschte jetzt doch, er hätte sich beim Vavuk-Paß die Mühe gemacht. Er fragte sich, wer wohl sonst noch lachte. Er ging dazu über, Orte aufzusuchen, wo er willkommen war und keine Frau über den Preis von Boraxriegeln diskutierte, wenn er sie entkleidete. Und dazwischen sann er immer wieder darüber nach, wie er seine Stellung wieder verbessern konnte.

Es gab einen Weg. Er hatte einmal darauf angespielt, ehe ihm bewußt geworden war, zu welchem Inquisitor sie werden konnte. Als sie geklagt hatte, sie würden mit leeren Händen nach Hause fahren müssen, hatte er gesagt: «Du weißt so genau Bescheid, nicht wahr? Aber verzweifle nicht, meine hübsche Catherine. Vielleicht habe ich doch noch etwas zu verkaufen.» Dann war er so klug gewesen, nur noch zu lächeln und nichts mehr zu sagen, so daß sie sich abgewandt hatte in dem Glauben – so hoffte er –, er habe ihr etwas vorgemacht.

Wäre er zu Hause gewesen, hätte er sie inzwischen verlassen, wenn auch mit aufrichtigem Bedauern. Er hatte sie dazu herangebildet, Freude zu geben und zu empfangen, und wenn sie wollte, konnte sie ihn selbst jetzt um den Verstand bringen. Wenn er seiner anderen Zerstreuungen müde oder einmal unerwartet erregt war, verweigerte sie sich ihm nie. Und zu anderen Zeiten geriet sie ihm wiederholt in den Weg, als ängstige sie schon der Gedanke, ihn zu verlieren. Er begann mit dem Gedanken zu spielen, sie mitzunehmen, wenn er ging, aber zu seinen Bedingungen. Er begann sogar vorsichtig darüber nachzudenken, ob es ihm, wenn sein neuer Plan gelang, nicht doch möglich sein würde, die Niederlassung des

Hauses Charetty an sich zu bringen. Vorausgesetzt freilich, Nicolaas stieß etwas zu.

Während der nächsten drei Wochen war Nicolaas fast jeden Tag im Palast. Seit der ersten Begegnung hatte er den Kaiser zweimal getroffen: einmal mit starker Begleitmannschaft kurz vor seiner Reise nach Erzerum und einmal ganz kurz, um sich von der Reise zurückzumelden und Dorias Machtbefugnis aufheben zu lassen. Dieses Mal begleiteten ihn John le Grant und seine zwei Männer – und die Elefantenuhr auf einem hübschen, eigens dafür gezimmerten kleinen Wagen mit einem fransenbesetzten Samttuch als Schutzüberzug.

Natürlich war auch le Grant zuvor schon in der Zitadelle gewesen. Einmal hatte er den Palast aufgesucht mit den Plänen für die Elefantenuhr, weil Nicolaas ihn darum gebeten hatte. Bei anderen Malen, mit Astorre zusammen, hatte er sich sehr genau die Mauern der Zitadelle angesehen, die Westbrücke mit dem Wachtturm, das Südtor mit dem großen, neuen Bergfried. Er hatte die zwei Schluchten abgeschritten, hatte unten vom Gießbach zu dem Schloßfelsen und seinen Gebäuden hundertfünfzig Fuß obendrüber hinaufgeschaut, hatte die Breite der Schlucht und die Reichweite irgendwelcher Belagerungsmaschinen bedacht. Er hatte erkundet, wo das Pulver aufbewahrt wurde und welche Waffen, schwere und leichte, der Kaiser in seinem Arsenal hatte. Er hatte nachgesehen, wo Lebensmittel und Trinkwasser aufbewahrt wurden. Er wußte, wo alles war. Heute deutete er im Vorübergehen mit dem Kopf zum Badehaus hinüber und fragte: «Da drüben – ist es das?»

«Ich kann es nicht empfehlen.»

«Was war da eigentlich?»

Bei dem Aberdeener schien die Frage einfach das zu sein, was sie war. Nicolaas gab John recht oft Antwort, wo die gleiche Frage, von Gottschalk oder Tobie gestellt, zu weit in eine Richtung geführt hätte, die er nicht einzuschlagen wünschte. Jetzt sagte Nicolaas: «Der Kaiser hatte nach mir schicken lassen. Glücklicherweise schickte Prinzessin Violante einen Boten, der vorher bei mir war. Als ich dann zum Basileus kam, hatte er sich schon mit jemandem anderen beholfen und war bereit, sich mit anderen Formen der Unterhaltung zu begnügen. Er hatte für mich Zeichnungen bringen lassen. Daher die Uhr.»

«Und Ihr glaubt, drei Männer werden ihn Euch heute vom Leib halten?» fragte John le Grant.

«Ich werde schreien», sagte Nicolaas. Es war, wie er sich erinnerte, ein langer Weg bis zum Palast, auf dem man sich viel sagen konnte. Er schritt stumm-nachdenklich dahin.

«Ich sehe das Problem», sagte John le Grant.

«Wirklich?»

«Ja. Und ich glaube, der Kaplan ist auch nicht weit davon entfernt. Er sagt's aber nicht. Wenn Ihr den Tadel so sehr liebt, mögt Ihr ihn auch einstecken.»

«Danke», sagte Nicolaas und lachte plötzlich. «Es ist ganz gut, daß Ihr fortgeht.»

«Wahrscheinlich, ja», sagte John le Grant. «Ich störe Euer Gefühl für das Romantische, nicht wahr? Ihr werdet auch noch dahin kommen.»

Sie fanden den Kaiser und seinen Hofstaat unter Sonnenplanen in einem kleinen Lustgarten voller Bäume mit Orangen und Zitronen und Zierhecken von Oleander und Rosen. Ein bronzener Delphin, tänzelnd aufgerichtet, spie Wasser, und elfenbeinerne Ruhebänke, mit Schneckenmustern verziert und mit Kissen gepolstert, hatte man für den Kaiser und seine Gemahlin auf persischen Teppichen ins Freie gestellt. Um sie herum hielten sich die Höflinge und ihre Familien auf: die schönen Knaben, die anmutigen Mädchen, die reizenden Frauen auf Kissen und Hockern, leise untereinander redend, nähend oder in ein Spiel versunken. Aus einer Weinlaube drangen sanfte Orgeltöne. Der Junge namens Alexios lächelte Nicolaas verstohlen zu. Le Grants Gehilfen vollführten die Prostration bei weitem nicht so formvollendet wie ihre Herren und wurden vorgestellt und begrüßt. Dann wurde der Wagen vor den Basileus hingerollt und die Uhr auf den Rasen gesetzt und enthüllt.

Nicolaas stand da und betrachtete mit kindlichem Vergnügen seine Schöpfung. Der Elefant stand stramm und fest im Gras und leuchtete in seinen kräftigen Farben und Mustern. Die Figuren waren von einem schlichten und zarten Reiz; der goldene Drache brachte durch das Kügelchen, das er von sich gab, den Gong mit einem herrlichen Ton zum Klingen. Die Kinder kreischten vor Freude. Die Frauen klatschten vornehm in die Hände und lächelten. Die Kaiserin wandte sich von der dritten oder vierten Person ab, die sich über sie gebeugt und ihr etwas zugeflüstert hatte, legte dem Kaiser die Hand auf den Arm und sagte in ihrem reinen kantacuzenischen Griechisch: «Etwas Schöneres habe ich noch nie gesehen. Er muß eines mit Juwelen für uns machen.»

«Ja, das muß er», sagte der Kaiser. Heute, zwanglos im Garten, trug er eine seidene Robe, die seinen Körperumfang berücksichtigte, und seine helle Haut war von der Sonne gerötet unter dem hohen Hut mit seinen Flügeln aus gekräuselten Federn. Er sagte: «Und du willst dich in der Obhut dieser vorbildlichen Männer dem Meer anvertrauen. Du hättest keine bessere Wahl treffen können. Das ist also Euer Schiffsführer?»

Die Audienz war von förmlicher Art, und so stellte die Kaiserin förmliche Fragen. Daß sie gern andere gestellt hätte, war so offenkundig wie ihr Wunsch, die Zurschaustellung beenden und sich wieder den Reisevorbereitungen widmen zu können. Unter der Schminkfarbe wurde in der Sonne die ganze Archäologie ihrer Gesichtszüge offenbar. An ihrer Seite spiegelte das dunkle, ovale Gesicht ihrer Tochter Anna, vierzehn Jahre alt, die gleiche gedämpfte Unruhe wider. Der Kaiser, der dies spürte, schien ungeduldig zu werden und erlaubte seiner Gemahlin und ihren Frauen, sich zu entfernen. Ihren Platz nahmen die Männer ein und Schatzmeister Georg Amiroutzes. Der Kaiser sagte: «Sie wünscht diese kleine Reise zu unternehmen. Man möchte sie natürlich nicht zurückhalten, aber wir selbst erblicken keine Notwendigkeit darin.»

Nicolaas sagte: «Eure Herrlichkeit hat eine Gesandtschaft in den Westen geschickt. Hat die Notwendigkeit nachgelassen?»

«Der Mönch», sagte der Kaiser. «Der Minorit. Nun, Ihr wißt, wie solche Männer Gottes sind. Er sieht sich als lateinischen Patriarchen von Antiochia und Oberhaupt der Franziskaner in Georgien. Der georgische Primas wurde immer vom Patriarchen von Antiochia konsekriert. Der Minorit brachte unseren Schwiegersohn dazu, sechzigtausend Krieger für die christliche Sache zu versprechen. Unser Verwandter Uzun Hasan sagte fünfzigtausend zu. Wir selbst dachten damals an zwanzigtausend. Aber die Zeiten ändern sich.»

«Und dreißig Galeeren, Eure Herrlichkeit», sagte Nicolaas.

«Wir hatten sie, damals», sagte der Kaiser.

«Aber Ihr seid zu der Ansicht gelangt, der Sultan und Uzun Hasan könnten handgemein werden und Trapezunt die Mühe des Kämpfens ersparen, Eure Herrlichkeit?» sagte Nicolaas.

«Wie kann einer das wissen!» erwiderte der Kaiser. «Wir können Euch zumindest sagen, daß Sinope nie fallen wird. Zweitausend Musketenschützen, zehntausend Söldner, alle Magazine gefüllt; eine Flotte von Kriegsgaleeren, darunter die größte, die je in diesen Gewässern gesehen wurde. Es kann ewig standhalten, und wenn der Oktobersturm kommt, vermag keine bis heute gebaute Flotte auf dem Schwarzen Meer zu überdauern.»

Er beugte sich vor und winkte mit der kräftigen, beringten Hand. «Und an Land? Zwischen Sinope und uns werden alle Pässe von Uzun Hasan und seiner Reiterei gehalten. Bis der Türke sich über die Berge gemüht hat, um ihm gegenüberzutreten, wird der Winter nah sein und er sich zurückziehen müssen, ehe der Schnee und der Regen ihn dort ohne Nahrung und Futter für die Tiere einschließen.»

Ein Tablett mit Leckerbissen war gebracht worden: kleine Brotstückchen, belegt mit den schwarzen, salzigen Eiern, die man Kaviar nannte. Nicolaas und John le Grant bedienten sich. Wein hatte man ihnen bereits gereicht. Der Kaiser sagte leicht angeheitert: «Aber nehmen wir einmal an, der Türke erobert Sinope, besiegt durch ein Wunder Persien – wie kann er etwas gegen Trapezunt ausrichten? In die Zitadelle kann er nicht eindringen. Und der trapezuntische Winter mit seinen Stürmen und seinem Regen wird ihn nach Hause jagen. Nein. Wir hegen für Trapezunt keine Befürchtungen. Aber es beliebt meiner Gemahlin, ihre Tochter zu besuchen. Möge sie es tun.»

«Eure Herrlichkeit ist in der Tat Herr über ein glückliches Reich», sagte Nicolaas. «Aber es scheint dennoch ratsam, daß die Besuchsreise der Kaiserin geheim bleibt. Und auch, daß man im Falle von Unsicherheit nicht leicht an Schiffe herankommt. Eure Herrlichkeit würde wohl nicht erwarten, daß die Besitzer sie versenken, aber wenn die Segel entfernt und die Masten und Ruder abgenommen und unter Verschluß wären, brauchte niemandes Treuebewußtsein auf die Probe gestellt zu werden.»

«Ihr habt meinen Drungarios verständigt», sagte der Kaiser. «Wir sind einverstanden. Und wenn Eure Galeere zurückkehrt, gelten die gleichen Vorsichtsmaßnahmen?»

«Natürlich – vorausgesetzt, sie kehrt wohlbehalten zurück, Basileus», sagte Nicolaas. «Sollte die Kaiserin dies wünschen, kann meine Galeere auch eine größere Gesellschaft befördern. Vielleicht möchte sie, daß ihre übrigen Kinder, die anderen jungen Leute Eurer Familie, sie begleiten. Sie haben ihre Schwester gewiß lange nicht gesehen.»

Die rosigen Lippen lächelten unter der schmalen Nase. «Die Familienbande! Was ist wichtiger? Wir werden ein solches Zusammentreffen bedenken, aber vielleicht später im Jahr. Wir möchten nicht, daß man glaubt, die kaiserliche Familie habe Grund, Trapezunt zu verlassen. Nun, Ihr habt vieles zu besorgen und wünscht gewiß, zu Euren Geschäften zurückzukehren. Habt Ihr Euren Wein getrunken?»

«Basileus», sagte Nicolaas. Er stellte seinen Becher hin und erhob sich. John tat es ihm nach.

Den Zeigefinger an den Lippen, ließ der Kaiser den Blick auf Nicolaas ruhen. Dann ließ er den Finger sinken. «Wir freuen uns sehr, Messer Niccolo, über das, was Ihr uns gebracht habt. Ich bin mir dessen bewußt und des Dienstes, den Ihr mit Euren Männern leistet und geleistet habt: unsere Waren zu kaufen und sicher von Erzerum herzugeleiten. Amiroutzes wird unsere Verpflichtungen erfüllen. Wir haben ihn angewiesen, großzügig zu sein.» Er wandte den Kopf und lenkte ihre Aufmerksamkeit in seine Blickrichtung. Am Rand des Lustgartens hatten sich Männer zu schaffen gemacht. Statt der Elefantenuhr hatte der Wagen jetzt etwas anderes geladen: eine ganze Anzahl von Gegenständen, von denen der größte ein Sattel sein mochte. Gewiß waren Tuche dabei oder gefaltete Gewänder und eine Truhe. Die Truhe, von bescheidener Größe, sah vielleicht am verlockendsten aus. «Seht dort», sagte der Kaiser. «Eure Diener mögen alles mitnehmen. Wir sind mit Euch sehr zufrieden. Ihr werdet uns mit Euren Männern in den nächsten Wochen eine Stütze sein.»

Die Männer, die den Wagen hergebracht hatten, packten die Griffe. Nicolaas sagte seinen Dank, und er und John vollführten eine

Reihe von Niederwerfungen und bewegten sich rückwärts davon. Als Nicolaas sich erhoben hatte, ließ er sich vom Schatzmeister zum Palast führen. John le Grant und seine Männer ließ man mit dem Wagen auf dem Weg zum Tor warten.

Amiroutzes sagte: «Ich werde Euch nicht aufhalten. Ich war angewiesen, Euch zu bezahlen, und ich glaube, wenn Ihr seht, was auf dem Wagen ist, werdet Ihr keinen Grund haben, enttäuscht zu sein. Hier ist eine Aufstellung der Sachen. Ich dachte, Ihr zieht wohl eine schnelle Begleichung vor. Für den Fall, daß Ihr es bei der Rückkehr der Galeere für angebracht haltet, Eure Fracht zu verladen und abzureisen?»

«Würdet Ihr mir das anraten? Der Kaiser scheint mehr als zuversichtlich.» Er unterzeichnete ein Papier. Als er einen Blick auf das Verzeichnis warf, wurde ihm kalt.

«Das ist das Blut der Komnenen», sagte Amiroutzes. «Allesamt Krieger, Diener des fleischgewordenen Gottes. Er sieht keine Gefahr, und selbst wenn er eine Gefahr sähe, würde er hier sterben, in seiner Herrlichkeit, als Statthalter Christi. Wie sein Verwandter Konstantin Palaiologos, der für Konstantinopel starb.»

Nicolaas dachte nach. «Wäre man dann nicht verpflichtet, an seiner Seite zu sterben?»

Als er zurückkam, sah er John zwar, erkannte ihn aber erst im letzten Augenblick und zuckte ein wenig zusammen. Sie gingen gemeinsam zum Tor hinunter.

«Habt Ihr eine Ahnung, was das Zeug da auf dem Wagen wert ist?» fragte John. «Es ist kein Geld, es sind Perlen.»

«Sie zahlen gern in Juwelen», sagte Nicolaas.

«Es war eine hübsche Uhr», sagte John le Grant. Sein Gesicht stellte wie üblich mürrische Vergnügtheit zur Schau.

Nicolaas drehte sich um und sah ihn an. Unter dem roten Haar hatten die zusammenlaufenden Sommersprossen eine Haut wie eine Glasur auf einem Schinken gebildet. Er sagte: «Es wird wirklich Zeit, daß Ihr mir aus den Augen kommt. Nehmt das Zeug auf dem Wagen und setzt es auf die Liste der Sachen, die an Bord gehen.»

«Zusammen mit den Briefen?»

«Zusammen mit den Briefen», sagte Nicolaas. «Sonst weiß Julius nicht, was er tun muß. Oder sonstwer.»

Der Gedanke an Julius, über den er wenigstens mit John le Grant sprechen konnte, brachte ihn auf Gregorio, über den er mit niemandem zu sprechen wünschte. Er begann aufs Geratewohl zu reden und führte auf dem Rest des Rückwegs zum Fondaco ein Streitgespräch über Salpeter.

KAPITEL 33

AM LETZTEN TAG IM MONAT MAI fuhr ein Boot in den Fischerhafen von Trapezunt ein, und kurz darauf wurde im florentinischen Fondaco ein Päckchen abgegeben, für das der Überbringer eine fürstliche Belohnung erhielt. Es folgte ein Tag stiller, leicht feuchtfröhlicher Hochstimmung. Julius war mit allen achthundert Kamelen wohlbehalten in Kerasous eingetroffen. Er war freundlich aufgenommen und gut untergebracht worden, und man hatte ihm alle Hilfe zugesagt, deren er bedurfte. Er hatte natürlich keine Galeere, da diese zur Zeit mit der Kaiserin Helena hundert Meilen weiter östlich in Batum war. Das Fischerboot fuhr bald darauf mit einer Antwortbotschaft wieder nach Westen. Vlies und Vermögen gehörten ihnen. Sie mußten alles nur noch nach Hause bringen. Und überleben.

Die nächsten zwei Wochen verliefen so wie die zuvor. Nicolaas, Astorre und die zwei Leute le Grants gingen immer wieder in die Zitadelle und trafen Verteidigungsmaßnahmen für die Stadt. Sie leiteten die Schmiede und Maurer an, die Armbrustschützen, Kanoniere, Pfeilmacher, Bogenmacher und Mineure; und diejenigen, die mit der Lebensmittelversorgung und mit so alltäglichen Dingen wie Körben, Schaufeln und Häuten zu tun hatten.

Nicolaas hatte unter den gegebenen Umständen die Arbeiten am neuen Konsulatsgebäude einstellen lassen und an Handwerkern nur noch diejenigen zurückbehalten, die er zum Ausbau des Quartiers und des Lagerhauses brauchte, welche er in der Zitadelle gemietet hatte. Nun, da sie weniger Leute waren, hatte er einen Teil dieses Anwesens zu einer angemessenen Pachtgebühr den Venezianern angeboten, und deren Statthalter hatte gern zugegriffen. Dieser Tage ging es, das konnte man sehen, auch im venezianischen Fondaco stiller zu, weil, wie üblich bei dem sehr warmen Wetter, die Frauen und die Kinder in die kühleren Bergregionen der Umgebung gezogen waren. Die Genuesen blieben, wo sie waren, und schwitzten in der feuchten Hitze.

Der Hof zog in seinen Sommerpalast, kehrte zurück, wenn er sich langweilte, ging auf die Jagd, saß am Spieltisch, besuchte mit großem Zeremoniell seine Gottesdienste und genoß das Gespräch mit den vielen Gelehrten, mit denen der Kaiser sich zu umgeben liebte. Nicolaas, der häufig zu solchen Veranstaltungen eingeladen wurde, erschienen die Diskurse über Bücher, die er nicht gelesen, und über Themen, die ihm fremd waren, eher oberflächlich. Er vermutete, daß dem Kaiser nur geboten wurde, was ihm gefiel. Es machte ihm Spaß, sich eine Zusammenkunft vorzustellen, an der Kaiser David mit seinen gelehrten Flüchtlingen aus Konstantinopel und etwa Cosimo de Medici und die Männer teilnahmen, die dieser nach Careggi einzuladen liebte.

Inzwischen erwarb sich Nicolaas den Ruf eines guten Zuhörers, und da er freien Zugang zu den Bücherregalen des Kaisers hatte, vergnügte er sich und andere bisweilen mit geometrischen Zusammensetzspielen und astronomischen Gebilden. Einmal kam er in die Anstreicherwerkstatt und führte dort vor, wie man mit Hilfe von Wachs und Harz besseres Ultramarin bekam, und redete und knetete dabei fröhlich darauf los wie eine Waschfrau. Er wußte nicht, daß Dorias Erfolglosigkeit seiner Stieftochter schon aufgefallen war. Er traf während dieser ganzen Zeit weder mit Doria noch mit Catherine de Charetty zusammen, ging ihnen aber auch nicht bewußt aus dem Weg. Er mußte über vieles nachdenken und sprach freimütig mit Loppe, Tobie oder Gottschalk über das, was er an einem Tag gemacht hatte.

Mitte Juni kehrte die *Ciaretti* von Batum zurück. Wie vereinbart ging sie außerhalb der Bucht, außer Sichtweite, vor Anker und sandte ein Boot mit ihrer Botschaft aus. John le Grant überbrachte sie selbst. Die Kaiserin hatte nichts erreicht. Trotz der Versicherungen aller Abgesandten, die zusammen mit Fra Ludovico durch Europa zogen, war aus Imeretien und Mingrelien, aus Akhalziké oder Tiflis kein Heer zu erwarten, das gegen den Sultan zog. Die Kaiserin Helena war geblieben, wo sie war, als ständige und schöne Advokatin ihrer Sache, aber sie glaubte nicht, daß ihr Schwiegersohn seine Meinung änderte.

Astorre fluchte, als er das hörte, und Nicolaas mußte John die Erklärung für diesen Ausbruch liefern. «Wir hatten Nachricht von Julius. In Sinope tut sich etwas.»

«Ich weiß», sagte le Grant. «Die türkische Flotte liegt dort. Was habt Ihr noch gehört?»

«Daß auch das türkische Landheer nicht weit fort ist», sagt Nicolaas. «Wir wissen, daß die Stadt nicht eingenommen werden kann, und wir wissen, daß eine Belagerung uns zupasse kommen würde. Aber es heißt, der Emir von Sinope habe es mit der Angst zu tun bekommen und unterstütze jetzt den Sultan. Er hat die Flotte mit Geld und Verpflegung versorgt und ein Heer geschickt, das unter dem Befehl eines seiner Söhne für die Ottomanen kämpfen soll.»

«Das ist töricht», sagte John le Grant. «Der Sultan wird den Sohn als Geisel behandeln.»

«Der Emir hat noch einen», sagte Nicolaas. «Er ist natürlich auch des Sultans Schwager. Der Emir von Karaman hat auch seinen Sohn zum Sultan geschickt. Der Sultan hat Sinope versichert, es gehe ihm nur um einen Religionskrieg gegen Trapezunt, aber ich habe meine Zweifel. Wie Julius schreibt, hat der Emir von Sinope jährliche Einkünfte von zweihunderttausend Golddukaten, ein Viertel davon aus Kupferminen. Glaubt Ihr, dem könnte der Sultan widerstehen? Ich nicht.»

«Was wollt Ihr damit sagen?» fragte Tobie gereizt. Er hatte die Fahrt der Galeere nicht als Schiffsarzt mitmachen wollen und war in Trapezunt geblieben. Er war unterbeschäftigt und deshalb überempfindlich.

«Ich will damit sagen, daß ich glaube, daß sich der Emir von Sinope ergeben wird. Und der türkische Admiral könnte in ungefähr elf Tagen hier sein.»

«Jemand muß Uzun Hasan Nachricht geben», sagte John le

494

Grant. «Keine Hilfe aus Georgien. Und kein Schutz an seinen Westgrenzen, wenn Sinope sich ergibt.»

«Über Sinope wird er unterrichtet sein», sagte Nicolaas. «Aber Georgiens wegen muß ihn jemand verständigen. Wir gehen jetzt am besten zum Palast. Und dann müssen wir für die Weiterfahrt der Galeere nach Kerasous sorgen. John, sie kann doch noch drei Tage draußen liegen bleiben, ja? In Kerasous ist dann Zeit zum Überholen. Wir müssen auch bestimmen, wen wir mit ihr schicken.»

«Und wenn wir gefragt werden, wo sie ist?» fragte Tobie.

«Sie ist nie aus Batum zurückgekommen», sagte John le Grant. «Und wenn sie gesehen wird, ist sie noch immer nicht unser Schiff. Andere Segel, andere Farbe, anderer Name. Nicolaas hat sie umgetauft.»

«Argos?» meinte Tobie.

«Nach seinem Kamel», sagte le Grant.

Im Palast übergab John dem Kaiser die Briefe, die seine Gemahlin und sein Schwiegersohn geschrieben hatten, und Nicolaas blieb noch eine Weile und versuchte, die Gedanken des Kaisers von den Festlichkeiten zum Geburtstag des heiligen Eugenios abzubringen und auf die Tatsache hinzulenken, daß der Krieg zwischen Weißen Schafen und dem Sultan vielleicht nicht ganz so lange dauern würde, wie man gehofft hatte. Der Kaiser maß dem jedoch geringe Bedeutung bei. Der Sultan wäre ein Narr, wenn er anrückte. Zum einen wußte er nicht, daß die Georgier keine Krieger schickten. Zum anderen würde ein Landheer für die Strecke von Sinope nach Trapezunt den halben Sommer brauchen, auch wenn man Hasan Beys stark bemannte Festungen und gesperrte Pässe außer Betracht ließ. Wenn der Sultan die Hälfte des Wegs hinter sich hatte, würde er den Rückzug nach Bursa antreten müssen. Und die Flotte? Waren diese Schiffe erst in Sinope, suchten sie sich gewiß kein anderes Ziel mehr: Es gab keinen anderen so bequemen und guten Hafen. Im nächsten Jahr, ja, da würde man dankbar sein für jede Hilfe, die der Westen ihnen schicken konnte. Doch dieses Jahr – wenn der Sultan Sinope nahm, würde er alles getan haben, was er tun konnte.

John verließ den Palast mit verkniffenem Gesicht, und Nicolaas, der mit Diadochos hatte sprechen wollen, wurde statt dessen zu den Frauengemächern geführt – ein Haushofmeister ging voraus, und zwei Eunuchen schritten an seiner Seite. Doch als sie ihn zur Tür einer Kammer gebracht hatten, begleiteten sie ihn nicht über die Schwelle, und als er eintrat, fand er Violante von Naxos allein vor.

Er war noch nie mit ihr ganz allein gewesen. Seit seiner Ankunft in Trapezunt und dem Gespräch am Tag seiner ersten Audienz war er ihr nur einige wenige Male begegnet. Sie hatten über Uhren gesprochen, und er war dankbar gewesen. Während seiner Abwesenheit in Erzerum hatte sie dem Fondaco diesen merkwürdigen Besuch abgestattet. Höchstwahrscheinlich hatte sie sein Leben sowohl in Gefahr gebracht wie schließlich gerettet. Seit seiner Rückkehr aus Erzerum hatte er immer mit Diadochos zu tun gehabt. Er hatte sie am Hof gesehen, bevor die Kaiserin abgereist war, und später gelegentlich in Gesellschaft von Prinzessin Anna und von Maria, der Schwägerin des Kaisers. Aber nie allein. Warum war sie jetzt allein und sah ihn so prüfend an?

Sie stand an einer Fensteröffnung. Ihr Gewand war so geometrisch wie eines seiner Zusammensetzspiele. Sie sah anders aus als damals, nachts, in ihrer Kajüte. Damals hatte sie die alte Frau bei sich gehabt. Damals hatte sie neben ihrem Bett gestanden und nicht vor einem Fenster: königlich, feindlich, nackt.

Er wußte jetzt, wie ihr Körper aussah, unter seinem Gewand. Er wollte nicht daran denken, doch sein Verlangen erinnerte ihn daran. Er drängte es zurück, blickte sie offen an und lächelte freundlich. Er verneigte sich und wich dem Licht nicht aus, das ihr sein Gesicht zeigte. *Er* war der Spielzeugmeister, nicht Violante von Naxos. Sie sagte: «Ihr wolltet zu Diadochos. Habt Ihr Neuigkeiten?»

Ihre Stimme verriet ihm nichts. Er sagte: «Leider schlechte Nachrichten, Despoina. Georgien schickt keine Hilfe.» Das Schminken, zart, einförmig, ließ sie alle wie Ikonen erscheinen. Nur unter den getönten Augen war ein Zug angedeuteter Belustigung, der allein ihr zu gehören schien – und dann die Art, wie sich beim Sprechen ihre Lippen kräuselten. Sie trug Ohrringe, die wie kleine Fische in einem Schwarm aussahen und vom Ohr zur Schulter blitzten in den goldenen Schneckenlocken ihres Haars. Sie sagte: «Wir haben gehört, was der Kaiserin, meiner Großtante, widerfahren ist. Wir haben die Kunde aus Sinope vernommen, und uns ist klar, was wegen des einen wie des anderen getan werden müßte. Noch jemand bedarf Eurer Dienste.» Sie sprach ein wenig lauter. «Ihr könnt hereinkommen.»

Ein Vorhang bewegte sich und wurde zur Seite gehalten, so daß eine kleine Gestalt das Gemach betreten konnte. Bronzefarbenes Haar, blaue Augen, frische, blühende Gesichtsfarbe. Es war Catherine. Er kam wieder zu Atem, sagte aber nichts. Violante war ein besserer Spielzeugmeister als er.

Marians Tochter war wie immer zu sehr herausgeputzt – kunstvolle Ohrringe und vorn und hinten ausgeschnittenes Faltenkleid, dessen lange Ärmel an den Schultern ausgestopft waren und ihr Gesichtund ihr Schlüsselbein kleiner machten. Sie hatte sich wie Marian das Haar hochgesteckt, und aus irgendeinem Grund stand sie heute auch so da wie Marian: den Rücken sehr gerade haltend und die Füße ein wenig auseinander. Zuerst glaubte er, das könnte beabsichtigt sein, dann sah er, daß sie sich von einer schwierigen Lage herausgefordert fühlte.

Früher einmal wäre sie auf ihn zugelaufen. Früher einmal wäre sie natürlich gleich zu ihm gekommen, ohne sich einer Mittelsperson zu bedienen. Sie hatte es nicht getan. Er lächelte deshalb nicht, sondern sagte: «Catherine – womit kann ich Euch dienen?»

Sie hatte seinen Bart angesehen. Sie hob den Blick und sagte: «Ich habe Angst vor Pagano.» Sie sah ihn aus großen Augen an.

«Wieso?» fragte er.

Auf ein Zeichen ihrer Gastgeberin setzte sich das Mädchen unvermittelt auf einen niedrigen gepolsterten Hocker, und er ließ sich ihr gegenüber auf einem anderen nieder. Violante wandte sich um und setzte sich in die Fensternische, so daß sie das stumpfe Licht im Rücken hatte.

«Du weißt, was du getan hast», sagte Catherine. «Du hast sein Silber gestohlen. Du hast ihm nichts zum Handeln übriggelassen. Du hast ihn daran gehindert, in Pera etwas zu verkaufen.»

«Ich hätte sein Silber gestohlen? Hat er das gesagt?»

Ihre Lippen preßten sich zusammen und öffneten sich dann. «Du hast alles übrige getan.»

«Dann kann er Euch doch nicht die Schuld geben. Wovor habt Ihr also Angst?»

«Nun, du kennst ihn nicht», sagte Catherine.

«Nicht so gut wie Ihr», sagte Nicolaas in ernstem Ton. Warum Violante? Dann wußte er es plötzlich. Die kleine Catherine. Nun, niemand konnte ihr Mut absprechen. Er sagte: «Aber ich weiß wohl, daß Menschen, die ein gutes Leben gewohnt sind, durch Rückschläge schwer getroffen werden. Das kann sie dazu bringen, merkwürdige Dinge zu tun.»

Er war ein wenig zu weit gegangen, und sie funkelte ihn an, als sie sagte: «Dann gibst du also zu, daß du ihn zugrunde gerichtet hast? Dir kam es nur darauf an, ihm das ganze Geschäft zu verderben!»

Doch dies war nun von ihr aus zuviel verlangt. «So ist das im Handel, Catherine. Wir haben denselben Markt angefahren, er und ich, und wir haben auf verschiedene Weise miteinander gewetteifert, wie dies alle Kaufleute tun. Er hatte die gleichen Gelegenheiten wie ich. Möchte er also heimfahren?»

«Er sagt, er kann nicht. Er sagt, die türkische Flotte sei ihm im Weg. Ich weiß nicht, ob ich ihm glauben soll.»

Die Frau in der Fensternische kam ihm nicht zu Hilfe. Er tastete sich vorsichtig weiter. «Trapezunt zu verlassen wäre schwierig, das stimmt», sagte er. «Aber Ihr braucht nicht bei ihm zu bleiben, wenn Ihr nicht wollt. Er hat Euch nicht gerade auf übliche Art und Weise geheiratet. Es wäre gewiß nicht schwer, Euch unter gesetzlichen Schutz stellen zu lassen, bis alle Papiere gesichtet und geprüft sind.»

«Er glaubt, du seist an all seinen Nöten schuld», sagte sie. «Er ist eifersüchtig.»

Diesmal sah er bewußt nicht zum Fenster hin. Er sagte: «Ihr wollt Euch vielleicht nicht unter meinen Schutz stellen, das kann ich verstehen. Dann…»

«Nicht bei deinem Ruf. Badejungen. Und…»

Da sprach die erstaunliche Frau in der Fensternische. «Messer Doria, mein lieber Niccolo, hat seiner Gemahlin von unserer Leidenschaft erzählt. Von Eurer und meiner. Sie hatte schon geargwöhnt, daß ich mich in Florenz mit ihrem Gemahl vergnügt hatte. Ich mußte ihr erklären, daß Personen von Rang gelegentlich solche Kitzel suchen, die weiter nichts bedeuten. Ich habe ihren Ehemann für eine kurze Zeit über die Ebene gemeiner Huren hinausgehoben, die er gewöhnlich aufsucht, und ich habe Euch einen Vorgeschmack auf etwas gegeben, was Ihr Euch sonst nie hättet träumen lassen können. Ich glaube, nicht einmal ihre Mutter, Eure Gemahlin, hätte etwas dagegen einzuwenden gehabt. Leider treibt sich Messer Pagano zur Zeit in Trapezunts Freudenhäusern herum und kann nicht mehr als ordentlicher Beschützer des Kindes gelten. Deshalb kam sie, um sich einen anderen zu suchen.»

Er konnte gegen das Licht gerade sehen, wie sich ihre nachgezogenen Brauen hoben. Von Entzücken gepackt, starrte er diese außergewöhnliche Frau an, die er natürlich nie berührt und die ihn stets nur eher gönnerhaft behandelt hatte. Natürlich hatte Catherine sie irgendwie erpreßt. Und mit großem Geschick hatte die Prinzessin nun den Spieß umgedreht und gleichzeitig ihm einen Verweis erteilt. Er fragte Catherine: «Möchtet Ihr Trapezunt verlassen?»

Ihre Augen leuchteten auf. Sie sagte: «Aber er würde mich nie gehen lassen. Und wie könnte ich fortkommen?»

«Ich habe ihr gesagt, daß es Mittel und Wege gibt», sagte Violante von Naxos. «Wenn sie dies wollte, könnten wir sogar ihren Ehemann mitnehmen. Wäre er erst der Versuchung entzogen, könnte die Ehe vielleicht gedeihen.»

«Er würde nicht mitgehen», sagte Catherine. «Er hat einen Plan. Was könnte er eintauschen, das eine Kogge füllen würde? Es geht nicht.»

Nicolaas' ganzer Zorn war verraucht. «Ja, das glaube ich auch», sagte er. «Der Kaiser ordnet gerade die Abtakelung aller fremden Schiffe an. Er könnte ohnehin nichts mehr verladen.»

Sie war verblüffend selbstbeherrscht, aber einfach noch zu jung, um den Gedanken verbergen zu können, der ihr jetzt kam. «Wenn die Güter noch an Bord der *Doria* sind», setzte er hinzu, «wird er sie ausladen müssen. Erstaunlich, daß er sie nicht sofort verkauft hat. Und ein günstiger Umstand, natürlich.»

Die Stimme vom Fenster sagte: «Er hoffte gewiß, durch Zuwarten einen besseren Preis zu erzielen. Würdet Ihr nicht lieber bleiben und sein Vermögen mit ihm teilen, Demoiselle?»

«Vermögen?» sagte Catherine de Charetty. «Wenn man bedenkt, was er verloren hat? Ich traue ihm nicht einmal zu, daß er zwei

Prozent herausholt. Ich würde lieber gehen. Wenn er mich haben will, kann er mir ja nach Hause folgen.»

Violante von Naxos sagte: «Er wird Euch nach Hause folgen müssen, wenn er noch einen Verlust erleidet.»

«Mir ist es gleich, wenn er noch einen Verlust erleidet», sagte Catherine. «Ich wünsche es ihm sogar. Werdet Ihr mir helfen, daß ich von hier fortkomme?»

«Nicht Niccolo», sagte die Prinzessin. «Ihr dürft Euch natürlich nicht an Niccolo wenden, wie Ihr gesagt habt. Aber ich kann vielleicht etwas tun. Ja, ich glaube, ich kann Euch helfen. Vorausgesetzt, ich weiß viel über Messer Paganos Tun und Treiben. Hat er etwas dagegen, wenn Ihr häufig den Palast aufsucht?»

«Nein, das ist ihm eher lieb», sagte sie.

«Gut. Dann werden wir uns einen Vorwand einfallen lassen. Und Ihr werdet mir alles erzählen, was wir wissen müssen, um Euch helfen zu können. Jetzt solltet Ihr lieber gehen, noch vor Messer Niccolo. Es wäre nicht gut, wenn man Euch zusammen sähe.»

Da erhob sich das Kind und wandte sich an ihn. «Du siehst kein bißchen älter aus. Alle sagen, du hoffst, es macht dich würdevoller. Bei meiner Mutter wirst du ihn dir abnehmen müssen.»

«Da habt Ihr wohl recht», sagte Nicolaas. «Ich werde ihn mir auch abnehmen, bevor ich sie wiedersehe. Catherine?»

«Ja?» Sie hatte viel von Cornelis.

«Vergeßt Magister Tobias und Pater Gottschalk nicht, wenn Ihr schnell jemanden braucht. Sie werden Pagano nichts tun.»

«Ihr würdet das», sagte sie. «Habt es schon. Wenn er mir etwas täte, würdet Ihr mit ihm kämpfen, nicht wahr?»

«Schön möglich», sagte Nicolaas. «Das hinge davon ab, wer daran schuld ist.» Er sah zu, wie sie sich verabschiedete und wie sich die Tür hinter ihr schloß.

«Eine meisterhafte Vorstellung», sagte Violante von Naxos.

«Er hat sie in die Schule genommen», sagte Nicolaas.

«Ich meinte Euch.» Sie erhob sich, trat auf ihn zu und hinderte ihn daran, seinerseits aufzustehen, indem sie ihm die Hand auf die Schulter legte. Dann hob sie die Hand und berührte seinen dichten neuen Bartwuchs. «Wozu seid Ihr gekommen? Es gibt genügend Boten.»

Die Hand fiel wieder auf seine Schulter, doch ihre Augen blieben noch auf seinem Gesicht ruhen. Ihre Fingernägel waren rosa gefärbt, und an jedem Fingergelenk war ein kleiner Ring. Er sagte: «Ich dachte, ich vergewissere mich selbst. Ich dachte, ich würde vielleicht gebraucht. Ich habe große Achtung, Despoina, vor Eurem Onkel und seiner Mutter.»

Die Hand hob sich, und sie bewegte sich von ihm fort, und ihr Duft folgte ihr. «Und sie vor Euch», sagte sie. «Ich habe auch Nachrichten aus Erzerum erhalten. Seid unbesorgt, sie hat von Georgien und Sinope erfahren.» Sie hielt inne und setzte dann hinzu: «Hatte Doria die ganze Zeit Handelsware an Bord seines Schiffes?»

«Waffen und Rüstungen», sagte Nicolaas. «Ich wußte es von Anfang an. Deshalb habe ich Paraskeuas mißtraut, der uns nichts davon sagte.»

Sie setzte sich behutsam auf den Hocker, den das Mädchen freigemacht hatte, und verschränkte die Hände im Schoß. «Und habt Ihr Euch wie Gott gefühlt, frei in der Entscheidung, wen Ihr begünstigt? *Für Gott und den Gewinn* schreibt mein Gemahl immer über seine Hauptbücher.»

«Wem werdet Ihr es sagen, wenn die Waffen an Land gebracht werden?» fragte Nicolaas.

«Nun, wenn ich es jemandem sagte, das wäre soviel wert wie mein Leben. Das ist Euer Problem, mein Niccolo. Meines ist es, das Mädchen aus Trapezunt herauszuschaffen. Findet Ihr nicht, daß ich selbstlos bin?»

«Ich hätte nicht gedacht, daß Eure Hoheit das Wort kennt», sagte Nicolaas. «Messer Julius könnte sich in Kerasous um sie kümmern.»

«Das könnte er?» sagte die Frau. «Dann ist er unbehelligt eingetroffen? Er hat, glaube ich, noch ein Taschentuch von mir, aber er kann es behalten. Ein Jammer, daß er ein Andenken besitzt, und sein Herr hat keines. Wenn Messer Doria da natürlich auch anders denkt. Wärt Ihr nicht gewesen, hätte ich vielleicht mehr herausgefunden.» Die rotgefärbten Lippen öffneten und kräuselten sich. «Die Mutter des Kindes hat Euch mit strengen Gelübden gebunden.»

«Nein», erwiderte Nicolaas. «Ich sage Euch lieber, daß sie es mir gestattet hat, mir Erleichterung zu verschaffen, so sich die Gelegenheit bietet. Aber zufälligerweise ziehe ich es vor, nicht zu kaufen. Und Geschenke anzunehmen wäre nicht anständig.»

«Nicht anständig Eurer Ehefrau gegenüber. Der Ihr eine Schiffsladung Reichtum mitbringen werdet. Werden Eure Schulden dann bezahlt sein?»

Er erhob sich. «Ihr denkt an Handel. Der Handel ist ein Spiel, wie die Elefantenuhr. Zwischen der Demoiselle und mir stehen keine Schulden, genausowenig wie zwischen der Demoiselle und Catherine oder Felix, der nicht mehr lebt, oder Tilde, ihrer anderen Tochter.»

«Sie schuldet Euch nichts?» sagte die Frau, und er lächelte und verbarg seinen Zorn und wunderte sich, daß sie es nötig fand, ihm weh zu tun.

Er breitete die Hände aus und sagte, noch immer lächelnd: «Seht mich an.»

«Oh, das tue ich», sagte Violante von Naxos.

Am Montag, dem 15. Juni, ergaben sich Stadt, Festung und Hafen Sinope dem Sultan Mehmed, seinem Oberbefehlshaber Großwesir Mahmud und seinem Admiral Kasim Pascha. Bei dem Großwesir waren Tursun Beg und Thomas Katabolenu, sein türkischer und sein griechischer Sekretär. Die Flotte blieb noch einige Tage im Hafen und genoß die Annehmlichkeiten der Stadt. Der Emir verließ Sinope und bezog den neuen Wohnsitz in Philippopolis, den der Sultan ihm in seiner Großmut angewiesen hatte im Austausch gegen sein Emirat Kastamonu samt Stadt und Kupferminen. Der Bruder des Emirs, der dem Sultan schon die ganze Zeit nahegestanden hatte, wurde mit einigen der wertvollsten Ländereien des Emirs belohnt.

Man hätte erwarten sollen, daß der Sultan, nun auch Herr von Amasra und Sinope, den Feldzug für erfolgreich abgeschlossen halten würde. Er tat nichts dergleichen. Während die Flotte noch verweilte, verließ das Heer des Sultans Sinope bei heftigem Regen und zog nach Südosten über die Berge weiter. Sein erstes Ziel war Koyulhisar, die Grenzzitadelle Uzun Hasans, zwei Tagesmärsche östlich von Sivas. Von Sinope nach Sivas rechnete man allgemein zwischen zweihundert und dreihundert Meilen, das meiste davon senkrecht. Die Krieger würden von Glück sagen können, wenn sie, nachdem sie Koyulhisar erreicht hatten, auch noch die Kraft besaßen, es einzunehmen. Danach würden sie gut beraten sein, wenn sie sich erst einmal ausruhten und gründlich nachdachten. Zwischen Koyulhisar und Erzerum lagen zweihundert Meilen von der Weißen Horde verteidigtes Land. Und von dort nach Trapezunt waren es weitere zweihundert Meilen. Und es war feucht und schon Hochsommer. Die griechischen Nachbarn bemerkten die mißliche Lage des Sultans mit Befriedigung. Geborgen hinter seiner hohen Gebirgsbarriere, abgeschirmt durch seine muslimischen Verwandten und Bundesgenossen, fühlte sich der Hof von Trapezunt bemüßigt, alle seine Pläne für das größte Fest des Jahres, das des heiligen Eugenios, des Stadtpatrons und höchsten Wohltäters, mit feierlicher Tatkraft zu verfolgen.

Durch Erfahrung gewitzigt, hatten sich Nicolaas und Astorre bemüht, den größten Teil ihrer Arbeit noch vor dem Fest abzuschließen. Die Galeere hatte heimlich bei Nacht Kurs auf Kerasous genommen, und John le Grant hatte außer anderen Dingen auch eine Kiste mit Büchern an Bord genommen, die vierzig Mönche in der Stadt mehr Schlaf gekostet hatte, als sie erübrigen konnten. Le Grant war beim Abschied nicht gesprächiger gewesen als sonst. Tobie bezweifelte, daß er sich auf mehrere Monate in Julius' Gesellschaft freute – aber wer konnte das schon wissen. Jedenfalls würden sie ihn erst wiedersehen, wenn die Galeere im nächsten Jahr mit neuer Fracht zurückkam – immer vorausgesetzt, es gelang ihr, Kerasous zu verlassen und die Heimat zu erreichen.

Wäre alles seinen üblichen Weg gegangen, so hätte wohl Nicolaas und nicht Julius die *Ciaretti* nach Hause begleitet. Er fragte sich, wie Nicolaas sich vorkam. Er würde zwei volle Jahre fern von Flandern verbringen, zwei Jahre ohne Ehefrau oder Gefährtin. Zwei Jahre begrenzter Betriebsamkeit, selbst wenn der Krieg sie nicht einschloß oder den Handelsverkehr unterbrach und die Karawanenwege sperrte. Und zwischen dem Kaufen und Verkaufen ein lustloses, leeres Dasein in der feuchten Wärme der Schwarzmeerküste, so reich an Blumen und Früchten, Nußbaumhainen und Weingärten,

Milch und giftigem Honig. Während gleichzeitig in Brügge seine Gemahlin älter wurde und in Schottland ein Kind heranwuchs, das zu Simon de St. Pol von Kilmirren Vater zu sagen lernte.

Eines wenigstens, so schien es, wurde ins Lot gebracht. Die kleine Charetty hatte endlich Vernunft angenommen und um Hilfe zur Heimreise gebeten. Das Problem war, sie zu Julius nach Kerasous zu bekommen, ohne daß ihr Ehemann dies bemerkte. Doria glaubte, ihre Galeere werde in Batum festgehalten und ihre Seide lagere noch immer in der Zitadelle. Erfuhr er erst von dem Lager in Kerasous, würde er sich an Nicolaas sehr bald für das rächen, was dieser ihm angetan hatte. Inzwischen schien Doria, obschon man seinem Verhalten nach hätte meinen sollen, daß ihm seine Ehe nicht sehr am Herzen lag, großen Wert auf die Sicherheit des Mädchens zu legen. Überallhin – selbst in den Palast – begleiteten sie zwei bewaffnete Diener.

Sie begab sich oft in den Palast. Dort hatte sie offenbar ihre Nöte zur Sprache gebracht. Dort und nicht bei Nicolaas. Auf einem Ausritt, der ein Jagdausflug sein sollte, fragte Tobie ihn danach, und Nicolaas wies darauf hin, daß der Palast mehr Macht besitze als sie und er außerdem annehme, daß Doria ihn schlechtgemacht hatte.

«Nun, wenn er das tat, weiß er etwas, was ich nicht weiß», sagte Tobie. «Aber sie mag sich noch immer über Euch und ihre Mutter ärgern.»

«Vielleicht», sagte Nicolaas. Er hielt an, um etwas von seinem Sattel abzuschnallen.

Gottschalk brachte sein Pferd behutsam neben ihm zum Stehen. «Ihr sagtet, das Mädchen wolle nicht sofort abreisen. Warum nicht? Könnte es sein, daß es noch an seinem Gemahl hängt und ihm nur zu einem Vorteil verhelfen will?»

«Ich weiß es nicht.»

«Wirklich nicht?» sagte Gottschalk.

«*Wirklich nicht?*» wiederholte Tobie bestürzt. «Nun, darüber müßt Ihr Euch aber klarwerden, ehe Ihr tut, was sie will. Denn wenn sie will, daß er ihr folgt, könnte sie Messer Pagano Doria nach Kerasous führen.»

«Daran habe ich auch schon gedacht», sagte Nicolaas. «Aber wir können uns nicht weigern, sie mitzunehmen. Er scheint irgend etwas im Schilde zu führen, und sie möchte wissen, was das ist. Und ich auch.»

«Sie würde für Euch spionieren?» fragte Tobie. «Und vielleicht auch für Doria, so wie Paraskeuas? Nehmt sie lieber jetzt gleich und schickt sie nach Kerasous, ob sie will oder nicht. Was Doria angeht, so kennt Ihr ja meine Ansicht. Ich glaube, sie hat ihn gemocht, als er reich war, aber von einem, der versagt hat und untreu ist, will sie nichts wissen. Ich glaube, wenn Ihr ihn morgen tötet, würde sie ihm keine Träne nachweinen.»

«Ihr mögt recht haben», sagte Nicolaas. «In einem habt Ihr sogar bestimmt recht. Es wird Zeit, daß wir sie herausbekommen. Die Frage ist nur, wie verhindern wir, daß Doria es bemerkt?»

«Nun, ich habe Euch gerade eine sehr gute Lösung genannt», sagte Tobie. «Was macht Ihr da?»

«Ich spiele mit einem Ball», antwortete Nicolaas. Da lag einer im Gras. Er richtete sich auf. In der Hand hielt er einen Stock mit einer Verdickung daran.

«Zu Pferd?»

«Es ist ein Spiel, das beim Fest gespielt wird. Ich bin eingeladen worden, nicht so ganz ernst, mich einmal darin zu versuchen. Catherine und Doria machen auch mit.»

Er schlug mit dem Stock nach dem Ball und traf ihn, und der Ball flog in einen Baum und blieb dort hängen. «Und?» fragte Tobie.

«Und genau das, was Ihr denkt», sagte Nicolaas. «Der vierundzwanzigste Tag im Monat Juni. Entführungstag. Aber diesmal ist es ein Spiel, das wir ausgesucht haben und nicht Pagano Doria.»

KAPITEL 34

DIE OSTERFESTLICHKEITEN HATTEN TRADITIONSGEMÄSS auf dem
Meidan stattgefunden. Für seine Spiele zur Feier des Festes von St.
Eugenios wählte der Kaiser ein anderes Stadion aus, und der Gottesdienst war an eine andere Kirche gebunden.

Am Vorabend erwies der Hof dem Heiligen zur Vesperandacht
die alljährliche Reverenz. Wie bei jener ersten Gelegenheit nahmen
die lateinischen Kaufleute und ihre Dienstboten ihre Plätze ein, dem
Kaiser zu Ehren, der von seinem Palast herunterritt. Diesmal
durchquerte der Hof die östliche Talschlucht und ritt dann nach
Süden hinauf zu den mächtigen Mauern von Kloster und Kirche St.
Eugenios, erbaut an der Stelle, an der der Heilige den Märtyrertod
gestorben war. Noch weiter östlich, jenseits einer weiteren malerischen, aber überwachsenen Schlucht, lag der Mithrasberg, der Ort
des heidnischen Heiligtums, das er so tapfer zerstört hatte. St. Eugenios hatte, so überlegte Tobie, den Weg zur Stätte der Verehrung um
fast die Hälfte abgekürzt und verdiente die alljährlichen Dankesbezeugungen seiner Anhänger.

Vor drei Monaten, frisch eingetroffen aus dem geschäftigen Flandern und dem reichen Florenz, hatten sie einer solchen Prozession
beigewohnt, beeindruckt von der Schönheit von Pferden und Geschirren, von unbeweglichen Reitern, wie Reliquienschreine eingefaßt in Golddraht, Juwelen und Seide, von den schimmernden
Reihen von jungen Männern, Pagen, Kindern, Geistlichen und
Kriegern. Jetzt folgten vertraute Gesichter dem Kreuz des Metropoliten und dem hoch aufragenden Banner, auf dem St. Eugenios
das Kruzifix umklammerte wie eine Keule, St. Eugenios, der erwählte Beschützer des Basileus und des Volkes von Trapezunt.

Diesmal ritt der Statthalter Christi allein, in seinem mit goldenen
einköpfigen Adlern bestickten weißen Gewand und seiner kaiserlichen Mitra mit ihrem Schleier von Juwelen, der gegen das erhobene, gepuderte Gesicht streifte. Männer und Frauen schwatzten
mit einem Arzt: Tobie kannte alles Gerede. Dort in ihrem Diadem
und Schleier war die Prinzessin, ein Jahr älter als Catherine, die sich
in ihrer stammelnden Sprechweise verächtlich über die vielen Ehe-

männer äußerte, die man ihr antrug. Und da waren die jungen Prinzen, eifersüchtig, verleumderisch, streitsüchtig – bis auf den noch kein Jahr alten Georg, für den Tobie einen Heiltrank zusammengebraut hatte, der sich nicht allzusehr von der Arznei unterschied, die er dem Kamel verabreicht hatte. Und da, mit einem verstohlenen kollegialen Augenzwinkern, war der Hofphysikus, der zunächst, der Aphrodisiaka und Augenschminke und Lippenpomade überdrüssig, eher müßig an ihn herangetreten war, dann aber mit wachsender Begeisterung Erfahrungen mit ihm ausgetauscht hatte.

Die Prozession ging weiter, die Kabasitai mit ihren goldenen Zeremonienschwertern, ihren an Papierschiffchen erinnernden Hüten mit Spitzen und steifen, geriffelten Krempen über den hellen, ernsten Gesichtern. Gestalten, wie es einst schien, aus Kambalu. Jetzt waren sie einfach die kaiserliche Wache. Da war der Mann, der sich jeden Montag betrank, und der, der seinen Schild verspielte und eine Woche lang die Eunuchen bedienen mußte, ehe er ihn auslösen durfte. Und die Krieger niederen Ranges, die den Knall von Handfeuerwaffen liebten; und die zwei oder drei, die Nicolaas dazu gebracht hatten, ihnen den Farmuk zu zeigen. Wie die Seeleute hatten auch die Handlanger Nicolaas schätzengelernt. Der natürlich darauf hingearbeitet hatte.

So mußte man die jungen Männer ansehen, die Nicolaas auch kannte, obzwar, so schätzte Tobie, nicht so gut, wie Doria sie glauben machen wollte. Die Höflinge in hohen, kunstvollen Hüten und gelocktem Haar, brokatenen Röcken und weichen Stiefeln, die nie lateinischen Kaufleuten Zugang zu ihrem inneren oder auch nur äußeren Zirkel gewähren würden, wenn sie es vermeiden konnten. Die Gelehrten mit Gabelbärten in unauffälligen, teuren Roben, mit denen er und Gottschalk bisweilen hatten zusammentreffen und sprechen können.

Und da war der Großkanzler, Schatzmeister Amiroutzes, mit seinen zwei Söhnen, dem Studenten Alexander und dem mürrischen Rüpel Basil, dem Patensohn des griechischen Kardinals Bessarion, dessen Brief Julius in Konstantinopel in größere Schwierigkeiten gebracht hatte, als er ihnen in Florenz gerade entronnen war. In seiner Nähe ritt Violante von Naxos mit dem Archimandriten Diadochos in ihrem Gefolge. Der Schatzmeister wie die Frau kannten

Doria von früher; beide hatten inzwischen oft mit ihnen zu tun gehabt. Amiroutzes war des Kaisers persönlicher Philosoph, persönlicher Mittelsmann, Geschmacksschiedsmann und Einkäufer. Im Fondaco und in der Stadt besaß sein Gebaren die Lässigkeit eines Professors gegenüber den ungebildeten Laien, die ihn bedienten. Im Zirkel des Kaisers war seine Rede gewiß eine ganz andere. Nicolaas vermochte sich, wenn man ihn fragte, nie richtig zu erinnern, worüber Amiroutzes und der Kaiser gesprochen hatten. Nur einmal hatte Nicolaas von sich aus eine Bemerkung gemacht. «Aber er ist ein Mann, der das Vergnügen liebt.»

«Im Bad?» hatte Tobie gefragt, und Nicolaas hatte gelacht und gesagt, das glaube er nicht: dabei würde sein Hut die Form verlieren.

So zogen sie denn vorüber, all diese verfeinerten Wesen. Der Meister der Pferde und der Pansebastos. Der Protospatharios, der Protonotarios, der Großvestarios. Die Candidatoi mit ihren Stäben. Der Hauptmann der Palastwache. Der Drungarios und die Archonten der unsichtbaren Flotte, die dank Nicolaas immerhin in der Lage gewesen waren, Dorias Kogge abzutakeln. Die Damen der Augusta, die Eunuchen…

Von Gott beschützt, geborgen in seiner Stadt, die das Ebenbild des Himmels war, konnte der Kaiser nicht richtig gestürzt oder Konstantinopel wirklich gefallen sein. Nicht wo die Herde und ihre Hirten alle ihre Versicherungen zum Himmel hinaufgeschickt hatten: *Dich besitzend, o Christus, eine Mauer, die nicht zerbrochen werden kann.* Die Schiffe im Goldenen Horn hatten jedes ein Gebet flattern lassen: die Standarte des Christos Pantokrator und der Mutter Gottes, die Flagge von St. Georg oder St. Demetrios oder St. Theodor Stratilates, alles kampferprobte Heilige. John le Grant war es, der gesagt hatte, mit ein paar guten Schiffsführern und mehr als nur ein paar guten Maurern hätten sie mehr anfangen können. Und John, weit davon entfernt, die Himmel mit einem Kruzifix anzurufen, hatte sich wie eine Ratte durch die Erde gewühlt, um die feindlichen Minengänge zu erschnüffeln.

«Warum?» hatte er selbst Gottschalk gefragt. «Sie haben zur Allheiligen Hodigitria gebetet, zum Unbesiegbaren Fürstreiter, zur Festen Mauer, zur Schutzwache der Stadt, zur Gottesmutter Maria –

wie konnte eine so heilige Stadt fallen?» Und Gottschalk hatte keine Antwort für ihn gewußt. Aber vielleicht lag es daran, daß Konstantinopel, als es fiel, vergessen hatte, daß Herrschaft ohne Gerechtigkeit keinen Bestand hat.

Aber dies hier war Trapezunt. Und hier wurde jetzt zu St. Eugenios gebetet. Die Kirche wurde, als sie zu ihr hinaufstiegen, von der sanften Sonne im Westen erhellt. Als Tobie sich vor dem Eintreten umwandte (diesmal waren sie zum Gottesdienst zugelassen), sah er die flachen Dächer der Stadt von den Bergen zu seiner Linken zum dunstigen Blau des Euxinos tief unten zu seiner Rechten hinabsteigen. Er sah den Hafen und die Flagge von St. Georg über dem Leoncastello, doch auf dem Meer bewegten sich nur die kleinen Fischerboote, und das ferne Vorgebirge von Platana war so körperlos wie Rauch.

Irgendwo dahinter, hundert Meilen weiter westlich, lag Kerasous, wo Julius mit ihrer Galeere und all ihrem Reichtum wartete. Nicolaas sagte: «Kommt Ihr herein? Oder möchtet Ihr, daß der Metropolit eigens herauskommt?»

Er war teuer gekleidet und sah gar nicht aus wie er selbst. Tobie ging die Frage durch den Kopf, ob er religiöse Übungen mochte oder verabscheute. «Ich sehe Doria gar nicht», sagte er im Hineingehen.

«Ihr werdet ihn morgen sehen», war alles, was Nicolaas erwiderte.

Die Schauspiele zu Ehren von St. Eugenios fanden am nächsten Tag im Stadion des Tzukanisterion statt, eine Meile westlich der Stadtmauern. Nah am Meer, aber ein wenig erhöht gelegen, fing der Ort ein, was sich an kühler Luft regen mochte. Er lag auch in der Nähe der Hagia Sophia mit ihrem wohlausgestatteten Kloster, dessen Küche ausgezeichnet war.

Das Spiel, das die Perser Chagwan, die Griechen Tzukanion nannten, bewahrte im byzantinischen Reich noch eine Spur von seiner erlesenen Abkunft und bildete immer den Abschluß. Voraus gingen an diesem Nachmittag Reiterspiele, dargeboten von Prinzen auf den kleinen beherrschten Pferden arabisch-berberisch-turkmenischer Abstammung, an denen ihre Ställe reich waren. Und wenn den Wettkämpfen im Speerwerfen und Bogenschießen auch das Erhabene der ganz hohen Kunst fehlte, so war das Ganze dennoch eine Darbietung, die das Herz eines Heiligen höher schlagen lassen konnte: die Mannschaften in ihren Seidenkleidern und jeweiligen Bändern auf dem Zedernmehl des großen Stadions, die bunte Menge auf den Tribünen, die leuchtenden Seidenstoffe und das blitzende Gold der Zelte, die ringsherum für den Hof und seine Dienerschaft aufgeschlagen waren. Der Rand des Stadions war mit süß duftenden Büschen und Blumen bepflanzt worden, und die Bannerstangen waren mit Girlanden geschmückt.

Nicolaas, der den halben Nachmittag nicht dagewesen war, erschreckte seine Gefährten, indem er die Tribünenschräge heruntergerannt kam und jeden an der Schulter packte. Er trug einen Überwurf aus grünem, mit weißem Taft gefütterten Damast, die Schöße zurückgeschlagen und in einen Gürtel gesteckt. An den Füßen trug er weiße, quastenverzierte Stiefel mit goldenen Sporen. «Gefällt's Euch?» sagte Nicolaas.

«Es überrascht mich, daß Ihr nicht auf Eurem verwünschten Kamel eingeritten seid», sagte Tobie. «Ihr seid also in jemandes Mannschaft?»

Nicolaas schlüpfte auf den Sitz neben ihnen und grinste Loppe an. «Ja, ich bin auf der Seite von Doria. Ich habe das Gefühl, daß keiner von uns mehr der gleiche sein wird wie vorher.»

«Das ist also das Spiel», sagte Tobie. Gottschalk schwieg.

«Nun, das Spiel ist das Tzukanion», sagte Nicolaas. «Ihr werdet ein paar Gänge sehen, die der Hof vorführt, dann zieht der Hof gegen Astorres Männer. Und zum Schluß kommt die große Schaustellung.»

«Eure», sagte Tobie. «Ich nehme an, sie wissen, daß Ihr nicht reiten könnt?»

«Nun, Doria hat mich ausgewählt», sagte Nicolaas. «Zusammen mit Amiroutzes' jüngerem Sohn Basil und einem bezaubernden halben Genuesen, einem Jungen namens Alexios. Da fällt mir ein, Ihr habt ihn ja gesehen.»

«Doria hat Euch ausgewählt?» fragte Gottschalk.

Der blonde Bart, jetzt beträchtlich dichter, verzog sich zu einem großmütigen Lächeln. «Nun, für die andere Mannschaft könnte ich nicht reiten», sagte Nicolaas. «Das ist die der Frauen. Mädchen gegen Jungen. Die Perser fanden das romantisch. Prinz Khusraw und drei Krieger gegen die Prinzessin Schirin und drei ihrer Damen. Alte Legende. Khusraw führt seine Mannschaft in Grün an, und Schirin und ihre Mädchen tragen Goldtuch. Unser Goldtuch. Das Zeug, das wir gekauft haben, um es für Parenti zu verkaufen. Sie werden es bestimmt zerschleißen. Es ist ein aufregendes Spiel, Tzukanion. Hat einen Kaiser das Leben gekostet und einen anderen beinahe. Parenti wird eine Nachbestellung bekommen.»

«Doria ist Khusraw», sagte Gottschalk. «Wer ist Schirin?»

«Violante von Naxos, wer sonst?» sagte Nicolaas. «Und die anderen Damen ihrer Mannschaft sind Prinzessin Maria Gattilusi, die Mutter von Alexios, die Despoina Anna, die Tochter des Kaisers, und Catherine, natürlich.»

«Das ist also Euer Plan?» sagte Tobie. «Das einzige Mittel, Doria außer Gefecht zu setzen und Catherine fortzubekommen?»

«Nun, er muß mich außer Gefecht setzen», entgegnete Nicolaas. «Nur damit war er aus seinem Fuchsbau zu locken.»

«Aber Ihr seid doch auf derselben Seite?» sagte Tobie. Er war sich bewußt, daß die anderen ihn mitleidig ansahen. «Und außerdem sitzt Doria seit seiner Geburt auf dem Pferd.»

«Ja, und schaut, was ihm das gebracht hat», sagte Nicolaas. «Säbelbeine und Violante von Naxos. Tobias, mein Freund.»

«Ja?» sagte Tobie mißtrauisch.

«Bei diesem Spiel rollen Köpfe. Beide Mannschaften werden von ärztlichen Helfern begleitet, deren Aufgabe es ist, zu verbinden, zu nähen, zu sägen und andere gute Dienste zu leisten. Eure Dienste werden nicht benötigt. Verstanden?»

«Setzt Euren Hut auf», sagte Tobie. Loppe brachte ihn gerade. Er war hoch und weiß, und oben kamen Kranichfedern heraus. Nicolaas setzte ihn auf, und Tobie musterte ihn und sagte schließlich: «Ja, einverstanden. Ich glaube nicht, daß ich mich dazu bringen könnte, dem in die Nähe zu kommen.»

Nicolaas setzte ein breites Lächeln auf und ging.

Bevor die Hauptspiele zur Hälfte vorüber waren, wurde deutlich, daß Tzukanion, in der üblichen Weise ausgetragen zwischen Mannschaften von kräftigen Männern, eines der lautesten Spiele war, die es gab. Die Spieler, einmal mitgerissen, brüllten, fluchten und fauchten, wenn sie einander nicht gerade aus dem Sattel zu heben versuchten, um ihren Schlag zu verbessern. Hufe donnerten, Pferdegeschirr klirrte. Für den Fall, daß Stille eintrat, war das Stadion von Bläsern und Trommlern umgeben. Die Trommeln schlugen einen kriegerischen Takt, daß die Pferde die Ohren anlegten und die Zuschauer außer sich gerieten. Der Befehl, einen Abschnitt oder ein Spiel zu beenden, wurde durch ebenso wilde wie kunstvolle Trompetenstöße übermittelt. Zusammen mit dem Lärm der Menge entstand ein Getöse, das dem einer Feldschlacht ähnelte. Tobie war ein wenig überrascht, als die kämpferischen Spiele mit nicht mehr als zwei toten und acht verletzten Pferden und einigen gebrochenen Gliedmaßen da und dort zu Ende gingen.

Bediente betraten die Kampfbahn und harkten den Staub und besprühten ihn, bis er klumpte und dunkel wurde. Man hörte Orgelmusik, einige Flöten spielten, Zwerge traten auf, purzelten umher und bewarfen sich mit Dreck, und ein fast nacktes Sarazenenmädchen tanzte auf einem großen bunten Ball von einem Ende des Platzes zum anderen, während die Zwerge mit Federn nach ihm schlugen. Stallburschen stellten sich mit frischen Ponys hinter den Absperrbalken auf, und Pagen hoben die zerbrochenen Schlagstöcke auf, rannten fort und nahmen dann mit neuen Stöcken rings um das Stadion ihre Plätze wieder ein. Das Bambusholz, aus dem sie bestanden, war biegsam, und der Hammerkopf war am Ende daran befestigt wie ein Fuß. Im Stadion hatte man die goldenen Linien an beiden Enden nachgezogen, über die der Ball zum Punktgewinn befördert werden mußte. Auch der Ball selbst war aus leuchtendem Gold.

Die Frauenmannschaft, die zuerst einritt, wurde mit einem freundlichen Schweigen empfangen, das offenbar in diesem Fall Achtung ausdrückte. Wie am Hof üblich, ritten die Damen im Herrensitz, aber ohne die Umhänge, die sonst das Aufsitzen und das Absitzen schicklicher erscheinen lassen sollten. Sie trugen statt dessen wie die Männer kurzröckige Überwürfe, doch darunter Hosen und Stiefel nach persischer Art. Ihre Pferde hatten gleich denen der Männer straff gebundene, bebänderte Schweife, und ihr eigenes Haar war ähnlich straff geflochten und von Bändern zurückgehalten unter geflügelten vergoldeten Helmen gleich denen der klassischen Heroen. In der linken Hand hielt jedes Mädchen ein Reitstöckchen, die Zügel des Ponys um die Finger geschlungen. In der Rechten ragte der Bambusschläger auf, schlank und gerade wie die Lanze in einer Phalanx. Die kleinen Pferde unter ihnen liefen im Schritt, das Goldtuch brannte und funkelte, als trügen sie Rüstungen, und der Blick wußte nicht, auf wem er ruhen bleiben sollte und wanderte von der strengen Schönheit Violantes, der Führerin, über die olivfarbene Haut und das dunkle Haar Marias, der genuesischen Prinzessin, und das gequälte, herrische Gesicht der vierzehnjährigen Anna zur jüngsten Reiterin, Catherine de Charetty, die auf ihrem Pony saß wie auf einem Kissen, die Augen so hell wie das Meer und die Röte der Kampffreude im Gesicht.

Doria, der mit seinen drei jungen Männern hereintrabte, lächelte seiner Gemahlin zu, als sie sich an der Mittellinie begegneten und die zwei Mannschaften die Begrüßungshöflichkeiten austauschten. Lebhaft, sehr selbstbewußt, trug der Genuese die Seide und die Kranichfedern mit der gleichen lässigen Eleganz, die ihm stets die Bewunderung der Frauen eingetragen hatte. Der Sohn des Schatzmeisters, ein großer Jüngling, von dem Tobie nichts wußte, hatte ein zugleich plumpes und argwöhnisches Gesicht. Der Junge namens Alexios war so, wie Tobie ihn in Erinnerung hatte. Der bis zum Hals reichende Überwurf mit den vergoldeten Knöpfen und dem Gürtel hätte dazu gedacht gewesen sein können, die Schönheit zu betonen, die er von seinem kaiserlichen Vater geerbt hatte. Von seinem verstorbenen leichtlebigen Vater, der wohl dem erlesenen Gesicht seiner Mutter Maria einige der leicht melancholischen Züge aufgeprägt hatte. Sie erhellten sich, als sich Alexios näherte und Maria ihren Sohn und dann Nicolaas anlächelte, der neben ihm ritt. Genuesen. Warum hatte er über dem Ärger wegen des Badehauses vergessen, daß diese Leute Genuesen waren wie Doria?

Da schmetterten die Trompeten eine durchdringende Fanfare, und jemand warf den Ball aufs Spielfeld. Pferde stampften, wetteifernde Schläger stießen aneinander. Dorias Hammer traf den

Ball, der nach vorn sprang, der Hälfte der Frauen entgegen. Sein kleines Pferd folgte, mit dem Violantes an der Seite. Noch schneller wirbelte das Mädchen Anna vor ihnen her in einem langen abwehrenden Bogen, gefolgt von den flatternden Federn und dem goldenen Haar von Alexios, der sie deckte. Die verwitwete Prinzessin Maria schwenkte gekonnt herum und trieb ihr Pferd zur Unterstützung ihrer Führerin an, während Amiroutzes' Sohn sich scharf herumwarf, um sie daran zu hindern.

Nicolaas, der größte Mann auf dem Spielfeld, setzte in kurzem Galopp nach. Er sah fröhlich aus und merkte nicht, daß Catherine de Charetty auf ihn zuritt, augenfunkelnd, das Kinn auf dem Hals ihres Pferdes. Tobie sagte: «Er wird herunterfallen. *Dürfen* sie das denn?» Weiter vorn taumelte Dorias Pferd, als es von einem anderen seitlich bedrängt wurde, und einen Augenblick lang lief der Ball allein. Alexios sah sich um, schwenkte herum und hielt darauf zu, dichtauf gefolgt von der jüngsten Prinzessin. Die Mutter versperrte mit einem raschen Umlenken ihres Pferdes dem Sohn den Weg. Ihre Pferde stießen aneinander, während sie sich mit den Hämmern um den Ball bemühten. Dann hörte man einen Schlag, und der Ball erhob sich, ein goldener Fleck, in die Luft.

Catherine war gegen die Flanke ihres Stiefvaters gerannt, mußte aber feststellen, daß sich diese Flanke neben ihr drehte, als er sein Pferd mit den Knien herumzog. Zwei Schritte lang scheuerten sie aneinander. Dann schoß das andere Pferd schräg nach vorn davon. Als das größte Pferd auf dem Feld donnerte es über den Boden wie ein Streitroß und warf Spritzer von Holzmehl und Erde auf. Nach einem Augenblick der Verblüffung lenkte Catherine ihr Pony ihm nach, und die anderen Frauen folgten ihr hinterdrein. Der goldene Fleck, der sein Geschäft kannte, kam neben Nicolaas' Sattel herunter. Der schon schwingende Hammerkopf traf die Kugel. Weiter vorn lachte Doria plötzlich auf. Als der Ball in die Luft stieg, sammelte er sein Pferd und begann, über die Schulter nach hinten blickend, auf das Frauenende des Felds zuzuhalten. Als der Ball fiel, galoppierte er genau daneben. Unbehindert beugte er sich gerade ein wenig zur Seite, den Blick auf den Ball gerichtet, mit der linken Hand leicht die Zügel führend. Dann ging der rechte Arm in die Höhe und brachte den Hammer zu einem kräftigen, schwungvollen

Schlag herunter. Der Aufprall war aus dieser Entfernung nicht zu hören, aber der Ball flog so zielstrebig und gerade wie eine Biene und war noch in der Luft, als er die goldene Linie überquerte. Die Mannschaft der Männer, Khusraw, hatte einen Punkt erzielt.

Die Trompeten bliesen, die Trommeln dröhnten, und alles schrie. Tobie, der feststellte, daß er aufgesprungen war, setzte sich wieder hin. Astorre, der gerade gekommen war, nahm hinter ihm Platz und sagte: «Ihnen ist alles erlaubt. Wenn die Mamelucken spielen, ziehen sie ihre Schwerter. Also?»

Gottschalk lächelte. «Er ist nicht heruntergefallen», sagte er.

Astorre meinte: «Das will ich auch nicht hoffen, ich habe lange genug mit ihm geübt. Und was er nicht weiß, das weiß das Pferd. Es sind alles Palastpferde.»

Tobie sagte: «Aber wie…?»

«Still, sie haben wieder angefangen», sagte Astorre. «Also wißt ihr, ich hätte etwas mit diesem Mädchen Catherine machen können. Seht Euch das an. Ein Jammer, daß sie nichts tut, als Nicolaas zu behindern.»

Es war ein Jammer, denn es war nur zu offenkundig, daß Nicolaas nichts tun würde, was sie aus dem Sattel werfen oder ihr Pferd zu Boden bringen mochte, während sie beides zu tun versuchte, sobald sie einander nahe kamen. Es war ein schnelles Spiel, weil die meisten Spieler jung und leicht und ihre Pferde dazu abgerichtet waren, für ihre Reiter zu denken. Das Spiel bewegte sich von einem Ende des Stadions zum anderen, von links nach rechts, und man konnte beobachten, wie schnell die vier Mädchen und die vier Männer einander abzuschätzen lernten.

Mehr als die meisten anderen Spiele ließ dieses hier den Charakter erkennen. Violante herrschte über ihre Mannschaft und schonte die Prinzessinnen nicht, die ihresgleichen waren. Der Witwe Maria, die sich geschickt bewegte, schien das nichts auszumachen. Es war, so schien es, ein Spiel, das sie oft gespielt hatte, das sie aber mehr wegen der Abwechslung liebte, die es bot, als wegen des ihm innewohnenden Vergnügens. Anna dagegen war ganz bei der Sache: zwischen Frohlocken und Verzweiflung hin und her schwankend schrie sie manchmal ihre Gefährtinnen an. Ihr Pferd war immer das erste, das ermüdete. Sie hatte es schon zweimal durch ein anderes

Tier ersetzt, als ihre Mannschaftsführerin zum ersten Mal das Pony wechselte. Die Spielerin, die man eigentlich hätte beobachten sollen, war Catherine. Geschmeidig lenkte sie ihr Pferd, ohne nachdenken zu müssen, wie es schien. In Goldtuch gekleidet und mit Prinzessinnen beim Reiterspiel, in dem sie sich auszeichnete, hätte sie von Hochstimmung erfüllt sein sollen. Wenn alles gutging, sah man auch, daß sie dies war. Zu anderen Zeiten wurden Schlaghammer, Peitsche und Sporen wütend zu Hilfe genommen. Vor allem natürlich gegen Nicolaas, aber recht oft auch gegen ihren Gemahl.

War Violante den anderen gegenüber streng, so ließ sie ihr all dies durchgehen. Und auch Nicolaas änderte seine maßvolle Spielweise nicht, obschon er doch sehen mußte, was vorging, und natürlich war Catherine nicht seine einzige Gegnerin. Die Stöße, Schläge und Prellungen, die er erhielt, ertrug er offenbar mit seinem angeborenen Gleichmut. Bis zum Ende der ersten Spielhälfte war er einmal von einem Pferd abgeworfen worden, das wegen des Schlags eines anderen Mannes auf die Knie gestürzt war. Doch auch andere hatten ebensolche Stürze erlebt, und sogar Doria war, als er sich weit vorbeugte wegen eines schwierigen Schlags, mit einem anderen zusammengestoßen und recht unsanft zu Boden gefallen. Man konnte bei der Größe des Geländes nicht sagen, wer woran schuld war, wenn überhaupt, und bis jetzt war niemand allzu schlimm gequetscht oder getreten worden. Nicht daß man nicht allen ein Anzeichen des Kampfes angesehen hätte, als die Pause kam und sie zurücktrabten und absaßen und von den Pagen Wasser und Handtücher entgegennahmen und sich keuchend auf die für sie aufgestellten Bänke warfen. Es war ein rauhes Spiel, selbst in der für Frauen abgemilderten Form.

Tobie sagte: «Wollt Ihr hingehen und mit ihm sprechen?»

«Mit Nicolaas?» sagte Astorre. «Was sollte ich ihm sagen?»

«Er soll sich vor Catherine vorsehen», sagte Tobie.

Astorre schnaubte. «Die kleine Madam könnte eine Tracht Prügel vertragen, aber um ihn vom Pferd zu holen, dazu hat sie nicht die Kraft. Nein – aufpassen muß er, wenn zwei auf einmal auf ihn losgehen.»

«Die zwei älteren Frauen? Die Genuesin und ihr Sohn? Das solltet Ihr ihm sagen.»

«Nein, nein. Das weiß er. Es war dieser junge Amiroutzes, der ihn zu Fall gebracht hat. Basil. War recht gut gemacht.»

Natürlich. Doria hatte sich seine Mannschaft ausgesucht. Amiroutzes und Alexios. Ein tödliches Paar. Da konnte Doria selbst sich untadelig aufführen, ja, so spielen, als hätten er und Nicolaas ihr Leben lang zusammen gespielt.

Astorre fuhr fort: «Und es ist ein Glück, was Ihr auch denkt, daß er diesen hübschen Badejungen an seiner Seite hat. Er hat Doria zurückgehalten, er hat Nicolaas einmal oder zweimal gerettet.»

«Alexios?» Tobie war es nicht gewohnt, daß Astorre von irgend etwas mehr sah als ein Arzt.

«Der hübsche Junge. Man sollte meinen, seine Mutter müßte etwas dagegen haben, aber sie scheint keine Partei zu ergreifen, nur gerade so viel, wie es das Spiel verlangt. Ihr Gemahl hat mit der eigenen Schwester geschlafen. Da wundert's einen nicht, wenn die Jungen schlechte Gewohnheiten annehmen. Trotzdem, wenn Doria aus dem Weg geräumt werden soll, ist nicht mehr viel Zeit. Er versteht etwas von dem Spiel, das muß man ihm lassen. Und unser Junge ist zu weich. Würde mich nicht wundern, wenn's ihm leid täte, daß er das tun muß.»

Gottschalk wandte den Kopf. Tobie sagte verärgert: «Nach dem, was Doria mit ihm und Julius am Vavuk-Paß gemacht hat? Außerdem braucht Nicolaas ihn nicht zu töten, sondern nur für ein paar Tage unschädlich zu machen.» Er ging Gottschalks Blick aus dem Weg. Er war verärgert, weil er wußte, daß Astorre recht hatte. Ein Blinder konnte sehen, daß Nicolaas trotz allem in seinem Element war. Und daß dies zum Teil in dem Spiel begründet lag, das Doria ihm anbot.

Noch deutlicher wurde das mit Beginn der zweiten Spielhälfte, weil sie da frische Pferde hatten und ausgeruht waren und die ganze Erfahrung einsetzen konnten, die sie inzwischen gewonnen hatten. Und wiederum konnte man wie schon in den allerersten Augenblicken beobachten, wie ähnlich die zwei Hirne arbeiteten: beide schnell, beide elegant, beide verschlagen. Im Begriff, in eine andere Richtung loszupreschen, schlug Nicolaas beispielsweise den Ball zur Seite, wo auf einmal Doria schon wartete. Oder Doria gab, angegriffen, den Ball unter dem Schweif seines Pferdes zurück dorthin, wo Nicolaas, dies vorausahnend, schon hingaloppiert war, um ihn in die entgegengesetzte Richtung zu befördern.

Von den anderen besaßen weder Alexios noch Basil Amiroutzes diesen Instinkt, wenn auch auf der anderen Seite die beiden älteren Frauen bisweilen mithalten konnten – Maria aus Erfahrung und Violante aus einem Geschick heraus, das dem der beiden Männer immerhin nahekam. Catherine, die beste geborene Reiterin auf dem Platz, fand ihrer beider Spiel verwirrend und wurde zornig. In diesem Augenblick taten sich Nicolaas und Doria wie in einem Rausch zu einem doppelten Täuschungsmanöver zusammen, so daß sie sich benommen auf der Stelle im Kreis drehte, während der Ball, schon weit übers Feld geschlagen, zwischen ihnen beiden zu einem weiteren Punkt über die goldene Linie getrieben wurde. Tobie hörte, wie Gottschalk neben ihm etwas murmelte, das vom Lärm der Trommeln und Trompeten übertönt wurde. Auf seiner anderen Seite brüllte Astorre vor Vergnügen.

Jetzt, wieder in der Mitte versammelt, warfen die Reiter längere Schatten, und man konnte sehen, daß nicht mehr viel Zeit übrigblieb. Nicolaas und Doria waren abgesessen, um die Pferde zu wechseln. Bei beiden hatte die grüne und weiße Seide braune Flecken und Risse bekommen, und Nicolaas hatte seinen Hut verloren. Seine Augen, von feuchten Wimpern umringt, leuchteten. Gottschalk sagte: «Seht Euch Doria an.»

Tobie wandte den Kopf, auf einen Ausdruck ähnlicher reiner Wonne gefaßt. Was er sah, war Dorias starres Profil, während der Genuese dastand und Nicolaas betrachtete, wie dieser höchst munter aufsaß und die Zügel auffing, die ihm ein strahlender Stallbursche zuwarf. Gottschalk sagte: «Einer von ihnen hat sich erinnert.»

Die Männer hatten sechs Punkte erzielt. Die Frauen hatten es, so sehr sie sich bemühten, nur auf zwei gebracht. Violante wollte, das war klar, daß sie wenigstens noch einen Punkt machten. Diesmal bedrängten sie die Männer, wobei jede ihren Gegenspieler deckte, und Maria und Violante selbst schickten sich an, den zwei Komödianten das Spiel zu verderben. Da übernahm das Mädchen Anna den Ball, riß ihr untersetztes kleines Pferd herum und galoppierte, ohne sich umzublicken oder den Ball abzugeben, auf das andere Ende des Feldes zu. Und alle setzten ihr nach.

Catherine wollte sie gegen den jungen Amiroutzes abschirmen, der rasch auf der anderen Seite näherkam. Violante rief ihr etwas zu, als sie gerade im Herumwirbeln vergeblich den Rückschlag anzubringen versuchte, der sie gerettet hätte. Statt dessen erfaßte der Schläger des Jungen den ihren und zerbrach ihn. Einen Augenblick lang klebten die beiden Pferde zusammen, dann schaffte sich Amiroutzes frei, schwenkte herum und setzte gleichzeitig mit Violante und Catherine dem Ball nach. Eine Strecke lang galoppierten die drei Pferde nebeneinander, während sich Alexios und Maria auf der einen und Nicolaas und Doria auf der anderen Seite näherten. Die Stöcke wurden geschwungen und gingen wieder in die Höhe; der Ball flimmerte und hüpfte von einem zum anderen. Sie waren von der Spielhälfte der Männer in die der Frauen übergewechselt, als Pagano, den Stock erhoben, mitten in die donnernden Hufe hineinritt und den goldenen Ball einfing, der über den Kopf von Marias Hammer hüpfte.

Er kam aber nicht weiter, denn zu viele waren um ihn herum, und diesmal hatte der berühmte Instinkt versagt: Nicolaas war neben ihm und nicht dort, wo er einen schlauen unmöglichen Paß hätte annehmen können. Einen Augenblick lang waren sie alle dicht beieinander, bis auf Amiroutzes und Anna, und stießen und schoben sich. Es war nicht überraschend, daß ein Hammer nicht den Ball, sondern ein Pferd oder einen Spieler traf. Tobie glaubte durch das Trommelgedröhn hindurch den Schrei einer Frau wahrzunehmen. Als nächstes sah er aus dem Gewirbel von Pferden ein Pony ohne Reiter davontraben, während ein anderes im dichtesten Gewühl plötzlich taumelte und seinen Reiter abwarf.

Der Reiter war Nicolaas. Sie waren nahe genug, um zu sehen, wie er zu Boden fiel und sein Pferd in die Knie brach und sich mit den Beinen ausschlagend herumwälzte. Loppe sprang auf. Das verletzte Pferd lag jetzt auf dem Rücken, und die anderen liefen ziellos umher. Nicolaas lag zusammengerollt unter ihren Hufen, die Arme überm Kopf, als sie zurückwichen. Doria warf jemandem seine Zügel zu, glitt aus dem Sattel und verschwand. Auch Violante von Naxos saß ab. Stallburschen und Pagen eilten von beiden Seiten herbei und kümmerten sich um die Pferde. Das verletzte Pferd begann zu wiehern. Violante von Naxos kniete in verschmiertem Goldtuch auf dem Boden neben Nicolaas, die Hand auf seiner Schulter. Ein Stück weiter weg beugte sich Doria über eine andere Person. Loppe war fort. Tobie wollte ihm nacheilen. Gottschalks Hand griff nach ihm und hielt ihn fest. «Nein – nicht.»

Er hatte es vergessen. *Bei diesem Spiel rollen Köpfe. Eure Dienste werden nicht benötigt.* Das war natürlich alles Teil des Plans. Keiner konnte so gut schauspielern wie Nicolaas. In der Ferne sah er einen grauen Bart, den er kannte – sein Besitzer eilte über den Platz. Tobie sagte: «Gut, das ist einer der Ärzte. Aber wir sollten nach einer Weile auch hingehen, sonst sieht es merkwürdig aus.» Er hielt einen Augenblick inne und fragte dann: «Wer wurde noch verletzt?»

«Die arme Kleine», sagte Astorre voller Mitgefühl. «Die Tochter der Demoiselle, Catherine. Jetzt wird man sie nicht nach Kerasous bringen können. Und da ist ihr verdammter Ehemann, dem kein Haar gekrümmt wurde, und mit Nicolaas ist's vielleicht aus.»

«Nicht nach der Art, wie er da gelegen hat», sagte Tobie. «Aber ich glaube, wir sollten uns jetzt vergewissern.»

Catherine wurde gerade fortgetragen. Man sah viel hübsches braunes Haar und eine junge Hand, die schlaff herunterhing. Echt oder Teil des Plans? Doria kam rasch daher, blickte auf sie hinunter, mit ihrem Helm in den Händen, als hätte er ihn vergessen. Der Palastphysikus ließ Nicolaas liegen und eilte auf Doria zu. Nicolaas lag auf dem Rücken und hatte sich noch immer nicht gerührt. Inzwischen kam Loppe zurück. «Nichts Schlimmes. Sie wollen ihn noch nicht gleich aufheben und wegschaffen. Er hat ein paar Tritte abbekommen, aber es soll nichts gebrochen sein.»

Tobie blickte ihn überrascht an. Nicht Nicolaas der Schauspieler, diesmal. Nicolaas der wirrköpfige Patient. Tobie seufzte, dann sagte er: «Und das Mädchen?»

Loppe sagte: «Da ist Messer Doria.»

Doria war auf sie zugekommen. Er sah ein wenig blaß aus von der Aufregung und auch erstaunlich erschöpft. Es war ein anstrengendes Spiel gewesen, mit einem jähen Ende. Er sagte: «Ich habe gehört, unser junger Freund wird am Leben bleiben.»

«Wir haben Eure Gemahlin gesehen», sagte Gottschalk. «Ist sie schwer verletzt?»

«Sie können es mir nicht sagen», antwortete Doria. «Sie haben sie in den Palast gebracht. Der Kaiser selbst war so freundlich, darauf zu bestehen. Sie wird die beste Pflege haben. Der Arzt sagt, sie würde... Die Pferde sind über sie getrampelt.»

«Ich würde gern helfen, wenn man mich braucht», sagte Tobie.

Doria sah ihn an. «Ich danke Euch. Aber ich glaube, sie haben dort große Erfahrung. Sie haben mir gesagt, ich kann sie besuchen, wann ich will. Kann auch dort wohnen, wenn ich will.»

Es entstand ein unbehagliches Schweigen. Astorre sagte: «Gute Reiterin. Hat sich prächtig gehalten.»

«Es war ein gutes Spiel», sagte Doria. Sein Blick wanderte an ihnen vorbei dorthin, wo Nicolaas lag. Dann sagte er: «Ich habe noch einiges zu tun.» Er wandte sich um und ging ein wenig hinkend davon.

Nach einer Weile kamen zwei Männer mit einem Teppich, um den florentinischen Konsul fortzutragen, damit die Spiele weitergehen konnten. In dem Zelt, in das sie ihn brachten, rührte er sich endlich, und ihm war sehr übel. Er ließ sich widerstandslos von Tobie untersuchen, der sich vergewisserte, daß er tatsächlich nichts gebrochen hatte. Der Kaiser hatte sich schon mehrmals durch einen Boten nach seinem Befinden erkundigt, und Violante von Naxos hatte einmal vorgesprochen.

Niemand mochte von Catherines Unfall sprechen, von dem Nicolaas noch nichts wissen konnte. Zum Schluß wickelte Tobie ihn in Decken ein, so daß er im Sitzen darauf warten konnte, daß man ihn zum Fondaco zurückbrachte. Tobie bemerkte, daß er genauso dasaß wie früher, wenn er Prügel bezogen hatte: ohne zu klagen oder mit jemandes Anteilnahme zu rechnen. Wahrscheinlich würde ihm bald noch einmal schlecht werden. Er konnte von Glück sagen, daß er noch lebte. Es bedurfte keiner großen Phantasie, um zu erkennen, daß Doria zum Schluß versucht hatte, ihn aus dem Weg zu räumen, und dabei entweder behindert worden oder gescheitert war. Dann stattete die hartnäckige Venezianerin ihren zweiten Besuch ab und schaute sich, diesmal vorgelassen, voller Anteilnahme ihren blassen, vormaligen Gegner an. Sie hatte sich inzwischen zurechtgemacht und umgekleidet, doch dem Gesicht sah man unter der Schminke die Anstrengung des Spiels noch an. «Wir hätten noch einen Punkt machen müssen», sagte sie.

«Im Himmel habt Ihr das wahrscheinlich», sagte Nicolaas. Es war der erste Satz, den er hervorgebracht hatte, und er ließ deutlich darauf schließen, daß er nicht der erste von vielen sein würde.

«Es war Pech», sagte Violante von Naxos. «Das wißt Ihr. Trotzdem tut es mir leid. Aber alles andere ging nach Plan. Das wollte ich Euch sagen.»

«Alles?»

«Alles. Ihr habt drei Tage Zeit, um Euch auszuruhen.»

Er saß da und sah ihr nach und schien zufrieden zu sein. Sie hatte schon die Tür erreicht, als er die Frage hervorbrachte: «Wer hat mich gerettet?»

«Oh, Alexios», sagte sie. «Ihr habt mir nichts zu danken.»

«Sechs Punkte», sagte er mit etwas unsicherer Zufriedenheit.

KAPITEL 35

ZUM GLÜCK ERWIES SICH DIE Prophezeiung als richtig: Nicolaas konnte nach dem Fest des heiligen Eugenios tatsächlich drei Tage lang seine arg mitgenommenen Glieder ausruhen. Da er nicht einsah, weshalb auch sein Hirn ausruhen sollte, verbrachte er die Zeit mit zahlreichen Besprechungen im Schatten des Gartens. Mit Vorliebe trug er jene lose, geknöpfte Robe, deren Gebrauch er im Palast erlernt hatte. Als es immer heißer wurde, legte sogar Pater Gottschalk sein Gewand ab und ließ sich, wenn er im Fondaco war, in Hemd und Strumpfhose sehen wie die anderen, wenn er auch nicht so weit ging wie Astorre, der sich, sowie er von der Straße hereinkam, bis zum Gürtel entkleidete. War die Prophezeiung auch richtig gewesen, so hatte ihr freilich der Hinweis gefehlt, daß diese drei Tage auch alles waren, was ihnen, Nicolaas eingeschlossen, an Erholung beschieden sein sollte.

Er hockte gerade auf der Rücklehne einer langen Marmorbank,

als das Interregnum auf zweifache Weise beendet wurde: durch Astorre und durch Pagano Doria. Astorre stürmte von draußen herein – er kam gerade von der Zitadelle. Schon vom Garteneingang her hörten sie ihn brüllen. Er sprang über die Stufen, kam näher und brüllte noch immer. «Der Nebel hat sich gehoben, und es ist ein Leuchtfeuer zu sehen! Die Flotte nähert sich! Sinope ist gefallen, und die türkischen Hunde kommen hierher!» Gottschalk und Tobie standen vom Rasen auf, und Nicolaas rutschte rasch zu Boden und trat zu ihnen.

Es war eine Erleichterung. Es war fast eine Freude. Für Astorre, den Berufskrieger, *war* es eine Freude. Er strahlte. Sie umringten ihn und begannen ihn gerade mit Fragen zu bestürmen, als zum zweiten Mal vor dem Haus ein Lärm entstand. Man hörte heftige Stimmen der Diener. Dann wurde die Tür zum Garten so heftig aufgestoßen, daß sie alle verstummten und sich umdrehten.

Pagano Doria stand auf den Stufen. Er schritt sie hinunter und überquerte den Rasen. Vor Nicolaas blieb er stehen. *«Wo ist sie?»* fragte er.

Sie hatte drei Tage versprochen. Die drei Tage waren um. «Eure Gemahlin ist in Sicherheit», sagte Nicolaas. «Kommt mit mir ins Haus. Ihr auch, Pater Gottschalk. Tobie, Hauptmann Astorre – Ihr fangt am besten schon an. Ich bin bald wieder da.»

Doria rührte sich nicht von der Stelle. «Ich komme gerade vom Palast», sagte er. «Ich mußte in die Frauengemächer eindringen. Catherine ist nicht zu krank, um Besuche zu empfangen. Sie ist nicht da. Sie ist seit zwei Tagen nicht mehr da.»

Der Priester sagte: «Man ist Euch eine Erklärung schuldig, und Ihr sollt sie haben. Aber was Nicolaas sagt, ist die Wahrheit. Madonna Catherine ist außerhalb der Stadt, und Ihr solltet dankbar sein. Wir haben soeben die Nachricht erhalten, daß die türkische Flotte Kurs auf Trapezunt nimmt. Catherine ist nicht hier.»

«Dessen bin ich sicher», sagte Doria. «Ihr Hurensohn, Ihr habt sie fortgeschafft. Ich hatte befürchtet, daß Ihr das zum Schluß tun würdet. Etwas geschickt Eingefädeltes, dachte ich mir, damit die alte Frau Euch keinen Vorwurf machen kann. Ich hätte nicht geglaubt, daß Ihr das Mädchen den Türken überantworten würdet.»

«Nein? Sagtet Ihr nicht, sie könnte einer Schwadron den ganzen

Winter dienen und wäre auch im Frühjahr noch nicht müde?» erwiderte Nicolaas. Er hörte, wie Tobie den Atem anhielt. «Ihr habt Euch erboten, sie mir auszuleihen. Weshalb glaubt Ihr da, ich würde sie nicht benutzen?»

Doria lächelte kalt. Er sagte: «Ah, dann ist sie also hier?»

«Nein», sagte Nicolaas. «Ihr habt meine Neugier auf Frauen erstickt. Sie hat sich über Euer allgemeines Verhalten beklagt und uns gebeten, ihr bei der Rückfahrt nach Hause zu helfen. Wir haben ihr diese Hilfe gewährt. Sie hatte das Bewußtsein verloren, aber mehr war ihr nicht geschehen. Sobald sie sich erholt hatte, floh sie aus dem Palast, und wir halfen ihr, Trapezunt zu verlassen. Die Türken können ihr nichts anhaben, wenn sie sich nach Georgien begibt.»

«Wahrscheinlich nicht», sagte Doria. «Aber sie ist meine Ehefrau und kann ohne meine Erlaubnis nirgendwohin reisen. Das Gesetz und ich müssen sie deshalb verfolgen. Das Gesetz und ich müssen deshalb natürlich denjenigen bestrafen, der Ehefrau von Ehemann trennt. Gebt Catherine zurück, oder ich bringe den Fall vor den Kaiser.»

«Warum nicht?» sagte Nicolaas. «Wenn er zur Zeit auch anderes im Kopf hat. Ich bin mir auch gar nicht sicher, ob er Euch und Catherine für verheiratet hält. Es würde ihm gewiß Spaß machen. Er hat noch nie einen genuesischen Konsul kennengelernt, der die Bedürfnisse einer Dreizehnjährigen nicht befriedigen konnte.» Er sprach mit leiser, aber klarer Stimme. Es hatte jetzt keinen Sinn mehr, die Sache an einem anderen Ort zu besprechen. Die anderen waren stehengeblieben und verharrten in vollkommenem Schweigen.

Doria fragte: «Wenn ich Euch sagte, daß Ihr recht habt und die Trauung nie rechtmäßig vollzogen wurde, würdet Ihr mir dann sagen, wo sie ist?»

Nicolaas lachte. «Wohl kaum. Was hättet Ihr denn mit einer Catherine de Charetty zu schaffen, die nicht Eure Ehefrau wäre?»

«Ich habe sie erzogen», sagte Doria. «Es wäre ein Jammer, das alles an eine Schar türkischer Seeleute zu verschwenden. Aber nein, Ihr habt sie ja, wie Ihr sagt, in die entgegengesetzte Richtung geschickt. Wo sie in Sicherheit ist, bis sie nach Brügge zurückkehren und die Hälfte des Charetty-Erbes einheimsen wird. Ich glaube Euch natürlich.»

«Ihr werdet es wohl müssen», sagte Nicolaas. «Und jetzt haben wir zu tun.»

Er hatte Dorias Hand beobachtet. Einen Augenblick lang glaubte er, er werde die Klinge aus ihrer Scheide ziehen. Aber Doria blickte ihn nur stirnrunzelnd an. Dann faßte er sich und wurde wieder der Seekaufherr. «Mein armer, teurer Niccolo. Wenn sie zu finden ist, werde ich sie wohl auch finden. Wenn nicht, bedenkt den Bericht, den ich Eurer Ehefrau erstatten muß. Ihr habt natürlich das Mädchen ausprobiert, wie ich es Euch anbot. Vielleicht habt Ihr die gewöhnlicheren unter ihren Vorfahren angesprochen. Vielleicht hatte sie eine schon ausgeprägte Vorliebe für die Lehrlinge ihrer Mutter. Vielleicht glaubt sie sogar, sie könnte durch Euch reicher werden als durch mich. Welch großartige Geschichte für Brügge und meinen Auftraggeber, den Herrn Simon.»

Da dies alles Dinge waren, um die man sich nicht zu sorgen brauchte, ließ Nicolaas sie über sich ergehen. Doria wußte über Marian Bescheid. Er wußte nichts von der Sache mit Simons Gemahlin Katelina. Es war ein Jammer, daß Tobie und Gottschalk davon wußten. «Ich hoffe, daß Catherine es ihr selbst berichten kann», sagte Nicolaas. «Wenn Ihr rechtmäßig verheiratet seid, könnt Ihr sie in Brügge als Euer beanspruchen – aber erst, wenn Beweise vorgelegt wurden. Bis dahin habt Ihr sie hier zum letzten Mal gesehen.»

«Ich sehe, Ihr habt keine Vorstellung, mit wem Ihr es zu tun habt», entgegnete Doria. «Wir werden uns vor einem flandrischen Gericht wiedersehen. Wenn nicht vor einem anderen Gericht mit abgekürztem Verfahren, und schon ein wenig früher.»

Er wandte sich um. Er war bei den Stufen angelangt, als Nicolaas, einer plötzlichen Eingebung folgend, sagte: «Sie ist nicht bei mir und steht unter sicherem Schutz.»

Auf Dorias Gesicht lag, als er ging, eine Spur von Geringschätzung und noch mehr als nur eine Spur von Verwirrung. Nicolaas wartete, bis sich die Gartentür geschlossen hatte, dann wandte er sich um und ging zu den anderen zurück. Astorre war ganz rot im Gesicht. «Hat er das alles gesagt? Der Bastard! Seine eigene Ehefrau!»

«Sie ist jetzt in Sicherheit», sagte Nicolaas. «Vergeßt ihn. Machen wir mit der anderen Sache weiter. Wie viele Krieger werden sie an Bord haben, was meint Ihr?»

Später versuchte Tobie noch einmal auf die Geschichte zurückzukommen, ließ sich aber ablenken. Sie lernten hinzu. Oder er verstand es besser, sie sich vom Leibe zu halten. Natürlich war es auch eine Hilfe, einen Krieg vor der Tür zu haben.

Vier Tage später kam die Flotte des türkischen Admirals Kasim Pascha in Sicht, eine durchbrochene Linie am westlichen Horizont. Es war der erste Tag im Juli. Die Sonne brannte abwechselnd herunter und verschwand wieder hinter dicken Wolkenschleiern, die ab und zu ihre lauwarmen Wassermassen über Obsthainen, Gärten und Wäldern ausgossen. Wasser schoß von den flachen Hausdächern, Wasser spülte in den Straßen, und die Gießbäche in den zwei Schluchten schwollen an und brausten. Dann kam die Sonne heraus, und Trapezunt, prangend von Blüten und Früchten, lag da in seinem Dampf. Bald, als die Flotte in den fernen Arm der Bucht einfuhr, sich unablässig weiter nach Osten schob und die Sonne hinter sich brachte, sah man es von den Masttoppen golden aufblitzen, und die bauchigen Segel glühten wie bunte Seidenlaternen.

Inzwischen waren alle in die Zitadelle geflüchtet. Von Morgengrauen an hatten die Glocken der Stadt ihre Warnung hinausgeläutet: die tiefe Bronzestimme der Chrysokephalos-Kirche innerhalb der Zitadelle, die Glocken von St. Anna westlich des Meidan, von St. Basil unten am Strand und St. Andreas und St. Sophia im Westen. Und im Viertel der Kaufleute die der lateinischen Kapellen und von St. Philipp drüben beim Mithrasberg und, als lauteste von allen, die der Kirchenburg von St. Eugenios auf ihrem Bergkamm im Süden. Die Botschaft war einfach: *Verlaßt eure Häuser und kommt.*

Sie kamen nicht bereitwillig, denn dies war eine neue Übung. Inzwischen hatte jede Landspitze am Schwarzen Meer zum Schutz von Hafen und Handel ihr genuesisches Kastell oder ihre befestigte Klosterkirche. Zusammen mit den berüchtigten Stürmen des Euxinos (einst recht angemessen als Axeinos bezeichnet) sorgten diese im allgemeinen dafür, daß sich Seeräuber nicht lang aufhielten.

Ein entschlossener Feind mit einem festen Ziel war etwas anderes. Nur die Zitadelle über den beiden Schluchten war wirklich uneinnehmbar. Die flachen Strände mit ihren Kais, Lagerhäusern und

Fischergemeinden, das steile Gewirr von Straßen zu beiden Seiten mit den prächtigen Häusern, den Gärten, Bädern und Märkten hatten keinen anderen Schutz als die vereinzelten befestigten Kirchen und die wehrhaften Türme des Kaufleuteviertels. Gebäude aus Ziegel und Stein widerstanden den meisten Angriffen, aber nicht allen. St. Eugenios war mehr als einmal eingenommen und besetzt worden. In wirklich ernsten Kriegszeiten verließen sich die Leute daher weder auf die kleineren Festungen noch auf die Zitadelle. Die Reichen waren in der Vergangenheit immer zu Schiff nach Georgien geflohen, und die Armen hatten sich mit ihren Kindern und dem, was sie an Habe tragen konnten, nach Süden in die Berge geflüchtet.

Das war diesmal unmöglich, weil im Süden das ottomanische Heer mit der Weißen Horde kämpfte. Und diesmal war es auch erforderlich, daß die kampffähigen Männer der Stadt nicht dahinschmolzen, sondern dablieben, innerhalb der Mauern, zur Unterstützung der kaiserlichen Streitmacht. Und Männer kämpften besser, das wußten auch Astorre und John le Grant, wenn sie ihre Frauen und Kinder dabeihatten, so wie Hirten durch den Anblick ihrer Herde an ihre Ehre erinnert wurden. Also hatte man die Schiffe abgetakelt und die Leute verwarnt. Also hatte man Vorräte angelegt und Vorbereitungen getroffen für den Zustrom von Menschen. Und also kamen die Mönche in die Stadt mit ihren Kreuzen und ihren Schätzen auf dem Rücken ihrer Maulesel; und die Kaufleute leerten ihre Lagerhäuser, vergruben, was sie nicht fortschaffen konnten, und zogen mit Angehörigen und Gesinde über die Schluchten, um Quartier zu nehmen, wo es sich ihnen bot.

Wie schon seit geraumer Zeit vorgesehen, entließ Nicolaas alle griechischen Dienstboten, die zu ihren Familien zurückzukehren wünschten, so daß sie jetzt nur noch wenige waren: Gottschalk und Tobie mit ihren Gehilfen und Dienern, Loppe mit denen, die ihm bei der Haushaltsführung halfen, und Patou und seine Schreiber. In Abwesenheit von Julius – fünfundzwanzig Menschen. Dabei war er einmal für eine ganze Galeere verantwortlich gewesen. Angesichts der jähen Verminderung seiner Bürde und der Aussicht darauf, daß endlich etwas geschah, geriet er in eine Hochstimmung, als hätte er getrunken. Alle anderen, bis auf Gottschalk, schienen sich davon anstecken zu lassen und riefen laut und scherzten, als sie ihre Habe aus dem Fondaco in die mittlere Zitadelle schafften, in das Haus und die Lagerkammern, die John für sie gemietet hatte, bevor er abgereist war. Die Venezianer, eine noch kleinere Gruppe, waren schon da, auch Astorre, der schon seit Wochen mit seinen Männern in der oberen Zitadelle Quartier genommen hatte. Sobald sie sich eingerichtet hatten, stieg Nicolaas mit Tobie und Astorre auf den großen Stadtturm, um die näherkommende türkische Flotte zu beobachten.

Der neue Turm nahm die höchste Stelle der Zitadelle ein und erhob sich noch über das Gold und Weiß des Palasts. Von seinen Zinnen blickten sie hinunter auf die Dächer und Gärten, Türme und Kuppeln von Trapezunt, die zum Meer hin abfielen, weiß und grün, rot und golden. Bald würde man die eisernen Tore zur oberen Zitadelle schließen und dann auch die Tore, welche die mittlere von der unteren trennten. Die verstärkte Besatzung hatte längst auf den Mauern zum Meer hin Stellung bezogen, und die Wallgräben waren mit Wasser gefüllt.

Durch Paraskeuas, den Überbringer nutzloser Nachrichten, wußten sie, daß sich die genuesische Kolonie, die zu groß war, um unter einem einzigen Dach unterzukommen, in mehreren Haushalten über die ganze Stadt verteilt hatte. Die Seeleute sollten im Freien schlafen. Pagano Doria hatte mit Crackbene, seinem Schiffsführer, und den Offizieren seiner Kogge, die jetzt ruderlos und abgetakelt war wie alle anderen Schiffe, ein Haus im Stadtviertel St. Andreas bezogen, nahe bei der östlichen Schlucht und dem Strand.

Tobie beschattete die Augen mit der Hand und sagte: «St. Andreas, natürlich. Er hat Trapezunt das Christentum gebracht, und der Orden vom Goldenen Vlies pflegte sich an seinem Namenstag zu versammeln. Wenn sein Kopf nach Rom geraten ist, könnte er mehr bewirken als Fra Ludovico da Bologna. Glaubt Ihr, unser genuesischer Freund hält sich noch immer für Jason? Eines ist sicher: wenn es zu einer Hungersnot kommt, ist Willequin, zu Pastete verarbeitet, Dorias erster Notleckerbissen.»

«Sie hat ihn mitgenommen», sagte Nicolaas. «Das Kamel wird dahineilen wie der Wind.»

«Ihr habt Catherine auf dem Kamel losgeschickt? Auf Chennaa?»

«Wenn sie ein Pferd reiten kann, kann sie auch ein Kamel reiten. Der Hustentrank hat gewirkt.»

«Das sollte er auch», sagte Tobie. «Ich hatte in Pavia einen Lehrer, dessen Onkel war in mameluckischer Gefangenschaft gewesen. Sie hatten ihn zum Kamelarzt gemacht. Er hat die Kamele behandelt wie Menschen. Sie kriegen alles außer...»

«– dem Höcker. Ich kann's mir denken. Die Fischer, verfluchte Gesellschaft, sind noch nicht hereingekommen.»

«Man kann sie nicht zwingen», sagte Tobie. «Wenn man nicht ihre Boote und Netze verbrennt. Als die Türken Belgrad belagerten, haben sie Rudel von Hunden geholt, die die christlichen Leichen auffressen sollten.»

«Hunde mögen Schiffe nicht», sagte Nicolaas.

«Nach Mistra haben sie versprochen, niemanden zu töten, und doch haben sie sechstausend Menschen umgebracht. Sie ziehen Menschen bei lebendigem Leib die Haut ab, sie enthaupten sie, pfählen sie auf. Sie sägen Menschen entzwei.»

«Das tun sie. Aber hier können sie nicht die Schluchten überqueren, und sie können uns mit keiner Waffe erreichen, nicht einmal mit Pfeilen», sagte Nicolaas. «Um entzweigesägt zu werden, müßtet Ihr schon sehr unvorsichtig sein.»

«Sie könnten uns mit Kanonenkugeln erreichen. Die Batterie von Konstantinopel konnte Kugeln von zwölfhundert Pfund verschießen, und eine griechische Wurfmaschine schafft nur hundertfünfzig.»

«Sie könnten, wenn ihre Schiffe mehr als leichte Marinegeschütze tragen können. Sie können uns nicht erreichen. Sie können uns nur aushungern. Und wir haben Lebensmittel für drei Monate. Macht nur weiter. Mir wird das Haar schon grau und weiß.»

«Und sie sind erfinderisch. Bei Konstantinopel haben sie ihre Flotte auf Rollen gesetzt und über Land hinter die griechischen Linien geschafft.»

Nicolaas lachte und sagte nichts. Tobie fuhr in dem gleichen nachdenklichen Ton fort: «Daß diese Flotte heute hier ist, heißt, daß sie an Kerasous und an der *Ciaretti* vorübergefahren sein muß. Oder angehalten und John und Julius und Catherine umgebracht und unsere gesamte Ware mitgenommen hat. Und das Kamel. Herrgott, warum macht Ihr Euch so gar keine Sorgen?»

«Das brauche ich nicht», sagte Nicolaas. «Ihr sorgt Euch für mich mit. Und damit Ihr beruhigt seid: die *Ciaretti* liegt abgetakelt und unter Buschwerk versteckt auf der heiligen Insel der Amazonen, im Schutz von schrecklichen Geräuschen und schlimmsten Vorzeichen, die jeden von einer Landung abhalten. Deshalb mußte John hinfahren. Ihr braucht jetzt nur noch zu hoffen, daß Julius und er das Schiff wieder zusammensetzen können. Legt Euch hin.»

«Was?» sagte Tobie.

«Legt Euch hin. Der Kaiser und seine heilige Prozession kommen, um an der Mauer zu beten.»

«Es ist kein Platz», sagte Tobie.

«Doch, wenn wir uns übereinanderlegen. Küßt seine Stiefel und denkt daran: er ist Gottes Stellvertreter auf Erden, und Götter verlieren nie. Die großen Komnenen werden immer hier sein.»

«Wie in Konstantinopel?» Ein Basilikumzweig wurde über ihnen in der Schwebe gehalten, und Weihwassertropfen fielen auf Tobies Kahlkopf. Die Sandalen und Strumpfschuhe schritten weiter.

«Das waren nicht die Komnenen», sagte Nicolaas mit gedämpfter Stimme. «Und wir waren damals nicht in Konstantinopel, wenn auch John allein sich gar nicht so schlecht geschlagen hat.»

Tobie klopfte sich die Knie ab. «Wenn ich daran denke, was Ihr und John alles aushecket, frage ich mich einfach manchmal, ob Ihr wißt, was Ihr mit Eurem Treiben über uns bringen könntet.»

«Ich weiß», sagte Nicolaas demütig. «Eine wahre Woge türkischen Unwillens.»

Den ganzen Nachmittag standen sie da und sahen zu, wie Männer bei einem Spiel. Tief unten auf dem Meer trieben die fremden Schiffe zueinander, leicht wie Schaum, und verschmolzen auf dem blauen Wasser zum fernen Schlag einer Trommel. Eine Trompete quietschte, und prasselnd gingen die Vorsegel herunter. Dann waren nur noch blanke Masten da, die sich im Verein neigten, und schräge grüne ottomanische Flaggen, jede mit ihrem goldenen abnehmenden Mond, zum Zeichen der großen Siegesnacht des Sultans. Einen Augenblick lang war es so still, daß man den Gesang der Waldvögel hörte, der wie ein Tuch zwischen Stadt und Gebirge hing. In der östlichen Schlucht schlug die Harfenstimme einer Nachtigall an und wetteiferte mit anderen werbenden rituellen

Stimmen, die der Wind herübertrug: *Allah-u Akbar; Allah-u Akbar; la ilaha ill-Allah.* Die Imame riefen im Gebet Allah an.

Auf allen Dächern der Stadt standen Menschen und beobachteten die Flotte, während der Teppich der Beter sich bewegte, erhob und zu zerstreuen begann. Der Schiffe waren so viele, daß man sie nicht zählen konnte. Große Galeeren, lange zweimastige Triremen wie die *Ciaretti,* Biremen mit nur einem Mast und ein ganzer Schwarm von Beibooten, Schaluppen und Kuttern, die sich jetzt zur Landung anschickten. Voran fuhr, mit vergoldetem Bug und einer besonderen Flagge am Heck, die Schaluppe Admiral Kasim Paschas, des Statthalters von Gallipoli, und seines Schiffsführers Yakub. Tobie sagte: «Da kommen sie, und ich versichere Euch, sie werden Euch einiges an den Hals wünschen.»

Nicolaas grinste und zuckte die Achseln. Aber Gottschalk sagte: «Sie sind hereingekommen, die Fischer. Warum? Was hat Nicolaas gemacht?»

Astorre hatte seine funkelnden Augen auf den Strand gerichtet: «Er und John, sie sind schon zwei Teufel. Seht Ihr das türkische Gesindel, das da an Land kommt? Bezahlte Freiwillige und Hilfstruppen sind das, weiter nichts. Sie wollen plündern, und man läßt sie auch. So verbringen sie die ersten ein, zwei Tage damit, daß sie sich ihre Häuser aussuchen. Suchen sich ein Haus aus und stecken die Flagge daran, und dann gehen sie ans Gold und an die Lebensmittel und die Frauen.»

«Es sind aber keine da», sagte Gottschalk.

«Aber das wissen sie nicht», sagte Astorre. «Da sind Häuser, und da gehen sie hinein.»

«Ihr habt Fallen gestellt?»

«Paßt auf», sagte Astorre. Er klopfte Nicolaas auf den Rücken. «Ich weiß nicht – Ihr macht das eines schönen Tages auch mit uns. Ich hätte Euch die Kehle durchschneiden sollen, damals in Brügge.»

«Ich werde Euch rechtzeitig warnen», sagte Nicolaas.

«Eine großartige Frau, die Demoiselle. Ihr und sie, Ihr könnt auf Astorre zählen.»

Nicolaas lächelte, ohne sich umzudrehen: das breite rückhaltlose Lächeln seiner Jugendzeit. «Ich weiß. Da, es geht los.»

Natürlich war John, der den ganzen Plan verstand, in Kerasous. Astorre hatte mehr als nur einen kleinen Anteil daran gehabt, und der griechische Befehlshaber hatte Pulverwerker zur Verfügung gestellt, und Tobie war selbst ab und zu auf eine der ausgefalleneren Gruben gestoßen, die Nicolaas den Jüngern des Propheten in der östlichen Vorstadt von Trapezunt gegraben hatte. Auf die meisten war er kaum vorbereitet. Das erste der Beiboote schob sich den Kieselstrand hinauf. Die Türken sprangen an Land, beturbant, gestiefelt, die Jacken in die Pludérhosen gesteckt, die kurzen, krummen Klingen in die Luft gereckt, und zerstreuten sich, stolperten und fielen bei einer Reihe scharfer Explosionen zu Boden. Die näherkommenden Boote drehten ab; die aufgeregten Rufe der Landungstrupps waren bis zum Turm hinauf zu hören. Einzelne Gruppen von Männern bewegten sich zögernd über den Strand, ihre Waffen in den Händen. «Stolperdraht und Schießpulver», sagte Nicolaas. «Achtet auf die Schuppen.»

Die Schuppen enthielten eine Hebelkraftapparatur, die mit Holzplanken und Felsbrocken arbeitete. Auf der Suche nach versteckten Schützen mit Handfeuerwaffen erlitten die Vorausabteilungen Verluste. Ein Hauptmann, der seinen Verstand gebrauchte, ließ den Strand genau absuchen, worauf die Landungsflotte weitergewinkt wurde. Die Krieger gingen in einzelnen Reihen an Land, wurden zu Gruppen zusammengefaßt und erhielten Anweisungen. Astorre kicherte. «Stolperdrähte und Hebel», sagte er. «Paßt auf, aber es wird Euch nicht viel nützen.»

«Geht es noch weiter?» fragte Gottschalk.

Es ging noch weiter. Einmal erklärte Astorre, einmal Tobie. Man hatte sieben Fuß tiefe Fallen gegraben und für das Auge abgedeckt, auf Straßen und in Häusern. Man hatte Armbrüste aufgestellt und mit Schnüren am Abzug versehen. In einem Garten lauerte ein Bulle, in einem anderen ein Keiler. Wo eine der steil abfallenden Stellen zum Rennen einlud, war ein todbringender Draht gespannt worden; an einer anderen steilen Stelle wartete eine Wagenladung von schweren Steinen darauf, herunterzupoltern. Ähnliches war mit Hilfe ausgetüftelter Auslösemechanismen für andere Gegenstände vom einfachen Sack mit Erde bis zum Faß mit siedendem Öl vorgesehen. Natürlich waren das alles nur Nadelstiche für eine einfallende Truppe, aber doch demütigende Nadelstiche, die Verwirrung stifteten und den Angreifer zögern ließen. Jenseits der Schlucht herrschte ein ständiges Lärmen, als die an Land gegangenen Krieger die Vorstadt in Besitz nahmen und entweder Mißhelligkeiten begegneten oder etwas erbeuteten. Manchmal war etwas Wertvolles liegengelassen oder vergessen worden, und da erhob sich ein großes Geschrei, und sie fielen alle darüber her wie Krähen über ein Stück Fleisch.

Von der anderen Seite der Schlucht aus sahen die Leute von Trapezunt zu. Nun, da der Feind die Gebäude und die Bäume der Vorstadt erreicht hatte, konnte man seine Bewegungen zumeist nach den Geräuschen verfolgen, aber gelegentlich war auch ein Turban zu sehen, auf dem Meidan, auf Dächern oder in einem Garten oder Hof. «Ist das alles?» fragte Tobie.

«Nein», sagte Nicolaas. Er blickte erwartungsvoll und ernst. Tobie fragte sich warum, als die Explosionen einsetzten.

Wo genau sie stattfanden, konnte man nicht sehen. Irgendwo zwischen den Häusern und Bäumen auf der anderen Seite der Schlucht tauchten Wolken schwarzen Rauchs auf, Flammenröte und dann ein Dröhnen so laut wie ein Kanonenschuß, jeweils gefolgt von Schreien. Astorre lauschte mit befriedigtem Gesicht. «Kerzen», sagte er. «Dieser Bursche hier hat sie Talglichter machen lassen. Brennen verschieden schnell herunter, versteht Ihr, in Pulverfässer hinein. Die Hurensöhne, die schon drin sind, fliegen in die Luft, und für die anderen werden die Häuser unbewohnbar.» Einige Explosionen waren bunt, wie Freudenfeuer, anderen ging eine Folge von Knattergeräuschen voraus, als wäre der große Knall mit zusätzlichen Überraschungen versehen worden. Nach der ersten Explosion begrüßten die Menschen auf den Dächern von Trapezunt jede weitere mit lautem Geschrei. Was sie da mitansahen, war die Zerstörung ihrer eigenen Häuser. In dem Geschrei schwang Trotz mit.

Nach der fünften oder sechsten Explosion, als die Brände Fuß gefaßt hatten und sich auszubreiten begannen, bekam der Stimmenlärm von jenseits der Schlucht einen anderen Klang, so wie ein Bienenstock seine Stimmung ändert. Nicolaas sagte: «Jetzt haben sie genug. Sie wollen mit Pfeilen nach uns schießen, auch wenn sie in die Schlucht fallen. Wenn wir Glück haben, verschwenden sie dabei eine Menge.»

«Die Woge des Unwillens», sagte Tobie. Er sah, wie die weiß beturbanten Gestalten zusammenströmten und dann den gegenüberliegenden Hang hinunterrannten, bis sie von der Mauer über der Schlucht, die sie von der Stadt trennte, aufgehalten wurden. Selbst auf diese Entfernung hatten die Gesichter Schnurrbärte und Augen, und die kragenlosen Hemden waren schwarz und rot befleckt. Hoch über die Köpfe gereckte Fäuste schüttelten Krummschwerter und Lanzen und Bogen. Sie standen in einer Reihe an der Mauer und starrten finster über den Abgrund hinweg: eine einzige Hecke des Hasses. Da wurde die Hecke entwurzelt.

Die Explosionen hatten ihren Ursprung in den Häusern unmittelbar hinter den ihrem Zorn hingegebenen Männern. Die Detonationen erfolgten eine nach der anderen. Kaum war ein Wirbel von Ziegeln und Steinen in die Luft geschossen, da erhob sich schon der nächste, fein abgestimmt wie ein Uhrwerk. Die Gestalten in den weißen Turbanen, die die Mauer säumten, stürzten zu Boden, hingestreckt wie Kegel von einer Kugel, nur daß dieser Zusammenprall alles rot färbte. Blut sammelte sich auf dem Ziegelstein des Walls und begann daran herunterzurinnen. Feuer loderte auf, und Rauch hing in der Luft. Nicolaas sagte: «Krieg ohne Feuer taugt nichts, ist wie Wurst ohne Senf.»

Astorre ließ der Ausspruch kalt. «Ihr habt's geschafft!» sagte er. Seine Stimme war heiser vor Erregung. Von den Mauern und Dächern der Stadt drangen wilde Beifallsrufe herauf. Gottschalk wandte sich um.

Nicolaas hielt seinem Blick unverwandt stand. Er sagte in klarem Umgangsflämisch: «Es erwirbt sich Verdienst im Himmel, wer das Land von den Ungläubigen reinigt. Aber, werdet Ihr sagen, handelt so ein Mann von Ehre? Mit List und Tücke? Aber ja, erwidere ich da, hat es der Heide mit uns denn je anders gehalten? Und wen kümmern die Mittel, solange das Wohl der Kirche Gottes gewahrt bleibt? Aber, werdet Ihr sagen...»

«Wie wagt Ihr es, wissen zu wollen, was ich sagen werde?» unterbrach ihn Pater Gottschalk.

«Da Ihr zu kritisieren wagt, ist es mein Vorrecht», sagte Nicolaas.

«Ihr seid empfindlich, wenn es jetzt eine Beleidigung ist, Euch anzusehen», sagte Gottschalk. «Ich gehe in unser Quartier zurück. Es wird eine lange Belagerung werden, und ich muß mich dazu noch rüsten.»

Sie sahen ihm nach, wie er hinunterstieg. Tobie sagte: «Ich bin mir nicht sicher, ob mir das gefallen hat.»

Astorre spie aus. «Das macht nur der erste Tag. Er hat viele Menschen in Stücke fliegen sehen bei Sarno. Und er ist auch ein guter Kämpfer.»

«Dessen bin ich sicher», sagte Nicolaas. «Solange er sich zum Kampf die richtigen Leute aussucht.»

Später stieg er mit den anderen hinunter, und als er dem Priester das nächste Mal begegnete, erwähnte keiner von beiden den Vorfall. Nach außen hin hatte sich ihr Verhältnis nicht verändert.

Die Belagerung hatte begonnen, und die Stadt Trapezunt machte sich daran, sie durchzuhalten.

KAPITEL 36

DIE DRÜCKENDE JULIHITZE LASTETE AUF dem sich bekriegenden Europa, und Kettenpanzer wie Plattenpanzer, dünner Kittel wie dicker gepolsterter Drillich waren in Blut und Schweiß getaucht. In England krönte man den Führer des Hauses York als Edward IV. zum König, und George und Richard, seine jugendlichen Brüder, wurden zu Herzogen von Clarence und Gloucester. In Rom flohen Kardinäle vor den giftigen Dünsten, und die Kurie raffte ihr Pergament zusammen. Der Heilige Vater empfing den Besuch seines Patenkindes Giovanni da Castro, ehemals Färbermeister in Konstantinopel, umarmte ihn viele Male und brach dann zu drei Monaten frischer Luft nach Tivoli auf. Der Minoritenorden der Franziskaner gewährte ihm Gastfreundschaft, und alle Herren an seinem Weg boten ihm Schutz und Geleit. «Gibt es einen herrlicheren Anblick als Truppen in Schlachtordnung?» sagte Papst Pius gerührt.

In Frankreich starb Karl VII., zum Essen unfähig, den Hungertod, nachdem er Fra Ludovico da Bologna und seiner malerischen Gesellschaft östlicher Abgesandter die letzte Audienz seines Lebens, aber kein Geld gegeben hatte. Sie blieben zu seinem Begräbnis. In Genappe ordnete der Dauphin für seinen Vater eine Totenmesse an und verbrachte den Nachmittag, rot-weiß gekleidet, auf der Jagd.

In England wartete das glücklose Haus Lancaster darauf, daß der neue König Ludwig XI. es unterstützen würde, doch es blieb bei Versprechungen. Genua, wo ein rascher Dogenwechsel stattgefunden hatte, konnte eher damit rechnen, daß der neue König Ludwig Truppen schickte, um die einheimischen Gruppierungen der Adorno und Fregoso aus der Stadt zu jagen. In Frankreich selbst herrschte großes Unbehagen. Der alte Hof bereitete sich darauf vor, den verhaßten neuen König Ludwig zu empfangen: den Schützling Burgunds, der jetzt ohne Zweifel zur Marionette geworden war.

Die Ludwig freundlich gesinnten Flüchtlinge kehrten nach und nach zu ihren Ländereien und Pachtgütern in Frankreich zurück. Unter den ersten war Jordan de St. Pol, Vicomte de Ribérac, Vater des stattlichen, reizbaren Simon. Endlich wieder Herr über seine schottischen Ländereien, gab Simon de St. Pol seiner Freude in einem wochenlangen Trinkgelage Ausdruck – sehr zur Verzweiflung seiner Gemahlin Katelina. Als sie von seiner Absicht hörte, wieder das Festland aufzusuchen, gönnte sie ihm kaum noch einen Augenblick Ruhe, was ihn sowohl erfreute wie belustigte. Und sie hatte ganz recht. Ein Sohn, das war nicht genug. Er war jedoch nicht bereit, sie nach Italien mitzunehmen.

Gregorio, der Advokat des Hauses Charetty, war zehn Wochen früher nach Italien aufgebrochen und würde, wie es hieß, in Dijon und Genf Station machen, um sich seiner Dienstherrin, Marian de Charetty, anzuschließen. Aus Brügge war zu hören, daß die ältere Tochter Mathilde, die bei Anselm Adorne zurückgelassen worden war, darauf bestanden hatte, die Reise mitzumachen. Simon wußte natürlich, daß es bei dieser Reise darum ging, die Ehe zwischen dem anderen Mädchen und seinem Handlanger Doria aufzulösen. Sollten sie es versuchen. Er hatte ihnen folgen wollen, aber sein Vater hatte ihn darauf hingewiesen, wie unklug ein solcher Schritt wäre. Der dicke Vater Jordan. Der dicke, fette Vater Jordan, der ihm ohnehin alles Taschengeld entzogen und allen Kredit gesperrt hatte, so daß er nicht hätte reisen können, selbst wenn er gewollt hätte.

Doch jetzt konnte er. Das Schwein war zur Buchmast nach Ribérac zurückgekehrt und würde zu sehr mit der Rückeroberung seines Reichtums beschäftigt sein, um sich um Simon kümmern zu können, der irgendwo drüben auf dem Schwarzen Meer eine vollbeladene Kogge und einen genuesischen Mittelsmann hatte, der mehr die eigenen Angelegenheiten als die Simons im Kopf zu haben schien und vielleicht den Gewinn einzuheimsen trachtete, den Simon brauchte, um nicht mehr von seinem Vater abhängig zu sein. Wenn er erst dem Alten den Preis für die Kogge und ihre Ladung bezahlt hatte. Dem dicken Vater Jordan, den er so sehr verabscheute, wie er und sein Vater Grund hatten, den Emporkömmling Claes zu verabscheuen. Jordan, der ihn bespitzeln ließ. Nachdem er, Simon, herausgefunden hatte, was diese Dienerin Agnès in seinem Haushalt tun sollte, hatte er darauf gedrängt, daß Katelina sie entließ. Und als sie zögerte, hatte er seinen Stallburschen auf die alte Dirne gehetzt, die sich angestellt hatte, als wäre sie noch eine Jungfrau, und dann zu seinem Vater geflüchtet war. Es gab genug Frauen, die sich um Henry kümmern konnten. Was tat es schon? Es würde jetzt noch mehr Söhne geben. Er hatte noch nie eine so eifrige, so entzückend eifrige Ehefrau gesehen wie seine Gemahlin Katelina van Borselen.

In Florenz erfuhr der Seekonsul Antonio di Niccolo Martelli von der Ankunft eines Abgesandten des Hauses Charetty und vereinbarte in Vertretung seiner Genossen, der Medici, ein Treffen mit dem Advokaten Gregorio, einem dunkelhaarigen, noch jungen Mann mit einer Nase wie ein Krummschwert. Er konnte Messer Gregorio mitteilen, daß gerade eine Kogge von Pisa nach Brügge ausgelaufen war mit einer Ladung phokäischen Alauns an Bord, das Messer Zorzi auf Anweisung des Hauses Charetty von Konstantinopel aus auf den Weg gebracht hatte.

Der Advokat Gregorio dankte freundlich für diese Nachricht, während er die Briefe öffnete, die der Konsul für ihn aufbewahrt hatte. Martelli bewunderte seine Beherrschung. Bei der derzeitigen großen Nachfrage nach Alaun reichte der bei dieser Ladung zu erwartende Gewinn für den Kaufpreis der Galeere aus. Das Haus Charetty hatte seine Schulden bei Cosimo de Medici beglichen.

Dann hatte der Advokat von seinen Briefen aufgeblickt und gesagt: «Das ist auch eine gute Nachricht: Unser Messer Niccolo schreibt im Mai aus Trapezunt, sie hätten gut verkauft und bei der ersten Karawane aus Täbris eine große Menge kaspischer Seide erstanden.»

«Das Goldene Vlies!» sagte Martelli. «Euer Glück ist gemacht! Herr Cosimo wird es mit Freuden hören. Und Euren Herren geht es gut, Messer Niccolo und dem Priester Gottschalk?»

«Es scheint so», sagte der Advokat.

«Und dieser Schurke von Doria?» sagte der Konsul. «Dieser Hurensohn von Doria – was ist mit ihm?»

Er war ein wenig zu heftig geworden, und der Advokat hatte ihn überrascht angeblickt und dann gesagt: «Ihr seid also auch kein Freund dieses feinen Messer Pagano? Messer Niccolo schreibt nicht viel von ihm. Doria ist offenbar auch in Trapezunt, war aber bei seinen Geschäften nicht so erfolgreich, wie er es gern gewesen wäre.»

«Wobei Euer Messer Niccolo die Hand im Spiele hatte? Das freut mich. Wenn Ihr nach Venedig kommt, dann sprecht mit meinem Bruder Alessandro. Er leitet dort die Filiale der Bank der Medici. Falls Ihr weiter in den Osten reisen wollt, wird er Euch behilflich sein.»

«Danke, nein», hatte der Advokat gesagt. «Wenn wir erst in Venedig sind, werden wir dort bleiben, bis wir von unserem Schiff hören. Dorthin gelangen die Nachrichten am schnellsten, und ich muß für Quartier sorgen.»

«Ihr könnt eines herzlichen Willkomms sicher sein», hatte Messer Martelli mit einem eigenartigen Blick gesagt. «Und Pagano Doria? Wie ich hörte, ist aus Schottland eine merkwürdige Botschaft eingetroffen. Da war von einer Erkundigung nach einer Ehe die Rede, die er geschlossen haben soll.»

«Ach ja?» hatte der Advokat Gregorio gesagt. «Ich glaube, da irrt Ihr Euch, Messer Martelli. Wie ich unterrichtet bin, hat der gute Messer Doria zwar tatsächlich eine solche Ehe schließen wollen, aber sämtliche Papiere sollen gefälscht gewesen sein. Mich freut es für das Mädchen, wer immer es war. Ein böser Mensch. Er verdient alles Unheil, das unser Messer Niccolo über ihn bringen kann.»

Und dann, unmittelbar nach diesem Gespräch, hatte der Reiterzug des Handelshauses Charetty die Stadt schon wieder verlassen, ehe eine weitere Begegnung verabredet werden konnte. Als Madonna Alessandra Macinghi negli Strozzi später davon hörte, konnte sie kaum ihre Verärgerung verbergen. «Die Leute des jungen Niccolo – und ich habe sie versäumt! Warum seid Ihr solch ein Dummkopf!» hatte sie gesagt. Und Messer Martelli hatte eine grobe Erwiderung unterdrückt und von etwas anderem gesprochen.

Er sagte: «Nun, es scheint, Cosimo de' Medici hat wieder ein gutes Geschäft gerochen. Den Nachrichten aus Trapezunt zufolge hat das Haus Charetty für Florenz und für sich selbst ein schönes Vermögen gemacht.»

«Aber wird das dem guten Cosimo ein Trost sein?» sagte Alessandra Strozzi. «Der arme alte Mann – wird das die Lücke füllen, die sein Lieblingsenkel hinterlassen hat? Alles Gold des Orients würde er hingeben für einen Tag mit Cosimino.»

Eine Woche lang war Trapezunt in Lärm und Gestank getaucht, Feuer knisterten, überall Schreie, und Explosionen zerrissen die Luft, Balken und Mauerwerk stürzten ein, und über allem hing ein beißender Qualm. Nun aber stellte sich in Trapezunt ein neuer Ablauf ein. Da in den Vorstädten so gut wie nichts mehr zu zerstören war, wandte der Feind seine Aufmerksamkeit der eingeschlossenen Zitadelle zu. Pfeile rauschten herüber gegen die innere Seite der Schlucht, Schlünde von Feuerwaffen flammten auf und bellten wirkungslos. Fünfmal bei Tag und bei Nacht stießen die Imame ihre trällernden Rufe aus, und dann folgte der kehlige Singsang. Dazwischen schickte das ottomanische Heer seine Spielleute ins Feld. Fast unablässig, Tag und Nacht, schlugen Trommeln, klirrten Becken, bliesen Hörner und schrillten Pfeifen. Die Schluchten, die Mauern der Stadt hallten wider. Der Lärm der Belagerung verfehlte nicht seine quälende Wirkung. Nachts stopfte sich so mancher Bewohner von Trapezunt Baumwolle in die Ohren. Die anderen hielten auf den festen breiten Wällen Wache und strengten ihre Augen an, während ihnen die Köpfe dröhnten.

Nicolaas fand das alles eher lustig. Auf ihren Wegen zwischen Stadt und Palast dichteten er und Astorre Verse zu den Trommelrhythmen und erfanden neue Anrufungen, daß selbst alte Matronen kicherten. Sie ließen sie auf den Wällen zu Musikbegleitung singen, bis die Männer voller Eifer auf den nächsten Angriff warteten, um die Stimmen der Türken zu übertönen. *La Alla, illa Alla, Hazaret-Eesa Ebn-Alla* brüllten die Verteidiger und setzten noch einiges über den Propheten Mohammed hinzu. Wenn es darum ging, Männer zu verstehen, war Nicolaas ein Genie.

Ja, im Gegensatz zu anderen Zeiten herrschte bei dieser Belagerung in Trapezunt Ordnung. Sobald feststand, daß das Ganze von Dauer sein würde, wurden Nahrung, Wein und Brunnen beschlagnahmt, und was die Bevölkerung brauchte, wurde gerecht verteilt. Die Ausnahme machte natürlich der Palast, doch keiner außer Nicolaas und Astorre bekam die heimlich angelegten Vorräte zu Gesicht, konnte das gierige Feilschen von Gemach zu Gemach beobachten. Die Adligen des Hofes waren die persönlichen Freunde des Kaisers, und der Statthalter Christi war über jeden Tadel erhaben.

Nicolaas verbrachte die Hälfte seiner Zeit im Palast, wo er und Astorre wie die gemeinsamen Leiter einer derben, aber ganz fröhlichen Zirkusvorstellung behandelt wurden. Das Schauspiel der Einfälle und Kniffe, das die Landung der Türken am Anfang begrüßte, hatte die Einstellung des Kaisers zu diesem kleinen Krieg bestimmt. Für ihre vermessene Landung hatten es die ottomanischen Krieger verdient, daß sie in ein Gemetzel gelockt wurden. Natürlich blieben viele übrig, doch die zogen sich gelangweilt und verärgert zurück, wenn rauhes Wetter kam, während der von Gott beschützte Basileus und sein Kreis sich auf den Höhen gemächlich zurücklehnten und satirische Gedichte verfaßten, auf die Schußfolge der feindlichen Geschütze Wetten abschlossen oder einander zu gefährlichen Unternehmungen anstachelten: nachts aus einer Ausfalltür hinauszuschlüpfen und mit einem türkischen Kopf, einer feindlichen Flagge oder der Hose eines schlafenden Kriegers zurückzukommen.

Acht Höflinge verloren ihr Leben, und zwei vertraute aufgespießte Köpfe blickten sie jetzt von der ottomanischen Seite des Abgrunds her an. Der eine war der des eleganten Mannes, den Nicolaas zuletzt im Badehaus gesehen hatte, als er sich die Fingernägel pflegen ließ. Die Bäder waren vor kurzem geschlossen worden, weil sie zuviel Holz verbrauchten. Doch was einst in jener vornehmen Umgebung stattgefunden hatte, spielte sich jetzt hinter geschlossenen Türen und Vorhängen ab und entsprang den Einflüsterungen von Krieg, Gefahr und Angst und nicht den trägen Neigungen der Langeweile. Die Krieger von Beruf schwelgten in Gunstbeweisen. Astorre nahm, während er mit Flüchen über seine Leute herrschte, jede Frau, die ihm angeboten wurde, und dreimal soviel kamen unaufgefordert zu ihm.

Als die Belagerung schon zehn Tage dauerte, wurde Nicolaas außerhalb der üblichen Zeit in den Palast gerufen, und dies auch mit einer ungewohnten Dringlichkeit. Er hatte sich inzwischen längst an das Gemach mit seinem grünen Porphyr, seinen Mosaiken und seinem Ausblick über den westlichen Abgrund auf die Küsten des Reiches gewöhnt, das der Kaiser für seine Ratssitzungen benutzte. Es lag in dem gleichen Flügel wie das Gemach der Violante von Naxos, die er seit zwei Wochen nicht mehr gesehen hatte. Nicolaas blickte sich um und sah, daß wie üblich die hohen Kriegsführer anwesend waren, auch der Hauptmann der Kabasitai, Altamourios, die übrigen Berater des Kaisers und sein Protovestarios Amiroutzes, der sich, den eigenen Fuß auf eine Stufe des Thronpodiums gestellt, vorbeugte, während David, Alleinherrscher der Römer, etwas zu ihm sagte. Er richtete sich auf, als Nicolaas gemeldet wurde, und wartete wie die anderen alle, während er sich unter Verbeugungen näherte und dann seine Niederwerfung ausführte. Bei keiner Gelegenheit wurde auf dieses Zeremoniell verzichtet. Nicolaas sah keine Jungen, keine Geistlichen und auch keine Mitglieder der kaiserlichen Familie. «Setzt Euch», sagte der Kaiser. «Wir haben Nachrichten erhalten.»

Die Ratsbänke waren aus Marmor, mit Seide gepolstert, und standen in einem durchbrochenen Hufeisen vor ihm. Nicolaas nahm zwischen dem Drungarios und dem Befehlshaber der kaiserlichen Wache Platz, während sich Amiroutzes an das eine Ende des Hufeisens setzte, in der Nähe des Kaisers auf dem Thronpodium. Der Kaiser sagte: «Wir sind in unserer Meinung geteilt, und da der

Türke die westliche Art der Kriegsführung übernimmt, könnte uns die Ansicht eines Mannes, der aus dieser Welt kommt, nützlich sein.»

Ohne tägliche Bewegung hatte der Kaiser an Leibesumfang zugenommen. Der Großkanzler und Pfalzgraf Amiroutzes dagegen hatte sich nicht verändert. Der durchbrochen gewebte Stoff seiner Hutkrempe warf einen Gitterschatten über die schöne Nase, den empfindsamen Mund, den gestreiften Bart und das dichte, von der Hitze feuchte, ein wenig klamme braune Haar. Er bewegte sich gelenk. Es hieß, er sei ein guter Bogenschütze. In Italien hatte sich Georg Amiroutzes beredt Kardinal Bessarion an die Seite gestellt, der die Vereinigung der römischen und der griechischen Kirche empfahl. Amiroutzes, der Bewunderer Thomas von Aquins, der geschickte Verhandlungsführer und gewandte Berichterstatter, war mit Ruhm bedeckt von Florenz nach Trapezunt zurückgekehrt. *Ein Literat und zu Recht vom ganzen Vaterland Philosoph genannt*, hatte jemand von ihm gesagt. Ein Denker, ein Führer, ein Gefährte des von Gott beschützten Herrschers, dessen Diskurse Nicolaas manchmal gehört und denen er manchmal beigepflichtet hatte. Ein Mann mit zwei heranwachsenden Söhnen und einer im Umgang mit Perlen großzügigen Hand.

Deshalb... deshalb war man vorsichtig. Nicolaas sprach zu einer Stelle zwischen dem Protovestarios und dem Kaiser hin. «Es gibt andere, die mehr wissen als ich, Eure Herrlichkeit. Darf ich nach Hauptmann Astorre schicken?»

«Wir beabsichtigen in der Tat, ihn zu Rate zu ziehen», sagte Amiroutzes auf ein Nicken des Kaisers hin. «Aber vorerst ist es eher eine Frage der Deutung als eine der Strategie. Wir haben Neuigkeiten vom Sultan und vom Heer Mahmud Paschas, seines Wesirs.»

«Sie haben Sinope verlassen», sagte Nicolaas.

«Sie haben Koyulhisar eingenommen», sagte der Kaiser. «Sie sind Teufel, keine Menschen. Sie haben eine Strecke im Fußmarsch zurückgelegt so schnell wie noch niemand zuvor, und sie haben die Höhen der Westgrenze des Turkmenen erklommen und seine Festung genommen. Sollten sie die Kraft haben, weiter vorzurücken, liegen zwischen ihnen und uns nur noch die Berge und Pässe und Festungen der Weißen Schafe.»

Alles schwieg. Was war bereits gesagt worden? Welche Ansicht hatten die Befehlshaber vorgebracht?

Nicolaas sagte: «Eure Herrlichkeit, man wußte schon immer, daß es dazu kommen konnte. Der Verlust der Grenzfestung wiegt schwer, aber der Angreifer muß einen hohen Preis dafür gezahlt haben. Hasan Bey ist jetzt auf der Hut, der Sultan wird um jeden Zollbreit Boden kämpfen müssen, in gebirgigem Gelände, wo die Weißen Schafe zu Hause sind. Und wenn er es tatsächlich geschafft hat, ist die Jahreszeit für den Krieg vorbei. Ich sehe keinen Grund zur Beunruhigung.»

«Nein?» sagte der Kaiser. «Wirklich nicht? Einige hier waren der gleichen Ansicht. Aber hört noch meine andere Nachricht. Erzerum ist geräumt worden. Uzun Hasan und der Kern seiner Truppen sind nicht ausgezogen, um die Türken abzuwehren. Sie sind in die Berge ausgewichen und haben Abteilungen zurückgelassen, die den türkischen Vormarsch behindern sollen, so gut sie können.»

«Aber glaubt Ihr nicht, Eure Herrlichkeit, daß auch dies von Nutzen ist?» erwiderte Nicolaas. «In offener Feldschlacht würde Hasan Bey unterliegen, nun, da er keine Hilfe von Sinope oder Georgien bekommt. Aber ein Zermürbungskrieg, geführt im Gebirge gegen schon ermüdete Truppen, wird den Sultan genausogut von seiner Tür fernhalten, bis die Herbststürme kommen. Der Sultan mag Erzerum besetzen, aber er wird es schwerlich halten können. Und bei all diesen Schwierigkeiten kann er gar nicht daran denken, dieses Reich hier anzugreifen.»

Der Kaiser wandte den Kopf, und der Schatzmeister antwortete. Noch ehe er sprach, wußte Nicolaas, was er sagen würde. «Die dritte Nachricht», sagte Georg Amiroutzes, «ist die, daß Uzun Hasan nicht beabsichtigt, sein Land bis zum Letzten zu verteidigen oder auch nur Widerstand zu leisten, bis die schlechte Jahreszeit einsetzt. Wie es heißt, hat er seine Mutter, die Syrerin Sara Khatun, ins Spiel gebracht. Es heißt, er hat sie zum Sultan geschickt, um ihn als Gegenleistung für sein Stillhalten um Milde zu bitten.»

Es folgte ein Rascheln und Füßescharren. «Wie sicher ist diese Kunde?» fragte Nicolaas.

Die dunklen Augen beobachteten ihn. «Sie stammt aus einer Quelle, auf die noch stets Verlaß war, Messer Niccolo.»

Nicolaas sagte: «Und das ist alles?»

«Alles?» sagte der Kaiser. «Wo der Türke vor unseren Toren steht?»

«Steht er denn vor Euren Toren, Basileus?» sagte Nicolaas. «Verzeiht, aber ich dachte, er steht in Koyulhisar, im Juli.»

«Dann glaubt Ihr also, daß wir keinen Grund zur Besorgnis haben?» fragte der Großkanzler. «Haltet Ihr es nicht für wahrscheinlich, daß die angelandeten Truppen, die unsere Vorstädte niederbrennen, nur darauf warten, bis das Landheer durch das Gebirge herangerückt ist, um uns dann in die Zange zu nehmen?»

«Herr, wie könnten sie das?» entgegnete Nicolaas. «Wie könnten sie Trapezunt einnehmen, und wären sie zehnmal so stark?»

«Wie konnte Konstantinopel fallen und sein Kaiser untergehen?» sagte der Schatzmeister in leicht ratlosem Ton. «Gott ist gerecht, Messer Niccolo, aber in seinen Waagschalen liegen Gewichte, die sterbliche Menschen nicht kennen können.»

«Aber wir können ahnen und vermuten», sagte Nicolaas. «Weder auf dem Seeweg noch über Land kommen Geschütze von der Art hierher, die Konstantinopel zu Fall brachten. Die Flotte, das wissen wir, hat nicht einmal das Gerät mitgebracht, mit dem man sie gießen könnte. Ein so heiliger Born der Kirche Trapezunt auch ist, es ist nicht das geistliche Herz des Ostreichs, zu dessen Eroberung kein Preis zu hoch war. Es besitzt nicht die Reichtümer, die Byzanz besaß. Seine Kaufleute können den Türken genausogut von Bursa und Pera aus dienen. Und diesem Feind trotzt eine Stadt, die bekannt ist für ihren Mut, gesegnet von der Natur mit Schranken, die niemand erstürmen kann, gesegnet von Gott mit unserem Basileus, der uns erhebt und führt. Ich sage, seid beruhigt. Uns kann nichts geschehen. In diesen Nachrichten ist nichts, was den Schlaf der Männer und Frauen und Kinder stören könnte, die heute hier in der Stadt auf ihren Herrn vertrauen.»

Es trat eine kurze Pause ein, ehe der Schatzmeister mit einem bitteren Lächeln sagte: «Eine beredte Antwort, vorgetragen in lobenswertem Griechisch, Messer Niccolo. Ihr habt eine gute Begabung für unsere Sprache. Darin zumindest müssen alle übereinstimmen. Im übrigen haben wir Eure Ansichten gehört, und sie werden nicht vergessen werden.»

«Andere haben auch so gesprochen», sagte der Kaiser.

«Ich dachte, Ihr hättet an ihnen gezweifelt», sagte Amiroutzes. «Aber wenn Ihr die Diskussion wieder aufzunehmen wünscht, Eure Herrlichkeit, dann sollte Messer Niccolo vielleicht noch bleiben und mit uns allen darüber sprechen?»

Eine Pause. Der Kaiser sagte: «Wir wünschen in Ruhe über diese Dinge nachzudenken. Es ist Zeit zum Essen.»

Er stand auf und ging mit seinem engeren Gefolge hinaus, während sich seine Ratsversammlung zu Boden warf. Nicolaas erhob sich ohne Eile und hielt nach dem Befehlshaber der kaiserlichen Wache Ausschau. Vor ihm stand ein Haushofmeister und sagte: «Darf ich Euch begleiten, ehe die Tore geschlossen werden? Heutzutage kommt man manchmal genauso schwer aus der oberen Zitadelle hinaus wie hinein.»

«Ich hatte noch etwas vor.» Nicolaas rührte sich nicht von der Stelle.

Eine Hand legte sich auf seinen Arm. «Vielleicht morgen», sagte der Pfalzgraf. «Wenn wir ohne Zweifel erneut Eurer Klugheit und Beredsamkeit bedürfen. Wir können uns glücklich schätzen, Messer Niccolo, daß wir Euch und Eure Männer als Schutzwall haben. Aber wenn im engsten Kreis beraten wird, können Fremde nicht hinzugezogen werden, das werdet Ihr verstehen.»

«Natürlich», sagte Nicolaas. «Und wenn Ihr bereit seid, Hauptmann Astorre zu empfangen, braucht Ihr es uns nur zu sagen.»

Die Nachricht verbreitete sich rasch genug. Schon vorher davon unterrichtet, setzte er alles daran, sie herunterzuspielen. Zwar kam keine Angststimmung auf, aber es fiel schwerer, über den herausfordernden kriegerischen Lärm von den Mauern zu lachen. Die Flagge, die dort wehte, signalisierte, daß der türkische Admiral im genuesischen Leoncastello Quartier bezogen hatte. «Sie werden ihn zum Statthalter machen, das würde mich nicht wundern, wenn der Sultan erst in die Stadt kommt», sagte Tobie.

«Nein», erwiderte Nicolaas. Sie waren ausnahmsweise einmal alle bis auf Astorre in ihrem Quartier. Tobie war eben damit beschäftigt, seinen Salbenvorrat zu überprüfen und zu ergänzen. Die Pest war der Feind, dem die meisten belagerten Städte schließlich zum Opfer fielen, und er und die Palastärzte hatten von Anfang an alles getan, um das zu verhindern. Mit dem Wind und der Höhenlage zu Bundesgenossen schien es, als wolle es ihnen gelingen. Aber natürlich gab es weiterhin Kranke, Verwundete und Tote und nur wenig Platz für Bestattungen. Tobie hatte stets einen langen Tag und redete dann, um sich zu entspannen.

Er legte sich gern zum Spaß mit Nicolaas an, dessen «Nein», das wußte er, nichts mit den Aufstiegsaussichten des Admirals zu tun hatte. «Ihr übertreibt», sagte Tobie. «Das war doch nur ein Scherz, hier hört uns niemand.»

«Doch, da sind die Dienstboten», sagte Nicolaas. «Und die Venezianer. Diese Stadt fällt den Türken nicht in die Hände. Es besteht überhaupt keine Gefahr. Und wir reden auch nicht im Scherz so, als wäre es anders. Und wenn ich noch einmal so etwas von Euch höre, bekommt Ihr es mit mir zu tun. Versteht Ihr wirklich etwas von Kamelkrankheiten?»

«Durchfall, Bruch, Scheuerstellen vom Sattel, Räude, Ruhr. Bei Mensch oder Tier, ich kann sie kurieren. Warum? Braucht Ihr einen Komplizen für die Zeit, wenn der Sultan erst... Das», sagte Tobie in scharfem Ton, «geht zu weit.»

Eine Woche verstrich, und die Nachricht, auf die Nicolaas gewartet hatte, traf ein. Inzwischen behandelte ihn nur noch Astorre mit seiner üblichen Unbekümmertheit. Die anderen waren vorsichtig geworden, und mit Recht. Gottschalk kehrte an jenem Abend müde von seinen pastoralen Pflichten zurück. Da die meisten Venezianer vorher abgereist waren, gab es kaum noch Amtsbrüder, die in der lateinischen Gemeinde als Seelsorger wirkten. So stand er jedem bei, der seiner bedurfte, ganz gleich, welchen Bekenntnisses er war.

Nicolaas ließ ihn die Nacht durchschlafen und noch die erste Messe halten und klopfte dann an die Tür der kleinen Kammer. Als dieser hörte, wer es war, öffnete er die Tür und blieb dann stumm stehen. Nicolaas sagte: «Ich hatte geglaubt, ich könnte Euch das ersparen. Es tut mir leid.»

Auch Gottschalk hatte sich verändert, war nicht mehr der große, ungepflegte Mann, der mit leichter, belustigter Hand die Machenschaften Pagano Dorias in Pisa entwirrt hatte. Der Umgang mit seinen Amtsbrüdern hatte ihn dazu gebracht, auf saubere Kleidung zu achten und das ungebärdige Haar weniger lang zu tragen, wenn sein Auftreten auch noch immer eher das eines Mannes der Fäuste als eines der Kirche war und er nach wie vor mit seiner leicht aufbrausenden Gemütsart zu kämpfen hatte. Jetzt, da die Stunde gekommen war, von der er seit langem wußte, daß sie ihm den schwersten Kampf seines Lebens bescheren würde, stand er nur da und sagte: «Ich habe zu tun.»

«Ich weiß», sagte Nicolaas. Es trat eine kurze Pause ein, dann setzte er hinzu: «Tobie auch.»

Die Tür hinter ihm war noch immer offen. Schließlich sagte Gottschalk: «Warum habt Ihr dann so lange gewartet?»

«Weil ich glaubte, ich schaffe es allein», sagte Nicolaas. «Das war ein Irrtum.» Zwischen seinen Augen zeigte sich eine Falte. «Aber ich gehe, wenn Ihr wollt.»

«Um was allein zu tun?» fragte Gottschalk.

«Zum Sultan zu gehen», sagte Nicolaas.

KAPITEL 37

«Ihr überrascht mich», sagte Gottschalk. «Ich hatte den Eindruck, Ihr hieltet Euch zu allem fähig.» Er schloß die Tür und sah, wie Nicolaas zum anderen Ende der Kammer schritt, wo die Erkeröffnung zum belebten Hof hinausging. «Ich glaube, Ihr schließt am besten auch diese Tür.» Er glaubte schon, Nicolaas habe ihn nicht gehört, aber da schloß er die Tür und kam zurück und setzte sich.

«Nun, Ihr seid zornig», sagte Nicolaas. «Und ich habe mich geirrt. Es muß eine Mannschaft da sein, für den Fall, daß mir etwas zustößt.»

Gottschalk nahm auch rasch Platz. «Eure Gemahlin ist eine tüchtige Frau», sagte er. «Ihr glaubt doch wohl nicht, wir würden sie im Stich lassen?»

«Nein», sagte Nicolaas. «Ihr würdet aus Pflichtgefühl bleiben. Das ist etwas anderes.»

Es trat ein Schweigen ein, das Gottschalk nicht brach. Der Junge mußte lernen. Wenn er jetzt nicht lernte, war es zu spät. Endlich sagte Nicolaas: «Es hat seine Nachteile, wenn man als Dienstbote aufwächst. Die Menschen verhalten sich je nach ihrem Stand. Menschen von gleichem Stand sind verletzlich.» Er hielt inne. «Selbst Loppe weiß, daß ich ihm nicht traue.»

«Er würde sein Leben für Euch opfern», sagte Gottschalk.

Nicolaas sagte: «Ohne Rücksicht auf alles andere. Das ist es ja.»

Gottschalk bedachte diese Bemerkung und tat sie fürs erste beiseite. Er sagte: «Und welches ist nun diese Last, die Ihr allein tragen wolltet, und weshalb kommt Ihr jetzt damit?»

«Weil ich sie nicht tragen kann», sagte Nicolaas. «Ich bin nicht dazu fähig. Und es darf nicht sein, daß ich etwas falsch mache. Deshalb habe ich beschlossen, Euren Seelenfrieden zu opfern.»

«Ihr unterschätzt mich», sagte Gottschalk. «Heute ist für mich der erste Tag, an dem ich von Seelenfrieden sprechen könnte, seit wir beide nach Trapezunt kamen. Und mißversteht mich nicht abermals. Ich weiß, es ist nicht Eure Seele, worum es geht. Ja, ich weiß von Dorias geheimer Waffenladung. Ja, ich war zornig auf Euch. Ihr habt mir eine hübsche Strafpredigt gehalten, zum Teil hattet Ihr recht. Aber das war eine Schranke, die Ihr selbst aufgerichtet habt. Ihr habt, nehme ich an, Stillschweigen bewahrt, um uns eine Entscheidung zu ersparen. Um vor allem mich auszuschließen. Ihr müßt eine geringe Meinung von der streitbaren Kirche haben.»

Er hatte diesen Ausdruck bei einem Mann gesehen, dem er ins Gesicht geschlagen hatte. Er hatte nie einen Mann dergleichen schweigend, klaglos hinnehmen sehen. «John würde Euch beipflichten», sagte Nicolaas. «Wollt Ihr mir helfen?»

«Ihr würdet meine Gebühr bezahlen?» sagte Gottschalk. Und dann lächelte er und setzte hinzu: «Ihr seid Euch noch nicht ganz im klaren, nicht wahr? Das ist eine Schuld, um die Ihr Euch nicht zu kümmern braucht. Aber der schwierige Punkt, das sind, wie Ihr sagt, die Waffen.»

Er beobachtete, wie sich der Junge wieder faßte. «Ja», sagte Nicolaas. «Zumindest ist das der Auslöser. Waffen und Rüstungen, gekauft bei Louis de Gruuthuse. Sie waren an Bord der *Ribérac*, als Simon seinem Vater das Schiff stahl. Doria hat in Pisa und Genua nichts von dieser Fracht gesagt. Vielleicht hatte er gehofft, sie in Konstantinopel verkaufen zu können, und dann kam die Angst vor der Pest dazwischen. Als er in Trapezunt eintraf, hatte er die Waffen und die Rüstungen gewissermaßen als Rückhalt dabei, um sich der Gunst des Kaisers zu versichern. Aus irgendeinem Grund hat er sie an Bord behalten, bis die Kogge abgetakelt wurde, und dann an Land gebracht. Ich weiß, wo sie liegen.»

Seit Beginn der Belagerung hatten sie den Schiffsführer Crackbene öfter zu Gesicht bekommen als Doria, und Paraskeuas' Besuche hatten aufgehört. Seit dem heftigen Meinungsaustausch im Garten hatten die Türken Alighieris Fondaco niedergebrannt: sie hatten die lauten Rufe gehört und die Flammen hochschlagen sehen. Die Drohungen, die Catherines Gemahl dort ausgestoßen hatte, schienen ebenfalls verschwunden zu sein. «Wie habt Ihr das erfahren?» fragte Gottschalk.

«Von Catherine, vor ihrer Abreise. Aber lest auch da nicht zuviel hinein. Ich glaube nicht, daß sie ihren Ehemann schon völlig aufgegeben hat. Ich glaube, sie hat ihn auf eine Probe gestellt, ohne sich aller möglichen Folgen bewußt zu sein. Er hat jedenfalls, seit sie fort ist, oft genug versucht, mich loszuwerden.»

Gottschalk richtete sich im Sitzen auf. «Nicht eigenhändig», fuhr Nicolaas fort. «Und Loppe begleitet mich überallhin, wie Ihr bemerkt haben werdet. Auch Violante von Naxos wußte, daß Doria eine Waffenladung an Bord hatte, hat aber, glaube ich, niemandem etwas davon gesagt. Jedenfalls ist sie jetzt fort.»

«Wohin ist sie gegangen?» fragte Gottschalk.

Nicolaas zuckte die Achseln. «Georgien… Tana… Ich weiß es nicht. Sie hat Freunde. Ein Fischerboot bringt eine einzelne Person von ihrem Rang überallhin. Und so bleibt alles an mir hängen.»

«Eine Ladung Waffen, so groß, daß sie den Ausgang des Krieges beeinflussen könnte, und sozusagen in Eurer Gewalt? Ist dies das Problem?»

Ein schaukelnder Hocker war die Antwort. Nicolaas stand mit dem Rücken zum Fenster da und sagte: «Natürlich nicht! Was glaubt Ihr, wovon wir reden? Diese Ladung Eisen könnte den Krieg für zehn Minuten, für eine Stunde, für einen Tag beeinflussen, nicht mehr. Natürlich, jede Seite würde sich freuen, sie zu haben. Jeder, der sie bekommt, wird dankbar dafür sein. Darum geht es nicht. Es geht vielmehr um den Umstand, daß sie nicht ausgeliefert wurde.»

«Von Doria? Aber Ihr habt doch selbst gesagt, er warte vielleicht, um sich damit die besondere Gunst des Kaisers zu erkaufen.» Gottschalk bat Gott in einem ganz kurzen Gebet um Vergebung für die große Freude, die er empfand.

«Meint Ihr nicht, die Zeit, sich um Gunst zu bemühen, sei gekommen? Und da ist Prinzessin Violante, die schwor, sie habe nur mir davon erzählt. Und ich glaube ihr. Ich weiß sogar, daß sie keinem anderen davon erzählt hat. Also warum?»

Gottschalk stand auf und lehnte sich neben Nicolaas an den Fensterpfosten. «Sagt es mir.»

Während er sprach, hielt Nicolaas den Blick auf den Hof gerichtet. «Weil man nicht weiß, wer in Trapezunt herrschen wird», sagte er. «Es gibt drei Bewerber. Da ist der Kaiser, der zur Zeit herrscht. Da ist der türkische Sultan. Und da ist Uzun Hasan, im Augenblick Verbündeter von Trapezunt, aber nur aus Furcht vor dem Sultan.»

«Uzun Hasan würde nie in Trapezunt herrschen», sagte Gottschalk. «Wenn es ihm zufiele, würde er vielleicht Zölle erheben, Zugeständnisse für Muslime verlangen. Aber die Weißen Schafe wohnen nicht in Städten. Er würde es seinen griechischen Verwandten überlassen. Schließlich ist Prinzessin Violante...» Er hielt inne.

«Prinzessin Violante wußte, daß ich das wußte», sagte Nicolaas. «Ich durfte Hasan Beys Mutter kennenlernen und mich von allem überzeugen. Der Umstand wurde auf zurückhaltende, aber deutliche Weise klargemacht. Die Weißen Schafe brauchten ohne Einschränkung alle Hilfe, die Sinope und Georgien geben konnten, aber den Christen und dem Handelsverkehr würde nichts geschehen. Vor allem dem Handelsverkehr nicht. Florenz würde unter jedem Herrscher in Trapezunt ein Plätzchen finden, aber unter Uzun Hasan würde es Venedig besonders gutgehen wegen des venezianischen Ehemanns seiner Nichte. Andererseits –» Er hielt inne. «Andererseits war ohne diese zusätzliche Hilfe vom Stamm der Weißen Schafe nicht zu erwarten, daß er sich opferte. Nicht diesmal. Noch nicht.»

«Ihr habt selbst gesagt», hielt ihm Gottschalk entgegen, «erforderlich sei nur ein wenig Widerstand, bis die Jahreszeit zum Kriegführen um ist. Das ist noch immer so.»

«Nein», sagte Nicolaas. «Sie leisten überhaupt keinen Widerstand. Der Palast weiß das noch nicht, aber die Weißen Schafe haben nicht nur angedeutet, daß sie sich eines Angriffs enthalten werden, sie haben den Norden dem Sultan zu dessen Bedingungen überlassen und ihm Hasan Beys Mutter als Geisel gegeben. Das habe ich gerade erfahren. Der Sultan ist auf dem Weg nach Trapezunt.» Er machte eine kurze Pause, dann setzte er hinzu: «Und so gibt es jetzt nur noch zwei Bewerber.»

Auf dem Hof schalt eine Frau einen Dienstboten aus. Der Lärm drang schwach zu ihnen hinauf. «Die Stadt ist nach wie vor uneinnehmbar», sagte Gottschalk und beobachtete das Gesicht des anderen.

«Ja», sagte Nicolaas, «sie ist uneinnehmbar. Aber niemand hat dem Kaiser die Waffen und die Rüstungen von der *Doria* gegeben.» Sein Blick wanderte vom Hof ins Zimmer zurück. Keiner rührte sich.

«Ihr seid zu einem Priester gegangen», sagte Gottschalk. «Darüber bin ich froh. Ich weiß, was Ihr sagen wollt, und wir setzen uns jetzt hin und trinken ein Glas Wein und sprechen darüber. Und Ihr werdet diese Last nicht allein zu tragen brauchen, das verspreche ich Euch. Wann immer von Schuld gesprochen wird, sie wird auch auf mich fallen.»

Eine Woche später wurde bekannt, daß dieser junge Mann, der Wortführer der Leute vom Handelshaus Charetty, wieder am Fieber erkrankt war und daß der Arzt alles andere aufgegeben hatte und sich nur noch seiner Pflege widmete. Ohne sein fröhliches Gesicht wurde die Langeweile des Belagerungsalltags deutlicher, und darunter sah jetzt die Angst hervor. Aber zum Glück war da noch

Hauptmann Astorres ständige beruhigende Gegenwart: in der Stadt, auf den Wällen, im Palast flößte er jedem neuen Mut ein. Es war Zeit geblieben, neue Leute zur Verstärkung der Verteidigungsstreitmacht heranzubilden, und selbst Pagano Doria hielt es für angebracht, seine kindlichen Rachegefühle zu dämpfen, zumal er wichtigere Dinge im Kopf hatte. Auch erhob er keine Einwände, als seine Leute um die Erlaubnis baten, den Priester Gottschalk aufsuchen zu dürfen, da sie keinen eigenen Kaplan hatten. Der Juli ging auf den August zu, und die Stadt dampfte in der Hitze.

Im Gebirge dahinter war es kühler, und Frauen waren besser daran als Männer, obschon dies Sara Khatuns Bedienerinnen nicht davon abhielt, sich zu beklagen. Auf dem letzten Stück des Wegs hatte sogar die leichte zweirädrige Kutsche, die ihr der Sultan zur Verfügung gestellt hatte, den Dienst versagt, und sie war wieder in die Bambussänfte umgestiegen, die sie aus Erzerum mitgebracht hatte, und hatte ihre Frauen dem Pferdesattel überlassen. Sie gehörten von den Begleitern des ottomanischen Heeres zu den wenigen, die dies Vorrecht genossen. Ohne Zelte, ohne Geschütze, ohne Gepäck, das hinderlich sein mochte, hatte sich die vereinte Streitmacht des Sultans und seines Großwesirs Mahmud in Gewaltmärschen nach Osten gewandt, nachdem der Statthalter von Klein-Rum die Bergfeste Koyulhisar ihres Sohnes genommen hatte. Die Grenzfeste, von der man geglaubt hatte, sie werde ihm widerstehen. Und danach hatten die Janitscharen die meisten Posten und Pässe überrannt. Leicht bewaffnet, mit nur leichtem Troß und fast keiner Reiterei, hatten der Sultan und sein Heer beschlossen, die Geschwindigkeit zu ihrer Hauptwaffe zu machen: die Geschwindigkeit und die Überraschung.

Die Ottomanen würden dieses Land nicht halten können, wenn sie nicht mit ihrem Sohn Frieden machten. Mit viel Glück hielten sie vielleicht Koyulhisar bis zum Frühjahr. Während des Winters würden sich ihr Sohn Uzun Hasan und seine Krieger in die Berge Armeniens und die Ebenen jenseits des Euphrat zurückziehen, um dann hervorzubrechen und anzugreifen, wann es ihnen paßte. Das wollte der Sultan nicht. Aber andererseits kannte der Sultan auch die Schwächen ihres Sohnes. Die Weißen Schafe waren Nomaden, von der Eigenwilligkeit, wie sie Nomaden kennzeichnete, anders als die gut ausgebildeten, befehlsgewohnten Ottomanen. Und ihr großartiges Reitergeschick war ihnen in dieser Gebirgskette zu nichts nütze. Der Gebirgskette, die der Sultan überqueren mußte, wenn er Trapezunt erreichen und herausfordern wollte. Und daß er das wollte, war nun klar.

Sara Khatun befand sich jetzt schon seit einigen Wochen beim Heer des Sultans, und er hatte sie und ihr Gefolge von kurdischen und turkmenischen Edelleuten beispielhaft ehrerbietig behandelt – er nannte sie sogar *Mutter*. Wäre sie dies gewesen, hätte sie ihm das Trinken abgewöhnt. Der Prinz von dreiundzwanzig Jahren, der Konstantinopel eingenommen hatte und sich für einen zweiten Alexander hielt, der gegen einen zweiten Darius von Persien zu Felde zog, war jetzt ein hakennasiger, aufgetriebener einunddreißigjähriger Mann. Ein Mann, der arabisch, persisch und griechisch sprach und Gärten, Mathematiker, Lustknaben und Militärstrategie liebte und sich mit Poesie beschäftigte. Weniger übrig hatte sie für seinen Großwesir Mahmud, der wie alle konvertierten Christen seinem neuen Glauben mit unangenehmem Eifer anhing. Er war natürlich ein hervorragender Truppenführer, aber kein beliebter. Erst letzte Woche war ein Mann aus Bursa mit einem Messer in sein Zelt eingedrungen. Er hatte ihm nur ein wenig die Nase und die Oberlippe aufgeschlitzt. Der Arzt des Sultans hatte sich sogleich darum gekümmert. Seit Mahmuds Abteilung und ihre kleine Gruppe sich getrennt hatten und den Truppen des Sultans vorauszogen, hatte die Wunde wieder zu schwären begonnen. Ihr bereitete das Entzücken.

Kurz hinter dem Ziganagipfel verkündete sie die Absicht, die Sänfte zu verlassen und im Sattel hinunterzureiten. Leider im Pferdesattel, da ihr Lieblingskamel erkrankt war. Bald danach ließ Mahmud Pascha ihr ausrichten, daß der Kamelarzt, nach dem sie geschickt hatte, eingetroffen sei, und sie hatte dankend genickt. Als sie schließlich das Lager aufschlugen, erfuhr sie, daß sie nur drei Meilen von Trapezunt entfernt waren, doch in der Dämmerung sah sie nur einen Kamm von schwarzen Bäumen. Nur der Großwesir und ihre Gruppe hatten Zelte. Die anderen legten die kleinen Bäume und das dichte Unterholz an den Hängen nieder, machten sich Betten aus Myrte und Wacholder und purpurnem Spierstrauch und entzündeten Holzfeuer zum Kochen und Qualmfeuer gegen die Stechmücken.

Die einzelnen Trupps blieben geordnet beieinander, es gab kein Rufen oder Lachen, und gesprochen wurde kaum lauter als im Flüsterton. Auch die Diener des Sultans und die des Wesirs versahen stumm, flink und gehorsam ihren Dienst. Auf dem Marsch bedurfte das Heer keiner menschlichen Befehlsstimme, da es der Stimme der Trommel gehorchte. Die Trommelpferde begleiteten sie auf allen Wegen. Losgeschnallt wurden die Trommeln zu ihren Kesseln und standen dann da und dampften von gekochtem Weizen und fettem Fleisch, während die Janitscharen ihre Trommelschlegel als Löffel gebrauchten. So taten sie es auch an diesem Abend, im Kreis um die Feuerstellen in ihren leuchtenden weißen Hauben.

Nachdem Sara Khatun ihr Mahl eingenommen hatte, hüllte sie ihren Kopf einen Schleier, rief nach Scheich Hüseyin Béy und schritt ein wenig gereizt in die Nacht hinaus, um den Kamelarzt zu suchen und zu sehen, was er für ihr Tier getan hatte. Scheich Hüseyin, ein Vetter der kurdischen Gemahlin ihres Sohnes, ging voraus und schlug Leute mit seinem Stock und stellte Fragen in turkmenischer Mundart. Schließlich entdeckten sie den Burschen neben einem Feuer beim Damespiel. Ein blutbeflecktes Tuch hing ihm um den Hals. Die Damefiguren waren weiße Kieselsteine und schwarze Kotkügelchen, und als Spielbrett diente ein Halstuch, dessen Karos kaum noch zu erkennen waren.

Zuerst glaubte sie, sein Gegenüber, ein großer schwarzbärtiger Mann, sei der, den sie suchte, weil man seine Klagen im ganzen Lager hörte. Sie hatte sich geirrt. Als der Reitstock des Scheichs sie auf die Beine gebracht hatte, war es der andere, der das Tuch vor den Mund nahm und watschelnden Schrittes näherkam. Sie trugen beide derbe Baumwollkittel mit farbigem Futter und Schärpen, und ihre Hosen aus gutem Barchent steckten in Filzstiefeln. Jägerkleidung. Ihre wenigen Besitztümer, neben den Sätteln, waren auch von der Art, wie sie Jäger oder Reisende mitführten: Bogen und Köcher, Speere und zwei Wasserflaschen aus Tierbalg. Auch zwei Segeltuchsäcke hatten sie dabei, einer davon war offen. Sie konnte das weiße Leinenfutter und Krüge und Tiegel sehen.

Scheich Hüseyin, ein Mann der alten Schule, welcher der Ansicht war, daß sich eigentlich keine wohlerzogene Frau in der Öffentlichkeit zeigen sollte, kam herüber und sagte: «Der Kamelarzt heißt Ilyas, und ihm ist gerade der Bart geschoren und die Zunge herausgeschnitten worden von einem Feind bei irgendeinem Mißverständnis. Ayyub, der schwarzbärtige Bursche, ist sein Sprecher. Er sagt, Euer Tier hat die Kolik. Der Arzt hat nach Decken geschickt und ihm zwei Maß bestes Leinsamöl gegeben. Er sagt, Ihr habt einen schlechten Treiber: ein anderes Eurer Kamele hat vom Sattel aufgescheuerte Stellen. Schuld daran ist das Stroh in den Sattelfüllungen.»

«Nein, Khatun», sagte der schwarzbärtige Ayyub, der es wagte, sie geradewegs anzusprechen. «Der Herr irrt. Das kränkelnde Tier gehört dem Wesir. Es ist nicht unsere Sache, es zu kurieren.»

Eine Stimme sagte: «Im Lager des Großwesirs ist es die Pflicht jedes Mannes, dem Befehlshaber zu dienen. Khatun. Sind das die Männer, nach denen Ihr geschickt habt?»

Tursun Beg, Schatzmeister, Erster Sekretär und altgedienter Abgesandter Mahmuds, der mit seinem Herrn aus Konstantinopel gekommen war. Aus Konstantinopel, wo er, wie sie gehört hatte, an Bord eines gewissen Schiffes gegangen war. Sara Khatun sagte: «Meine Diener sind auch die Euren. Dies ist der Mann, nach dem ich geschickt hatte. Ilyas. Er ist stumm. Der andere spricht für ihn. Ich bin beeindruckt von dem, was er mir bisher gesagt hat.» Über dem Mundtuch blickten die Augen des verstümmelten Mannes blaß und rund zu beiden Seiten einer kurzen Nase, die an einen Rüssel erinnerte. Von dem Gesicht des anderen Mannes sah man unter der haarigen Hutkrempe wenig mehr als die Nasenspitze und darunter einen dichten, lockigen Bart so schwarz wie Galläpfel. Von der Hutkrone baumelte ein kleiner Eichhörnchenschweif herab, als er zurücktrat.

«Stumm? Öffnet ihm den Mund», sagte Tursun Beg. Inzwischen blickten Männer von allen benachbarten Feuern zu ihnen her. Zwei der Bediensteten des Sekretärs packten den Kamelarzt an den Schultern, zogen ihm das Tuch herunter und rissen ihm mit breiten, kräftigen Fingern den Mund auf.

Sie sah wider Willen hin. In dem aufgerissenen Mund schimmerten Lappen abgetrennten roten Fleisches im hellen Feuerschein auf. Blut quoll hervor und lief dem Mann über das Kinn. Die Krieger in der Nähe, die das Schauspiel offenbar schon genossen hatten, tauschten murmelnd befriedigte Bemerkungen. Auf ein Zeichen Tursun Begs ließen die beiden Diener den Mann wieder los, der jetzt röchelnde Laute von sich gab. «Er hustet Blut», sagte sein Gefährte Ayyub. «Es ist kein Anblick für eine hohe Frau. Darf sich der Doktor zurückziehen?»

«Doktor?» sagte Tursun Beg. Er nickte, und der Leidende verschwand, das Tuch an den Mund gepreßt, geräuschvoll in den Büschen.

«Gewiß, Herr», sagte der Schwarzbärtige ehrerbietig. Sein Eichhörnchenschwanz wedelte. «Hätte er sich nicht selbst gerettet, so wäre er an solcher Mißhandlung sicherlich gestorben. Wenn der Wesir sein Kamel behandelt haben möchte – niemand ist klüger als Ilyas. Bei Aufschürfungen vom Sattel brennt er die Stelle mit heißem Eisen aus, dann reibt er sie mit Urin oder Taubenkot ein. Kamelurin, das wird der Herr wissen, hilft bei vielen Beschwerden. Um nach vielem Trinken einen klaren Kopf zu bekommen, braucht man sich nur unter ein Wasser lassendes weibliches Kamel zu stellen. Das habe ich Ilyas oft sagen hören, als er noch sprechen konnte.»

«Er soll mich morgen aufsuchen», sagte Tursun Beg. «Ich habe vielleicht Arbeit für ihn.»

«Mit einem weiblichen Kamel?» fragte der schwarzbärtige Mann. «Ich würde es noch heute abend bringen, wenn es nötig ist. Es gibt keine schnellere Abhilfe.»

«Herr Tursun», sagte Sara Khatun, «Ihr denkt an die Beschwerden des Wesirs selbst? Es ehrt mich, daß Ihr glaubt, diese Männer könnten von Nutzen sein. Wünscht Ihr sie beide zu sehen?»

«Nein», sagte Tursun Beg. «Nur den Stummen. Sind das seine Salben? Sagt ihm, er soll sie mitbringen. Wenn er seine Sache gut macht, wird er belohnt werden.»

«Und wenn er sie nicht gut macht, kriegt er trotzdem seine Belohnung», sagte Tobie. «Nicolaas, ich kann mir das Ding nicht noch einmal in den Mund stecken. Beim besten Willen nicht.»

«Das werdet Ihr auch nicht müssen», sagte Sara Khatun. «Euer Zustand wurde vermerkt, und man wird darüber berichten. Ihr dürft nur nicht gähnen. Und natürlich nicht sprechen. Erforderlich sind Umsicht und Vorsicht in allen Dingen.» Sie erinnerte sie daran – und sie hoffte, sie merkten es –, daß sie nicht beschnitten waren. Die umständliche Ausdrucksweise, die man von einer hochgeborenen syrischen Prinzessin erwartete, war Sara Khatun bisweilen eine Last.

Umsicht und Vorsicht waren natürlich auch vonnöten gewesen, um die beiden am Abend für eine Stunde in das innerste Gemach ihres Zeltes zu schmuggeln. Ihren eigenen Leuten konnte sie trauen. Wenn alles gutging und der Arzt dem Großwesir helfen konnte, fand sich für die zwei Männer vielleicht sogar ein eigenes Zelt, was noch angenehmer wäre. Inzwischen saßen sie kreuzbeinig vor ihr, aßen Zimtperlen, grünen Ingwer und in Zucker gebackene Feigen und lauschten, während sie mit sparsamen Worten zu ihnen sprach.

Am Ende sagte der junge Mann, den sie schon in Erzerum beherbergt hatte: «Dann müßt Ihr Euch also Frieden erkaufen, Sara Khatun? Notfalls versprechen, den Komnenen in Trapezunt keine Hilfe zu gewähren und dem Sultan den Zugang zur Küste gestatten?»

«Wir können vorläufig nichts tun», sagte sie. «Auf der anderen Seite steht mein Sohn den Schwarzen Schafen gegenüber. Er kann nicht gegen beide kämpfen.»

Nicolaas sagte: «Tut alles, was er von Euch verlangt, Khatun. Ihr habt recht. Später mag sich eine günstigere Gelegenheit ergeben. Und inzwischen kommt Trapezunt nicht zu Schaden. Es war noch nie so stark verteidigt. Bald wird das Wetter umschlagen, und da wird es für dieses Heer nichts mehr zu essen geben, wo kühne Gebirgler in ihren Verstecken nur darauf warten, sich auf sie zu stürzen. Er wird Euch das nicht zum Vorwurf machen.»

«Ich dachte, Ihr würdet mir Vorwürfe machen», sagte sie. «Ihr seht, was ich zu tun gezwungen bin. Vielleicht muß ich noch Schlimmeres tun. Aber ich sehe dieses ordentliche Lager, diese gut ausgebildeten Reiter, die Sipahis, ich beobachte die bemerkenswerten und vielseitigen Fähigkeiten von Leuten wie Tursun Beg, wie dem Wesir Mahmud und vor allem dem Sultan selbst. Ich sehe sie an und weiß, daß mein Sohn, obschon weit größer, doch noch nicht in der Lage ist, so zu regieren wie sie. In acht Jahren hat dieser Mann

Mehmed zu lernen begonnen, was Kaiser David zu vergessen begonnen hat. Ihr werdet den Sultan sehen. Er und seine Heeresabteilung werden binnen einem Tag und einer Nacht eintreffen. Und inzwischen hat der Großwesir schon einen Emissär nach Trapezunt geschickt.» Sie hielt einen Augenblick inne. «Davon hattet Ihr noch nicht gehört?»

«Nein», sagte Nicolaas.

«Er hat den Kaiser im Namen des Sultans aufgefordert, sich zu ergeben. Eine Formsache, gewiß, aber sie eröffnet einen Austausch, und alles wartet gespannt auf den Ausgang. Er hat als Wortführer seinen griechischen Sekretär Thomas Katabolenu geschickt, dessen er sich schon einmal bediente, um den Despoten Thomas aus Mistra auf der Morea hinauszudrängen. Morgen sollten wir die Antwort haben. Wir befinden uns hier nur drei Meilen südlich der Zitadelle, das werdet Ihr festgestellt haben. Es ist ein kleines Stück Marschland und heißt Skylolimne, Hundesee. Wenn Ihr in die Zitadelle zurückkehren wollt, ist das weiter nicht schwierig.»

«Ich würde gern den Sultan sehen», sagte Nicolaas.

Kurz darauf gingen sie. Später, als sie mit steifen Gliedern im Dunkel ihres Zelts lag und sich nach den großen Kupferkesseln und dem duftenden Wasser von zu Hause zurücksehnte, dachte Sara Khatun an den Sultan und daran, was sie am Beginn dieser Reise zu ihm gesagt hatte. «Warum mühst du dich ab, mein Sohn, für nichts Besseres als Trapezunt?»

Und er hatte die Antwort gegeben, die angemessen war. «Mutter, in meinen Händen liegt das Schwert des Islams. Ohne diese Mühe würde ich nicht den Titel Ghazi verdienen, und heute und morgen müßte ich voller Scham vor Allah mein Haupt bedecken.»

Die Antwort aus Trapezunt war eine Abfuhr. Tobie, der unter seinem Sonnentuch schnarchte, wachte erschreckt auf, als ein Schatten über ihn fiel, und merkte dann zu seiner Erleichterung, daß sein Mund geschlossen war und der Schatten von Nicolaas verursacht wurde, dessen Eichhörnchenschweif wackelte und dessen Augen unter der Hutkrempe blitzten. Nicolaas sprach ihn auf turkmenisch an. «Fauler Sack! Ihr kommt noch zu spät zum Wesir. Wie könnt Ihr schnarchen, wenn dem Heer eine Beleidigung widerfährt? Jemand ist zurückgekommen mit den Worten dieses kleinen griechischen Königs, der sagt, er ergibt sich niemals.»

«Vielleicht greift er uns statt dessen an», spottete einer in der Nachbarschaft.

«Ich habe gehört, wie ein solcher Kaiser in den Krieg zog», sagte ein anderer. «Er nahm seine Kronleuchter und seine Kerzen mit, seine Speisezelte und sein Badezelt und seine Schlafzelte, seine Tischwäsche und sein Schreibpergament und seinen heiligen Altar und seine Öle und seine Weine und seine Kaviare und seine Schafe und Kühe und Ziegen zum Töten. Sie haben Trinkbecher für die Hühner mitgenommen, so wird gesagt.»

«Wenn unser Herr die Hohe Pforte verläßt, führt er sein Gepäck auf hundert Kamelen und doppelt so vielen Mauleseln und Pferden mit», sagte ein dritter. «Er schenkt seinen Sorbett aus einem Silberkrug ein, und letztes Jahr hat er einem Emir ein gehäutetes Schaf geschenkt, das rot und weiß bemalt war und Silberringe in der Nase und in den Ohren hatte. Er ist ein noch größerer Mann.»

«Habe ich das vielleicht bestritten?» sagte der erste. Tobie erhob sich, kleidete sich an, füllte eine Leinentasche und ging damit allein zu Tursun Beg, der den gefärbten Bart von Nicolaas nicht erkannt hatte und, dessen war er sicher, sich selbst bei Tageslicht nicht an einen der vielen Gefangenen auf der *Ciaretti* erinnern würde. Daß die Pestmerkmale seine Schöpfung gewesen waren, konnte der Türke nicht wissen, hoffte Tobie wenigstens.

Einen halben Tag später kam er zurück, als Nicolaas gerade mit fünf Männern beim Würfelspiel saß und auf dem kleinen Rost über seinem Dreifuß etwas brutzelte und rauchte. Als Nicolaas ihn kommen sah, beendete er sein Spiel, steckte das Pergamentsäckchen ein, das er gewonnen hatte, und kam herbei, um Tobie beim Aufschlagen des Zelts zu helfen, das er mitgebracht hatte. Dann kam er zurück, um das Fleisch auf dem Rost aufzuspießen, und erregte bei allen große Heiterkeit, indem er so tat, als wolle er Tobie dazu bringen, es zu essen. Schließlich gingen beide in das Zelt und aßen ganz gemächlich, während Nicolaas ziemlich laut belangloses Zeug plapperte. Später, als das Lager in der Mittagshitze schlief, sagte Nicolaas ganz leise: «So, jetzt erzählt.»

«Wie wir gedacht hatten», sagte Tobie.

Nicolaas sah ihn an. Dann seufzte er und fragte: «Die Wunde? War der Wesir mit Euch zufrieden?»

«Er wird mich noch einmal rufen lassen. Die Wunde schwärt: sie wird behandelt werden müssen. Und weil ich stumm bin, unterhalten sie sich in meiner Gegenwart. Es stimmt: sie haben Katabolenu nach Trapezunt geschickt, und der Kaiser hat es abgelehnt, sich zu ergeben, und ihn zurückgeschickt.»

«Aber?»

«Aber die Aufforderung zur Übergabe war nur eine List, damit Katabolenu in den Palast gelangen und mit unserem treulosen Freund dort Verbindung aufnehmen konnte. Er war, wie es scheint, nicht untätig. Dem Kaiser wurde mehrfach gesagt, daß die Weißen Schafe ihn im Stich gelassen haben und daß Widerstand zwecklos sei. Im Augenblick kann er es noch nicht recht glauben, doch ein Brief von Sara Khatun würde ihn schnell davon überzeugen, daß die Weißen Schafe für ihn verloren sind. Als nächstes wird Mahmud noch einmal einen Boten in den Palast schicken, der eine Entschädigung und Abzug in Ehren verspricht, wenn der Basileus seine Sachen packt und samt seinen Kindern abzieht. Unser treuloser Freund hat angedeutet, daß er unter solchen Voraussetzungen den großen Komnenen dazu bringen kann, Vernunft anzunehmen und sein Reich zu übergeben. Wobei dieser treulose Freund, wie Ihr richtig vermutet habt, Georg Amiroutzes ist. Großkanzler, Schatzmeister, Pfalzgraf und des Kaisers engster Ratgeber.»

«Und Vetter zweiten Grades von Großwesir Mahmud. Dessen Mutter aus Trapezunt kam. Jeder sollte eine Mutter aus Trapezunt haben», sagte Nicolaas. «Da hältst du dich schön heraus, während andere einen Pfahl den Hintern hinauf bekommen. Sara Khatun wird den Brief schon schreiben.»

«Das war es, was sie gestern abend meinte», sagte Tobie. «Sie wußte von Amiroutzes. Und ihre Nichte; und Violante auch, nehme ich an.» Er blickte Nicolaas scharf an. «Hat –?»

«Sie hat es durchblicken lassen, noch auf dem Schiff. Aber ich war mir erst später sicher. Ich habe alles mögliche versucht, um dem entgegenzuwirken, aber es hat nicht gereicht. Ich glaube, wenn man Griechen mit Römern versöhnen kann, dann ist es kein so großer

Schritt mehr, auch noch den Propheten mitzunehmen. Schließlich findet sich Konstantinopel mit einem griechischen Patriarchen ab, und wenn die Heiden Duldsamkeit an den Tag legen können, warum dann nicht andere auch?»

«Ich weiß nicht», sagte Tobie. «Es ist der vorausgehende Massenmord, der alle abschreckt.»

«Nun, Georg wird nichts geschehen», sagte Nicolaas. «Wann kommt der Sultan?»

«Heute nacht oder morgen früh, Nicolaas. Sara Khatun – hat sie auch deshalb gesprochen von…?»

«Ja, das war der Grund», sagte Nicolaas.

Tobie sah ihn an. «Was soll es nützen, wenn wir den Sultan sehen?»

«Ich weiß es nicht», sagte Nicolaas. «Nennen wir es ein Zeichen. Und wenn er sich sehen läßt, dann ist das ein weiteres nicht zu verachtendes Zeichen. Und die Erde wird einen weiteren Tag mit Eurem Schweigen gesegnet sein. Und selbst wenn Amiroutzes dem Kaiser gut zuredet, so ist dieser nicht ohne Verstand. Er hat die ganze Kraft der großen Kirche zur Seite und seine kleinen Erben, die ihre Lektionen hersagen, und seine Ahnen, die ihn von den Wänden seines Gemachs herab anstarren. Er hat Astorre und seine eigenen Befehlshaber, die ihm sagen können, wie stark die Stadt ist. Wenn wir zurückkommen, können wir ihm ganz genau sagen, warum Mahmud eine frühe Übergabe wünscht.»

«Aber zunächst müssen wir noch einen Tag hierbleiben.» Tobies Stimme klang resigniert. Er hatte das schon früher zur Sprache gebracht und rechnete nicht mit einer Antwort. Er wußte alles, was dazu zu sagen war, hatte es immer wieder gehört, von Gottschalk. Dennoch ließ er es zu, daß sich das Schweigen in die Länge zog. Dann sagte er: «Ihr werdet Sumpffieber bekommen. Das ist das einzige, was mich an Euch freut, Euer Sumpffieber.»

KAPITEL 38

DER SULTAN TRAF IN DER KÜHLE der Nacht ein unter gedämpfter Geschäftigkeit und im Schein vieler Fackeln. Als sich die Sonne über der kleinen Marschlandschaft drei Meilen südlich von Trapezunt erhob, flackerten auf dem höher gelegenen Gelände die Lagerfeuer des Hauptheeres, und unter den duftenden Kiefern an der höchsten Stelle standen die großen Zelte des Sultans und allerhöchsten Kaisers, des Königs der Könige, des Siegreichen, des Erfolgreichen, des Triumphierenden, des Unbesiegbaren, Mehmeds des Glücklichen von Gottes Gnaden.

«Er trinkt», sagte Tobie. «Erzählt um Gottes willen nicht mehr die Geschichte mit den Kamelen...»

«Unterschätzt Kamele nicht», sagte Nicolaas. «Mohammed war der Sohn eines Kameltreibers. Gute Araber wollen auf ihren Kamelen sterben und in ihre Kamelfelle eingehüllt ins Grab gehen. Dann kommt das Paradies, ewiges Entzücken der Sinne, und es gibt keinen einzigen, der unzufrieden ist. Euer Wams gefällt mir.»

Das pelzbesetzte Wams, ein Geschenk des Großwesirs, war eingetroffen zusammen mit der Aufforderung an Doktor Ilyas, gemeinsam mit seinem Sprecher drei Stunden vor Mittag in das Zelt des Sultans zu kommen. Tobie sagte: «Wenn Ihr Euch mulmig fühlt, was glaubt Ihr, wie mir zumute ist?» Diesmal hatten sie die Leber halb gekocht, und er war gerade dabei, sie sich unter Würgen in den Mund zu stecken, zusammen mit einer Sperre, die die Zunge heruntergedrückt hielt. Sein Hut, von der Form einer Melone, hatte eine kleine nach oben gebogene Krempe. Er kam sich wie ein Tölpel vor. Nicolaas schien sich in seinem haarigen Kopfputz, den der behende Eichhörnchenschweif krönte, ganz wohl zu fühlen. Tobie fing noch einmal an. «Es heißt, er reitet zwischen zwei Reihen von Bogenschützen, die eine rechtshändig, die andere linkshändig. Auf diese Weise kehren sie ihm nicht den Rücken zu, wenn sie schießen. Wenn ich in diesem Augenblick auf meinem Kamel tot zusammensackte, würdet Ihr es nicht bemerken, nicht wahr?»

Nicolaas zog sich die Schärpe um seinen Kittel, band sie und setzte sich hin, um seine Stiefel anzuziehen. «Doch, das würde ich.

Euch würde die Zunge herausfallen.» Tobie hoffte, daß Nicolaas sich einige Gedanken gemacht hatte. Denn Nicolaas, der Nicht-Stumme, hatte die ganze Last dieser Begegnung zu tragen.

Es waren eher die Äußerlichkeiten der Macht als der König der Könige selbst, die sie beeindruckten. Da war das Prunkzelt aus golden abgesetzter karminroter Seide mit den gemusterten Bändern und Quasten. Da waren die zahllosen gesenkten Banner und die Reihen der Leibwache mit ihren Federbüschen, runden Schilden, Beilen und Krummschwertern. Und dann drinnen das Schweigen trotz der vielen Menschen, die an den Innenwänden des Audienzzelts standen.

Der Sultan saß allein in der Mitte, kreuzbeinig, auf runden betroddelten Kissen. Mit der einen beringten kurzfingrigen Hand bewegte er lässig einen Fächer aus weißen Straußenfedern. Das wulstige Weiß seines Turbans war nicht von der herkömmlichen Form, sondern, der Kopftracht eines Gelehrten ähnlich, von ihm selbst entworfen worden. An ihm haftete in smaragdener Fassung eine Reiherfeder. Sein Kaftan, in Bursa gewebt, war ein Irrgarten von künstlerisch nachempfundenen Blumen: Nelken, Tulpen, Rosen. Er trug einen dunkelbraunen schütteren Bart. Seine Augen stachen unter gewölbten, nachgezogenen Brauen hervor, und die Nase war die Nase eines Papageis. Ein Papagei, der eine Kirsche ißt, sagte man von ihm wegen seiner blutroten kurzen Lippen. Der Sultan ergriff das Wort: «Sprich für deinen Herrn. Wo hat er seine Heilkunst gelernt?»

Der Teppich war aus Seide und mit Gold bestickt. Tobie küßte ihn und erhob sich neben Nicolaas. Nicolaas sagte: «Herr, der Onkel meines Meisters lebte unter den Mamelucken. Der Name meines Meisters ist Ilyas.»

Seitlich hinter dem Sultan stand der Großwesir. Er hatte das Gesicht noch verbunden. Tursun Beg und der andere Sekretär standen neben ihm. Die auf der anderen Seite gehörten wohl zum persönlichen Gefolge des Sultans. Als Junge war er von Ahmet Gürani, einem Kurden, unterrichtet worden. Jetzt, so hieß es, versammelte er Griechen und Italiener um sich – der Historiker Kritovoulos wurde genannt, Kyriakos von Ancona, Maestro Jacopo von Gaeta, sein Leibarzt, dem Tobie zum Glück vorher nie begegnet war. «Ihr habt Euch gut um unsere Kamele gekümmert. Mein Arzt sagt mir, auch die Behandlung unseres Großwesirs habe gut angeschlagen. Wir wollen Euch gern belohnen.»

Das Geschenk war ein Köcher, mit Goldband umwunden und mit einem Leopardenschweif am Filigran. Daneben lag eine Brosche mit einem Rubin. Tobie nahm beides von einem Kissen, das ihm ein beturbanter schwarzer Junge hinhielt, der sofort wieder zurücktrat. Nicolaas sagte: «Herr, mein Meister dankt Euch für Eure unendliche Großmut und möchte wissen, wie er Euch weiter dienen kann.» Er hielt inne und setzte dann hinzu: «Die erhabene Sara Khatun zahlt uns täglich zehn Asper und das Essen.»

Tobie spürte, wie ihm der Schweiß den Rücken hinunterlief. Tu mir das nicht an, Nicolaas.

Die roten Lippen des Sultans bewegten sich ein wenig. Es mochte ein Lächeln gewesen sein. «Gute Kamelärzte sind in der Tat schwer zu finden. Ich weiß nicht, ob ich mich mit solcher Freigebigkeit messen könnte. Noch wißt Ihr, welchen Herrn Ihr vielleicht bekommt. Und wenn dein Meister nicht wäre, mit welchen Fähigkeiten könntest du aufwarten?»

«Herr, ich bin Händler», sagte Nicolaas.

«Wer ist das nicht?» sagte der Sultan. «Aber in der Welt des Austauschs ist Platz für gute Leute aller Völker. Wir sind nicht gegen den Handel, und wie Ihr seht, können wir großzügig sein, wenn wir zufrieden sind. Wer uns jedoch beleidigt, den trifft ebenso schnell unser Gericht. Ich werde euer Angebot bedenken. Ihr mögt uns beim Essen zusehen.»

Sie küßten den Teppich und wichen bis zu den Wandstoffen zurück. Es war eine unvergleichliche Ehre, dem Sultan beim Morgenmahl zusehen zu dürfen. Tobie heftete sich die Brosche an die Brust, stand dann da und hielt den Köcher umklammert. Nicolaas sagte mit unterdrückter Stimme: «Der schwarze Page. Er ist gewachsen. Dorias Geschenk an Mahmud in Konstantinopel.»

Man hatte dem Sultan den Fächer abgenommen, breitete bestickte Tücher vor ihm aus und legte ihm eines über den Arm. Gerichte wurden hereingebracht. Tobie begann zu würgen. Nicolaas, der das richtig deutete, sagte: «Er hat uns nicht erkannt. Er hat uns nur in Modon bei Nacht gesehen.» Er hörte auf zu sprechen, weil auch das Geschirrklappern verstummte. Ab und zu nahm der Sultan ein Stück von seinem Teller und warf es jemandem zu. Der Mann vor Tobie bekam ein mit Pflaumenbrei beschmiertes Stück Fleisch und aß es unterwürfig. Irgendwo las ein Sekretär laut auf arabisch. Es hörte sich gelehrt an. Dann wurde ein langhalsiges Instrument hereingebracht, und ein Mann nahm es aufs Knie und zupfte daran mit einer Feder. Possenreißer kamen herein und Stumme, die eine Pantomime aufführten. Pagano Doria betrat das Zelt.

Sie hätten auf dergleichen gefaßt sein sollen. In den langen Gesprächen, die Nicolaas, Tobie, Gottschalk und Astorre jüngst geführt hatten, war natürlich auch von einer möglichen Fahnenflucht Dorias die Rede gewesen. Doria brauchte einen Schutzherrn und würde bald seine Entscheidung treffen. Jetzt sah man, auf wen seine Wahl gefallen war.

Sie hatten auch über die Gefahr gesprochen, die für sie damit verbunden war. Gut verkleidet und in einem Lager von dieser Größe konnte es ihnen keine Mühe machen, Doria aus dem Weg zu gehen. Sie hatten freilich nicht damit gerechnet, daß sie sich einmal mit ihm im gleichen Zelt wiederfinden würden. Doch selbst hier standen sie ganz hinten, verdeckt von einigen Reihen vor sich. Und Pagano Doria war ein recht kleiner Mann. Sie sahen, wie er den Teppich küßte und sich dann erhob, den Hut in der Hand. Sein Wams war aus Atlasseide, es war sein bestes; sein Gesicht war angenehm gerötet, und seine großen Augen blickten offen und leuchteten. «Erhabener Herr», sagte Pagano Doria.

Neben Tobie stand Nicolaas vollkommen still da. Tobie fragte sich, woran er wohl dachte. Von Anfang an hatte Doria ihn angegriffen und geneckt und geärgert: von der ersten Begegnung mit Gottschalk in Porto Pisano bis zu dem Versuch, Julius bei den Medici anzuschwärzen. Dann hatte er immer unverschämtere Vorstöße unternommen. Der Brand auf der Galeere in Modon. Der Verrat Julius' und Johns an die Türken. Der Überfall auf Nicolaas am Vavuk-Paß und der Tötungsversuch im Tzukanisterion. Und danach hatte es noch weitere Anschläge gegeben, von denen Nicolaas kaum etwas gesagt hatte.

Und doch hatte Nicolaas nicht versucht, seinerseits Doria zu töten oder ihm auch nur etwas zuleide zu tun. Er hatte nur getan, was er zuvor schon mit anderen getan hatte, die ihm lästig geworden waren: Er hatte ihn zugrunde gerichtet, vollkommen und unwiederbringlich, so daß Doria jetzt um die Gunst des Sultans warb. In Modon hatte Tobie geglaubt, nichts werde Nicolaas davon abhalten, diesen nutzlosen, gewissenlosen, nur für den Sinnengenuß lebenden Menschen zu vernichten, der ein Kind um seines Erbes willen verführt hatte. Erst danach hatte er erkannt, daß Doria selbst für Nicolaas nicht wichtig war. Nicolaas verstand ihn. Auf eine eigenartige Weise hatten er und Doria viel gemein. Was Nicolaas unerträglich fand, war die lenkende Hand Simons.

Was ging also jetzt in seinem Kopf vor, während er den Verräter Doria beobachtete? Der erst nach Morgengrauen eingetroffen sein konnte und seine Ankunft bereits bekanntgemacht haben mußte, denn jetzt sagte der Sultan: «Wir haben von der Botschaft gehört, die Ihr schicktet, und von Eurer Begegnung mit unserem Wesir. Ihr wißt, daß heute morgen dem Tekvour von Trapezunt eine weitere Aufforderung zugestellt wurde?»

«Dem Kai – Ja, erhabener Herr», sagte Pagano Doria.

«Man wird sie Euch vorlesen», sagte der Sultan. Er hielt ein Pfirsichstückchen in der Hand und begann es mit roten Lippen und roter Zunge zu begutachten. Seine Zähne waren unregelmäßig und weiß. Die Sekretärsstimme begann in schlechtem Griechisch vorzulesen.

An den Kaiser von Trapezunt aus der kaiserlichen Familie der Hellenen. Mehmed, der große König, erklärt: Du siehst, eine welch große Entfernung ich zurückgelegt habe, um Dein Land einzuschließen. Wenn Du jetzt Deine Hauptstadt übergibst, werde ich Dir Ländereien schenken wie Demetrius, dem Fürsten von Morea, dem ich Reichtümer, Inseln und die schöne Stadt Aenos verliehen habe. Er lebt jetzt in Freuden und ist glücklich. Wenn Du dies aber nicht tust, so wisse, daß Deiner Stadt die Vernichtung bevorsteht. Denn ich werde nicht ruhen, bis ich die Mauern eingeebnet und alle, die dort leben, einem schmachvollen Tod zugeführt habe.

Die Stimme verstummte. Der Sultan sagte: «Und Ihr, der genuesische Konsul, wart in der Stadt, als mein Bote eintraf? Wie wurde das aufgenommen?»

«Mit Schreien und Entsetzen, Herr, und mit Bitten um Gnade.»

«Das Volk erfuhr von der Botschaft?»

«Augenblicks», sagte Pagano Doria. «Ich glaube, noch bevor der Kaiser selbst die Worte Eures Sekretärs gehört hatte.»

«Und der Kaiser?»

«Erzitterte schon bei der Erwähnung Eures gefürchteten Namens, Hoheit. Seine Ratgeber hatten ihm schon gesagt, daß Widerstand sinnlos ist, und Eure Botschaft hat das bestätigt. Er bereitet seine Antwort vor.»

«Wie wird die lauten?»

«Wer außer seinen engsten Beratern könnte das sagen? Aber es ist bekannt, daß der andere Brief, der Sicherheit verheißende Brief von der Mutter des kaiserlichen Neffen, ihn stark berührt hat. Man rechnet damit, daß er eine Antwort abfaßt, die in allem den Wünschen Eurer Hoheit entspricht. Er wird sein Reich aufgeben. Er wird Eure Hoheit bitten, seine jüngste Tochter zur Gemahlin zu nehmen, eine reizende Jungfrau mit Namen Anna.»

Nicolaas errötete, und Tobie richtete sich auf. Ohne hinzusehen ergriff er Nicolaas' Arm und umklammerte ihn mit einem Griff, der Kamelzähne ziehen konnte.

«Vielleicht», sagte der Sultan und aß den Pfirsich auf.

«Oder da ist ein entzückendes Kind namens Alexios. Ein Neffe. Der eine schöne Mutter hat.» Tobie packte noch fester zu.

«Vielleicht», sagte der Sultan wiederum. Er tauchte die Hände in eine rubinenbesetzte Goldschale. «Ihr spracht von Waffen?»

Dorias schon strahlendes Gesicht hellte sich noch mehr auf. Er war glücklich, weiter von Waffen sprechen zu können. Er war bereit und willens, die Waffen genau zu beschreiben, die er aus Flandern mitgebracht hatte: Art, Anzahl, Güte. Sein Türkisch war fast so gut wie sein Griechisch.

«Und Ihr wollt sie uns übergeben», sagte der Sultan. «Ein Geschenk.»

«Gewiß», sagte Doria, noch immer lächelnd. «Wer wüßte einen Würdigeren?»

«Ihr habt sie außerhalb der Mauern vergraben, höre ich von Mahmud. Und da es in diesen gefährlichen Zeiten unklug sein könnte, jetzt nach Trapezunt zurückzukehren, hättet Ihr nichts dagegen, wenn wir es unternähmen, sie zu bergen? Wenn sie erst hier sind, könnt Ihr ausreisen, wohin Ihr wollt. Wenn wir bis dahin die Stadt nicht schon besitzen, muß unser Einzug doch kurz bevorstehen. Ist das genehm?»

«Herr!» sagte Doria und küßte hingerissen den Teppich.

«Nun gut. Tursun Beg wird Euch ein Quartier anweisen. Ihr werdet von uns hören. Ich bin nicht knauserig, wenn ich zufrieden bin, wie andere Leute schon erfahren durften. Ihr könnt gehen. Und unsere anderen Gäste auch. Wir wollen schlafen.»

In ihrem eigenen Zelt angekommen sagte Tobie: «Sprecht leise. Wir wußten doch, daß er so etwas tun würde. Es ändert nichts.»

«*Anna!*» sagte Nicolaas, und Tobie wurde bewußt, daß es wieder einmal nicht um Pagano Doria ging.

«Ich glaube nicht, was Doria da gesagt hat», fuhr Tobie fort. «Ich glaube nicht, daß der Kaiser von bedingungsloser Übergabe sprechen würde, auch mit Amiroutzes an seiner Seite. Meint Ihr nicht, daß Doria jedes Märchen erzählen würde, nur um sich beim Sultan einzuschmeicheln? Er kann seine Rüstungen und Waffen nicht selbst holen, aber er kann dem Sultan sagen, wo er die Sipahis danach graben lassen soll. Sie werden Doria vielleicht nichts dafür bezahlen, aber er wird bekommen, was er will: ein Handelsmonopol im Herrschaftsbereich des Sultans.»

«Oder pelzbesetzte Unterwäsche», sagte Nicolaas. Er begann sich wieder in die Gewalt zu bekommen.

Tobie sagte in aufmunterndem Ton: «Er wird wahrscheinlich ohnehin sterben. Wahrscheinlich sterben wir alle zusammen.» Er hielt jäh inne. Vor dem Zelteingang waren Schritte zu hören. Er hatte aber lediglich geflüstert. Dennoch bückte sich Nicolaas und holte etwas aus der Satteltasche. Die Klappe wurde zurückgeschlagen, und der schöne schwarze Page blieb einladend im Eingang stehen. Unter den Falten des Turbans blickten seine Augen groß und wissend. «Da sind sie», sagte er.

Dann hatte Dorias Diener sie also erkannt. Tobie überkam eine Müdigkeit. Nach so vielen Mühen schien es ein Jammer, daß alles durch einen Zufall enden sollte. Der Page hatte seinen Herrn Mahmud Pascha verständigt, und der, ein zu großer Mann, um sich damit abzugeben, hatte wahrscheinlich Tursun Beg geschickt mit dem Auftrag, die Schwindler ihrem verdienten Schicksal zuzuführen. Tursun Beg, der sich jetzt sehr wohl seines Gesichtsverlusts in Konstantinopel erinnern würde. Und der Arten, wie man im Islam zu Tode kommen konnte, waren viele, und sie waren vielgestaltig. Man bekam zum Beispiel bei lebendigem Leib die Haut abgezogen; man wurde mit einem Flaschenzug hochgezogen und auf einen Aufpfählspieß fallengelassen; oder man wurde in einem Mörsetrog zu Brei zerstampft. Jemand streckte den Kopf herein – nicht sehr weit – und betrat dann das Zelt. Es war Pagano Doria.

«Messer Doria», sagte Nicolaas höflich. Sein Zorn war verflogen. Ja, von seiner ganzen und nicht unbeträchtlichen Körperhöhe herab lächelte er sogar. Tobie war sich des starken Drangs bewußt, vor ihnen beiden zurückzuweichen. Er wartete auf die Janitscharen.

«Magister Tobias!» sagte Doria. «Mit Euch habe ich keinen Streit. Nur ein paar Worte mit dem florentinischen Konsul hier, mehr will ich nicht. Ihr erinnert Euch natürlich Noahs.»

Der Page war vorgetreten. Größer, aber noch immer kaum erwachsener als ein Kind. Tobie hielt sich noch zurück, hatte aber die Entfernung für seinen Sprung abgeschätzt. «Mein Messer sagt mir, Ihr werdet es nicht tun, Magister Tobias», warnte ihn Doria. «Sonst stirbt Niccolo.»

Er hatte Nicolaas am Arm gepackt und hielt ihm eine Klinge an den Hals. Tobie fragte sich, wie Doria sich so rasch bewegt haben konnte und wie es kam, daß Nicolaas ihn nicht abgewehrt hatte. «Ich fürchte, lieber Doktor», fuhr Doria fort, «Ihr werdet Euch von Noah fesseln lassen müssen.»

Es dauerte nicht lange. Der kleine Bursche wußte, wie man Knoten band. Geknebelt wurde er nicht. Freilich, ja – wenn er rief, würde er nur die Türken herbeilocken, und Doria konnte sie beide als Spione ausliefern. Tobie fragte sich, warum er keine Krieger mitgebracht hatte. Er würde doch Nicolaas oder ihn nicht davonkommen lassen, ganz bestimmt nicht.

Ehe Noah fertig war, hatte Doria das Messer in Nicolaas' Schärpe gefunden und zur Türklappe hin fortgeworfen. Dann, das eigene Messer in der Hand, trat er zurück. Er lächelte. «Es trug schließlich meinen Namen. Ich hoffe, Ihr habt nichts dagegen. Und dies ist, wie Ihr bemerkt haben werdet, sein Gefährte und Gegenstück.» Er wandte den Kopf. «Noah?»

Tobie lag gnadenlos gefesselt am Boden und sah Noah nicken und hinausgehen. Doria sagte zu Nicolaas: «Setzt Euch. Auf den Boden. Oder Euer Arzt ist ein toter Mann. Wie ich von Noah gehört habe, hat Sara Khatun Euch als ihren Kamelarzt und seinen Gehilfen ausgegeben.»

Nicolaas setzte sich, kreuzbeinig, nach dem Beispiel des Sultans. «Ich dachte, Ihr bringt Tursun Beg mit», sagte er.

«Noah ist auf dem Weg zu ihm», entgegnete Doria. Neben dem Eingang stand eine Truhe, und er setzte sich darauf. «Ich habe nie ein Spiel so genossen, das wollte ich Euch sagen. Ich hätte nicht gedacht, daß Ihr diese Söldner nach Trapezunt bekommen würdet. Das Vortäuschen der Pest – genial. Ihr habt Violante verführt – Ihr! Wie? Bäuerliche Grobschlächtigkeiten, die sie noch nie genossen hatte? Ihr habt mein Silber gestohlen. Ihr habt alles, was ich hätte erwerben können, von Erzerum aus nach Bursa geschickt, so daß ich keine Mittel mehr besaß. Das gefiel Catherine gar nicht. Ich werfe Euch die Veränderung in Catherines Einstellung vor. O ja, ich glaube, dafür bin ich Euch etwas schuldig. Und Ihr wart so rührig! Habt die Kaiserin nach Georgien geschafft! Das hätte Euch den Dank eines Volkes eintragen können, aber natürlich hat es Euch gar nichts genützt. Wie das Spiel mit dem Maultierzug, der Eure Seide in die Zitadelle brachte. Die werde ich mir jetzt holen. Und die Galeere, wo immer sie steckt. Ihr habt viele Fehler gemacht.»

«Habe ich das?» sagte Nicolaas. Er saß da und machte ein verwirrtes Gesicht.

«Nun, da ist Euer Aktuarius Julius», sagte Doria. «Den habt Ihr am Vavuk-Paß verloren. Ihr habt es versäumt, irgend etwas für die Venezianer zu tun. Sie werden ihren gesamten Warenbestand verlieren, und die Signoria wird nicht gut zu sprechen sein auf die Abenteurer des Handelshauses Charetty, von Prinzessin Violante und ihrem Gemahl gar nicht zu reden. Ich werde für das Haus meinen Frieden mit ihnen machen müssen.»

«Wenn Ihr erst Catherine gefunden habt», sagte Nicolaas. «Ohne sie kommt Ihr nicht an das Haus Charetty heran.»

«Das stimmt», sagte Doria fröhlich, «aber Eure Genossen werden mir behilflich sein, dessen bin ich sicher. Sie sind schließlich nur Menschen, und die Türken wissen, wie man Leute zum Sprechen bringt. Ich werde nach Brügge und nach Löwen reisen müssen. Eure Ehefrau sollte sich zurückziehen. Zweimal verwitwet, was bleibt ihr da noch, außer in ein Kloster zu gehen und die Angelegenheiten der anderen vom Fenster aus zu beobachten? Catherine wird sich um ihre Schwester kümmern, und ich werde Catherine mit vielen Kindern ein Leben in Zufriedenheit verschaffen. Kinder, Erben des Hauses Charetty. Ihr solltet Euch freuen. Zufuhr edleren Blutes.»

«Und Simon?» fragte Nicolaas.

Pagano Doria lächelte. «Im Umfeld eines Streites fällt für andere immer viel ab. Habt Ihr das nicht bemerkt? Zwei Leute, die sich nicht ausstehen können, sehen nie den Dritten im Hintergrund. Simon wird mir keine Mühe machen. Von dem Vermögen, das ich dann besitzen werde, zahle ich ihm einen kleinen Gewinn aus, und damit habe ich ihn vom Hals. Es ging ihm nie in erster Linie um Geld, er wollte Euch nur los sein. So wie es Euch darum ging, ihn los zu sein und Euch weiterhin mit Eurer Ehefrau gut zu stehen. Ihr habt Euch über Eure arme kleine Stieftochter beklagt, aber Ihr habt erst etwas getan, als Ihr dazu gezwungen wart, nicht wahr? Ich habe es genossen, Euch zu beobachten. Aber Euch hat es wirklich an Erfahrung gefehlt.»

«Ihr habt Euer Bestes getan», sagte Nicolaas. Er sprach jetzt reines Toskanisch und sehr deutlich. «Alle diese Badejungen, von verschiedenen Größen und Farben. Violante. Und was weiß ich noch. Erinnert Ihr Euch ihrer Gesichter? Bedeutet Euch irgendeines mehr als ein anderes? Könnt Ihr gut genug Theater spielen, um sie an Euch zu fesseln? Mir wäre das schwergefallen.»

«Ihre Gesichter?» Doria lachte. «Was soll ich da sagen? Daß Geliebte sich nicht verändern oder langweilig werden? Frauen klammern sich an einen. Badejungen wachsen sich zu Männern mit Bärten und dunklen Stimmen aus. Ich nehme mein Vergnügen und gehe weiter und pflücke andere Blumen. Wo Geld im Spiel ist, kann ich Geduld üben. Ich werde Catherine behalten. Wenn sie nicht unerträglich wird, werde ich sie behalten. Aber selbst Geld ist nicht alles. Ein Kalb ist eine Sache, eine Kuh ist eine andere. Von diesem Gesichtspunkt aus habe ich Euch einigen Ärger erspart. Ihr werdet nicht vor Ekel im Bett sterben oder wegen Eurer Seitensprünge getötet werden. Obschon ich fürchte, daß sie hier mit Spionen nicht allzu höflich umspringen. Ein Jammer.»

«Vergeßt nicht, daß auch Ihr hier seid», sagte Nicolaas.

«Als Kaufmann», erwiderte Doria. «Das ist der Unterschied. Der Marktplatz geht in andere Hände über: Der kluge Mann überträgt sein Geschäft dem neuen Besitzer. Und bringt, wenn er Glück hat, ein Zeichen des guten Willens mit, ein Freundschaftsangebot.»

«Tobie hat sein Kamel kuriert», sagte Nicolaas.

Doria starrte ihn an und lachte dann. «Ihr seid kein Feigling. Aber Ihr seid natürlich als Spion hier. Ihr seid in Verkleidung, und die Weißen Schafe haben Euch unterstützt. Gewiß Violantes Werk. Und Sara Khatuns. Sie hat Trapezunts Ende kommen sehen wie Ihr und wollte Euch als ihren Spion beim Sultan lassen. Sie ist schon alt. Ihr bleibt vielleicht die Todesstrafe erspart. Aber das Haus Charetty wird bald in anderen Händen sein. Ich glaube kaum, daß der Sultan auf Vollmachten viel gibt.»

«Ihr meint, der Kaiser gibt auf?»

«Natürlich», sagte Doria. «Glaubt Ihr nicht, was Ihr gehört habt? Der Kaiser hat schon geantwortet, höchst unklug. Übergabe natürlich und das Mädchen Anna zur Gemahlin. Ich hoffe nur, der Sultan erwartet nicht wirklich eine Schönheit. Aber unmögliche Bedingungen, in der herrischsten Art vorgebracht. Der Kaiser erwartet diese Art von Regelung und wird mit nichts anderem einverstanden sein. Amiroutzes hätte niemals zu einer solchen Antwort geraten. Der Sultan wäre in seinem Zorn fast zum Sturmangriff angetreten, aber der klugen Frau Sara gelang es, ihn zu beruhigen.»

«Er hätte die Stadt nicht erstürmen können», sagte Nicolaas. «Es sei denn, Amiroutzes hätte alle Verteidiger eingesperrt.»

«Ihr denkt an Euren Hauptmann Astorre», sagte Doria. «Nein, natürlich würde Georg nichts tun, was seinem Ruf schaden könnte.

Es geht sogar das Gerücht, daß er Mehmed eine Geisel ausliefern mußte. Er hat seinen jüngeren, weniger klugen Sohn ausgewählt, das Patenkind von Kardinal Bessarion. Basil wird natürlich seinem Glauben trotz Folter treu bleiben, und der Kardinal wird sich eiligst bemühen, ihn loszukaufen. Wolltet Ihr noch etwas wissen? Ich habe nicht mehr viel Zeit.»

Auch Tobie hatte das Geräusch näherkommender Schritte und das Klirren von Metall gehört. Er dachte an all das, was Nicolaas nicht hatte sagen können, und fragte sich, ob er es über sich gebracht hätte, stumm zu bleiben. Nicht zu sagen, daß Julius in Sicherheit war und bei den Waren und der Galeere in Kerasous wartete – denn Doria würde mit der Kunde gleich zum Sultan eilen. Nicht abzustreiten, daß sie Spione Uzun Hasans waren – denn das würde der Khatun, die sie anerkannt hatte, nichts helfen. Doria warf ihm das Scheitern seiner Ehe vor, doch Nicolaas hatte Catherine in Ruhe gelassen, bis sie selbst um Zuflucht gebeten hatte.

Die Suche nach Catherine würde gewiß häßlich werden. Er hoffte nur, daß Gottschalk und die anderen dem entrannen, was ihnen drohte. Es war genau festgelegt worden, was geschehen sollte, wenn er und Nicolaas nicht zurückkehrten. Der Zeitpunkt der Abfahrt war Julius schon mitgeteilt worden: Was auch geschieht und wer auch immer kommt oder nicht kommt, setz die Segel zur Heimfahrt am achtzehnten Tag im August.

Heute war der vierzehnte Tag. Noch vier kurze Tage. Wäre er ein Mann des Gebets, würde er jetzt darum beten, daß die anderen nach Kerasous gelangten, ehe das Schiff in See stach. Und weiter nach Brügge, um der Demoiselle zu sagen, daß ihr junger Gemahl tot war, und um sie vor dem zu warnen, was kommen würde. Denn was letztes Jahr geschehen war, würde dagegen wie nichts sein.

Die gestiefelten Füße machten vor dem Zelt halt, und Noah schlug abermals die Eingangsklappe zur Seite. Nicolaas stand auf. Zwischen dem gefärbten Haar und dem Bart war sein Gesicht blaß aber gefaßt. Der Page Noah trat zum Eingang herein, ohne auf Tobie zu achten und verkündete wie ein sprechender Vogel, der nur einen Satz kannte: «Da ist er.»

Fünf Janitscharen traten jetzt vor. Und ihnen folgte nicht nur Tursun Beg, sondern auch sein Herr, der Großwesir Mahmud, dessen Wunde an Nase und Lippe zwar noch entzündet war, aber schon abheilte. Die Janitscharen ergriffen Pagano Doria. Der Großwesir sagte: «Ihr habt gelogen. An der von Euch angegebenen Stelle sind keine Waffen vergraben. Als unsere Männer sie bergen wollten, gerieten sie in einen Hinterhalt und wurden getötet bis auf einen Mann, der entkam und uns davon berichtete. Nehmt ihn mit.»

Es war, als hätte der Blitz eingeschlagen. Auf dem Fußboden ließ Tobie plötzlich den Kopf zurückfallen.

Nicolaas stand da, atmete rasch, und seine Hände zitterten. Doch auf seinem Gesicht stand keine Überraschung geschrieben.

Natürlich, das konnte ja auch nicht sein. *Weh dem, der ihn zum Feind hat* – das hatte er selbst einmal zu John gesagt. Angesichts seiner vorgeblichen Arglosigkeit hatte Pagano Doria angenommen, Nicolaas und er seien zwei von der gleichen Art. Nun, vielleicht waren sie das, aber von ihnen beiden war Pagano Doria der Anfänger.

Doria selbst hatte die Lage noch nicht ganz erfaßt. Er versuchte sich empört zu wehren: eine stattliche, sorgsam herausgeputzte und vornehme Erscheinung, obschon er seinen teuren Strohhut eingebüßt hatte. «Üben große Männer auf solche Weise Gerechtigkeit?» sagte er. «Mahmud Pascha verläßt sich auf das Wort eines Sekretärs? Seine Narren machen einen Fehler, und Ihr laßt zu, daß sie kommen und Hand an mich legen?» Unter dem dunklen, ein wenig zerzausten Schopf waren die kräftigen Brauen in blitzendem Zorn zusammengezogen.

«Ich bin hier auf Befehl des Sultans persönlich», sagte der Großwesir.

«Dann ist er in die Irre geführt worden», sagte Doria unwillig. «Ich werde mit ihm darüber sprechen, wenn Ihr erlaubt. Aber ich lasse mich nicht festhalten wie ein Schurke.» Und er wölbte die kräftigen Schultern und riß sich halb von den Janitscharen los. Die überwältigten ihn aber sogleich wieder, obschon er sich heftig widersetzte. Er hatte einen wohlgefälligen, wohlgegliederten Körper, und er wußte ihn zu gebrauchen. In mehr als einer Hinsicht, dachte Tobie. Er sah das Gesicht des Paschas, der ihn beobachtete.

Doch hinter dem Pascha stand die Macht des Sultans. Der

Großwesir sagte: «Seine Hoheit der Sultan wünscht Euch nicht zu sehen. Der Fall ist klar. Nur Ihr kanntet das Waffenversteck, das habt Ihr uns selbst gesagt. Ihr allein habt deshalb den Hinterhalt gelegt.»

«Ich allein?» sagte Doria. Er sprach sehr langsam und begann endlich alles zu begreifen. Jetzt stand er da, ohne sich zu wehren, und die Röte wich aus seinem Gesicht, hielt sich nur noch über den Backenknochen. Seine Wimpern zuckten und gingen in die Höhe. Diesmal blickte er Nicolaas geradewegs an. Und Nicolaas, in seinen schlichten Kleidern und mit seinem gefärbten Bart und den Augen so leuchtend wie Diamanten, gab Doria den Blick zurück und lächelte.

Tobie sah es mit ungläubigem Staunen. Wenn sie etwas wirklich nicht tun durften, dann zugeben, daß sie Doria kannten. Und da ging ihm mit Schrecken auf, was er schon längst hätte erkennen müssen. Natürlich würde nicht nur Doria unter diesem Falschspiel leiden. Doria, mit einer Zunge begabt, konnte erklären, daß auch Tobie eine besaß, und Nicolaas als Betrüger entlarven. Er konnte sie als Spione bloßstellen, wie wenig ihm selbst das auch nützen würde. Denn es gab natürlich keinen Beweis dafür, daß Doria und sie selbst nicht in die gleiche Verschwörung verwickelt waren. Doria wußte, wer sie waren, und hatte es weder dem Sultan noch Mahmud gesagt. Nein, Doria würde nicht davonkommen – aber sie auch nicht.

Er sah, daß Nicolaas zu zittern aufgehört hatte. Zwischen Bart und Haar hatte sein Gesicht etwas Verkniffenes, aber sein Blick war ganz ruhig. Nicolaas sah Noah an. Dann wandte er die Augen ab, doch nicht zu Tobie hin. «Erlaubt, daß ich spreche, Mahmud Pascha», sagte Doria. «Es gab doch noch jemanden, der wußte, wo die Waffen verborgen waren. Meiner Gemahlin war der Ort bekannt. Mir ist jetzt klar, daß sie das Geheimnis nicht für sich behalten hat. Ich weiß, wer davon erfuhr und Eure Männer in den Hinterhalt lockte.»

«Zweifellos wollt Ihr einem anderen die Schuld geben», sagte der Großwesir, «aber was könnt Ihr beweisen? Schafft ihn fort.»

Pagano Doria sprach leise. «Ich kann es hier und jetzt beweisen. Und Euer eigener Page wird es bestätigen.» Er wandte den Kopf dem Jungen zu, und schon war der Page vorgetreten.

Noah kam an seine Seite, in den Bewegungen eine Anmut, die Doria ihn gelehrt haben mußte, und sah ihn an mit den leuchtenden Augen, an die man sich von Florenz und von Modon her erinnerte. Dann veränderte sich der Blick. «Großer Wesir», sagte Noah, «er belästigt Euch.» Und er zog einen Dolch und stieß ihn Doria in den Hals.

Tobie konnte einen kleinen Aufschrei nicht unterdrücken. Nicolaas blieb vollkommen stumm. Dorias Hände gingen hoch, als die Janitscharen ihren Griff lockerten: auf seinem Gesicht lag ein Blick reinen Erstaunens. Als er hinfiel, gelang es ihnen in ihrer Überraschung kaum, ihn aufzufangen. Dann legten sie ihn auf den Boden des Zeltes, und Tursun Beg beugte sich stirnrunzelnd über ihn. «Er ist tot», sagte der Sekretär, «oder im Sterben. Der Sultan wird –»

«Der Sultan wird keine Einwände haben», sagte der Großwesir trocken. Zu dem Pagen sagte er ein wenig leiser: «Kind! Kind! Was hast du dir dabei gedacht?» Aber das klang keineswegs sehr ungehalten. Er hatte nicht wie Tobie die Liebe, den Haß, die Qual in Noahs Augen gesehen.

Nicolaas hatte es. Tobie beobachtete ihn, während er auf Dorias Körper hinunterblickte, dessen Eleganz jetzt beeinträchtigt wurde durch das Blut, das sein Wams tränkte und sich auf dem Zeltboden sammelte. Sein Kopf war zur Seite gedreht, und die Augen standen offen und blickten von einem Gesicht zum anderen. Er versuchte zu sprechen, aber nur scharlachrote Blasen kamen aus seiner Kehle. Nicolaas hob die Augen und richtete den Blick auf Noah. Es schien Tobie, als würde da eine stumme Frage gestellt. Wenn dem so war, dann erfolgte auch nur eine stumme Antwort. In dem hübschen, dunklen Gesicht war keine Spur mehr von Liebe oder Qual: nur bitterster Stolz. Noah wandte sich auf der Stelle um und nahm seinen Platz an der Seite seines Herrn Mahmud ein. Und Pagano Doria, der im Sterben lag, hob die Augen zum letzten Mal und lächelte Nicolaas plötzlich triumphierend voll ins Gesicht.

Rasch wurde Tobie von seinen Fesseln befreit, und er beugte sich über Doria, wenn es auch keinen Zweck hatte. Er ließ sich auf die Knie sinken und bedeutete mit den Händen: «Nein. Er geht dahin.» Niemand hatte in Frage gestellt, daß Doria versucht hatte, sie zu bedrohen. Die Türken würden annehmen, so mutmaßte er, daß Doria sich irgendwie verraten und befürchtet hatte, man werde ihn anzeigen. Niemand außer Noah hätte ihnen die Wahrheit sagen können. Und Noah hatte sich für seine neue Rolle entschieden.

Nicolaas stand neben Doria, ohne sich zu bewegen. Tursun Beg bückte sich, hob den blutigen Dolch auf und sagte: «Das ist merkwürdig. Dies ist des Kaufmanns eigenes Messer, mit seinem Namen darauf. Und umgeschnallt trägt er eines, das genauso aussieht.»

«Ach ja?» sagte Mahmud Pascha. «Dann sollte man es Freund Ayyub geben zum Schutz seines Meisters, des Arztes. Es sieht so aus, als würden wir unsere beiden Gäste wieder verlieren. Im Süden ist eine Kamelkrankheit ausgebrochen, und Sara Khatun hat darum gebeten, sie zum Stamm zurückkehren zu lassen. Der Sultan in seiner Großmut hat der Bitte entsprochen und läßt sie ziehen.»

Dorias Kehle röchelte. Er hatte es gehört. Er hatte, dachte Tobie, wahrscheinlich alles mitangehört, hatte aber natürlich nicht sprechen können. Zeuge am eigenen Sterbebett. Stumm, ebenso unfähig zum Anklagen wie zum Umgarnen. Der Großwesir nickte grüßend und ging, und Tursun Beg folgte ihm mit den Janitscharen. Tobie verbeugte sich und blieb, wo er war, wie angewurzelt stehen. Als der letzte Zuschauer gegangen war, wechselte Nicolaas jäh seine Haltung und kauerte an der Seite des Sterbenden nieder.

Dort verharrte er still bis zum Ende, den Blick auf Doria gerichtet, während dieser ihn ansah. Nur Tobie beobachtete sie dabei. Tobie und ein dunkler stummer Schatten hinter ihm. Drei seltsame Gefährten für einen umherschweifenden Seekaufherrn, dem die Welt zu Füßen liegt. Doch obschon Doria ihnen seinen Tod verdankte, schien es Tobie, als bezöge er am Ende Trost von ihnen.

Am frühen Nachmittag hatten der Kamelarzt und sein Helfer das Lager des Sultans schon verlassen. Der öffentliche Abschied war lebhaft, wenn auch einseitig und der private im Zelt der Prinzessin kurz gewesen. Sie sagte: «Ihr habt also gesehen, was Ihr sehen wolltet. Nichts hätte diesen Ausgang der Dinge ändern können.»

«Eure Nichte ist eine Prinzessin von Trapezunt», sagte Nicolaas. «Das war auch die Mutter Eures verstorbenen Gemahls.»

Heute sah man Sara Khatun ihr Alter an, und die Falten unter ihren Augen waren fast so dunkel wie die Augentusche. Sie sagte: «Johannes Komnenos sagte zu meinem Sohn: ‹Sei mein Bundesgenosse.› Und mein Sohn Uzun Hasan sagte: ‹Der will ich sein, wenn du mir dieses Land und deine Nichte zur Braut gibst.› Der Sultan hat das Land, und der Kaiser David kann seine Nichte zurückhaben, wenn er will. Glaubt Ihr, ohne mich und ohne Georg Amiroutzes hätte der Kaiser anders gehandelt?»

Ein langes Schweigen. Dann sagte Nicolaas: «Nein.»

«Bestimmt nicht», bestätigte sie. «Ihr habt es weit gebracht, für einen Lehrling, aber einem Kaiser Euren Willen aufzwingen könnt Ihr noch nicht. Eine Zeitlang habt Ihr das vielleicht geglaubt. Es ist ganz gut, wenn man dergleichen lernt, wenn man noch jung ist. Jetzt müßt Ihr Euch um Eure Männer kümmern.»

«Das werde ich tun», sagte Nicolaas.

Er brachte nichts zu seiner Entschuldigung vor, und vielleicht wurde deshalb Sara Khatuns Blick sanfter. «Wer sich nie strebend bemüht, wird nie verletzt. Dies geht vorüber. Wenn wir Eure Verdienste nicht abgewägt hätten, hätten wir nicht getan, was wir getan haben. Ihr kehrt als reicher Mann zurück, und legt Eurer Gemahlin zu Füßen, was größer ist als aller Reichtum: Eure Achtung und Eure Treue. Ich beneide sie. Jetzt geht.»

Sie ritten in südlicher Richtung davon und schlugen dann, sobald sie dies wagen konnten, den Bogen, der sie nach Trapezunt zurückbringen würde, wo Astorre auf sie wartete. Sie ritten lange Zeit stumm dahin. Nur einmal brach Tobie das Schweigen und sagte: «Catherine.»

«Das hatte ich ganz vergessen», sagte Nicolaas. «Wir sollten sie dem Sultan anbieten. Er bekäme den Schrecken seines Lebens.»

Danach ließ Tobie ihn aus der Erfahrung des Arztes heraus in Ruhe.

KAPITEL 39

DER PRIESTER GOTTSCHALK HATTE NICOLAAS und Tobie davongehen sehen und nicht zu hoffen gewagt, daß sie aus dem Lager des Großwesirs zurückkehren würden. Und während die Zeit verging, wurde die Hoffnungslosigkeit zur Gewißheit. Hundert Meilen weiter westlich würde Julius am Dienstag von Kerasous aus die Heimreise antreten. Der Samstag war der letzte Tag, an dem er und Astorre die anderen aus Trapezunt herausführen konnten, wenn sie noch rechtzeitig zu ihm gelangen wollten. Als der Freitag heraufdämmerte und keine Nachricht brachte, hielt er Nicolaas für verloren und Tobie mit ihm.

Falls dieser Gedanke auch Astorre kam, so war er zu beschäftigt, um ihm Zeit zu widmen. In jedem Fall war er als Söldner an die Erfordernisse des Krieges gewöhnt. Es waren keine anderen Genossen mehr da, mit denen der Priester seine Befürchtungen hätte teilen können, und so behielt er sie für sich. Für die Welt und den Kaiser war Nicolaas wieder vom Fieber befallen worden, und Tobie pflegte ihn.

Als Nicolaas und Tobie an diesem Freitag erschöpft und schmutzig und stumm zurückkehrten, war es um die Fassung des Priesters geschehen. Zuerst berichtete Nicolaas von der bevorstehenden Übergabe der Stadt, und dann nahm Tobie Gottschalk beiseite und erzählte ihm in aller Ausführlichkeit, wie Doria zu Tode gekommen war. Und Gottschalk dachte sich sein Teil und schwieg.

Dann ging es darum, möglichst schnell ihre Reisepläne in die Tat umzusetzen. Diesmal kamen von Astorre keine Einwände. Mit grimmigem Gesicht hörte er sich die Geschichte von Verrat und Schwäche an und sprang dann auf, packte etwas und zerbrach es über dem Knie. Es war der Kommandostab, den der Kaiser ihm geschenkt hatte. Er warf die Stücke fort, und das zerbrochene Gold sprang klingend über den Fußboden. Er sagte: «Ich diene nicht unter Türken. Oder unter Feiglingen.»

«Es wird nicht zum Kampf kommen», sagte Nicolaas. «Nur zu einer Besetzung nach der Übergabe – und das ist der sichere Tod Eurer Männer.»

Astorres Bart schob sich vor. «Nach Erzerum hat es sich anders angehört. Wir hatten die Wahl.»

«Nein, Ihr hattet keine Wahl», sagte Nicolaas. «Das habe ich Euch nur vorgemacht.»

Danach bekamen sie einander kaum noch zu Gesicht. Sie leiteten indes alle vorher genau festgelegten Schritte ein, zielstrebig und rastlos, denn alle Debatten darüber waren längst geführt. Noch spät am Freitag statteten sie dem Palast ihren letzten Besuch ab. Wie beim ersten Mal trat Nicolaas als ihr Sprecher auf, doch diesmal an der Seite von Gottschalk, und Astorre und seine Leute eskortierten sie und verliehen ihnen militärischen Glanz.

Im Palast war weder von Amiroutzes noch von den Jungen oder den Frauen etwas zu sehen. Sie erhielten ihre Audienz im Beisein von Männern, die spröde und furchtsam lächelten. Der Geruch der Angst klebte an den roten Onyxsäulen, den Buntglasplatten und den goldenen Reliefs der Wandtäfelung und überlagerte den Duft von Früchten, Moschus und Weihrauch. Angst hing über den halb gepackten Truhen und durchkroch die geflüsterten Worte.

Gottschalk wußte, daß dies den Zusammenbruch aller Ordnung ankündigte, der mit der Übergabe einherging: das schlecht zubereitete Essen aus verlassenen Küchen, die zerknitterten Kleider, überreicht von Dienstboten, die wenig zu erhoffen hatten und sich selbst um eigene Kinder sorgen mußten. Die beklommenen Gebete der Kirchenmänner: schief angesehen, gehetzt, ständig beansprucht. Der Rangwechsel unter den hohen Beamten, das unsichere Schwanken zwischen alten und neuen Herren, und das Verschwinden von Dingen: von Kelchen und Elfenbeinarbeiten, von Schalen und Ikonen. Und draußen, kaum beachtet, verdichteten sich der Zorn und die Angst und Verzweiflung der Menschen von Trapezunt. Menschen, die sich eingefangen sahen hinter den Mauern, zu deren Verteidigung man sie so fröhlich und eifrig ermuntert hatte.

Aber man durfte nur an das denken, was jetzt getan werden mußte. Die Debatten waren längst geführt.

Der Kaiser empfing sie in einer Staatsrobe. Ernst, rosig, golden, kaiserlich, sah er aus, wie er immer aussah. Erst jetzt, im Licht des späten Sommertages und im vollen Licht dessen, was er tat, sah man, wie bemalt und gewachst er war, künstlich wie die Fresken

hinter ihm. Als weder Nicolaas noch Gottschalk die Prostration vollführten, erstarrte er kurz, ließ sich aber sonst nichts anmerken. Er
richtete die wenigen notwendigen Worte in gemessenem Griechisch
an den florentinischen Konsul. Um das Leben seines Volkes zu retten, habe er beschlossen, sein Wohlergehen zu opfern und seine Tore
zu öffnen. Als aufgeklärter Mann habe Sultan Mehmed weise Herrschaft und freie Religionsausübung versprochen, wie er sie schon
den jetzt in Konstantinopel lebenden Griechen gewährte. Aber man
bedurfte jetzt natürlich nicht mehr der bewaffneten Truppen des
Konsuls. Er dankte den Vertretern des Handelshauses für ihre
Dienste und entließ sie dann förmlich und in allen Ehren aus ihrem
Vertrag. Eine schriftliche Bestätigung war schon aufgesetzt.

Die Urkunde wurde ihnen übergeben. Die Aufmerksamkeit des
Kaisers wollte sich schon anderen Dingen zuwenden. Seine Gleichgültigkeit war zweifellos echt. Ausländische Kaufleute bedeuteten
ihm jetzt nichts mehr. Es war Nicolaas, der ihn mit ruhiger Stimme
an die lateinischen Familien erinnerte, die noch in der Stadt waren.
Der Kaiser erklärte sich damit einverstanden, daß diese Familien
die Stadt verließen, obschon der Sultan, wie jeder wußte, dort, wo
kein Widerstand geleistet wurde, keine Kaufleute bestrafte. Der
Kaiser hatte vom Tod des genuesischen Konsuls gehört. Der Schiffsführer Crackbene hatte die Erlaubnis, alle Genuesen mitzunehmen,
die Trapezunt fürs erste verlassen wollten. Der Basileus ging davon
aus, daß Messer Niccolo mit dieser Lösung zufrieden war. Er erlaubte Messer Niccolo und Pater Gottschalk, auf den Fußkuß zu
verzichten und sich lediglich zu verneigen, und ließ ihnen beiden ein
kleines persönliches Geschenk bringen, das sie höflich ablehnten.
Während sie rückwärts zur Tür gingen, sahen sie, wie er an den
Fingernägeln kaute.

«Ihr hättet es annehmen sollen», sagte Tobie, als sie ihm davon
erzählten. «Ihr hättet es ja einem Türken in den Rachen stoßen
können.» Das war die einzige Bemerkung, die einer von ihnen
machte, und zu mehr war auch keine Zeit. Sie holten das Takelwerk
der Kogge und schafften es zu dem genuesischen Haus hinunter.
Dort trafen sie Dorias Schiffsführer Crackbene an, der bereit war,
mit ihnen gemeinsame Sache zu machen. Auch er hatte erfahren,
daß sein Dienstherr tot war, doch nach Trauern schien ihm nicht

zumute zu sein. Er war ein vernünftiger, nüchtern denkender Mensch.

Deshalb machte er sie gleich, was ihren Plan betraf, auf ein Problem aufmerksam. Die Kogge lag draußen auf See vor Anker, und das Takelwerk war hier in der Stadt. Wie wollte der florentinische Konsul das eine zum anderen bringen über einen von Türken besetzten Strand?

«Indem wir Türken werden», sagte Nicolaas. «Das ist ganz leicht. Man braucht einen großen schwarzen Schnurrbart und ein aufgeklärtes und freizügiges Wesen.»

Crackbene begann zu lächeln. Doch sein Lächeln gefror, als Nicolaas sagte: «Das war kein Witz. Wir verkleiden uns als Türken und tun so, als handelten wir im Auftrag des Sultans. Wir haben den Befehl, die genuesische Kogge flottzumachen und sie zur Flotte bei Gallipoli zu bringen.»

«Das schafft Ihr nie», sagt Crackbene.

«Vielleicht doch», sagte Nicolaas. «Ihr habt noch keinen Blick über die Mauern geworfen. Da draußen sind sie alle betrunken und trommeln und lassen Kracher los. Sie haben gerade von der Übergabe der Stadt gehört.»

«Trotzdem schafft Ihr das nie», sagte Crackbene. «Was ist mit türkischen Kleidern?»

«Oh», sagte Nicolaas, «das ist noch das Leichteste.»

In Kerasous, hundert Meilen weiter westlich, wartete der Rest des Hauses Charetty und sah die Tage so besorgt vergehen wie Gottschalk, denn ihr Befehl war klar: ob Nicolaas noch von Trapezunt aus zu ihnen stieß oder nicht, am achtzehnten Tag im August mußten sie auslaufen.

Für Catherine de Charetty negli Doria schleppten sich die Augusttage so träge dahin wie noch keine anderen Tage zuvor. Sechs Wochen ihres Lebens in Kerasous zu verschwenden, das war nicht ihre Absicht gewesen, als sie sich bereit erklärte, an einem Ballspiel teilzunehmen. Das Spiel selbst war schon schimpflich gewesen. Anstatt um sie zu kämpfen, hatten sich Pagano und Nicolaas beide vorgenommen, sie töricht aussehen zu lassen. Die darauf folgende

Reise auf dem Kamelrücken war kaum weniger demütigend gewesen. Sie hatte das dem Aktuarius ihrer Mutter gleich nach ihrer Ankunft in Kerasous klargemacht: Das Kamel mußte verkauft werden.

Und die Dinge hatten sich nicht gebessert. Eine Doria durch Heirat, eine Charetty von Geburt, erwartete sie, oben auf der Höhe im Palast des Statthalters untergebracht zu werden, mit Julius und diesem John le Grant mehr oder weniger als ihren Dienern. Statt dessen wurde sie zusammen mit einer verängstigten Schar italienischer Frauen und Kinder in Kellergewölbe geschickt, während anscheinend die gesamte türkische Flotte draußen vor der Küste entlangfuhr. Von den Frauen, die sie verachtete, hörte sie zu ihrem Erstaunen, daß sie mit der *Ciaretti* nach Kerasous gekommen waren. Und daß die Galeere hier war, aus dem Wasser gehoben und auf Rollen gesetzt, irgendwo an Land. Auf einer Insel, sagten sie.

Danach hatte sie bald herausbekommen, daß in der Zitadelle von Kerasous das gesamte Frachtgut der *Ciaretti* lagerte, von Meester Julius aus Erzerum herübergebracht. Auch Waren für die Venezianer waren dabei. Und Sachen, die die *Ciaretti* in Trapezunt geladen hatte, darunter Bücher, Edelsteine und Farben. Sie sah ein Fäßchen mit Perlen, das sie wiedererkannte. Nicolaas hatte alles bekommen. Er hatte alles bekommen, was Pagano hätte einhandeln sollen, und er war nicht einmal ein Charetty. Und es war ihm gelungen, alle venezianischen Frauen und auch die Kinder herauszuschaffen.

Es war eine Leistung ohnegleichen, wie sie, das sah sie jetzt, Pagano niemals hätte vollbringen können. Wenn sie sich nachts nach ihm sehnte, sagte sie sich, wie unfähig er sich gezeigt hatte; wie Nicolaas ihn an die Wand gespielt hatte. Und dennoch hoffte sie Tag für Tag, daß er kam: um diese spöttischen Venezianerinnen zum Schweigen zu bringen, um ihre Waren und ihre Sachen in seine Kogge zu verladen und zu sagen: «Komm, ich bin der größte Seekaufherr Europas, und du bist meine Madonna.» Doch dann brach sich der gesunde Menschenverstand Bahn, und sie knirschte mit den Zähnen und preßte sich die Fingernägel in die Handflächen. Denn wenn er nur ein Viertel von dem schaffte – weniger als ein Viertel –, würde sie für den Rest sorgen. Alles würde sie tun, nur damit die Freunde ihrer Mutter hingerissen ausriefen: «Unsere kleine Catherine! So eine Ehe! So ein Gemahl! So ein Vermögen!»

Dann kam der Tag, als die große türkische Kogge langsam von Osten her aus dem Dunst hervorstieß und nicht geradeaus weiterfuhr, wie dies alle anderen Schiffe, die freien wie die gekaperten, auf dem Weg nach Stambul getan hatten, sondern auf Kerasous zusteuerte. Da meldeten sich die Geschütze auf der Zitadelle und am Strand, die in der Vergangenheit mehr als ein Schiff abgeschreckt hatten; und Meester Julius und John le Grant warfen ihr, als sie sie fragte, über die Schulter ein Wort zu, ohne weiter etwas zu erklären. Bis schließlich, als das Schiff fast bei dieser Insel war und eine Kugel sein Hauptsegel zerrissen hatte, die Halbmondflagge am Mast heruntergezogen und durch eine andere ersetzt worden war. Sie hatte in diesem Augenblick auf den Wällen der Zitadelle gestanden und sich auf einmal in den Armen eines Mannes befunden. Meester Julius sagte: «Sie sind gekommen! Sie sind gekommen!» Und sie sah, daß er weinte.

«Es ist die *Doria*!» rief sie voller Entzücken. «Paganos Schiff! Es ist Pagano!» Und Meester Julius hatte den Arm sinken lassen und gesagt: «Es war sein Schiff, Catherine, aber wir wissen nicht, was inzwischen mit ihm geschehen ist. Mach dir keine Sorgen. Bleib hier. Ich lasse dich benachrichtigen, sobald ich etwas weiß.»

Trotzdem war sie ihm mit Willequin hinterdrein zum Tor hinunter nachgelaufen, und sie wäre den Hang hinunter bis zum Ufer geeilt, wenn nicht der Aktuarius einen kurzen Befehl gerufen hätte, worauf einige Männer sie aufhielten und ihre Hände ergriffen, als sie sie zu kratzen begann, und sie dann zurückbrachten zu den Frauen. Den Venezianerinnen, die sie gönnerhaft zu behandeln versuchten. Sie fand ein Bett und warf sich darauf und wartete, während der Hund auf dem Boden lag und hechelte und sie anblickte. Wenn Pagano kam, würde er sie alle zum Teufel schicken.

Dann stand jemand in der Tür, und sie setzte sich auf. «Sie ist hier. Laßt mich mit ihr reden», sagte eine Stimme. «Nein, das ist meine Sache», hörte sie jetzt Nicolaas sagen. Sie wandte sich um und sah, daß es tatsächlich Nicolaas war, der bei ihr stand. Er zog sich einen Hocker herbei, setzte sich und sagte: «Catherine? Ich habe schlechte Nachrichten.»

Sie wußte natürlich, was er meinte. Der Statthalter war seit Wochen in heller Aufregung. Die Türken belagerten Trapezunt von See

584

aus, und der Sultan kam mit seinem Heer von Süden durch die Berge marschiert. Wenn die beiden sich erst trafen, kam in diesem Jahr niemand mehr aus Trapezunt heraus, und Meester Julius und John le Grant würden ohne sie nach Hause fahren. Nicolaas hatte sich wahrscheinlich mit seinem Geld den Weg in die Freiheit erkauft. Und auch dieser deutsche Pater, dessen Stimme sie gehört hatte. Und Pagano war gezwungen gewesen, sie mitzunehmen, weil sein kleines Unternehmen gescheitert und ihm kein neues eingefallen war. Aber das machte nichts, sie hatte ein Dutzend Pläne. «Die Türken haben Trapezunt eingenommen?» sagte sie.

«Jetzt werden sie wohl in der Stadt sein», erwiderte Nicolaas. «Catherine – Pagano ist tot.»

Sie runzelte die Stirn. So dumm konnte er kaum gewesen sein. Dann wurde es ihr klar. «Du hast ihn getötet!» sagte sie wütend.

«Nein», sagte Nicolaas. «Er wurde von feindlicher Seite getötet. Er sollte den Türken eine Botschaft überbringen, und jemand hat ihn getötet. Er ist als tapferer Mann gestorben, Catherine.»

«Pagano ein Kurier?» sagte sie langsam. «Nein. Er wollte zu ihnen, um ihnen Waffen anzubieten, und du hast ihn gehen lassen. Ich hatte dir gesagt, wo die Waffen sind, und du hast sie an dich genommen. Als sie sahen, daß sie fort waren, haben sie ihn getötet. Du hast ihn getötet.» Ihre Fingernägel krallten sich ins Bettuch. «Du hast in aller Ruhe in Trapezunt gesessen und ihn in den Tod gehen lassen.»

Von der Tür aus sagte Gottschalk: «Nicolaas – die Wahrheit wäre besser.»

Nicolaas stand auf. «Dann erzählt Ihr sie ihr», sagte er und ging hinaus.

Der Priester sagte: «Steht auf.»

Ihr Kleid war zerknittert, wo sie darauf gelegen hatte, und sie hatte das Haar nach dem Abziehen der Haube nicht mehr geordnet. Sie trug noch ihre Ohrringe, und ihr Kleid war aus Seidentaft, und ihre Mutter hatte diesen Mann in Dienst gestellt und würde ihn auf ein Wort hin entlassen. Catherine stand aufrecht neben dem Bett und sagte: «Was kann man einem Dienstboten glauben? Mein Gemahl ist wahrscheinlich am Leben und hat ihn nur geschlagen.»

«Er ist tot», sagte der Kaplan ihrer Mutter. «Er wollte dem Sultan Mehmed seine Rüstungen und Waffen verkaufen, und da hat er Nicolaas und Magister Tobie im Lager des Sultans vorgefunden und versucht, sie zu verraten.»

«Im Lager des Sultans? Nicolaas? Was wollte er denn verkaufen?»

«Seine Haut», sagte Gottschalk. «Im Austausch gegen etwas, was er in Erfahrung bringen mußte. Eines Tages wird er es Euch vielleicht erklären. Inzwischen könnt Ihr versichert sein, daß Nicolaas Euren Ehemann nicht getötet oder seinen Tod betrieben hat. Pagano ging ein Wagnis ein, als er den Sultan aufsuchte. Ich nehme an, er hat es Euretwegen getan. Er hoffte, die Gunst des Sultans zu erringen und sich in Trapezunt niederzulassen, wenn alle Rivalen abgezogen waren. Was Ihr auch glauben mögt, er und Nicolaas waren keine erbitterten Gegner, wenn sie auch beide vor kaum etwas zurückschreckten, um an ihr Ziel zu gelangen. Von den beiden war es Euer Gemahl, dem es gleichgültig war, wen er tötete.»

«Wer hat dann Pagano getötet?» fragte Catherine.

«Jemand aus dem gegnerischen Lager. Ein Diener von Mahmud Pascha. Er glaubte damit dem Großwesir zu gefallen. Catherine, Ihr seid nicht allein. Der beste Freund, den Ihr auf der Welt habt, ist Euer Stiefvater.»

Sie setzte sich aufs Bett und biß sich nachdenklich auf die Lippen. Dann fragte sie: «Wo sind die Rüstungen und die Waffen?»

Er antwortete nicht sogleich, was sie ärgerte. Dann sagte er: «Sie sind hier in der Zitadelle. Nicolaas hat sie der kaiserlichen Besatzung übergeben.»

Sie starrte ihn an. «Aha – dann muß ich mit ihm sprechen. Sie gehören mir. Die Kogge gehört mir. Nicolaas hat nicht das Recht, sie jemandem zu übergeben. Für wen hält er sich?»

«Er ist der Mann, der Euch aus Trapezunt gerettet hat», sagte der Kaplan ihrer Mutter. «Ihr werdet nicht mit ihm sprechen, noch werdet Ihr ihn an irgend etwas hindern. Ich sagte Euch, Ihr solltet aufstehen. Steht auf. Ich habe Euch etwas zu sagen.»

Sie stand auf und hörte sich, mit gerötetem Gesicht und vor Zorn zitternd, die grausamen Dinge an, von denen er sprach: ihre Gleichgültigkeit gegenüber ihrer Mutter, ihre Selbstsucht, ihr *kindliches Verlangen nach sinnlicher Freude*, wie er es nannte. Sie hörte nicht mehr hin. Er war ein Tugendbold und Großredner, ein wehleidiger Priester, der vor Neid in Ohnmacht fallen würde, wenn er wüßte – wenn er ahnte, was ein Mann und eine Frau trieben, wenn sie zusammen waren... Was sie taten, immer wieder, wenn sie zusammen waren.

Doch dann erfaßte sie ihren ganzen Verlust, und der Kummer zerriß ihr die Kehle, so daß sie auf dem Bett zusammenbrach und mit geschlossenen Augen und offenem Mund dasaß, während die Tränen ihr übers Gesicht rannen. Sie hörte die eigene Stimme wie ein Bellen, und Willequin bellte auch, und sie konnte die beiden Geräusche nicht unterscheiden.

Da legte der Priester die Arme um sie und hielt sie fest und sprach zu ihr, bis sie ruhig war.

Schnell hatte sich in Kerasous die Geschichte von Nicolaas' Unternehmen herumgesprochen. Nicolaas selbst bekam keiner zu fassen: Er war oben auf der Anhöhe zusammen mit Astorre und beredete sich mit dem Statthalter und der Besatzung, er war draußen auf der Insel und sprach mit John le Grant und den Mönchen, er überprüfte zusammen mit Julius und Patou die Warenbestandslisten, er war zusammen mit Crackbene auf der Kogge und überwachte das Verladen. Er hatte, wie es hieß, Pferde gekauft, und überlegte, wo sie unterzubringen waren. Als er vom Schicksal seines Kamels erfuhr, hatte er ein, zwei Fragen gestellt und dann von etwas anderem gesprochen. Dann sah er mit den Schreibern nach den Vorräten für die Fahrt: Schlachttiere, Geflügel, Zwieback, Trinkwasser, Früchte; und Schießpulver und Kanonenkugeln. Eine volle Stunde verbrachte er bei den Schuppen, in denen Stoffballen lagerten. Die Galeere lag jetzt im Wasser und wurde beladen. Bald würden die Männer, Frauen und Kinder an Bord gehen.

Von Tobie und Gottschalk erfuhr Julius bei einem eiligen Mahl Einzelheiten über den Aufenthalt im türkischen Lager am Rand der kleinen Marschlandschaft und was zuvor und hernach noch alles geschehen war. Er hörte, wie sie entkommen waren, und konnte es zuerst gar nicht glauben. «Wie in Gottes Namen habt ihr euch denn als Türken verkleiden können?»

«Ich dachte, das hätte Nicolaas Euch gesagt. Die Ballen, die die Maulesel von Erzerum her auf den Rücken hatten, waren mit turkmenischer Kleidung gefüllt.»

«Ich dachte, er hätte etwas von Stoffen gesagt», erwiderte Julius. «Einfach Zeug zum Ausstopfen, damit es aussah wie Rohseide.» Er war erstaunt. «Hat das die alte Frau in die Wege geleitet? Sie hat wohl gewußt, daß man bei einer Belagerung nur so Menschen fortbringen konnte. Eine angeblich vom Sultan eingesetzte Truppe mit dem Auftrag, das gekaperte Schiff nach Stambul zu bringen. Genial. Genial. Keiner würde das verdächtig finden.»

«Es ging nicht ganz ohne Zwischenfälle», sagte Gottschalk. Nach einer kurzen Pause fuhr er fort: «Wir haben die meisten Familien herausbekommen. Der venezianische Statthalter wollte bleiben, wie auch einige von den Genuesen. Die Seeleute der Kogge sind alle mitgekommen. Und die genuesischen Frauen und Kinder. Die Familien aus der venezianischen Kolonie waren schon abgereist.»

«Und Paraskeuas?» fragte John le Grant schließlich.

«Paraskeuas hätte mitkommen können, er wollte aber nicht», sagte Gottschalk.

«Und die anderen Griechen in Trapezunt?» wollte John le Grant wissen. Er war ein hartnäckiger Mensch, der Fragen stellte.

«Was ist mit den Griechen?» sagte Nicolaas, der plötzlich hereinkam. Julius drehte sich neugierig um. Der Nicolaas, der da auf so wundersame Weise mit der *Doria* Kerasous angesteuert hatte, war nicht mehr der arg zugerichtete Gefährte, von dem er sich im Mai auf der Straße von Erzerum her getrennt hatte. Er wollte die Veränderung näher in Augenschein nehmen. Er beobachtete, wie sein hochgewachsener früherer Diener sich vorbeugte, kurz nach den Speisen auf dem Tisch griff und dann, mit Brot und Fleisch in der Hand, neben John le Grant stehenblieb. «Taub?» fragte er.

«Nein», sagte John le Grant. «Nichts weiter. Reine Neugierde. Ich dachte, ich hätte ein paar Griechen aus Eurem Schiff steigen sehen.»

«Sie hatten Freunde in Kerasous. Eigentlich haben wir keine mitgebracht. Wie hätten wir auswählen sollen, wen wir mitnehmen? Eine Lotterie veranstalten?» Er lehnte sich mit der Schulter an die Wand und sah den anderen an.

«Ihr hättet eine hübsche Summe verdienen können», sagte John le Grant. «Doria hätte bestimmt eine Menge Leute nach Kaffa geschafft, wenn wir sein Schiff nicht abgetakelt hätten.»

«Ich dachte, Ihr wart vollkommen dagegen», sagte Nicolaas.

«Ja, das war ich. Das bin ich auch jetzt noch. Wenn Ihr nach Kaffa gesegelt wärt, hättet Ihr den ganzen Winter auf der Krim bleiben müssen. Tataren, Genuesen und gräßliches Wetter. Tobie hätte das nicht behagt. Und Ihr hättet jetzt keinen Raum für eine Warenladung.»

«Das war natürlich die große Sorge», sagte Nicolaas. «Andererseits sind Griechen natürlich Menschen wie alle anderen, und man muß solche Dinge bedenken oder doch so tun, mit Gottschalk in der Nähe.»

«Ihr habt eine Münze hochgeworfen», sagte John le Grant. Julius rutschte auf seinem Hocker hin und her.

«Ihr habt's erraten», sagte Nicolaas. Er und le Grant blickten einander an. «Vielleicht hättet Ihr die Kogge nach Gutdünken beladen», fuhr Nicolaas fort. «Vielleicht hättet Ihr Euch die Reichsten ausgesucht oder die Schwächsten oder die, die den Aufruhr überlebten, der ausgebrochen wäre, wenn Ihr Eure Fahrt vorher angekündigt hättet. Ich war anderer Ansicht. Wißt Ihr, wofür der Kaiser sich verkauft hat? Statthalter Christi, Diener des Gottes in Menschengestalt? Seine Tochter Anna und einen Wohnsitz im türkischen Adrianopel, dazu ein Jahreseinkommen von dreihunderttausend Silberstücken. Man könnte sagen, daß die, die einen solchen Kaiser unterstützen, auch keinen besseren verdient haben – oder sie hätten sich gegen ihn erhoben. Und wenn nicht, dann könnten sie genausogut untergehen.»

«Adrianopel», sagte John le Grant. «Adrianopel hätte ich nicht gewählt. Zu nah bei den neuen Besitzern. Wenn jemand mein Geschäft aufkaufte, würde ich mich möglichst weit von der Konkurrenz entfernt niederlassen.»

«Ich glaube nicht, daß er sich noch einmal im Kaisergewerbe versuchen wird», sagte Nicolaas. Die kurze gewittrige Stimmung war verflogen. «Ihr könnt einem zusetzen.»

«Das habe ich schon gehört», meinte le Grant. «Was sagtet Ihr gerade?»

Nicolaas blieb stehen, wo er war. Dann kam er und setzte sich, und die Hände auf dem Tisch hielten noch immer das Brot und das Fleisch. «Wir haben sie mitzunehmen versucht. Sie wollten nicht. Wir waren Lateiner. Kaffa ist genuesisch. Sie wollten lieber die Türken haben.»

Julius spürte, wie er errötete, und sah, daß Gottschalk ihn anblickte. Tobie hatte die Stirn gerunzelt. John sagte: «Soviel also zum Konzil von Florenz und der Kircheneinheit. Bin ich froh, daß ich die ganze Zeit in Kerasous war, ohne eine dieser schrecklichen Fragen beantworten zu müssen, bei denen einem der Hunger vergeht. Wenn Ihr's nicht wollt, ich könnte ein Stück Brot vertragen.»

Und Nicolaas sagte: «Sorgt selbst für Euer Brot» und hatte schon zu essen begonnen.

Danach sah er wieder wie er selbst aus, und Julius begann auf eine annehmbare Reise zu hoffen, wenn sie nur an den Kanonen am Bosporus, an den Kanonen von Konstantinopel und an den Kanonen von Gallipoli vorbeikamen und ihren Proviant bis Modon strecken konnten. Sie konnten im Oktober in Venedig sein. Nun ja, Mitte Oktober. Er dachte noch einmal über das Gespräch nach, über die Frage hinaus, warum sich John gerade diesen Tag ausgesucht hatte, um Nicolaas anzugreifen. Julius war jetzt drei Monate mit John le Grant zusammengewesen und vermochte ihn noch immer nicht zu ergründen.

Am 18. August setzten sie die Segel. Zuerst die Kogge, farbenprächtig mit türkischen Flaggen und Seeleuten in türkischen Turbanen und Jacken. Als nächstes, als ihre Beute mit ihr verbunden, die florentinische Galeere ohne Flaggen, aber mit zwei Reihen von Ruderern, nach außen hin Gefangenen, die beim Fahrtmachen helfen sollten. Eine Ehrenwache verabschiedete sie am Strand, und auf der dem griechischen Kriegsgott geweihten Insel Ares standen die Mönche, die ihr Geheimnis so lange bewahrt hatten, und winkten ihnen nach.

Es war der Abschied, den Trapezunt ihnen verweigert hatte. Dort waren sie hinausgesteuert zwischen aufs Geratewohl ankernden türkischen Schiffen hindurch, während sie nach türkischen Kommandorufen die Segel bedienten. Damals blickte sich niemand zum Land um. Keiner versuchte die weißgefleckten Mauern von St. Eugenios auszumachen, die geschwärzte Ruine des Fondaco, den zerstörten Meidanplatz oder die Fahnenstange des Palasts, an der keine Banner mehr wehten.

Jetzt blieb Muße, sich umzuwenden und Kerasous zu schauen, die Stadt der Kirschen, die Anhöhe der Zitadelle mit den steilen, laubgrünen Vorbergen und schließlich dem Gebirge dahinter. Es hatte geregnet, und die bemalten Kirchen und die weißen Häuser mit den flachen Dächern, die Gärten und Obsthaine schimmerten im Hitzedunst. Über das Wasser trieben nicht die hellen Düfte der Frühlingsblüte herüber, sondern der dunklere Geruch der reifenden Frucht. Schon war der wilde Wein schwer von Trauben, und Haselnüsse überzogen die Büsche mit einem Bartflaum. Der Herbst nahte.

In einem gewöhnlichen Jahr würden bald tanzende Füße die Trauben zu schwarzem Wein zerstampfen, und die Nüsse würden am Strand ausgebreitet werden; und die Kraniche würden geflogen kommen, und der Himmel über dem Zigana-Paß würde schwarz werden von Wachteln auf ihrem Wanderzug. In einem gewöhnlichen Jahr würde man ein Fest feiern, bevor die Herbststürme die Meere schlossen, und eines danach, wenn das Land sich selbst überlassen blieb, bis der Frühling kam und die Schiffe wieder herausbrachte.

Dieses Jahr würde es anders sein. Nichts würde wie sonst sein dieses Jahr, es sei denn, der Besatzung auf der Anhöhe, wo die Zitadelle schimmerte, gelänge es, bis zum Winter durchzuhalten. Die Truppe stand unter guter Führung und war mit Vorräten wohlversorgt, und jetzt verfügte sie über zusätzliche Waffen und gute Rüstungen. Nicolaas grüßte mit seinen Kanonen zur Zitadelle hinauf, und von dort wurde sein Gruß beantwortet. Die helle Stelle begann im Dunst zu verschwinden, und das nächste Vorgebirge entzog sie völlig ihren Blicken.

Vor ihnen erstreckte sich das Schwarze Meer. Weit und breit war kein einziges fremdes Schiff zu sehen. Das war mehr, als sie zu hoffen gewagt hatten. Während der ersten Tage fuhren beide Schiffe stumm dahin, und Männer hielten hoch oben im Takelwerk nach dem Fleck am Horizont Ausschau, der eine türkische Trireme bedeuten mochte. Alles, was sie sahen, waren Fischerboote, denn die gesamte Flotte war um Trapezunt herum zusammengezogen, und die in anderen Häfen gekaperten Schiffe waren längst westwärts geschickt worden. Acht Tage nach dem Auslaufen aus Kerasous glitten sie im Dunkel der Nacht an Sinope vorüber und schlossen aus den Mastlichtern, daß keine großen Schiffe im Hafen zurückgeblieben waren. Hier waren sie an der schmalsten Stelle des Euxinos. Von hier aus war der Weg nördlich nach Kaffa kürzer als der westwärts zum Ende des Schwarzen Meeres. Keiner sprach davon. Dieser Kampf war ausgekämpft, und die Wahl war getroffen. Sie fuhren weiter, der Heimat entgegen.

Es war nicht ganz die Reise, die Julius sich vorgestellt hatte. Nicolaas war ständig beschäftigt, oder Loppe, Gottschalk oder Tobie waren im Weg, wenn er mit ihm plaudern wollte. Es dauerte eine Weile, bis Julius erkannte, daß die anderen einen Schutzring um ihn bildeten. Unklar war nur der Zweck. Manchmal hatte er das Gefühl, sie schirmten Nicolaas gegen andere Personen ab. Bei anderen Gelegenheiten wiederum war offenkundig, daß andere gegen Nicolaas' Stimmung abgeschirmt werden mußten.

Warum? Von drei Monaten Langeweile erlöst, dachte Julius kaum an die vor ihnen liegenden Gefahren. Er fühlte sich reich, unbekümmert und voller Freude, und es war ihm ein Ärgernis, daß andere nicht so empfanden.

John war natürlich so ausgeglichen wie immer und hatte sich auch um die Schiffahrt zu kümmern. Crackbene, zunächst ein wenig mißtrauisch beobachtet, hatte sich als das erwiesen, was er war: ein höchst erfahrener, tüchtiger Seemann, der so anstandslos dem einen Herrn diente wie dem anderen. Astorre, zunächst in düstere Stimmung versunken, setzte jetzt einige Hoffnung auf einen anderen Kampf als Ersatz für den, welchen er in Trapezunt hatte aufgeben müssen. Daß einen der Dienstherr im Stich ließ, kam einen Söldner schwer an. Das war dem guten Namen als Krieger abträglich. Nur Nicolaas konnte auf seine Leistung uneingeschränkt stolz sein, zumal dieser Schurke von Doria aus dem Weg geräumt war.

Julius hatte bald herausbekommen, wie Doria ums Leben gekommen war. Auf seine Frage hatte Tobie ganz kurz geantwortet: «Er wurde getötet von dem schwarzen Pagen, den er Mahmud zum Geschenk gemacht hatte. Noah. Catherine braucht das nicht zu erfahren.»

Julius war verblüfft gewesen. «Noah hat Euch beschützt? Warum?»

«Er hat uns nicht beschützt. Ich hab's Euch doch gesagt. Er hat Doria umgebracht. Er hätte uns genausogut verraten können. Aber er hatte einen Groll auf Catherine, nicht auf uns.»

Es war noch immer nicht ganz klar. «Und auf Doria», sagte Julius.

«Nein. Er hat Doria geliebt. Das war der Haken. Ihr wollt doch damit nicht zu Catherine gehen?»

«Nein, von Catherine habe ich genug», hatte Julius sofort gesagt.

Das Dumme in diesem Fall war natürlich, daß das Mädchen nicht bei den anderen Frauen bleiben wollte. Er konnte ihr kaum einen Vorwurf daraus machen. Es waren zum größten Teil unverheiratete Venezianerinnen, wenn sich auch viele kleine Kinder bei ihnen befanden. Nachdem der plötzliche Aufbruch und die Sorge um ihre Liebhaber oder Ehegatten sie zunächst niedergedrückt hatten, begann sich ihre Stimmung allmählich zu bessern. Voraus lag Venedig mit allem, was es an Freunden und angenehmem Leben zu bieten hatte. Auch die Männer ihrer Gruppe, die froh darüber waren, daß sie ihre Handelsware bei sich hatten, begannen Zuversicht an den Tag zu legen, ja, ein übersteigertes Selbstvertrauen zu zeigen, wenn sie einem Genuesen begegneten.

Schließlich war es der genuesische Konsul gewesen, der zu den Ottomanen übergegangen und, so wurde gesagt, von diesem erstaunlichen Niccolo getötet worden war, der sie alle gerettet hatte. Der Verräter hatte seinen verdienten Lohn empfangen, und sie und ihr Geld waren zunächst einmal in Sicherheit. Und ihre Ware. Und natürlich die Frauen und Kinder. Die wenigen Genuesen blieben für sich und redeten wenig, denn sie hatten weder Führer noch Ware und konnten sich auf keinen Hafen so recht freuen. Catherine, von keinem der beiden Lager angezogen, ging dazu über, sich an Nicolaas zu klammern.

Nach dreiwöchiger Fahrt erreichten sie das Ende des Schwarzen

Meeres und seinen einzigen Ausgang: den Wasserweg des Bosporus, gesäumt von den Geschützen der Türken. Sie entschieden sich dafür, ihn bei Tageslicht zu durchfahren. Catherine sah von ihrem Versteck unter Deck aus die Küste, die sie schon einmal geschaut hatte, – damals hatte sie glücklich in Dorias Armen gelegen. Das massige Anadolu Hisari an der asiatischen Küste und, sein neuer Gefährte auf der rechten Seite, Boghasi-Kesen mit seinen gewaltigen Rundtürmen. Die Stöpsel nannte man diese beiden Wächter, weil sie mit ihren Kanonen höchst wirksam die Durchfahrt sperren konnten. Sie fuhren in den Bosporus ein, und der Kanonenschlund von Boghasi-Kesen spie Feuer.

In der freien Luft blieb der Schuß ohne Widerhall, als ob Gott mit der Faust zugeschlagen hätte. Wo die Kugel herunterfiel, spritzte das Wasser auf wie weiße Federn. Die Kogge antwortete darauf sofort, indem sie die Flagge und dann die Segel herunterließ und sich in den Wind drehte, während sich die «gekaperte» Galeere vorsichtig hinter ihr hielt. Sie warteten. In der Ferne stieß ein Boot vom Ufer ab. Man sah das Blitzen von Waffen. Auf den beiden Schiffen war es so still, daß man das unwillige Schnauben der Ochsen in den Pferchen auf der Galeere, den Wind im Takelwerk und das Klatschen der See gegen Holz hören konnte. Die Sonne schlug mit der bleiernen Hitze des Septembers herunter, daß den Seeleuten auf den Decks der Schweiß von den geliehenen Turbanen rann und unten die Flüchtlinge in der drückenden Hitze keuchten, während sie ihren Kindern die Münder zuhielten.

Nicolaas erschien an Deck, umgeben von Männern, die Fässer rollten. Er lachte. «Daß Gott erbarm – haltet ihr den Atem an? Ihr habt's den Christen gegeben, ihr habt eine Galeere erbeutet, habt eure Säcke mit Abendmahlskelchen und Teppichen und Kerzenleuchtern gefüllt, und ihr fahrt jetzt nach Hause zu euren Frauen als gemachte Leute und betrunken von dem Zeug, das ihr gestohlen habt. Es ist zwar gegen alle Regeln, aber ihr kümmert euch nicht drum. Und wenn wir den Kriegern ein, zwei Fässer gegeben haben, dann kümmern die sich auch nicht mehr viel darum. Hier – du und du und du, ihr sprecht alle gut türkisch. Redet drauflos, singt, ruft ganz laut. Und ihr anderen, ihr tollt herum. Gianni, du kletterst auf die Rahnock und führst ihnen ein paar akrobatische Kunststücke vor – und piß in den Wind, wenn sie nah genug sind, um ihre Freude dran zu haben. *Los!*»

Unten war seine Stimme die erste, die sie hörten, eine Stimme, die zu singen begann. Sie sang weiter, unterbrochen von Schluckauflauten und begleitet von Füßestampfen und den Stimmen anderer Männer, die sangen und türkisch redeten und lachten. Weingeruch begann durch die geschlossenen Luken zu dringen, und gleich darauf folgten das Knarren und Rauschen von Rudern, ein Geräusch, das näherkam. Es kam ein längerer, sehr laut geführter Wortwechsel, Stimmen, die hin und her riefen, dann ein Krabbeln und Rascheln, gefolgt von einer Reihe von Stößen. Nach einer Weile begann der recht beträchtliche Lärm nachzulassen. Füße stießen gegen Holz, und das Ruderknarren setzte wieder ein, zusammen mit dem Platschen, das immer leiser wurde. Die Luke ging auf, und Nicolaas rutschte zu ihnen hinunter.

Er war ein wenig betrunken; seine Augen glänzten. Beim zweiten Sprechversuch hatte er Erfolg. «Wer hat da gesagt, die Türken trinken nicht?»

Catherine sagte: «Du hast uns gerettet.»

Er sah sie an. «Nun, sie sind jedenfalls fort. Und wenn wir Glück haben, melden sie alles nach Stambul weiter, und dann lassen die uns gleich bis Gallipoli durchfahren. Und bei Gallipoli… Nun, da müssen wir einfach schnell sein, das ist alles.» Sein Blick ging nach unten, und sein Gesicht veränderte sich. Er hatte Willequin gesehen. «Was ist geschehen?» fragte er, mit ganz klarer Stimme jetzt.

«Er hat gebellt», sagte Catherine.

Eine der Frauen sagte: «Er hat angefangen zu bellen, als alles still war. Aber gleich darauf war er auch schon wieder ruhig. Sie hatte ihm einfach die Kehle durchgeschnitten. Einfach so.»

Da sah er sie an und sagte: «Das tut mir sehr leid. Ich weiß, was er dir bedeutete. Hat uns vielleicht allen das Leben gerettet. Danke.»

«War ihr Liebling, der kleine Hund», sagte jemand. Man hörte zum ersten Mal so etwas wie Mitgefühl anklingen.

Zu Catherine drang es nicht durch. Sie blickte mit Tränen in den Augen zu Nicolaas auf; und er sah nur sie an. Dann sagte er: «Arme Catherine. Ich schicke einen, der ihn holt.» Und dann berührte er sie behutsam an der Wange und zog sich durch die offene Luke ins

Sonnenlicht hinauf. Kurz darauf hörte sie abermals seine Stimme, wie sie Befehle gab und dazwischen ab und zu lachte. Dann gingen die Segel hoch, und sie machten wieder Fahrt, und er kam nicht mehr herunter, dafür aber der deutsche Priester. Sie schickte ihn fort.

Sie fuhren unbehelligt an Konstantinopel vorüber. Mit wachsender Zuversicht durchquerten sie das Marmarameer vom einen Ende zum anderen. Sie erreichten Gallipoli, ihr vorgebliches Ziel: Standort der abwesenden Flotte und des abwesenden Admirals und westlichster Seestützpunkt im Herrschaftsbereich Sultan Mehmeds. Hier konnten sie sich nicht um eine Begegnung herummogeln oder den Kanonen ausweichen, wenn sie sie herausforderten.

Nicolaas unternahm die Durchfahrt bei Nacht und baute dabei auf das Geschick le Grants und Crackbenes und seiner anderen erfahrenen Seeleute. Sie wurden zwar gesehen, und die Kanonen feuerten auch, aber sie wurden nicht getroffen, denn die besten Kanoniere waren mit Kasim Pascha gezogen, und die besten Geschütze standen jetzt bei Konstantinopel und am Eingang zum Bosporus.

An dem Tag, da sie aus den Dardanellen ins Ägäische Meer einfuhren, sah Catherine zum ersten Mal seit ihrer frühen Kindheit wieder alle Männer des Hauses Charetty im Rauschzustand; das galt auch für den neuen Kaplan, der ihr eine Predigt über Wollust gehalten hatte. Erstaunlicherweise gehörten Julius und Nicolaas zu den ersten Opfern. In den alten Tagen, als Felix noch lebte, waren sie manchmal mehrere Tage betrunken gewesen, wenn ihre Mutter nach Löwen gereist war; und sie schienen sich damals nie hingelegt zu haben. Als sie jetzt Nicolaas suchte, stieß sie zuerst auf Julius, der fest schlafend mit einem Lächeln auf dem Gesicht vor der Offizierskajüte lag; und als sie hineinging, lag Nicolaas drinnen auf dem Fußboden, aber ohne Lächeln. Sie versuchte ihn aufzuwecken, als der Physikus ihrer Mutter hereinkam und sagte, sie solle ihn in Ruhe lassen. Als sie nicht hören wollte, zog er sie am Arm hinaus. Sie merkte sich das. Sie merkte sich inzwischen vieles.

Am nächsten Tag liefen sie alle stöhnend herum, und sie freute sich. Und an den Tagen danach, als alle frei an Deck umhergingen, waren sie alle höflich zu ihr, wie sich das auch gehörte, und freundlich untereinander, aber natürlich nicht auf unangemessene Weise hochgestimmt. Dazu bestand schließlich kein Anlaß, wenn man seinen Posten verlassen und nach Hause flüchten mußte, selbst wenn man eine Menge Waren mitbrachte. Und es war nur recht, daß sie sich daran erinnerten, daß Pagano Doria, ihr Gemahl, tot war. Sie besaß keinen Stoff, um sich ein Trauerkleid daraus zu machen, aber eine Frau gab ihr ein Stück schwarzes Band, und das steckte sie sich an die Brust. Ich bin Catherina de Charetty negli Doria, Witwe. Sie sagte zu Nicolaas: «Denk daran, daß die Kogge mir gehört.»

Sie waren gerade vor Modon angelangt, und er stand an Deck und blickte auf die Insel, die die Bucht versperrte. Er sah so aus wie am Morgen nach dem Gelage, obwohl er seitdem kaum etwas getrunken hatte. John le Grant war bei ihm. Sie wiederholte ihre Worte. Nicolaas drehte sich um. «Ich schicke die Kogge gleich nach Porto Pisano. Du kannst mitfahren, wenn du willst.»

«Fährst du nicht nach Venedig?»

«Doch.»

«Dann fahre ich auch nach Venedig», sagte Catherine. Es klang endgültig.

Nicolaas schwieg. John le Grant war es, der sagte: «Vielleicht finden wir hier Briefe vor, Demoiselle. Dann werden wir wissen, was zu tun ist.»

Sie ging fort. Briefe. Briefe von ihrer Mutter, die sich über sie beklagte. Darauf wartete er. Und sie hatte Willequin für ihn getötet.

KAPITEL 40

Es war so lange her ... Im Februar, vor sieben Monaten, war er in Modon gewesen. Eine Zeitspanne, die ausreichte für eine Geburt; oder eine Totgeburt; oder die Geburt eines Monstrums. Er merkte, daß er die Gegenwart Catherines nicht ertrug, und er bat die, denen er vertrauen konnte – Tobie, Loppe, Gottschalk, Julius –, sie ihm vom Leibe zu halten. Er war sich dabei wohl bewußt, daß er niemandem zu sagen brauchte, welche Ironie des Schicksals sich dahinter verbarg.

Es war noch der gleiche Kastellan, Giovanni Bembo. Als er sich in dem kleinen frisch gestrichenen Gemach vor ihm verneigte, vor dem gleichen pfleglich bewahrten Familiensilber, erinnerte sich Nicolaas auch des schicksalhaften Abendessens und sah jetzt alles in einem anderen Licht. Auf der Morea war Sultan Mehmed von Stadt zu Kastell gezogen und hatte seine Absichten kundgetan; und die Statthalter der Moreafestungen hatten ihre Plätze übergeben und zugesehen, wie ihre Landsleute fortgeschleppt wurden, um zu Tausenden Konstantinopel neu zu bevölkern. Als der Despot Thomas, der unfähige Bruder des unfähigen Demetrius, Anstalten gemacht hatte, sich zu widersetzen, hatten der Statthalter von Modon und seine Genossen ihn gebeten, das Land zu verlassen, und ihm Schiffe zur Verfügung gestellt. Was den Venezianern nichts geholfen hatte, als der Sultan vor die Mauern der Stadt zog und diejenigen töten ließ, die sich ihm unter der zittrigen Flagge des Waffenstillstands nahen zu können glaubten. Modon war jetzt die Kreatur des Türken, so wie auch Pera, wie Trapezunt jetzt seine Kreaturen waren; und was sie aufrecht erhielt, war der Handel. Und so bot der Statthalter sein gewürztes Essen an, gab sich dem Beruhigungsmittel des nichtssagenden Geplauders hin und war auf der Hut.

Der Statthalter sagte: «Euer Gnaden, ich habe heute so vieles von meinen Landsleuten an Bord Eures Schiffes gehört. Wie Ihr sie und ihre Ware gerettet habt. Eure Tapferkeit unter Geschützfeuer. Euer Einfallsreichtum in der Not. Ich habe es schon nach Venedig berichtet: an meinen Vetter Piero, an die Signoria. Man wird Euch Dank und Lohn dafür wissen.»

Nicolaas erwiderte: «Ich hoffe, Ihr habt auch berichtet, wie Ihr mir geholfen habt, meine Söldner zu verstecken und überhaupt nach Trapezunt zu gelangen. Eure Hilfe nach dem Brand ist nicht vergessen.»

Er bekam einen Sessel, einen Fußschemel und einen Becher Wein angeboten. «Ich kann es mir nicht verzeihen», sagte der Statthalter. «Dieser gemeine Genuese.»

«Er war ordentlich ernannter Konsul», sagte Nicolaas. «Es wäre ein Fehler gewesen, ihm die üblichen Höflichkeiten zu verweigern. Leider ist sein Geschäft gescheitert.»

«Auch davon berichte ich», sagte der Statthalter. «Durch Eure Voraussicht. Ich habe davon gehört. Neuigkeiten gehen schnell herum, hierzulande. Von Boot zu Boot. Wir haben von Trapezunt gehört, ehe Ihr hier ankamt.»

«Was habt Ihr gehört?» Nicolaas hob den Becher an die Lippen und stellte ihn wieder hin.

«Wann seid Ihr dort abgereist? Der Sultan ist am fünfzehnten Tag im August in die Stadt eingezogen und hat seinen Triumph in der Kirche St. Eugenios gefeiert. Die Panaghia Chrysokephalos ist die *Moschee des Eroberers*. Die Janitscharen sitzen in der Zitadelle, eine muslimische Kolonie hat die christlichen Häuser in der Stadt bezogen, und der Admiral Kasim Pascha herrscht vom Palast aus als Oberster Befehlshaber. Die Welt des freien Griechenland, das große byzantinische Reich ist für immer zu Ende, auf den Tag zweihundert Jahre, nachdem die Vorfahren des Kaisers Konstantinopel den Lateinern wieder abrangen. Ich schäme mich», sagte Giovanni Bembo. «Haben nicht venezianische Truppen bei der Eroberung damals geholfen?»

«Euer Statthalter hat diesmal beschlossen, in Trapezunt zu bleiben», sagte Nicolaas. «Er und einige seiner Genossen. Wackere Leute.»

«Sie dienen einer großen Signoria», sagte der Statthalter voller Ehrfurcht. Er geriet ins Grübeln.

«Und war der Sultan gnädig?» fragte Nicolaas.

Der Statthalter sammelte seine Gedanken wieder. «In Trapezunt? Zum Kaiser, ja. Der Kaiser und seine Familie, seine Verwandten und seine Adeligen sind alle nach Konstantinopel eingeschifft worden. Er hat die gleichen Jahrgelder verlangt wie Demetrius und wird sie auch bekommen. Da waren noch ein junger Neffe, ein Page, den der Sultan bei seinem Gefolge haben wollte, und seine Mutter, die er seinem Harem einverleibt hat samt der Tochter des Kaisers.» Alexios. Maria. Anna. Wer noch? «Und die Bevölkerung?» fragte Nicolaas.

«Auch nach Konstantinopel geschafft, natürlich, wenn es ihrer Stellung entsprach. Der Rest wurde, fürchte ich, in die Sklaverei verkauft. Die am besten geeigneten Frauen und Kinder wurden wie üblich zwischen dem Sultan und seinen Ministern aufgeteilt, und die übrigen anderweitig verwendet. Das Janitscharenkorps allein bekam achthundert Jungen, die armen Kinder. Der Krieg ist grausam.» Giovanni Bembos Stimme klang ausdruckslos. Er hatte schon alles erlebt, hier auf der Morea. Nichts konnte ihn mehr überraschen, wenn ihn auch manches noch erschreckte. Nach einer Weile sagte er: «Aber was hätte man tun sollen, Messer Niccolo? Welcher Sterbliche kann jetzt gegen diesen Sultan aufstehen? Ich habe von niemandem gehört, der sich ihm in seinem Zelt gegenübersah wie Ihr und noch dazu den Verräter tötete.»

«Wenn Ihr Pagano Doria meint», sagte Nicolaas, «so starb er nicht durch meine Hand.»

«Ihr seid ein bescheidener Mensch», sagte der Statthalter. «Es ist ein Trauerspiel. Aber gäbe es ohne Trauerspiel Tapferkeit, Ausdauer, Mäßigung des Gemüts? Ihr müßt erschöpft sein. Was kann ich Euch anbieten? Wasser wird gerade heiß gemacht, solltet Ihr zu baden wünschen. Das Abendessen wird dann bereit sein. Aber Ihr habt Euren Becher noch nicht geleert.»

«Ich habe genug», sagte Nicolaas. «Eure Zeit hier war nicht weniger beschwerlich, aber Ihr hattet Kunde aus dem Westen, die uns versagt blieb.»

«Aus dem Westen? Bruchstücke, Bruchstücke», sagte der Statthalter. «Der Doge Prosper Adorno in Genua wurde abgelöst – Ihr werdet davon gehört haben. Und der König von Frankreich ist tot, und der Dauphin Ludwig ist Monarch. York und seine Anhänger haben in England obsiegt, aber der Krieg geht noch immer weiter. Und in Rom – das große Ereignis in Rom ist die neue Entdeckung des Papstes.»

Er war so müde, daß er die Bedeutung der Worte zunächst nicht erfaßte. Er dachte an Ludwig von Frankreich, an die zurückgekehrten Verbannten, an Jordan de Ribérac. Er dachte sogar daran, daß er sich bald den Bart abnehmen mußte. Dann fragte er: «Neue Entdeckung?»

«Ja, die Entdeckung, die sein Patensohn Giovanni da Castro gemacht hat», sagte der Statthalter. «Der Färbermeister. Er war diesen Winter in Konstantinopel. Ein Mann des Müßiggangs, der die Sterne befragt und sich immer rühmte, eines Tages ein Vermögen zu machen. Nun, das ist ihm gelungen. Er hat ein neues Alaunvorkommen entdeckt.»

«Dann ist er in der Tat vom Glück begünstigt. Und sehr reich. Wo ist das Vorkommen?»

«Noch reicher wird der Papst werden», sagte der Statthalter. «Der Alaun liegt im Kirchenstaat, bei einem Ort namens Tolfa, in den Bergen landeinwärts von Civita Vecchia. Von wo aus das Zeug verschifft werden kann. Und der gesamte Gewinn geht an die Kurie. Oder dient, wie der Papst sagte, zumindest für die Finanzierung des Kreuzzugs, auf den die ganze Welt wartet – für den der große Kardinal Bessarion betet und die östliche Gesandtschaft unter ihrem demütigen und selbstlosen Franziskaner bittet.»

Es trat eine Pause ein. Dann sagte Nicolaas: «Und so könnte das Kaiserreich Trapezunt noch einmal auferstehen?»

Eine weitere Pause. «Das ist natürlich nicht unmöglich», sagte schließlich der Statthalter. «Aber wo Frankreich und Burgund einander gegenüberstehen und England mit sich selbst zu tun hat... Nichts ist unmöglich. Aber für Venedig, das werdet Ihr verstehen, ist diese Nachricht von unmittelbarer Bedeutung. Der Türke hat die Welt nach Alaun hungern lassen – das ist Euch natürlich bekannt. Sechstausend Dukaten forderte der Sultan an Zoll, nachdem Konstantinopel sein war, und in den folgenden Jahren dann zehntausend, dreißigtausend. Jetzt hat er die Hand auf allen Vorkommen, und selbst Venedig kann es nicht gelungen sein, seinen Alaun zu dem Preis zu verkaufen, den er jetzt verlangen wird.»

«Nein», sagte Nicolaas. «Dann kommt diese Entdeckung zu einem sehr günstigen Zeitpunkt. Da fällt mir ein...»

«Ja?» Der Statthalter beugte sich vor.

«Es könnten Briefe mit noch neueren Nachrichten für mich eingetroffen sein. Wißt Ihr etwas davon?»

Giovanni Bembo schlug sich aufs Knie. «Ich Dummkopf! Ich hatte eine Botschaft auszurichten. Ja, es sind Briefe für Euch eingetroffen, aber nicht bei mir. Als Ihr damals hier wart, da habt Ihr doch jemanden getroffen.»

«Ich habe mehrere Leute getroffen», sagte Nicolaas. Einen Augenblick lang wäre er am liebsten tot gewesen, und er bot mit stummer Hartnäckigkeit alles auf, was von seinem Sinn für das Lächerliche noch übriggeblieben war.

«Ich meine einen großen Mann, der doch gewiß Euer Freund ist. Den Herrn Nicholai Giorgio de' Acciajuoli.»

Der Grieche mit dem Holzbein. Das Orakel, das sich der *Argo* nicht angeschlossen, sie aber mit einer unverzeihlichen Ruhe auf ihren Weg geschickt hatte – unverzeihlich, weil Ruhe und Freiheit etwas waren, das man nicht mehr hatte. «Ist er hier?» fragte Nicolaas.

«Er ist hier, und Ihr möchtet ihn aufsuchen, bevor Ihr bei mir zu Abend eßt. Er hat Briefe für Euch. Ihr werdet ihn dort treffen, wo er Euch schon das letzte Mal empfing. Ich gebe Euch eine Eskorte mit.»

«Nein», sagte Nicolaas. «Welches Schutzes bedarf ich schon? Und ich kenne den Weg.» Was diesmal keine Ironie war; nur eine Lüge.

«Dann war das also alles zuviel für Euch», sagte der Grieche. «Die Romania ist dahin: Die Romania ist erobert. Der Statthalter hat Euch die Zahlen am Schluß Eurer Bilanz genannt, und Ihr wollt nicht für sie verantwortlich sein.»

Nicholai de' Acciajuoli. Er hatte sich nicht verändert. Ein bärtiger Mann, nicht mehr jung, aber mit dem guten Aussehen seiner Florentiner Verwandten, das vor zwei Jahren am Kaiufer bei Brügge beeindruckend genug gewesen war, als der achtzehnjährige Lehrling Claes ihm das Holzbein zerbrochen hatte. Und das auch ein Jahr später noch nichts von seiner Wirkung verloren hatte, als er, wiederum in Brügge, Nicolaas mit Violante von Naxos bekannt gemacht und ihn auf die Reise geschickt hatte, die ihn nach Trapezunt bringen sollte. Oder hier, vor sieben Monaten, nach dem Brand auf dem Schiff, als die Nachricht nach Konstantinopel gegangen war, die zu Dorias unerbetenem zeremoniellen Empfang geführt hatte. Nicholai Giorgio de' Acciajuoli, Bruder von Zorzi, dem Vertreter in Konstantinopel, und Verwandter von Laudomia Acciajuoli, die so viel Verstand gehabt hatte, einen Medici zu heiraten.

«Sie haben Tolfa gefunden», sagte Nicolaas. «Welch glücklicher Umstand.»

«Die beste Form der Verteidigung», sagte der Grieche. «Ja, Giovanni da Castro hat Tolfa gefunden, als gerade die letzte Alaunmine unter türkische Herrschaft fiel. Beklagt Ihr Euch? Ihr seid nach Sebinkarahisar gekommen? Eure Kogge *ist* voller Alaun: dem letzten unbesteuerten hochwertigen Alaun der Welt, das den Färbern Europas weiterhelfen wird, bis der Abbau in Tolfa beginnt, unter einer Medici-Konzession und mit besonderen Vorrechten für meinen Bruder Zorzi?»

«Wer hat da Castro gesagt, wo er sich umsehen soll?» fragte Nicolaas. «Der Statthalter ist schließlich ein Vetter von Piero Bembo.»

«Beweist es», sagte der Grieche kühl. «Wenigstens bekommen die Genuesen nichts mehr, Ihr solltet Euch freuen. Ich höre, Ihr habt das Kind seinem Entführer abgerungen. Ihr seid wahrhaft ein Held, wenn auch ein zögernder. Hättet Ihr angesichts dieses Messer Doria nicht vor sieben Monaten ihren Beschützer auswählen und Euch somit sehr viel Ärger ersparen können? Eine Probe für Trapezunt. Ich dachte schon, ich würde Alters sterben, ehe Ihr Euren Entschluß faßt. Ein dekadenter Kaiser, ein noch nicht reifer turkmenischer Führer, ein ottomanischer Herrscher, der darauf aus ist, Asien und Europa zu erobern. Konntet Ihr nicht voraussehen, was geschehen würde?»

«Nicht so deutlich wie die Venezianer», sagte Nicolaas. «Sie wollten ihre Schiffe nicht im Schwarzen Meer aufs Spiel setzen, und sie wußten, daß sie weder den Türken noch den Turkmenen Einhalt gebieten konnten, und so suchten sie eine notfalls entbehrliche Person für ihre Zwecke. Ich muß zugeben, ich wurde durch die große Kirche und ihren Chor von der Spur abgebracht. *Wer ist groß wie unser Gott? Du bist der Gott, der Wunder wirkt.* Sie beteten zu Gott in heiliger

Pein an derselben Stelle, an der jetzt der Sultan betet; und die Nachtigall...»

«Singt für sie beide», ergänzte der Grieche. «Eifert der Nachtigall nach. Singt. Ihr lebt, und Doria ist tot.»

«Sollte er nicht am Leben sein?» fragte Nicolaas. «Er hat nur ein Spiel gespielt.»

«Ihr sprecht, als gäbt Ihr mir die Schuld», erwiderte der Grieche.

«Das tue ich auch», sagte Nicolaas. «Oh, die allerletzte Schuld trage ich. Eine Mannschaft wird nur durch Herausforderung geformt, und ich habe die meine dazu ermuntert, Doria als einen natürlichen Feind zu betrachten. Er ist darauf eingegangen, und ich habe sie nicht zurückgehalten. Er wurde über seine Fähigkeiten hinaus gefordert, und das hat auch seine Ehe zerstört. Ohne mich wäre Catherine heute glücklich. Ohne Euch.»

«Das müßt Ihr erklären», sagte der Grieche.

«Ich glaube nicht, daß ich mir die Mühe machen werde. Mir wurde gesagt, Ihr hättet Briefe für mich.»

«Erklärt Euch näher», forderte ihn der andere ruhig auf.

«Was gibt es, das Ihr nicht wißt? Ich wurde durch Venedig hierher gebracht, und Venedig stand hinter allem, was geschah. Oh, ich war angeblich der Mittelsmann von Florenz, aber das spielte kaum eine Rolle. Falls die Türken verloren, hatte Florenz eine blühende Niederlassung für seinen Handel. Falls die Türken gewannen und uns alle umbrachten, würde früher oder später ein neuer florentinischer Vertreter kommen und begrüßt werden, denn der Sultan schätzt Florenz, das keine Herrschaftsabsichten hegt.» Er erhob sich plötzlich und sah zu Boden.

«Fahrt fort», sagte der Grieche.

«Aber Venedig wußte, daß der Türke gewinnen würde. Es wußte, daß das Kaiserreich dekadent und daß Uzun Hasan schwach war. Georgien, so vermutete man, würde sich nicht erheben, und aus dem Westen würde wohl keine Hilfe kommen. Venedig wollte seine Leute aus der Stadt heraus haben, ohne dabei Schiffe zu verlieren, und in jedem Fall würde dem Statthalter, wenn er sich nur vernünftig verhielt, wahrscheinlich gar nichts geschehen. Es wollte seinen genuesischen Rivalen gern am Boden sehen, war aber schon vom Kaiser und von den genuesischen Händlern in Kaffa verwarnt worden. Also schickte man mich vor und wollte sehen, wie ich mit der Lage fertig würde. Im besten Falle bekäme ich ihre Güter heraus, im schlimmsten Falle würden sie sich zumindest keine weiteren Feinde machen. Wenn der Sultan erst die Geschicke der Stadt geordnet hat und alle Kirchen Moscheen sind und die neuen Besitzer ihre Häuser wieder aufgebaut haben, können Venedigs Kaufleute also zurückkommen, ohne Nachteile befürchten zu müssen. Sie würden, im Gegenteil, sogar Steuervergünstigungen erhalten, wie es in Pera geschah. Ging es gut aus, sollte ich meine Ware und meinen Alaun und Grund zu ehrerbietiger Dankbarkeit haben. Ging es nicht gut aus, war ich eben tot, und niemandem war geschadet.»

«Ihr redet, als stünde Venedig in täglicher Verbindung mit Gott», sagte der Grieche.

«Nein – nur mit den Weißen Schafen», entgegnete Nicolaas. «Violante wußte doch, daß Catherine bei Doria war, nicht wahr? Sie hat es mir nicht gesagt, denn dann hätte ich sie vielleicht zurückgehalten und wäre umgekehrt und nie nach Trapezunt gefahren. Catherine war der Köder. Doria war der künstlich erzeugte Gegenstand des Hasses, durch den der genuesische Handel zugrunde gerichtet werden sollte – was schließlich auch gelang. Und ich habe das alles erst viel zu spät erkannt.» Er sprach mit sich selbst, denn es gab sonst niemanden, mit dem er hätte sprechen können. «Ich habe Doria beneidet.»

«Doch nicht deshalb, weil er Catherine besaß?» fragte der Grieche in scharfem Ton.

Die Widersinnigkeit brachte ihn wieder zu sich. Er setzte sich. «Kaum. Nein – um seine Freiheit. Er hat sich um niemanden geschert. Er war frei. Frei von Gewissen und Verantwortung.»

«Wie Ihr es früher wart», sagte der Grieche. «Möchtet Ihr in diese Zeit zurückkehren?»

«Ich möchte schon», sagte Nicolaas, «aber ich weiß inzwischen zuviel. Sonst wäre ich tot wie Doria.»

«Also was jetzt?» sagte der Grieche. «Jason ist tot, aber das Vlies ist noch auf der Welt, und die Weißen Schafe auch, was das angeht. Ich glaube, ein Rhodiserritter wird sich Euch zum Abendessen anschließen, um mit Euch über Zucker zu sprechen. Und ein anderer Mann wird Euch von Pelzen erzählen. Aber vielleicht ist Euch der

Handel verhaßt geworden? Oder das Handeln mit Tand? Vielleicht sagt Ihr mir, Ihr zieht eine Ladung Getreide, die mit dem Blut anderer Menschen befleckt ist, einer Ladung von Federn und Smaragden vor? Ich sehe, daß dieser Gedanke Euch durch den Kopf gegangen ist. Ihr stoßt Euch an uns, und Ihr fürchtet uns. Ihr wollt nach Brügge heimfahren und Botengänge erledigen.»

«Ihr vergeßt, daß es nur ein Spiel ist», sagte Nicolaas. «Männer sterben aus ihren eigenen Gründen, und es kümmert sie kaum, ob ihr Blut einen Brotlaib oder eine Feder befleckt. Einen kleinen Vorbehalt habe ich allerdings. Weder der Brotlaib noch die Feder sollte sie töten. Ich werde gern mit Venedig zusammenarbeiten, aber es wird mich nie mehr zum Werkzeug machen. Oder irgendeinen meiner Freunde.»

«Ihr habt Freunde?» sagte der Grieche. «Wie gefährlich. Ach, sagt – auf der Fahrt hierher seid Ihr gewiß an Volos vorübergekommen?»

«Wir haben dort nicht angehalten.»

«Nein», sagte der Grieche. «Dort wurde die *Argo* gebaut. Ich habe mich gefragt, ob Euch irgendein Gott ein geheimnisvolles Zweites Gesicht vergönnt hat. Aber ganz offensichtlich nicht. Euer Brief liegt dort drüben. Lest ihn lieber gleich und geht dann zum Statthalter zurück. Er verzeiht Euch jetzt alles, nur nicht ein verkochtes teures Abendessen.»

Der Brief wartete, achtsam hingelegt, in einem anderen Winkel des Gemachs auf ihn, und Nicolaas las ihn dort. Er war nicht von Marian. Diese erste Enttäuschung brachte ihm abermals zum Bewußtsein, wie müde er war. Als er aber die Handschrift erkannte, verflog seine Erschöpfung im Nu. Er öffnete ihn entschlossen und las.

«Gute Nachrichten?» fragte der Grieche.

«Ja», sagte Nicolaas. «Der Brief ist von Gregorio, dem Advokat unseres Hauses. Wie er schreibt, ist er auf dem Weg nach Venedig. Das heißt, er war auf dem Weg – der Brief ist vom Mai. Meine Gemahlin ist ihm schon vorausgereist. Sie wollen dort auf mich warten, oder jedenfalls so lange, bis sie hören, ob die Galeere kommt.»

«Dann wird Euch also jemand willkommen heißen», sagte der Grieche. «Ihr scheint Euch über diese veränderte Lage zu freuen.»

«Ja», sagte Nicolaas. Er wurde sich bewußt, daß er lächelte.

«Glaubt Ihr, ich tue das alles nur für mich? Wie stumpfsinnig wäre das.»

Auf dem Rückweg versuchte er sich an jede Zeile des Briefes zu erinnern, auch an die Abschnitte, von denen er Monsignore de' Acciajuoli nichts erzählt hatte und die eine Last von ihm genommen hatten, die ihn seit vielen Wochen bedrückt hatte. Wie Gregorio schrieb, hatte er Herrn Simon etroffen. Leider hatte er sich bei dieser Gelegenheit zu einem Duell hinreißen und sich sogar verwunden lassen (aber er war rasch wieder genesen, sonst hätte Margot eine strenge Beschwerde geschickt). Und er hatte dem anderen Herrn, Jordan de Ribérac, das Versprechen abgerungen, daß er, um die Ehre seines Sohnes zu retten, mit Catherine de Charettys Ehe so verfahren würde, wie ihre Mutter es für angebracht hielte.

Nun, die Zeit hatte diesen Umstand von sich aus mehr oder weniger zurechtgerückt. Was zählte, war, daß die Begegnung zwischen Gregorio und Simon ohne Schaden für Gregorio vorübergegangen war. Vorbei und vorüber, und sie waren alle in Sicherheit. Während er so durch die Nacht schritt, vergaß Nicolaas Trapezunt und lachte laut aus reiner Freude und dachte an seine Heimkehr und an Venedig.

Er war noch nie zuvor in Venedig gewesen, doch seit er zehn Jahre alt war, hatte er die Männer, die einmal im Jahr mit ihren Galeeren nach Brügge kamen, davon erzählen hören. Er hätte wissen müssen, was ihn erwartete.

Hauptsächlich weil er so beschäftigt war, bereitete er sich nicht darauf vor. Beschäftigt und verrückt, denn trotz Modon oder vielleicht gerade wegen Modon hatte ihn etwas von dem alten irren Rausch von Brügge erfaßt, je weiter sie nach Norden kamen. Und die anderen hatten daran teil. Die Erregung stieg, als sie in die Bucht von Venedig einfuhren. Ohne ihre Arbeit wäre Julius noch gefährlicher gewesen, als er ohnehin schon war. Es war Nicolaas, der kurz vor irgendeinem Ausbruch Einhalt gebieten und sagen mußte: «Nein, halt – später. Wir müssen uns um die gottverdammten Listen kümmern.»

Und tatsächlich verbrachten sie die Hälfte ihrer Zeit mit den

Schreibern und Ladelisten, den Hauptbüchern und Quittungen, weil jetzt kein Irrtum mehr erlaubt war. Die Kogge, die einmal die *Doria* gewesen war, hatte sie mit Crackbene als Schiffsführer bei Ancona verlassen und hatte zu ihrem Schutz bei der Fahrt um Italien herum anstelle ihrer Fahrgäste die Hälfte von Astorres Söldnertruppe an Bord. Sie hatte zwanzigtausend Kantar vom besten Alaun der Welt geladen: das Ergebnis von fast sechs Monaten Schürfarbeit und der gesamte Vorrat der griechischen Minen bei Sebinkarahisar, was einer Jahresausbeute der geschlossenen Minen von Phokaia entsprach. Vor ein paar Jahren hätte eine solche Menge neuntausend Dukaten eingebracht, jetzt war mit dem Dreifachen zu rechnen. Die Kogge würde Porto Pisano zwar zum Entladen anlaufen, aber der größte Teil ihrer Fracht war für Brügge und England bestimmt. Das Schiff aus Konstantinopel würde, wenn es angekommen war, dort bereits dreihundert Tonnen hingeschafft haben. Er hatte genau angegeben, was wohin gehen sollte und zu welchem Preis.

Einige der genuesischen Fahrgäste waren auch in Ancona von Bord gegangen – sie zogen einen Ritt zu Pferde durch die Marken einer weiteren Seereise und einem unfreundlichen Venedig vor. In Ancona hatte er die Galeere zum Teil entladen, um Platz für die Fahrgäste von der Kogge zu schaffen, und einige der leichten, teuren Güter unter gehöriger Bedeckung mit Maultieren nach Florenz geschickt. Diesen Weg hatten auch einige der Manuskripte genommen, darunter *Das Buch des Zacharias über das Auge*, das, soweit er sich erinnern konnte, zur Zeit seines Erwerbs als versöhnliche Geste versagt hatte. Tobie hatte inzwischen seine eigene Kopie. Er hatte auch Edelsteine und Gewürze mitgeschickt; und Orchil und Indigo und einen Teil seiner siebentausend Pfund Kermes, obschon er eine größere Menge davon der Kogge mitgegeben hatte, die auch die Pferde beförderte – die vier schönen Palastpferde, die in Kerasous auf ihn gewartet hatten. Eines war ein Geschenk für Pierfrancesco de' Medici in Florenz, der, wie er annahm, für edle Reittiere etwas übrig hatte. Die anderen drei waren seine eigenen und würden in Florenz bleiben, bis er wußte, wo er sie brauchte. Von Florenz nach Venedig waren es nur neun Tagesritte. Er hatte Alessandra Strozzi gebeten, einen Stall für sie zu suchen, und sich gleichzeitig nach ihrem Sohn

Lorenzo erkundigt. Seine Pläne waren ebenso umfassend wie unbestimmt und mochten sich in jede Richtung wenden, die Marian einzuschlagen gedachte.

Den Rest seiner Einkäufe hatte er an Bord der Galeere behalten, die jetzt ihre richtige Flagge wehen ließ und wieder ihren alten Namen *Ciaretti* trug. Zu dem Rest gehörten tausend Pfund rohe Leggiseide, mehr als zweitausend Gulden wert, die von Venedig nach Florenz geschafft werden sollten, größtenteils auf dem Wasserweg. Was von seiner Ladung übrigblieb, würde er aufteilen, sobald er seine Teilhaberin, seine Dienstherrin, seine Gemahlin zu Rate gezogen hatte. Einiges würde in Venedig gelagert und bei der nächsten Messe angeboten werden. Einiges, so etwa die übrigen Farben, würde mit Packpferden nach Flandern gehen, ehe die Alpenpässe geschlossen wurden. Einige Dinge waren persönlicher Natur. Er hatte in seiner Kajüte ein Faß mit Feigen und Rosinen und Orangen und Marzipan und noch anderes, wovon ihm selbst nichts gehörte. Seine Kajüte war in der Tat arg vollgestopft. Ein großer Teil davon war Geld vom Verkauf der Samtstoffe und Seidenballen mit seinem dreiprozentigen oder vollen Gewinnanteil. Dann die Gebühr für die Beförderung der Kaiserin nach Georgien und ein Teil von Dorias verlorenem Silber. Außerdem erwartete ihn Frachtgeld für die 120000 Pfund venezianischer Güter, die er mitführte. Und da waren noch seine eigenen Besitztümer: der Sattel, die Kaftane, die Schatulle mit Perlen, die ihm die Elefantenuhr eingebracht hatte. Die Elefantenuhr, die bestimmt inzwischen als Symbol westlicher Leichtlebigkeit in Stücke zerhackt worden war. Er hatte auch ein Schwert und einige Gürtel und eine Schiras-Rüstung, die er geschenkt bekommen hatte, und seine eigenen Kleider, die auch nach Kerasous vorausgeschickt worden waren. Die Federn und die Smaragde. Vergiß sie, vergiß sie.

Er hatte sich für Venedig ein plissiertes Wams und ein kurzes, weitärmeliges Gewand zurechtgelegt und dazu gut sitzende Strumpfhosen und Stiefel. Er würde wohl das neue Schwert tragen, doch das war alles. *Euer Gnaden* hatte ihn der Statthalter in Modon angeredet, aber der hatte seine Gründe gehabt. Hier würde niemand seine Stellung oder seine Möglichkeiten überschätzen. Er war jetzt wohl das, was man einen wohlhabenden Mann nannte, und als solchem würde man ihm Aufmerksamkeit schenken. Mehr erwartete er auch nicht. Er wollte den Reichtum und die Aufmerksamkeit auf Marian übertragen, zurücktreten und ihre Freude und ihren Stolz beobachten. Das war alles.

Es war nicht alles. Ein Teil des inneren Aufruhrs, ein Teil des Trunkenheitsgefühls, seit er Modon verlassen hatte, war physisch begründet. Sein Körper wußte, daß das Jahr des Hungers zu Ende ging, selbst wenn er sich dieser Erkenntnis entziehen wollte. Was auch immer man dazu sagen mochte: Umgeben von den verführerischsten Frauen Trapezunts, war er nie über seine Beherrschung hinaus in Versuchung geraten. Er hatte Lust auch nicht kaufen wollen. Er hatte Sinnenfreude mit einem Mädchen oder einer Frau stets nur aus Liebe geteilt. War dieses Verlangen erstorben, dann setzte Enthaltsamkeit keine Willensstärke voraus. Bis jetzt.

Tobie bemerkte es natürlich. Freunde waren gefährlich. Am letzten Tag der Reise hatte sich Tobie vor ihm aufgebaut und gesagt: «Nun?»

«Nun, was?» hatte er geantwortet, doch da hatte Tobie ihn schon angesehen und zu kichern begonnen. «Mein Gott, mein Nicolaas. Warum?»

Ein langwieriges Unterfangen war es gewesen, den viereinhalb Monate alten Bart abzunehmen, bis schließlich die bleiche Haut, die Narbe und die unangebrachten Grübchen zum Vorschein kamen. Jetzt würde niemand mehr versucht sein, ihm zu schmeicheln. «Ich hätte ihn behalten sollen», sagte Nicolaas. «Und die bloßen Füße. Und meine Keule. Und das Lammfell über der einen Schulter. Was wolltet Ihr?»

Tobies Gesicht war so rosig wie eine gehäutete Maus, und sein kahler Kopf glänzte. «Nichts. Ich mache meine üblichen Versorgungsrunden vor einem Landgang. Irgendwelche Knoten? Ein Ausschlag? Was habt Ihr damals Mahmuds Kriegern übrigens abgewonnen, beim Würfelspiel?»

«Ihr wißt doch, was es war, Ihr medizinischer Lüstling. Wollt Ihr es haben?»

«Ich brauch's nicht», gab Tobie zurück. «Und Ihr werdet es auch nicht brauchen, also werft's weg. Sonst wird auf beiden Seiten Schaden angerichtet, Nicolaas.»

Das brauchte man ihm nicht zu sagen. Er würde sich in Bescheidenheit üben müssen. Er sagte: «Ihr habt bei der Gelegenheit eine Brosche bekommen. Ich hab's gesehen.»

Tobies Blick begegnete dem seinen und hielt ihn fest. «Ottomanischer Tand. Ich habe sie gegen Gold verkauft und mir damit Mädchen verschafft. Schön, ich nehme das Pulver.»

«Wenn Ihr es wirklich braucht», sagte Nicolaas überrascht. «Ich habe neulich ein wenig davon genommen, und da war ich zwei Stunden lang weg.» Er duckte sich, um Tobies Hieb auszuweichen, und packte lächelnd weiter.

Und so hatte er vergessen. Erst als er am nächsten Morgen in der Lagune den Anker hinuntergehen hörte, sprang er halb angekleidet hinaus und sah, an welchen Ort er da gelangt war.

Die Galeere schwamm in endlosem grauem Licht, in dem Himmel und Wasser in der Schwebe hingen, mit Flecken von Inseln darin, und durchzogen von dem Schatten von Schilfrohr. In der Stille war das jetzt verklingende Wasserklatschen entlang der Galeere so leise wie Geräusche in seinem Kopf, und ein Vogelruf, unsichtbar aus dem Dunst heraus, war so gedämpft wie das Knarren einer Tür. Das platschende Auffliegen eines Wasserhuhns ließ ihn zusammenfahren. Da stieß von einer der Inseln ein Boot ab, und drei Männer blickten forschend über die Schultern in einem Gewirr von Speeren, Netzen und Körben; und ein Hund bellte in der Ferne, und eine Frauenstimme begann unmelodisch zu trällern. Es roch nach Fisch und Schlamm und Schwamm und Brotbacken.

Irgendwo waren zweifellos auch Dünen, und Männer machten dort Jagd auf Kaninchen. Und jenseits des Dunstes war eine Stadt mit Kais und Kränen, mit Glockentürmen, Kirchen, Tavernen und Werkstätten. Und Kanälen mit kleinen Brücken mit Menschen, die sich darüber beugten und mit anderen Menschen sprachen, während ihre Boote darunter hindurchglitten. Und mit Plätzen, auf denen fröhliche Feste abgehalten wurden, und anderen Plätzen, auf denen Prozessionen stattfanden. Und mit Häusern mit Wohnstuben darin und Kohlenbecken und Marian.

In Modon hatte Catherine jemanden gefunden, der sie schwarz

ankleidete. Sie sagte: «Wo sind wir? Ich sehe nichts. Warum fahren wir nicht hinein?»

«Wir warten», sagte Nicolaas. «Und sie kommen zu uns. Und dann werden wir alles sehen, was wir wollen.»

KAPITEL 41

DIE WARTEZEIT SCHLEPPTE SICH DAHIN, so daß seine Geduld mit den Venezianern fast erschöpft war, als die Honoratioren zur Begrüßung eintrafen. Immerhin hatte er dadurch Zeit, sich anzukleiden und das Schiff zurechtzumachen und zu schmücken mit den Flaggen und der großen goldbestickten Damastplane im Heck. Die Seeleute und die Söldner im leuchtenden Blau des Hauses Charetty stellten sich auf. Es konnte nicht schaden, wenn sich das bis zum Rialto herumsprach. Die venezianische Fracht vom Schwarzen Meer war eingetroffen. Und noch mehr. Noch viel mehr.

Schließlich schickte die Signoria ein Dutzend Boote; einige sollten die venezianischen Fahrgäste aufnehmen (und, weniger eilfertig, auch die Genuesen), die anderen waren die Fahrzeuge, in denen sich in großem Pomp der Vertreter des Dogen und seine Begleitung näherten – Senatoren und Prokuratoren der Republik, mehrere Schreiber, ein Kanonikus und drei Zollbeamte. In ihrem Gefolge kamen auch zwei lange vergoldete Boote vom Hause Medici mit einer Gruppe von Faktoren, Unterdirektoren und Dienstboten, angeführt von Alessandro Martelli, seit dreißig Jahren der Mann der Medici in Venedig.

Sie kamen an Bord, und die Trompeter taten ihre Pflicht, während man sich einander vorstellte und die ersten Höflichkeiten ausgetauscht wurden. Die Signoria wünschte diejenigen willkommen zu heißen, die an der heldenhaften Räumung von Trapezunt teilgenommen hatten. Die Signoria wünschte dem Manne zu danken, der ihre Güter und ihre Bürger vor dem Zugriff des Türken gerettet hatte. Unter anderen Umständen – schließlich waren die Ereignisse ein Verlust für die ganze westliche Welt – wäre seine Ankunft Anlaß für ein öffentliches Freudenfest gewesen. So aber würde der Höchst Erhabene und Ausgezeichnete Herr Pasqual Malipiero dem Messer Niccolo morgen im Dogenpalast eine Audienz gewähren mit anschließendem Essen zu seinen Ehren. Als Zeichen der Verbundenheit erwarteten ihn in seinem Quartier ein wenig Wein, Stockenten und einige Kapaune.

Der Vertreter des Dogen hielt es für verständlich, daß Messer Niccolo sich vielleicht auszuruhen wünschte. Dennoch wagte er es, ihn zu bitten, sich später am Tag vielleicht eine Stunde Zeit zu nehmen und im Saal des Collegio vorzusprechen, wo der Vorsitzende und die Räte ihn nach seinen Erlebnissen und Erfahrungen zu befragen wünschten. Keiner könne besser als er berichten, was tatsächlich geschehen sei und vielleicht noch geschehen werde. Denn der Handel Venedigs, dies werde der Konsul gewiß verstehen, sei in Unruhe angesichts solch großer Ereignisse, die schnell ihrer Bedeutung nach eingeschätzt werden müßten, damit man dann entsprechend vorgehen könne.

Messer Niccolo war mit allen diesen Plänen einverstanden, während er mit dem anderen Ohr der Souffleurstimme Martellis lauschte. Gregorio und seine Familie waren eingetroffen und logierten im Palazzo Martelli-Medici, wo genügend Raum für alle war. «Das ist freundlich von Euch», sagte Nicolaas. «Dann haben sie also keine angemessene eigene Wohnung gefunden?»

Alessandro Martelli, ein Mann von fünfzig Jahren mit angegrautem schwarzem Haar, war der Bruder des Seekonsuls, der Gottschalk in Pisa bewirtet hatte. Fünf von sechs Martelli-Brüdern dienten den Medici in verschiedenen Teilen der Welt, geradeso wie die Familie Portinari. Es war sogar ein Portinari, der vor Alessandro in Venedig gewesen war.

Julius hatte sich jetzt dem Gespräch angeschlossen, desgleichen John le Grant. Sie konnten nicht alle gehen. Das Schiff mußte zum Zollkai gebracht, überprüft und entladen und die Seeleute mußten entlohnt werden. Der praktische Teil der Diskussion zog sich hin. Die Beamten der Republik, die zur Begrüßung gekommen waren, gingen wieder. Auch die Fahrgäste gingen – einige umarmten ihn und drängten ihm Geschenke auf. Zwei der Kinder schrien, und er trug sie die Stufen hinunter und reichte sie selbst ins Boot. Als er zurückkam, stand Catherine da mit ihren Schatullen und ihrer Zofe, und Loppe hatte den Rest ihres persönlichen Gepäcks an Deck gebracht, und die Medici-Barke war schon mit dem Verladen beschäftigt. Loppe sagte: «Ich fahre mit der Barke, Messer Niccolo. Das Boot wird Euch zur Piazza bringen, mit der Demoiselle, Pater Gottschalk und Messer Martelli.»

«Und mit mir», ergänzte Tobie. «Martelli sagt, es geht schneller, wenn wir uns dort an Land setzen lassen und zu Fuß gehen, während das Gepäck den Umweg über den Kanal macht.» Er hielt inne und sagte dann: «Da ist es.»

Der Dunst hatte sich gehoben, und am Horizont lag Venedig, flach wie eine Platte mit Zuckerwerk. Nicolaas blickte zu der langen Kette rötlicher und weißer Bruchstücke hinüber, die dort, von den Stengeln von Glockentürmen durchbrochen, im späten Sommergrün lag, und fand nichts Bemerkenswertes daran. Hinter dem Dunst hätte es Brügge gewesen sein können. Jetzt war es nichts.

Catherine sagte: «Florenz hat besser ausgesehen. In Florenz könnte ich leben.» Sie zitterte. Nicolaas half ihr ins Medici-Boot hinunter, und als es ablegte, setzte sie sich so dicht neben ihn, wie sie sich getraute, in dem schönen schwarzen Samtmantel und dem Seidenkleid aus Modon, die er bezahlt hatte. Die Witwe, die mit nichts zurückkehrte. Das entlaufene Kind, dem Mitleid – Mitleid, das war das Schlimmste – der Mutter zurückgegeben.

«Sie gilt als die schönste Stadt Europas», sagte Nicolaas. «Ich weiß nicht, warum. Doch, vielleicht weiß ich es.» Denn hier war schließlich der Palast, von dem die Seeleute gesprochen hatten, erlesen wie ein rosa und weißer Kamm aus Elfenbein. Und der breite, geschwungene Kai, der zu dem großen Kanal führte, den er gerade zur Linken sehen konnte. Und voraus die flache rote Piazza, die sich nach hinten öffnete und auf der vorn zwei alte Säulen standen. Sie machten an einer langen Landestelle fest und warteten, bis sie in gehöriger Ordnung zwischen zwei Reihen livrierter Diener aussteigen konnten, Martelli als erster, denn auf der Piazza herrschte Gedränge, das immer dichter wurde, je weiter sie sich vom Ufer entfernten.

Jetzt sah Nicolaas alle die Wahrzeichen, von denen er gehört hatte. Dort zu seiner Linken war der Wachtturm und zur Rechten die große Basilika von St. Markus. Ihre dichten Säulengruppen waren aus dem gleichen farbigen Marmor wie die im Palast von Trapezunt. Die Form der Türen war vertraut und die Gestalt der Reliefs und der Mosaiken, deren Gold im Schatten einen Sepiaton bekommen hatte. Und über ihm waren die Kuppeln von St. Eugenios, die der Chrysokephalos-Kirche und der Aghia Sophia. Was Unsinn war, denn sie waren von anderer Form, und es waren ihrer fünf. Aber die Seeleute, die nach Brügge kamen, sagten einem nicht, daß Venedig von Byzanz regiert worden war und auch selbst dort geherrscht hatte. Die Hellenen und die Römer vermischten sich hier so wie an den Küsten des Schwarzen Meeres. Und er war hier, um sein Gewerbe einzurichten und seine Gemahlin Marian zu treffen.

Es sei nicht weit, hatte Martelli gesagt. Die Diener bahnten ihnen einen Weg, und einige Leute drehten sich um, während andere eher verstohlen blickten. Es würde bekannt werden, wer sie waren, aber bis der Doge ihn empfangen hatte, war er eigentlich noch gar nicht hier. Obschon der Vorsitzende des Collegio ihm am Nachmittag Fragen stellen würde und er ihm darauf einige Antworten zu geben gedachte.

Enge Gassen, mit Türen, Bögen, Gittern und Fensterläden; Wände mit Fresken, Medaillons und Wappenverzierungen. Belvederes mit Löwen und Affen als Stützpfeilern und Loggien mit Blumentöpfen darin. Kurze Blicke auf kleinblättrige Bäume, Brunneneinfassungen, Trinkbrunnen und von Kletterpflanzen überwucherte Mauern. Auch Rosen, im Oktober. Klagend rufende Seemöwen auf Dächern, so groß wie Gänse auf der dicken Terrakotta. In einem Bogengang ein Mann, der an einem Paddel schnitzte.

Sie kamen an eine Stufenbrücke über einen Kanal und dann noch eine. Ihre darübertappenden Schritte hatten den vertrauten Widerhall, und von unten klang die dumpf klatschende und schwappende Litanei im Wasser schaukelnder Boote herauf. Auch der Geruch war wie zu Hause: roh und kühl, erinnerte er an fauliges Holz, nasses Fell und Moos. Und an noch etwas anderes. Olivenöl, Holzrauch und Gewürze. Jede Stadt hatte ihren Geruch. Bei der nächsten Brücke stolperte eine Frau, die von der anderen Seite heraufkam, fiel hin und ließ ihren Korb mit Zitronen fallen. Die Medici-Leute eilten hilfsbereit hinzu. Einer half ihr auf, während zwei andere den Zitronen auf den Stufen und am Kanalufer nachjagten. Jemand packte Nicolaas fest um den Leib und an der Kehle und zog ihn zurück über die Brücke und die Stufen hinunter, die er gerade hinaufgestiegen war.

Er rief so laut er konnte. Er trat jemandem sehr geschickt in die Kniekehlen und schlug einem anderen quer übers Genick und hatte sich schon fast befreit, als ihn fünf weitere Männer ergriffen und am Rufen zu hindern versuchten. Er biß auf eine Hand, bis sie fortgerissen wurde und einer ihm einen gezielten Hieb in den Bauch versetzte und dann noch einen ein wenig tiefer. Als er zu würgen aufgehört hatte, befand er sich unter der Brücke, und sie versuchten ihn in ein Boot zu stoßen. Er wußte nicht, was da vor sich ging. Er trug nichts bei sich: keine Edelsteine, kein Geld. Alles, was er besaß, war jetzt an sicherem Ort. Wenn sie es auf Lösegeld abgesehen hatten, waren sie Narren.

Immerhin waren sie nicht Narren genug, um zu warten, bis die anderen Männer, die über die Brücke zurückgerannt kamen, zu ihnen hinuntersprangen. Sie stießen das Boot ab und warfen ihn hinein. Jemand befand sich schon darin, in einen Umhang gehüllt. Er fiel, schlug dabei gegen irgend etwas und wollte sogleich auf die andere Seite hinüber, während die anderen noch neben ihm ins Boot sprangen. Er rutschte halb ins Wasser und halb gegen den Pfosten einer Anlegestelle. Sie führte zu einem gepflasterten Weg. Gleich dahinter war ein Schleusentor. Darüber war eine hölzerne Galerie, die über das Wasser hinausragte, daneben ein Zaun. Sie schnappten seinen Fuß, als er einen Satz nach dem Zaun machte, aber er trat mit dem Fuß aus und erreichte die Galerie, die aber verschlossen und verriegelt war. Er hangelte sich hinüber und sah, daß das Pflaster auf der anderen Seite wieder anfing und dort eine Säulenreihe war mit einem überdachten Gang, der vom Wasser wegführte. Er rannte den Gang entlang, und jemand holte ihn ein, stellte ihm ein Bein und versetzte ihm einen heftigen Schlag. Er wandte sich zu dem Mann um und hielt ihn fest, bis er ihm einen sehr wirkungsvollen Kinnhaken geben konnte. Der Mann sackte zu Boden. Er hielt es für an der Zeit, sein Schwert zu ziehen. Drei Männer stürzten auf ihn los, und er machte statt dessen kehrt und rannte schnell den Gang entlang. Vom Boot her drang Catherines Schrei herüber, und er blieb stehen.

Die Säulen und der Gang und alles andere verschwammen vor Körpern, die sich auf ihn warfen. Er brachte einige Schläge an, aber die meisten steckte er ein, an all den Stellen, die nach Astorres Lehre die besten waren. Oder die ärgsten, das kam auf den Standpunkt an. Dann lag er im Boot, das Haar dicht über dem Wasser, das jetzt vorbeischäumte, als zwei Männer die Stangen ergriffen und das Boot rasch um die nächste Ecke stakten und dann in einen anderen, kleineren Kanal und ein Gewirr von Wasserwegen so schmal wie Abzugsrinnen hinein. Die Bugwelle spülte tote Schaben vorüber und fettig-schmieriges Spülicht.

Das Rufen hinter ihnen verklang, und er hörte nur einen kurzen Wortwechsel, in einer Sprache, die er nicht genau einzustufen wußte; und das Geräusch von Wasser und ein stoßweises Atmen dicht bei seinem Ohr. Er lag halb unter einem Verdeck. Einer der Männer fesselte seine Hände aneinander, band ihm ein Tuch über den Mund und warf etwas Dunkles über ihn. Etwas, das zum Teil unter ihm lag, machte eine Bewegung, und das Atemgeräusch veränderte sich. Unter einigen Mühen und Schmerzen schob er sich ein wenig zurück und sah wieder das dunkle Bündel und einen Pantoffelschuh, den er kannte. Er verspürte fast so etwas wie eine Genugtuung. Wenigstens hatte er nicht ohne Grund aufgegeben. Aber was jemand von ihm oder von Catherine wollte, konnte er sich im Augenblick nicht vorstellen. Er lag da und blutete in Catherines Mantel hinein, bis sie an ihrem Ziel eintrafen. Wo das war, sah er nicht, denn er wurde sogleich bewußtlos geschlagen.

Simon sagte: «Gib ihm einen Tritt. Er stellt sich nur so.» Die Sprache, die er nicht zu bestimmen vermocht hatte, war Schottisch gewesen. Nicolaas schlug die Augen auf.

Simon de St. Pol, Erbe von Kilmirren, war noch genau der stattliche Mann, den er zuletzt vor einem Jahr in Brügge gesehen hatte. Während Nicolaas vom Fußboden aus ganz nüchtern diese mustergültige Erscheinung betrachtete und dabei über das Unbehagen hinwegsah, das verursacht wurde durch eine aufgeplatzte Lippe, ein geschwollenes Auge und mehrere äußerst empfindliche Stellen am Bauch, in der Leistengegend und im Kreuz, gelangte er zu der Ansicht, daß Herr Simon von Zeit und wahrscheinlich auch Erfahrung unberührt blieb. Sein Haar unter der Samtkappe leuchtete wie Blattgold, die Augen waren blau, die Lippen empfindsam gekräuselt. Sein Wams war aus feinem Atlas und Samt, kunstvoll gefältelt, und er trug nach der neuen venezianischen Mode eine zweifarbige Strumpfhose. Seine Beine hätte ihm ein Bildhauer der klassischen Zeit gestaltet haben können. Vielleicht waren sie das auch, und seine richtigen Beine steckten darunter, was ihn beim Besteigen eines Pferdes sehr behindern mußte.

Nicolaas hatte sich noch nie durch etwas belustigt gefühlt, was mit Simon zu tun hatte. Er teilte schnell zwölf durch drei und kam zu dem Schluß, daß sein Kopf durch die Schläge keinen ernsthaften Schaden genommen hatte. Er befand sich in einem länglichen Gemach mit geschlossenen Fensterläden und einer Tür, vor der zwei bewaffnete Männer standen. Am Fenster standen ein Sessel und ein reichverzierter Schreibtisch mit einer Lampe darauf. Simon, der kurz zuvor hereingekommen zu sein schien, stand in der Mitte und sah ihn an. Nicolaas fragte sich, ob es etwa Nacht war und dieser Irre somit Marian Stunden der Sorge verschafft und ihnen beiden das Wiedersehen vergällt hatte. Der Vorsitzende des Collegio wartete gewiß auch auf ihn, doch das bedrückte ihn nicht. Da bemerkte er, daß zwar die Lampe angezündet war, durch Ritzen der Läden aber Tageslicht schimmerte. Er hörte hinter sich ein Schnüffeln und drehte den Hals herum. Catherine saß in ihrem schwarzen Kleid an der Wand und funkelte ihn an. «Ich dachte, du könntest alles», sagte sie.

«Einer gegen acht – nein, das kann ich nicht», sagte er.

«Gegen sieben», sagte sie. «Setz dich auf und sag's ihm. Entweder er läßt mich gehen, oder Gregorio und meine Mutter gehen sofort zum Dogen. Pagano schuldet ihm keinen Pfennig.»

Nicolaas setzte sich auf. Er fühlte sich ganz erbärmlich. Über diese ganze Sache nachzudenken war so qualvoll, daß er in ein irres Lachen hätte ausbrechen mögen. Dieser Mann dort vor ihm hatte Pagano Doria mit einem Schiff und einer Ladung versehen und ihn in den Osten geschickt, wo er dem Handelshaus Charetty schaden und es, wenn möglich, zugrunde richten sollte. Pagano hatte in seiner unnachahmlichen Weise auf die Herausforderung dadurch geantwortet, daß er in das Haus einheiratete. Doch nachdem er Nicolaas weder zugrunde gerichtet noch getötet hatte, war er vollends gescheitert und hatte sein Leben verloren, so daß Simon jetzt eigentlich nichts anderes übrigblieb, als dem Sieger ritterlich die Hand zu geben. Statt dessen lag er hier, besinnungslos geschlagen, und Catherine schien wieder einmal entführt worden zu sein.

Es war verrückt genug, um schon wieder lustig zu sein, wenn man außer acht ließ, daß zwischen ihm und Herrn Simon eine besondere Beziehung bestand. Und selbst dann war die Sache noch recht lächerlich, wenn man nicht wußte, daß er, Nicolaas, der Vater des neuen Sohnes war, auf den Simon so stolz war. Dann war es allerdings gar nicht mehr lustig, sondern etwas, mit dem man sich sehr vorsichtig befassen mußte. Nicolaas sagte: «Wir sind hier. Was muß unter solcher Gewaltanwendung besprochen werden?»

Es trat nur eine ganz kurze Pause ein – vielleicht lag das daran, daß er mehr als drei Worte gesagt hatte, was, wie er sich erinnerte, bei seinen Gesprächen mit Simon nicht üblich war –, dann sagte Simon: «Ich sehe, Ihr wißt von Größeren noch etwas zu lernen, bevor Ihr sie für dumm verkauft. Ich wollte ein ungestörtes Gespräch mit Euch beiden führen.»

Er war größer als Simon. Er stand auf, entschied sich aber dann für die klügere Lösung und setzte sich neben Catherine auf eine Bank. Seine Hände waren noch gefesselt, und er konnte sie nur unter Schmerzen bewegen. «Ein solches Gespräch hätte sich leicht ohne diese Umstände verabreden lassen», sagte er. «Worüber?»

«Ich sagte es gerade – über Verkaufen.» Simon ließ sich in den Sessel neben dem Tisch sinken, und das Lampenlicht glänzte auf seinem Haar.

«Ich verkaufe seit einem Jahr dieses und jenes», sagte Nicolaas. «Verantwortlich bin ich meiner Dienstherrin, nicht Euch. Welches ist Eure Beschwerde? Ehe ich die meine vorbringe.»

«Er meint Trapezunt», sagte Catherine.

Der Ton genügte. Simon blickte sie an und dann Nicolaas. Er sagte: «Sie weiß davon, nicht wahr? Auch aus diesem Grund ist sie hier. Ihr habt den Türken Botschaften überbracht. Ihr habt ihnen meine Waffen verkauft. Ihr habt meinen Mittelsmann getötet. Ihr habt die für Genua bestimmten Waren nach dem türkischen Bursa umgeleitet, wo sie wahrscheinlich im Kampf verlorengingen. Ihr habt Dorias Silber gestohlen – mein Silber –, und Ihr habt Euch meiner Kogge bemächtigt und befahrt mit ihr die Meere und befördert mit ihr Eure Fracht. Habt Ihr geglaubt, das wüßte ich nicht? Ich habe mit Leuten gesprochen, die Nachricht vom Statthalter in Modon haben. Auf Eurem Schiff waren Genuesen, die mir sehr bereitwillig erzählt haben, was Ihr ihnen angetan habt. Dorias Hausverwalter wurde als Sklave verkauft, und seine Ehefrau und sein Sohn wurden getötet. Habt Ihr das gewußt?»

«Paraskeuas!» rief Catherine aus.

«Er hat beide Seiten betrogen», sagte Nicolaas. «Und Ihr seid falsch unterrichtet. Ich habe Trapezunt nicht an die Türken verraten. Ich habe den Türken keine Waffen verkauft. Ich habe Pagano Doria nicht getötet.»

«Wer hat es dann getan?» fragte Simon. «Catherine glaubt, was Ihr ihr erzählt habt. Aber wer auf der türkischen Seite würde ihn töten, wenn er der Verräter war und nicht Ihr?»

«Wenn Ihr meinen Arzt fragt, wird er es Euch sagen.»

«Zweifellos», sagte Simon. «Aber Ihr habt alle Eure Söldner abgezogen, kurz bevor die Türken in die Stadt einrückten? Oder irre ich mich auch da?»

«Mit der Erlaubnis des Kaisers», sagte Nicolaas. «Er hatte sich ergeben. Die Waffen gingen übrigens an die Besatzung der Zitadelle von Kerasous. Die Umleitung der Waren für Genua gebe ich zu. Doria und ich waren als Kaufleute Rivalen. Durch Euer Dazutun, nicht durch das meine. Ich war zu diesen Maßnahmen berechtigt.»

«Und das Silber?»

Diesmal zögerte Nicolaas. Dann sagte er: «Er hat es im Kampf verloren, und ein Teil ist auf mich gekommen. Ich habe es verwendet und ihn dafür nicht angezeigt. Er ging seiner verlustig, als er mich zu ermorden versuchte.»

«Das ist eine Lüge», sagte Catherine.

«Es tut nichts zur Sache», sagte er. «Er war so. Aber Julius wird es Euch bestätigen. Es ist wahr.»

«Es ist eine Lüge!» sagte sie. «Er ist verwundet worden.»

«Von einer anderen Schar von Kurden. Er hat in Modon mein Schiff in Brand gesetzt und den Tod von zwei Männern herbeigeführt.»

«Er hat dich schön erschreckt», sagte Catherine. Sie weinte.

«Ja, das hat er», sagte Nicolaas. Er wandte sich an Simon. «Ich weiß nicht, was Ihr sonst noch wollt. Ihr habt gefragt, und ich habe geantwortet. Wenn Ihr mir nicht glaubt, kann ich's nicht ändern, dann müßt Ihr die anderen fragen. Ihr dürftet inzwischen wissen, daß sie ihre eigenen Köpfe haben. Sie würden nichts bestätigen, was nicht wahr ist. Sie würden mir nicht noch immer folgen, wenn ich alle diese Dinge getan hätte.»

«Ihr wißt nicht, was ich will?» sagte Simon. «Ich wünsche eine Entschädigung. Und da wir gerade von Mördern sprechen, Euer zahmer Advokat Gregorio hat eine traurige Figur abgegeben. Ich mußte ihm eine Lektion erteilen.»

Nicolaas erhob sich. «Gregorio hat mir geschrieben», sagte er. «Er wollte sich bei Euch über das Verhalten Eures Mittelsmannes Doria beschweren, und Ihr habt ein Duell erzwungen. Euer eigener Vater hat für ihn Partei ergriffen.»

«Dicker Vater Jordan», sagte Simon. «Habt Ihr gehört, daß er alle seine französischen Besitzungen zurückbekommen hat? Es wird wirklich Zeit, daß er aufhört, sich einzumischen. Was er auch gesagt hat, es spielt jetzt keine Rolle mehr, denn Doria ist tot, und Ihr lebt, also kann es schwerlich eine Verschwörung geben mit dem Ziel, Euch zu töten, nicht wahr? Und die junge Catherine ist frei und eine hübsche Witwe, wenn auch tief in Schulden. Sie muß mir die Kogge ihres Ehegatten zurückgeben, das verlorene Silber und die anderen Gewinne, die er auf der Fahrt gemacht hat. Einige muß es ja wohl geben. Die Ladung Waffen, zum Beispiel. Was wurde noch aus der?»

«Ich schulde Euch nichts, gar nichts!» sagte Catherine.

«Nein? Aber Pagano Doria war mein Beauftragter, und Ihr seid seine Erbin.»

«Aber ich habe kein Geld!» sagte Catherine. «Nicolaas hat alles!»

Sie war gewiß nicht dumm, aber sie vermochte nie abzuschätzen, welche Richtung ein Gespräch nehmen würde. Nicolaas seufzte.

«Nun?» sagte Simon. Er lächelte. Er schnipste mit dem Finger nach einem Knopf an seinem Wams und nahm dann seinen Platz bei der Lampe wieder ein. «Wollt Ihr nicht Euer Quartier aufsuchen und Euch umkleiden? Ich habe ein Papier aufsetzen lassen. Ich habe es hier, fertig zum Unterschreiben.»

«Wo mir die Hände gefesselt sind?» sagte Nicolaas. Simon blickte zur Tür. «Ihr könntet noch vier Leute hereinrufen», sagte Nicolaas.

Simon preßte die Lippen zusammen. «Lest zuerst.»

Die Fesseln los zu sein, das wäre gut, denn er glaubte zu wissen, was geschehen würde. «Herr Simon», sagte Nicolaas, «nur ganz wenige wissen von diesem Vorfall. Laßt es gut sein. Es kann Euch nicht schaden, und wer gerecht urteilt, muß zugeben, daß dem Haus Charetty sehr viel an Entschädigung zusteht für das, was Ihr getan habt, Ihr und Euer Mittelsmann. Mir macht es nichts aus, vor Advokaten alles genau darzulegen, aber Ihr werdet dabei in keinem guten Licht stehen. Oder denkt an Catherine. Hat sie durch Euch nicht genug gelitten? Löst mir die Hände, öffnet die Tür und laßt uns beide gehen.»

«Ihr habt mich noch nicht überzeugt.»

«Na schön. Alle Schiffe im Hafen von Trapezunt waren in feindlicher Hand, auch die Kogge. Wochen vor seinem Tod hatte Doria sie verloren. Ich habe eine türkisch gekleidete Besatzung zusammengestellt und den Türken das Schiff wieder entführt, mit vielen Frauen und Kindern an Bord, falls das ins Gewicht fällt. Nach dem Bergungsrecht gehört die Kogge mir.»

«Ihr habt Doria getötet und sie Euch genommen», sagte Simon.

«Nein», sagte Nicolaas. Er warf einen Blick zu den Männern an der Tür hin, aber Simon achtete nicht darauf.

«Sie gehört mir», sagte Simon, «und der Alaun, den sie geladen hat, gehört auch mir. Das Schiff ist gestohlen, und die Ladung wird eingezogen. Und der Preis für eine gestohlene Ladung Rüstungen und Waffen ist zurückzuzahlen.»

«Dann zahlt ihn zurück», sagte Nicolaas. «Ihr habt Eurem Vater ja beides gestohlen, Schiff und Ladung.»

«Nein!» sagte Catherine.

Nicolaas wandte sich zu ihr um. «Erkundige dich in Antwerpen. Das Schiff hieß *Ribérac*, ehe es in *Doria* umgetauft wurde. Die Waffen waren bei Louis de Gruuthuse gekauft. Er war wahrscheinlich ganz froh, als sie in den Osten segelten, anstatt entweder gegen das Haus Lancaster oder gegen die Franzosen in der Festung von Genua eingesetzt zu werden. Aber das wußte Pagano nicht.»

«Nennt Ihr mich einen Dieb?» sagte Simon langsam.

«Ich hatte vorgeschlagen, das Gespräch zu beenden», sagte Nicolaas. «Wir brauchen es nicht fortzusetzen. Sagt Euren Männern, sie sollen uns gehen lassen. Es ist nicht Eure Schuld, daß einiges von dem, was man Euch erzählt hat, nicht die Wahrheit war. Anderes ist zwar Eure Schuld, aber ich will nicht damit fortfahren.»

«Ich glaube, Ihr habt mich einen Dieb genannt», sagte Simon.

«Das hat er nicht», sagte Catherine. «Wir schicken Euch Julius, der wird sich das Papier ansehen. Ich will jetzt gehen.»

Es war noch immer möglich. Nicolaas brachte ein Lächeln zustande. «Ich glaube, sie sagt, was ich denke. Genug. Schluß. Wir sind quitt.» Er dachte noch über die Worte nach, als Simon plötzlich sein Schwert in der Hand hielt.

Das war zuviel. Nicolaas hob die gefesselten Fäuste und schlug auf den Tisch. «Was wollt Ihr? Jede Auseinandersetzung gewinnen? Daß jemand schwört, daß jedes Unrecht Recht ist? Mich herausfordern? Euer Gewissen zum Schweigen bringen? Beweisen, daß ich nie sein werde, was Ihr seid?» Er hielt inne. «Wenn Ihr mich mit Eurem Schwert töten wollt, dann tut's. Wenn nicht, bindet meine Hände los und schickt Eure Männer hinaus. Drei gegen einen, und Ihr bringt mich um. Aber sie werden reden.»

Etwas an dieser Rede machte Eindruck. Vielleicht weil er es zum ersten Mal gesagt hatte. Simon wandte sich an die zwei Männer und nickte. Einer zögerte, dann verneigten sie sich beide und gingen. Die Tür schloß sich wieder. Nicolaas sagte: «Catherine auch. Laßt sie gehen.»

«Warum?» sagte Catherine. Ihr Blick ging von Simons Gesicht zu seinem Schwert. Es blinkte.

Simon sagte: «Bindet ihm die Hände los.» Das Haar war ihr übers Gesicht gefallen, und ihre Finger zitterten. Sie blickte forschend zu Nicolaas auf, während sie die Fesseln löste, und er lächelte zu ihr hinunter, auch noch als er spürte, wie sie ihm den Dolch unter der Jacke hervorzog. Er machte eine kleine Bewegung, um zu versuchen, sie daran zu hindern, ohne sie zu verraten, doch das genügte schon: sogleich war Simon an seiner Seite, das Schwert erhoben. Catherine schlüpfte zwischen ihnen hindurch und wich zur Wand zurück. Nicolaas sagte: «Darf ich auch mit meinem Schwert kämpfen? Oder glaubt Ihr, wir könnten weiter über alles reden, wenn ich es dort niederlege?»

«Was gibt es noch zu reden?» sagte Simon. «Das Recht ist auf meiner Seite. Wenn Ihr Eure Schulden nicht bezahlt, müßt Ihr büßen.»

«Ganz recht. Aber zuvor muß das Gericht beweisen, daß ich ein Schuldner bin. Also rufen wir das Gericht an. Catherine...?»

Simon stand bei der Tür. Catherine, die sich bewegt hatte, fiel wieder an die Wand zurück. «Bitte», sagte Nicolaas. «Wir reden nicht von Koggen oder von Doria. Es wäre nützlich, zu wissen, wovon wir reden. Von mir? Oder von meiner Mutter? Oder einfach davon, daß ich da bin und Euch an alles erinnere? Wenn ich es wüßte, könnte ich eine Lösung finden.»

Simon war sehr bleich geworden. Nicolaas bereute es nicht. Es war sein eigener Fehler, daß Catherine noch da war. Sie sah nur gequält aus. Simon sagte: «Deshalb. Ihr redet.»

«Und Ihr wollt mich daran hindern», sagte Nicolaas verdutzt. Er war sich nicht sicher, ob der andere das wirklich meinte oder ob er es sich nur einbildete.

«Zieht Eure Jacke aus», sagte Simon. Und sowie er das nasse Ding abgestreift und fallen gelassen hatte, stürzte Simon mit erhobenem Schwert auf ihn los.

Nicolaas hatte sein Schwert, seit es ihm geschenkt worden war, noch nicht benutzt. Er hatte noch nie zuvor gegen Simon von gleich zu gleich gekämpft. Er zog die Klinge. Sein Stahl zuckte, als Simon ihn berührte und die Festigkeit seines Griffs und seine Schnelligkeit auf die Probe stellte, und dann erneut, von der anderen Seite. Astorre hatte ihn natürlich in seine Schule genommen. Er war auch in Mailand zum herzoglichen Fechtmeister geschickt worden – man kann keine Söldner stellen oder gefährliche Reisen unternehmen, wenn man nicht weiß, womit man es da zu tun hat. In Trapezunt... in Trapezunt hatten sie im Fondaco Duelle ausgefochten, um nichts zu verlernen, und abwechselnd an den Waffenübungen der Truppe teilgenommen. Und er hatte sich mit Jagen, Bogenschießen und Ballspielen gelenkig gehalten. Er dachte an seine schönen Pferde und verspürte ein Bedauern. Er wurde wieder daran erinnert, wieviel ihm dies alles von seinen ersten, so lange vorgestellten Augenblicken mit Marian raubte, und da übermannte ihn eine zornige Ungeduld.

Simon bewegte sich leichtfüßig, machte einen Ausfall und wich zurück, wechselte Schwung und Richtung, trieb ihn mit seiner Spitze von sich. Er wirkte auf eine zornige Weise zufrieden und schien nur darüber verärgert zu sein, daß sich noch nicht sofort ein Ergebnis seiner Kunst zeigte. Er beschleunigte den Gang, wie er glaubte, als Nicolaas einen Klingenzusammenstoß bewirkte, der die Luft mit blauem Feuer und Funken erfüllte und Schwerter wie Kämpfer leicht erschütterte. Simon trat zurück und wich plötzlich zur Seite, damit ihm nicht eine äußerst scharfe Klinge in die Schulter stieß. Er sah die Klinge an, als er sie abwehrte. Nicolaas hoffte, daß er die arabische Inschrift bemerkt hatte. Simon sagte: «Wo…?», und wieder und wieder wurde sein Arm erschüttert. Er antwortete darauf, indem er seine Klinge wie ein Krummschwert hob und sie wie ein Scharfrichter heruntersausen ließ.

Der Hieb kam so schnell, daß Nicolaas ihn erst im letzten Augenblick parieren konnte. Er sagte: «Die Weißen Schafe» und lachte. Aus dem Augenwinkel heraus sah er Catherines Gesicht, das sich weiß aus den Schatten heraushob. Er fragte sich, warum sie ihm den Dolch abgenommen hatte und was sie damit anzufangen gedachte bei acht – nein, sieben Männern, die sich vermutlich in dem Haus aufhielten. Ihm wurde klar, daß er Simon nicht töten konnte. Er mußte also irgend etwas unternehmen, war sich jedoch nicht sicher, was. Simon bemerkte seine Unaufmerksamkeit und versetzte ihm beinahe einen Stoß durch die Rippen. Simon zweifelte nicht daran, daß er Nicolaas töten konnte. Doch das mochte lediglich Zorn sein. Nicolaas unternahm unter Keuchen einen letzten Versuch. «Laßt Catherine – zu ihrer Mutter gehen. Sie wartet schon.» Er sah, wie Catherine sich bewegte.

«Meint Ihr?» sagte Simon und lachte. Seine Klinge kam rasch herunter und wurde pariert und wieder pariert. Er war körperlich auf der Höhe, atmete noch ohne Mühe.

Catherine fragte: «Kann ich gehen?» und griff nach dem Tür-
knauf. Wenn sie sie durchließen, konnte sie Hilfe holen. Irgend jemand kannte bestimmt das Haus der Medici.

«Ihr könnt schon», sagte Simon. «Aber Ihr werdet sie nicht finden.» Seine Klinge stach zu. Nicolaas spürte es überhaupt nicht, zu
sehr achtete er auf den Ton der Stimme des anderen. Er focht einen
Augenblick lang vor und zurück, wobei sein Blick von Simon zu dem
unschlüssigen Mädchen wanderte, das den Türgriff in der Hand
hielt. Er erkaufte sich Zeit durch schnelles Angreifen und verwandte
sie an eine kurze Frage.

«Wo ist sie?»

«Eure Gemahlin? Eure Gemahlin ist tot und begraben.»

KAPITEL 42

CATHERINE SCHRIE AUF. Keiner sprach ein Wort. Der Kampf kam
ganz langsam zum Stillstand, und Simon begnügte sich mit ein, zwei
Abwehrhieben, während er das Gesicht des anderen beobachtete.
Verglichen mit der des Mädchens war seine Reaktion erstaunlich
langsam. Dennoch blieb Simon auf der Hut, vorbereitet auf einen
neuen linkischen Vorstoß. Die Neuigkeit, die er Nicolaas gerade
mitgeteilt hatte, mußte die beste Nachricht sein, die der Bursche je
gehört hatte. Er hätte sich damit mehr Zeit lassen sollen. So etwas
war unklug. Im Bewußtsein seiner neuen Macht glaubte Nicolaas
vielleicht, er bringe alles fertig. Simon wartete, aber es kam kein
Angriff mehr. Er ließ die Klinge sinken. Nicolaas stand da, als hätte
der Kampf nie stattgefunden.

«*Marian?*» sagte Nicolaas. In der plötzlichen Stille hörte Simon
von unten Fußgetrampel, erregte Stimmen und das Klirren von Metall. Er runzelte die Stirn. Das Mädchen an der Tür kreischte plötzlich und wollte nicht mehr aufhören. Vor ihm stand Nicolaas re-

gungslos da, regungslos bis auf das Zittern nach einer heftigen Anstrengung. Er fragte: «Ist das wahr?»

Simon sah ihn an. Er nahm zu seiner Überraschung wahr, daß er sich nichts vorzuwerfen brauchte. Er legte das Schwert aus der Hand. «Natürlich ist das wahr!»

Der Zorn erstarb, wurde abgelöst durch Entgeisterung. Durch irgendeinen Zufall hatte er tiefer getroffen als mit Stahl. Die Neuigkeit war ganz offensichtlich eine schlimme. Warum, tat nichts zur Sache. Simon sah Nicolaas noch immer an und steckte das Schwert in die Scheide. Der Kampf war gewonnen.

Gregorio stieß die Tür auf und erfaßte gerade diesen Augenblick. Er blieb kurz stehen, sah nur die Männer im Lampenlicht und versuchte ihre Verfassung auszumachen. Hinter ihm stürmten, Schwert in der Hand, Astorre und seine Männer die Treppe herauf. Ein Mädchen in Schwarz warf sich ihm entgegen, und er wehrte sie ab, ohne hinzusehen. Obschon St. Omer eine ganze Weile her war, erkannte er Simon sofort. Man vergißt nicht so leicht einen Mann, der einem die Schulter durchbohrt hat – wenn auch Simons Klinge jetzt, wie er sah, in der Scheide steckte.

Ihm gegenüber stand ein müde aussehender junger Mann mit Blut an seinem Wams und einem gezogenen Schwert in der Hand, Spitze nach unten und vergessen. Gregorio sagte zornig: «Ihr habt es ihm gesagt.» Das Mädchen neben ihm zupfte ihn weinend am Arm. Er sah sie an. Gewiß das Kind Catherine, das all den Ärger verursacht hatte. Er hatte sie bis jetzt noch nicht gekannt. Hinter sich hörte er auf der Treppe Tildes Schritt. Ich schaffe das nicht, dachte er. Und dann war er froh, daß er allein war bis auf Astorres Trupp und das Mädchen. Sobald er von dem Überfall an der Brücke gehört hatte, war er aus Martellis Haus gelaufen und hatte Astorre ausfindig gemacht und ihn hierher mitgebracht, und das Mädchen Tilde war ihm nachgerannt. Er hatte gleich an Simon gedacht. Er hatte geahnt, was er tun würde.

Er trat ein, und Simon drehte sich um. Er lächelte. «Ah, mein aufdringlicher Freund und Advokat ist gekommen, um seinem Schützling beizustehen. Wie Ihr seht, ist er wohlauf. Nur ein, zwei

Kratzer. Hätte er nicht wissen sollen, daß seine Ehefrau tot ist? Ich bitte um Entschuldigung. Aber es schien mir doch wichtig.»

Hinter ihnen ging Astorre umher und stieß Fensterläden auf. Simon löschte die Lampe und wandte sich gelassen um. «Das Mädchen schuldet mir Geld. Ihr Gemahl hat Schulden hinterlassen.»

«Er war nicht ihr Gemahl», sagte Gregorio. «Sie waren nicht verheiratet. Niemand schuldet Euch etwas. Catherine, geht hinunter und wartet. Nicolaas, kommt mit.»

Nicolaas sagte: «Sie hat einen Dolch. Nehmt ihn ihr ab.»

Astorre, der ständig vor sich hin geflucht hatte, ging auf Catherine zu, hob ihre Hand und nahm ihr die Klinge ab, die sie zu spät fester zu umklammern versuchte. «Ihr werdet Euch schneiden», sagte er. Über ihren Kopf hinweg sah er Gregorio an. «Hier ist Eure Schwester. Hier ist Tilde und zwei meiner Männer, die Euch nach Hause bringen.» Zu Gregorio sagte er: «Ich würde ihn am liebsten umbringen.»

«Ich auch», sagte Gregorio. «Aber das würde niemandem nützen.» Er sah, daß Nicolaas sich bewegte und sein Schwert mit einem Ruck in die Scheide steckte. Gregorio trat auf ihn zu.

«Sie ist tot?» fragte Nicolaas. «Wie...?» Er blickte auf, und Gregorio zwang sich dazu, seinem Blick standzuhalten, während er antwortete.

«Sie ist in Burgund krank geworden, nördlich von Genf. Wir kamen zu spät und haben sie nicht mehr lebend gesehen. Aber wir haben sie noch gesehen, und wir haben sie bestattet. Tasse war bei ihr. Die Zofe. Wir haben Tasse mit hierhergebracht.»

«Wir?»

«Tilde hat mich begleitet. Sie ist hier.»

Nicolaas wandte den Kopf zur Tür um. «Haltet sie von Catherine fern.»

«Das könnte ich nicht», sagte Gregorio. Astorre und zwei seiner Männer waren noch da. Die anderen waren wieder hinuntergegangen. Simon saß an der Ecke des Schreibtisches; er strich sich über das eine Bein seiner zweifarbigen Strumpfhose und lächelte noch immer. Astorre ließ ihn nicht aus den Augen. Gregorio fragte: «Seid Ihr verletzt?»

«Nicht der Rede wert», antwortete Nicolaas. Er legte Gregorio

628

die Hand auf den Oberarm und zog ihn beiseite, den Blick auf die Tür gerichtet. Dort stand Tilde und sah ihre Schwester an. Nicolaas sagte: «Ist sie wie Felix?»

Natürlich konnte er das kaum wissen. Tilde und Catherine hatten von den Dienstboten des Hauses getrennt gelebt, und nach der Heirat ihrer Mutter hatte er das nächste Jahr versäumt. Gregorio, ihr Reisegefährte, wußte freilich, daß Mathilde de Charetty im Wesen wie im Aussehen auf ihren verstorbenen Bruder herauskam. Tilde hatte braunes Haar, ein bleiches, schmales Gesicht, eindringlich blickende Augen und eine Stirn mit Fältchen in der Mitte. Sie war zwischen vierzehn und fünfzehn und abgehärmt. Beim Rechnen wurden die Fältchen dünn und schwarz wie gemalt. Man konnte sie jetzt sehen, während sie in der Tür stand. «Du hast sie getötet», sagte sie zu ihrer Schwester.

«Tilde», sagte Nicolaas. Er trat vor.

«Und du auch», sagte sie. «Deinetwegen ist Catherine nach Brüssel geschickt worden. Hättest du nicht sie heiraten können anstatt meine Mutter? Du hättest das halbe Vermögen bekommen.»

«Er wollte das ganze haben», sagte Simon.

Sie hatten vergessen, daß er da war. Gregorio sagte: «Tilde, wir gehen. Catherine, begleitet Hauptmann Astorre.»

«Er hat gar nichts bekommen», sagte Tilde. «Weder damals noch jetzt. Im Ehevertrag wird alles zwischen Catherine und mir aufgeteilt.»

Simon rutschte von der Bank herunter. «Mein Gott!» sagte er. Er starrte Nicolaas an, die blauen Augen weit aufgerissen, und atmete dann lachend aus. «Da hatte ich ja wirklich schlechte Nachrichten für Euch.»

«Meinen Glückwunsch», sagte Nicolaas. Er trat auf Tilde zu und packte sie an den Schultern. «Nicht vor anderen Leuten. Du bist jetzt Oberhaupt des Hauses.»

«Und ich», sagte Catherine. Sie kreischte. Tilde machte sich von ihrem Stiefvater los, ergriff ihre Schwester am leuchtenden rotbraunen Haar und schlug ihr heftig ins Gesicht.

«Du hast sie getötet», sagte sie. «Du konntest nicht auf einen Mann warten. Nun, jetzt hast du keinen mehr. Du bist nicht einmal Witwe, denn er hat dich nie geheiratet. Dieser Mann da drüben hat deinen großen Pagano dafür bezahlt, daß er so tat, als liebte er dich. Sie wollten beide nur deinen Anteil am Geschäft haben. Sie dachten, wir würden uns schämen, den Leuten zu sagen, daß du nur Dorias Hure warst. Ich nicht. Ich würde das jedem sagen.»

«Und das Haus zugrunde richten?» ermahnte sie Nicolaas noch einmal. «Das ist nicht im Sinne deiner Mutter. Du bist das Oberhaupt, Tilde. Und Catherine ist dein Teilhaber. Du mußt mit ihr zusammenarbeiten oder deinen Anteil verkaufen.»

Tildes Griff lockerte sich, und ihre Hand fiel herunter. Nicolaas ließ sie los. Catherine faßte sich mit beiden Händen an den Kopf. Sie sagte: «Ich würde deinen Anteil kaufen.» Gregorio machte eine Bewegung und hielt inne, als Nicolaas ihn ansah.

«Wovon?» sagte Tilde. «Du bist ja Geld schuldig.»

«Das bin ich nicht», entgegnete Catherine. «Das hat Nicolaas gesagt. Nicolaas würde mir helfen. Nicolaas und ich, wir könnten das Geschäft führen.»

«Ah!» sagte Simon.

«Wenn ich tot bin», sagte Tilde wütend. «Du und Nicolaas, wenn ich tot bin.»

«Dann mußt du mit deiner Schwester zusammenarbeiten», sagte Nicolaas. «Und ich kann dir eines versichern: Sie ist eine Geschäftsfrau. Sie versteht davon mehr als Doria.»

Der Jammer des Ganzen überwältigte Gregorio. Aber er war Advokat und konnte nicht einfach zusehen. Er sagte: «Nicolaas, der Fall tritt nicht ein. Die Demoiselle hat ihre Verfügungen geändert.»

Alle sahen ihn an. Astorre mit seinem zugenähten Auge und seinem Stirnrunzeln, Simon mit fortwährendem, wachsendem Entzücken. Die Schwestern, Seite an Seite, im Zorn um die verstorbene Mutter trauernd. Und Nicolaas, das Gesicht grau vor Erschöpfung, wie es schien. «Als die Demoiselle erkrankte», fuhr Gregorio fort, «wurde ihr bewußt, daß im Falle ihres Todes Nicolaas ohne Rechtsanspruch dastand und zwei sehr junge Töchter gemeinsam über das Haus verfügen würden. Sie mißtraute Pagano Doria, hatte aber noch nicht die Ungültigkeit seiner Ehe nachgewiesen. Sie nahm deshalb Catherines Anteil aus dem Brügger Geschäft heraus und übertrug Nicolaas die Sorge für Catherine.»

Simon lächelte nicht mehr. «Was für ein Jammer», sagte er. «Nicolaas, Herr des Hauses Charetty.»

«Nein!» sagte Tilde. «Es gehörte meiner Mutter.»

«Ja», sagte Gregorio. «Und jetzt, Tilde, gehört es Euch.»

Das Mädchen starrte ihn an. Die jüngere Schwester sagte: «Sie kriegt alles! Was ist mit mir?»

Nicolaas schwieg.

Tilde sagte langsam: «Catherine sollte ein Erbteil haben. Das ist nicht recht.»

«Ich zahle es ihr gern aus», sagte Nicolaas.

«Wovon?» fragte Tilde. «Das Brügger Geschäft ist mein.»

Gregorio räusperte sich. «Das Brügger Geschäft ist Euer. Was in Venedig vorhanden ist, gehört Nicolaas. Das Unternehmen im Osten ist allein sein. Die Demoiselle wollte, daß das auch so blieb. In Anerkennung ihrer finanziellen Unterstützung dieses Unternehmens bestimmte sie, daß Nicolaas, falls er einen Gewinn machte, wenigstens drei Prozent dieses Gewinns an das Haus Charetty in Brügge zurückzahlen sollte. Das bezog sich nur auf die erste Handelsfahrt. Alle späteren Gewinne sollten allein ihm gehören.»

Er sagte das alles an Nicolaas gewandt und lächelte, dankbar widerspiegelnd, was er in dessen Gesicht las.

«Drei Prozent!» sagte Nicolaas mit gespielter Empörung.

«Ist das so viel, nach allem, was sie für Euch getan hat?» sagte Simon.

«Ich werde natürlich vor Gericht gehen», sagte Nicolaas.

Tilde schwieg. Es war Catherine, die sagte: «Das würdest du nicht wagen. Weißt du, was sie getan hat? Sie hat dir ein Vermögen hinterlassen. Alles, womit du aus dem Osten zurückgekommen bist.»

«Dich eingeschlossen», sagte Nicolaas. «Du gibst zuviel aus. Das werden wir besprechen müssen. Und natürlich kann Tilde das Brügger Geschäft nicht allein leiten. Ich werde ihr einen meiner Leute geben müssen.»

«Es ist mein Geschäft», sagte Tilde. «Ich kann das schon.» Ihre Stimme klang leise und zitterte ein wenig.

«Das könntest du nicht», sagte Catherine. «Er macht das.» Die Mädchen starrten einander an.

«Wozu hast du das getan?» fragte Tilde. «Wenn du diesem Mann nicht nachgelaufen wärst...»

Gregorio räusperte sich abermals und sagte: «Ihr könntet trotzdem Catherine als Teilhaberin nehmen. Ihr zahlt ihr einen Lohn oder gebt ihr einen Anteil am Geschäft. Wenn harte Zeiten kommen, würde Nicolaas sie immer noch unterstützen müssen. Aber er würde sich nicht um die alltäglichen Geschäfte kümmern müssen. Dafür habt Ihr die Männer, die das jetzt schon tun. Ich würde auch helfen.»

«Ihr seid auf seiner Seite», sagte Tilde.

«Ich würde es vermeiden», sagte Herr Simon, «jemanden einzustellen, der etwas mit Nicolaas zu tun hat. Ihr könntet feststellen, daß Euer Vermögen abnimmt, Eure Schiffe enteignet werden, Euer Silber verschleudert wird und Eure Waren auf geheimnisvolle Weise verschwinden. Andererseits kennt Ihr sein Geschäft gut genug, um es mit ihm zu versuchen.»

Tilde de Charetty wandte sich um. «Ich höre nichts Besonderes von Eurer Tüchtigkeit, Meester de St. Pol», sagte sie. «Vielleicht versuchen wir es einmal mit Euch. Ich höre, Ihr habt dieses Jahr einen Verlust gemacht. Vielleicht macht Ihr nächstes Mal einen noch größeren.»

«Drohungen!» sagte Simon. «Meine liebe kleine Demoiselle, ich zittere. Aber Euer Geschäft ist nicht das Feld, das ich bestelle. Da mein Mittelsmann nicht mehr ist, werde ich in Zukunft allein handeln. Genua, Venedig. Ich habe mich noch nicht entschieden. Aber Nicolaas wird es beizeiten feststellen.»

Auf eine Kopfbewegung von Gregorio schritt Astorre rasch zur Tür und behielt die Schwestern im Auge. Gregorio drehte sich noch einmal um, als er kurz vor der Tür war. Nicolaas sagte mit abwesendem Blick: «Nein, wo immer Ihr seid, ich werde irgendwo anders sein.» Aus dem Vorrat von Gesichtern, dessen er sich einst zu bedienen pflegte, zog er plötzlich eine Grimasse. «Die Überlegenheit des Wortes über das Schwert. Man lernt rasch von denen, die unter einem stehen, nicht wahr?»

«Nicolaas», sagte Gregorio. «Das Collegio.»

Er wartete, bis Nicolaas an ihm vorbei und die Treppe hinuntergegangen war. Es war noch nicht Zeit für sein Gespräch auf dem

Collegio, aber er sorgte dennoch dafür, daß er, gewaschen, mit frischen Kleidern versehen und von allen abgeschirmt, dorthin eskortiert wurde.

Beim Ankleiden hatte Nicolaas all die Fragen stellen können, die wichtig waren. Gregorio berichtete ihm geduldig, was er wissen mußte. Daß Nicolaas das Collegio aufsuchen mußte, würde für ihn die beste Ablenkung sein. Später würde es schwieriger werden. Gregorio hatte immer zu wissen geglaubt, wie es zwischen Nicolaas und seiner Ehefrau stand. Jetzt sah er, daß da noch etwas anderes war.

Astorre stellte die Wache, die ihn zum Collegio brachte. Gregorio begleitete ihn und kehrte dann zurück durch die Gassen und über die Brücken, die ihm jetzt so vertraut waren wie die Gassen und Brücken von Brügge nach den Wochen, die er zusammen mit einer verdrossenen Tilde hier verbracht hatte in Erwartung des Tages, an dem er Nicolaas die Nachricht schonend beibrachte: Marian de Charetty ist tot.

Alle wußten es jetzt und würden auf ihn warten, wenn er in den Palazzo Martelli zurückkehrte. Sie würden Astorre befragt haben, und Astorre würde ihnen gesagt haben, was er in Simons Quartier gesehen und gehört hatte. Sie hatten sich wohl nicht um die zwei Mädchen kümmern müssen, denn er hatte Tilde der Obhut Tasses anvertraut, und Catherine war nach kurzem Zögern gekommen und hatte sich in das Zimmer bringen lassen, das ihre Schwester benutzte. Mit freundlicher Genehmigung der Medici. Er hatte das Quartier und die Kontorstuben, zu deren Erwerb er ermächtigt war, nicht besorgt, weil er von dem Augenblick an, da er Marian de Charetty tot vorfand, auf Nicolaas gewartet hatte. Um zu erfahren, ob er überlebt hatte. Und um ihn dann auf die Zukunft festzulegen. Darauf zu bestehen, daß er das Collegio aufsuchte, war der erste Schritt auf diesem Weg gewesen. Ihm den Brief zu geben, den ihm seine Ehefrau in ihren letzten Tagen geschrieben hatte, war das Gegenteil gewesen: es konnte alle seine Hoffnungen zuschanden machen; aber er hatte Nicolaas nicht vorenthalten wollen, was sie geschrieben hatte.

Er kannte den Inhalt des Briefes nicht. Was er Nicolaas gesagt hatte, war die Wahrheit. Sie war schon tot, als sie sie fanden, er und Tilde, beim Umherstreifen in der Gegend auf der Suche nach Thibault de Fleury, Marians Schwager und Nicolaas' Großvater. Hätte er sie nicht gesehen und begraben, hätte er vielleicht nicht an ihren Tod geglaubt oder einen Mord geargwöhnt. Doch dem widersprach ihr Aussehen, es bedurfte nicht der Versicherungen des Priesters, der an ihr Sterbelager gekommen war. Es gelang ihm zwar nicht, den alten Mann ausfindig zu machen, aber er stellte fest, daß Doria nie bei ihm gewesen war, noch versucht hatte, eine Ehe mit Catherine de Charetty beglaubigen zu lassen. Und in Florenz hatten sich die Papiere ebenfalls als gefälscht erwiesen.

Er erzählte alles noch einmal im Palazzo – Martelli hatte sie rücksichtsvollerweise allein gelassen, und Nicolaas war noch bei den Venezianern. Zu Julius, zu Gottschalk und zu Tobie sagte er: «Wie soll ich wissen, was er tun wird? Ich kann Euch nur sagen, wie er Tilde und ihre Schwester gebändigt hat. Aus Haß und Angst und Stolz werden sie zusammenhalten und dieses Haus zu einem Denkmal für ihre Mutter und einen Schutzwall gegen ihn machen. Das hat er bewirkt. Er war sich seiner selbst sicher genug, um das zu tun.»

«Dann war er verrückt», sagte Julius. «Die Mädchen stellen keine Bedrohung dar, wohl aber zwei berechnende Ehegatten.»

«Bis dahin hat es noch Zeit», sagte Gregorio. «Tilde hatte einmal ein Auge für einen Mann, aber seit sie von Catherines Flucht hörte, hat sie sich verändert. Und Catherine hat inzwischen genug von Männern.» Er sah sich in ihrem Kreis um. «Da ist noch eine Verfügung, die die Demoiselle getroffen hat. Wenn Tilde unverheiratet stirbt, geht das Brügger Geschäft an Nicolaas. Ich habe es ihm schon gesagt.»

«Und Tilde will nichts von Männern wissen», sagte Julius. «Wenn Nicolaas sein eigenes Handelshaus gründen will, sollte es ihm nicht an Leuten mangeln, die mitmachen wollen. Seine Zukunft sieht rosig aus. Ich frage mich nur, warum er nicht die Gelegenheit benutzt und Simon aus dem Weg geräumt hat. Ich hätte das getan. Schließlich war Simon der Angreifer. Und da wächst ein Erbe heran, der eines Tages Unruhe stiften könnte.» Er blickte sich um. «Was haltet Ihr davon: Simon verheiratet seinen Sohn Henry mit Tilde und übernimmt das Haus Charetty?»

Schweigen. Gewöhnlich bedeutete dies, daß er die Grenzen des guten Geschmacks überschritten hatte. Er erinnerte sich daran, daß

Marian de Charetty vor kurzem gestorben war. Schön, es tat ihm leid. Doch das bedeutete, daß Nicolaas völlig ungebunden war und nichts und niemanden hatte, dem er Rechenschaft schuldig war. Claes war frei. Er fragte noch einmal: «Wie hat er es wirklich aufgenommen? Was hat er gesagt?»

Und Gregorio wiederholte: «Simon hat es ihm gesagt. Ich war nicht dabei.»

«Und der wird es ihm nicht sehr schonend beigebracht haben», meinte Gottschalk.

«Ihm war sicher nicht bewußt, daß das wichtig war», sagte Gregorio. «Und Nicolaas hat es auch in diesem Licht aufgenommen. Fast wie einen Punkt, der bei einem Spiel den Ausgleich bringt.» Er hatte wieder mit dem Husten zu tun, der ihm heute zu schaffen machte. «Ich möchte noch etwas anderes mit Euch besprechen, solange wir unter uns sind. Es liegen noch keine Anweisungen vor, aber ich habe einmal einen Entwurf für die Gründung einer *banco grosso* hier in Venedig aufgesetzt. Einer Gesellschaft für internationalen Handel und Warenaustausch: das heißt Handel mit Wechseln und Handel mit Waren. Wenn meine Empfehlungen angenommen werden, liegt die finanzielle Verfügungsgewalt in den Händen des Hauptteilhabers Nicolaas, der auch die großen Entscheidungen trifft und das Risiko trägt; und der Rest des Kapitals würde beigesteuert – mit entsprechender Gewinnbeteiligung – von einer Gruppe von höchstens sechs Teilhabern. Zusätzlich würde es Mitarbeiter ohne Einlagen geben. Ich schlage vor, daß diese Teilhaber und Mitarbeiter in erster Linie aus dem Kreis der jetzt hier anwesenden Angehörigen des früheren Handelshauses Charetty kommen. Wäre das grundsätzlich in Eurem Sinne?»

Julius sprang auf. Sein Gesicht glühte. «Nein!» sagte er und versetzte Gregorio einen Stoß, daß seine Tinte spritzte. «Eine eigene Gesellschaft! Und Nicolaas ist einverstanden?»

«Er weiß noch nichts davon», sagte Gregorio. «Ich möchte, daß wir uns vorher einig sind. Also – wer?»

Astorre sagte: «Ihr braucht da Geld?» Er runzelte die Stirn.

Gregorio sagte: «Würdet Ihr Euch von den Mädchen trennen? Wenn Ihr die neue Gesellschaft wollt, könnte Euer Anteil von einer Anleihe kommen, und Ihr würdet ihn mit Gewinn zurückbekommen. Aber von uns allen aus könntet Ihr in beiden Welten leben, wenn Ihr wollt. Euch um Brügge kümmern und Euer Gehalt beziehen und zu uns kommen, wenn wir Euch als Söldnerführer brauchen.»

«Das habe ich gemeint», sagte Astorre befriedigt.

«Und Ihr, Gregorio?» sagte Julius. «Führender Teilhaber?»

«Gleich mit allen anderen – außer Nicolaas. Die Schwestern Charetty wollen mich nicht haben. Jedenfalls noch nicht. Ich nehme an, Ihr seid dabei?»

«Hindert mich daran, wenn Ihr könnt. Und John. Ihr braucht einen Mann, der etwas von Mechanik versteht.»

«Noch zu früh», sagte le Grant. «Ich bin noch nicht lange genug bei Euch. Ich weiß nicht, ob ich mit Euch auskommen würde.»

Gottschalk lächelte. Gregorio sah es und sagte: «Ich rechne Euch trotzdem dazu. Oder kommt zu uns und werdet später Teilhaber. Wenn sie Euch nicht alle die Ruhe rauben.»

«Es ist anders herum», sagte Gottschalk. «Wollt Ihr mich einstellen? Teilhaber will ich nicht werden.»

«Ich hatte es auch nicht erwartet. Und Tobie?»

«Nicolaas wird nicht mitmachen», sagte Tobie. «Was stellt Ihr Euch denn vor, alle miteinander? Am Handel liegt ihm nichts. Es ist ein Spiel. Eine Art, Narren auf ihrem eigenen Feld zu schlagen. Wenn es für ihn überhaupt noch einen anderen Grund gab, dann war es eine Schuld, die er bei der Demoiselle abzutragen hatte. Die gibt es jetzt nicht mehr. Jetzt wird er sich entweder sagen, daß er genug hat, oder er macht es Pagano Doria nach.»

«Was glaubt Ihr, warum Gregorio das tut?» fragte Gottschalk.

«Weil er Nicolaas nicht kennt», sagte Tobie. «Ja, er versucht zu helfen. Ihr dachtet, Ihr würdet helfen, als Ihr Nicolaas daran zu hindern versuchtet, bei Catherines Zukunft den Herrgott zu spielen. Habt Ihr Euch einmal gefragt, was statt dessen geschehen ist? Er mußte beim Herrgott den Herrgott spielen.»

«Übertreibt nicht», sagte Gottschalk.

«Ein paar Wochen lang hatte er die Macht über die Zukunft des letzten römischen Kaisers des Ostens. Er war gezwungen, einer der großen Kulturen der Welt einen Wert beizumessen. Der einmaligen Mischung von Rom und Orient und Griechentum, die es nie mehr geben wird. Der byzantinischen Welt, die die römische Regierung und die klassische Kultur über die Zeiten hinweg bewahrt hat, als das lateinische Imperium in Trümmern lag und jetzt beschränkt war auf einen kleinen, törichten Kaiserhof mit seinen Schönheiten und Badejungen und Philosophen. Und dagegen die turkmenische Horde. Und, stärker als beide, das ottomanische Imperium, Feind alles dessen, woran die christliche Kirche je geglaubt hat.»

«Tobie», sagte Gottschalk.

«Ihr habt eine Antwort?» sagte Tobie. Er wandte sich an Gregorio. «Kennt Ihr die letzte Ironie des Schicksals? Nicolaas kennt sie. In Modon haben wir davon erfahren. Das Alaunvorkommen bei Tolfa ist entdeckt, und aller Alaun, den es liefern kann, wird in einen Kreuzzug zur Befreiung des Ostens von den Türken wandern. Da kommt man ins Nachdenken, nicht wahr? Nicolaas und ich sind vor Monaten auf dieses Lager gestoßen. Wenn wir mit der Neuigkeit zum Papst gegangen wären, anstatt uns von Venedig Geld für unser Stillschweigen geben zu lassen, wäre Trapezunt dann gefallen? Oder wären der ehrenwerte Ludovico da Bologna und seine östlichen Abgesandten fröhlich zurückgekehrt mit Alaungold und einer mächtigen Kriegsflotte und wäre die Christenheit gerettet worden?»

«Darüber haben wir doch gesprochen», sagte Julius. «Die Mine hätte nicht rechtzeitig erschlossen werden können. Und selbst, wenn – es gab keinen in Europa, an den man sich hätte wenden können. Alle waren zu sehr damit beschäftigt, aufeinander einzuprügeln. Sind es noch. Nicolaas weiß das. Mein Gott, Ihr redet, als wäre er ein verworrener Evangelist und kein Färberlehrling. Er hat doch nur getan, was Händler jeden Tag tun. Die Möglichkeiten prüfen, die zur Wahl stehen, und sich dann für die entscheiden, die für die Teilhaber die günstigste ist. Und dann mit allen Mitteln versuchen, das Ziel zu erreichen.»

«Auch mit Catherine», sagte Tobie.

«Aber!» rief Julius zornig.

«Nein», sagte Gottschalk. «Tobie hat recht. In dieser Hinsicht zumindest hat Nicolaas nicht wie ein Kaufmann gehandelt. Er wußte, was ihm zugefallen war, und er trug die Last, solange er konnte; und dann hatte er soviel Verstand und Mut, damit zu mir zu kommen. Wenn ihn irgendeine Schuld an dem trifft, was geschehen ist, dann auch mich. Deshalb sage ich, er wird weder den Weg Pagano Dorias gehen, noch wird er sich herausmogeln. Und Tobie hat recht mit seiner Warnung. Wenn Nicolaas mit dieser Gesellschaft einverstanden ist, die Ihr da für ihn vorgesehen habt, dann müßt Ihr mit Schwierigkeiten rechnen. Er wird sie nicht so ernst nehmen. Sie wird nicht der Mittelpunkt seines Lebens sein, wie seine Geldgeber sich dies wünschen würden. Er hat zu viele andere Dinge zu tun.»

«Die er jetzt tun kann», sagte Gregorio.

Schweigen. Dann sagte Julius: «Nun, das ist mir gleich. Er weiß das Leben zu genießen. Ich will nicht in einem Buchhaltungskontor Fett ansetzen. Tunken wir ihn doch in den Kanal, bis er einverstanden ist. Wie spät ist es? Er wird bald kommen.»

«Nein, das wird er nicht», sagte Gottschalk.

Das Gespräch auf dem Collegio dauerte eine Stunde und nahm den Verlauf, den Nicolaas vorausgesehen hatte. Er wußte, daß man ihm einen Anreiz zum Bleiben in Venedig bieten würde, aber mit einem unbenutzten Haus der Familie Corner am Canale Grande gleich beim Rialto und in der Nähe des Palazzo Bembo hatte er nicht gerechnet. Die Familien Bembo und Corner waren natürlich eng verbunden. Wie auch die Familie der Violante von Naxos.

Als er ging, gab ihm die Signoria eine Eskorte bei. Es war nur eine kleine Eskorte, da es in der Serenissima nur wenige Verbrecher gab und die Rechtsprechung der Republik sehr streng war. Sie geleiteten ihn zu Fuß durch Gassen, die er nicht wiedererkannte, und er war dankbar dafür, stumm dahinschreiten zu können, in der Abgeschiedenheit des abendlichen Dunkels, denn zum ersten Mal, seit er davon gehört hatte, wurde er sich der ganzen Schwere des Geschehens so recht bewußt. Sie war ohne ihn gestorben und ohne das, was er ihr mitgebracht hatte und noch mitgebracht haben würde all die Jahre ihres Lebens. Nun war die Welt leer; und er war allein in ihr.

Venedig bei Nacht vertrieb die Illusion, daß er sich in Brügge befinden könnte oder an einem anderen vertrauten Ort seiner Kindheit. Heute nacht war er froh darüber. In seinem Innern stiegen Bilder auf, die immer mit dieser Nacht mit Marian und mit den letzten Gedanken verbunden bleiben würden, die er mit ihr geteilt hatte. Er hatte ihren Brief im Palazzo gelassen, um ihn noch einmal zu lesen, wenn er sich dazu bringen konnte. In manchen Dingen zumindest hatte er nicht versagt.

Erleuchtete Fenster gaben der Nacht ihr Muster: säulenverzierte Fenster in gotischem Stil, Fenster mit Gitterschmuck oder Vorbauten. Lampenschein warf Schatten über Stufen, Anlegepfosten und die Deckenwölbung eines Gangs. Lampenschein lag auf einer gesprenkelten Mosaikfläche mit einem nicht näher erkennbaren Bild. Lampenschein folgte einer Möwe, die wie ein Falter zum leicht bewegten Wasser hinunterflog.

Die Tür, zu der seine Eskorte ihn schließlich brachte, war nicht die seines Quartiers, aber er wies sie nicht darauf hin, denn er hatte schon das Wappen am Haus gesehen. Als sie sich zum Gehen wandten, gab er ihnen das nötige Silber, und sie bedankten sich. Dann war er allein in einem Türeingang, der zum Hause Zenos gehörte. Die Tür ging auf. «Wer von ihnen hat es Euch gesagt?» fragte er.

«Der Priester», sagte sie. «Er sagte, heute nacht brauchtet Ihr jemanden, den Ihr verachtet. Mein Gemahl ist nicht da, aber ich werde ihm morgen sagen, daß Ihr hier wart. Pietro weint vielleicht, aber das Mädchen wird sich um ihn kümmern.»

«Pietro?» fragte er. Sie hatte die Tür hinter ihm geschlossen.

«Mein Sohn», sagte Violante von Naxos. «Er ist drei Jahre alt. Kommt mit.»

«Ein Glück», sagte Nicolaas, «daß Ihr dem Richtigen die Tür geöffnet habt.» Vor ihnen erstreckte sich der lange Gang. Er warf seinen Hut absichtlich im Gehen auf den Boden und begann den Gürtel abzuschnallen.

Sie blickte sich um, lächelte und schritt ihm weiter voraus. «Meine Dienstboten haben es mir gesagt.»

«Camilla, die Volskerin», sagte Nicolaas.

«Weshalb sagt Ihr das?» fragte sie.

«Amazonen», sagte Nicolaas. «Ihr seid eine Amazone? Ihr hättet sehen sollen, was John le Grant sich für die Insel bei Kerasous ausgedacht hatte, wo die bösen Vögel zu hausen pflegten. Ihr wißt, die, die mit ihren Federn töteten. Federn und Smaragde. Die Türken haben sich nicht in die Nähe gewagt.» Sie konnte wahrscheinlich hören, wie er atmete. Wenn es dies war, was sie gewollt hatte, dann hatte sie es erreicht. Er sprach in dem bitteren, klaren Toskanisch, das er gebrauchte, wenn er gehört werden wollte.

«Ich weiß», sagte sie.

«Dessen bin ich sicher», sagte Nicolaas.

Der Priester hatte sie gewarnt. Auch so hatte all ihre erstaunliche Kraft kaum genügt. Die Lust, die von ihrer eigenen Art war, über- antwortete sie der Erinnerung.

Gegen Morgen vermied er nur mit Mühe, was für ihn normal war, und entgegen ihrer aufkeimenden Neugierde mußte sie ihn daran erinnern, was er tat. Kurz vor Morgengrauen schlief er endlich ein, so weit von ihr entfernt, wie es das große Bett erlaubte, das Gesicht den Fenstern zugekehrt. Sie lag da, die Hände über ihrem Körper ausgebreitet, um sich zu beruhigen, und beobachtete ihn und dachte nach.

Die Glocken weckten ihn auf. Sie erfuhr nie, ob er sich erinnerte, wo er war oder bei wem er war. Er stand auf und trat ans Fenster, als hätte das Geräusch ihn gerufen. Sie kannte alle Glocken von Vene- dig, und sicher würde auch er sie eines Tages alle kennen. In der Stille des Morgens schlug Eisen gegen Eisen, als wären die Taten der Nacht für alle Ewigkeit in Schall gegossen worden. Viele Schläge, regelmäßig und unregelmäßig, herrisch und schüchtern, in großen Abständen, in kleinen Abständen. Bebende Stimmen dicht bei den Dächern und leise Glocken, sanft in der Ferne, wie Zwerge in einer himmlischen Gießerei. Ein Hauch von Weihrauch zog durch die Gitterstäbe. Er sagte: «Alle müssen stille sein, denn der Hausherr ist gekommen.»

Sie hörte ihn sprechen, doch ob spöttisch oder verzweifelt, trotzig oder ergeben, konnte sie nicht erkennen, im Gedröhn der Glocken.